CHAN HO-KEI
O hacker de Hong Kong

CHAN HO-KEI
O hacker de Hong Kong

TRADUÇÃO
Roberta Clapp e Bruno Fiuza

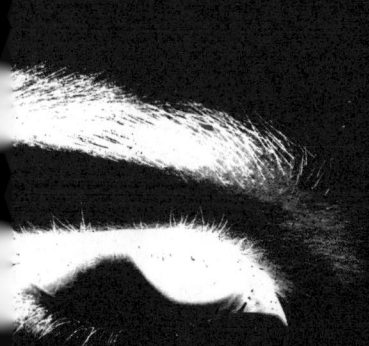
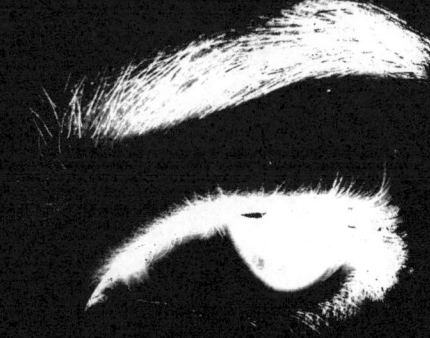

TRAMA

Título original: *Second Sister*

Copyright © 2017 by Chan Ho-Kei

Traduzido a partir do original em inglês *Second Sister*. Publicado pela primeira vez em chinês tradicional por Crown Publishing Company, Ltd.

Esta edição em português brasileiro é publicada mediante acordo com Crown Publishing Company, Ltd. em associação com The Grayhawk Agency por intermédio da Agência Riff.

Direitos de edição da obra em língua portuguesa no Brasil adquiridos pela Trama, selo da EDITORA NOVA FRONTEIRA PARTICIPAÇÕES S.A. Todos os direitos reservados. Nenhuma parte desta obra pode ser apropriada e estocada em sistema de banco de dados ou processo similar, em qualquer forma ou meio, seja eletrônico, de fotocópia, gravação etc., sem a permissão do detentor do copirraite.

EDITORA NOVA FRONTEIRA PARTICIPAÇÕES S.A.
Rua Candelária, 60 — 7.º andar — Centro — 20091-020
Rio de Janeiro — RJ — Brasil
Tel.: (21) 3882-8200

Nota editorial: A pedido dos agentes do autor, optou-se por traduzir este livro a partir da edição em inglês em vez da língua original chinesa. O texto em inglês foi editado de modo a proporcionar o melhor entendimento dos leitores não chineses, e esta edição em português brasileiro contempla tais modificações.

Dados Internacionais de Catalogação na Publicação (CIP)

C454h   Chan, Ho-Kei
           O hacker de Hong Kong / Chan Ho-Kei; traduzido por Roberta Clapp, Bruno Fiuza — 1.ª ed. — Rio de Janeiro: Trama, 2022.

           496 p. ; 15,5 x 23 cm
           Título original: *Second Sister*
           ISBN: 978-65-89132-02-8

           1. Literatura chinesa. I. Clapp, Roberta. II. Fiuza, Bruno III. Título.
           CDD: 895   CDU: 821.581

André Queiroz – CRB-4/2242

www.editoratrama.com.br

  / editoratrama

SUMÁRIO

PRÓLOGO, 07
CAPÍTULO UM, 11
CAPÍTULO DOIS, 48
CAPÍTULO TRÊS, 73
CAPÍTULO QUATRO, 96
CAPÍTULO CINCO, 150
CAPÍTULO SEIS, 234
CAPÍTULO SETE, 285
CAPÍTULO OITO, 362
CAPÍTULO NOVE, 437
CAPÍTULO DEZ, 485
EPÍLOGO, 489

PRÓLOGO

Quando Nga-Yee saiu de seu apartamento, às oito da manhã, não fazia ideia de que sua vida inteira mudaria naquele dia.

Depois do pesadelo que fora o ano anterior, ela tinha certeza de que tempos melhores estavam por vir se elas aguentassem firme e não desistissem. Tinha convicção de que o destino era justo e de que, se algo ruim acontecesse, algo bom naturalmente viria em seguida. Infelizmente, o destino é cruel e adora nos pregar peças.

Pouco depois das seis da tarde, Nga-Yee se arrastou exausta de volta para casa. Conforme se afastava do ponto do ônibus, sua mente começou a calcular, atribulada, se havia comida suficiente na geladeira para um jantar para duas pessoas. Em apenas sete ou oito anos, os preços haviam aumentado de forma alarmante, ao passo que os salários tinham continuado iguais. Nga-Yee se lembrava de quando o quilo da carne de porco custava quarenta e poucos dólares, mas hoje em dia isso mal dava para meio quilo.

Devia haver um pouco de porco e de espinafre na geladeira, o suficiente para fazer um refogado com gengibre. Uns ovos cozidos no vapor completariam o jantar, algo simples e nutritivo. Sua irmã Siu-Man, que era oito anos mais nova, adorava ovos cozidos no vapor, e Nga-Yee costumava servir esse prato macio e delicado quando a despensa estava quase vazia — uma bela refeição quando acompanhada de cebolinha picada e um pouquinho de molho de soja. E, o mais importante, era barato. Na época em que elas estiveram ainda mais apertadas de dinheiro, os ovos as ajudaram a atravessar muitos momentos difíceis.

Embora houvesse o suficiente para aquela noite, Nga-Yee se perguntou se ainda assim não deveria tentar a sorte no mercado. Ela não gostava de deixar a geladeira completamente vazia — as dificuldades pelas quais havia passado fizeram com que ela quisesse ter sempre um plano B à mão. Além disso, alguns vendedores baixavam os preços pouco antes da hora de fechar, e ela poderia aproveitar algumas dessas pechinchas para ter comida para o dia seguinte.

Iii-ooo-iii-ooo.

Uma viatura da polícia passou em alta velocidade, e a sirene perfurou os pensamentos de Nga-Yee sobre as ofertas do mercado. Foi só então que ela percebeu que uma multidão estava à porta do seu prédio, o edifício Wun Wah.

O que diabos tinha acontecido? Nga-Yee continuou andando no mesmo ritmo. Não era o tipo de pessoa que gostava de fazer parte de agitações, razão pela qual muitos de seus colegas de escola a rotulavam de solitária, introvertida, nerd. Não que ela se importasse. Todo mundo tem o direito de viver a vida como quiser. Tentar se ajustar às expectativas dos outros é pura idiotice.

— Nga-Yee! Nga-Yee! — gritou uma mulher rechonchuda e de cabelos encaracolados, na casa dos cinquenta anos, enquanto acenava freneticamente em meio a uma dezena ou mais de espectadores: era Tia Chan, sua vizinha no vigésimo segundo andar.

Elas se conheciam apenas de trocar cumprimentos, mas não passava disso.

Tia Chan correu a pequena distância até Nga-Yee, agarrou-a pelo braço e a arrastou em direção ao prédio. Fora seu próprio nome, Nga-Yee não conseguia entender qualquer outra palavra que a vizinha dizia — o terror absoluto fazia aquela voz soar como se fosse uma língua estrangeira. Nga-Yee só começou a entender quando ela pronunciou a palavra "irmã".

Sob a luz do pôr do sol, Nga-Yee atravessou a multidão e, por fim, se viu diante daquela imagem aterrorizante.

As pessoas estavam aglomeradas em volta de uma área de concreto a pouco mais de dez metros da entrada do prédio. Uma adolescente vestida com uniforme escolar branco se encontrava deitada ali, o cabelo emaranhado encobrindo o rosto, um líquido vermelho-escuro formando uma poça sob a cabeça.

O primeiro pensamento de Nga-Yee foi: "Será que é alguém da escola da Siu-Man?".

Dois segundos depois, ela percebeu que aquela figura imóvel no chão *era* Siu-Man.

Sua irmãzinha estava estatelada no concreto gelado. A única família que ela tinha no mundo todo.

Num instante, tudo ao seu redor pareceu virar de cabeça para baixo.

Aquilo era um pesadelo? Quem sabe ela estaria apenas sonhando. Nga-Yee olhou para os rostos em volta. Ela sabia que eram seus vizinhos, mas a sensação é de que eram todos desconhecidos.

— Nga-Yee! Nga-Yee! — Tia Chan agarrava o braço dela e a sacudia com força.

— Siu… Siu-Man? — Por mais que repetisse o nome da irmã em voz alta, Nga-Yee não conseguia associá-la àquele objeto caído no chão.

"A Siu-Man deveria estar em casa agora, esperando eu fazer o jantar."

— Afastem-se, por favor. — Um policial usando um uniforme bem engomado abria caminho enquanto dois paramédicos posicionavam uma maca ao lado de Siu-Man.

O mais velho dos paramédicos pousou a mão sob o nariz dela, apertou seu pulso esquerdo com dois dedos, depois levantou uma das pálpebras e iluminou a pupila usando uma lanterna. Tudo isso durou apenas alguns segundos, mas para Nga-Yee cada uma dessas ações parecia uma sequência de quadros estáticos.

Ela não conseguia mais sentir a passagem do tempo.

Seu subconsciente estava tentando poupá-la do que viria a seguir.

O paramédico olhou para cima e balançou a cabeça.

— Por favor, um passo para trás, abram caminho, por gentileza — disse o policial.

Os paramédicos se afastaram de Siu-Man com uma expressão de desolação.

— Siu… Siu-Man? Siu-Man! Siu-Man! — gritou Nga-Yee enquanto se desvencilhava de Tia Chan e saía correndo.

— Senhorita! — falou um policial alto, que rapidamente se virou e a puxou pela cintura.

— Siu-Man! — Nga-Yee lutava em vão, depois se virou e implorou ao oficial: — Ela é minha irmã. Vocês têm que salvar a minha irmã!

— Senhorita, por favor, se acalme — pediu o policial, num tom de quem sabia que suas palavras não fariam nenhum efeito.

— Ei, vocês! Salvem ela, por favor! — Com toda a cor drenada de seu rosto, Nga-Yee se virou para implorar à equipe da ambulância, que estava deixando o local. — Por que ela não está na maca? Rápido! Vocês têm que salvar ela!

— Senhorita, você é irmã dela? Por favor, se acalme — disse o policial, com um braço em volta da cintura dela, tentando soar o mais compreensivo possível.

— Siu-Man...

Nga-Yee tornou a olhar para a irmã esfacelada no chão, mas naquele momento uma dupla de policiais estava cobrindo o corpo com uma lona verde-escura.

— O que vocês estão fazendo? Parem com isso! Parem com isso agora!

— Senhorita! Senhorita!

— Por que vocês estão cobrindo ela? Ela precisa respirar! O coração dela ainda está batendo! — O corpo de Nga-Yee se inclinou para a frente, como se sua energia tivesse se esvaído de súbito. O policial não mais a continha, mas a manteve de pé. — Salvem ela! Vocês têm que salvar ela! Eu imploro... Ela é a minha irmã, minha única irmã...

E assim, numa noite de terça-feira qualquer, na calçada em frente ao edifício Wun Wah, do condomínio Lok Wah, no distrito de Kwun Tong, os vizinhos, normalmente barulhentos, fizeram silêncio. O único som que se ouvia naquele frio conjunto de prédios era o choro desolado de uma irmã mais velha, seus soluços soprando como o vento no ouvido de cada um dos moradores, enchendo-os de uma tristeza que jamais poderia ser esquecida.

CAPÍTULO UM

1.

— Sua irmã se matou.

Quando Nga-Yee ouviu o policial dizer essas palavras no necrotério, ela desatou a falar, com a voz embargada:

— Isso é impossível! O senhor deve ter cometido um erro, Siu-Man jamais faria uma coisa dessas.

O sargento Ching, um homem magro, na faixa dos cinquenta anos e com um toque grisalho nas têmporas, tinha ares de gângster, mas algo em seus olhos dizia que era um sujeito de confiança. Mantendo a calma, apesar da reação quase descontrolada de Nga-Yee, o que ele falou com sua voz grave e impassível fez com que ela se calasse.

— Srta. Au, a senhorita tem certeza *absoluta* de que a sua irmã não se matou?

Nga-Yee sabia muito bem, ainda que não quisesse admitir para si mesma, que Siu-Man tinha motivos de sobra para buscar a própria morte. A pressão que ela havia sofrido nos últimos seis meses era muito maior do que qualquer garota de 15 anos merecia.

Mas comecemos pelos muitos anos de infortúnio da família Au.

Os pais de Nga-Yee nasceram na década de 1960 e eram da segunda geração de famílias de imigrantes. Quando a guerra entre nacionalistas e comunistas eclodiu em 1946, um grande número de refugiados começou a deixar o continente em direção a Hong Kong. Os comunistas saíram vitoriosos e implantaram um novo regime, reprimindo qualquer oposição, e mais pessoas começaram a chegar a essa colônia britânica, um verdadeiro porto seguro. Os avós de Nga-Yee eram refugiados vindos de Guangzhou. Hong Kong precisava de muita mão de obra barata e raramente recusava pessoas que entravam ilegalmente no seu território, e os avós conseguiram criar raízes, obtendo documentos e conquistando o status de residentes. A rotina, no entanto, era difícil, composta de horas a fio de trabalho braçal pesado em troca de baixos salários. As condições de vida também eram terríveis. Mas Hong Kong estava passando por um boom econômico, de modo que, se você estivesse preparado para sofrer por algum tempo, poderia melhorar de vida. Algumas pessoas, inclusive, aproveitaram essa onda e triunfaram de verdade.

Os avós de Nga-Yee, infelizmente, jamais tiveram essa chance.

Em fevereiro de 1976, um incêndio no bairro de Shau Kei Wan, em Aldrich Bay, destruiu mais de mil casas de madeira, e cerca de três mil pessoas ficaram desabrigadas. Os avós de Nga-Yee morreram na tragédia, deixando um filho de 12 anos: Au Fai, o pai de Nga-Yee. Não tendo nenhum outro parente em Hong Kong, Au Fai foi criado por um vizinho que havia perdido a esposa no incêndio. O vizinho tinha uma filha de sete anos chamada Chau Yee-Chin. A futura mãe de Nga-Yee.

Devido à pobreza, Au Fai e Chau Yee-Chin não tiveram oportunidade de estudar de verdade. Os dois começaram a trabalhar antes mesmo de chegarem à maioridade — Au Fai como operário num armazém, Yee-Chin como garçonete em um restaurante de *dim sum*. Embora tivessem de trabalhar muito para sobreviver, eles nunca reclamavam e conseguiram até mesmo encontrar uma migalha de felicidade quando se apaixonaram. Em pouco tempo, estavam fazendo planos para se casar. Assim que o pai de Yee-Chin adoeceu, em 1989, eles correram para concretizar esses planos, a fim de que pelo menos um dos desejos do homem se realizasse antes de sua morte.

Por alguns anos depois, parecia que a família Au havia se livrado da má sorte.

Três anos após o casamento, Au Fai e Chau Yee-Chin tiveram uma filha. O pai de Yee-Chin recebera boa formação na China durante a juventude. Antes de sua morte, ele dissera ao casal que chamasse a criança de Chung-Long, se fosse menino, ou de Nga-Yee, se fosse menina — *Nga* significava "elegância e beleza", e *Yee* significava "alegria". A família se mudou para um pequeno apartamento em To Kwa Wan, onde levavam uma vida humilde, mas feliz. Todos os dias, quando Au Fai chegava do trabalho, o sorriso nos rostos da esposa e da filha o fazia acreditar que não havia mais nada que ele pudesse pedir neste mundo. Yee-Chin cuidava bem da casa. Nga-Yee era estudiosa e comportada, e tudo o que Au Fai queria era ganhar um pouco mais, para que a filha pudesse ir para a universidade em vez de precisar arrumar um emprego ainda na juventude, como ele e a esposa tiveram de fazer. Uma formação acadêmica era agora essencial para melhorar de vida em Hong Kong. Nos anos 1970 e 1980, qualquer um que estivesse disposto a trabalhar com afinco podia conseguir um emprego, mas os tempos haviam mudado.

Quando Nga-Yee tinha seis anos, o deus da boa sorte sorriu para a família Au: depois de anos na lista de espera, finalmente tinha chegado a vez deles de conseguir um apartamento subsidiado pelo governo.

Em um lugar densamente povoado e carente de espaço como Hong Kong, não havia moradias subsidiadas o bastante para atender à demanda. Au Fai recebeu em 1998 a notificação de que seria alocado em uma unidade no condomínio Lok Wah — e foi no último minuto. Na esteira da crise financeira asiática, a empresa de Au Fai tinha passado por uma profunda reestruturação, e ele fora um dos demitidos. Seu chefe o ajudou a conseguir emprego em outro lugar, mas o salário era muito mais baixo e ele penava para conseguir pagar a mensalidade da escola de Nga-Yee. A carta do Departamento de Habitação foi como um maná caído do céu. O novo aluguel seria menos da metade do que eles vinham pagando, e, levando uma vida frugal, talvez conseguissem até mesmo começar a juntar dinheiro.

Dois anos depois de se mudarem para o edifício Wun Wah, Chau Yee-Chin engravidou novamente. Au Fai ficou encantado com a ideia de ser pai pela segunda vez, e Nga-Yee tinha idade suficiente para entender que se tornar irmã mais velha significava se esforçar para ajudar os pais a dividir o fardo. Visto que o sogro havia deixado apenas um nome para cada sexo, Au Fai não sabia como nomear a segunda filha. Ele pediu ajuda ao vizinho, um professor aposentado.

— Que tal chamá-la de Siu-Man? — sugeriu o velho enquanto se sentavam em um banco do lado de fora do prédio. — *Siu* significa "pequena", e *Man* significa "nuvem colorida pelo crepúsculo".

Au Fai olhou para onde o velho estava apontando e viu o pôr do sol pintando as nuvens de uma gama deslumbrante de tons.

— Au Siu-Man… é um nome bem sonoro. Obrigado pela ajuda, sr. Huang. Eu sou ignorante demais, nunca ia conseguir imaginar algo tão bonito assim.

Agora que eram quatro em casa, o apartamento começou a ficar um pouco apertado. Os imóveis no edifício Wun Wah haviam sido projetados para duas ou três pessoas, e não tinham paredes internas. Au Fai apresentou uma solicitação para se mudar para um lugar maior. Ofereceram vagas para eles em Tai Po ou Yuen Long, mas, quando o casal conversou sobre aquilo, Yee-Chin sorriu e disse:

— Nós estamos acostumados a morar aqui. Esses lugares ficam muito longe. Seria um pesadelo pra você chegar ao trabalho e Nga-Yee teria que mudar de escola. Aqui pode ser um pouco apertado, mas lembra que a nossa casinha de madeira era menor ainda?

Chau Yee-Chin era esse tipo de pessoa, sempre satisfeita com o seu quinhão. Au Fai coçou a cabeça e não conseguiu pensar em um único contra-argumento, embora ainda tivesse esperanças de poder dar a cada uma das filhas um quarto próprio antes que elas chegassem ao ensino médio.

Mas ele não tinha como saber que não viveria para ver aquilo.

Au Fai morreu em um acidente de trabalho em 2004. Tinha quarenta anos.

Depois da crise financeira de 1997 e do surto de SARS em 2003, a economia de Hong Kong entrou num período de estagnação. Na tentativa de cortar custos, muitos empregadores terceirizaram suas operações ou passaram a fazer contratos de curto prazo, evitando assim ter de arcar com os benefícios dos funcionários. Uma grande empresa contratava uma empresa menor para realizar determinados trabalhos, que terceirizava o trabalho para outras ainda menores. Depois de cada uma delas tirar sua parte, o salário dos trabalhadores acabava ficando muito mais baixo do que antes, mas nesse clima precário eles não tinham escolha a não ser aceitar em silêncio o que recebiam. Au Fai circulava por essas empresas, disputando com os outros trabalhadores os poucos empregos disponíveis. Felizmente, ele havia passado muito tempo no armazém, então possuía licença para operar empilhadeiras, o que lhe deixava em vantagem nos trabalhos de distribuição ou nas docas. Nesse último, ele não transportava mercadorias, mas cabos. Os cabos de amarração usados pelos navios de carga eram grossos e pesados demais para serem amarrados à mão, de modo que precisavam ser arrastados por empilhadeiras. Para aumentar ainda mais seus rendimentos, Au Fai estava trabalhando em dois empregos, empilhando mercadorias em um armazém de Kowloon e descarregando navios nos terminais de contêineres de Kwai Tsing. Queria ganhar o máximo que pudesse enquanto ainda tinha energia. Ele sabia que sua força não duraria para sempre e que ia chegar o dia em que não conseguiria mais trabalhar daquele jeito, por mais que quisesse.

Em uma noite chuvosa de julho de 2004, o gerente da doca número 4 em Kwai Tsing percebeu que uma das empilhadeiras sumira. Au Fai tinha ido em direção à Zona Q13, e lá seus colegas de trabalho encontraram um poste com um arranhão feio na lateral. Ficou claro de imediato que os destroços de plástico amarelo no chão junto ao poste eram pedaços da empilhadeira, que havia caído na água por acidente e deixado Au Fai preso entre os dois garfos, cravados no fundo do mar a uma profundidade de seis metros. Quando conseguiram içar a empilhadeira com a ajuda de um guindaste, Au Fai já estava morto havia bastante tempo.

Nga-Yee tinha 12 anos quando perdeu o pai; Siu-Man, quatro.

Ainda que Yee-Chin tivesse sido profundamente afetada pelo falecimento de seu amado marido, ela não se permitiu afundar na dor, pois as filhas agora dependiam inteiramente dela.

De acordo com a legislação trabalhista, a família de qualquer pessoa morta em um acidente de trabalho deveria receber uma indenização equivalente a sessenta meses de salário, valor que permitiria Yee-Chin e as filhas viverem com tranquilidade por alguns anos. Infelizmente, a má sorte da família Au atacou novamente.

— Sra. Au, não é que eu não queira ajudar, mas isso é tudo o que a empresa pode lhe oferecer.

— Mas, Ngau, Fai trabalhou duro pra Yu Hoi por tantos anos. Ele saía de casa quando ainda estava escuro e não voltava até que as meninas já estivessem na cama. Quase nunca via as filhas. Agora sou uma pobre viúva com duas meninas órfãs. Não temos ninguém pra nos ajudar.

E você está me dizendo que tudo o que podem nos dar é essa quantia irrisória?

— A empresa não vai muito bem, para ser sincero. Pode ser que a gente tenha que fechar no ano que vem, e, se isso acontecer, não vamos poder lhe dar nem mesmo essa pequena quantia.

— Por que o dinheiro viria da empresa? Fai tinha seguro laboral.

— Era o que ele dizia... Mas parece que não era bem assim.

Ngau estava na empresa havia mais tempo que Fai e já tinha sido apresentado a Yee-Chin, de modo que o dono da Yu Hoi, o sr. Tang, pediu a ele que tivesse uma "conversa" com ela. Segundo o sr. Tang, a empresa de fato tinha feito o seguro laboral para Au Fai, mas quando a seguradora enviou um perito para examinar o caso, o pedido foi negado. O acidente ocorreu depois do encerramento do turno de Au Fai, e não havia como provar que ele estava operando a empilhadeira para fins de trabalho. Além disso, eles não detectaram nenhum defeito no veículo, então não puderam descartar a possibilidade de Au Fai ter simplesmente desmaiado enquanto o operava.

— Ouvi dizer que eles queriam até pedir uma indenização pelos danos à empilhadeira, mas o chefe disse que não se deve tirar proveito de alguém que já está na pior. Fai se dedicou muito à nossa empresa, e, mesmo que a seguradora não cubra o pedido, a gente precisa fazer alguma coisa por ele. Por isso, a empresa está oferecendo essa pequena quantia por compaixão. Esperamos que a senhora aceite.

Quando Yee-Chin estendeu os braços para pegar o cheque, suas mãos não paravam de tremer. As palavras "pedir uma indenização pelos danos à empilhadeira" a encheram de raiva de tal forma que ela quase desatou a chorar, mas sabia que Ngau estava apenas repassando o que lhe disseram. Aquela quantia — o equivalente a três meses de salário de Au Fai — faria tanta diferença quanto uma gota d'água no oceano.

Yee-Chin teve a sensação de que o chefe estava escondendo algo, mas não achou nenhuma forma de contra-atacar. Ela teve que aceitar o cheque e agradecer a Ngau.

Desde o nascimento das crianças, Yee-Chin deixara de trabalhar em tempo integral, tendo apenas quebrado um galho de vez em quando em uma lavanderia para ganhar algum trocado. Agora ela não tinha escolha a não ser voltar a trabalhar como garçonete em um restaurante de *dim sum*. Embora o custo de vida tivesse disparado nos dez anos que se passaram desde a última vez que fizera aquilo, seu salário era praticamente o mesmo de antes. Percebendo que não havia como ela e suas filhas sobreviverem, Yee-Chin se viu forçada a aceitar um segundo emprego. Três dias por semana ela trabalhava no turno da noite em uma loja de conveniências, saindo de lá às seis da manhã e dormindo apenas cinco horas antes de ir para o restaurante. Muitos vizinhos insistiam para que ela largasse o emprego e pedisse ajuda ao governo, mas ela se recusava.

— Eu sei que ganho só um pouco mais do que ganharia se pedisse ajuda ao governo, e que poderia cuidar de Nga-Yee e Siu-Man em tempo integral se parasse de trabalhar — dizia ela, com um sorriso terno. — Mas, se eu fizer isso, como vou ensinar minhas meninas a não depender de ninguém?

Nga-Yee prestava atenção a cada vez que ela dizia algo assim e jamais havia se esquecido de nenhuma delas.

Perder o pai foi um golpe pesado para Nga-Yee. Ela tinha acabado de entrar no ensino médio, e Au Fai havia prometido que, após as últimas provas, a família inteira iria passar três dias na Austrália para comemorar — mas ele foi tirado delas antes que isso pudesse acontecer. Nga-Yee, que sempre fora uma criança introvertida, retraiu-se ainda mais. No entanto, não cedeu ao desespero — o exemplo da mãe era prova de que não importava o quão cruel a realidade fosse, era preciso ser forte. Com o trabalho tomando todo o tempo de Yee-Chin, Nga-Yee precisava se encarregar das tarefas domésticas: limpar, fazer compras, cozinhar e cuidar da irmã mais nova. Antes de completar 13 anos, Nga-Yee já estava calejada em todas essas tarefas e sabia ser bastante econômica. Todos os dias, depois da aula, ela recusava convites para sair, e também faltava às atividades extracurriculares. Seus colegas diziam que ela era esquisita e arredia, mas ela não ligava. Sabia quais eram suas responsabilidades.

Por outro lado, Siu-Man não parecia ter sido afetada pela perda do pai.

Protegida pela mãe e pela irmã mais velha, a menina teve uma infância bastante normal. Nga-Yee às vezes tinha receio de estar mimando a irmã, mas, ao ver o sorriso inocente de Siu-Man, concluía que era perfeitamente normal ter adoração por ela. De vez em quando, Siu-Man ficava muito travessa, e Nga-Yee se via obrigada a fechar a cara e repreendê-la. No entanto, quando Nga-Yee estava estressada e começava a chorar — afinal de contas, ela era apenas uma estudante do ensino médio —, era Siu-Man quem a consolava, fazendo carinho em seu rosto e dizendo baixinho: "Mana, por favor, não chora". Havia momentos em que Yee-Chin chegava em casa tarde da noite e encontrava as filhas dormindo aninhadas na cama, depois de fazerem as pazes após uma briga.

Não foi fácil para Nga-Yee atravessar os anos do ensino médio, mas ela sobreviveu, conseguindo até obter algumas das melhores notas da turma. Saiu-se bem o suficiente para entrar em uma escola técnica, e seu professor achava que ela não teria dificuldades em conseguir vaga numa universidade de ponta. Mesmo assim, por mais que seus professores tentassem convencê-la, Nga-Yee se recusava a acatar seus conselhos, insistindo que estava pronta para arrumar um emprego. Essa era uma decisão que ela havia tomado no ano da morte do pai: por mais que se saísse bem nas provas, ela não tentaria uma universidade.

— Mãe, quando eu começar a trabalhar vamos ter dois salários entrando, e você vai poder pegar um pouco mais leve.

— Yee, você se esforçou muito e se saiu muito bem. Não vai desistir justo agora. Não precisa se preocupar com dinheiro. Na pior das hipóteses, eu posso arrumar um terceiro emprego de meio período…

— Chega, mãe! Você vai acabar com a sua saúde se continuar desse jeito. Você tem penado pra pagar pelos meus estudos nos últimos anos, não posso deixar que continue a se preocupar assim pra sempre.

— São só mais dois anos. Ouvi dizer que as universidades têm algum tipo de plano de assistência, então a gente não precisa se preocupar com as mensalidades.

— O nome disso é empréstimo estudantil, mãe. Eu teria que pagar do mesmo jeito, depois de me formar. Os salários iniciais não são nada bons pra quem tem graduação hoje em dia, e estudantes de artes, como eu, não têm muitas opções de emprego. Eu ia acabar tendo que tirar uma parcela do meu salário minúsculo pra pagar o empréstimo. Não ia sobrar quase nada. Seriam mais cinco anos que você teria que sustentar nós todas, e ao mesmo tempo mais cinco ou seis em que eu não teria como dar nenhuma grande contribuição. Você está com quarenta anos, mãe. Tem certeza de que quer continuar trabalhando desse jeito até os cinquenta?

Yee-Chin não teve resposta. Nga-Yee vinha ensaiando aquele discurso havia quase dois anos, de forma que o argumento não tinha nenhuma brecha.

— Se eu conseguir um emprego, tudo muda — continuou Nga-Yee. — Primeiro, vou poder começar a ganhar dinheiro agora, não daqui a cinco anos. Segundo, não vou ter nenhuma dívida com o governo. Terceiro, posso conseguir alguma experiência de trabalho enquanto ainda estou nova. E, o mais importante, se a gente se esforçar, eu e você já vamos ter economizado o bastante até a Siu-Man terminar o ensino médio, daí ela não vai precisar se preocupar com nada disso e poderá se concentrar nos estudos. Talvez a gente consiga até mesmo mandar a Siu-Man pra uma universidade fora do país.

Nga-Yee não era de fazer discursos, mas aquelas palavras sinceras saíram de sua boca com delicadeza e convicção.

No fim das contas, Yee-Chin cedeu. Afinal, observando a questão de maneira objetiva, Nga-Yee tinha listado argumentos muito bons. Mesmo assim, Yee-Chin não conseguiu evitar a tristeza. Será que o fato de sua filha mais velha estar sacrificando o futuro pelo bem da filha mais nova fazia com que ela fosse uma péssima mãe?

— Mãe, acredita em mim, tudo isso vai valer a pena.

Nga-Yee tinha tudo planejado. Entre o trabalho doméstico e os cuidados com a irmã, o único hobby que ela conseguia manter era a leitura. Como não tinham dinheiro, a maior parte dos livros vinha da biblioteca pública, onde ela então esperava conseguir um emprego. E foi justamente isso que aconteceu quando surgiu uma vaga para o cargo de bibliotecária assistente na filial de East Causeway Bay e ela se tornou funcionária do Departamento de Serviços Culturais e de Lazer de Hong Kong.

Embora Nga-Yee trabalhasse para o governo, ela não era considerada funcionária pública, de modo que não recebia nenhum dos benefícios da categoria. Para reduzir custos, o governo de Hong Kong, da mesma forma que muitas empresas privadas, cortou pessoal fixo em prol de funcionários temporários, geralmente por um período de um ou dois anos, ao fim do qual o contrato se encerrava automaticamente, sem qualquer obrigação nem indenização. Dessa forma, em tempos de crise econômica poderia haver um "enxugamento natural" da folha de pagamento ou, caso houvesse dinheiro sobrando, os contratos poderiam ser renovados, mas sempre com o empregador se mantendo inteiramente no controle. Além disso, o governo terceirizava algumas funções, então era perfeitamente possível que alguém que organizava as prateleiras de uma biblioteca pública pudesse na verdade estar trabalhando para um empreiteiro, em condições ainda piores do que os funcionários com contrato. Quando Nga-Yee soube de tudo isso, não conseguiu deixar de pensar na forma como seu pai era tratado e de vê-lo em alguns dos antigos seguranças da biblioteca.

Mesmo assim, Nga-Yee não estava descontente. Seu cargo era baixo, mas ela levava para casa cerca de dez mil dólares de Hong Kong por mês, o que melhorou muito a situação da família Au. Yee-Chin pôde largar o segundo emprego, tendo seu fardo aliviado depois de anos de labuta. Ela continuou trabalhando no restaurante de *dim sum*, mas passou a ficar mais tempo em casa e gradualmente retomou a tarefa de criar Siu-Man. Os turnos de Nga-Yee mudavam constantemente, ela não tinha uma rotina fixa, e em função disso passava menos tempo com a irmã. No começo, Siu-Man se apoderava da irmã exausta assim que ela chegava do trabalho, tagarelando sobre qualquer assunto, mas com o tempo pareceu aceitar o fato de que sua irmã estava atolada e parou de importuná-la. A família de Nga-Yee foi aos poucos virando uma família como as outras. Ela e a mãe não passavam mais o tempo todo preocupadas com as contas. Depois de tanto sofrimento, finalmente estavam experimentando alguma melhora conforme suas vidas outrora caóticas iam retornando à normalidade.

Infelizmente, essa trégua duraria apenas cinco anos.

Em março de 2014, Yee-Chin sofreu uma queda no restaurante e quebrou o fêmur direito. Quando Nga-Yee recebeu a notícia, saiu correndo do trabalho para o hospital, sem imaginar que receberia notícias ainda piores ao chegar lá.

— A sra. Chau não sofreu a fratura por causa da queda. Ela sofreu a queda por causa da fratura — explicou o médico. — Há suspeitas de que ela tenha mieloma múltiplo. Precisamos fazer mais exames.

— Mi o quê?

— Mieloma múltiplo. É um tipo de câncer no sangue.

Dois dias depois, enquanto Nga-Yee esperava, ansiosa, veio o diagnóstico. Chau Yee-Chin estava com câncer em estágio avançado. O mieloma múltiplo é uma doença autoimune, em que uma mutação das células plasmáticas afeta a medula óssea e provoca tumores em vários pontos do corpo. Se detectado precocemente, os pacientes podem sobreviver por cinco anos ou mais. Com o tratamento adequado, alguns chegam a passar de uma década. Mas, no caso de Yee-Chin, era tarde demais para quimioterapia ou transplantes de células-tronco. Os médicos acreditavam que ela tinha apenas mais seis meses de vida.

Yee-Chin havia reparado nos sintomas — anemia, dor nas articulações, fraqueza nos músculos —, mas os atribuíra à artrite e ao cansaço. Mesmo quando procurou tratamento, o médico não vira nada além de um desgaste normal das cartilagens e de uma inflamação nos nervos. O mieloma múltiplo atingia principalmente homens em idade avançada, raramente uma mulher na casa dos quarenta.

Para Nga-Yee, a mãe sempre tinha parecido tão resistente quanto Úrsula Iguarán, matriarca da família Buendía em *Cem anos de solidão*, e predestinada a alcançar uma velhice saudável. Foi só quando olhou atentamente para a mãe que ela percebeu, num sobressalto, que aquela mulher de quase cinquenta anos não era mais uma jovem. Todos aqueles anos de trabalho árduo a haviam consumido, e agora as rugas ao redor dos olhos pareciam tão profundas quanto as rachaduras em uma casca de árvore. Segurando a mão da mãe, ela chorou em silêncio, enquanto Yee-Chin se continha.

— Nga-Yee, não chora. Pelo menos você terminou o ensino médio e tem um emprego. Se eu partir agora, não vou ter que me preocupar com vocês duas.

— Não, não, não fala isso…

— Yee, me promete que você vai ser forte. A Siu-Man é frágil, você vai ter que cuidar dela.

No que dizia respeito a Yee-Chin, a morte não era algo para se temer, principalmente porque sabia que o marido estaria esperando por ela do outro lado. A única coisa que a prendia àquele mundo eram as duas filhas.

No fim das contas, Yee-Chin sobreviveu por menos tempo do que os médicos haviam previsto. Morreu dois meses depois do diagnóstico.

Nga-Yee conteve as lágrimas no enterro da mãe. Naquele momento, a jovem entendeu completamente como a mãe havia se sentido quando se despediu do marido — não importava quão triste ela estivesse, quão inconsolável, tinha que permanecer forte. Dali por diante, Siu-Man não teria ninguém com quem contar a não ser Nga-Yee.

Em Siu-Man, a jovem viu a si mesma uma década antes: o olhar pesado, lamentando a morte do pai.

No entanto, Nga-Yee suspeitava que a morte da mãe tivesse atingido Siu-Man com mais força. Nga-Yee sempre tinha sido quieta, ao passo que Siu-Man era mais comunicativa. Agora Siu-Man estava em silêncio, retraída. O contraste era tão grande que ela parecia uma pessoa totalmente diferente. Nga-Yee se lembrou de como os jantares de família costumavam ser alegres, com Siu-Man falando animada sobre a escola — qual professor tinha passado vergonha ao falar uma bobagem, qual professor tinha sido dedurado pelo monitor, que jogo de adivinhação inútil era a moda da vez. Aqueles momentos felizes pareciam ter acontecido em outro universo. Agora Siu-Man enfiava a comida na boca, mal tirando os olhos do prato, e se Nga-Yee não se esforçasse para dar início a uma conversa, Siu-Man dizia apenas "Estou cheia" e se levantava da mesa. Ela se enfiava em seu "quarto" — depois que Nga-Yee começou a trabalhar, Yee-Chin reorganizou os móveis para dar às filhas um pouco de privacidade, usando estantes de livros e guarda-roupas para formar dois cantinhos — para ficar mexendo no celular.

"Preciso dar algum tempo a ela", pensava Nga-Yee. Não queria forçar a irmã a fazer nada, principalmente na complicada idade de 14 anos. Isso só ia piorar as coisas. Nga-Yee tinha certeza de que em pouco tempo Siu-Man encontraria uma saída para aquela depressão por conta própria.

E, de fato, cerca de seis meses depois, Siu-Man voltou a ser o que era antes. Nga-Yee ficou feliz em ver a irmã sorrindo novamente. Nenhuma das duas jamais teria imaginado que o destino tinha uma catástrofe ainda pior reservada para elas.

2.

Um pouco depois das seis da tarde do dia 7 de novembro de 2014, Nga-Yee recebeu um telefonema inesperado e saiu correndo com o coração apertado rumo à delegacia de Kowloon. Um policial a levou até uma sala dentro do Departamento de Investigação Criminal, onde Siu-Man, de uniforme escolar, estava sentada em um banco num dos cantos, ao lado de uma agente policial. Nga-Yee correu para abraçá-la, mas Siu-Man não retribuiu; apenas permitiu que a irmã a envolvesse em seus braços.

— Siu-Man...

Nga-Yee estava prestes a começar a fazer perguntas quando Siu-Man pareceu voltar a si e agarrou a irmã com força, apertando o rosto contra o peito de Nga-Yee, derramando baldes de lágrimas. Depois de soluçar por dez minutos, ela pareceu se acalmar.

— Senhorita, não precisa ter medo — disse a policial. — A sua irmã já está aqui. Por que você não conta pra gente o que aconteceu?

Vendo um lampejo de hesitação nos olhos da irmã, Nga-Yee agarrou e apertou a mão de Siu-Man, num encorajamento silencioso. Siu-Man olhou para a policial, depois para o depoimento sobre a mesa, com seu nome e idade já preenchidos. Deu um suspiro e começou a falar, em uma voz baixa e trêmula, sobre os acontecimentos de uma hora antes.

Siu-Man estudava na Escola Secundária Enoch, em Waterloo Road, Yau Ma Tei, perto de outras escolas de elite, como a Kowloon Wah Yan, a True Light Girls' e a Escola Luterana ELCHK. O desempenho da Enoch não era tão bom quanto o dessas escolas mais refinadas, mas mesmo assim ela era considerada uma das melhores escolas missionárias do distrito, e era também famosa nos círculos educacionais pela presença marcante da internet, dos tablets e de outras inovações de alta tecnologia em seu método de ensino. Todo dia de manhã, Siu-Man pegava um ônibus do condomínio Lok Wah até a estação de Kwun Tong, e de lá fazia um trajeto de mais meia hora até a estação de Yau Ma Tei. Na Enoch as aulas terminavam às quatro da tarde, mas às vezes ela ficava na biblioteca para fazer o dever de casa. De modo que, no dia 7 de novembro, ela voltou para casa um pouco mais tarde que o habitual, tendo saído da escola por volta das cinco horas.

Em setembro daquele ano, haviam eclodido protestos em massa em resposta às reformas eleitorais propostas, e o governo tinha piorado a situação ao enviar a tropa de choque. Um grande número de cidadãos insatisfeitos saiu às ruas, ocupando as principais vias de Admiralty, Mong Kok e Causeway Bay, paralisando parte da cidade. Com as ruas bloqueadas e os ônibus tendo que ser redirecionados, muitas pessoas passaram a usar o sistema de trens e metrôs, provocando superlotação, principalmente na hora do rush, quando as plataformas ficavam tão cheias que duas ou três composições passavam até que você conseguisse entrar em uma. E dentro dos vagões era ainda pior — difícil até mesmo se mexer, que dirá segurar uma barra de segurança. Os passageiros ficavam espremidos como sardinhas, costas com costas ou peito com peito, alguns até mesmo na ponta dos pés, balançando para a frente ou para trás conforme a velocidade aumentava ou diminuía.

Siu-Man embarcou na estação Yau Ma Tei e conseguiu um espaço no quarto vagão, achatada contra a porta do lado esquerdo. Na linha Kwun Tong, as estações de Mong Kok e de Prince Edward eram as duas únicas onde só as portas da esquerda se abriam, de modo que, passadas essas estações, Siu-Man estava literalmente presa. Mas aquele era o seu lugar de sempre. Como ela desembarcava na estação final, conseguia ficar quieta ali, sem ter que dar licença para os passageiros que entravam ou saíam a cada parada.

De acordo com o depoimento de Siu-Man, havia acontecido uma coisa estranha quando o trem deixou a estação de Prince Edward.

— Eu... eu senti alguém me tocar...

— Tocar onde em você? — perguntou a policial.

— Na minha... na minha bunda — gaguejou Siu-Man.

Ela estava segurando a mochila na frente do corpo, virada em direção à porta, e não tinha visto quem estava atrás dela, mas sentiu uma mão apalpando-a. Olhou em volta e viu apenas rostos comuns. Com exceção de um grupo de estrangeiros conversando entre si, uma mulher grandalhona e sonolenta com pinta de executiva e uma senhora de cabelo encaracolado falando alto ao telefone; todos os demais estavam de cabeça baixa, olhando para a tela de seus celulares. Não importava o quão lotado o vagão estivesse, eles não estavam dispostos a perder um único segundo das redes sociais, dos chats ou do streaming de seus filmes.

— Da... da primeira vez eu achei que tivesse sido sem querer. — A voz de Siu-Man saiu fina como um zumbido de mosquito. — O vagão estava tão cheio que talvez alguém tivesse apenas pegando o celular do bolso e encostado em mim por acidente. Mas então, um tempo depois, eu senti... é...

— Ele tocou em você de novo? — perguntou Nga-Yee.

Siu-Man fez que sim com a cabeça, desconcertada.

Conforme a policial fazia mais perguntas, Siu-Man ia corando de raiva e dando continuidade ao seu relato. Ela tinha sentido a mão passar lentamente por sua nádega direita, mas, quando fez um movimento para agarrá-la, havia pessoas demais no caminho e ela não conseguiu alcançá-la a tempo. Não havia como se virar, então ela girou o pescoço o máximo que pôde, pensando que iria encarar o pervertido para ordenar que parasse de fazer aquilo, mas, novamente, não tinha a menor ideia de quem era. Fora o homem de terno bem atrás dela, o senhor careca do lado ou alguém fora do seu campo de visão?

— Você não gritou por ajuda? — perguntou Nga-Yee, arrependendo-se das palavras no momento em que saíram de sua boca. Ela não queria dar a impressão de que estava culpando a irmã.

Siu-Man fez que não com a cabeça.

— Eu... eu fiquei com medo de causar confusão...

Nga-Yee entendia. Uma vez, ela viu uma garota gritando e agarrando um abusador depois de ter sido apalpada em um trem, mas foi para a vítima que todo mundo ficou olhando com nojo, e o culpado gritou com ela, em tom de deboche: "Você tá achando que é uma modelo ou alguma coisa assim? Por que eu ia querer tocar no *seu* peito?".

Siu-Man ficou em silêncio por alguns minutos, então se recompôs e lentamente recomeçou a falar. A policial anotava tudo. Siu-Man contou como começou a entrar em pânico e aí a mão de repente se afastou. Assim que deu um suspiro de alívio, ela a sentiu novamente, levantando a saia de seu uniforme e acariciando sua coxa. Ela sentiu uma onda de enjoo, como se baratas estivessem andando pela sua pele, mas o vagão ainda estava lotado demais para ela conseguir se mexer, e tudo o que podia fazer era rezar para que ele não a tocasse mais em cima.

Suas preces, claro, não foram atendidas.

O pervertido voltou a tocar a bunda dela, se enfiou sob a sua calcinha e começou a avançar lentamente em direção às suas partes íntimas. Apavorada demais para se mexer, tudo o que ela conseguiu fazer foi puxar freneticamente a saia para baixo, tentando impedi-lo de ir mais longe.

— Eu... eu não sei por quanto tempo ele ficou ali me tocando... Eu só continuei a implorar dentro da minha cabeça para ele parar. — Siu-Man tremia ao falar. Nga-Yee ficou com o coração apertado ao imaginar a cena. — Foi quando uma senhora me salvou.

— Uma senhora? — perguntou Nga-Yee.

— Várias testemunhas revoltadas ajudaram a deter o abusador — explicou a policial.

Quando o trem chegou à estação de Kowloon Tong, uma voz alta de mulher irrompeu dentro do vagão: "Ei você! O que pensa que está fazendo?". Era a mulher de meia-idade que Siu-Man havia notado que falava alto ao celular.

— Quando a senhora gritou, a mão de repente sumiu — contou Siu-Man com a voz trêmula.

"Estou falando com você! O que você estava fazendo?"

A mulher estava gritando com um homem alto a dois ou três passageiros de distância de Siu-Man. Ele parecia ter uns quarenta anos, de pele amarela brilhosa, maçãs do rosto protuberantes, nariz achatado e lábios finos. Havia alguma coisa instável no seu olhar. Ele vestia uma camisa azul fosca que exaltava ainda mais a sua palidez.

"Você está falando comigo?"

"Sim, com você! Eu perguntei o que você estava fazendo."

"O que eu estava fazendo?"

O homem parecia um pouco ansioso. O trem parou em Kowloon Tong, e as portas se abriram do lado direito.

"É o que eu quero saber, seu pervertido. Você tocou nessa garota?"

A mulher apontou com a cabeça para Siu-Man.

"Você é maluca!"

O homem balançou a cabeça e tentou descer junto com os outros passageiros.

"Alto lá!" A mulher abriu caminho pela multidão e segurou o braço dele antes que ele conseguisse fugir. "Garota, esse homem aqui estava tocando na sua bunda?"

Siu-Man mordeu o lábio inferior, os olhos vagando, sem saber se ela deveria dizer a verdade.

"Não tenha medo, garota. Eu sou sua testemunha! Apenas me diga!"

Siu-Man assentiu, apavorada.

"Vocês duas são malucas! Me larga!", gritou o homem. Os outros passageiros começaram a entender o que estava acontecendo, e alguém apertou o botão de emergência para avisar ao condutor.

"Eu vi com meus próprios olhos! Não negue! Você vai com a gente pra delegacia!"

"Eu… eu acabei de esbarrar nela sem querer! Olha pra ela. Você acha que eu vou querer pegar na bunda dela? Se você não me soltar eu vou te processar!"

O homem empurrou a mulher para o lado e tentou sair do trem, mas entre os espectadores estava um sujeito robusto com roupa de academia que estendeu a mão e o conteve.

"Senhor, tenha feito isso ou não, é melhor ir até a delegacia prestar esclarecimentos", disse o homem, num tom ameaçador.

Em meio à confusão, Siu-Man se encolheu em seu canto, sentindo os olhares dos passageiros na sua direção, alguns com pena, outros com curiosidade ou lascívia. A maneira como alguns homens olhavam a deixava desconfortável, como se estivessem se perguntando: "Então você foi apalpada? Como foi isso? Você tem vergonha? Você gostou?". Suas pernas tremiam. Ela desabou no chão e começou a chorar de soluçar.

"Ei, não chora, eu vou te ajudar", bradou a senhora. Ela, o homem corpulento e a mulher com pinta de executiva acompanharam Siu-Man até a delegacia para prestar depoimento. De acordo com a senhora que se manifestou primeiro, todos os outros no trem estavam distraídos olhando para os celulares, por isso ela foi a única que notou a expressão transtornada no rosto de Siu-Man. Então, na estação de Shek Kip Mei, conforme as pessoas se encaminharam para a saída, ela viu a saia da menina sendo levantada e sua bunda sendo apalpada. Assim que ela deu o alerta alguns passageiros começaram a filmar com seus celulares. Hoje em dia, existem câmeras literalmente em todos os lugares.

O homem detido se chamava Shiu Tak-Ping. Tinha 43 anos, era dono de uma papelaria em Lower Wong Tai Sin. Ele negou a acusação, insistiu que havia encostado em Siu-Man por acidente, alegando que ela estava fazendo um alarde porque eles tinham tido uma pequena discussão antes. Sua versão dos fatos era que Siu-Man tinha ido a um quiosque na estação de Yau Ma Tei e demorado tanto para pagar que uma fila começou a se formar. Shiu Tak-Ping estava bem atrás dela e gritara com ela para que se apressasse. Ela tinha ficado ofendida com ele por causa disso e, quando o vira novamente no trem, decidira se vingar fazendo uma falsa acusação.

A policial interrogou o caixa da loja de conveniência e confirmou que tinha havido uma situação desagradável. O caixa recordou que Shiu Tak-Ping havia perdido completamente a paciência e que, mesmo depois que Siu-Man fora embora, o homem continuara resmungando: "Os jovens de hoje são todos preguiçosos. Eles ainda vão acabar com Hong Kong de tanto arrumar problema".

No entanto, isso não era prova nenhuma de que Siu-Man tinha guardado rancor dele, e as ações de Shiu Tak-Ping sem dúvida indicavam culpa: ele tinha despejado insultos, tentado fugir, e Kowloon Tong nem mesmo era o seu destino final — tanto sua casa quanto sua loja ficavam em Wong Tai Sin.

— Senhorita, por favor, leia isso e certifique-se de que não haja nada com que você não concorde — disse a policial, colocando o depoimento na frente de Siu-Man. — Se não houver nada de errado, assine na parte de baixo.

Siu-Man pegou a caneta esferográfica e assinou o nome com dificuldade. Aquela era a primeira vez que Nga-Yee via o depoimento de uma testemunha. Acima do campo de assinatura estava a declaração: "Compreendo que prestar um depoimento falso à polícia intencionalmente é crime e que posso ser processado nessas circunstâncias". Parecia coisa séria. Nga-Yee havia precisado assinar pouquíssimos documentos legais, e ali estava Siu-Man, uma criança ainda, assumindo a responsabilidade por colocar seu nome em algo tão sério.

À medida que o caso avançava na justiça, foram surgindo algumas pequenas notícias, que se referiam a Siu-Man apenas como "srta. A". Um repórter tentou chamar a atenção ao revelar que a papelaria de Shiu vendia revistas mais ousadas, algumas com fotos de colegiais japonesas, e que Shiu era um entusiasta da fotografia; às vezes, ele e seus colegas fotógrafos contratavam uma modelo para uma sessão de fotos, e a matéria sugeria que ele tinha um interesse particular por meninas menores de idade. No entanto, casos de abuso sexual como aquele não ganhavam muito espaço, e dificilmente os leitores prestavam atenção. Afinal, incidentes assim aconteciam todo dia, e, naquele momento, todos os jornais e revistas estavam focados no movimento Occupy e em outras notícias sobre política.

No dia 9 de fevereiro realizou-se a primeira audiência, e Shiu Tak-Ping foi formalmente acusado de abuso sexual. Ele se declarara inocente, e seu advogado requereu o adiamento, argumentando que a "ampla cobertura da mídia" impossibilitava seu cliente de receber um julgamento justo, mas o pedido foi negado. O juiz marcou o julgamento para o final do mês, e Nga-Yee recebeu uma notificação convocando Siu-Man ao tribunal, onde ela teria permissão para depor por vídeo ou protegida por um painel. Nga-Yee estava apreensiva pela irmã, que teria que ficar lá sozinha sendo questionada pelo advogado de Shiu, que com certeza seria implacável ao perguntar a ela sobre cada pequeno detalhe do crime e da sua vida pessoal.

Como ficou comprovado, Nga-Yee não tinha nada com que se preocupar.

Quando o julgamento começou, em 26 de fevereiro, Shiu Tak-Ping mudou abruptamente sua confissão de inocente para culpado, o que significava que nenhuma testemunha seria chamada para depor. Faltava apenas que o juiz examinasse a avaliação psiquiátrica e outros documentos para proferir a sentença. Em 16 de março, Shiu foi mandado para a prisão por três meses, embora, levando em consideração sua confissão de culpa e o arrependimento posterior, fosse cumprir apenas dois, a serem contados imediatamente.

Nga-Yee achava que aquilo colocaria um ponto final no assunto, e assim Siu-Man poderia esquecer o acontecimento terrível e aos poucos voltar à vida normal. Em vez disso, um mês depois que Shiu começou a cumprir sua pena, teve início um pesadelo que acabaria por levar sua irmã ao fundo do poço.

Numa sexta-feira, 10 de abril, uma semana antes do aniversário de 15 anos de Siu-Man, apareceu um post no Popcorn, um chatboard:

POSTADO POR kidkit727 EM 10-04-2015, 22:18
Uma piranha de 14 anos mandou o meu tio pra cadeia!!

Eu não aguento mais. Eu tenho que sair em defesa do meu tio. Meu tio tem 43 anos. Ele mora com minha tia em Wong Tai Sin e é dono de uma papelaria. Ele trabalha duro todos os dias para sustentar a sua família. Ele não tem muito estudo — largou a escola com 14 anos —, mas é um cara correto. Ele trabalhava como caixa na papelaria e era tão honesto e educado que o chefe anterior o deixou assumir quando se aposentou. Nunca vi meu tio mentir, seus preços são justos e todos os vizinhos diriam o mesmo sobre ele. Mas uma piranha de 14 anos disse que ele fez algo que não fez e agora ele está na cadeia.

Isso foi em novembro do ano passado, num trem que ia pra Kwun Tong. Uma estudante de 14 anos acusou o meu tio de agarrar a bunda dela. Ele não fez isso! Essa garota só queria vingança! Naquele dia, mais cedo, meu tio tinha parado na loja de conveniência Yau Ma Tei para comprar cigarros. Ele estava atrás de uma garota, acho que ela estava comprando um cartão de recarga de celular, mas quando foi pagar não tinha dinheiro suficiente. Ela demorou uma eternidade vasculhando a bolsa catando moedas, enquanto a fila atrás dela ficava cada vez mais longa. Por fim, meu tio gritou: "Vamos logo, está todo mundo te esperando. Se não tem como pagar, saia daí". Ela se virou e começou a gritar, então é claro que meu tio disse algo tipo "você é muito malcriada" ou "seus pais não te deram educação?". Ela apenas o ignorou. As pessoas costumam dizer que cão que ladra não morde, e essa cadela é um excelente exemplo. Ela não disse uma palavra durante todo o tempo que meu tio a repreendeu, mas se vingou mais tarde, quando o acusou falsamente.

Ele não fez nada, então é claro que não podia confessar, mas todas as reportagens do jornal eram tendenciosas contra ele. Meu tio e minha tia tiveram uma vida difícil. Meu tio gosta de tirar fotos — é o seu único hobby. Eles não têm muito dinheiro, então ele só tem equipamentos baratos ou de segunda mão. Meu tio guarda revistas de fotografia em sua loja e às vezes se reúne com amigos que têm os mesmos interesses para tirar fotos de paisagens e de pessoas. Os jornais deram a entender que ele era um pedófilo que fotografava garotas nuas. Ah, por favor! Existem dezenas de álbuns de fotografias na loja do meu tio. Os repórteres encontraram um ou dois que tinham meninas em uniformes escolares e fizeram um escarcéu por conta disso. Essas sessões de fotos aconteciam apenas uma ou duas vezes por ano, mas eles fizeram parecer como se fosse uma orgia mensal.

Meu tio estava preocupado que essas histórias pudessem influenciar o juiz. Ele sabia que era idiota da parte dele fugir quando aquela piranha o acusou. O advogado disse que, por ele ter tentado fugir e por a querelante ter menos de 16 anos, era menos provável que o juiz acreditasse nele. Se ele se declarasse culpado, poderiam, pelo menos, reduzir a pena dele. Caso contrário, ele "forçaria" a garota a reviver toda a experiência durante o depoimento, o juiz acharia que ele não sentia nenhum arrependimento e ele acabaria ficando ainda mais tempo na prisão. Meu tio se manteve firme por um tempo, mas por fim cedeu. Minha tia não está bem, e ele estava preocupado que fosse difícil para ela ficar sozinha. Achou que era melhor acabar com isso logo. Desde aquelas matérias sem sentido nos jornais, as pessoas iam à loja todos os dias para apontar para a minha tia e cochichar na frente dela. Meu tio a ama tanto que decidiu se render àquela injustiça e ir para a cadeia.

Como um homem tão bom e amoroso poderia ter tocado uma garota dentro do trem?

Existem alguns furos nesse caso:

(1) Meu tio tem um 1,78 metro, e a garota, 1,60 metro. É uma diferença de quase vinte centímetros. Ela disse que meu tio levantou a saia dela para tocar sua bunda. Ele não teria que se abaixar muito para fazer isso? Mesmo assim, ninguém mais percebeu?

(2) Claro que meu tio queria fugir. Você não iria querer? Imagina se alguma pessoa estranha e de aparência desagradável acusa você de algo que você não fez, você ia ficar lá e engolir a acusação? Hoje em dia as coisas em Hong Kong estão de cabeça

para baixo e de trás para a frente — existe lei, mas não há justiça. A lei não significa mais nada, você pode dizer que uma coisa preta é branca e as pessoas concordam. Como ele poderia confiar que alguém acreditaria nele?

(3) A polícia disse que esse era um caso sério porque a vítima tinha menos de 16 anos. Então, por que não coletar provas imediatamente? Se o que ela disse fosse verdade, haveria fibras de tecido sob suas unhas e suor de seus dedos na calcinha. Eles fizeram algum teste de DNA?

Mais importante ainda, meu tio não é burro o suficiente para correr esse tipo de risco. Ele poderia perder a família, a carreira e sua vida inteira, e para quê? Por causa de uma garota menor de idade de aparência comum?

Meu tio se declarou culpado para pôr fim em tudo isso. Eu ia só concordar e deixar isso pra lá, mas aí hoje recebi uma notícia que me deixou com raiva de novo.

Um amigo meu desenterrou uns podres sobre essa garota de 14 anos. Parece que todo mundo na escola sabe que ela é uma vadia que gosta de criar confusão. Ela pode parecer legal por fora, mas no fundo está conspirando pelas costas de todo mundo. Ela roubou o namorado de sei lá quem, depois largou ele quando ficou entediada. É por isso que ela não tem amigos. Nenhum dos colegas de turma quer nada com ela. Fora da escola, ela vivia por aí com um pessoal baixo nível, bebendo, talvez até se drogando e dormindo com qualquer um, vai saber.

De acordo com um colega de turma dela, a garota foi criada sem pai. Quando a mãe morreu no ano passado e não havia ninguém para mantê-la sob controle, ela piorou ainda mais. A meu ver, ela está descontando sua infelicidade em todos ao seu redor. Depois da cena no trem, ela conseguiu fazer o papel de vítima e coitadinha para conquistar a simpatia de todos. Mas o que meu tio fez de errado? Então ele tem que sacrificar a felicidade dele e de sua família por conta dos desejos egoístas dela?

Sinto muito, tio. Eu sei que você quer que tudo isso acabe, mas eu não posso mais ficar calado!

Menos de um dia depois que foi postado, aquele desabafo se tornou o tópico mais popular do site e logo viralizou no Facebook e em outras redes sociais. A Revolução dos Guarda-Chuvas estava fazendo muitas pessoas suspeitarem de que a polícia estaria abusando de seus poderes e da força, ou ainda de que estaria em conluio com as Tríades. Enquanto os policiais tentavam manter a ordem, os manifestantes os chamavam de totalitários e os acusavam de estar cerceando os direitos do povo. Nesse clima, muitas pessoas no Popcorn tomaram as dores do autor anônimo. Combinava com a narrativa: a justiça não havia sido feita, a polícia havia sido negligente em seus deveres, o que significava que Shiu Tak-Ping provavelmente era inocente. Eles ameaçaram a "srta. A" e disseram que a exporiam. Poucos dias depois, alguém compartilhou uma foto de Siu--Man no tópico, junto com seu nome completo, escola e endereço. É ilegal revelar informações sobre uma vítima menor de idade, então os moderadores logo apagaram a postagem, mas não antes que muitas pessoas tivessem capturado a foto e as informações, apagando uma ou duas palavras para não acabar infringindo a lei: "a tal vagabunda Au ___Man da Escola E____ em Yau Ma Tei" ou "__ Siu-Man, uma vagabunda de 14 anos do condomínio Lok ___". Eles postaram coisas terríveis sobre ela e inclusive fizeram montagens no Photoshop, alterando o rosto dela e criando inúmeras imagens humilhantes.

Nga-Yee adorava ler livros, mas era praticamente analfabeta quando se tratava de internet. Ela não tinha amigos, então as redes sociais e os chatboards eram como países estrangeiros para ela. Teve que aprender a usar e-mail por causa do trabalho na biblioteca, mas só. E por isso não tinha ouvido falar sobre a postagem até um de seus colegas lhe contar na segunda-feira, três dias depois da publicação. Só então ela percebeu por que Siu-Man havia passado o fim de semana inteiro em casa, com um ar preocupado. O computador empoeirado que elas tinham era um modelo barato e estava conectado à internet. Havia muitos moradores no condomínio, então os provedores ofereciam o serviço por uma pequena mensalidade. Isso foi alguns anos depois que Nga-Yee começou a trabalhar, quando as finanças da família não estavam tão apertadas, e Yee-Chin foi incapaz de resistir à insistência do vendedor que dizia que aquilo "ajudaria sua filha a se sair ainda melhor nos estudos". Na verdade, o desktop preto praticamente não tinha sido usado. Em vez disso, quando Siu-Man entrou no ensino médio, comprou um smartphone barato e o conectava ao Wi-Fi de casa.

Ao terminar de ler aquilo tudo no tablet do colega, Nga-Yee estava furiosa. As palavras difamatórias, "se drogando" e "dormindo com qualquer um", já eram horríveis o suficiente, mas, depois que ela se acalmou, percebeu quão grave era aquilo. Começou a entrar em pânico e não tinha ideia do que fazer. Deveria ligar para a irmã? Mas Siu-Man estaria na aula. Ligou para a escola e pediu para falar com a professora de Siu-Man, a srta. Yuen. Como ela veio a descobrir, a srta. Yuen havia sido informada dos rumores pelos outros professores, e eles tinham montado um comitê para lidar com a questão.

— Não se preocupe, srta. Au. A Siu-Man parecia bem na aula hoje. Vou ficar de olho nela e tomar as providências necessárias para que ela converse com uma assistente social — disse a srta. Yuen.

Depois do trabalho, Nga-Yee voltou para casa preparada para acolher a irmã, mesmo sem ter certeza do que dizer exatamente, mas a resposta de Siu-Man a surpreendeu.

— Eu não quero falar sobre isso, mana — afirmou ela, apática.

— Mas...

— Eu estou exausta. Aqueles professores todos falando comigo. Chega por hoje.

— Siu-Man, eu só queria...

— Não! Eu não quero falar sobre isso! Não puxa esse assunto de novo!

A reação de Siu-Man deixou Nga-Yee chocada. Ela não conseguia se lembrar da última vez em que sua irmã havia perdido a paciência.

Depois de ler a postagem, Nga-Yee teve certeza de que o sobrinho de Shiu Tak-Ping estava contando um monte de mentiras. Ele devia estar tentando encobrir o comportamento de seu tio e não se importava com a quantidade de mentiras que aquilo exigiria, nem com o quanto ele teria que insistir naqueles argumentos fracos para fazer o sr. Shiu parecer inocente. Ele ficou até feliz em destruir Siu-Man para melhorar a imagem do tio. Pegando emprestada uma linha da postagem, não estaria ele sacrificando a felicidade de Siu-Man por conta dos desejos egoístas de seu tio? No entanto, quando Nga-Yee chegou em casa e se deparou com o comportamento estranho de Siu-Man, foi impossível não ter sua fé levemente abalada. Claro que ela não achava que a irmã mais nova seria capaz de inventar mentiras para prejudicar alguém, mas aquelas outras coisas que ele tinha dito sobre ela — será que talvez um por cento daquilo era verdade?

Como uma semente caindo de uma árvore, a dúvida se enraizou em seu coração sem que ela percebesse e cresceria cada vez mais.

Além da postagem original, Nga-Yee perdeu o sono lendo os inúmeros comentários posteriores.

Seus colegas a ensinaram a navegar por fóruns e redes sociais, e todas as noites, depois que Siu-Man ia para a cama, ela ligava o antigo computador sem fazer barulho e lia atentamente cada nova postagem. Nga-Yee tinha ouvido comentários maldosos sobre seu comportamento solitário na escola, então já sabia que a maioria dos seres humanos tem um lado oculto, mas ficou chocada com o nível e a brutalidade do ataque. Os autores dos comentários pareciam se transformar em um monstro gigante que devorava toda a racionalidade.

> Porra! Todo mundo em Hong Kong deveria evitar essa mentirosa. Ela só tá tentando parecer uma coitada pro juiz
> Você ia querer comer alguém com essa cara?
> Nada de mais, mas eu ia
> Ela é uma puta, por 300 dólares você come
> Eu não comeria nem se você me pagasse 300 dólares. Ela é um banheiro público
> Lixos como ela deveriam ser sacrificados

Nga-Yee ficou surpresa ao ver sua irmã se tornando um alvo de humilhação pública e objetificação por um bando de estranhos. Eles nunca tinham visto Siu-Man, mas falavam como se a conhecessem intimamente, projetando sua imaginação nela e carregando essa imagem como se fosse uma arma. Aquelas postagens eram repletas de palavras obscenas, como se falar da outra ponta de um cabo de fibra de vidro fosse desculpa para ser indecente e asqueroso, não importando que se tratava de uma menor de idade. Mas a verdade é que era precisamente pelo fato de Siu-Man ser menor de idade que eles achavam que a lei a favoreceria, então eles tinham que restabelecer o equilíbrio na internet em prol da "justiça".

Havia também algumas pessoas brincando de detetive, que junto com os "psicólogos" ficavam analisando os motivos de Siu-Man para fazer a tal falsa acusação e, a partir disso, diagnosticavam qual síndrome ou transtorno de personalidade ela deveria ter. Eventualmente, alguém aparecia e tentava apresentar o outro lado da história, mas o comentário era invariavelmente refutado de maneira grosseira, e a discussão evoluía para ataques pessoais e argumentos sem nexo. Nga-Yee se sentia como se estivesse olhando para a natureza humana completamente nua, disposta diante dela na posição menos atraente.

E Siu-Man havia sido inocentemente arrastada para aquela briga.

Nas duas semanas seguintes, um clima de desconforto tomou conta da casa. A postagem levou a atenção da mídia de volta para o caso em uma escala muito maior do que antes. Os repórteres bateram na porta delas algumas vezes, mas Siu-Man se recusou a falar com eles. Alguns foram também até Wong Tai Sin e tentaram falar com a esposa do preso. Alcançaram o mesmo resultado — a sra. Shiu estava evitando os jornalistas, o que significava que a papelaria estava fechada. Os jornais e as revistas cobriram a história de muitas perspectivas diferentes, alguns concordando que havia ocorrido uma falha no judiciário, outros criticando aquele comportamento como uma espécie de *bullying*. No entanto, fossem eles a favor ou contra, isso não mudava o fato de que Siu-Man agora era uma figura pública. Quando ia e voltava da escola todos os dias, as pessoas apontavam para ela e cochichavam umas com as outras.

Não havia nada que Nga-Yee pudesse fazer para aliviar aquela pressão.

Ela pensou em tirar Siu-Man da escola por um tempo, mas a irmã odiou a ideia. Ela queria viver sua vida da forma mais normal possível, em vez de permitir que fosse interrompida por "aquele absurdo". Nga-Yee se sentia impotente, mas não queria parecer fraca diante de Siu-Man, então deixava de lado seus sentimentos confusos e sorria de orelha a orelha para tentar animar a irmã. Algumas vezes após o incidente, Nga-Yee teve que se esconder no banheiro do trabalho para que ninguém a visse chorando.

Em maio, o número de matérias nos jornais já era menor, e os *trolls* também estavam perdendo o interesse. Siu-Man aos poucos começou a falar e a se comportar como antes, embora tivesse perdido muito peso e adquirido uma instabilidade no olhar. Nga-Yee concluiu que, se sua irmã tinha sido forte o suficiente para superar as três semanas anteriores, ela definitivamente seria capaz de lidar com o que quer que viesse a seguir. Siu-Man tinha tomado a decisão certa: tocar o barco era o melhor remédio.

Mas ela estava errada.

Assim que Nga-Yee achou que tudo voltava ao normal, Siu-Man se jogou do vigésimo segundo andar.

Nga-Yee não conseguia acreditar que a irmã tivesse sido capaz de cometer suicídio. As coisas haviam começado a se acalmar lentamente, suas vidas voltando ao normal, retomando o controle.

— Siu-Man não se mataria! Alguém deve ter entrado no apartamento e empurrado ela... — disse Nga-Yee ao sargento Ching.

— Temos inúmeras provas de que ela fez isso sozinha.

Naquela tarde, sua vizinha, Tia Chan, havia chamado um rapaz para consertar a porta da frente e os dois viram Siu-Man chegar em casa às 17h10, sozinha, sem qualquer sombra de dúvida. Por volta das 18h08, no momento do salto fatal de Siu-Man, dois moradores do edifício On Wah, que fica em frente ao Wun Wah, viram tudo. O sol estava se pondo, momento em que muitas pessoas mais velhas gostam de fazer uma pausa e olhar para fora. Esses dois moradores viram Siu-Man abrir a janela, subir no peitoril e pular. Um deles ficou tão apavorado que desmaiou, enquanto o outro começou a gritar para que alguém chamasse a polícia. Ambos tinham certeza de que não havia ninguém atrás de Siu-Man quando ela caiu. Para finalizar, a câmera de vigilância havia capturado os momentos finais de Siu-Man. A filmagem correspondia exatamente ao depoimento da testemunha ocular.

Nga-Yee já sabia que não havia sinais de que alguém tivesse entrado no apartamento. Quando ela abriu a porta, tudo estava exatamente como sempre fora — exceto pela ausência de Siu-Man. Aquilo era a vida real, não um romance ou algum assassinato bem planejado para parecer suicídio. Esse tipo de coisa não acontecia ou, mesmo se acontecesse, não aconteceria com uma garota de 15 anos comum.

A única coisa estranha é que ela não havia deixado uma carta.

— Na verdade, muitas pessoas não deixam cartas de despedida. Às vezes é porque agiram por impulso e não tiveram tempo — comentou o sargento Ching lentamente. — Srta. Au, sua irmã estava vivendo sob um estresse absurdo havia meses. Eu já vi muitos casos como esse. Por favor, confie na polícia, nós vamos investigar isso a fundo. Diante de toda essa polêmica envolvendo sua família, vamos fazer tudo o que for possível para descobrir o que aconteceu.

Nga-Yee entendia perfeitamente bem que qualquer garota de 15 anos poderia acabar sendo levada ao suicídio pela pressão implacável, mas ela ainda não conseguia aceitar que Siu-Man tinha se matado por conta de *bullying*. Aquela tinha sido uma morte por mil cortes. Milhares de desconhecidos haviam dilacerado lentamente a carne de Siu-Man, torturando-a até a morte.

Nga-Yee ansiava por fazer justiça contra cada pessoa na internet que tinha participado daquilo, mas é claro que isso era impossível. Não importava o quanto ela tentasse, jamais seria capaz de chegar a todos eles.

— Mas e quem escreveu aquele post? Foi ele que matou ela! O sobrinho do Shiu Tak-Ping! Ele é um assassino! — gritou Nga-Yee.

— Por favor, tente se controlar, srta. Au — pediu o sargento Ching. — Eu entendo que esteja triste e com raiva, mas não existe muita coisa que a lei possa fazer nessa situação. Você diz que ele é um assassino, mas o máximo que dá para fazer é abrir um processo de danos morais contra ele por difamação. Tudo o que ele fez foi escrever algumas palavras. No momento, você precisa de apoio psicológico. Vou colocá-la em contato com uma organização de voluntários que oferece terapia para pessoas em processo de luto. Esperamos que se sinta melhor o mais breve possível.

O que ele estava dizendo fazia sentido, mas Nga-Yee não conseguia aceitar. Ela recusou a oferta, mas, para fazer com que ele se calasse, aceitou alguns panfletos da organização, e seu coração se encheu de ódio e impotência.

Nas semanas que se seguiram à morte de Siu-Man, Nga-Yee organizou os últimos ritos. Ela não esperava que sua experiência de resolver o funeral de sua mãe no ano anterior seria útil tão cedo. Quase ninguém foi ao velório de Siu-Man, embora houvesse muitos repórteres espreitando do lado de fora. Mais de uma vez, Nga-Yee foi interpelada e lhe perguntaram: "Como você está se sentindo?", "Você tem alguma ideia do que motivou o suicídio da sua irmã?", "Você acha que os internautas são os verdadeiros assassinos?" e outras perguntas sem tato. Uma revista havia publicado uma matéria com o título Jovem de 15 anos comete suicídio: admissão de culpa ou acusação? e uma foto pixelada de Siu-Man no canto da capa. Quando Nga-Yee viu aquilo na banca de jornal, lutou para não rasgar a pilha inteira.

Do ponto de vista de Nga-Yee, a mídia era tão nociva quanto as pessoas na internet. Se os internautas eram "os verdadeiros assassinos", então os repórteres que perseguiam Siu-Man em nome do "direito do povo de saber" eram seus cúmplices.

Várias pessoas haviam comparecido ao velório de Yee-Chin no ano anterior. Ao longo do dia, seus chefes e colegas do restaurante de *dim sum*, os vizinhos com quem ela tinha contato, velhos amigos de To Kwa Wan e até mesmo uma colega de trabalho de Au Fai, Ngau, compareceram para prestar condolências. Em contrapartida, apenas algumas pessoas compareceram ao de Siu-Man. O que deixou Nga-Yee mais perplexa foi que, à noite, nem um único de seus colegas de classe marcou presença, apenas sua professora, a srta. Yuen.

Será que Siu-Man era realmente tão malvista?

Nga-Yee se lembrou da postagem dizendo que ela não tinha um único amigo na escola.

Impossível. Siu-Man estava sempre tão animada, tagarelando, que não faria sentido que ela fosse solitária. Sentada no corredor no local destinado à família, Nga-Yee foi ficando cada vez mais inquieta. Não pela ideia de Siu-Man não ter amigos, mas porque talvez a postagem pudesse estar falando a verdade.

Felizmente, às sete e meia, as preocupações de Nga-Yee diminuíram quando duas figuras em uniforme escolar apareceram: uma garota de cabelo curto apoiada no braço de um menino.

Eles caminharam até o altar e se curvaram. Nga-Yee percebeu que seus olhos estavam vermelhos de tanto chorar. Ela teve a impressão de que já os tinha visto antes — não eram eles que tinham levado Siu-Man para casa na noite de Natal do ano anterior, quando ela se sentiu mal em uma festa? A mãe tinha passado a noite em claro cuidando dela. O jovem casal não disse sequer uma palavra a Nga-Yee, apenas acenou para ela antes de sair. Outro estudante apareceu mais tarde, e foi isso. Era uma quinta-feira, e talvez seus colegas de escola não pudessem ficar acordados até tarde por causa da aula no dia seguinte, então tinham apenas enviado alguns representantes.

Após o velório e a cremação, com as cinzas de Siu-Man descansando em uma urna ao lado das de seus pais, a dor de Nga-Yee irrompeu novamente. Ela havia passado as duas semanas anteriores correndo, resolvendo coisas e sem tempo para pensar em mais nada. Agora que tudo havia passado e ela estava de volta ao apartamento vazio, sentia-se oca e abatida. Olhou atentamente para cada canto de sua casa, como se ainda pudesse ver sua família lá: Siu-Man brincando com a boneca de pano no tapete perto do sofá, a mãe preparando uma refeição na cozinha, o pai ao seu lado, a voz ressonante dele se dirigindo à esposa.

— Siu-Man... mamãe... papai.

Naquela noite, Nga-Yee caiu no sono, agarrada a memórias de felicidade apesar da pobreza em que viviam.

Poucos dias depois, ela recebeu uma carta que lhe tomou até mesmo aquele último oásis.

O Departamento de Habitação informava Nga-Yee de que ela teria que se mudar do edifício Wun Wah, deixando para trás o apartamento e todas as memórias que ele continha.

— Srta. Au, tenho certeza de que você entende, estamos apenas seguindo as regras — disse o funcionário do Departamento de Habitação, em Ho Man Tin.

Ela tinha marcado um agendamento para fazer a reclamação pessoalmente, e agora estava lá, sentada em uma sala de reuniões.

— Eu... eu moro naquele apartamento desde criança. Por que eu tenho que me mudar?

— Deixe-me ser franco, srta. Au — falou o funcionário enquanto remexia em alguns papéis. — Você está sozinha agora, e o edifício Wun Wah é para famílias de duas ou três pessoas. De acordo com o regulamento, as residências de uma única pessoa se restringem a apartamentos de no máximo vinte metros quadrados. Portanto, seu apartamento está atualmente subocupado; vamos encontrar um novo local mais adequado às suas necessidades.

— Mas aquela… aquela é a minha casa! Eu preciso ficar lá pra poder me lembrar da minha família! — retrucou Nga-Yee. — Todo mundo morreu, e agora vocês querem me expulsar? Vocês precisam mesmo ser tão desumanos?

— Srta. Au — disse o funcionário, que vestia um terno elegante e óculos de armação dourada, olhando diretamente nos olhos dela. — Sinto muito pela sua situação, mas você sabe quantas famílias temos em lista de espera? Enquanto não encontramos apartamentos, elas continuam confinadas em alojamentos apertados e inadequados. Você diz que somos desumanos, srta. Au, mas será que eu não poderia, igualmente, dizer que está sendo egoísta ao se apegar à sua casa enquanto há outras pessoas que precisam mais dela do que você?

O rosto de Nga-Yee ficou vermelho, depois branco. Ela não sabia o que responder.

— Srta. Au, veja bem, estamos propondo que a senhorita passe mais três meses nesse apartamento, e depois poderá escolher um novo lugar a partir de uma lista que vamos elaborar. — Cada vez que o funcionário abria a boca, a primeira coisa que ele dizia era o nome dela, como se para enfatizar que o problema estava nas mãos de Nga-Yee. — Embora esses outros lugares sejam mais afastados, talvez em Yuen Long ou North District, lá nos Novos Territórios, eles foram todos construídos recentemente, então as instalações são muito melhores do que as do condomínio Lok Wah. Entraremos em contato caso surja alguma coisa, srta. Au, e nos informe caso viaje para fora de Hong Kong.

Ficou claro que aquele era o fim da conversa.

Nga-Yee se levantou, sentindo-se desamparada. Quando estava prestes a sair da sala, o funcionário tirou os óculos e disse:

— Srta. Au, não pense que eu sou um funcionário público muito bem pago. Pagar o aluguel também é uma preocupação para mim. Hoje em dia um apartamento próprio custa milhões, mesmo um onde tenha morrido alguém. O panorama da habitação aqui é terrível. A única forma de viver é aceitar tudo o que se recebe, ainda que não seja o que você queria. Tente ser só um pouco mais flexível, e tudo vai dar certo.

Nga-Yee ficou remoendo as últimas palavras do funcionário no caminho de volta para casa. Ele tinha dito a ela para parar de ter esperança e aceitar seu destino. O acidente do pai, a doença da mãe, o suicídio da irmã — aquelas coisas todas faziam parte do destino dela, não havia como escapar.

Nga-Yee entrou no ônibus e se sentou, sem perceber o quanto sua expressão estava ameaçadora: sobrancelhas arqueadas, olhos injetados, dentes trincados, como se estivesse prestes a explodir devido ao esforço de lutar contra uma injustiça daquele tamanho.

"Não vou aceitar o meu destino!"

Nga-Yee não conseguia parar de pensar na forma como havia se sentido ao falar com o sargento Ching no necrotério. Uma estranha mistura de dor, amargura e ressentimento.

"A pessoa que escreveu aquela postagem é que é o assassino! Foi por causa dele que a Siu-Man se matou! Eu tenho que confrontar o sobrinho do Shiu Tak-Ping"— eram esses os pensamentos que se reviravam dentro da cabeça de Nga-Yee.

Ela não sabia direito o que poderia conseguir ao se encontrar com aquela pessoa — ou melhor, ela não sabia o que iria fazer se isso acontecesse. Ia gritar na sua cara que ele era um assassino de sangue-frio? Ia forçá-lo a se prostrar diante do túmulo de Siu-Man e implorar por perdão? Dar uma surra nele? Exigir que ele se matasse em reparação, olho por olho?

Independentemente das consequências, aquilo era tudo o que Nga-Yee queria. Era como ela iria lutar contra o próprio destino, um protesto inútil contra a dura realidade.

Lembrou-se que sua colega Wendy tinha um parente, o sr. Mok, que era dono de uma agência de detetives. Ela tinha falado sobre isso no ano anterior, enquanto elas examinavam uma caixa de romances policiais antigos na biblioteca. Nga-Yee ligou para a agência, perguntou se ele estaria interessado em aceitar o caso e quanto custaria. Era uma tarefa simples: descobrir o nome do sobrinho de Shiu Tak-Ping, bem como onde ele trabalhava ou estudava, e como ele era. Isso era tudo de que ela precisava para emboscá-lo e despejar tudo o que tinha para falar. Um caso corriqueiro, talvez até mais fácil do que o habitual pelo fato de Shiu Tak-Ping ter recebido destaque da imprensa muito recentemente.

— Esse tipo de trabalho geralmente custa três mil dólares de Hong Kong por dia mais despesas, e costuma levar cinco ou seis dias, então seriam vinte mil no total. Mas, visto que você é colega da Wendy, srta. Au, e eu simpatizo com a sua situação, vou lhe dar um desconto: dois mil por dia. Portanto, pode contar que vai dar cerca de 12 mil — falou o sr. Mok, um homem na casa dos cinquenta anos, durante a primeira reunião que tiveram.

Embora Nga-Yee tivesse gastado uma boa parte nos funerais da mãe e da irmã, ela havia economizado mais de oitenta mil para pagar a faculdade de Siu-Man, e esse dinheiro não teria mais nenhuma serventia. Então ela concordou de imediato.

Quatro dias depois, na noite de 5 de junho, o sr. Mok ligou para Nga-Yee e pediu para encontrá-la. Ele tinha uma revelação a fazer.

— Srta. Au — chamou o detetive de forma solene depois que o assistente lhes serviu café e saiu. — Eu topei com uma coisa incômoda durante a minha investigação.

— Tem a ver com... dinheiro?

O sr. Mok parecia honesto, mas agora Nga-Yee se perguntava se aquilo não seria um prelúdio para pedir um aumento nos honorários.

— Não, não, não tem a ver com isso — respondeu ele com uma risada. — Antes de mais nada, eu queria dizer que cuidei pessoalmente dessa investigação, em vez de passar para um dos meus funcionários. Estou cansado de seguir cônjuges infiéis e resolvi agarrar a oportunidade de fazer parte de uma investigação que tenha algum significado. Nos últimos dias, meu assistente e eu ficamos fuçando os arredores da casa dos Shiu em Wong Tai Sin. Na verdade, essa coisa que eu descobri foi logo no segundo dia, mas precisei de mais dois para ter certeza absoluta.

— Você descobriu quem é o sobrinho do Shiu Tak-Ping?

— Bem, esse é o problema. — O sr. Mok tirou uma pilha de documentos e fotos de sua pasta enquanto falava. — O Shiu Tak-Ping não tem irmãos. Ele é filho único.

— Como é?

Nga-Yee não tinha entendido muito bem.

— Isso significa que ele não pode ter nenhum sobrinho nem sobrinha — disse o sr. Mok, apontando para as fotos. — O pai do Shiu Tak-Ping morreu há quatro anos, e atualmente ele mora com a esposa e a mãe de setenta anos no décimo andar do edifício Lung Gut, no condomínio Lower Wong Tai Sin. Além de não ter irmãos, o único outro parente é um primo que se mudou para a Austrália muitos anos atrás e que não tem filhos, e, mesmo que tivesse, Shiu não seria tecnicamente tio deles.

Nga-Yee estava boquiaberta.

— Então quem fez a postagem?

— Não sei, e a família do Shiu Tak-Ping também não sabe.

Ela olhava fixamente para o sr. Mok, incapaz de falar.

— Conversei com um vizinho que conhece bem a antiga sra. Shiu, mãe dele, e aparentemente eles não fazem ideia do que está acontecendo. — O sr. Mok deu de ombros. — Não sei bem por que alguém fingiria ser sobrinho do Shiu para escrever uma história daquelas. Eu achei que poderia ser coisa da esposa ou da mãe dele, mas, se tivesse sido qualquer uma delas, sem dúvida teriam aproveitado o interesse da imprensa para defender o Tak-Ping, mas elas continuam se negando a dar entrevistas.

— Nesse caso, sr. Mok, você poderia me ajudar a descobrir quem é kidkit727? — perguntou Nga-Yee, olhando para as fotos e os documentos.

— Pode ser que isso seja difícil — afirmou o sr. Mok com um suspiro. — A minha agência de detetives é uma agência tradicional, e não temos as ferramentas certas para descobrir alguém escondido na internet. Poderíamos, no máximo, pinçar algumas pistas superficiais das palavras. Fiquei algum tempo olhando para o chatboard e achei uma coisa estranha. Esse tal kidkit727 só fez aquela postagem no Popcorn, e a conta tinha sido criada naquele mesmo dia. Não houve mais sinal dele depois disso. Parece que essa conta surgiu com o propósito exclusivo de defender a reputação do Shiu Tak-Ping. No entanto, srta. Au, são apenas especulações da minha parte.

— Sr. Mok, se o senhor quiser que eu aumente seus honorários, estou disposta a...

— Não tem a ver com isso — interrompeu ele. — Não se trata de dinheiro, de verdade. Para ser sincero, não vou lhe cobrar mais nada, porque a investigação foi um fracasso. Construí minha reputação neste negócio por ser confiável. Faço tudo o que posso por um caso, mas, se ele não avança, não aceito nem um dólar a mais. Infelizmente não tenho como devolver o seu sinal de quatro mil dólares. Não me importo de não ser pago, mas não tenho como pedir ao meu assistente para trabalhar de graça.

— Mas...

Nga-Yee olhou desolada para o detetive, depois para os papéis sobre a mesa. Um sentimento de impotência começou a crescer em seu peito e se espalhou pelos braços e pelas pernas. Ela teve a sensação de que nada do que fazia dava certo. As palavras do funcionário do Departamento de Habitação voltaram à sua mente: *A única forma de viver é aceitar tudo o que se recebe.*

— Não fique triste, srta. Au — pediu o detetive, passando-lhe um lenço de papel. Foi só aí que ela percebeu que havia lágrimas escorrendo pelo seu rosto.

— Será que eu... Será que eu deveria simplesmente aceitar o meu destino? — perguntou ela, botando para fora tudo o que estava dentro do seu coração.

O sr. Mok quase respondeu, mas se conteve. Por fim, balançou a cabeça em negativa e pegou um cartão de visita de uma caixinha em cima da mesa. Escreveu algumas coisas nele com uma caneta esferográfica, depois deslizou o cartão na direção dela, um pouco hesitante.

— O que é isso? — indagou ela.

— Se você quiser mesmo saber quem escreveu aquela postagem, srta. Au, você deveria procurar a pessoa que mora nesse endereço.

— Esse é o nome dele? N?

— Isso mesmo. É um especialista em casos que envolvem alta tecnologia. Ele é um pouco excêntrico, e pode ser que não aceite você como cliente. Mas, mesmo que aceite, não sei quanto ele cobraria.

— Ele é detetive particular também?

— Você poderia chamá-lo assim. — O sr. Mok deu um sorriso irônico. — Ele não é licenciado, no entanto.

Nga-Yee franziu a testa.

— Não é licenciado? Mas é confiável?

— Srta. Au, quando você se depara com um problema que não consegue resolver sozinha e precisa de alguém para investigar, para quem você liga?

— Para o senhor?

— Certo, você liga para um detetive. — O sr. Mok deu outro sorriso contido. — Mas a senhorita já pensou para quem nós, detetives, ligamos quando nos deparamos com um caso em que não sabemos o que fazer?

Nga-Yee olhou em silêncio para o cartão de visita por um momento, antes de responder.

— Vocês ligam para o N?

O sr. Mok abriu um amplo sorriso. Era isso.

— Mais uma vez, não sei se ele vai aceitar seu caso, mas mostrar esse cartão a ele pode servir de alguma coisa.

Nga-Yee pegou o cartão, sem saber no que acreditar. Será que esse tal de N era tão bom quanto o sr. Mok dizia? Pelo menos ele não estava sugerindo a ela para aceitar o próprio destino, mas sim oferecendo uma outra forma de lutar. Ela se sentiu grata por isso.

O sr. Mok a acompanhou até a porta.

— Tem uma coisa que eu esqueci de mencionar, srta. Au.

— O quê? — quis saber ela, virando-se de volta para ele.

— Eu cogitei uma outra possibilidade. A de que a pessoa que escreveu a postagem tivesse algum outro motivo em mente sem qualquer relação com Shiu Tak-Ping. O verdadeiro alvo poderia ser a sua irmã. Talvez essa pessoa não tivesse interesse nenhum em ajudar o Shiu a limpar o nome dele, mas sim em destruir a reputação da sua irmã. Pode ser por isso que um completo desconhecido teria fingido ser sobrinho de Shiu. Isso o faria parecer mais crível, como se estivesse lutando por justiça, quando na verdade o objetivo era pressionar a sua irmã até acabar com a paz dela.

As palavras do sr. Mok foram como uma lâmina gelada atravessando a alma de Nga-Yee. Ela sentiu um calafrio subir pelas costas.

— E se foi isso o que aconteceu — concluiu o sr. Mok —, esse seria um caso de assassinato.

Terça-feira, 5 de maio de 2015

> !!! 20:05 ✓
> O diabo tá morto!!!!
> O diabo tá morto!!!!!!!!!

? 20:06

> Au Siu-Man!!!! Ela se matou!!!!!!
> http://news.appdaily.com/hk/20150505/realtime/a72nh12.htm 20:07 ✓
> Última Hora: Adolescente de 15 anos pula de prédio no condomínio Lok Wah
> E agora? 20:07 ✓
> Responde!!! 20:12 ✓

não se preocupa 20:12
eles não vão chegar até a gente 20:14

> Acha mesmo?? Mas a gente matou ela!!!! 20:14 ✓

a gente matou ela? tudo que a gente fez foi tornar públicos alguns fatos 20:16
para de pensar bobagem 20:18
onde você tá agora 20:23
vou aí te encontrar 20:25

CAPÍTULO DOIS

1.

Nga-Yee estava em frente à entrada de um edifício residencial de seis andares na Second Street, em Sai Ying Pun, analisando, confusa, a numeração do prédio.

"Cento e cinquenta e um... será que é aqui?"

Ela olhou de novo para o endereço escrito à mão no cartão de visita, depois para os números na entrada, que eram quase ilegíveis de tão desbotados. O prédio devia ter no mínimo uns setenta anos. A fachada era de um tom de cinza esmaecido, que ela suspeitou que algum dia tivesse sido branco. A calha estava se desprendendo do teto da varanda, e não havia caixas de correspondência. Uma porta simples levava a uma escada que subia em meio à escuridão até o primeiro andar. O prédio não tinha nome — apenas o número 151, embora a metade inferior do 5 estivesse um pouco apagada.

Eram onze da manhã do dia seguinte à reunião de Nga-Yee com o sr. Mok. Ela foi atrás do endereço no cartão, que ficava em Sai Wan, na Ilha de Hong Kong. Esperava encontrar um edifício comercial, mas, quando saiu da estação de Sai Ying Pun e desceu a Second Street, se deparou apenas com prédios antigos caindo aos pedaços. Era óbvio. O sr. Mok havia dito que N não era licenciado, então ele dificilmente poderia comandar sua empresa em um arranha-céu reluzente.

Mesmo assim, aquele prédio estava bem longe do que ela havia imaginado.

Não parecia habitável por seres humanos, não por causa do exterior desgastado, mas pelo cheiro forte de abandono que preenchia o lugar.

Todas as janelas, exceto as do último andar, estavam bem fechadas, e nenhuma tinha aparelho de ar-condicionado, ao contrário do prédio em tom ocre de cinco andares do outro lado da rua, com aparelhos de diferentes tamanhos e marcas em todos os andares, e varais de roupa repletos de camisetas, calças e lençóis. O número 151 parecia estar inabitado havia anos, o tipo de lugar que poderia ter sido ocupado por mendigos, delinquentes, viciados — até mesmo fantasmas. O único sinal de que ele não estava abandonado eram as janelas, intactas, e o fato de que a porta da frente não estava fechada com tábuas.

"Será que eles vão derrubar tudo e construir um novo?", ela se perguntou.

Olhou em volta para se certificar de que não havia errado de endereço. A Second Street era uma rua levemente sinuosa de Sai Ying Pun, localizada na parte mais antiga do bairro. Havia prédios novos e altos em cada uma das extremidades, mas ao longo do trecho em que ficava o número 151 todas as construções eram velhas. Com exceção de uma papelaria e duas lojas de ferragens, a outra dúzia de lojas na área estava com as venezianas fechadas, embora não desse para saber se estavam vazias ou apenas fechadas naquele dia. Quase não havia pessoas na rua, que mal tinha largura suficiente para ser de mão dupla, embora uma van preta estivesse estacionada a poucos metros de Nga-Yee, bloqueando uma das faixas. A movimentada Queen's Road West, a apenas alguns quarteirões de distância, era completamente diferente. Será que o sr. Mok havia anotado errado a rua ou o número? Talvez ele quisesse dizer First ou Third Street, um engano normal.

Enquanto Nga-Yee hesitava entre subir a escada escura ou dar meia-volta e procurar em outro lugar, o som alto de passos chamou sua atenção. Uma mulher de vestido azul-escuro descia as escadas.

— Com... com licença, aqui é Second Street, número 151? — perguntou Nga-Yee.

— Isso mesmo — respondeu a mulher, que devia ter cerca de 50 anos.

Ela olhou Nga-Yee de cima a baixo, e Nga-Yee reparou que a mulher carregava um balde vermelho contendo produtos de limpeza, luvas de borracha, escova e pá de lixo.

— A senhora mora aqui? Eu queria saber se o sexto andar...

— Você está procurando pelo N?

Então aquele era *mesmo* o endereço certo.

— Isso mesmo, sexto andar — disse a mulher, olhando para o cartão na mão dela e dando um sorriso simpático. — É um apartamento por andar, você vai achar fácil.

Nga-Yee agradeceu e observou a mulher sair do prédio e andar em direção à Water Street. Se aquela moradora — ou seria uma faxineira? — conhecia N, aquele devia ser o lugar certo. Com o coração na boca, ela subiu os degraus escuros. Não fazia a menor ideia se N seria capaz de ajudá-la ou não, mas aquele lugar estava lhe dando arrepios. Cada vez que dobrava num patamar, esperava que alguma criatura horripilante a atacasse.

Depois de subir lentamente cinco lances de escada, chegou ao sexto andar. Havia uma porta comum de madeira branca com a proteção de uma grade de ferro. Não tinha nada escrito na porta nem na grade — nenhuma placa de DETETIVE PARTICULAR, nem a habitual efígie do deus das portas ou uma faixa vermelha proclamando "Venha em paz, vá em paz". Havia uma campainha preta na parede, das antigas, como nos anos 1960 ou 1970.

Depois de conferir se o número na parede era mesmo o 6, Nga-Yee tocou a campainha.

Trim-trim-trim-trim-trim-trim. Um daqueles toques bem antigos.

Esperou dez segundos, mas não ouviu nenhum sinal de movimento.

Trim-trim-trim-trim-trim-trim. Tentou novamente.

Mais meio minuto. A porta não se abriu.

Teria ele saído? Então, ela ouviu um leve farfalhar dentro do apartamento.

Trim-trim-trim-trim-trim-trim-trim-trim-trim. Ela não tirou o dedo da campainha, para que o barulho enlouquecedor continuasse como uma metralhadora.

A porta branca se abriu abruptamente, só uma fresta, revelando metade de um rosto.

— Para com isso!

— Ééé... olá. Eu...

A porta se fechou abruptamente.

Nga-Yee ficou boquiaberta. Tudo ficou em silêncio. Ela tocou a campainha mais uma vez, disparando outra rajada.

A porta se abriu de novo, revelando um pouco mais do rosto dessa vez.

— Eu disse pra parar!

— Sr. N! Por favor, espere! — gritou Nga-Yee.

— Não tem "por favor", não vou receber ninguém hoje! — disse o homem, fechando a porta.

— O detetive Mok que me indicou! — Nga-Yee deixou escapar, já desesperada, antes que a porta se fechasse por completo.

As palavras "detetive Mok" pareceram surtir algum efeito. O homem parou, depois abriu a porta devagar. Nga-Yee pegou o cartão de visita de Mok e estendeu ao homem através da grade.

— Droga! Que trabalho de merda que aquele safado do Mok jogou no meu colo dessa vez? — Ele pegou o cartão e abriu a grade para deixar Nga-Yee entrar.

Assim que entrou, Nga-Yee deu uma boa espiada nele, e o que ela viu não foi o que esperava. Ele parecia ter cerca de quarenta anos e não era alto, nem grandalhão. Um cara normal, simples, um pouco magricelo. O cabelo bagunçado lembrava um gramado seco, e sua franja caía para além das sobrancelhas, em direção a um par de olhos cuja letargia destoava do ar aristocrático do nariz. A barba por fazer cobria todo o rosto, e, combinada à camiseta cinza amarrotada e suja e às calças curtas em xadrez azul e branco, a impressão geral era a de alguém que dormia na rua. Nga-Yee tinha crescido em um conjunto habitacional do governo e visto muitas figuras desleixadas como aquela. O marido da Tia Chan costumava ser assim. Todos os dias a vizinha botava as mãos na cintura e reclamava com ele aos berros por ser tão inútil, enquanto Tio Chan a ignorava e continuava a beber sua cerveja.

Nga-Yee desviou o olhar do homem e teve outro choque. Três palavras vieram à sua mente: "ninho de rato".

Objetos aleatórios estavam empilhados junto à porta — jornais e revistas, roupas e sapatos, caixas de papelão de todos os tamanhos. A sala de estar era igualmente caótica. Duas estantes ocupavam a parede oposta, ambas entulhadas de livros. Na mesa redonda em frente a elas havia três caixotes de madeira do tamanho de caixas de sapato, abarrotados de fios, cabos e componentes eletrônicos que Nga-Yee nunca tinha visto antes. Todas as cadeiras ao redor da mesa estavam cheias de coisas em cima, incluindo um velho e amarelado terminal de computador, virado de cabeça para baixo.

No lado esquerdo da sala estava uma escrivaninha, tão bagunçada quanto o resto do lugar: havia papéis, canetas, livros, garrafas de cerveja vazias e embalagens de comida espalhados, e dois laptops. Diante dela, duas poltronas verde-escuras se encaravam, e em cima delas havia uma guitarra e uma maleta cor-de-rosa. Entre as poltronas, uma mesinha de centro, o único móvel que não estava entulhado de coisas. Prateleiras de cada um dos lados da escrivaninha continham um aparelho de som de aparência antiga, com todos os espaços disponíveis cheios de CDs, discos de vinil e fitas cassete. Na prateleira mais baixa estavam o amplificador da guitarra e os cabos emaranhados como um novelo de lã, com um monte deles espalhados pelo chão. À direita das prateleiras havia um vaso de planta de um metro de altura junto a uma enorme janela. Embora a veneziana, quebrada, estivesse ligeiramente fechada, a forte luz do sol conseguia forçar a entrada, iluminando uma espessa camada de poeira sobre todos os móveis e superfícies, sem falar das manchas no piso.

"Que espécie de detetive famoso parecia um mendigo e vivia em um lixão como aquele?", Nga-Yee se perguntou, quase deixando escapar em voz alta.

— Com… com licença, você é o sr. N? Eu…

— Sente-se. Eu acabei de acordar — disse o homem, ignorando a pergunta. Deu um bocejo e caminhou descalço até o banheiro próximo ao vestíbulo.

Nga-Yee olhou ao redor, mas não havia nenhum lugar onde se sentar, então ficou parada sem jeito perto do sofá.

Do banheiro vieram sons de descarga e de água correndo. Nga-Yee esticou a cabeça, viu que a porta do banheiro estava aberta e se virou para olhar para outra direção. Uma porta ao lado da estante estava entreaberta. Pela fresta ela conseguiu ver uma cama desfeita, com caixas, roupas e sacos plásticos espalhados ao redor. Aquele lugar dava arrepios em Nga-Yee. Ela não era maluca por limpeza, mas aquele apartamento inteiro parecia um depósito de lixo. O lugar só não era completamente sufocante porque aquele era o último andar e o pé-direito era alto.

O outro motivo de seu desconforto estava agora saindo do banheiro.

— Por que você está aí em pé feito uma tonta? — perguntou o homem desgrenhado, coçando a axila. — Eu não disse pra você se sentar?

— Você é o sr. N? — indagou Nga-Yee, esperando que ele respondesse: "O detetive teve que sair, eu sou só um colega de quarto dele".

— Me chama só de N. Não gosto de senhor. — Ele balançou o cartão de visita que ela lhe dera. — Não foi isso que o Mok escreveu aqui?

N tirou a guitarra da poltrona e sentou-se. Depois se virou para Nga-Yee, indicando com os olhos que ela deveria fazer o mesmo com a maleta. Ela fez. A maleta estava tão leve que só podia estar vazia.

— Por que o Mok disse pra você vir aqui? Você tem cinco minutos pra explicar.

N estava recostado na poltrona e parecia completamente desinteressado por Nga-Yee. Deu outro bocejo.

Parecia tão cheio de si que Nga-Yee ficou tentada a ir embora daquele lugar nojento.

— Meu… meu nome é Au, e eu quero te contratar pra me ajudar a encontrar uma pessoa.

Nga-Yee fez um breve resumo de tudo o que tinha acontecido: Siu-Man sendo apalpada no metrô, a decisão do acusado de se declarar culpado, a postagem no Popcorn alegando que a justiça tinha cometido um erro, o *bullying* virtual, a enxurrada de repórteres e, por fim, o suicídio da irmã.

— Eu pedi para o sr. Mok me ajudar a encontrar o sobrinho do Shiu Tak-Ping, pra que eu pudesse tirar satisfação com ele, mas ele descobriu que o sr. Shiu não tem irmãos e, portanto, não tem sobrinhos.

Ela tirou o relatório do sr. Mok da bolsa e entregou a N. Ele olhou a primeira página, folheou o resto e o largou sobre a mesinha de centro.

— Dadas as habilidades do Mok, eu diria que isso é o mais longe que ele consegue ir — zombou N.

— O sr. Mok não tem o conhecimento tecnológico pra descobrir a identidade de uma pessoa a partir de uma postagem na internet, então ele me disse pra falar com você.

Nga-Yee não tinha gostado do tom desdenhoso de N. Afinal de contas, o sr. Mok era uma boa pessoa que havia tentado ajudá-la.

— Não aceito casos como este — falou N abruptamente.

— Por que não? Eu ainda nem disse quanto estou disposta a pagar.

— É fácil demais, então não vou aceitar. — Ele se levantou, pronto para acompanhá-la até a porta.

— Fácil demais? — disse ela encarando-o, incapaz de acreditar.

— Superfácil, facílimo — respondeu N, impassível. — Eu não aceito casos chatos. Eu sou detetive, não um técnico de informática. Nunca aceitei casos de baixo nível que só exigem que eu siga as etapas de sempre pra encontrar a resposta. Meu tempo é muito precioso, não vou desperdiçá-lo com um caso patético como esse.

— Pa... patético?

— Sim, patético. Chato e sem sentido. Esse tipo de coisa acontece todo dia. As pessoas estão sempre procurando pela verdadeira identidade de uma pessoa ou outra na internet pra poderem se vingar de alguma coisa banal. Se eu aceitasse casos como este, eu não seria nada mais do que uma linha direta de atendimento ao cliente. O Mok está voltando a ficar sentimental. Eu já disse a ele pra parar de mandar essas bostas pra mim. Eu não sou faxineiro dele.

Nga-Yee estava tentando manter a paciência, mas aquelas palavras fizeram com que ela explodisse.

— Você... você *não sabe* fazer isso, é por isso que está inventando uma desculpa pra recusar!

— Ah, você quer drama? — disse N, debochando da explosão dela. — Eu poderia resolver um caso assim de olhos fechados. É simples. Todo BBS mantém um registro dos endereços IP. Eu precisaria só de alguns minutos pra acessar o *back-end* do Popcorn e baixar o arquivo que eu preciso. Em seguida, eu coloco o endereço IP em um banco de dados, faço uma pesquisa reversa pra achar o ISP, vejo o histórico de login do ISP e determino a localização física do computador que estava sendo usado. Você acha que a polícia tem dificuldade em rastrear pessoas que vazam informações secretas ou que organizam manifestações políticas pela internet? Isso não é nada para eles. E se até eles conseguem, é claro que eu consigo.

Nga-Yee não fazia ideia do que era um servidor ou um ISP, mas a explicação metódica de N a convenceu de que ele sabia o que estava fazendo. Isso a deixou ainda mais irritada. Se aquilo era assim tão fácil, ajudá-la a rastrear o kidkit727 não daria praticamente nenhum trabalho, mas mesmo assim ele estava se recusando.

— Se é tão simples, eu vou procurar outra pessoa — retrucou ela, tentando dar a última palavra.

— Você não entendeu direito, srta. Au — disse N com ar presunçoso. — Essa tarefa é simples *para mim*. Pelo que sei, existem cerca de duzentos hackers em Hong Kong capazes de invadir o servidor do Popcorn, mas provavelmente menos de dez que consigam fazer isso sem deixar rastros. Boa sorte se você pretende encontrar um desses dez. Quer dizer, nove, porque eu já recusei.

Só naquele momento Nga-Yee percebeu que N era um daqueles hackers de que ela tinha ouvido falar, indivíduos que se escondiam nas profundezas da internet, digitando meia dúzia de comandos e ganhando quantias absurdas.

Criminosos digitais que invadiam a privacidade de celebridades e as chantageavam para arrancar dinheiro delas.

Nga-Yee sentiu um arrepio e passou a sentir medo daquele sujeito nada atraente. Mas era isso que o tornava a pessoa perfeita para ajudá-la a encontrar uma explicação para a morte de Siu-Man. Então ela deixou a raiva de lado, renovou sua determinação e insistiu mais uma vez.

— Sr. N, por favor, me ajuda. Eu não tenho mais a quem recorrer. Se você recusar o meu caso eu não sei aonde ir — confessou ela. — Eu peço de joelhos se quiser. A ideia de que a Siu-Man morreu por causa de uma pessoa desconhecida é insuportável pra mim...

— OK — disse ele, batendo palmas.

— OK?

— Seus cinco minutos acabaram. — Ele andou até a escrivaninha e vestiu o moletom vermelho que estava pendurado nas costas da cadeira. — Por favor, vá. Está na hora de eu sair pra tomar café.

— Mas...

— Se você não sair, eu vou chamar a polícia e dizer que uma mulher fora de si invadiu meu apartamento. — Ele estava no vestíbulo, calçando os chinelos. Depois, abriu a porta e a grade, e fez um sinal com a cabeça em direção à saída.

Nga-Yee não teve escolha a não ser pegar os documentos da mesinha de centro, guardá-los de volta na bolsa e sair. Ficou parada no patamar, sem saber o que fazer. N passou sem olhar para ela e desceu as escadas.

Conforme ele se afastava, a sensação de impotência de Nga-Yee foi voltando. Ela desceu a escadaria sombria, seu coração pesando um pouco mais a cada andar. O sr. Mok a havia alertado de que N poderia não aceitar o caso, mas ela não imaginava que ele seria tão grosseiro. Nga-Yee tinha começado a acreditar que, não importava o quanto se esforçasse, não seria capaz de escapar do que o destino lhe havia reservado. Toda aquela humilhação que N despejou sobre ela tinha sido um aviso do destino, sem dúvida.

A orientação do funcionário do Departamento de Habitação para que ela fosse *só um pouco mais flexível* ecoou em sua cabeça.

Ao deixar para trás a escuridão do prédio e chegar à calçada, a força da luz do sol a arrancou de seus pensamentos. Quando estava levantando a mão para proteger os olhos, ouviu o som de passos apressados se aproximando.

— Ei, você!

Bem diante de seus olhos, dois homens agarraram N. O mais alto era jovem e robusto. Seus braços eram mais grossos do que as coxas de Nga-Yee, e ele tinha um dragão tatuado no pulso esquerdo. O mais baixo não parecia tão assustador, mas tinha o cabelo loiro raspado nas laterais e vestia uma camiseta apertada, o que dava a ele a aparência típica de um gângster da Tríade.

O homem tatuado segurou as mãos de N, e em seguida, passou um braço em volta do pescoço dele, apertando a traqueia para que ele não pudesse gritar por socorro. O Loirinho deu alguns socos na barriga de N, depois correu até a van preta estacionada na rua e abriu a porta, para que o Tatuado o jogasse lá dentro.

Nga-Yee não sabia o que fazer; seu cérebro entrou em pane. Mas qualquer que fosse o caso, ela não tinha muito tempo para pensar.

— Ei, D, aquela garota ali parece estar com ele — disse o Loirinho.

— Pega ela também! — ordenou o Tatuado.

Antes que ela pudesse fugir, o Loirinho a agarrou pelo pulso.

— Me solta! — gritou ela.

Ele tapou sua boca com a mão e a puxou com força. Nga-Yee tropeçou e quase caiu, mas o Loirinho a segurou de pé enquanto a empurrava para dentro da van.

— Vai! — rugiu o Tatuado assim que o Loirinho bateu a porta.

Nga-Yee entendeu o que estava acontecendo. O Tatuado e o Loirinho provavelmente eram de alguma Tríade que havia tido problemas com N, e ela tinha apenas dado azar de estar ali. Tentou se soltar, mas o Loirinho apertou mais o ombro e colocou o joelho sobre a coxa dela, imobilizando-a. Ela ficou encarando-o e reparou que ele tinha um olhar assassino.

Pelo menos N estava na van com ela. Provavelmente ele já havia passado por muitas situações como aquela. Sem dúvida sabia lutar muito bem, como Jack Reacher dos livros de Lee Child, e travaria uma batalha com o Tatuado...

— *Aghhh...*

N estava sentado curvado, com as mãos na barriga e parecendo que ia vomitar. Havia uma fileira de bancos junto às paredes da van. O Tatuado estava sentado em um deles, ao lado de N, parecendo tão surpreso quanto Nga-Yee. Ambos estavam pensando a mesma coisa: N era um tanto patético.

— *Aghh...* Caramba... Precisava bater com tanta força?

N cuspiu algo que podia ser bile ou apenas saliva. Jogou o peso do corpo para trás, e seu rosto estava pálido. O Tatuado e o Loirinho, que ainda estava imobilizando Nga-Yee, trocaram olhares, sem saber como lidar com aquilo. De modo geral, naquele momento seus cativos tentariam se soltar e eles reagiriam com socos ou tiros.

— Você é o N? O Irmão Tigre quer dar uma palavrinha com você — falou o Tatuado, aparentemente na falta de alguma coisa mais ameaçadora para dizer.

N não respondeu, apenas enfiou lentamente a mão no bolso esquerdo do moletom. O Tatuado pulou em cima dele na mesma hora, agarrando seu pulso e rosnando:

— É melhor você não fazer nenhuma gracinha, senão eu...

— Tá bom. Não vou fazer nada — disse N, erguendo as mãos. — Pode pegar você mesmo.

— O quê? — perguntou o Tatuado, sem fazer ideia do que N estava falando.

— *Agh*. No meu bolso. Por favor, estica a mão e pega.

— Ei, ele está tentando subornar a gente?

O Tatuado olhou feio para ele. Teve a impressão de que estava acontecendo algo que as pessoas faziam de vez em quando: oferecendo dinheiro para deixá-las ir embora. Ele nunca tinha sido burro de aceitar. Se a notícia chegasse ao seu chefe na Tríade, a coisa ficaria feia.

Ele meteu a mão no bolso de N e tirou um envelope branco. Era fino demais para ser dinheiro; tinha no máximo uma ou duas folhas de papel. Virou o envelope, e seu rosto mudou, como se tivesse visto um fantasma em plena luz do dia.

— O que é isso? — gritou ele.

— O que houve? — perguntou o Loirinho, afrouxando o apertão em Nga-Yee.

— Eu perguntei o que é isso! — insistiu o Tatuado, ansioso, ignorando o Loirinho e agarrando N pelo pescoço.

— *Aghh*... Uma carta pra você — disse N com calma, de novo parecendo que ia vomitar.

— Não foi isso que eu perguntei! Eu quero saber como você sabe o meu nome! — exclamou o Tatuado, apertando com mais força a garganta de N.

Nga-Yee olhou para o envelope, onde estava escrito "Ng Kwong--Tat" com caneta azul.

— Abre que você vai ver — respondeu N.

O Tatuado empurrou N de volta para seu assento e abriu o envelope. Tirou uma fotografia dali de dentro. Nga-Yee e o Loirinho não conseguiram ver o que tinha na foto, mas viram a cor sumir do rosto do Tatuado e seus olhos se arregalarem.

— Seu...

— Não se atreva — disse N.

O Tatuado estava prestes a acertar N de novo, mas estacou ao ouvir aquelas palavras.

— Se eu tinha essa foto nas mãos, você pode presumir que eu estou completamente preparado. Portanto, ainda que você me enterre num bloco de concreto e me jogue na baía de Hau Hoi, meus parceiros vão cuidar para que todo mundo veja essa foto.

— O que está acontecendo, D? — perguntou o Loirinho, largando Nga-Yee.

— Nada! Não é nada!

O Tatuado enfiou a foto e o envelope no bolso da calça com as mãos tremendo.

O Loirinho olhou desconfiado para N e para o comparsa.

— Tem um pra você também — disse N, retirando outro envelope e o entregando ao Loirinho, que ficou boquiaberto ao ver seu nome escrito nele. Abriu-o, e seu rosto ficou pálido.

Nga-Yee se esticou para dar uma olhada. Era outra foto: o Loirinho em uma poltrona marrom, de olhos fechados, uma garrafa de cerveja na mão direita. Parecia estar dormindo profundamente.

— Seu desgraçado! — O Loirinho largou Nga-Yee por completo e se esticou para agarrar N pelo pescoço. — Como que você entrou no meu apartamento? Quando você tirou essa foto? Me fala ou eu te mato!

O Tatuado puxou o Loirinho de volta, enquanto Nga-Yee observava a cena, perplexa. Por que aquele gângster estava ajudando N?

— *Aghhhh...* — N quase vomitou mais uma vez. — Vocês jovens de hoje em dia estão sempre muito exaltados. Estão sempre falando que vão bater num aqui, matar outro ali. — Ele esfregou a garganta e continuou: — Wong Tsz-Hing... ou você prefere seu apelido, Hing Negro? Acho que tanto faz. E tanto faz quando eu invadi o chiqueiro que você chama de casa, sentei do seu lado enquanto você dormia e tirei essa foto. Você devia se preocupar com o fato de eu ter feito isso sem você perceber. Estava tão perto, e você, tão indefeso. Já parou pra pensar se aquela cerveja que você bebe todos os dias é cerveja mesmo? Se alguém fez alguma coisa com o pão que você come? E quanto às, digamos assim, mercadorias que você esconde na caixa da descarga do banheiro, será que alguém trocou elas por meros comprimidos pra dor de cabeça?

— Seu... — O Loirinho tentou estrangular N mais uma vez.

— Se você encostar um dedo em mim, não vai se safar nem se tiver nove vidas. — De repente N adquiriu um ar transtornado; chegou bem perto do Loirinho, olhando diretamente em seus olhos. — Eu poderia arrancar seus olhos enquanto você estivesse dormindo. Arrancar seus rins com a mão. Colocar parasitas comedores de cérebro na sua água pra que eles esvaziassem o seu crânio. Não fica achando que você é corajoso só porque já se meteu em umas brigas pelo seu chefe. Você nunca vai ser durão como eu. Você pode me matar agora se quiser, mas eu garanto que depois disso sua vida não vai valer a pena por mais nem um único minuto.

Em questão de segundos, N parou de estar à mercê daqueles bandidos e começou ele próprio a ameaçá-los. O Tatuado e o Loirinho pareciam amedrontados, como se de repente estivessem perdidos, incapazes de controlar a situação. Nga-Yee ficou impressionada.

— Ah, e eu tenho uma coisinha para o seu motorista. Ei, sr. Yee! — gritou N na direção do motorista. — Eu vou descer no restaurante de *noodles* na Whitty Street; caso contrário, não vou poder garantir que não aconteça um acidente misterioso no jardim de infância Saint Dominic Savio, em Tsuen Wan.

O motorista pisou no freio com tanta força que Nga-Yee quase caiu no chão. Com a expressão perplexa, ele se virou para fitar N, gaguejando de raiva:

— Seu... se você ousar tocar na minha filha...

— Por que eu não ousaria? — disse N, novamente sem demonstrar nenhuma emoção. — Sr. Yee, você tem um emprego muito bom. O senhor precisa mesmo ajudar dois merdas como esses pra fazer uma grana extra? Se arrumar problema, vai arrumar problema pra sua esposa e pra sua filha junto. O mais inteligente seria fazer o retorno com essa van agora mesmo. Um segundo a mais e talvez não haja nada que eu possa fazer.

A van estava perto do Shun Tak Centre, na Connaught Road West, em Sheung Wan. O motorista olhou preocupado para o Tatuado, que murmurou:

— Faz o que ele está dizendo.

Cinco minutos depois, eles estavam de volta a Sai Ying Pun, parando perto da Whitty Street. Naquele curto trajeto, Nga-Yee sentiu uma tensão estranha no veículo. Não entendeu completamente o que estava acontecendo. Ela era uma das vítimas, mas agora tinha a sensação de que estava em vantagem. O Tatuado e o Loirinho não falaram mais nada, só olhavam para N inquietos, como se ele, e talvez também Nga-Yee, fossem se transformar em dois monstros e arrancar os olhos deles.

Quando desceu da van, N enfiou a mão no bolso e entregou um terceiro envelope para o Tatuado, dizendo:

— Pega isso aqui.

O Tatuado hesitou.

— O que é isso?

— É para o seu chefe — respondeu N. — Você não vai voltar de mãos vazias, não é? Leva isso e entrega para o Chang Wing-Shing. Ele não só não vai te culpar, como vocês nunca mais vão me incomodar.

O Tatuado ficou desconfiado, mas estendeu a mão para pegar o envelope mesmo assim. N não o soltou de imediato.

— Porém, um aviso. Não abra — disse N com um sorriso. — A curiosidade vai lhe custar muito caro. Você não pode se dar ao luxo de arriscar sua vidinha de merda.

O Tatuado e o Loirinho ficaram paralisados. N soltou o envelope, bateu a porta sem olhar para trás e deu um tapinha na traseira da van, para indicar ao motorista que fosse embora.

Nga-Yee ficou olhando a van se afastar, ainda sem entender o que tinha acabado de testemunhar.

— Sr. N... — começou ela, mas não soube o que perguntar a seguir.

— Por que você ainda está parada aí? Já disse que não vou aceitar o seu caso. Procura outra pessoa! — disse N, franzindo a testa, parecendo irritado com ela. Por um momento, aquela resposta fez Nga-Yee se perguntar se não tinha sonhado com aquela coisa toda.

— Eu... Eu só queria saber, o que diabos foi tudo isso?

Nga-Yee sentiu um arrepio ao lembrar do momento em que foi arrastada para a van.

— Você tem merda no lugar do cérebro? Não foi óbvio? Aqueles gângsteres vieram arrumar confusão comigo — falou N com ar despreocupado.

— Por que eles fariam isso? Você fez alguma coisa pra eles?

— Não pra eles. Algum empresário idiota e corrupto perdeu dinheiro e mandou eles se vingarem de mim. O Irmão Tigre, o Chang Wing-Shing, é o novo chefe da Tríade Wan Chai. Ele está no cargo há muito pouco tempo pra saber quais são os seus limites…

— Então por que eles deixaram a gente ir embora? — interrompeu Nga-Yee.

N deu de ombros.

— Todo mundo tem um ponto fraco. Se você conseguir encontrar o do seu oponente, pode fazer o que quiser com ele.

— Que ponto fraco? O que tinha na foto que você mostrou para aquele cara tatuado?

— Ele está dormindo com a esposa do chefe dele. Eu tenho uma foto deles dois na cama.

Nga-Yee olhou para ele em choque.

— Como você conseguiu isso? — Ela fez uma pausa, depois se lembrou de uma coisa ainda mais estranha. — Não, espera. Eles ficaram muito surpresos de ver os próprios nomes escritos nos envelopes. Você já sabia que eles estavam vindo te pegar?

— É óbvio. Antes de fazer qualquer coisa, as tríades preparam o terreno, assim como os detetives seguem os suspeitos e descobrem um esconderijo. Isso se chama reconhecimento. Eles passaram quase uma semana rondando o meu bairro. Eu teria que ser muito burro pra não ter percebido.

— Mas como você sabia o nome deles? Você foi ainda mais longe e invadiu a casa deles pra tirar aquelas fotos? Eles não eram só uns gângsteres quaisquer, do tipo que a gente vê em todo lugar?

— O que você estava mesmo dizendo há apenas 15 minutos, mocinha? — N deu um sorriso de sarcasmo. — Pra mim é moleza descobrir a identidade de uma pessoa. Posso fazer isso sem derramar uma gota de suor. Quanto ao resto, é um segredo profissional, não posso contar.

— Se você já sabia quais eram os pontos fracos deles, por que deixou eles pegarem você? Por que não assustou eles logo?

Nga-Yee ainda estava abalada com aquele encontro.

— Você tem que deixar seus oponentes ganharem um pouco de vantagem, fazer eles acharem que estão no controle. Assim, o impacto que você provoca é maior, e os danos também. Nunca ouviu falar que é preciso ceder terreno antes de dar início a um massacre?

— Mas...

— Você não cansa de fazer perguntas? Eu já disse tudo o que tinha pra dizer. Acabou o nosso tempo juntos. Obrigado pela visita. Tchau — disse N e entrou no restaurante de *noodles*.

— Oi, N! Faz uma semana que eu não te vejo! — gritou um homem que parecia o dono do lugar.

N riu.

— Andei ocupado.

— O de sempre?

— Não... não estou com muita fome. Acabei de levar um soco no estômago. Vou querer uma tigela de sopa clara de *wonton*.

— Ah, esses idiotas não sabem no que estão se metendo com essa ousadia.

Nga-Yee ficou na porta do restaurante ouvindo as piadinhas. Agora N parecia uma pessoa completamente diferente do homem sagaz e implacável que ela tinha visto na van. O restaurante era pequeno, e todos os dez lugares estavam ocupados, porque era hora do almoço. Nga-Yee não sabia se deveria segui-lo, mas depois de um tempo percebeu que ficar ali poderia acabar provocando mais decepção, então ela desceu a Whitty Street em direção ao metrô.

Ao entrar no vagão, a única coisa que sentia era arrependimento.

"Ele sem dúvida poderia me ajudar a encontrar a pessoa responsável pela morte da Siu-Man" — esse pensamento se recusava a sair da sua cabeça. Vendo a facilidade com que N se livrou do perigo — estando muitos passos à frente dos gângsteres, descobrindo seus segredos antes que eles encostassem um único dedo nele. Com aqueles poderes quase divinos, era claro que ele poderia encontrar kidkit727 e descobrir quais eram suas intenções.

Cada dia que passava sem que ela soubesse o que tinha acontecido era mais um espinho em seu coração.

Mais do que isso, ela tinha o dever de descobrir a verdade.

2.

Na semana seguinte, Nga-Yee foi a Sai Ying Pun todos os dias. Seus turnos eram irregulares, então às vezes ela ia antes do trabalho, às vezes depois. Tentou ver N de novo, mas independentemente do tempo que ficasse tocando a campainha, ninguém atendia. No início ela achava que ele podia não estar em casa, mas no terceiro dia, quando uma música alta começou a tocar dentro do apartamento, ela soube que ele a estava ignorando. Bateu na porta com força, mas o volume subiu em resposta. Esperou do lado de fora por meia hora, e, durante todo esse tempo, a mesma música, em inglês, ficou tocando no *repeat*. Ela desistiu e desceu as escadas, a melodia ainda ecoando em seus ouvidos. N estava debochando dela. O primeiro verso da música era *"You can't always get what you want"*.

Nga-Yee tinha receio de que, se N continuasse tentando afastá-la com música alta, em algum momento os vizinhos iam notar e ela seria acusada de assédio. Talvez eles até ligassem para a polícia. Para evitar problemas, passou a ficar do lado de fora do prédio, mas nem sinal de N. Ela ficava observando a janela do sexto andar enquanto esperava, mas, fosse de dia ou de noite, quer a janela estivesse aberta ou fechada, estivessem as luzes acesas ou apagadas, jamais teve um vislumbre dele.

Aquilo consumia duas ou três horas de seus dias, mas ela não ia desistir. Uma hora ia pegá-lo. No entanto, ainda não sabia exatamente o que iria dizer.

Na noite de 12 de junho ela saiu do trabalho e foi correndo para a Second Street para continuar observando aquela panela de água que não fervia nunca. Caía uma chuva forte, e suas calças estavam encharcadas, mas ficou ali segurando um guarda-chuva, encolhida junto a um poste de luz e engolindo o hambúrguer do McDonald's que tinha comprado para o jantar, sem tirar os olhos da entrada do número 151. Ela estaria de folga no dia seguinte, e, quando começava a fazer planos de passar a noite inteira ali apesar da chuva, seu telefone tocou. Tirou desajeitadamente o Nokia de dez anos de idade da bolsa. Um número não identificado.

— Alô?

— Por favor, pare de vadiagem na porta do meu prédio, é uma visão horrível.

— Sr. N... Como conseguiu meu número? — gaguejou ela.

— Segredo profissional.

— Sr. N, por favor, me escuta. — Ela decidiu deixar a questão do número de telefone de lado. — Eu imploro, eu pago quanto você quiser, só descobre esse único nome pra mim. Essa é a única coisa que te peço, por favor...

— Pode parar de falar bobagem. Eu vou cuidar do seu caso.

— Por favor, pense bem, sr. N, eu... o quê?

— Sobe aqui. Vamos ver se você tem como pagar — disse N, e desligou.

Nga-Yee ficou chocada e feliz na mesma medida. Devorou o resto do hambúrguer e subiu correndo em direção ao sexto andar. Antes que pudesse tocar a campainha, N abriu a porta e a convidou a entrar. Sua aparência era exatamente a mesma de antes: caótica. No entanto, havia um pouco menos de barba por fazer em seu queixo, então pelo menos ele havia se barbeado em algum momento.

— Sr. N...

— N — rebateu ele, fechando a porta. Falou com a expressão mal-humorada de um chefe dando uma ordem.

— Claro, como preferir. — Nga-Yee sabia que ela estava se rendendo, se curvando, mas àquela altura já havia jogado toda a sua dignidade fora. — N, você está disposto a me ajudar a encontrar o kidkit727?

Ele foi até a escrivaninha e sentou-se.

— Vamos ver se você pode pagar o meu preço.

— Quanto? — perguntou Nga-Yee, agitada. Deixou o guarda-chuva encharcado no vestíbulo e foi em sua direção.

— Não muito, apenas 82.629,50 dólares.

Nga-Yee estacou. Era muito dinheiro. Mas, se ele estava tentando assustá-la, por que não ir direto para um milhão ou dez milhões de dólares de Hong Kong? Isso sim estaria definitivamente fora de alcance.

E por que uma quantia tão específica?

Assim que Nga-Yee começou a ter a sensação de que havia algo errado, uma imagem veio em sua mente.

— Isso não é...

Ela tinha feito um saque em um caixa eletrônico naquela manhã, e o saldo na tela era de...

— Você... Como você... — começou ela, mas se conteve.

Estava claro que N havia invadido sua conta bancária. Ela se sentiu completamente nua, como se aquele homem vulgar fosse capaz de enxergá-la por inteiro.

Agora entendia como o Loirinho e o Tatuado tinham se sentido ao verem seus nomes naqueles envelopes.

— Vai pagar? — perguntou N, recostando-se na cadeira.

— Sim! — respondeu Nga-Yee sem hesitar.

Agora que ele havia mudado de ideia, ela queria aproveitar a oportunidade antes que o bom humor de N passasse.

Ele sorriu e estendeu a mão direita.

— Tudo bem, temos um acordo. Isso não é um negócio legítimo, então não espere contratos nem nada parecido.

Nga-Yee deu um passo à frente e apertou a mão dele. Apesar de N ser esquelético, seu aperto de mão era firme. Ao sentir essa firmeza, ela teve ainda mais certeza de que ele encontraria a pessoa responsável pela morte de Siu-Man.

— Nada de sinal. Quero o valor inteiro, adiantado, antes de começar o trabalho — continuou ele.

— Tudo bem — disse Nga-Yee rapidamente.

— E eu quero em dinheiro.

— Dinheiro?

— Sim, ou bitcoin — respondeu ele, fazendo um gesto para que ela se sentasse perto da escrivaninha. — Mas acho que você não tem ideia do que seja isso.

Nga-Yee fez que não com a cabeça. Ela já tinha ouvido aquela palavra no noticiário, mas não sabia o que significava.

— Quer o valor exato em dinheiro, até os centavos? — perguntou ela.

— Sim. Não vou aceitar nem um centavo a menos.

— Compreendo. — Nga-Yee assentiu. — Mas...

— Mas o quê? Se você não estiver feliz a gente não precisa fechar negócio.

— Não. Eu só queria saber por que você mudou de ideia.

— Você sabe por que eu pedi esse valor, srta. Au? — perguntou ele.

Nga-Yee balançou a cabeça em negativa.

— Porque eu queria me certificar de que esse caso era a coisa mais importante do mundo pra você. Você concordou imediatamente. Muitas pessoas me procuram, mas, quando eu peço todo o dinheiro que elas guardaram ao longo da vida inteira, a maioria desiste na mesma hora. Elas não querem ir tão longe, mas esperam que eu, um estranho, me arrisque por...

— Então... esses dias todos você estava me testando?

— Eu tenho cara de bom samaritano? — N bufou. — Eu estou disposto a aceitar o seu caso porque descobri que ele é muito mais interessante do que eu achava a princípio. Mas, claro, se você tivesse dado mais valor ao seu dinheiro do que à busca por uma resposta, eu não teria ajudado, por mais fascinante que fosse.

Nga-Yee ficou perplexa.

— Ele é interessante?

— Sim, muito. Se a questão fosse apenas rastrear alguém, daquele jeito que eu descrevi, eu não chegaria nem perto dele, ainda que você ficasse na porta do prédio por tanto tempo que começasse a mofar e apodrecer. — N afastou um pacote de amendoim vazio e duas garrafas de cerveja, e abriu um laptop, virando a tela para Nga-Yee. Nela estava a postagem do Popcorn "Uma piranha de 14 anos". — Esses são os detalhes de login do Popcorn daquele dia, com a localização de cada usuário. — N clicou em outra janela que continha uma planilha com linhas e mais linhas entupidas de informação.

— Você... você já fez o trabalho pra mim?

— Jovem, vamos deixar uma coisa bem clara. Eu não fiz nada pra você. Eu só estava entediado — disse ele. — Ainda que eu tivesse descoberto o nome, a idade, o endereço, o trabalho e uma árvore genealógica com as 18 gerações passadas dessa pessoa, mesmo assim eu não teria nenhuma vontade de compartilhar com você.

Nga-Yee ficou em silêncio, embora o estivesse xingando mentalmente. Só precisava aguentar aquilo um pouco mais.

— Esse é o endereço IP do kidkit727 — sentenciou N, apontado para uma sequência de números: — 212.117.180.21.

— O que é IP?

N a olhou como se ela fosse alguma espécie de animal exótico.

— Você não sabe o que é um endereço IP?

— Eu não entendo nada de computador.

— Selvagem — disse N em tom de deboche. — IP significa Internet Protocol. Em suma, é o número de série que nos diz onde a pessoa está quando entra na internet. Tipo quando você vai ao banco ou ao hospital, e pega uma senha. Quando você entra na internet, o provedor atribui um número exclusivamente para você. Quando você entra num site, num jogo on-line ou fica só batendo papo, tudo isso acontece através desse número.

— Nos fóruns também?

— Como eu acabei de falar, todo mundo que entra na internet recebe um desses números. Se você quiser postar em um fórum, o servidor, ou seja, a "máquina" do fórum, faz um registro do endereço IP de todo mundo. O que significa que você pode fazer uma pesquisa reversa em qualquer postagem pra descobrir de qual computador ela veio. Entendeu agora?

Nga-Yee assentiu, agitada.

— Então você sabe de onde o kidkit727 postou isso?

N deu um sorriso irônico.

— Steinsel, uma cidade na região central de Luxemburgo.

— Europa? — Nga-Yee foi pega de surpresa. — O kidkit727 não está em Hong Kong?

— Esse cara está pregando uma pequena peça na gente. — N apontou para a linha do endereço IP na tela. — Isso é um *relay* — disse ele, usando o termo em inglês.

— Um *relay*?

— Em chinês, a gente chama isso de "estação de transferência". Se você quiser ocultar sua identidade na internet, a forma mais simples e eficaz é usar um *relay*, que conecta você a um computador no exterior. Esse computador, então, é que faz a conexão, que fica registrada como sendo proveniente dele, em vez da sua verdadeira localização.

— Então a gente só precisa descobrir todo mundo que usou o computador em Luxemburgo naquele dia pra saber o verdadeiro IP do kidkit727?

N arregalou os olhos.

— Você aprende rápido. Sim, é isso. Isso funcionaria em teoria, mas não nesse caso.

— Por que não?

— Porque eu já verifiquei, e tenho certeza de que esse sujeito usou mais de um *relay*. Este IP de Luxemburgo apareceu nos meus arquivos muitas vezes. É um ponto de *relay* comum e pertence à rede Tor, sigla de The Onion Router.

— *Onion* não significa cebola? O que isso tem a ver com internet?

— O nome tem a ver com os princípios fundamentais da rede. Não vou entrar em detalhes, mas essencialmente essa é uma rede enorme e anônima. Muitas pessoas a usam só pra acessar a *dark web*, aqueles sites *undergrounds* com coisas como pornografia ou venda de drogas, mas o Tor foi inventado principalmente pra que as pessoas pudessem apagar seus rastros digitais. A maneira mais fácil de usar o Tor é com um software independente chamado Onion Browser. Ele transita automaticamente por milhares de *relays* ao redor do mundo, então mesmo que eu hackeasse o servidor de Luxemburgo e obtivesse todos os registros daquele dia, e verificasse um dos IPs desse *relay*, tudo o que eu iria conseguir descobrir era que o usuário estava na França, no Brasil, nos Estados Unidos ou em qualquer outro lugar. Eu teria que fazer isso várias e várias vezes pra ter alguma chance de encontrar a verdadeira localização. E, caso um único *relay* não tenha registros recuperáveis, a trilha acaba ali. Seria menos complicado procurar uma agulha num palheiro.

Nga-Yee ficou desolada.

— Depois que parei nesse beco sem saída do IP, tentei procurar por outras pistas. O kidkit727 criou a conta no dia em que a postagem foi publicada. — N apontou para uma linha na tela. — O endereço de e-mail associado à conta é rat10934@yandex.com, e o yandex.com é um serviço de e-mail russo gratuito que não precisa de verificação via telefone pra ser configurado. É o que a gente chama de *burner account*, uma conta que não tem como ser rastreada.

N passou o dedo ao longo da linha do kidkit727, parando um pouco mais adiante.

— O mais interessante é que esse kidkit727 apagou com muito cuidado um outro pedaço de informação. Quando um usuário acessa um site, o navegador envia uma sequência de caracteres que revela qual dispositivo está sendo usado, conhecida como "agente do usuário", pra que o outro computador saiba se você usa Windows ou Apple, smartphone ou tablet, ou mesmo qual a sua versão do navegador. Por exemplo, Windows NT 6.1 é o nome da sétima versão; OPiOS significa Opera, o navegador do Apple iOS; e assim por diante. Mas, nos registros do Popcorn, existe um único caractere na linha do agente do usuário do kidkit727.

Nga-Yee olhou para a célula que dizia HTTP_USER_AGENT. Todo o resto eram sequências longas e complicadas de letras e números, como N dissera, mas na linha do kidkit727 havia apenas um X.

— X?

— Nunca vi um agente do usuário tão curto. Deve ter sido codificado manualmente pelo usuário. Alguns navegadores permitem que seus usuários alterem essa sequência de caracteres pra ocultar o dispositivo ou o navegador que eles estão usando. O Tor é um deles.

— Pera... você disse "um deles". Isso significa que ele pode ter usado outro?

— Srta. Au, você ainda não entendeu. — N se recostou na cadeira, os dedos entrelaçados sobre a escrivaninha. — Quer ele tenha usado o Tor ou não, essa pessoa obviamente encobriu seus rastros. O kidkit727 se registrou como usuário do Popcorn apenas no dia em que a postagem foi feita e ele fez login apenas uma vez, apenas pra isso. Não há registro de qualquer atividade posterior. Além do mais, ele usou um *relay* pra fazer tudo isso, então não há vestígios do navegador nem do dispositivo que ele usou. Isso é um apagamento quase perfeito de identidade. Se tudo o que ele queria era defender o Shiu Tak-Ping, por que foi tão longe? O que ele está dizendo aqui é "Estou ciente de que essa postagem vai receber muita atenção e talvez as pessoas venham fuçar, mas não quero que ninguém saiba quem eu sou".

Nga-Yee finalmente entendeu o que N queria dizer. Ela não conseguia acreditar.

— A pessoa que escreveu esse texto sabia exatamente aonde isso ia levar. Deve ter algum tipo de experiência em TI — disse N. — Agora, a única pergunta é: essa pessoa misteriosa estava realmente tentando provar a inocência do Shiu Tak-Ping ou foi uma campanha de assédio virtual que tinha a sua irmã como alvo?

Quinta-feira, 21 de maio de 2015

> Tô em casa. 21:41 ✓

> Papai perguntou por que eu demorei tanto. Disse que tava estudando com uns amigos. 21:43 ✓

> Ele acha que eu tava com você. 21:44 ✓

> Eu sou responsável pela morte? 21:51 ✓

que bobagem é essa 21:53

se jogar foi uma escolha dela 21:53

não tem nada a ver com ninguém 21:54

pessoas que fazem acusações falsas como essa merecem morrer 21:55

> Tem certeza que ninguém vai descobrir que foi a gente? 22:00 ✓

para com isso 22:01

não tem como 22:02

confia em mim, eu sei o que tô fazendo 22:03

mesmo que a polícia se meta eles não vão encontrar nada 22:04

> Ok. 22:05 ✓

> Mas tem mais uma coisa que preciso te falar. 22:06 ✓

CAPÍTULO TRÊS

1.

— Ei, Nam, o chefe está vendo.

Com o alerta de Ma-Chai, Sze Chung-Nam enfiou apressado o celular no bolso.

— Você não para de olhar pra esse celular. Paquerando alguma garota? — disse Ma-Chai, e deu uma gargalhada.

Chung-Nam deu de ombros, sem negar.

Eles estavam no décimo quinto andar do Fortune Business Center em Mong Kok. Chung-Nam estava diante de um computador, assim como seus quatro colegas de trabalho. A GT Technology Ltd. era composta de cinco funcionários e um chefe, espremidos em 45 metros quadrados divididos em um escritório e uma sala de reuniões. Nem mesmo o chefe tinha uma sala só para ele — Jack Dorsey, CEO do Twitter, não tinha sequer uma mesa própria; ele argumentava que qualquer lugar pode ser um espaço de trabalho, desde que tenha um laptop à mão.

Faltava muito para o chefe da GT, Lee Sai-Wing, chegar perto do nível de alguém como Dorsey — era apenas uma imitação barata. O sr. Lee tinha o sonho de internacionalizar sua empresa, mas seu talento, sua visão e sua motivação simplesmente não estavam à altura do feito. Ele havia assumido a empresa da família, uma fábrica de tecidos na China continental, mas, depois de vários anos de prejuízos, ele a vendeu e montou uma empresa de tecnologia em Hong Kong.

A GT Technology Ltd. tinha cerca de um ano; seu principal produto era um chatboard chamado GT Net. Chung-Nam e Ma-Chai, os funcionários mais experientes em tecnologia, eram encarregados de configurar e manter o site. Os outros eram Thomas, designer gráfico; Hao, moderador do site e responsável pelo atendimento ao cliente; e Joanne, recém-saída da faculdade, que era assistente pessoal do sr. Lee. Não muito tempo depois de entrar na empresa, Chung-Nam começou a desconfiar que o relacionamento de Joanne com o sr. Lee era mais "pessoal" e menos "assistente".

Hao, alguns anos mais velho que Chung-Nam, era mais blasé. "E daí que o chefe é um quarto de século mais velho que ela, os dois são solteiros. Não estão causando mal a ninguém. De qualquer forma, é sempre bom ter uma presença feminina no escritório."

Chung-Nam concordou, mas mesmo assim não estava contente. Joanne não era nenhuma modelo, mas era jovem e a única mulher no escritório. Naturalmente, ele ficou interessado nela, até descobrir por Hao que o chefe havia chegado primeiro. Na verdade, o sr. Lee tinha dado o bote um mês depois que Joanne começou a trabalhar lá. Portanto, Chung-Nam recuou; não queria perder o emprego.

No semestre anterior, mesmo com uma equipe tão pequena, o GT Net se tornou o site do momento em Hong Kong, ao combinar os melhores elementos de redes sociais e de chatboard. A maior seção era a Gossips Trading, o mercado de fofocas, que tinha sua própria moeda eletrônica, chamada G-dollar. Ao contrário de outros sites pagos, no GT o valor se baseava nas classificações e no número de acessos. Assim como no mercado de ações, uns ganhavam e outros perdiam — qualquer coisa que tivesse a ver com celebridades geralmente bombava, enquanto assuntos mais chatos despencavam de valor e às vezes até saíam de graça.

— Vocês dois concluíram o teste do streaming de vídeo? — perguntou o sr. Lee, que chegou no momento em que Chung-Nam guardava o celular.

— Mais ou menos. Vamos poder lançar o beta na semana que vem — disse Ma-Chai.

Naquele momento, o GT tinha suporte de imagem, mas os vídeos tinham que ser postados em uma plataforma de terceiros, como YouTube ou Vimeo, o que significava que os usuários podiam contornar o processo de pagamento.

— Isso é prioridade máxima. Terminem logo com isso.

Embora o GT estivesse no ar havia alguns meses, ainda tinha muitas melhorias em andamento. No início, o sr. Lee estabelecera três elementos-chave: pagamento seguro, um amplo mecanismo de busca e streaming de vídeo. Só o terceiro ainda não havia sido concluído. Chung-Nam era o que mais se orgulhava do mecanismo de busca, uma criação sua. Se você fizesse uma busca sobre uma determinada celebridade masculina, por exemplo, os resultados também traziam um link com fofocas sobre todas as mulheres relacionadas a ele. Em um mundo onde todo mundo tinha 15 minutos de fama, coisas banais como uma discussão em um restaurante ou uma briga de namorados no ônibus poderia ser gravada e postada no GT. O item era indexado pelo mecanismo de busca e não podia ser deletado nunca mais. Com o surgimento do "mecanismo de busca de carne e osso", no qual as verdadeiras identidades das pessoas eram expostas após uma multidão on-line se juntar para ir atrás delas, todos tinham medo de ter a privacidade violada. No entanto, aquela tendência também podia ser transformada em arma, e aqueles que sacavam as regras do jogo podiam lucrar com isso.

— Se precisar de mais mão de obra, não tem problema. Se tudo correr bem, em breve vamos crescer muito — disse o sr. Lee, dando um tapinha no ombro de Chung-Nam. — Eu tenho uma reunião agora. Quero ver o protótipo do streaming amanhã.

Assim que ele saiu, Ma-Chai se aproximou.

— Por que o Lee disse pra não se preocupar com mão de obra? Entrou algum dinheiro?

— Você não sabe quem ele está indo encontrar?

Ma-Chai balançou a cabeça.

— É um programa novo do Conselho de Produtividade. Eles organizam encontros às cegas entre capitalistas de risco e start-ups locais de tecnologia.

— Ah, foi assim que o 9GAG ganhou vinte milhões uns anos atrás, não foi?

— Vinte mil já seria ótimo — afirmou Hao, que passou por ali na hora. — Poderíamos mudar pra um escritório melhor e contratar mais moderadores.

— O mundo está cheio de investidores com mais dinheiro do que são capazes de gastar. Talvez um ou dois sejam estúpidos o bastante pra mandar vinte mil pra gente. — Chung-Nam sorriu. — Se eles vão ter retorno desse dinheiro é outra questão, claro.

— Ah, então você acha que o GT não vale nada? — perguntou Hao, puxando uma cadeira para se sentar ao lado deles.

Chung-Nam olhou para Joanne, que era os olhos e ouvidos do chefe, e viu que ela estava ocupada demais ao telefone para escutar.

— Não dá lucro e é facilmente substituível. No momento estamos distribuindo G-dollars de graça, então é claro que as pessoas vão adorar gastá-los. Mas assim que a gente começar a cobrar por eles, quem vai querer pagar? Além disso, não tem como manter exclusividade sobre as maiores fofocas. Tudo vai parar no Popcorn em menos de 24 horas.

— Isso é com vocês. — Hao deu de ombros. — Bloqueia os vídeos pra que sejam difíceis de compartilhar, e as pessoas vão gastar seus G-dollars. Não é muito diferente de pagar por uma revista de fofocas.

"Pessoas que não sabem programar acham sempre que é fácil", pensou Chung-Nam. Na verdade, seria quase impossível impedir que um vídeo fosse baixado e postado novamente no YouTube.

— Isso pode funcionar mesmo sem criptografia — concluiu Ma-Chai. — Antes da Apple lançar o iTunes, as pessoas diziam que ele nunca ia dar certo, por causa da pirataria. Mas muita gente estava disposta a pagar.

— Ainda não estou convencido — disse Chung-Nam. — Se você quer fofoca, por que simplesmente não entra no Popcorn? É de graça.

— A gente não tem alcance suficiente — respondeu Hao. — O Popcorn tem trinta milhões de acessos por mês. Se tivéssemos números assim, ganharíamos um bom dinheiro só com os anúncios.

— *Se* tivéssemos números assim — pontuou Chung-Nam.

— Concordo com o Nam — disse Ma-Chai. — O Popcorn está tão à frente que poderíamos passar dez anos tentando e não iríamos alcançá-los nunca. Lembra da garota de 14 anos que fez aquela acusação falsa de assédio contra um cara? A história viralizou pelo simples fato de ter sido postada no Popcorn.

— Não podemos mudar o fato de que eles chegaram primeiro — afirmou Hao, espalmando as mãos. — Mas isso não mostra que tem espaço para o GT crescer? Pensa só: a história apareceu pela primeira vez no Popcorn, mas, se a gente tivesse revelado a identidade da garota, as pessoas iriam sim se registrar e pagar só para descobrir o nome verdadeiro dela.

Ma-Chai franziu a testa.

— Ela se matou, cara. É assim que você quer ganhar dinheiro?

— Meu caro e inocente Ma-Chai — disse Hao. — Dinheiro é dinheiro, não tem nada de bom nem de ruim nele. Quando você lucra no mercado de ações, está tirando de outros investidores. Isso significa que o dinheiro é sujo? Só se você acreditar em carma. Como você sabe que o suicídio daquela garota não foi exatamente o que ela merecia? Tudo o que você programa pode provocar uma tragédia algum dia. Você vai assumir a responsabilidade por elas? Contanto que não infrinja a lei nem nos exponha a um processo, temos que aceitar o dinheiro que está em jogo. As prostitutas arrumam clientes no board "amigos adultos" do Popcorn; isso faz com que o Popcorn seja um cafetão? Aqui nesta cidade só sobrevivem os mais adaptados. É matar ou morrer. Hoje em dia ninguém retribui uma boa ação. Tudo o que importa em Hong Kong é o capitalismo e a bolsa de valores.

— Mas quando se trata da vida das pessoas é outra história — falou Ma-Chai, hesitante, sem saber como converter seus pensamentos em frases. — O que você acha, Chung-Nam?

— Hmm, vocês têm razão — disse Chung-Nam diplomaticamente. — A garota escolheu se matar. Se você quer culpar outra pessoa, por que não dizer que a sociedade como um todo é culpada? De todo modo, vamos deixar pra falar sobre isso quando acontecer com a gente. O principal agora é terminar de criar a nossa plataforma.

Hao revirou os olhos, como se dissesse "Covarde, sentado aí em cima do muro", e voltou para o seu lugar. Ma-Chai retomou o teclado, e linhas de código-fonte começaram a voar pelo monitor novamente.

Nenhum dos dois viu Chung-Nam sorrir para si mesmo de um jeito macabro.

Como eles poderiam imaginar que o verdadeiro assassino da garota estava bem na frente deles?

2.

Desde que deixou a prisão, Shiu Tak-Ping passou a usar um boné toda vez que saía de casa. Ao puxar a aba para baixo, conseguia evitar contato visual.

Havia um mês que ele estava em casa, mas ainda não tinha voltado à papelaria — sua esposa estava à frente do negócio. A estudante havia se matado dez dias antes de ele ser solto e, naturalmente, os jornalistas tinham voltado a se aglomerar na sua porta. A única maneira de evitar aqueles predadores era não saindo de casa.

Por sorte, a imprensa perdeu o interesse depois de um ou dois meses, e naquele momento ele só precisava lidar com os olhares desagradáveis dos vizinhos. Saía de vez em quando para almoçar, mas nunca nos horários de pico. Também passava longe de seu restaurante preferido no condomínio Lower Wong Tai Sin e caminhava um pouco mais até o Good Fortune, na Tai Shing Street. Antes ele olhava ao redor enquanto andava pela rua, prestando atenção, especialmente, nas mulheres vestidas com pouca roupa, mas agora mantinha os olhos fixos no chão à sua frente.

— Tofu e arroz de porco assado, e um chá com leite quente — pediu à garçonete.

Ele olhou ao redor para ver se havia alguém que conhecesse. O incidente havia lhe mostrado a verdadeira natureza das pessoas. Antes elas sorriam e pechinchavam em sua loja, mas agora viravam a cara quando o viam na rua ou, pior, gritavam coisas desagradáveis quando ele passava apressado. A loja havia perdido metade dos clientes, e, com o aluguel subindo, as contas estavam apertadas. A esposa reclamava tanto quando chegava em casa todos os dias que ele sentia um calo se formando nas orelhas.

Tak-Ping examinou todos os rostos no restaurante, contente por nenhum deles lhe ser familiar.

Ao ver uma câmera na mesa ao lado, pensou por um momento que os paparazzi o haviam encontrado, e então percebeu que estava enganado — era uma câmera reflex com duas lentes. Nenhum jornalista usaria uma antiguidade como aquela.

A câmera era tão incomum que ele não conseguia tirar os olhos dela, mesmo depois que um garçom trouxe seu chá.

— Com licença — disse o homem abruptamente.

— O que... o que foi?

— Você poderia me passar o açúcar? — Ele apontou para o açucareiro na mesa de Tak-Ping.

Tak-Ping fez o que ele pediu, ainda atônito.

— Obrigado. — O homem pegou o açucareiro, serviu-se de algumas colheradas e mexeu o café. — Você gosta de fotografia?

— Sim. É uma Rolleiflex 3.5F?

— Não, 2.8F.

Tak-Ping ficou pasmo. A Rolleiflex era uma marca alemã conhecida, e o modelo 3.5F era bastante comum — dava para comprar uma por alguns milhares de dólares de Hong Kong. Contudo, o modelo 2.8F era muito mais raro, e um em boas condições poderia custar uma bela quantia na casa dos cinco dígitos.

— Você já usou lentes duplas antes? — perguntou o homem.

Tak-Ping balançou a cabeça.

— Muito caro. O máximo que eu consigo comprar é uma Seagull 4B. — Era uma marca de Xangai que custava apenas algumas centenas de dólares.

— Nem perde tempo. — O homem sorriu. — A Seagull parece boa, mas as fotos não têm vida.

— Um amigo estava vendendo uma Rolleicord usada no ano passado por mil e quinhentos. Quase comprei — disse Tak-Ping.

— Bom preço. Por que não comprou?

— Minha esposa não deixou. — Tak-Ping fez uma careta. — Mulheres. Ela já reclama só de eu comprar mais filme.

— Filme? Você não usa câmera digital?

— Não. Atualmente eu só tenho uma Minolta X-700 e algumas lentes.

— Ah, que ótimo. — O homem acenou com a cabeça. — Mas hoje em dia tudo gira em torno do digital. Eu uso os dois tipos.

— As digitais são muito caras.

— Você pode comprar uma de segunda mão mais barata pela internet — sugeriu o homem. — Quer que eu te passe um site?

Tak-Ping fez que não com a cabeça.

— Não, tudo bem. Eu realmente não entendo muito de internet, rede social, nem nada do tipo. De qualquer maneira, ouvi dizer que você precisa de um bom computador pra fotografar com digital. Eu não tenho dinheiro para isso.

— Só se você editar muito as fotos. Você não tem um computador em casa?

— Tenho, mas a gente praticamente não usa. Comprei um tempo atrás, quando instalamos a TV a cabo. Eu só o uso pra jogar xadrez e ver uns slides. Não é mesmo necessário um computador potente?

— Se você vai usar só pra armazenar e visualizar as fotos, qualquer modelo antigo serve — respondeu o homem. — Você vai ter que instalar alguns programas depois de comprar a câmera. Conhece alguém que entende de computador?

— Hum, talvez, se não for muito difícil. — Tak-Ping estava pensando em alguns amigos que tinham os mesmos interesses que ele, embora não tivesse entrado em contato com nenhum deles depois que foi solto, ou seja, ele não sabia se ainda era bem-vindo. E aquele pensamento era assustador. — Deixa pra lá. Minha esposa vai me perturbar se eu comprar outra câmera.

— Ah. Bom, então não tem o que fazer.

A comida chegou, interrompendo a conversa. Eles comeram em silêncio, e Tak-Ping decidiu não se demorar depois da refeição.

— Vou indo, então — disse ele.

— Certo, tchau. — O homem assentiu e deu outro gole no café.

Enquanto caminhava para casa, Tak-Ping não conseguia parar de pensar na câmera. Pela primeira vez desde que fora solto, seus passos pareciam leves e ele foi capaz de manter sua mente longe da família, da estudante e da prisão. Decidiu se dar ao luxo de comprar uma câmera digital ou uma Seagull mais barata.

"Deixa ela reclamar se quiser", pensou ele em relação à esposa. "Neste mundo, a gente tem que seguir o fluxo e dar espaço para o que nos dá prazer."

3.

— Shiu Tak-Ping é um desgraçado — anunciou N ao abrir a porta.

Ele tinha aceitado pegar o caso de Nga-Yee na noite de sexta-feira. Na manhã seguinte, ela foi ao banco para limpar a conta. O caixa ficava perguntando se ela havia sido vítima de algum golpe, e Nga-Yee teve que sorrir e lhe garantir inúmeras vezes que sabia o que estava fazendo. Mas, no fundo, ela se perguntou se havia mesmo diferença entre fazer aquilo e entregar seu dinheiro a um estelionatário. E se N dissesse que não conseguiu descobrir coisa alguma? Não haveria nada que ela pudesse fazer. Mesmo assim, entregou a N todo o dinheiro. Ele disse que ligaria se tivesse alguma novidade e depois a conduziu até a porta, com menos de um minuto de reunião. Só quando chegou em casa é que Nga-Yee percebeu que não tinha como entrar em contato com ele. Tentando se acalmar, disse a si mesma que ele certamente ligaria em breve. Em sua cabeça ecoavam ao mesmo tempo a voz do funcionário do banco dizendo "Espero que você não esteja sendo enganada, senhorita" e a do sr. Mok descrevendo N como *um especialista*.

Depois de entregar suas economias para N, Nga-Yee ficou com apenas a nota de cem dólares que tinha na bolsa, o cartão Octopus de vale--transporte com cerca de cinquenta dólares de crédito e um pouco mais de dez dólares em moedas. Ela havia feito compras no dia anterior, então tinha comida suficiente naquele momento, mas ainda faltavam duas semanas para o dia do pagamento. Mesmo que vivesse de macarrão instantâneo, seu trajeto diário custaria vinte dólares por dia, e ela não podia parar de trabalhar. Além disso, havia as contas de água e luz a pagar. Ela se arrependeu de nunca ter feito um cartão de crédito, mas o conselho de sua mãe — de não gastar o dinheiro que ela não tinha — havia entranhado nela muito profundamente.

Quando chegou à biblioteca no sábado, para o turno da tarde, pediu um empréstimo a Wendy, sua colega de trabalho, para que pudesse sobreviver. Aquilo surpreendeu Wendy, que sabia o quanto Nga-Yee era cautelosa com dinheiro. Quando Wendy perguntou o que acontecera, Nga-Yee disse algo sobre despesas inesperadas.

— Está bem, aqui tem oitocentos dólares. Você pode me pagar no mês que vem — disse Wendy, tirando as notas de cem dólares da carteira.

— Obrigada, mas quinhentos já dá.

— Não se preocupa, eu sei que você vai me pagar. Se estiver acontecendo alguma coisa, você sabe que pode contar comigo.

Wendy havia sido transferida da filial de Sha Tin para a Biblioteca Central dois anos antes. Ela era uma pessoa calorosa e falante, cerca de cinco anos mais velha que Nga-Yee, que a achava um pouco amigável demais e sempre encontrava uma desculpa quando Wendy organizava um programa com o pessoal do trabalho, para irem ao restaurante ou ao cinema. No entanto, foi a simpatia de Wendy que levou Nga-Yee a lhe pedir ajuda. Sua preocupação, bem como as perguntas do funcionário do banco naquela manhã, deixou Nga-Yee se sentindo como uma daquelas vítimas de golpes idiotas no *Crimewatch*, o que lhe deixou ainda mais ansiosa quanto ao progresso de N. Ela ficava olhando o celular o tempo todo, para o caso de não ter atendido uma ligação dele.

Depois de três dias, por fim, perdeu a paciência.

Na terça-feira, 16 de junho, voltou a Sai Ying Pun, pronta para exigir um relatório da investigação, mas hesitou na esquina da Second Street.

"Será que estou fazendo papel de idiota? E se eu o irritar a ponto de ele parar a investigação e me enrolar com alguma desculpa?" Mesmo pagando pelo serviço, ela tinha um medo esquisito dele, como uma rã olhando para uma cobra e instintivamente a reconhecendo como seu predador natural.

Já estava ali havia dez minutos, incapaz de reunir forças para continuar caminhando, quando seu telefone tocou.

— Já que você está aqui, é melhor subir logo, ou alguém pode te confundir com um assediador e chamar a polícia — disse N, e desligou.

Nga-Yee olhou em volta, desesperada. Ela não estava nem perto do número 151 e não havia como N vê-la de sua janela. Correu até o prédio dele e subiu voando os cinco lances de escada.

— Shiu Tak-Ping é um desgraçado — disse ele, abrindo a porta para ela. — Mas ele não é o kidkit727.

— O quê?

Nga-Yee esperava que ele reclamasse do incômodo, não que fosse dar informações sobre o caso.

— Shiu Tak-Ping não teve nada a ver com aquela postagem. — N conseguiu abrir espaço suficiente na bagunça para ela se empoleirar no sofá. — O relatório do Mok dizia que o Shiu não fazia ideia de quem tinha feito aquilo, mas ele é a principal pessoa mencionada na postagem, então eu tive que conferir por mim mesmo.

— Quer dizer que você falou com ele? Não tinha como você descobrir o que precisava saber simplesmente procurando na internet?

— Tem coisas que é mais fácil perguntar pessoalmente.

— Você se encontrou com o Shiu Tak-Ping? E você perguntou pra ele? Ele com certeza não diria a verdade.

— As pessoas são criaturas estranhas, srta. Au. Quando baixam a guarda, são capazes de contar para um desconhecido coisas que não falariam para pessoas da própria família. — N colocou a câmera na mesa em frente a ela. — Eu o segui por dois dias; então ontem fingi ser um fã de fotografia e puxei conversa.

— O quê? Então você foi até ele e perguntou: "Você é o kidkit727?".

— Não seja tola — disse N, rindo. — A gente falou sobre câmeras.

Nga-Yee pegou a câmera reflex e a analisou.

— E aí você percebeu que ele não tinha nada a ver com o kidkit727?

— Em primeiro lugar, o Shiu Tak-Ping, a esposa e a mãe dele não entendem nada de computador nem de internet. Ele disse que não fazia nada on-line, exceto jogar xadrez e ver slides de PowerPoint. Eu confirmei isso a partir do histórico de navegação do computador ligado à internet na casa dele e de todos os celulares. Nenhum dos três faria a mínima ideia de como limpar uma pegada digital de um chatboard. Também perguntei se algum dos amigos dele entendia de informática, mas ele disse que não.

Nga-Yee estava em silêncio, ouvindo com atenção.

— Em segundo lugar, o posicionamento político do Shiu está em desacordo com o que a postagem expressa — prosseguiu N. — Se o cérebro disso tudo realmente fosse ele ou alguém de quem ele fosse próximo, o texto teria sido escrito de forma diferente.

— Posicionamento político?

— Uma vez, Shiu fez campanha para um candidato pró-establishment. O cartaz ainda está lá na papelaria. E o balconista da loja de conveniência Yau Ma Tei disse que o Shiu reclamou que os jovens de hoje eram todos preguiçosos que só trazem problemas pra Hong Kong. Está claro que ele tem inclinação para a direita. — N mudou o laptop de sua mesa para a mesinha de centro. O chatboard do Popcorn ainda estava aberto. — No entanto, essa postagem foi claramente escrita por um libertário, e um iniciante, ainda, que usa slogans de resistência da moda. Por exemplo: "Hoje em dia as coisas em Hong Kong estão de cabeça para baixo e de trás para a frente. Existe lei, mas não há justiça. A lei não significa mais nada, você pode dizer que uma coisa preta é branca e as pessoas concordam", ou falar sobre "se render àquela injustiça". Um conservador jamais diria essas coisas. No mínimo, teria deixado de fora a frase "existe lei, mas não há justiça", com profundo teor político. Passarinho que vive junto voa junto. Eu não acredito que Shiu conviveria com alguém que tivesse pontos de vista opostos aos dele, muito menos que fosse próximo o suficiente para escrever esse blá-blá-blá em seu nome.

— Tudo bem, mas mesmo diante desses dois argumentos, sempre existem exceções, certo? — retrucou Nga-Yee. — Até onde a gente sabe, o Shiu pode ter acabado de conhecer um especialista em informática, eles ficaram amigos, e aí ele pediu que o outro o ajudasse a limpar o seu nome. As frases e sei lá mais o que podem fazer parte da trama.

— Tudo bem, vamos supor que o kidkit727 seja uma tramoia brilhante, criada por alguém cujos processos de pensamento são tão meticulosos quanto os meus, ao ponto de eles saberem como incorporar uma personalidade falsa ao texto. Alguém com autocontrole suficiente pra parar após uma única postagem ao invés de continuar jogando lenha na fogueira — disse N com ar presunçoso. — No entanto, esse gênio foi estúpido o suficiente pra atacar enquanto Shiu ainda estava na prisão e a situação era mais difícil de controlar?

— Difícil de controlar?

— Imagina que você é o Shiu Tak-Ping. Você pediria ao seu amigo especialista em computador pra postar enquanto você estivesse lá, preso, incapaz de fazer alguma coisa, enquanto a sua esposa e a sua mãe são assediadas pelos repórteres? Ou você esperaria até sair para poder falar diretamente para as câmeras de TV?

Só naquele momento Nga-Yee entendeu aonde N queria chegar.

— O relacionamento do Shiu Tak-Ping com a esposa não é tão amoroso quanto a postagem sugeria, mas ele não é burro a ponto de prejudicar o próprio negócio. Aquela papelaria era a única fonte de renda da família, e sua esposa administrava o lugar enquanto ele estava preso. Tentar alegar inocência de dentro da cadeia não parece um esforço que valeria a pena. Ele perdeu seus 15 minutos de fama. Quando foi solto, um mês depois, a mídia já tinha perdido o interesse. Seu amigo kidkit727, espertinho, com certeza sabia disso. — N parou de falar por um instante. — E, o mais importante, depois que a sua irmã se matou, o Shiu passou a receber ainda mais críticas e mais ódio. Se ele realmente fosse o responsável, estaria sendo atingido tanto quanto estaria atingindo ela.

A menção a Siu-Man provocou uma onda de tristeza em Nga-Yee.

— Então você está me dizendo que a minha irmã era o alvo? — perguntou ela, tentando sufocar a dor.

— Sim, esse é o cenário mais provável. Claro, como não temos provas concretas, não podemos descartar nenhuma teoria por enquanto.

— Se o Shiu realmente não tem nada a ver com o kidkit727, por que ele simplesmente não fala isso para a imprensa?

— O que ele diria? — N deu uma risada. — "Na verdade, eu não tenho sobrinho nenhum, mas um desconhecido misterioso saiu em minha defesa na internet e tentou abrandar a minha culpa." Isso só iria deixar tudo ainda mais confuso e fazer com que a imprensa e o público o perseguissem mais.

Nga-Yee pensou sobre aquilo. Fazia sentido.

— Falando nisso, agora que eu conheci o Shiu, tem algumas partes da postagem que eu não entendo. — N estava sentado com as mãos cruzadas sobre o peito e já havia parado de sorrir.

— Que seriam...?

— O que é falado sobre o Shiu Tak-Ping é preciso em alguns aspectos e exagerado em outros. — N gesticulou para a câmera nas mãos de Nga-Yee. — É verdade que ele gosta de fotografia e só tem câmeras de segunda mão. Eu estive na papelaria, e realmente tem alguns álbuns de fotos à venda, embora eu não tenha como dizer se ele se livrou dos que se concentravam em mulheres jovens e atraentes. Pela variedade de oferta fica claro que o interesse do Shiu é genuíno. E ele ficou feliz em conversar comigo, um completo estranho, sobre modelos de câmeras antigas, então a gente sabe que não era só fachada. A propósito, você deveria soltar isso aí. É emprestada e vale 25 mil dólares. Você não pode se dar ao luxo de danificá-la.

Nga-Yee ficou tão perplexa que quase deixou a câmera cair. Rapidamente, mas com bastante cautela, ela a devolveu à mesa de centro.

— Mas a postagem está errada a respeito do casamento dele — continuou N, encostando-se na mesa. — Alega que ele foi para a prisão para tentar acalmar as coisas. Ele amava tanto a esposa que não queria arrumar mais problemas pra ela. Isso tudo é mentira. Desde que saiu da prisão, o Shiu está escondido em casa em vez de ir trabalhar na papelaria, porque tem medo de ser perturbado. Ele é um covarde. A esposa dele ficou com o fardo de sustentar a família, e ele não só é um grande ingrato como inclusive reclamou dela pra mim, uma pessoa que ele tinha acabado de conhecer, dizendo que ela não ia deixá-lo comprar uma câmera.

— Então por que metade do que a postagem diz seria mentira? — quis saber Nga-Yee. — Seja lá quem for que escreveu isso, deve conhecer o Shiu, pra ter escrito a parte verdadeira.

— Você já leu com atenção? Não acha o texto tendencioso?

— Tendencioso como?

— Como se fosse um advogado defendendo um cliente num tribunal. — Nga-Yee o olhou fixamente. — Enfatizando o que é bom, escondendo o que é ruim. Exibindo o cliente da melhor maneira possível, enquanto trabalha duro pra distorcer questões subjetivas como a situação do casamento dele. Afinal, se a sra. Shiu dissesse "Somos um casal apaixonado", como o outro lado poderia provar o contrário? Isso é basicamente o que se espera que alguém diga ao depor em uma audiência. Eu suspeito que o autor da postagem esteja de alguma maneira vinculado ao advogado do Shiu, supondo que o próprio advogado não seria idiota o bastante pra se envolver diretamente, já que isso não ajudaria em nada o seu cliente. — N puxou uma folha de papel de uma pilha em sua mesa. — Esse aqui é o Martin Tong. Ele é bastante conhecido na área. Organiza palestras pra comunidade sobre consultoria jurídica e faz trabalhos *pro bono*. Ele não colocaria sua brilhante reputação em risco se rebaixando a jogadas sujas como essa. Isso prejudicaria a sua marca.

— Mesmo que ele não tenha feito isso, ainda assim ele pode estar envolvido?

— Sim, mas não é fácil discutir com um advogado. — N deu de ombros. — Vou continuar apurando, mas tem outra linha de investigação que eu me sinto mais inclinado a seguir.

— Qual?

— A sua irmã.

Nga-Yee sentiu um arrepio.

— Você não quer saber o que aconteceu, srta. Au? — disse N com indiferença. — De acordo com as evidências que a gente tem, é mais provável que a postagem tenha sido escrita pra atingir a sua irmã, seja por causa de um rancor pessoal, seja porque o autor realmente acreditava que ela havia prejudicado Shiu Tak-Ping e queria fazer justiça por ele. Eu preciso saber tudo o que tem pra saber sobre a Au Siu-Man: com quem ela convivia, detalhes da sua vida privada, o que ela pensava e quaisquer inimigos que possa ter tido.

— A Siu-Man só tinha 15 anos. Que inimigos ela poderia ter?

— Você é ingênua demais — zombou N. — Hoje em dia meninas de 14 ou 15 anos têm muito mais segredos do que nós, adultos, e suas vidas sociais são incrivelmente complexas. Com as redes sociais e as mensagens instantâneas, é fácil para jovens no início da adolescência entrarem no mundo adulto. Antigamente, as meninas que se prostituíam dependiam dos seus cafetões, mas atualmente elas têm aplicativos pra conseguir clientes. Algumas dessas meninas não sabem no que estão se metendo. Elas acham que ser acompanhante significa sair com alguém em público e pegar na mão. Depois, eles dão um jeito de levá-las para a cama, talvez de fotografá-las ou filmá-las, o que as torna alvo de chantagem. Elas não têm como pedir ajuda, senão podem acabar sendo presas por prostituição, então aguentam caladas. Enquanto isso, as famílias presumem que qualquer comportamento estranho é angústia adolescente. A postagem dizia que a sua irmã bebia, usava drogas e vendia o corpo. Você consegue me olhar nos olhos e dizer com absoluta certeza que a Siu-Man não era esse tipo de garota?

Nga-Yee olhou para ele e começou a falar, mas então se lembrou de como apenas alguns colegas de classe de Siu-Man haviam expressado suas condolências, e as palavras ficaram entaladas. Foi só depois da morte de Siu-Man que ela se deu conta de que não conhecia tão bem a irmã. Costumava chegar tarde por causa do trabalho e nunca havia se perguntado se Siu-Man ia direto para casa depois da escola, nem se, nas poucas ocasiões em que a irmã voltava mais tarde, realmente estava na biblioteca estudando, como dizia. Será que Siu-Man estivera em má companhia quando Nga-Yee não estava prestando atenção? Será que ela tinha segredos que achava que não podia compartilhar com a irmã? Será que ela usava aquela janela de tempo para realizar atividades ilícitas pra ganhar algum dinheiro? Quando Siu-Man morreu, uma semente de dúvida foi plantada no coração de Nga-Yee. Sem que ela percebesse, a semente havia crescido e se tornado uma hera venenosa que se alastrava ao redor de sua alma e devorava sua fé.

Ao ver Nga-Yee recuar, N decidiu não insistir no assunto, mas disse num tom mais suave:

— Srta. Au, se quiser encontrar a pessoa que está no comando de tudo isso, vai ter que investigar a fundo o passado da sua irmã. Pode ser que encontre algumas coisas que preferiria não saber. Você me entende?

— Sim — disse Nga-Yee sem hesitar. — Não importa o que aconteça, eu quero encontrar a pessoa responsável pela morte da Siu-Man.

— Tudo bem, então eu preciso que você vá pra casa e veja se a sua irmã tinha um diário ou qualquer tipo de caderno. Ah, ela tinha um computador?

— Não, só um smartphone.

— Eu preciso dele. As pessoas andam com seus telefones o tempo todo. Você pode entender uma pessoa completamente só de olhar o celular dela.

— Você não quer vir e dar uma olhada na nossa casa?

— Eu já passei dois dias seguindo o Shiu Tak-Ping, srta. Au. Não cabe a você me dizer o que fazer. Eu não sou seu assistente. — N voltou para a escrivaninha e sentou-se na cadeira de escritório. — Liga para esse número se precisar falar comigo, embora eu não possa prometer que vou atender. Deixa uma mensagem se for importante, e eu ligo de volta quando puder.

Ele entregou a ela um pedaço de papel com oito dígitos rabiscados a lápis.

Assim que ela pegou o número, ele apontou para a porta para indicar que a reunião havia acabado. Nga-Yee ainda tinha mais perguntas, mas já conhecia N o suficiente para saber que, se as fizesse, não conseguiria nada além de outra bronca. No caminho para casa, considerou que ele até podia falar de um jeito duro, mas não havia tentado ludibriá-la com "a investigação está em andamento". Em vez disso, discutiu o caso a sério com ela. O sr. Mok estava absolutamente certo — ele era um legítimo excêntrico.

"Acho que tenho que confiar nele", ela disse a si mesma, olhando para o papel em sua mão.

Para economizar no trajeto, Nga-Yee pegou o bonde, a balsa e o ônibus em vez do metrô, que era mais caro. Ultimamente ela só se permitia pegar o metrô para ir ao trabalho, quando precisava chegar na hora. Naquele momento, não importava se demorasse um pouco mais para chegar em casa. Já passava das dez quando ela entrou no edifício Wun Wah.

Acendeu as luzes e, sem nem mesmo parar para trocar de roupa, passou pelo móvel que separava o "quarto" de Siu-Man do resto do apartamento. Ela não havia tocado nas coisas da irmã desde a sua morte, então tudo estava exatamente como antes: uma pequena escrivaninha, um beliche com uma estante de livros embaixo e um guarda-roupa. Quando criança, Nga-Yee havia organizado os pertences do falecido pai junto com a mãe; então, quando a mãe morreu, ela chorou ao empacotar suas roupas. No entanto, quando foi a vez de Siu-Man, ela não tinha sido capaz de fazer o mesmo. A professora de Siu-Man, srta. Yuen, havia telefonado no final de maio para dizer que Siu-Man tinha deixado alguns livros em seu escaninho, perguntando se Nga-Yee passaria lá para buscá-los. Nga-Yee lhe dissera que estava muito ocupada e não parava de adiar, acreditando que ver as coisas de Siu-Man pudesse ser demais para ela.

Agora Nga-Yee vasculhava as gavetas da escrivaninha e a estante, mas não havia nada parecido com um diário, apenas maquiagem, acessórios e algumas embalagens de papelaria *kawaii* e *washi tape*. As estantes continham apenas seus cadernos da escola e algumas revistas de moda, e sua mochila, apenas livros didáticos. Nga-Yee examinou cada centímetro do guarda-roupa, mas também não havia nada lá.

"Por que ela não tinha sequer um *planner*?", perguntou-se, sendo ela mesma o tipo de pessoa que colocava tudo no papel, antes de se dar conta: "Claro, o celular!".

O que a levou ao problema seguinte: ela não conseguia achar o celular.

Nga-Yee se lembrava perfeitamente de que Siu-Man sempre mantinha o celular vermelho brilhante no canto superior direito da escrivaninha, onde ficava o carregador. Não havia nada conectado ao carregador. Vasculhou a roupa de cama, mas não estava lá.

Pensando com mais cuidado, Nga-Yee percebeu que não tinha visto o aparelho desde a morte de Siu-Man.

Então pegou o próprio celular, discou o número da irmã, mas a chamada foi direto para a caixa postal. Claro, depois de mais de um mês, a bateria deveria ter acabado.

A menos que... o telefone tivesse caído pela janela junto com ela...

Até aquele momento, Nga-Yee havia resistido a pensar sobre o momento do suicídio de Siu-Man, mas agora precisava encarar essa possibilidade. No entanto, ela se deu conta de que o aparelho teria caído perto dela e sido encontrado pela polícia, que certamente o teria devolvido a Nga-Yee.

"Onde ele estava então? Será que estaria na escola?"

Ela pegou o pedaço de papel e discou os oito dígitos.

— Essa é a caixa postal de 61448651. Por favor, deixe sua mensagem após o sinal — disse uma voz robótica.

— Alô, alô, aqui é a Au Nga-Yee. Eu fiz o que você disse, mas não consegui encontrar nenhum diário, e o celular também não está aqui. Hum... Talvez você devesse vir aqui pra ver? — gaguejou ela, e desligou.

Ela procurou de novo, apenas para garantir. A carteira e as chaves de Siu-Man estavam lá; só o celular estava faltando.

Nga-Yee dormiu ainda pior do que o normal. Não parava de pensar no celular da irmã, e N não ligara de volta. Quando o despertador tocou na manhã seguinte, parecia que ela havia passado a noite inteira acordada. Foi trabalhar como de costume, mas cometeu diversos erros ao fazer a retirada e a devolução de livros. Por fim, para interromper a onda de reclamações, o gerente a tirou do balcão e a colocou nas prateleiras.

Ela ligou para N depois do almoço, mas caiu na caixa postal outra vez. Já era noite, e ele ainda não havia retornado.

— Alô, aqui é a Au Nga-Yee. Você poderia me ligar de volta quando receber essa mensagem? — Ela havia soado um pouco irritada. Qual era o sentido de dar um número de telefone para alguém se você nunca atende?

Ele não ligou de volta naquela noite, mas ao acordar, às sete do dia seguinte, havia uma mensagem de texto em sua caixa de entrada: "Você é cega? Tem certeza de que já procurou no apartamento inteiro, idiota?".

A mensagem fora enviada de madrugada, às 4h38. Completamente desperta, Nga-Yee pensou, ressentida, que N a estava subestimando. Desde a morte de Siu-Man, ela não conseguia mais ficar a sós com seus pensamentos, de modo que usava as tarefas domésticas como uma distração interminável. Havia limpado cada centímetro do apartamento, exceto as coisas de Siu-Man. Se o celular estivesse na prateleira da cozinha, ao lado da TV ou mesmo debaixo da almofada do sofá, ela sem dúvida o teria visto. Quase respondeu com raiva, mas conseguiu se acalmar.

Ela ficaria no trabalho até as oito da noite, e havia decidido que depois disso voltaria à casa de N e o arrastaria até lá à força se necessário, para provar que não havia deixado escapar nada. Mas, quando estava prestes a embarcar no bonde que a levaria ao lado oeste da Ilha de Hong Kong, ela se deu conta de uma coisa.

Havia um lugar que tinha evitado olhar muito de perto: a janela de onde Siu-Man pulara. Ficava ao lado da máquina de lavar, e toda vez que Nga-Yee lavara roupa durante o último mês, havia imaginado Siu-Man encostada na máquina, subindo nas cadeiras dobráveis ao lado dela, abrindo a janela e pulando.

Será que ela estava segurando o celular até o último segundo?

Correu para casa, reuniu coragem, foi até a lavanderia e se forçou a procurar.

Quando se ajoelhou e apoiou o rosto no chão, ela encontrou.

O celular de Siu-Man estava embaixo da máquina de lavar.

Nga-Yee tentou pegá-lo, mas sua mão não passava pelo vão. Olhando em volta, seus olhos pousaram em alguns cabides de metal. Com as mãos trêmulas, desdobrou um rapidamente e enfiou o arame embaixo da máquina.

Lá estava: um enfeite de gatinho pendurado, uma rachadura na tela no ponto onde atingira o chão. Nga-Yee apertou o botão liga/desliga, mas nada aconteceu. Seu coração ficou apertado. Teria quebrado ao cair? Saiu correndo até a escrivaninha de Siu-Man e tremia tanto que precisou de três tentativas para conectá-lo ao carregador.

Plim.

A tela se iluminou, e um símbolo de "carregando" apareceu. Nga-Yee soltou um suspiro de alívio. Olhando de volta para a janela, perguntou-se como afinal o telefone tinha caído ali. Siu-Man o havia deixado cair? Mas seria necessário um pouco de força para que ele deslizasse para baixo da máquina. Ela o teria jogado? Ou o aparelho teria sido chutado para lá por acidente? Havia escorregado entre a máquina e a parede?

"O que a Siu-Man estava fazendo pouco antes de morrer?"

Nga-Yee não fazia ideia e desistiu de descobrir. O mais importante era que estava com o telefone em mãos. Enquanto carregava, ela apertou o botão liga/desliga novamente. A tela se iluminou com o logotipo da empresa telefônica e, em seguida, uma grade de nove círculos. Ela deslizou a ponta do dedo sobre eles, mas a mensagem "senha incorreta" apareceu. Depois de algumas tentativas, desistiu e o deixou carregar.

"N é um hacker. Ele vai conseguir entrar", pensou.

Seu primeiro impulso foi correr para a casa de N com o aparelho, mas, à medida que a empolgação diminuía, ela percebeu que era tarde demais para ir. Teria que pegar um táxi de volta, o que seria caro. Além disso, e se corresse até lá apenas para vê-lo jogar o aparelho num canto? Decidiu esperar até sair do trabalho no dia seguinte, quando poderia ficar lá ao seu lado enquanto ele hackeava a senha.

"Encontrei o celular da Siu-Man. Vou levar pra você amanhã depois do trabalho", disse ela na mensagem enviada depois que ele mais uma vez não atendeu sua ligação.

Naquela noite, Nga-Yee sonhou com Siu-Man. Ela estava sentada no sofá, absorta em seu celular como de costume. Nga-Yee dizia algo para ela, e ela respondia, mas, ao acordar, Nga-Yee não conseguia se lembrar do que elas haviam conversado. Tudo o que ela se lembrava era do rosto sorridente de Siu-Man.

Pela manhã, ela enxugou os vestígios de lágrimas dos olhos, tomou banho, se vestiu, colocou o telefone carregado na bolsa e foi para a biblioteca.

— Você tem estado tão distraída ultimamente, Nga-Yee — disse Wendy na copa na hora do almoço. — Tem certeza que está bem?

— Sim. Estou só preocupada com uma coisa — respondeu ela.

— É sobre a investigação? O meu tio ainda não descobriu nada? — Wendy não fazia ideia de que o caso havia sido repassado para um hacker rebelde.

Nga-Yee se protegeu.

— Tivemos algum progresso.

— Se o problema for dinheiro, eu posso ajudar — ofereceu Wendy com sinceridade. Desde a morte de Siu-Man, ela vivia preocupada com Nga-Yee.

— Você me emprestou oitocentos dólares faz uns dias. É o suficiente.

— O meu tio está cobrando muito caro? A minha tia sempre gostou de mim. Eu posso perguntar pra ela se ele pode diminuir os honorários. — Wendy pegou seu celular, pronta para mandar uma mensagem de WhatsApp para a sra. Mok.

Enquanto Wendy deslizava o dedo pelo teclado para desbloquear o aparelho, Nga-Yee congelou. Uma imagem surgiu em sua mente: Siu--Man fazendo a mesma coisa. Por um segundo, ela pensou que fosse parte de seu sonho na noite anterior, mas então se deu conta.

Aquela era uma memória real de um segundo em que ela havia visto Siu-Man desbloqueando o celular.

Esquerda embaixo, esquerda no meio, direita em cima, esquerda em cima.

Rapidamente puxou o celular de Siu-Man e digitou o padrão que ela lembrava. Dessa vez, a tela de bloqueio desapareceu.

Decifrar o código lhe trouxe um momento de felicidade, mas assim que viu as palavras na tela, sentiu seus órgãos entrarem em queda livre e seu couro cabeludo ficar dormente. Quando clicou, o que viu em seguida fez seu coração bater tão mais rápido que ela pensou que fosse parar de respirar.

— Wen-Wendy, por favor, me ajuda com uma coisa. Diz que eu vou precisar do restante do dia de folga... — gaguejou ela, tentando se manter de pé.

— O que aconteceu? Nga-Yee, você está bem?

— Eu... eu preciso resolver uma coisa urgente. Por favor, só me ajuda a lidar com... — Ela jogou o celular na bolsa e, ignorando os gritos de Wendy, saiu correndo do prédio.

Nga-Yee nunca tinha usado um smartphone, mas clicou instintivamente no ícone do e-mail, que exibiu a mensagem mais recente:

De: **kid kit** <kidkit727@gmail.com>
Para: **Siu-Man** <ausiumanman@gmail.com>
Data: 5 de maio de 2015, 18:06
Assunto: RE:

Au Siu-Man,
Você é corajosa o suficiente pra morrer? Você não tá só pregando as suas peças de sempre, tentando fazer as pessoas sentirem pena de você?
Seus colegas não vão ser enganados mais uma vez. Um lixo como você não tem o direito de continuar vivendo.
    kidkit727

Quinta-feira, 21 de maio de 2015

> Tem uma coisa que eu não te falei. 22:07 ✓
> Eu mandei um e-mail pra Au Siu-Man.
> Acha que isso pode dar problema? 22:07 ✓

é provável 22:09
como você mandou? 22:10
foi do jeito que eu te ensinei? 22:11
apagando seus rastros on-line 22:12

> Foi. 22:15 ✓

então tudo bem 22:16
não se preocupa 22:17

CAPÍTULO QUATRO

1.

— Pessoal, prestem atenção! Quero todo mundo vestido adequadamente amanhã! Arrumem suas mesas e se livrem de todos os itens pessoais ainda hoje. Se o papel de parede do seu desktop for alguma foto de mulher pelada, mude. Vou verificar amanhã de manhã e, se eu achar alguma coisa que prejudique a imagem da empresa, vou descontar quinhentos dólares do salário do responsável!

O sr. Lee havia acabado de falar ao telefone e agora estava no meio do escritório da GT Technology gritando com todos os funcionários. Embora ele parecesse um pouco confuso, estava claro para todo mundo que, no fundo, aquilo era empolgação.

— O que está rolando, chefe? — perguntou Hao.

— Uma gestora de capital de risco vai vir aqui amanhã! São estrangeiros, acabaram de entrar no programa do Conselho de Produtividade e estão interessados na gente. Pode ser que eles queiram investir! — exclamou o sr. Lee.

Ma-Chai e Sze Chung-Nam pararam de digitar e se viraram para encará-lo.

— Será que existe alguém tão estúpido a ponto de fazer isso? — sussurrou Ma-Chai para o amigo.

— De que país eles são? — quis saber Chung-Nam.

— Não quero colocar nenhuma pressão, mas é a SIQ, dos Estados Unidos!

Chung-Nam, Hao e Joanne ficaram impressionados ao ouvir aquele nome, mas Ma-Chai e Thomas não tiveram nenhuma reação.

— A SIQ é famosa, Chung-Nam? — perguntou Ma-Chai.

— O Thomas é designer, eu entendo que ele não saiba. Mas você é programador. Não acha que deveria saber o que está acontecendo no setor? — Chung-Nam franziu a testa. — A SIQ é a maior investidora norte-americana da área de tecnologia da internet. Eles são tão famosos quanto a Andreessen Horowitz.

— Andreessen Horo o quê?

Não adiantava tentar conversar com alguém tão ignorante.

— Não importa — disparou Chung-Nam. — Eles têm muito dinheiro e muita visão.

Ele entendia o motivo da ansiedade de seu chefe: receber uma visita da SIQ Ventures era uma oportunidade única. O nome era formado pelas iniciais de seus fundadores: Szeto Wai, Satoshi Inoue e Kyle Quincy. Em 1994, enquanto ainda estava na universidade, em Los Angeles, o prodígio da computação, Satoshi, desenvolveu um novo método de compactação de imagens, permitindo que um número maior delas fosse transferido ao mesmo tempo, mesmo que a largura de banda fosse limitada. Isso mudou toda a trajetória da internet. Ele e seu colega de classe Szeto Wai montaram uma empresa de software, a Isotope Technologies, no Vale do Silício, criando novos algoritmos para transferência de fotos, vídeos e músicas. Em seguida, atacaram a criptografia da comunicação sem fio e registraram centenas de patentes. Graças ao talento de Szeto Wai para os negócios, as tecnologias patenteadas pela Isotope passaram a ser usadas em todos os softwares e hardwares das grandes empresas. Isso colocou Szeto e Satoshi entre os empreendedores mais influentes do Vale do Silício antes mesmo de completarem trinta anos, sem falar nos mais de cem milhões de dólares que lhes rendeu. Em 2005, fizeram uma parceria com Kyle Quincy para formar a SIQ, uma gestora de capital de risco que investe em novas empresas de tecnologia de pequeno e médio porte. Assim como a Andreessen Horowitz obteve em apenas alguns anos um enorme retorno sobre o investimento feito no Facebook e no Twitter, a SIQ foi capaz de transformar seu investimento inicial de quatrocentos milhões de dólares norte-americanos em quase três bilhões.

Embora a GT não estivesse nem remotamente no mesmo patamar da Isotope, o sr. Lee tinha a esperança infundada de que seria capaz de conquistar o mesmo tipo de riqueza e de reputação que Satoshi e Szeto. Chung-Nam tinha uma noção das aspirações de seu chefe e torcia o nariz para a ideia de alguém que havia esperado até os quarenta anos para vender o negócio da família, uma fábrica de tecidos, e começar do zero na área de TI. Essa pessoa dificilmente se tornaria um magnata da tecnologia. Na verdade, Chung-Nam tinha uma ambição particular: abrir um negócio e se tornar o próximo Jack Ma ou Larry Page.

"Pelo menos eu tenho formação acadêmica, ao contrário daquele desastre do Lee Sai-Wing", dizia a si mesmo.

Depois da faculdade, Chung-Nam conseguiu emprego em uma pequena empresa, no intuito de usar o cargo como um trampolim para posições mais importantes. Com suas qualificações poderosas, poderia ter ido para algum lugar maior, mas estava ciente de suas limitações e sabia que seria mais difícil chamar a atenção dos superiores e ser promovido em meio a uma equipe muito grande. Recusava-se a passar décadas batalhando em silêncio para provar do sucesso apenas na meia-idade. A GT tinha menos de dez funcionários, o que fazia com que fosse mais fácil puxar o saco do chefe, além de proporcionar muito mais oportunidades de se destacar.

Em breve, por exemplo, ele ficaria cara a cara com as figuras-chave da SIQ.

Não tinha interesse algum em ajudar o desprezível sr. Lee a convencer a SIQ a investir na GT, mas, para o seu próprio bem, faria todo o possível. Se causasse uma boa impressão, teria ele mesmo a chance de trabalhar com eles e conseguir boa parte do capital inicial do seu próprio negócio. Certa vez ouviu falar de um investidor local que conheceu um empresário do ramo do café e que decidiu na mesma hora investir milhões de dólares americanos em seu negócio. No mundo da tecnologia, as gestoras de capital de risco estavam dispostas a investir pesado no talento ou na ideia certa, e, desde que fosse capaz de convencê-las de sua habilidade, qualquer pobretão poderia se transformar em magnata. Aquela, pensou Chung-Nam, era a oportunidade pela qual ele vinha esperando.

— Uau, o chefe realmente conseguiu uma reunião com a SIQ — disse Hao para Chung-Nam no elevador, depois do trabalho. — Acho que algumas pessoas nascem com sorte. Ele acabou com a fábrica de tecidos do pai, mas basta estender a mão que o dinheiro cai nela. Aposto que o Ma-Chai acredita que isso é uma recompensa por suas boas ações ou algo assim.

Chung-Nam não acreditava em justiça cósmica. Por muitos anos, ele viu desgraçados inescrupulosos armando mutretas e sendo recompensados, enquanto os caras bacanas sofriam *bullying*. Embora jamais tivesse dito isso em voz alta, ele desprezava os fracos, mas a sociedade obrigava todo mundo a ser uma "boa pessoa", então ele jogava esse jogo. A hipocrisia contida nessas regras era óbvia. Ministros e magnatas do governo usavam a moralidade como cortina de fumaça, e a lei era apenas uma ferramenta para eles obterem ainda mais vantagens e manterem as pessoas comuns sob controle. Boas ações não eram recompensadas; valia o cada um por si. Se realmente houvesse equilíbrio, já teria sido punido pelas coisas que fizera havia muito tempo, mas o que ele via na verdade eram pessoas que tinham feito coisas ainda piores chegando cada vez mais longe. "Deus ajuda quem se ajuda", pensou ele.

Às nove da manhã do dia seguinte, a equipe da GT estava pronta para receber os visitantes — ainda que a chegada deles só estivesse marcada para as onze. Thomas, que em geral se vestia casualmente, parecia desconfortável em um terno que não lhe cabia direito, e tinha que ajeitar o colarinho o tempo todo para conseguir respirar. Joanne estava com uma blusa branca e uma saia preta, muito mais sóbrias do que a indumentária habitual. Embora o sr. Lee fosse bastante leniente no que dizia respeito ao código de vestimenta, Chung-Nam achava que, como engenheiro de software, deveria se vestir como um profissional. Se ele andasse por aí parecendo um nerd, jamais deixaria de ser um.

— Nam, meu inglês é péssimo. Se os caras da SIQ me perguntarem alguma coisa, você tem que me ajudar — disse Ma-Chai, cujas roupas normais gritavam "nerd".

Ele tinha começado a trabalhar havia apenas alguns anos e, como muitos alunos de ciência da computação, suas notas nas matérias de humanas não eram nada boas, sendo o inglês a mais fraca.

— Não se preocupa. Se eles fizerem perguntas técnicas, eu respondo. — Chung-Nam assumiu a expressão de um confiável colega mais velho, e Ma-Chai assentiu, tranquilizado.

Chung-Nam estava empenhado em falar o tempo todo com o pessoal da SIQ, sem dar a seus colegas mais jovens a chance de se intrometer. Embora tivessem o mesmo cargo, Chung-Nam nunca tinha visto Ma--Chai como outra coisa senão alguém a ser usado. Se algo desse errado, ele seria o primeiro a jogar Ma-Chai na fogueira.

Em contraste com a atmosfera descontraída de sempre, as duas horas seguintes se passaram em um silêncio sepulcral. Estavam todos tensos demais para conversa fiada. Chung-Nam não tinha nenhuma vontade de trabalhar. Sua ferramenta de programação estava aberta na tela, mas seus olhos continuavam indo para o pequeno relógio no canto, calculando segundo a segundo quanto faltava para as onze horas.

Quando a campainha tocou, todos se endireitaram nas cadeiras, e o sr. Lee se levantou num pulo. Vendo isso, Joanne também se levantou e correu para a entrada. A GT podia ser pequena, mas não precisava que fosse o chefe a abrir a porta.

Chung-Nam, Ma-Chai e Hao mantiveram os olhos fixos nas telas dos computadores, mas aguçaram os ouvidos. Na entrada, Joanne cumprimentou os visitantes em inglês, mas recebeu uma resposta em cantonês.

— Temos uma reunião às onze horas com o sr. Lee Sai-Wing — disse uma voz feminina vigorosa.

— Por... por aqui — gaguejou Joanne, voltando ao cantonês.

À medida que os passos dos visitantes ressoaram no escritório, Chung-Nam não resistiu e se virou para olhar. Caminhando ao lado de Joanne estava uma mulher impressionante, na casa dos vinte anos, pequena, de cabelo castanho, as feições sugerindo ascendência tanto asiática quanto ocidental. Assim como Joanne, ela estava de terno, embora com calça em vez de saia, o que lhe dava um ar de empoderamento. Não trazia bolsa, apenas um iPad cinza-escuro, o que deixava sua aparência ainda mais *clean*. Era bonita o suficiente para que Chung-Nam não conseguisse desgrudar os olhos dela, até sua atenção ser desviada para o homem que vinha atrás.

Ele parecia cerca de dez anos mais velho do que Chung-Nam e vestia um elegante terno cinza, a gravata preta fazendo um belo contraste com o lenço branco em seu bolso. Por detrás dos óculos sem aro, seus olhos irradiavam confiança. Com sobrancelhas bem marcadas e cabelo desgrenhado, ele lembrava Richard Gere em *Uma linda mulher* — uma versão asiática dele, é claro.

Chung-Nam, no entanto, não tinha sido atraído por sua beleza. Aquele homem lhe parecia familiar.

— Bom dia. Eu sou o Kenneth Lee, da GT Technology — cumprimentou o sr. Lee, aproximando-se para apertar a mão da atraente dupla.

— Olá — disse a mulher eurasiática, gesticulando para o homem ao seu lado. — Este é Szeto Wai, da SIQ Ventures.

O queixo do sr. Lee foi até o chão, e Chung-Nam quase deu um salto de tanta empolgação. Ele então se lembrou de onde conhecia aquele homem: havia encontrado uma foto antiga dele em um site estrangeiro de notícias de TI. Szeto Wai e Satoshi Inoue ficavam de fora dos holofotes, deixando para Kyle Quincy a tarefa de encarar a imprensa. Uma década antes, quando a Isotope foi fundada, eles tinham dado algumas entrevistas, e as fotos geraram alguns comentários engraçadinhos. Satoshi era um típico nerd que vivia de camiseta e bermuda, enquanto Szeto Wai, que tinha mais ou menos a mesma idade do sócio, parecia um velhote vestido com um terno engomado. Um ao lado do outro, pareciam um empresário e seu filho adolescente. Olhando bem para Szeto Wai, Chung-Nam teve certeza de que aquele era o homem de que ele se lembrava da foto. Jamais poderia imaginar que a SIQ enviaria o segundo na cadeia de comando para visitar uma pequena empresa com apenas cinco funcionários.

— Sr. Sz-Szeto Wai, s-seja bem-vindo — gaguejou o sr. Lee em inglês, embora estivesse tão nervoso que o que ele disse de fato foi "seja vem-bindo".

— Fique à vontade para falar cantonês — respondeu Szeto. Seu sotaque era um pouco esquisito, mas dava para entender cada palavra. — Minha mãe é de Hong Kong, e eu fiz a escola primária aqui. Ainda me lembro do cantonês.

— Ah, sim, é muito bom vê-lo aqui. Já ouvi coisas muito boas — disse o sr. Lee, mais perturbado ainda enquanto trocavam cartões de visita. — Sr. Szeto, no caso, é *o* sr. Szeto?

— Eu mesmo. O cargo escrito aí não é de mentira — informou com um sorriso, apontando para o cartão. — Todo mundo me pergunta isso quando eu faço uma visita em pessoa.

— Pe-peço desculpas pela pergunta — falou o sr. Lee, se afundando ainda mais e se esquecendo do lisonjeiro discurso de recepção que havia preparado. — Não esperava que o famoso sr. Szeto viesse pessoalmente. Bem-vindo ao nosso humilde escritório.

— Eu estava aqui em Hong Kong, visitando amigos. Passei boa parte dos negócios para o Kyle e me mudei para a Costa Leste. Não faço muita coisa, exceto pequenas videoconferências com eles. Às vezes fico entediado com esse estilo de vida semiaposentado, então, quando surge um projeto interessante, gosto de me envolver pessoalmente — disse Szeto, e sorriu. — Na era da internet, o tamanho de uma empresa não está obrigatoriamente relacionado ao seu potencial. Quando montei a Isotope com o Satoshi, éramos só quatro pessoas ao todo. Empresas pequenas podem acabar se tornando muito mais lucrativas. Para ser sincero, prefiro equipes enxutas em vez de empresas enormes com centenas de funcionários. Quando se trata de talento, é tudo uma questão de qualidade, não de quantidade.

— É uma honra tê-lo aqui. Vamos para a sala de reuniões, e eu vou contar mais sobre nossos serviços e clientes em potencial — convidou o sr. Lee, fazendo um gesto para que os visitantes o acompanhassem.

Enquanto os peixes grandes entravam, Hao correu até Chung-Nam e sussurrou:

— Meu Deus, eles mandaram o patrão! Esse aí é mesmo o fundador da SIQ?

— É, sim. Eu vi a foto dele.

Chung-Nam abriu o navegador e procurou pelos nomes de Szeto e Satoshi. O primeiro resultado foi a tal imagem do nerd e do velhote.

— Clica no site da empresa, vamos dar uma olhada — disse Ma--Chai, apontando para um dos links.

Chung-Nam clicou, e a página da SIQ Ventures preencheu a tela. Não havia nada de charmoso nela. A página principal consistia em uma série de posts e imagens sobre todo tipo de assunto: o rumo que as mídias sociais estavam tomando, exemplos de colaborações entre o Vale do Silício e o Exército norte-americano, o futuro da realidade virtual, os altos e baixos do mercado de games e algo sobre computação quântica que nem mesmo Chung-Nam conseguiu decifrar.

— Por que tem uma seção chamada Portfólio? A gente precisa ver algum exemplo do trabalho deles? — perguntou Hao, apontando para o canto da tela.

— Acho que isso tem a ver com portfólio de investimentos — respondeu Chung-Nam, e clicou.

Como previsto, o navegador apresentou uma longa lista de nomes de empresas, dos seus CEOs e de links para seus respectivos sites. Ele reconheceu várias delas como empresas de internet.

— Dá uma olhada em Equipe — pediu Ma-Chai, apontando para a outra seção.

Havia menos funcionários do que Chung-Nam esperava; a página mostrou umas quarenta e tantas fotos de rostos. Claro, aquilo poderia ser só parte da equipe do alto escalão.

— Aí está, Szeto Wai — falou Chung-Nam enquanto movia o mouse sobre a foto de um homem de terno.

A maioria das pessoas nas outras fotos estava vestida de forma muito mais casual. Muitos dos homens nem usavam gravata.

Ouviu-se um clique, e a porta da sala de reuniões se abriu. Hao correu de volta para sua cadeira, e Ma-Chai rapidamente se curvou sobre o teclado. Chung-Nam pressionou alt+tab para retornar à tela de programação. Depois de tudo isso, a única pessoa que saiu da sala foi Joanne, que tinha ido buscar café para os visitantes.

Ma-Chai e Hao permaneceram em suas mesas depois que Joanne voltou, mas Chung-Nam queria saber mais sobre Szeto Wai. Ao clicar na foto de Szeto, seu perfil no LinkedIn se abriu, mas não havia nada de particularmente interessante em seu histórico de trabalho, de modo que Chung-Nam voltou para o site da SIQ.

Enquanto rolava a tela, ele se repreendeu pelo próprio desleixo. Quando o sr. Lee avisou, na véspera, que receberiam uma visita da SIQ, ele ensaiou as respostas para quaisquer perguntas de tecnologia que pudessem ser feitas em inglês, mas não pensou em procurar o site da SIQ e certificar-se de saber mais do que o sr. Lee sobre a gestora, de modo a provocar uma boa impressão no convidado. Por sorte, ainda não era tarde demais; ele poderia aproveitar aquele momento para assimilar o máximo de informações.

Depois de passar quase vinte minutos pesquisando os investidores da SIQ e se familiarizando com sua lista de funcionários, a porta da sala de reuniões se abriu de novo, e ele rapidamente minimizou o navegador.

— Sr. Szeto, permita-me apresentar alguns dos nossos excepcionais funcionários — disse o sr. Lee, esfregando as mãos e trotando até suas mesas. — Este aqui é o nosso diretor de tecnologia, Charles Sze, e ao lado dele está o nosso engenheiro-chefe de software, Hugo Ma.

Chung-Nam ficou um pouco desconcertado por ser apresentado daquela forma. É verdade, seu nome ocidental era Charles, mas ele quase nunca o usava, exceto com algumas mulheres. E ele não fazia ideia de que Ma-Chai se chamava Hugo. Mais do que os nomes ocidentais, porém, foram os cargos que o deixaram à beira do riso. Eles eram os únicos dois programadores no local. Apesar dos títulos tão elevados, eles ainda eram responsáveis por tudo, até mesmo pelas tarefas mais subalternas.

— Prazer em conhecê-los.

Chung-Nam e Ma-Chai apertaram a mão de Szeto Wai. Chung-Nam notou que a manga da camisa dele tinha um monograma com as iniciais do seu sobrenome, e que as abotoaduras eram de prata com detalhes esmaltados em preto.

O sr. Lee apresentou então Thomas e Hao a Szeto, pelos títulos igualmente grandiosos de diretor de arte e designer de experiência do usuário.

— Tenho muito interesse pelos seus sistemas — afirmou Szeto, voltando-se para Chung-Nam e Ma-Chai. — Por exemplo, o servidor da GT seria capaz de lidar com um aumento de cem vezes no número de usuários? Vocês cogitam usar processamento paralelo de dados? Vocês em breve vão oferecer streaming de vídeo, o que vai exercer grande pressão sobre o servidor e sobre o banco de dados, e terá um efeito dominó na experiência do usuário.

— Estamos preparados pra isso — falou Chung-Nam. — Quando um usuário carrega um vídeo, o programa o divide em segmentos de trinta segundos, o que vai reduzir a pressão sobre o servidor e também evitar que outros usuários usem um plug-in externo para baixar o vídeo inteiro.

Chung-Nam começou então a explicar os sistemas de streaming e de criptografia da GT. Embora Ma-Chai tivesse sido o responsável de fato por projetá-los, Chung-Nam estava com medo de que ele roubasse os holofotes, então não o deixou falar. Em seguida, Szeto quis saber sobre a mecânica de funcionamento do G-dollar, quais eram os algoritmos de busca por palavra-chave, como o sistema estabelecia um valor para cada item de fofoca e assim por diante. Chung-Nam respondeu a todas as perguntas com desenvoltura.

— Charles é nosso funcionário de maior destaque. Suas habilidades estão, sem dúvida, à altura dos planos de expansão da GT — interveio o sr. Lee assim que houve uma pausa no "interrogatório" que Szeto estava fazendo.

— Vou ser franco, Kenneth — disse Szeto, sorrindo e balançando a cabeça. — Charles é visivelmente talentoso e está muito familiarizado com o sistema, mas quando se trata do negócio principal da GT, que é a compra e venda de informações, ainda tenho algumas reservas. Melhor dizendo, esse modelo não é bem o que eu esperava. Não acho que vai ser lucrativo a longo prazo.

O sr. Lee gelou. Ele se esforçou muito para manter o sorriso, mas a rigidez dos seus lábios e a inquietude no seu olhar entregaram os seus sentimentos. Gaguejando um pouco, disse:

— Is… isso não é tudo o que temos a oferecer. Estamos nos pr… preparando para expandir nossa gama de serviços.

— Por exemplo? — quis saber Szeto.

— É…

— Por exemplo, dar aos G-dollars e à troca de informações uma cara de produtos financeiros — disse Chung-Nam abruptamente.

— É mesmo? — Szeto parecia interessado.

— Sim, sim, isso mesmo. — O sr. Lee assentiu freneticamente.

— Me fala mais sobre isso.

— Bem, é… — Mais uma vez, o sr. Lee não sabia o que dizer.

— Ainda estamos desenvolvendo isso e, claro, é confidencial, então não podemos falar muita coisa agora — disse Chung-Nam. — Mas o que eu posso revelar é que, ao tratarmos a compra e venda de informações de forma análoga ao mercado de ações, vamos ser capazes de fornecer futuros e opções. O século XXI é a era da explosão da informação, e o futuro da GT depende da capacidade de manter as informações bloqueadas, para que se tornem um produto que possa ser comercializado.

— Hmmm, isso faz sentido — falou Szeto, coçando o queixo.

A cabeça do sr. Lee balançava para cima e para baixo como um pilão no almofariz.

— Isso, isso mesmo... é essa a direção que estamos tomando na expansão, mas, como ainda está bem no começo, eu não comentei nada na apresentação que fiz.

— Nesse caso, você poderia me apresentar um projeto resumido? — perguntou Szeto, e se virou em direção ao sr. Lee. — Assino de bom grado um contrato de confidencialidade, não teria nenhum problema. Posso garantir que não vou dizer nem uma palavra a terceiros sobre suas informações confidenciais.

— Bem, vejamos...

— Vamos precisar de algum tempo para montar isso — interrompeu Chung-Nam mais uma vez. — Quanto tempo vai ficar em Hong Kong, sr. Szeto?

— Sem pressa — respondeu ele com um sorriso. — Vou passar o mês inteiro aqui e não volto para os Estados Unidos até meados de julho. Contanto que vocês me entreguem isso antes de eu voltar, está ótimo.

Chung-Nam fez que sim com a cabeça e sorriu, depois olhou para o sr. Lee, que se esforçava para fazer uma cara alegre. Tudo o que Chung-Nam havia acabado de falar tinha sido totalmente improvisado; a GT não tinha nenhum plano daquela natureza. Ele percebeu que a única maneira de aproveitar aquela oportunidade de ouro era chutar a bola para a frente, e ele não se importava de falar um monte de bobagem desde que isso lhe desse a chance de se encontrar com Szeto mais uma vez e continuar a impressioná-lo. Ele ficou se perguntando se não tinha ido longe demais e revelado suas verdadeiras motivações. Por outro lado, os norte-americanos pareciam ser bastante proativos, e Szeto certamente não condenaria Chung-Nam por ter aproveitado aquela oportunidade.

— Acho que está bom por hoje, já que vamos nos encontrar novamente — disse Szeto, dando uma última olhada ao redor da sala. — Seu escritório é extremamente limpo. Eu também não esperava por isso.

— Nós arrumamos tudo por causa da visita de vocês — confessou o sr. Lee, sem jeito.

— As empresas de tecnologia não têm que ser organizadas demais. Na época em que Satoshi e eu estávamos desenvolvendo softwares em nosso dormitório na universidade, nosso quarto era uma zona de guerra. Satoshi só conseguia programar se estivesse escutando rock aos berros, então aos poucos ele ia aumentando o volume até chegar no máximo possível. Brigamos centenas de vezes por causa disso — falou Szeto com um sorriso.

— Você não gosta de rock, sr. Szeto? — quis saber o sr. Lee.

— Sou mais da música clássica — disse Szeto, gesticulando com a mão direita como um maestro. — A Filarmônica de Hong Kong vai fazer uma apresentação amanhã com uma pianista chinesa famosa, Yuja Wang. Inclusive, esse foi um dos principais motivos pelos quais decidi passar as férias aqui.

— Nunca tinha ouvido falar na Filarmônica de Hong Kong. Dá pra ganhar a vida de verdade tocando música clássica em Hong Kong? — perguntou o sr. Lee mecanicamente.

— Claro que dá! — Szeto deu uma risadinha. — A Filarmônica de Hong Kong é uma das mais famosas da Ásia. Ela conta com alguns músicos de renome internacional. O maestro, Jaap van Zweden, é holandês; o principal maestro convidado, Yu Long, é de Xangai; e o *spalla*, Jing Wang, é sino-canadense. Parece haver uma escassez de talentos locais.

Aquelas palavras plantaram uma ideia na cabeça de Chung-Nam, mas ele manteve uma expressão impassível enquanto o sr. Lee e Szeto Wai conversavam. Depois de mais dez minutos de conversa fiada sobre a deliciosa comida, a paisagem e o clima de Hong Kong, Chung-Nam reuniu muitas informações: Szeto estava hospedado em um apart-hotel em Wan Chai, não tinha mais nenhuma empresa em vista além da GT, e a mulher eurasiática junto dele, Doris, era sua secretária particular.

— Vamos ficar por aqui — disse Szeto, levantando-se. — Foi ótimo conhecer todos vocês. Quando tiverem o relatório pronto, entrem em contato com a Doris e ela marcará um horário. Não vejo a hora de trabalharmos juntos.

Szeto Wai apertou a mão de todo mundo novamente, e ele e Doris foram embora.

— Ufa!

Depois que o sr. Lee e Joanne se despediram dos visitantes, a equipe inteira deu um suspiro de alívio, como se tivessem passado todo aquele tempo prendendo a respiração.

— Charl… quer dizer, Chung-Nam, aqueles "produtos financeiros" que você mencionou… você tem alguma ideia de como eles seriam? — perguntou o sr. Lee, afrouxando a gravata.

— Claro que não. Foi só a primeira coisa que me veio à cabeça — respondeu Chung-Nam, dando de ombros.

— Nesse caso… Hao, você vai passar as próximas duas semanas ajudando Chung-Nam a montar essa proposta.

— O quê? Por que eu? — retrucou Hao.

— Porque você é o nosso designer de experiência do usuário — disse o sr. Lee com uma risadinha. — Chung-Nam, está nas suas mãos se nossa empresa vai receber esse investimento ou não. Tem muita coisa em jogo, então vê se não faz besteira. O Ma-Chai vai assumir todos os seus projetos pra você poder se concentrar nessa proposta. Se tiver alguma coisa urgente, passa para o Ma-Chai até no máximo depois de amanhã.

— OK.

Chung-Nam deslizou a cadeira até a mesa de Ma-Chai e se preparou para falar com ele sobre o trabalho, mas se deparou com Ma-Chai navegando pelo site da SIQ.

— Por que você está vendo isso? — perguntou.

— Eu reparei numa coisa mais cedo — disse Ma-Chai.

— No quê?

— O Satoshi Inoue não aparece no organograma. — Ma-Chai moveu o mouse, rolando a página para um lado e para o outro.

A foto de Satoshi não estava em lugar nenhum, nem na parte de tecnologia, nem na de investimentos.

— Acho que essa é só a parte comercial. O ponto forte do Satoshi é o desenvolvimento de softwares. Ele provavelmente não gosta de interagir com as pessoas.

— Pode ser. Gosto de programar, mas, se você me pedisse para ser consultor, eu ia ter calafrios — disse Ma-Chai.

— Fecha isso. Preciso falar com você sobre os módulos que estou compilando.

Enquanto Chung-Nam repassava a tarefa com Ma-Chai, sua cabeça estava em outro lugar: como conquistar Szeto Wai e passar a fazer parte do portfólio da SIQ.

Aquele era o tipo de oportunidade que só acontecia uma vez na vida, e apenas uma pessoa muito medíocre a deixaria escapar. Ele se lembrou de como seus colegas de classe e seus professores o condenavam e tiravam sarro dele por ser ambicioso e idealista. Ali estava a oportunidade de mostrar para todos quem tinha razão.

2.

Trim-trim-trim-trim-trim-trim-trim-trim-trim. Nga-Yee tocou a campainha desesperadamente, mas, além do silvo agudo ecoando dentro do apartamento, nada aconteceu. Quando finalmente se convenceu de que N não estava mesmo em casa, e não simplesmente a ignorando, ela pegou o celular e ligou para o número que ele havia lhe dado. Mais uma vez, caiu direto na caixa postal.

— Aqui é... Aqui é a Nga-Yee. Eu descobri uma coisa importante. Hm, é importante. Ah. Por favor, me liga de volta logo.

Depois de deixar aquela mensagem confusa, Nga-Yee sentou-se junto à porta de N, sem nem perceber o quanto o chão estava sujo. A escadaria estava escura, mas ela não tinha tempo para sentir medo. A cabeça estava ocupada demais com aquele e-mail horrível que ela havia encontrado no celular de Siu-Man. No ônibus para Sai Ying Pun, não tinha mexido no aparelho nem uma vez — em parte porque estava com medo de deletar o e-mail acidentalmente, em parte porque não conseguia encarar a verdade: antes de se matar, Siu-Man estivera em contato com o autor da postagem que deu início àquele *cyberbullying*.

Você é corajosa o suficiente pra morrer? A primeira frase da mensagem podia muito bem ter sido a mão invisível que a empurrou janela abaixo. Quanto mais Nga-Yee permanecia refletindo ali no escuro, mais se sentia agitada. Era como se a arma do crime estivesse escondida em sua bolsa, como se uma nuvem maligna emanasse daquele celular vermelho e a engolisse por completo.

Distraída, ela pegou o celular da irmã na bolsa. Antes que se desse conta, já havia digitado a senha. Como ela não tinha fechado o e-mail antes — na verdade, nem sabia como —, a primeira coisa que apareceu foram aquelas palavras venenosas. Ao menos dessa vez estava preparada, sentia-se capaz de manter o mínimo de calma para olhar com atenção e tentar entender a interface. Foi passando o dedo pela tela do jeito que vira outras pessoas fazerem e tocou acidentalmente em um círculo com o número 5 escrito dentro dele.

A mensagem se expandiu, e ela entendeu que 5 significava o número de e-mails entre o primeiro e o último. Em outras palavras, Siu-Man havia tido um diálogo com aquela pessoa antes de sua morte.

Apesar da falta de experiência com qualquer coisa que não fosse o ultrapassado programa de e-mail da biblioteca, Nga-Yee estava pegando o jeito. Tocou na primeira mensagem.

> De: **kid kit** <kidkit727@gmail.com>
> Para: **Siu-Man** <ausiumanman@gmail.com>
> Data: 5 de maio de 2015, 17:57
> Assunto: (sem assunto)
>
> Au Siu-Man,
> Eu estou te vigiando. Não fica achando que as pessoas vão sentir pena de você só porque você tem 15 anos. Vou mostrar pro mundo quem você realmente é, e todo mundo vai descobrir o quanto você é desprezível. Sua punição ainda não acabou. Quero ter certeza de que você nunca mais vai sorrir de novo.
> kidkit727

Essa era a primeira mensagem. Kidkit727 é quem tinha iniciado a troca. Ofegante, Nga-Yee leu as palavras com uma sensação de desamparo.

"Eu preciso manter a calma", disse ela para si mesma. "Entrar em pânico não vai ajudar." Só mantendo a cabeça fria ela seria capaz de examinar cada detalhe em busca de pistas do assassino.

Claro, ela não sabia se aquela mensagem tinha vindo do verdadeiro culpado. Ela se lembrou de N dizendo que, no mural do Popcorn, o e-mail do kidkit727 era de alguma empresa russa cujo nome começava com Y. Embora aquele e-mail fosse diferente, o conteúdo era muito parecido com o da postagem — exatamente o mesmo tom venenoso.

Quando Nga-Yee reparou na indicação da hora, sentiu a cabeça rodar — 17h57 do dia 5 de maio.

Dez minutos antes de Siu-Man se matar.

De: **Siu-Man** <ausiumanman@gmail.com>
Para: **kid kit** <kidkit727@gmail.com>
Data: 5 de maio de 2015, 18:01
Assunto: RE:

Quem é você?
Por que você tem o meu e-mail?
O que você quer?

Nga-Yee conseguia perceber o pavor de Siu-Man mesmo naquelas três breves frases. E agora, seis semanas depois, tudo o que ela podia fazer era assistir de longe enquanto sua irmã mais nova tentava sozinha, em vão, lutar contra aquela figura escondida nas sombras.

De: **kid kit** <kidkit727@gmail.com>
Para: **Siu-Man** <ausiumanman@gmail.com>
Data: 5 de maio de 2015, 18:01
Assunto: RE:
Anexo: IMG_6651.jpg

> Au Siu-Man,
> Está com medo? Ora, então você também é capaz de sentir medo? He he he. É bom ficar com medo mesmo, porque estou prestes a tornar essa foto pública. Você vai ser uma vergonha pros seus colegas e todo mundo ao seu redor vai saber que a postagem que eu escrevi é inteiramente verdade.
> kidkit727

A última frase deixava claro que não se tratava de um farsante, mas do próprio instigador da onda de *cyberbullying*. Distraída por esse pensamento, Nga-Yee esqueceu de se perguntar o que era a tal "foto", de modo que não estava preparada para o anexo que apareceu diante dela quando rolou a tela para baixo.

Lá estava Siu-Man, naquela telinha minúscula.

A foto havia sido tirada em algum lugar escuro, talvez num karaokê ou numa boate. Em uma mesa baixa, havia várias garrafas de cerveja e copos, sachês de café solúvel, dois potes de amendoim, um copo de jogo de dados e um microfone. Havia também cigarros, um isqueiro e uma caixinha preta.

Mas Nga-Yee mal notou tudo isso; sua atenção estava voltada para as duas pessoas enquadradas: Siu-Man, com uma roupa que não era o uniforme da escola, e um adolescente mais velho, com roupa de bacana, o cabelo pintado de vermelho, ambos sentados num sofá. O menino a abraçava, e seus lábios estavam próximos aos de Siu-Man. Suas mãos a tocavam, uma delas encaixada na axila de Siu-Man, em direção ao seio. Com os olhos semicerrados, ela dava um leve sorriso enquanto olhava para algo atrás da câmera. Sua expressão era um meio-termo entre embriagada e sedutora.

Nga-Yee ficou chocada ao ver a irmã junto de um cara tão nojento. Ela e a mãe costumavam alertar Siu-Man contra predadores, e a irmã nunca tinha dado nenhum sinal de rebeldia. Ali, no entanto, havia em seu rosto uma feminilidade que Nga-Yee jamais tinha visto.

Subitamente, ela se lembrou de uma frase da postagem do kidkit727: *Fora da escola, ela vivia por aí com um pessoal baixo nível, bebendo, talvez até se drogando e dormindo com qualquer um, vai saber.*

"Impossível! Impossível!", Nga-Yee repetia para si mesma, tentando tirar aquelas imagens imundas da cabeça.

Não havia como saber quando a foto fora tirada, embora Siu-Man estivesse com roupas de frio. No último inverno ou no penúltimo? Sua irmã estava com 13 ou com 14 anos? Impossível saber. Sem dúvida a garota na foto era Siu-Man, mas Nga-Yee tinha a sensação de que estava olhando para uma estranha. Tentando se livrar daqueles pensamentos incômodos, ela passou para o e-mail seguinte.

De: **Siu-Man** <ausiumanman@gmail.com>
Para: **kid kit** <kidkit727@gmail.com>
Data: 5 de maio de 2015, 18:02
Assunto: RE:

Como você tem essa foto?
Isso não é verdade!
Foi um mal-entendido!

Nga-Yee experimentou um milhão de sensações conflitantes. Aquela resposta era equivalente a uma confissão — Siu-Man *de fato* conhecia aquele garoto nojento. Mas sua menção a um mal-entendido sugeria que havia mais coisa naquela história. De qualquer forma, estava claro que o remetente tinha intenção de fazer mal a ela. O pior de tudo é que não era uma ameaça; não havia exigências, apenas o desejo de magoar sua irmã indefesa.

De: **kid kit** <kidkit727@gmail.com>
Para: **Siu-Man** <ausiumanman@gmail.com>
Data: 5 de maio de 2015, 18:02
Assunto: RE:

Au Siu-Man,
Os deuses veem tudo o que a gente faz. Eu me responsabilizo diante de qualquer um, no céu ou na terra,

pelas coisas que eu fiz, mas e você? Você só sabe inventar histórias e acusar falsamente os outros.
  kidkit727

  Aquilo foi inesperado. Nga-Yee achava que o remetente era malicioso, mas aquela mensagem parecia marcar uma posição moral elevada, como se Siu-Man estivesse sendo punida simplesmente em nome da justiça.
  Será que aquela pessoa tinha mesmo feito tudo aquilo porque acreditava que Shiu Tak-Ping era inocente? A cabeça de Nga-Yee estava a mil por hora.

  De: **Siu-Man** <ausiumanman@gmail.com>
  Para: **kid kit** <kidkit727@gmail.com>
  Data: 05 de maio de 2015, 18:04
  Assunto: RE:

  Você quer me ver morta?

  Os olhos de Nga-Yee se encheram d'água. Naquele contexto, pareciam palavras raivosas ditas em meio a uma briga, mas ela podia perceber o verdadeiro significado por trás delas. Aquilo não era uma réplica à enxurrada de abusos, mas um último pedido desesperado de socorro enquanto Siu-Man se via à beira do precipício.

  De: **kid kit** <kidkit727@gmail.com>
  Para: **Siu-Man** <ausiumanman@gmail.com>
  Data: 5 de maio de 2015, 18:06
  Assunto: RE:

  Au Siu-Man,
  Você é corajosa o suficiente pra morrer? Você não tá só pregando as suas peças de sempre, tentando fazer as pessoas sentirem pena de você?
  Seus colegas não vão ser enganados mais uma vez. Um lixo como você não tem o direito de continuar vivendo.
    kidkit727

Essa havia sido a primeira mensagem que Nga-Yee tinha lido e também a última que Siu-Man viu na vida.

Ler aquela troca de e-mails deixou Nga-Yee espumando de ódio do culpado. Se o tom do último e-mail tivesse sido ligeiramente diferente, se ele tivesse dito outra coisa, Siu-Man poderia ter sido salva. Ou se a mensagem tivesse chegado um pouco mais tarde. Se Nga-Yee estivesse em casa, ela teria notado algo estranho. Siu-Man poderia ter chorado em seu ombro e botado tudo para fora, e o perigo teria passado. Mas aquele demônio não lhe deu chance de respirar. Justo quando ela estava mais frágil psicologicamente, ele enfiou a faca com crueldade.

Não tem o direito de continuar vivendo. Essas palavras ficaram marcadas em suas retinas, apunhalando cada um de seus nervos.

— Ei, o que está fazendo aqui?

Aquela pergunta ríspida trouxe Nga-Yee de volta à realidade. Ela olhou para cima, e lá estava N, desgrenhado como sempre, vestindo uma camiseta surrada e calças cargo.

— Onde você estava? Por que não atendeu minhas ligações? Eu não disse que estava vindo? Por que você não me esperou? — Nga-Yee disparou as perguntas com tanta velocidade que N não teve nem mesmo chance de responder. Não estava chateada de verdade, mas ler aquelas mensagens a deixou tão enfurecida que não conseguiu evitar que sua fúria jorrasse.

— Fui comer alguma coisa e passei no supermercado — respondeu N, sem se abalar.

Ergueu uma sacola de compras, segurando-a aberta para que Nga-Yee visse que estava cheia de cerveja, pizza congelada, presunto, barrinhas de cereal e macarrão instantâneo.

— Eu disse que vinha aqui depois do trabalho! Por que você não ficou em casa? Por que você me fez ficar sentada aqui esperando?

— Meu Deus, são só quatro da tarde. Hoje você não sai do trabalho antes das sete. Como eu ia saber que você ia chegar tão cedo? — retrucou ele, ignorando a raiva dela.

Ela estava prestes a responder quando percebeu que nunca havia lhe contado quando seu turno acabava.

— Calma, mocinha — disse N, aproveitando a pausa momentânea. — Você está toda agitada e se mandou do trabalho pra vir até aqui. Acho que encontrou alguma novidade, não?

Ela lhe estendeu o celular.

— Quando parei pra almoçar, de repente me lembrei da senha da Siu-Man. Então li essas mensagens...

Ela traçou a sequência no ar, e N a imitou com o polegar, desbloqueando o aparelho.

— Interessante — falou N com um sorrisinho perspicaz.

Ele colocou a sacola de compras nas mãos de Nga-Yee como se ela fosse uma empregada e continuou rolando a tela com a mão esquerda enquanto a direita pescava um pesado molho de chaves do bolso e abria a porta.

— Coloca as compras na geladeira — ordenou ele.

Seus olhos permaneceram fixos na tela enquanto cruzava o portal. Aquele tom grosseiro a deixou irritada, mas ela fez o que N pediu. A cozinha estava muito mais limpa do que Nga-Yee esperava; pelo menos não estava coberta de embalagens usadas e sacos plásticos como a sala de estar, e a geladeira se encontrava completamente vazia. Provavelmente ele era o tipo de pessoa que come toda a comida da casa antes de ir ao mercado. Quando voltou à sala de estar, N já estava em sua mesa, estudando compenetrado o celular de Siu-Man.

— Suponho que você não saiba a senha dela do Google — questionou ele abruptamente.

Nga-Yee fez que não com a cabeça.

— Mas você pode ler essas mensagens — retrucou ela. — Por que precisa da senha?

— Esse aplicativo tem informações limitadas. Eu consigo descobrir muito mais se puder acessar a conta dela no meu computador. — Ele pôs o celular de lado e ligou o laptop. Seus dedos dançaram como raios pelo teclado.

— Você tem como invadir a conta dela? — perguntou Nga-Yee.

— Claro que tenho, mas ninguém precisa de uma espada pra matar uma galinha. — Ele apontou para uma cadeira ao lado da escrivaninha, indicando-lhe que se sentasse, e girou a tela noventa graus para que ela pudesse ver. — Agora que todo mundo está preocupado com a segurança na internet, alguns serviços exigem autenticação em duas etapas e fazem os usuários alterarem suas senhas regularmente. No entanto, ainda existem muitas lacunas, talvez até mais do que antes. — N estava usando um navegador que Nga-Yee nunca tinha visto para entrar na página inicial do Google. — Serviços como o Google e o Facebook permitem que você redefina sua senha sozinho, em vez de ligar para um *help desk* e ter que esperar dias.

N clicou em "Ajuda" e, em seguida, selecionou "Esqueci minha senha" no menu suspenso.

— Quando os usuários não conseguem fazer login com suas senhas, os sites precisam verificar a identidade deles por outros meios, geralmente...

Plim! O celular de Siu-Man apitou.

— ... por mensagem de texto.

N mostrou a tela para Nga-Yee, onde havia um número de seis dígitos. Digitou esses números em um campo na página inicial.

— Simples assim? — perguntou Nga-Yee, boquiaberta.

— Sim. É a mesma coisa com o Yahoo, o Facebook e a maioria dos outros serviços. Você só precisa pegar o celular de uma pessoa pra se tornar essa pessoa. A internet pode parecer conveniente, mas, quando tudo está tão conectado assim, a gente só precisa encontrar o elo mais fraco pra quebrar toda a corrente.

N configurou uma nova senha para a conta de Siu-Man e, em seguida, abriu a sequência de mensagens. Clicou algumas vezes, e uma sequência confusa de caracteres apareceu na tela. Isso aconteceu mais quatro vezes, até que a tela foi preenchida com palavras em inglês ininteligíveis, como "DKIM-Signature" e "X-Mailer". Nga-Yee achava que aquilo devia ser parecido com o funcionamento interno do Popcorn, que ele havia mostrado a ela na última visita. N passou um momento examinando a sopa de letrinhas, depois sorriu de satisfação.

— Você achou, srta. Au.

— Achei o quê? — perguntou Nga-Yee sem entender nada. — O que você está vendo nesse... nesse troço?

— Você não faz ideia do que seja esse "troço", não é? — N gesticulou para a tela, que parecia tomada por fileiras de formigas rastejando. — Um e-mail não é só remetente, assunto etc. Também tem uma coisa chamada cabeçalho, que registra informações digitais que só o software consegue processar. O cliente de e-mail e o servidor acrescentam mais dados. Existe a possibilidade de que isso inclua o endereço IP do remetente.

Aquilo foi como um choque para Nga-Yee. Ela não entendia nada de computadores, mas sua memória era boa e ela não tinha esquecido o que N havia lhe ensinado.

— O culpado deixou o endereço de e-mail dele? Não vai ser em algum lugar de Luxemburgo de novo, vai? — gaguejou ela, quase mordendo a língua de tão agitada.

N destacou uma seção da tela e a expandiu.

Recebido: de [10.167.128.165] (1-65-43-119.static.netvigator.com. [1.65.43.119])
Via smtp.gmail.com com ESMTPSA id u31sm8172637pfa.81.2015. 05.05.01.57.23

— Isso fica em Hong Kong — disse ele, sorrindo.

Nga-Yee decifrou a palavra "netvigator", que até ela sabia se tratar de um provedor local de internet.

— Então já sabemos a localização do culpado? — perguntou ela com os olhos arregalados, e tendo que se conter para não agarrar N.

— Não. Ele pode ter afrouxado um pouco o cerco, mas não seria tão burro a ponto de revelar sua localização.

— Você tem o endereço IP dele, mas não sabe onde ele está? De acordo com o que disse antes, isso deveria ser impossível.

— As quatro mensagens que esse cara enviou vieram de três endereços IP diferentes — respondeu N enquanto destacava mais três seções.

Recebido: de [10.167.128.165] (1-65-43-119.static.netvigator.com. [1.65.43.119])

> Via smtp.gmail.com com ESMTPSA id u31sm8172637pfa.81.2015.
> 05.05.01.57.23
>
> Recebido: de [10.191.138.91] (tswc3199 netvigator.com
> [218.102.4.199])
> Via smtp.gmail.com com ESMTPSA id 361sm8262529pfc.63.2015.
> 05.05.02.04.19
>
> Recebido: de [10.191.140.110] (1-65-67-221.static.netvigator.com.
> [1.65.67.221])
> Via smtp.gmail.com com ESMTPSA id 11sm5888169pfk.91.2015.
> 05.05.02.06.33

— As duas primeiras mensagens têm o mesmo endereço, mas a terceira e a quarta têm endereços diferentes.

— Então ele deve estar fazendo a mesma coisa de antes, usando um proxy... — concluiu Nga-Yee, desanimada.

— Não. Se fosse isso, não estaríamos vendo apenas IPs locais. — N voltou à página do Google. — É bastante comum pular de um endereço IP para outro. Digamos que você tenha enviado dois e-mails do seu laptop, um de casa e um da biblioteca. Seriam dois IPs diferentes. O inusitado aqui são três IPs diferentes em dez minutos. Só consigo imaginar uma única situação em que isso aconteceria.

— Que é...?

— Se ele estivesse em um veículo em movimento, usando diferentes redes Wi-Fi ao longo do trajeto. — N apontou para a tela. — Vamos supor que ele estivesse no metrô. Ele pode ter usado o Wi-Fi de cada estação durante aquele um minuto em que o trem fica parado.

— Essas mensagens são curtas, mas ele não teria como digitá-las em tão pouco tempo, certo? — Nga-Yee não tinha certeza do que era Wi-Fi, mas se lembrava de Siu-Man usando alguma coisa assim para entrar na internet em casa.

— Você não precisa estar conectado pra ler ou escrever um e-mail — explicou N. — Ele poderia fazer isso off-line e usar o tempo parado na estação para enviar as mensagens e baixar as novas. Não levaria mais de dez segundos.

— A gente tem como descobrir quais estações foram?

— Sim. — N virou a tela de volta, como se não quisesse que Nga-Yee visse o que ele ia fazer a seguir. — Temos a data, a hora e os endereços IP, então dá pra resolver isso. Como eu já disse, é assim que a polícia rastreia alguns usuários da internet. Claro, eles fazem do jeito correto, pedindo aos provedores que compartilhem os registros dos clientes. Meu método é, digamos, menos ortodoxo.

Nga-Yee decidiu não fazer mais perguntas. Aquilo poderia muito bem ser ilegal, e, quanto menos ela soubesse, melhor. Depois de alguns minutos, N virou novamente a tela para ela.

— Sim, são mesmo de estações de metrô — falou ele com indiferença, como se fosse completamente natural que seu palpite estivesse certo. — Os dois primeiros são da Yau Ma Tei, o terceiro, da Mong Kok, e o último é da Prince Edward. Ele usou um número pré-pago pra fazer o registro, então não temos como rastreá-lo.

— Registro?

N coçou a cabeça, parecendo incomodado por ter que explicar, mas continuou no mesmo tom.

— O Wi-Fi pode ser gratuito, mas você precisa primeiro fazer um cadastro, seja usando seu plano residencial ou seu número de celular.

— Então você não precisa inserir nenhuma informação pessoal se tiver um número pré-pago? — Siu-Man usava um desses, mas Nga-Yee achava que era só porque era mais barato.

— Isso mesmo — confirmou N, dando um sorrisinho desanimado. — Hong Kong é liberal a esse ponto. É muito fácil conseguir um daqueles celulares descartáveis. Muitos países exigem um documento de identidade ou os dados do cartão de crédito, mas aqui esses chips são enviados aos fornecedores em grandes quantidades, e, se você pagar em dinheiro, não vai ter nada que te vincule ao número.

— Mesmo nesse caso — disse Nga-Yee, olhando seriamente para N —, a loja de conveniência teria câmeras de segurança, não teria? Podemos até não saber quem é de fato, mas pelo menos veríamos a cara dele. Se você conseguir rastrear o número com o qual ele se registrou, poderemos descobrir onde ele comprou o chip e localizar as imagens das câmeras de segurança...

— Quem você pensa que eu sou? Deus? — zombou N. — Mas, sim, você está certa. Eu poderia fazer tudo isso se quisesse. Mas muitos lugares que vendem esses chips não têm câmeras de segurança. O mercado de pulgas da Apliu Street, por exemplo.

— Você nem tentou. Como sabe que ele comprou num lugar desses?

N não respondeu, apenas estendeu a mão para abrir a gaveta da escrivaninha, de onde tirou uma caixa de plástico preta menor que a palma da sua mão. Quando virou a caixa, dezenas de cartões SIM do tamanho de uma unha caíram sobre a mesa, um pequeno montinho deles.

— Porque é o que eu faria. — Ele recolheu alguns e os chacoalhou em sua mão. — Assim como você não conseguiria me rastrear pelo número que te dei.

Foi quando Nga-Yee percebeu que ele havia lhe dado um número descartável, que seria aposentado logo após o fim da investigação. Ela estava prestes a perguntar a N por que ele se deu ao trabalho — afinal de contas, ela já sabia onde ele morava —, mas a resposta veio à cabeça dela quase que imediatamente: ele poderia facilmente sair daquele ninho de rato que chamava de casa e cortar todos os laços com ela num estalar de dedos.

— Então... então não vamos perder tempo rastreando o número e vendo as câmeras de segurança das estações — falou ela. — Como você disse, sabemos onde ele estava e a que horas, então podemos rastrear o cartão Octopus dele pra ver quando ele entrou ou saiu da estação...

Ela tinha ouvido falar que a polícia poderia encontrar suspeitos dessa forma, então certamente N poderia fazer o mesmo.

— Você sabe quantas pessoas usam o transporte público por dia, srta. Au? — N colocou os cartões SIM de volta na caixa. — Mesmo se eu conseguisse as imagens, Yau Ma Tei, Mong Kok e Prince Edward são as três estações mais movimentadas de Kowloon. Como a gente ia saber quem na multidão estava enviando as mensagens pra sua irmã? Sem contar que todas as estações têm pontos cegos de vigilância, e que não há câmeras dentro dos vagões. O culpado escolheu esse método, em vez de, digamos, ficar on-line anonimamente em uma cafeteria, justamente para evitar ser reconhecido.

— Mas então... — Nga-Yee não soube como continuar a frase.

Ela entendeu o que ele havia dito, mas dava uma sensação amarga ver que a única pista que ela havia descoberto levava a um beco sem saída.

— De qualquer forma, tudo isso me poupou muito tempo, então vai ser mais fácil rastrear pelo menos um deles — disse N, colocando a caixa de cartões SIM de volta na gaveta.

— Um deles?

— Tem duas pessoas por trás do kidkit727. Talvez três ou quatro. Mas é mais provável que sejam duas.

— Como você sabe?

— Vou pular direto para a conclusão — falou N, ainda naquele tom impassível. — Duas pessoas diferentes enviaram os e-mails e escreveram aquele longo post. Vou chamar um deles de Little Seven, afinal, ele mesmo se chama de kidkit727, enquanto o outro está registrado no Popcorn como rat10934@yandex.com, então vamos chamá-lo de Rat. O Little Seven provavelmente é o cérebro. Ele escreveu o post e mandou aqueles e-mails pra sua irmã, enquanto o Rat apenas fornecia suporte técnico. Eu deduzi isso a partir da diferença entre a maneira como a postagem do Popcorn e os e-mails foram tratados.

N tomou um gole da caneca sobre a mesa e continuou.

— Embora medidas tenham sido tomadas em ambas as plataformas pra evitar a detecção, o Rat tomou um caminho mais complicado. Sua tática de se registrar no Popcorn com um número descartável e usar diversos proxies foi a mais eficaz; nem eu consegui rastrear nada que levasse até ele. O uso do Wi-Fi da estação pelo Little Seven para cobrir os rastros parece desnecessário. Por que não usar proxies, como antes? Ou ficar on-line diretamente com aquele SIM não registrado? E por que usar uma conta do Gmail? Existem provedores de e-mail não rastreáveis que apagam automaticamente todos os dados em intervalos regulares. Qualquer pessoa que saiba usar proxies deveria saber essas coisas. Por isso eu tenho certeza de que o kidkit727 é na verdade duas pessoas. Eles não trabalham juntos com frequência, e todas as táticas de sigilo que o Rat ensinou ao

Little Seven foram as que alguém sem muito conhecimento técnico seria capaz de usar. O número de telefone pré-pago provavelmente foi obtido pelo Rat. Ele só teve que explicar ao Little Seven os detalhes de login que ele usou pra se registrar na internet do metrô e orientá-lo a ficar on-line nas estações mais movimentadas pra evitar ser detectado.

Apesar de sua falta de conhecimento de informática, Nga-Yee achou aquela explicação fácil de entender e convincente.

— Mas por que você disse que isso te poupou tempo? A investigação não fica mais complicada se tem mais pessoas envolvidas?

— Não. Porque tudo que eu preciso fazer agora é descobrir qual dos colegas de classe da sua irmã usa um iPhone, e aí nós temos nosso próximo suspeito.

Aquilo não fazia sentido.

— Col… colegas de classe? — gaguejou Nga-Yee. — Você acha que o Little Seven era colega de classe da Siu-Man?

— Muito provavelmente.

— Por que você acha isso? Porque as duas primeiras mensagens vieram da estação Yau Ma Tei, perto da escola da Siu-Man?

— A localização ajudou, mas a pista mais óbvia estava nos e-mails. — N abriu de novo a primeira mensagem na tela.

— Isso… isso estava no cabeçalho também?

N deu um suspiro forçado e depois sorriu para Nga-Yee.

— Experimenta usar seus olhos. Está na segunda frase.

— O que tem a segunda frase?

Nga-Yee olhou ansiosamente para a tela. *Não fica achando que as pessoas vão sentir pena de você só porque você tem 15 anos.*

— Na postagem do Popcorn de 10 de abril — disse N —, o título era "Uma piranha de 14 anos mandou o meu tio pra cadeia", mas esse e-mail em 5 de maio diz que ela tem 15 anos. O aniversário da sua irmã foi no dia 17 de abril, então a idade dela mudou entre essas duas datas, mas só alguém próximo teria como saber disso.

Nga-Yee ficou perplexa. Ele tinha razão, os jornais haviam se referido a Siu-Man como "Garota A, 14" após o incidente, e foi somente depois do suicídio e do depoimento da polícia que os repórteres atualizaram a idade dela.

— Além disso, o segundo e-mail diz: "Você vai ser uma vergonha pros seus colegas". É um jeito esquisito de escrever. — N rolou a tela para baixo. — A maioria das pessoas teria escrito algo como "uma vergonha pra sua família" ou "uma vergonha pra sua escola". Mas colegas? Isso sugere que o remetente se via como parte daquele grupo. E que ele sabia quando era o aniversário da sua irmã. Isso indica que eles provavelmente são do mesmo ano ou quem sabe da mesma turma.

— Mas… mesmo que seja provável, não tem como ter certeza ainda, tem?

— Você já se perguntou quais são as motivações dessa pessoa?

— Motivações? Assustar a Siu-Man, fazê-la sofrer…

— Esses são os objetivos. Estou falando sobre o *motivo* pra ela ter enviado esses e-mails.

— E tem diferença?

— Claro — afirmou N, como se fosse óbvio. — Vou colocar de outra forma. Por que essa pessoa decidiu repentinamente enviar essas mensagens ameaçadoras no dia 5 de maio? Por que não esperar um pouco mais, pra que o Rat pudesse ajudar a encontrar uma forma mais discreta?

Nga-Yee hesitou. Ela ainda não tinha refletido sobre isso.

— Acho que a resposta é simples. — N apontou para a tela. — O Little Seven foi pego no calor do momento e correu pra mandar as mensagens sem esperar ajuda. Dá pra perceber pela última frase do primeiro e-mail.

— "Quero ter certeza de que você nunca mais vai sorrir de novo"?

— As pessoas, sem querer, revelam muitas informações além do que estão dizendo. O Little Seven devia odiar a sua irmã, fosse por motivos pessoais, fosse porque o Shiu Tak-Ping tinha sido injustiçado. E a Siu--Man já estava se sentindo mal há algum tempo?

— Sim. Ela estava deprimida desde que nossa mãe morreu, no ano passado… E sempre que ela parecia se animar um pouco, acontecia alguma coisa que botava ela pra baixo de novo.

— Isso faz sentido. O Little Seven queria que a sua irmã sofresse e encontrou satisfação em seu desespero. "Sua punição ainda não acabou. Quero ter certeza de que você nunca mais vai sorrir de novo." Esse "de novo" significa que eles devem ter visto a sua irmã sorrindo, com ar despreocupado. O Little Seven não gostou disso e não resistiu ao impulso de fazer uma ameaça na mesma hora, pra garantir que ela não tivesse um único momento de paz.

— Você acha que foi por isso? — perguntou Nga-Yee, descrente.

— Os motivos mais maliciosos podem surgir das coisas mais banais — disse N e deu de ombros, como se aquilo fosse lugar-comum para ele. — Na verdade, no que diz respeito aos ataques à sua irmã, esses e-mails são muito mais rudimentares e confusos em relação ao conteúdo e às táticas do que a postagem do Popcorn. Quanto à foto em anexo, é brincadeira de criança.

A menção à foto fez Nga-Yee duvidar de sua irmã mais uma vez, mas não entendeu por que N tinha acabado de dizer aquilo.

— Brincadeira de criança? Não é uma ameaça óbvia à Siu-Man?

— Srta. Au, por gentileza, onde é que está a ameaça?

— A Siu-Man está sendo acusada de andar por aí com pessoas sem caráter, isso seria um indício de que ela também seria sem caráter e, portanto, teria mentido sobre o Shiu Tak-Ping...

— Ela está dando uns beijos num cara. E daí? — questionou N, com um sorrisinho. — A maioria dos adultos não iria dar a mínima. Se o Little Seven estivesse tentando desacreditar a sua irmã, não faria sentido eles escolherem alguma coisa mais escandalosa, como as fotos com que eu ameacei aqueles capangas da sociedade secreta? Uma foto como essa, você mesma poderia publicar e ninguém iria prestar atenção.

— Talvez o culpado tivesse outras fotos guardadas.

— Isso faria sentido se a imagem tivesse sido postada na internet. É assim que a chantagem funciona, como espremer pasta de dente. Você começa com as mais inofensivas, depois passa para os *nudes*, para as *sextapes* e assim por diante, aumentando o grau da ameaça aos poucos. Mas ela foi enviada diretamente pra sua irmã, o que significa que não tinha por que ele se conter. Muito pelo contrário. Nesses casos, você entra de sola para chocar a vítima e fazer ela se submeter. Está claro que essa era a única foto que o Little Seven tinha.

Nga-Yee percebeu que estava envolvida demais com a situação, interpretando aqueles e-mails ameaçadores de um jeito que só uma irmã mais velha faria. Eles chegaram um mês depois da postagem do Popcorn, e, mesmo que o remetente esperasse reviver o escândalo, poderia não ter dado certo. N tinha razão, a foto não era particularmente escandalosa. Se tivesse saído ao mesmo tempo que a postagem, poderia ter reforçado a confusão, mas não acrescentaria nenhuma informação nova. A história já havia passado, e publicar aquela foto provavelmente não teria dado muito combustível para ela.

— Então, resumindo, o Little Seven sabia a data de nascimento da sua irmã, sabia que ela estava deprimida e usou essa foto como uma ameaça meia-boca em um momento de afobação. Todas essas pistas apontam para alguém da idade da sua irmã, que a via todo dia. Provavelmente, um colega de turma. Podemos inclusive deduzir que, quando o post no Popcorn fala "todo mundo na escola", a fonte pra isso era o Little Seven. Acho que isso nos dá razões de sobra pra afunilar nosso rol de suspeitos.

— Mas... quando você disse que era um usuário de iPhone...

— Isso é do "troço do cabeçalho" — explicou N com um sorrisinho, abrindo outra tela.

X-Mailer: iPhone Mail (11D257)

— O aplicativo de e-mail do iPhone teria adicionado essa sequência, e 11D257 é o número do modelo, o que significa que o sistema operacional do iPhone era iOS 7.1.2. — N se recostou. — De forma que basta descobrir quais colegas da sua irmã têm um iPhone e teremos os nossos suspeitos.

Nga-Yee já sabia que N não era um simples mortal, mas não parava de se impressionar com ele. N era o cara. Ela tinha olhado para aquelas mensagens por horas, enquanto ele precisou de apenas alguns minutos para captar os principais pontos. Ela se lembrou das palavras do sr. Mok e entendeu por que um detetive experiente tinha encaminhado suas questões sem solução para aquele vagabundo desempregado.

— Nesse caso — disse Nga-Yee devagar, tentando esconder a admiração em sua voz; afinal de contas, ainda odiava a arrogância dele —, você vai ter que conferir cada um dos colegas da Siu-Man pra ver quais aparelhos eles têm?

N deu uma gargalhada.

— Eu não consigo te decifrar, srta. Au. Às vezes sua mente parece funcionar bem rápido, mas em outras você faz as perguntas mais idiotas do mundo. Esqueceu do que eu disse, que existe um tipo de dado chamado de "agente do usuário"?

Nga-Yee se lembrou. Quando eles estavam tentando encontrar as informações do kidkit727 no Popcorn, o "agente do usuário" era o registro de cada pessoa que utilizava o site.

N abriu uma nova aba do navegador e acessou o site da Escola Secundária Enoch.

— A escola da sua irmã está inscrita no programa de assistência de *e-learning* da Secretaria de Educação e tem muitos recursos pra configurar sistemas e redes. Eles têm vários servidores e oferecem salas de chat pra cada disciplina, cada turma e cada clube. Os alunos são incentivados a usar essas salas pra se comunicar.

Ele apertou algumas teclas e abriu uma sala de chat com um design minimalista, em tons de cinza. Mais alguns cliques e ele abriu uma conversa.

— Dá uma olhada aqui.

Grupo: Turma 3B
Postado por: 3B_Admin
Assunto: [Admin Turma] Pedidos de suéter
Data: 10 de outubro de 2014   16:02:53
As seguintes pessoas ainda não entregaram seus formulários de pedido. Por favor, entrem em contato com o monitor assim que receberem essa mensagem.
Au Siu-Man, Mindy Chang, Trixie Tse, Woo Yui-Kar

O coração de Nga-Yee deu um pulo quando o nome da irmã apareceu, mas tentou se controlar e continuou lendo.

Postado por: AuSiuMan
Assunto: Re: [Admin Turma] Pedidos de suéter
Data: 10 de outubro de 2014   20:01:41
Não quero suéter, obrigada.
Vou devolver meu formulário pra você na segunda-feira.

— A Siu-Man... A Siu-Man postou isso? — perguntou Nga-Yee com um nó na garganta. Era como ver algo que sua irmã havia deixado para trás.

— Sim. Esse é o grupo de discussão da turma dela. — N não pareceu notar o quanto ela tinha ficado mexida, e continuou, num tom um tanto automático: — A Enoch faz alarde do seu uso de TI, mas na verdade ela não tem uma equipe própria de TI. Todo o seu software é desenvolvido e mantido por um fornecedor externo. O supervisor, que cuida do sistema, é um idiota. Provavelmente a escola não se deu ao trabalho de contratar um especialista, então colocou um funcionário qualquer no comando. Apenas alunos e professores deveriam ser capazes de ver esse grupo, mas eu o invadi alguns dias atrás e agora tenho acesso total, inclusive ao *back-end*.

N rolou a tela, e Nga-Yee sentiu um choque quando as palavras de sua irmã desapareceram. Mais uma partida repentina. A tela agora mostrava uma planilha densamente compactada.

— Isso mostra todos os dados desse grupo de bate-papo, incluindo mensagens excluídas, quem fez login, quando, endereços IP de quem postou e agentes do usuário, e assim por diante. Uma rápida olhada vai dizer pra gente que tipo de telefone a maioria das pessoas tinha. Olha, sua irmã também está aqui.

Ele moveu o mouse para destacar uma linha:

Mozilla/5/0 (Linux; U; Android 4.0.4; zh-tw; SonyST2LI Build/11.0.A.0.16)

AppleWebKit/534.30 (KHTML, like Gecko) Version/4.0 Mobile Safari/534.20

— A partir disso aqui, eu sei que a sua irmã postou usando um Sony Android modelo ST2li. — Ele pegou o celular vermelho de Siu-Man e o balançou diante de Nga-Yee. — Se eu quisesse, poderia adicionar uma linha de código que não afetaria o *front-end* pra que todos que fizessem login a partir de agora deixassem uma pegada digital mais completa. As provas de final de semestre da Enoch acabam hoje, e eles vão estar on-line em massa pra discutir os planos para o verão. Atualmente os jovens usam mais o celular do que o computador, então, se a gente tiver paciência, eles vão morder a isca, um por um.

— E se alguém não fizer login?

N abriu uma nova aba para mostrar uma conta do Twitter cujo avatar era uma jovem sorridente.

— Muitos jovens estão nas redes sociais, como Facebook, Weibo, Instagram e assim por diante. Eles postam tudo o que acontece com eles, fotos, vídeos, novas amizades; é tudo propriedade pública. Eles preferem colecionar "curtidas" a manter sua privacidade. Não preciso hackear nada para descobrir suas personalidades, seus grupos sociais, estilos de vida e até mesmo seus hobbies. — N clicou numa página. — Essa conta aqui, *cute_cute_yiyi*, pertence a um dos colegas de turma da sua irmã, que posta nas redes sociais todos os dias. Ela tem um monte de tweets inúteis e fotos bobas. Muitas pessoas postam vídeos ou fotos de *unboxing* quando compram um novo brinquedo. Pra um adolescente de 14 ou 15 anos, um celular novo, principalmente um tão caro, como um iPhone, certamente valeria a pena exibir.

— Como você encontrou esse aluno?

— Antes de você vir hoje, eu estava investigando todo mundo ligado à sua irmã. — N abriu o histórico do navegador para mostrar os últimos trinta ou quarenta sites que tinha visitado. — Tudo isso tem a ver com os colegas de turma dela. Eu estava planejando examinar o relacionamento dela com eles, mas agora podemos dar zoom em um único detalhe: os celulares.

Nga-Yee percebeu, então, que podia contar com N no fim das contas.

— Você encontrou algum colega de turma de quem ela era próxima?

— Não. Na verdade, quase não encontrei nada relacionado a ela. Os colegas dela postaram uma ou outra palavra de condolências, e só. Não teve nem mesmo uma foto.

— Quê? — Nga-Yee ficou assustada com aquilo. — Ela... ela não tinha nem um único amigo?

— Você é a irmã mais velha dela, srta. Au. Não deveria saber disso melhor do que eu? — Ele a encarou. — Mas não foi por acaso que não consegui encontrar nenhuma foto.

— Foi por quê, então?

— Se eu fosse amigo de Siu-Man, apagaria todas as fotos que tivesse com ela. Você já se esqueceu do que aconteceu quando surgiu aquele post do Popcorn?

Nga-Yee gelou ao se dar conta do que ele queria dizer. Nos dias que se seguiram à acusação do kidkit727, fotos de Siu-Man se espalharam por todo lado nas redes sociais dos colegas dela. Quando isso aconteceu, a escola pediu aos alunos que apagassem qualquer post ou foto que pudesse ser usado contra Siu-Man.

— Então... quanto tempo vai levar pra você encontrar alguma coisa? — quis saber ela.

— Você está se referindo ao suspeito com o iPhone? — indagou N, e coçou o queixo. — Há cerca de duzentas pessoas no mesmo ano que a sua irmã. É provável que eu seja capaz de pegar setenta por cento deles pelos grupos de bate-papo. Quanto aos outros trinta por cento, vou ter que examinar um a um, com foco nos colegas dela do passado e do presente. Vai começar um fim de semana prolongado amanhã por causa do Festival do Barco do Dragão, então eles vão estar livres pra entrar na internet hoje à noite, e eu vou começar a coletar informações do servidor da escola. Devo ter alguma coisa pra você amanhã de manhã.

— Eu estou de folga amanhã. Posso ficar aqui e esperar a lista com os nomes.

N parecia perturbado com aquela resposta.

— Ei, srta. Au, está de brincadeira? — Ele soou dúbio. — Estou acostumado a trabalhar sozinho e odeio ser supervisionado. Eu disse que vou fazer isso pra você, e não vou faltar com a minha palavra.

— Não, não. Não é que eu não confie em você...

— Então vai pra casa e espera um ou dois dias!

— Eu só queria saber o mais rápido possível — disse ela em tom adulatório. — Se eu for pra casa, vou ficar sentada pensando na Siu-Man lendo aquelas mensagens horríveis. Não sei o que vai ser de mim.

N franziu a testa e olhou para ela. Ambos ficaram em silêncio por um tempo. Nga-Yee agarrou uma ponta da blusa e tentou pensar em uma forma de convencê-lo a deixar que ela ficasse, mas, sempre que levantava a cabeça e olhava nos olhos dele, tinha medo de que N gritasse assim que ela abrisse a boca. Não, pior do que gritar, que ele latisse um "não" curto e grosso.

Mas o que N disse a seguir foi completamente inesperado.

— Tudo bem, você que sabe. Contanto que não me atrapalhe. Mas, se você quebrar minha linha de raciocínio, eu vou te botar pra fora.

Nga-Yee assentiu. Levantou-se e foi para o sofá.

— Vou sentar aqui e esperar.

N a ignorou e pegou o controle remoto. As caixas de som começaram a berrar um rock psicodélico. Nga-Yee raramente ouvia música ocidental e não conhecia aquela banda. Ficou sentada ali por um tempo antes de perceber que não tinha parado de olhar para N. Para não incomodá-lo, tentou se distrair com um romance que pegara emprestado na biblioteca, mas não estava no clima para leituras, e nenhuma palavra entrou em seu cérebro. O livro era *Vício inerente*, de Thomas Pynchon, ambientado na Califórnia da década de 1970. Se ela tivesse conseguido passar das primeiras páginas, teria percebido o quanto N tinha em comum com o protagonista, um detetive rebelde chamado Doc.

Continuou folheando as páginas, desviando o olhar de vez em quando para N, que estava mudo. Depois de quarenta minutos daquilo, uma música familiar chamou a sua atenção.

— Essa de novo não — murmurou Nga-Yee.

Era a mesma música que N havia colocado no volume máximo para afugentá-la quando se recusou a oferecer seus serviços pela primeira vez. Quando a nota final desapareceu aos poucos, o rock psicodélico voltou a tocar. O álbum ia recomeçar.

Nga-Yee gradualmente se perdeu naquele ritmo hipnótico.

— Ei! — chamou-a N, inesperadamente.

Ela se virou para ele.

— Que foi? Encontrou alguma coisa?

— Como? Só estou aqui há algumas horas — disse ele de mau humor. — Ia perguntar se você está com fome.

Nga-Yee olhou para o relógio. Já passava das sete. Ela assentiu.

— Hmm, um pouco.

— Boa. — Ele entregou a ela uma nota de vinte dólares e uma moeda de dez. — Vai buscar alguma coisa no Loi's pra mim.

Ela aceitou o dinheiro com relutância. Tinha achado que ele estava perguntando por consideração, mas, em retrospecto, percebeu que tinha sido ingênua.

— Loi's... é aquele perto da Whitty Street?

— Sim. Vou querer um *wonton noodles* grande, com pouco macarrão, cebolinha extra, caldo à parte, couve refogada, sem molho de ostra — recitou ele inexpressivo.

"Que pedido meticuloso para uma mera tigela de macarrão", resmungou em pensamento.

Nga-Yee saiu do apartamento, atravessou a Water Street e desceu lentamente a Des Voeux Road West. A Second Street estava deserta ao crepúsculo, mas assim que ela entrou na Des Voeux, a agitação da cidade a engoliu. Executivos corriam para voltar para casa enquanto os amantes se amontoavam no ponto do bonde, e os restaurantes estavam cheios de famílias jantando. Supermercados, lojas de roupas em liquidação, lojas de eletrônicos, barbearias — os letreiros cintilavam e, embora não estivesse tão lotado quanto Causeway Bay ou Mong Kok, mesmo assim havia vida de sobra.

Dez minutos depois ela chegou ao Loi's, que estava menos lotado do que na hora do almoço: havia só alguns clientes na frente.

— O que a senhorita deseja? — gritou o homem que mexia na *wok* com uma voz ressonante assim que ela entrou.

— Um *wonton noodles* grande, com pouco macarrão, cebolinha extra, caldo à parte, couve refogada, sem molho de ostra. — Ela olhou o cardápio escrito à mão na parede. — E, ahn, um *wonton noodles* pequeno. — Ela ia viver com dinheiro emprestado pelo resto do mês, então se resignou a pedir o item mais barato.

— Caldo à parte no *wonton noodles* pequeno também?

— É... não precisa.

— É melhor você deixar os dois separados, assim o macarrão não absorve todo o líquido — sugeriu o chef, rabiscando em seu bloco de pedidos com uma das mãos e pegando o dinheiro de Nga-Yee com a outra. — Você está a sete ou oito minutos de distância. É tempo suficiente pra arruinar uma tigela de macarrão perfeita.

Ela ficou boquiaberta.

— Como você sabe quanto tempo eu tenho que andar?

— Isso é para o N, não é? Pouca gente pede cebolinha extra e menos macarrão.

— É verdade, a maioria não é tão exigente — disse ela, diplomática.

— Não mesmo. — O homem riu enquanto começava a montar o pedido. — Hoje em dia, as pessoas sempre querem *mais* macarrão. A porção reduzida é o mesmo preço, então quem vai pedir isso? Eles só jogam fora o que sobra. Mas o N entende que se livrar da comida é um insulto ao chef, então ele pede só o que consegue comer. Sem querer me gabar, posso não fazer esse macarrão eu mesmo, mas compro fresco de um fornecedor tradicional na Third Street todos os dias. A mesma alta qualidade, ano após ano. Quanto aos *wontons*, eu pego o camarão todo dia de manhã bem cedo...

Enquanto ele tagarelava sobre o excelente *wonton noodles*, a mente de Nga-Yee viajava. Quando esteve ali antes, ela viu o chef cumprimentando N como um frequentador assíduo. Se ele sabia exatamente quantos minutos ela tinha andado, deveria saber onde N morava.

— Hum, com licença — interrompeu ela. — Você conhece bem o N, então?

— Não intimamente, mas ele é cliente nosso há uns seis ou sete anos já.

— Que tipo de pessoa ele é? — O vendedor de macarrão parecia ser franco, então Nga-Yee achou que não haveria problema em perguntar assim diretamente.

Ele a olhou nos olhos e sorriu.

— Ele é o cara mais correto que eu já conheci.

Nga-Yee nunca teria imaginado a palavra "correto" sendo aplicada a N. Ele era visivelmente um hacker ardiloso que gostava de mandar nas pessoas e um idiota arrogante que acabava com gângsteres da sociedade secreta sendo ainda mais desprezível do que eles. Não havia nada de "reto" nem de "correto" nele. Se *tivesse* que dizer algo de bom sobre ele, Nga-Yee teria optado por "confiável", embora estivesse guardando o veredicto até que ele realmente mostrasse algum resultado.

A comida estava pronta, embalada em cinco recipientes separados. O chef a entregou a Nga-Yee, e ela voltou para a casa de N.

— Ah! — Enquanto subia a ladeira da Water Street, percebeu o que o chef tinha querido dizer com "correto".

"Ele deve ter entendido errado", pensou ela, ressentida. Uma jovem comprando jantar para um solteirão desleixado e depois tentando saber mais sobre o caráter dele. Deve ter dado a impressão de que ela estava avaliando se deveria fechar um acordo com N, ou no mínimo cogitando ter um caso. "Não admira que ele tenha olhado pra mim daquele jeito. Aquela risadinha maldosa... O Loi e o N são amigos, então é claro que ele decidiu fazer um elogio pra ajudar o N. Quando você não tem nada de bom para dizer sobre um homem, 'correto' é uma escolha segura."

Só então Nga-Yee percebeu o quão imprudente ela tinha sido, uma mulher solteira querendo passar a noite na casa de um solteiro de má reputação. Ela não teve um único amigo durante todo o ensino médio, que dirá algo parecido com um namorado. Mesmo depois de adulta, não tinha muito contato com homens. Na sua vida, não havia espaço para o amor da maneira que havia para as outras garotas. Ela estava muito ocupada cuidando da irmã, trabalhando e ajudando a manter a casa. Então, a mãe ficou doente. Todas as pessoas de quem ela gostava se afastaram, uma por uma. Até hoje não tinha muitos amigos, apenas conhecidos da biblioteca, onde seus colegas de trabalho eram na sua maioria mulheres e homens casados. Um cenário muito solitário.

"Não pense demais", disse ela a si mesma, balançando a cabeça, tentando esquecer sua impulsividade e as insinuações de Loi. Tinha que manter o foco no seu objetivo: encontrar o assassino de Siu-Man. Pagaria qualquer preço para que isso acontecesse. Desde o momento em que tinha visto Siu-Man deitada naquela poça de sangue, ela parou de se preocupar consigo mesma ou com seu futuro.

Naquele conturbado estado de espírito, ela subiu as escadas do número 151 da Second Street e deu de cara com a grade de segurança de N escancarada. Ao empurrar a porta de entrada, se perguntou se ele havia aproveitado sua ausência para desaparecer, mas lá estava ele, na escrivaninha, completamente absorto nos dois monitores. Nada havia mudado na sala, exceto a música; ele tinha colocado um CD diferente.

Nga-Yee colocou o macarrão em um canto da mesa. Ele não agradeceu, apenas estendeu a mão. Ela parou por um momento, fez um esforço para não revirar os olhos e entregou-lhe uma moeda de dois dólares. O pedido dele tinha custado 28 dólares.

"Uma ova que ele é 'correto', esse mão de vaca", pensou.

Ela voltou para a poltrona e engoliu sua refeição. O macarrão, os *wontons* e o caldo estavam deliciosos. Ficou surpresa ao perceber que estava realmente com fome — descobrir sobre o tormento de Siu-Man poderia ter acabado com seu apetite para sempre. Foi N quem não tocou na comida, pelo menos não imediatamente; ela só o ouviu sorver seu macarrão meia hora mais tarde.

As caixas de som tocavam um rock muito alto. O inglês de Nga-Yee era apenas mediano, e ela não conseguia dar sentido ao pouco que entendia daquela letra esquisita: "Jesus", "crows", "revolution", "racoon". Pegou o *Vício inerente* e começou a ler, distraída. O tempo foi passando. Ela foi até a cozinha pegar um copo d'água e usou o banheiro, que tinha um trinco complicado. De repente era alta madrugada, e N ainda não tinha terminado. Ela estava esparramada na poltrona e no apoio de braço, com os olhos quase fechados, enquanto continuava a ler sobre a rivalidade de Doc com um policial chamado Pé-Grande.

— Ih, peguei no sono — disse ela.

Os olhos de Nga-Yee piscaram, e a jovem percebeu que havia cochilado na poltrona. Quando despertou o suficiente para se concentrar no relógio de parede, se assustou ao ver que já passava das seis da manhã. Tinha dormido quatro horas inteiras, com o livro nos braços. As luzes, a música e o computador haviam sido desligados, e os primeiros raios de sol entravam pela janela. Ela rapidamente se virou para a escrivaninha, mas a cadeira estava vazia. Uma porta do outro lado da sala, até então aberta, agora estava fechada. Devia ser o quarto de N. Ela estava prestes a ir acordá-lo para exigir informações da investigação, mas chegou à conclusão de que poderia ser um pouco demais.

"Eu estava só sentada ali e mesmo assim não consegui ficar acordada. Não posso reclamar se ele precisa dormir um pouco", pensou ela, e voltou a se sentar.

Sua cabeça disparou novamente. Mais uma vez, ficou pensando na cara que Siu-Man deveria ter feito ao ler aquelas mensagens. A imagem da irmã com aquele cara asqueroso passou pela sua mente. Quantos segredos Siu-Man guardava? Quando o kidkit727 ameaçou "expô-la", havia sido uma ameaça vazia? Será que Siu-Man tinha uma personalidade diferente da de sua família? Com dor no corpo todo por ter passado a noite na poltrona e tentando se livrar daqueles pensamentos doentios, Nga-Yee se levantou e começou a andar pela sala.

Havia coisas amontoadas em todos os cantos. Nem mesmo as posições dos sacos de lixo haviam mudado desde a sua primeira visita. Nga-Yee gostava de deixar as coisas arrumadas e, como sua mãe vivia muito ocupada com o trabalho, era ela quem mantinha a casa em ordem. Não era misofóbica, mas aquela bagunça mexia com ela. O apartamento de N estava começando a lhe dar nos nervos, e as maiores culpadas eram as duas enormes estantes de livros em um dos cantos.

"Que pena", pensou ela, olhando para os livros todos bagunçados. Enquanto leitora precoce e bibliotecária profissional, doía vê-los maltratados. Alguns estavam de pé, outros empilhados, e alguns dobrados e atochados, enfiados em qualquer espaço disponível.

Ela recitou os títulos mentalmente e chegou à conclusão de que não conseguia entender a maioria deles; logo ela, que passava os dias rodeada de livros. A maioria era em inglês, com alguns em chinês ou japonês. *UNIX: The Complete Reference*, *POSIX Operating Systems Interface Standard*, *Network Security: Current Status and Future Directions*, *Public-Key Cryptography*, *Artificial Intelligence: A Modern Approach*. Aquilo parecia coisa de outro planeta. Ainda menos compreensível era um volume antigo com uma capa laranja, que repousava sobre alguns outros livros: *Department of Defense Trusted Computer System Evaluation Criteria*, com o brasão dos Estados Unidos no topo. Havia uma coleção com desenhos de animais selvagens nas lombadas, mas, quando ela os puxou, pensando que fossem compêndios de zoologia, encontrou mais palavras estranhas: *802.11 Wireless Internet Technology, Managing Unix. Linux in Python*, e assim por diante. Havia uma cobra no último. Seria uma píton?

O lugar inteiro estava uma imundície. Ela deu uma olhada no cômodo. As embalagens de plástico da véspera ainda estavam sobre a escrivaninha.

N saiu do quarto pouco mais de uma hora depois, às oito em ponto. No momento em que abriu a porta, ficou paralisado com o que viu diante de si.

— Au Nga-Yee! O que é que você fez?! — rugiu ele enquanto ela passava espanador nas estantes.

As caixas de papelão espalhadas pela sala estavam alinhadas, quase coladas à parede, e as caixas de madeira cheias de componentes eletrônicos aleatórios haviam desaparecido. Os livros estavam cuidadosamente alinhados. O lixo havia sumido da mesa, e todo o resto estava perfeitamente ordenado.

— O que eu fiz? — perguntou ela, olhando assustada para N.

O cabelo dele estava ainda mais desgrenhado que o normal.

— Por que você mexeu nas minhas coisas? — gritou ele. Aproximou-se e apontou para a mesinha redonda em frente à estante. — Onde estão as minhas peças de reposição?

Nga-Yee deu um passo para trás, para que ele visse o que estava aos pés dela: as três caixas de madeira, empilhadas no espaço entre a estante e a parede.

— Tem espaço certinho pra encaixá-las aqui, então por que não? — disse ela.

— Eu uso isso o tempo todo! Se elas estiverem enfiadas aí, vai ser difícil pegar.

— Não vem com esse papo — retrucou ela. — Tinha uma manta de poeira nesses carregadores e plugues. Você não usa eles nunca.

Ele arregalou os olhos, sem esperar que a até então desatenta Nga-Yee tivesse reparado naquele detalhe. Mas, claro, uma maníaca por limpeza como ela não deixaria de notar.

— E as coisas na minha mesa? — perguntou ele, indo em direção à escrivaninha.

— Joguei o lixo fora. O ponto de coleta fica no primeiro andar. Não admira que você não tenha se dado ao trabalho de fazer isso sozinho. Precisei de duas viagens só pra...

— Não é disso que estou falando! — disparou ele. — Eu tinha todo tipo de evidências aqui! Tinha uma caixa de um outro caso...

— Essa aqui? — perguntou ela, enfiando a mão debaixo da mesa e puxando uma caixa de papelão. Bem em cima dos diversos objetos da caixa estava um pacote vazio de amendoim dentro de um saco plástico transparente.

— Você... não jogou isso fora? — indagou ele, momentaneamente perplexo.

— Claro que não. Só me livrei dos pacotes de barrinha de cereal, das garrafas de cerveja e Deus sabe lá quantos dias de embalagens de comida pra viagem — disse ela, parecendo magoada. — Eu sabia que você estava usando isso.

— Como você sabia?

— Em primeiro lugar, está dentro de um saco plástico. Em segundo, você não tem amendoim aqui, só barrinhas. — Ela apontou para a cozinha. — Se você comesse amendoim, teria algum na sacola de supermercado que você me mandou guardar ontem.

— Sua explicação não é boa o suficiente. E se eu simplesmente tivesse tido vontade de comer amendoim um dia e o pacote vazio estivesse em um saco plástico pronto pra ser jogado fora?

— Terceiro, não tinha nenhuma casca de amendoim na sua mesa. — Ela apontou para o pacote. — Esses aqui vinham com casca. Se tivesse comprado pra você mesmo, por que teria jogado fora as cascas, mas guardado o pacote? Minha explicação é boa o suficiente agora?

Antes que ele pudesse pensar em mais alguma coisa para provocá-la, um clique agudo veio da cozinha.

— Ah, a água ferveu. — Ignorando N, ela foi até a cozinha.

— Então você também ficou à vontade na minha... — Ele a seguiu e ficou observando enquanto ela colocava a água fervendo em um bule.

— Eu ia fazer o café da manhã, mas você não tem ovo nem pão em casa. Então, estou fazendo chá. — Ela girou o bule delicadamente. — Eu não esperava que você tivesse folhas de chá tão boas; deu pra sentir o cheiro assim que eu abri a lata. Que marca é essa, Fortnum and Mason? Eu vi que é fabricada no Reino Unido.

— Você cogitou que o chá também poderia ser evidência de algum outro caso?

Ela pareceu assustada por um segundo, mas logo percebeu que ele estava só implicando com ela.

— Você não colocaria algo tão importante na cozinha. — Ela serviu o chá em duas xícaras. — Seu bule é bom e limpo. Parece presente de alguém, não é?

— Não. Eu mesmo comprei. — Ele pegou uma das xícaras e deu um gole. — Mas normalmente eu não perco tempo fazendo chá.

— Você provavelmente acha que dá muito trabalho lavar tudo depois.

Eles ficaram ali na cozinha estreita, tomando o chá em silêncio. Algo em N parecia diferente naquele momento. Sua expressão ficou mais relaxada, ele não estava tão tenso como de costume.

Quando N abriu a boca novamente, no entanto, ela percebeu que tinha se enganado.

— Se você tocar nas minhas coisas de novo sem permissão, eu encerro a investigação imediatamente — falou, largando a xícara, e seguiu para o banheiro.

Nga-Yee levou sua xícara de chá para a sala e percebeu que ele não tinha fechado a porta. Ela desviou os olhos e se sentou na poltrona onde havia passado uma noite desconfortável.

— Você descobriu alguma coisa? — perguntou ela quando ele voltou para a sala.

— Estou prestes a descobrir.

— Só agora?

— Escrevi um programa que ficou classificando os dados enquanto eu dormia. Ele conferiu todas as pessoas que ainda não investiguei. — N deu um bocejo. — Eu o configurei pra percorrer as páginas de redes sociais de todos os colegas de turma da sua irmã e tomar nota de todas as postagens ou comentários que mencionam as palavras "celular", "iPhone" e assim por diante.

— Um computador consegue fazer isso?

— Ele não é tão sensível quanto o cérebro humano, claro.

N sentou-se à mesa e ligou os dois computadores. Uma das telas tinha várias janelas, cada uma de um tamanho: umas com páginas do Facebook, outras com grupos de bate-papo da Escola Secundária Enoch, e outras ainda com letras brancas caindo interminavelmente sobre um fundo preto. Quanto à outra tela, estava dividida em quatro, como um monitor de câmeras de vigilância, e cada quarto mostrava um pedaço diferente de uma plataforma do metrô. Muitos passageiros entravam ou saíam de um trem, se empurrando, enquanto alguns outros estavam encostados nas colunas azuis da plataforma ou sentados nos bancos, de cabeça baixa, olhando para os celulares.

— Quê? Você está conferindo as câmeras de segurança do metrô, afinal? — gritou Nga-Yee.

Ele apertou uma tecla, e a tela mudou.

— Ignora isso. É de um outro caso.

Nga-Yee desconfiou que ele não queria admitir que estava errado, mas parecia maldade se gabar.

— Então… você encontrou algum suspeito entre os amigos da Siu-Man?

— Deixa eu conferir uma coisa aqui.

Ele abriu uma planilha e colou algum texto da tela em preto e branco nela. Em seguida, abriu algumas páginas de redes sociais.

— Agradeça aos céus que os Androids são mais populares em Hong Kong. — Ele clicou na planilha. — Na América do Norte, quase metade dos aparelhos seriam iPhones. Aqui, é só um quinto. Dos 113 alunos do mesmo ano da sua irmã, 105 têm smartphones, e só 18 são iPhones. Os outros têm aparelhos Samsung, Xiaomi, Sony ou de outras marcas que usam Android.

N digitou alguma coisa e gerou uma lista com 18 nomes.

— Uma dessas pessoas foi responsável pela morte da Siu-Man? — perguntou Nga-Yee.

— Não posso dizer com certeza, mas tem noventa por cento de chances de que uma dessas pessoas seja o kidkit727. Algum deles parece familiar?

Nga-Yee olhou para a lista, mas balançou a cabeça em negativa.

— Sua irmã alguma vez mencionou o nome de algum colega de turma? Talvez um apelido ou nome ocidental? Essa pessoa achou maneiras diferentes de atingi-la, deve ser alguém com quem ela interagiu bastante. Seria natural que ela tivesse mencionado o nome, de passagem.

— Eu... eu não lembro.

— Você conversava sobre alguma coisa com a sua irmã? Ela deve ter falado sobre os colegas. Você não consegue mesmo se lembrar de nenhum nome?

Nga-Yee vasculhou em sua memória, mas não conseguia se lembrar de nada. Durante o jantar, Siu-Man sem dúvida tinha falado sobre a escola, mas ela simplesmente não conseguia pensar em nenhum nome.

Mais precisamente, Nga-Yee nunca tivera interesse especial pelas minúcias do dia a dia de Siu-Man, então aquilo entrava por um ouvido e saía pelo outro. Era mais a mãe delas que interagia.

— Tem alguma foto? Não consigo me lembrar de nenhum nome, mas, se eu visse a cara deles, isso talvez refrescasse minha memória.

N deu um suspiro e moveu o mouse. Percorrendo a lista de nomes, ele abriu uma página após outra de redes sociais, destacando as fotos dos adolescentes de 14 e 15 anos. Nenhum deles parecia familiar. Todos, desde o belo atleta até a garota vestida com acessórios japoneses, eram desconhecidos para ela. Foi N quem deu uma breve descrição de cada pessoa: o que eles faziam, se frequentavam alguma aula na mesma sala que Siu-Man, como se ele, não ela, fosse o membro da família. Nga-Yee examinou mais de dez fotos, sem um único vislumbre de reconhecimento.

— Em seguida, temos Violet To. — A foto havia sido tirada no campus: uma garota de cabelos compridos, óculos, de aparência um tanto nerd. — Ela não tem redes sociais, mas por acaso existe uma foto dela na página de atividades extracurriculares da escola.

— Ah, eu acho... eu acho que já vi ela. — Nga-Yee não era boa em se lembrar da fisionomia das pessoas, mas havia algo familiar naqueles óculos de armação quadrada e na forma como eles não combinavam com o formato do rosto da garota, além do suéter azul que não caía bem. — É isso mesmo. Ela é a garota que eu vi no velório da Siu-Man.

— Ela foi ao velório?

— Sim, por volta das oito da noite. Sozinha — disse Nga-Yee. — Foi dar os pêsames. Não tem como ela ser a culpada, né?

— Ou ela pode ter tido um motivo escuso: fez questão de que você a visse lá porque tinha medo de ser descoberta.

Nga-Yee hesitou. Era difícil imaginar que uma jovem como aquela pudesse ser o malvado e sombrio kidkit727.

N fez uma marca ao lado do nome de Violet To e continuou abrindo fotos na tela, mas nenhuma outra fez Nga-Yee se lembrar de mais nada.

— Essa é a última — disse N, apontado para uma página do Facebook.

A foto de perfil mostrava um menino e uma menina com roupas curtas, de verão, diante do quadro-negro numa sala de aula. O menino tinha o rosto quadrado e o cabelo um pouco mais comprido do que um corte militar, enquanto a menina tinha o cabelo curto e um rosto atraente.

— A garota se chama Lily Shu — prosseguiu ele. — Ela e a Violet To foram da mesma turma que a sua irmã por três anos seguidos. Eu acho que são... Srta. Au? Aconteceu alguma coisa?

— Eles... eles também foram ao velório. A garota parecia arrasada.

— Eles? — N apontou para o garoto. — Ele também foi?

Nga-Yee assentiu.

— O nome dele é Chiu Kwok-Tai. Ele era da turma da Siu-Man esse ano. Parece que a Lily Shu é namorada dele. — N conferiu uma janela do navegador no outro computador. — Ele tem um Samsung, não um iPhone.

— São eles, tenho certeza. Foram na nossa casa uma vez. A Siu-Man não estava se sentindo bem, e eles a levaram pra casa.

— Eles estiveram na sua casa? — N arqueou as sobrancelhas ligeiramente. Aquilo tinha despertado o interesse dele.

— Sim. Acho que foi... na noite de Natal do ano retrasado.

— Você tem certeza?

— Foi isso mesmo. A mamãe falou pra Siu-Man voltar pra casa por volta das dez e meia, mas às onze ela ainda não tinha aparecido, e não conseguíamos falar com ela no celular. Estávamos começando a ficar preocupadas quando a campainha tocou. Eles disseram que a Siu-Man começou a se sentir mal na festa, então eles foram junto pra garantir que ela chegasse em casa com segurança. Minha mãe tomou conta dela a noite toda. — Nga-Yee sentiu uma pontada de tristeza ao se lembrar. — Quando vi a menina no funeral, achei que ela devia ser uma amiga próxima da Siu-Man. Mas, olhando pra isso agora, pode ser que ela seja…

— Quem fez o *cyberbullying* que provocou a morte da sua irmã?

Nga-Yee não respondeu. Ficou apenas olhando para a foto, o rosto sem expressão.

O que N tinha dito um minuto antes sobre um motivo escuso poderia igualmente se aplicar àquela colega.

— De qualquer forma, a gente devia investigar a Shu. Independentemente de ter sido ela quem enviou as mensagens ou não, sem dúvida vamos conseguir descobrir mais coisas sobre a vida escolar da sua irmã por meio dela.

— Você vai investigar ela e o Chiu Kwok-Tai?

— Muito mais simples. Vou fazer o que eu fiz com o Shiu Tak-Ping e bater um papo com eles.

— Mas, se ela for culpada, acho difícil que admita qualquer coisa.

— Você é mesmo uma tonta — disse N, e riu. — Você manteve contato com a escola da sua irmã? Ou tem como arrumar uma desculpa pra ir até lá?

Nga-Yee refletiu.

— A professora da turma da Siu-Man disse que ficaram alguns livros no escaninho dela e perguntou se eu poderia ir lá buscar.

— Perfeito. — N se virou de volta para a tela, olhou para a planilha mais uma vez e pegou o telefone *vintage* em sua mesa. — Ainda não são nem nove horas, mas imagino que a srta. Yuen já esteja acordada.

— Você vai ligar pra srta. Yuen? — Nga-Yee se virou para pegar sua bolsa na poltrona para ver o número da srta. Yuen na agenda.

N fez um gesto como se dissesse a ela para não perder tempo, digitou rapidamente uma série de números e apertou o botão do viva-voz.

— Alô? — disse uma voz um tanto rouca pelo alto-falante, depois de três toques.

— Bom dia. É a srta. Yuen? — A voz de N parecia amistosa de uma forma que Nga-Yee jamais tinha escutado. Ele se inclinou em direção ao aparelho. — Meu nome é Ong. Sou um amigo da família Au.

— Ah, oi, bom dia.

— Peço desculpas por estar ligando tão cedo.

— De modo algum. Em um dia de semana eu já estaria na escola a essa hora — disse ela educadamente. — Em que posso ajudar, sr. Ong?

— É sobre os livros da Siu-Man. Ela deixou alguns na escola, não foi? Estou ligando pra ver se consigo combinar um horário para ir buscá-los.

— Ah, sim, uns livros didáticos. A srta. Au nunca me respondeu sobre eles, e eu não quis insistir... Como ela está?

— Está bem, obrigado por perguntar. Ela levou muito tempo para aceitar o que aconteceu com a Siu-Man. Quando falou dos livros, achei que não fazia sentido esperar ainda mais para resolver esse assunto. Afinal de contas, deve estar quase no fim do semestre.

— É muito gentil da sua parte, sr. Ong. O senhor tem razão. Eu gostaria de assegurar que os pertences da Siu-Man fossem devolvidos para a família dela o mais rápido possível. Onde o senhor mora? Podemos marcar um horário, e eu levo para o senhor.

— É muita gentileza sua oferecer — falou N, ainda com aquela voz amigável que Nga-Yee mal podia acreditar que saía da boca dele. — Mas meus horários de trabalho são irregulares. Em vez de a senhora se adaptar a mim, provavelmente é mais fácil que eu vá até a escola. Segunda de manhã é um bom horário?

— Perfeito. Sinto muito lhe dar todo este trabalho — desculpou-se a srta. Yuen. — O senhor vai sozinho ou com a srta. Au?

— Sozinho...

As palavras mal saíram de sua boca quando Nga-Yee correu e agarrou o fone, apontando vigorosamente para si mesma com a outra mão. Estava claro o que ela queria dizer: se você não me levar junto, eu não vou aceitar. N fez uma careta, fez que sim com a cabeça, relutante, e fez força para Nga-Yee soltar o fone de volta.

— Eu pensei em ir sozinho, mas talvez a Nga-Yee queira conhecer o lugar onde a irmã estudava. Vou perguntar pra ela. Isso pode ajudar a aliviar sua dor.

— Tudo bem, então. Espero que a srta. Au se recupere o mais breve possível. Que tal onze e meia?

— Está ótimo. Obrigado. Nos vemos depois de amanhã, então.

— Até lá.

Assim que ele desligou, Nga-Yee gritou:

— Nem pense em me deixar de fora. Eu vou junto.

— Para de ser tão desconfiada — disse N com sua voz áspera de sempre.

— Uau, que mudança brusca — debochou Nga-Yee. — Ei, eu sou a sua cliente. Talvez você pudesse tentar ser educado comigo como foi com a srta. Yuen.

— Ser educado com você não vai ajudar nem um pouco na investigação, sua tonta. Que diferença faria? Além disso, não era educação, era engenharia social.

— O quê? — Nga-Yee nunca tinha ouvido aquela expressão.

— Todo hacker que se preza sabe fazer isso. Significa usar a interação social para invadir um sistema. Conversar com alguém ou criar uma artimanha para que a pessoa revele uma senha. Talvez até mesmo convencer a pessoa a fazer isso por você. — N deu um sorriso malicioso. — O elo mais fraco é sempre a humanidade. Os sistemas de computador vão ser aperfeiçoados com o passar do tempo, mas a fragilidade humana não vai mudar nunca.

Nga-Yee ficou refletindo sobre aquilo. Ela não estava muito empolgada com a perspectiva de ver o ser humano como um objeto a ser usado, mas entendeu que N estava expondo um fato. Em uma sociedade competitiva, as pessoas se dividem entre quem usa e quem é usado. Era fácil adentrar o grupo dos bem-sucedidos se você fosse perito em explorar as fraquezas alheias.

— A propósito, como você conseguiu o número da srta. Yuen? — perguntou Nga-Yee.

— Fiquei procurando por pessoas com quem a sua irmã tivesse interagido. É óbvio que cheguei ao número dela — respondeu ele com indiferença. — Esqueci de mencionar isso antes, mas essa mulher, a sra. Yuen, é uma suspeita. Ela também tem um iPhone.

Nga-Yee ficou encarando N. Ela não conseguia imaginar a professora de Siu-Man encurralando uma de suas próprias alunas em direção à morte.

— Lembre-se, pode ser que a Lily Shu não seja o kidkit727. Vamos fazer uma visita à escola pra tentar a sorte e ver se algum dos outros 17, quer dizer, 18 suspeitos merece ser investigado mais a fundo. A pior coisa que se pode fazer é chegar com ideias preconcebidas. É bom ter uma hipótese, mas é preciso lembrar que talvez ela não seja verdade. O certo é trabalhar com afinco para refutá-la, em vez de procurar evidências que a confirmem.

Nga-Yee assentiu. Certa vez, leu um livro sobre lógica que usava este exemplo: não é racional concluir que "todos os corvos são pretos" só porque você já viu dez mil corvos pretos; um único corvo branco poderia derrubar a sua tese. Em vez disso, você deveria pegar a afirmação inversa — "existem corvos que não são pretos" — e mostrar que ela não tem como ser verdadeira.

Mas, claro, é quase impossível provar algo assim. Nga-Yee temia que aquela ida à escola não lhes fornecesse nenhuma evidência convincente.

Não tinha como ser de outro jeito. Eles teriam de ir passo a passo.

— Me dá a lista dos 18 suspeitos? — pediu Nga-Yee, apontando para a planilha. — Vou dar uma olhada quando chegar em casa e ver se algum nome ou rosto desperta alguma lembrança.

N a olhou de lado, como se dissesse "Você poderia olhar para eles cem vezes que não iria encontrar nada", mas clicou em imprimir e, dez segundos depois, entregou a ela uma folha A4.

— Essas são todas as informações on-line? Facebook, Insta-sei-lá-o-quê? — Nga-Yee passou o dedo por uma coluna. — Parece muito curto pra ser endereços de internet.

— Que saco. — N apertou mais algumas teclas e a impressora cuspiu uma segunda página inteiramente coberta de letras, com mais de cem linhas.

— Tudo isso? — perguntou Nga-Yee.

— A primeira lista encurtava os links. Esses são os endereços completos. Até uma criança seria capaz de descobrir isso. Espero que esteja satisfeita agora, srta. Au. — N deu um bocejo. — Vou começar minha investigação na escola da sua irmã às onze e meia da manhã, depois de amanhã. Se você quiser se juntar a mim, por favor, chegue na hora. E agora peço encarecidamente que vossa senhoria me poupe de sua graciosa presença, pois preciso me retirar para os meus aposentos.

Aquela demonstração sarcástica de polidez era irritante, mas Nga-Yee não falou nada. Tinha outras perguntas, como por exemplo qual dos 18 suspeitos tinha mais chances de ser o culpado ou se ele havia encontrado indícios de que algum deles era próximo de Siu-Man, ou se havia meios de descobrir se Siu-Man tinha de fato feito as coisas ruins de que fora acusada no tal post. Ela sabia, porém, que era improvável arrancar mais informações dele naquele momento. Além disso, N mantivera sua palavra ao dar a ela uma lista de suspeitos dentro de um dia, e o veria novamente na escola. Ela decidiu deixar aquilo de lado.

Ao descer as escadas, Nga-Yee se deu conta de que, apesar da exaustão, sua mente estava um pouco mais em paz agora.

Chegou à calçada no mesmo instante em que uma mulher se aproximava do prédio e pareceu reconhecê-la.

— Ah, oi... bom dia.

Levou algum tempo até Nga-Yee se lembrar do primeiro encontro delas: naquele mesmo local, duas semanas antes.

— Bom dia — devolveu Nga-Yee com um sorriso e um aceno de cabeça.

— Você é a jovem que veio ver o N uns 15 dias atrás, não é?

— Sim, meu nome é Au. Você mora aqui?

— Não, não. Eu sou a faxineira. Trabalho para o N todas as quartas e sábados. — A mulher ergueu o balde de plástico vermelho, cheio de produtos de limpeza. — Eu me chamo Heung.

Nga-Yee achou que Heung não estava fazendo um bom trabalho, dada a zona de guerra que era o apartamento de N. Mas N não gostava que ninguém tocasse nas tralhas dele, então talvez ela só limpasse o banheiro e a cozinha.

— Não vou fazer a senhorita perder o seu tempo. Até a próxima — disse Heung e sorriu.

Nga-Yee supôs que ela estivesse com pressa de voltar ao trabalho e se despediu rapidamente.

Havia algo esquisito no comportamento da sra. Heung, mas Nga-Yee não deu muita importância. Foi só quando ela chegou ao final da Water Street que caiu a ficha.

Uma jovem, com o cabelo bagunçado, cara de que não tinha dormido, saindo do apartamento de um solteiro pouco depois das nove da manhã. Deve ter dado a impressão de que ela... Ao pensar naquilo, Nga-Yee não conseguiu evitar cobrir o rosto com as mãos.

"Deixa isso pra lá, as pessoas que pensem o que quiserem", disse a si mesma. Tinha que se concentrar no caso da Siu-Man. A imagem de todos aqueles rostos, incluindo o da srta. Yuen, surgiu diante de seus olhos. Todos pareciam comuns, mas um deles tinha um lado obscuro que havia provocado a morte de alguém. Pensar nisso lhe deu um calafrio.

Havia uma outra dúvida que a incomodava. Por que Siu-Man tinha sido atacada por aquela pessoa?

Será que a irmã tinha outro lado, um que nem mesmo ela conhecia?

Quinta-feira, 21 de maio de 2015

não se preocupa 22:17

a conta tá associada a um cartão pré-pago, não tem como ser rastreada 22:19

Ok. 22:20 ✓

o que você escreveu pra ela, afinal? 22:24

Eu queria assustar ela. Disse que ia postar a foto. 22:24 ✓

Ela tava conversando e rindo naquele dia, como se nada tivesse acontecido. Fiquei com muita raiva. 22:25 ✓

Escrevi aquelas mensagens pra dar uma lição nela. 22:25 ✓

tá certo, ela é que tava errada 22:26

se ela é tão fraca a ponto de se matar isso é problema dela 22:27

ela teve o que merecia 22:27

Mas isso não é crime? Provocar o suicídio de alguém ou algo assim? 22:30 ✓

se você tem alguma culpa, ela é ainda mais culpada 22:32

não perde seu tempo com ela 22:33

CAPÍTULO CINCO

1.

Sze Chung-Nam estava de pé no saguão lotado do Centro Cultural de Hong Kong, observando tudo ao seu redor.

Eram 22h15, e o concerto da Orquestra Filarmônica de Hong Kong com Yuja Wang havia acabado de terminar. Os habitantes de Hong Kong costumavam ser considerados incultos, mas algumas pessoas frequentavam eventos como aquele. Claro, era impossível dizer quantos deles estavam ali de fato por conta da arte e quantos queriam parecer requintados, se utilizando do dinheiro para disfarçar seu mau gosto.

Chung-Nam era completamente ignorante quando se tratava de música clássica. Durante a apresentação, ele assistiu ao "Concerto nº 2 para Piano em Si Bemol Maior", de Brahms, e "La Mer", de Debussy, sem qualquer senso de reconhecimento. Apenas o "Boléro", de Ravel, havia lhe parecido um pouco familiar. De qualquer forma, tudo o que lhe importava naquele momento era encontrar Szeto Wai em meio à multidão.

No dia anterior, quando Szeto mencionou que iria à apresentação, Chung-Nam imediatamente planejou fingir que toparia com ele por acaso. Ele também pensou em tentar a sorte próximo ao apartamento onde Szeto estava hospedado, mas seria muito mais fácil iniciar uma conversa ali do que no meio da rua.

No entanto, Szeto Wai não estava em lugar algum. Chung-Nam havia reservado seu ingresso por telefone na tarde anterior, sem se dar conta de que haveria mais de mil pessoas na plateia. No dia anterior, restavam apenas os ingressos mais baratos, e ele acabou se sentando no nível mais alto, totalmente lateral, de modo que não conseguia ver as primeiras filas. Ele também tentou localizar Szeto ao entrar, mas não conseguiu encontrá-lo no mar de socialites bem-vestidas.

Assim que a apresentação acabou, Chung-Nam correu para o térreo, na esperança de encurralar Szeto na saída. Um homem rico como Szeto teria comprado ingressos caros, e Chung-Nam não o tinha visto nos balcões, então ele devia mesmo estar nas primeiras fileiras. Infelizmente, Chung-Nam não estava familiarizado com a planta do Centro Cultural, e, quando encontrou o caminho até a saída das primeiras fileiras, algumas pessoas já haviam chegado ao saguão. Com seu plano tendo ido por água abaixo, tudo o que ele podia fazer era vagar pela multidão, na esperança de encontrar seu alvo em meio ao caos.

Passados 15 minutos, ainda estava de mãos abanando.

Cerca de metade do público havia ido embora, e Chung-Nam estava prestes a desistir quando notou uma figura de terno preto parada perto de um painel próximo à bilheteria. Szeto Wai conversava alegremente com um homem branco alto, enquanto uma mulher atraente usando um vestido vermelho observava.

Os olhos de Chung-Nam brilharam, e ele se animou. Ensaiando mentalmente seu discurso, aproximou-se lentamente, fingindo estar absorto nas apresentações de balé anunciadas no painel. Ele lançou alguns olhares rápidos para os dois companheiros de Szeto. O gringo, na casa dos cinquenta e poucos, não usava gravata e parecia um parceiro de negócios. Quanto à mulher, Chung-Nam primeiro pensou que ela fosse Doris, mas um olhar mais atento revelou outra pessoa igualmente bonita. Ao se aproximar, ele ouviu Szeto e o homem branco se despedindo em inglês, e o homem acrescentando: "Não deixe de me procurar para tomar um drinque na próxima vez que estiver em Hong Kong".

— Ei, você não é um dos caras do Kenneth? — indagou Szeto quando Chung-Nam permitiu que seus olhos se encontrassem.

Chung-Nam comemorou por dentro; era muito melhor que fosse Szeto a falar primeiro. Isso fazia com que aquilo parecesse menos deliberadamente planejado.

— Ah, sr. Szeto! Boa noite. — Chung-Nam fez uma expressão surpresa. — Então era *esse* o concerto que o senhor mencionou ontem. Fiquei com vergonha de perguntar.

Szeto Wai deu um sorriso.

— Você veio atrás de mim?

— Não. Um amigo meu adora música clássica, então me fez vir junto. Eu não entendo muito do assunto — mentiu Chung-Nam. — Eu teria mencionado isso ontem, mas e se esse concerto tivesse sido ruim? Teria sido constrangedor.

— Aham, sei. E o seu amigo?

— Ele tinha um encontro com a namorada.

— É feriado, e seu amigo abandonou a namorada pra vir ouvir música clássica com você, uma pessoa que não se interessa por música clássica?

— Não que eu não me interesse, só não entendo muito do assunto. A namorada do meu amigo só escuta Eason Chan. Ela provavelmente iria morrer se fosse obrigada a ficar sentada por duas horas ouvindo música clássica — brincou Chung-Nam.

Essa namorada fictícia era baseada em Joanne, que uma vez disse que achava que um "show sem uma estrela pop" era desperdício de dinheiro.

— Eason Chan, o cantor de Cantopop? Ele não tocou uma vez com uma orquestra europeia? Se ele fizer isso de novo, seu amigo pode trazer a namorada — sugeriu Szeto Wai, sorrindo.

— O que você achou da apresentação? — perguntou Chung-Nam.

— O talento da Yuja Wang como pianista é inquestionável, mas pra mim o principal é o quão bem ela trabalhou com a orquestra. E a condução do Van Zweden foi perfeita. Ele não deixou o piano roubar os holofotes nem a orquestra sufocou o solo. A peça do Brahms é difícil de acertar, mas essa versão não deixou nada a desejar em relação a várias orquestras europeias. O que você acha?

— Ah, eu sou apenas um iniciante. Não consigo distinguir o que é bom e o que não é. Mas mesmo alguém como eu pode dizer o quão bem a orquestra e o solista se fundiram.

— O Van Zweden é um dos violinistas e maestros mais famosos da Holanda. Colocá-lo no comando da Filarmônica de Hong Kong garante por si só boas atuações — prosseguiu Szeto de forma eloquente. — A própria Filarmônica tem uma história bastante particular. Muitos habitantes de Hong Kong talvez não saibam, mas ela existe há mais de um século, há mais tempo até do que a Orquestra Sinfônica de Londres ou a Orquestra da Filadélfia. Foi inicialmente chamada de Orquestra Sino-Britânica, mas mudou de nome em 1957. Teve alguns maestros internacionais famosos. Maxim Shostakovich, filho do famoso compositor russo, foi um deles.

Enquanto Szeto Wai falava, compartilhando com entusiasmo seu conhecimento de música clássica, Chung-Nam pensava alegremente: "Ele mordeu a isca".

— Sr. Szeto, por que não vamos tomar um café? Eu adoraria aprender mais com você. — Chung-Nam acenou com a cabeça em direção à Starbucks num dos cantos do saguão.

Szeto pareceu um pouco surpreso, mas sorriu e disse, com sinceridade:

— Sinto muito. Não tenho tempo livre hoje à noite.

Ele colocou a mão nas costas de sua companheira, a deslizou em direção à sua cintura esguia e piscou para Chung-Nam. A mulher deu uma risadinha sem jeito, mas se aninhou gentilmente contra Szeto. Seu seio parecia prestes a se libertar do vestido. Chung-Nam não pôde deixar de olhar rapidamente para o decote dela, mas, com receio de deixar uma má impressão, fixou os olhos firmemente no rosto de Szeto, esperando que ele não tivesse notado.

Chung-Nam havia se preparado para a recusa e tinha várias desculpas prontas para persuadir o sr. Szeto, mas não havia previsto aquele cenário. Enquanto procurava uma maneira de arrastar a conversa um pouco mais, Szeto falou primeiro.

— Por que não jantamos num outro momento? Não tenho muito o que fazer enquanto estou em Hong Kong.

Chung-Nam se sentiu triunfante; não tinha precisado nem mesmo fazer o convite.

— Me parece ótimo. — Chung-Nam tirou um cartão de visita do bolso do terno e o entregou, respeitosamente. — O número do meu celular está aí.

Szeto pegou um BlackBerry ("Os americanos ainda não tinham desistido do BlackBerry?", Chung-Nam se perguntou, mas talvez fossem apenas os blogueiros de tecnologia sendo exagerados, como sempre) e rapidamente inseriu o número. Na mesma hora, o celular de Chung-Nam começou a tocar no bolso da calça.

— Agora você tem o meu número também. Vamos marcar na próxima semana.

Chung-Nam não esperava que fosse tão fácil. Ele tinha todo tipo de desculpa pronta para arrancar de Szeto o número de celular dele, e, no fim das contas, nenhuma delas foi necessária.

Szeto analisou o cartão.

— Lembro que você disse que se chamava Charles, mas não é esse o nome que está aqui.

Chung-Nam esfregou a testa, constrangido.

— Pra ser honesto, eu raramente uso meu nome ocidental. Até meu chefe me chama de Chung-Nam.

— Ah, então vou te chamar de Chung-Nam também. — Szeto deu uma risadinha. — A propósito, eu tenho algumas perguntas sobre a GT que gostaria de te fazer. Vamos conversar mais sobre isso quando a gente se encontrar de novo.

Aquilo era surpreendente. Szeto também tinha uma opinião. O que ele poderia querer saber? E por que ele perguntaria para um funcionário qualquer em vez de falar com o chefe, o sr. Lee?

— Eu... Eu não posso revelar nenhum segredo da empresa — murmurou.

Ele não sabia se aquela era a decisão certa, mas acreditava que naquele momento era necessário arriscar.

— Você me parece uma pessoa inteligente — disse Szeto, lançando um olhar de aprovação. Ele tinha feito a escolha certa.

Szeto e sua amiga se despediram. Sozinho em um canto do saguão do Centro Cultural, Chung-Nam finalmente abriu um sorriso.

O encontro havia sido incrivelmente tranquilo. Chung-Nam salvou o número de telefone de Szeto em sua agenda. Aquele era o melhor cenário que ele havia imaginado. Não era tão absurdo assim que Szeto quisesse encontrar com ele em particular. Os norte-americanos eram mesmo amigáveis. Além disso, enquanto "diretor de tecnologia", parecia valer a pena conversar com ele.

"Tudo está indo de acordo com o planejado. Agora eu só preciso decidir como me vender", pensava ele enquanto caminhava em direção à porta principal.

— Com licença.

No momento em que Chung-Nam abriu a porta de vidro, uma adolescente entrava. Percebendo que estava no caminho dele, ela murmurou um pedido de desculpas e se virou para usar a outra porta. Chung-Nam olhou para ela e de repente pensou naquela estudante, Au alguma coisa.

"Sobrevivência do mais apto", pensou ele.

Seu cérebro ainda zumbia em razão da dopamina gerada pelo encontro bem-sucedido com Szeto Wai, e ele estava eufórico. Não fazia ideia de que, durante todo o tempo em que estivera conversando com Szeto, um par de olhos o observava de outro canto do saguão.

2.

Na segunda-feira, às 11h20, Nga-Yee estava no portão da Escola Secundária Enoch em Yau Ma Tei, esperando por N.

Ela havia sido escalada para trabalhar naquele dia, mas pediu a seu supervisor para trocar de turno. Ele não estava muito contente com a recente instabilidade da funcionária, mas o histórico dela era bom e seu trabalho, geralmente impecável, e ele sabia sobre a sucessão de tragédias familiares na vida dela. Então fazia vista grossa pedindo para ela resolver tudo o mais rápido possível. Nga-Yee tinha consciência de que não podia continuar empurrando suas tarefas para os colegas de trabalho, mas por ora só conseguia se concentrar na busca do assassino de Siu-Man.

Ela havia passado um bom tempo no fim de semana examinando os sites que N havia lhe passado, mas além dos dois alunos que tinha visto no velório, Lily Shu e Violet To, os 18 suspeitos eram todos estranhos para ela. Feito uma *stalker*, leu até mesmo os posts mais antigos nos perfis do Facebook e do Instagram deles, mas, como N havia sugerido, não revelavam nem uma única pista.

Determinada a não desistir, repassou todos os outros nomes da planilha. Lá estava Chiu Kwok-Tai, que havia ido ao velório com Lily. Talvez N estivesse errado e o kidkit727 não fosse um usuário de iPhone. Muitos dos sites eram compostos de sequências aleatórias de letras e números, e várias vezes ela se confundiu entre o *L* minúsculo e o *I* maiúsculo, ou entre o zero e a letra *O*, e teve que digitar tudo duas ou três vezes até acertar. Mesmo assim, nada disso minou sua determinação.

Infelizmente, determinação pura e simples não bastava naquele momento.

Ela havia passado o sábado inteiro com a cara grudada no computador. Precisou sair para trabalhar no domingo de manhã, mas assim que seu turno acabou, voltou à investigação. No entanto, depois de visitar mais de cem sites, não conseguia entender nada e não tinha visto sua irmã em lugar nenhum dos perfis de seus colegas nas redes sociais. No máximo, encontrou algumas mensagens enigmáticas que *talvez* fossem condolências. Na página do Facebook de Chiu Kwok-Tai, ela leu:

Kenny Chiu, 21 de maio de 2015, 22:31

Nos veremos novamente. Nunca acreditei em vida após a morte, mas agora rezo para que ela exista. Espero que você fique bem aí. Adeus.

Talvez tenha sido exatamente como N dissera, e a escola havia ordenado que os alunos excluíssem qualquer coisa ligada a Siu-Man. Nga-Yee achava difícil acreditar que aqueles adolescentes de 14 e 15 anos obedeceriam a seus professores tão cegamente, além do fato de serem de uma geração que vivia conectada; certamente um ou dois deles teriam deixado alguma postagem escapar, não? Parecia mais provável que Siu-Man nunca estivera presente. As palavras de kidkit727, "é por isso ela não tem amigos", ecoavam em seus ouvidos como um feitiço demoníaco.

Dos mais de cem endereços que N lhe dera, alguns eram grupos de bate-papo, não redes sociais. Sempre que o Popcorn aparecia na tela, seu coração apertava. Tudo aquilo eram respostas à acusação inicial, e ela tinha lido a maioria delas dois meses antes. Ter que passar por aquelas mensagens desagradáveis novamente lhe causou ainda mais sofrimento.

Então ela digitou o que parecia ser um link comum do Popcorn, mas o que apareceu a deixou sem ar.

A foto de uma jovem seminua.

Ao contrário dos comentários anteriores, aquele estava na seção adulta do Popcorn — onde as pessoas abordavam tópicos mais picantes e podiam fazer "amigos". De acordo com as regras, as fotos não podiam exibir órgãos genitais ou mostrar qualquer pessoa com menos de 18 anos, mas, embora a primeira regra fosse mais fácil de ser aplicada, apenas quem fazia a postagem poderia saber com certeza se a pessoa na imagem era menor de idade ou não.

O assunto desse tópico era "Jovem e Carinhosa: Estudante Local com Sugar Daddy". Havia cinco fotos anexadas, mostrando uma mulher vestindo nada além de uma calcinha branca, ajoelhada ao lado da cama. Seus seios estavam completamente expostos, mas cortaram o rosto do queixo para cima. As três primeiras imagens mostravam várias poses estranhas que possibilitavam que ela exibisse os seios; na quarta ela estava de costas, com a calcinha abaixada até o meio da coxa, revelando suas nádegas lisas; e na quinta, a que Nga-Yee achou mais nojenta, um homem corpulento aproximava a cabeça do seio esquerdo da garota, a língua de fora como se fosse lamber seu mamilo. Seu rosto estava pixelado, exceto a boca e a língua. Pelo ângulo da foto, dava a impressão de que um dos seus braços estava em volta dela enquanto tirava aquela selfie com a outra mão. Ele estava sem camisa e, embora aparecesse apenas da cintura para cima, era provável que estivesse completamente nu.

A visão de Nga-Yee ficou turva. Ela não conseguia suportar a ideia de que sua irmã tivesse feito aquilo. Tristeza, raiva e repulsa tomaram conta dela. Por fim, se acalmou e conseguiu olhar as imagens novamente, e aí sim percebeu que havia cometido um grande engano: Siu-Man era mais baixa do que a garota das fotos, seus seios não eram tão grandes, e o cabelo também era diferente. Mais importante, tendo dado banho em sua irmãzinha todos os dias quando ela era criança, ela conhecia cada pinta e sarda de seu corpo, e as marcas no torso daquela mulher eram diferentes.

Nga-Yee soltou um arquejo e começou a se perguntar por que N havia listado aquele site. Aquele era o único endereço que levava à seção adulta do Popcorn. Talvez aquela fosse uma das colegas de turma de Siu-Man, e a foto tivesse algo a ver com uma rusga entre elas. Quando olhou para o fundo da terceira foto, porém, viu um uniforme escolar azul sobre a cama. Não se parecia em nada com o uniforme da Enoch, que era branco. "Talvez esse desgraçado esteja pregando uma peça em mim", pensou ela, depois de perder meia hora olhando as fotos. Então, outra possibilidade lhe ocorreu: N havia percebido que ela iria repassar toda a sua lista meticulosamente e, por isso, incluiu um link constrangedor para puni-la. Se ela reclamasse, ele provavelmente diria que aquilo provava que ela deveria ter ficado de fora e deixado o trabalho de detetive para os profissionais. Nesse caso, continuar olhando para aquelas imagens e as outras centenas de links seria apenas um jogo para ele. Ela desligou o computador, saiu do mundo virtual que a havia absorvido completamente por dois dias e percebeu que já eram dez da noite de domingo.

Naquela noite, sonhou com a irmã novamente, um sonho que a deixou em choque e lhe tirou o sono. Um homem atarracado com um rosto pixelado estava apalpando Siu-Man em uma boate enquanto um grupo de homens estava parado perto deles assistindo, seus rostos escondidos, fazendo fotos e vídeos com seus celulares. Com ar de experiente, Siu-Man deixou o homem atarracado fazer o que quisesse enquanto ela afrouxava a roupa, aparentemente gostando de suas mãos vagando por cada parte dela. Quando o homem pressionou o corpo contra o de sua irmã mais nova e começou a se mover sobre ela, Nga-Yee gritou. Siu-Man, deitada no sofá completamente nua, lançou um olhar irritado, como se dissesse: "O que você tem a ver com isso?".

Na manhã seguinte, fragmentos do pesadelo ainda se agarravam à sua mente. Em vez de se alongar sobre eles, ela se forçou a ser forte e foi ao encontro de N na escola.

Parecia que o destino se voltava contra ela. Quando estava saindo, encontrou uma carta incômoda na caixa de correio.

O Departamento de Habitação lhe havia enviado um comunicado, informando-a de que ela tinha sido alocada em um novo apartamento e convocando-a a comparecer ao setor administrativo antes do dia 7 de julho para resolver a papelada. Seu novo endereço seria o condomínio Tin Yuet, em Tin Shui Wai, nos Novos Territórios. Ela decidiu ignorar aquilo por enquanto. Afinal, tinha o direito de recusar duas ofertas, embora não houvesse garantia de que as próximas duas não seriam em locais ainda mais remotos.

O céu estava cinza e nublado, combinando com seu humor. Embora a ameaça de chuva continuasse, nem uma gota caiu. Ela já estava no portão da escola, olhando para os dois lados da rua, esperando que N aparecesse. No entanto, as únicas pessoas à vista eram uma senhora que parecia catar lixo para sobreviver, um homem de terno parado no meio-fio e dois homens mais velhos, provavelmente aposentados, conversando enquanto caminhavam a passos lentos. O hotel internacional quatro estrelas Cityview ficava do outro lado da rua, mas ainda não era hora do check-out, então havia apenas um ônibus de turismo estacionado, sem nenhum sinal dos barulhentos turistas vindos do continente que apareceriam mais tarde.

Dez minutos se passaram, e ela olhou para o relógio, constatando que eram onze e meia. No segundo em que estava xingando N por sua falta de pontualidade, um pensamento lhe ocorreu: será que ele tinha ligado para a srta. Yuen e mudado o horário da reunião sem avisá-la? Pegou o celular e discou o número dele.

O som do toque de telefone veio de sua esquerda. Ao se virar, lá estava N, caminhando lentamente em sua direção, olhando para o celular *vintage* que ele tinha usado para ligar para a srta. Yuen.

— Pessoas impacientes nunca chegam a lugar nenhum — disse ele, apertando o botão para rejeitar a sua ligação. Era a cara dele que as primeiras palavras que saíssem de sua boca fossem um insulto, e não um pedido de desculpas pelo atraso.

— Por que você não se vestiu adequadamente? — questionou Nga-Yee.

Ela não tinha tempo para as grosserias dele, porque a aparência era mais preocupante. Como de costume, ele estava com calças cargo e um moletom vermelho, e embora o casaco estivesse com o zíper fechado, ela tinha certeza de que por baixo haveria a camiseta amarrotada de costume.

— Eu coloquei sapatos — protestou ele, erguendo um pé para mostrar que estava de tênis em vez dos chinelos de sempre. — Isso aqui é moda urbana superdespojada. Você não entende nada dessas coisas.

— Você disse pra srta. Yuen que era um grande amigo meu. Eu não quero que ela fique achando que eu saio com homens malvestidos!

— Qual é o seu problema? — Ele deu um sorrisinho malicioso. — Você acha que vai encontrar a srta. Yuen de novo? Está planejando virar melhor amiga dela? Quem se importa com o que ela acha do seu gosto pra homens?

Ela não conseguiu pensar em nenhuma resposta.

— Existem várias pessoas idiotas hoje em dia que só se importam com como as outras pessoas as veem. Elas acham que o mundo gira em torno delas. Para de ler romances. Dá uma olhada no livro *O que importa o que as pessoas pensam?*, do Richard Feynman, ou no *O porco egocêntrico*, do Yoshihiro Koizumi — desdenhou N. — Não esquece que o nosso objetivo nesse momento é descobrir a identidade de pessoas que estão se escondendo na internet. Se a gente descobrir que a srta. Yuen é o kidkit727, você vai continuar a se importar com a opinião dela sobre a gente?

Nga-Yee não respondeu.

— Vamos. — N já estava andando. — Se não consegue me acompanhar, eu vou investigar sozinho. Ah, e lembre-se, meu nome hoje é Ong.

Eles entraram na escola e se apresentaram ao recepcionista. Ele lhes deu crachás de visitante e os levou para uma sala de aula no terceiro andar do prédio central, onde a srta. Yuen os aguardava. Assim que Nga-Yee entrou, a professora se levantou e foi cumprimentá-la.

— Deixa que eu falo — murmurou N enquanto a srta. Yuen se aproximava.

Nga-Yee não podia contra-argumentar. A srta. Yuen teria ouvido.

— Olá, srta. Au. Como você está? — perguntou a srta. Yuen. — E esse deve ser o sr. Ong.

— Olá — cumprimentou N, mudando para uma expressão amigável, apertando calorosamente a mão da professora. — Muito obrigado por tudo que você fez pela nossa Siu-Man.

Nga-Yee ficou chocada, mas conseguiu manter uma expressão neutra. N tinha dito "nossa" como se fosse da família. Mais uma vez, a velocidade com que havia mudado de personalidade a surpreendeu. "Ele provavelmente está tentando me irritar", pensou ela. Agora que ela tinha deixado claro que não queria que a srta. Yuen pensasse que eles eram um casal, é claro que ele iria se apresentar como o futuro cunhado de Siu-Man.

— Siu-Man era uma boa menina, mas… — A srta. Yuen se conteve, como se não quisesse trazer algo tão triste à tona. — Mas não vamos ficar aqui de papo. Por favor, venham comigo.

Ela os levou a uma pequena sala de reuniões mobiliada com uma mesa quadrada e oito cadeiras ao redor. Havia uma máquina de bebidas em um dos cantos, de onde ela serviu duas xícaras de chá para os visitantes.

— Esses são os livros que a Siu-Man deixou no escaninho — disse ela, colocando uma sacola plástica branca e um caderninho em cima da mesa. A bolsa parecia conter seis ou sete livros didáticos.

— Obrigado — disse N, estendendo a mão para pegá-los.

— E foi aqui que os colegas escreveram suas condolências. — A srta. Yuen apontou para o caderno. — Ela nos deixou muito de repente, e os colegas acharam difícil lidar com isso. Pedimos a eles que colocassem seus pensamentos aqui, na esperança de que isso os confortasse.

Nga-Yee folheou o caderno espiral e encontrou quase as mesmas frases em todas as páginas: "Vou sentir saudades para sempre", "Descanse em paz", "Meus pêsames" e assim por diante. Muitas delas não eram assinadas, e Nga-Yee se perguntou se eles haviam tratado aquilo como mais um dever de casa, a ser feito rapidamente e nunca mais lembrado. Nas vinte e poucas páginas, apenas algumas frases ultrapassavam poucas palavras. Uma delas chamou a atenção de Nga-Yee:

"Siu-Man, me desculpe. Por favor, perdoe minha covardia. Desde que você se foi, eu não consigo parar de me perguntar se a culpa é nossa. Eu sinto muito, muito mesmo. Que você descanse em paz. Espero que sua família possa se recuperar da dor." Sem assinatura. Não havia como ter certeza, mas Nga-Yee não pôde deixar de se perguntar se aquilo poderia ser de kidkit727. O responsável se sentiria culpado pelo que aconteceu com Siu-Man? Mas a que se referia aquela "covardia"? Nada nas mensagens de kidkit727 parecia covarde.

Enquanto Nga-Yee folheava o caderno, N disse:

— Obrigado, srta. Yuen. Lamento que tenhamos demorado tanto pra vir até aqui.

— Sem problemas. — Ela sorriu e acenou com a cabeça. — Eu imaginei que vocês provavelmente precisavam de mais tempo.

— Obrigado pela sua compreensão. — N se curvou ligeiramente.
— Espero que isso não tenha lhe causado muitos problemas. Não deve ser fácil pra escola lidar com algo assim.

— Nós seguimos as diretrizes da Secretaria de Educação, então está tudo sob controle. — A srta. Yuen olhou de soslaio para Nga-Yee.
— Já tínhamos dado início aos procedimentos na ocasião do incidente envolvendo a Siu-Man no metrô. Quando a acusação foi postada, em abril, montamos uma equipe de resposta para tratar do assunto. Alguns pais reclamaram de como lidamos com a situação, mas não fazem ideia do que aconteceu nos bastidores. A maioria dos alunos se acalmou. Não tivemos muito problema.

— A postagem do Popcorn deve ter causado um rebuliço — disse N. — Se não se importa que eu pergunte... O corpo discente foi investigado pra ver se alguém daqui de dentro era responsável pelas falsas acusações? Afinal, a escola também foi afetada.

Nga-Yee ficou surpresa por N ir direto ao assunto assim, embora ela quisesse ouvir a resposta da srta. Yuen.

O rosto da professora assumiu uma expressão triste.

— Você tem razão, sr. Ong. Aquela postagem causou algum dano. Enquanto educadores, porém, nossa principal preocupação é o futuro de nossas crianças, e precisamos pensar nelas em primeiro lugar. Não podíamos nos dar ao luxo de aumentar o medo e a inquietação. Depois da morte da Siu-Man, o que nós fizemos foi dar apoio aos alunos em relação àquela dor, para que eles se sentissem seguros e confiantes novamente.

— Tem sido difícil para você. Tenho certeza de que os protocolos da escola são muito minuciosos, mas é difícil estar preparado para o inesperado e para a falta de sorte — falou N, assentindo. — Agora, se bem me lembro, você dá aula de chinês, certo?

— Dou.

— Eu queria saber sobre o que a Siu-Man falava nos exercícios de redação. Não me refiro às razões dela pra fazer o que fez, mas ajudaria se a gente soubesse o que ela estava pensando naquele momento e se havia alguma coisa passando pela sua cabeça que a gente não soubesse.

— Não me lembro de nada específico. — A srta. Yuen fez uma pausa. — Se vocês puderem esperar um pouco, eu posso dar uma olhada. Nós guardamos os textos dos alunos e publicamos os que se destacam na revista da escola. Os demais são devolvidos no final do semestre. Tenho certeza de que os dela significarão muito mais para vocês, é claro.

— Seria ótimo.

A srta. Yuen se retirou da sala. Nga-Yee se certificou de que ela havia saído, depois se virou para perguntar a N o que ele queria com o dever de casa de Siu-Man. Assim que ela abriu a boca, ele disse: "Mais tarde a gente conversa sobre isso". E então ela ficou em silêncio, olhando ao redor. Quando viu o brasão da escola na parede, de repente se deu conta de que a irmã tinha estado naquele lugar quase todos os dias da semana nos últimos três anos. Ela estava viva ali. Através da janela da sala de reuniões, Nga-Yee podia ver um corredor na outra ala do edifício em forma de L. Uma garota saltitava em seu uniforme branco de mangas curtas, livros apertados contra o peito, conversando animadamente com uma colega. Nga-Yee achou que podia ver a sombra de Siu-Man se arrastando atrás delas.

Mas Siu-Man não estava mais lá.

Em um segundo, seu nariz se contraiu e ela se pegou segurando as lágrimas. Mas sabia seu propósito: encontrar o assassino de sua irmãzinha. Silenciosamente, jurou não derramar outra lágrima até que o culpado fosse levado à justiça.

Ela olhou para N, que estava sentado com as costas retas e a expressão serena, desempenhando ao máximo o papel de um membro da família de luto. Ele não estava tão malvestido assim, ela percebeu afinal. A calça cargo e o moletom eram roupas normais, e não pareciam excessivamente casuais. Também ajudou o fato de ele estar barbeado. Agora que Nga-Yee estava pensando naquilo, apenas na primeira vez que se viram ele parecia um sem-teto. Em todas as demais, desde então, não houve um único sinal de barba por fazer. Talvez sua roupa fosse o motivo pelo qual a srta. Yuen havia baixado a guarda; alguém de terno fazendo tantas perguntas poderia ter provocado suspeitas. Olhando para ele agora, ninguém imaginaria que fosse um detetive.

"Talvez aquilo fosse mais um pouco de engenharia social", pensou Nga-Yee. A srta. Yuen logo voltou com uma pilha de papéis amassados.

— Esses foram todos os deveres de casa dela este ano, dez páginas ao todo. — Ela colocou as redações na frente deles.

Nga-Yee sentiu uma onda de tristeza diante da caligrafia familiar, mas se recusou a se distrair enquanto estendia a mão para dar uma olhada. Os temas eram os de sempre: "Planejamento do ano na primavera", "Meu emprego dos sonhos", "Observações da casa de chá" etc. Havia alguns assuntos mais difíceis, como "'Um exército pode mudar seu general, mas um homem não pode mudar seus ideais', *Os Analectos*. Disserte a respeito".

— As notas de Siu-Man não eram muito boas, eram? — perguntou N olhando para a pilha de papel.

A letra dela não era feia, mas cada redação tinha uma nota por volta de 6.

— Ela era mediana, nem muito boa, nem muito ruim — sentenciou a srta. Yuen, sorrindo. — A maioria dos alunos ainda não é capaz de produzir uma boa redação. A Siu-Man era melhor em ciências, e ninguém pode ser o melhor em tudo.

A srta. Yuen estava vendendo bem a história, mas os comentários que havia deixado nos exercícios contavam uma versão diferente: "Texto fluido, mas você não disse muita coisa e não abordou o assunto principal"; "Seu argumento não está claro. Escreva com mais atenção, por favor". O ensaio "Meu emprego dos sonhos" teve a pontuação mais baixa, e a srta. Yuen escreveu: "Você está andando em círculos. Basta dizer o que pensa".

— A Siu-Man não era muito boa em redação — disse a srta. Yuen, percebendo que Nga-Yee estava analisando os textos com cuidado. — O vocabulário era bom, mas faltava conteúdo. Provavelmente ela não tinha experimentado o suficiente da vida. Se ao menos… Não, sinto muito, eu não devia ter dito isso.

— Tudo bem. Obrigada por nos entregar isso, srta. Yuen.

Nga-Yee sentia como se estivesse vendo uma versão desconhecida de sua irmã naquelas páginas, e aquilo talvez a ajudasse em seu processo de luto. Pensando naquilo tudo, depois que Siu-Man começou o ensino médio ela parou de pedir ajuda com os trabalhos escolares, e é por isso que Nga-Yee não tinha ideia de suas notas.

— A Siu-Man se comportava bem nas aulas? — perguntou N.

— Ela era um pouco levada no primeiro ano, quando eu dava aula de chinês para ela. Mas aos poucos aprendeu a se comportar. — A srta. Yuen se virou para Nga-Yee. — Na segunda metade do segundo ano ela passou a ser bastante introvertida, provavelmente por causa... por causa da doença da sua mãe.

Nga-Yee sentiu uma explosão de tristeza.

— Ela tinha amigos na turma? — perguntou N, ainda fazendo o papel de um amigo próximo da família. — Ela mencionou um ou dois nomes, mas não consigo me lembrar...

— Olha, teve uma época em que ela passava bastante tempo com a Lily e o Kwok-Tai, mas eu acho que depois eles se afastaram.

— Lily Shu e Chiu Kwok-Tai? Agora que você falou, eu me lembrei. Eles foram visitar a gente uma vez, eu acho, mas não cheguei a conhecê-los.

Nga-Yee teve que se esforçar para ficar quieta em meio às mentiras flagrantes de N, mas disse a si mesma que ele provavelmente tinha um plano.

— Sim, eles mesmo. Não sei o que aconteceu, provavelmente um triângulo amoroso ou coisa assim. Os jovens hoje em dia crescem muito cedo. — A srta. Yuen deu um suspiro.

— Triângulo amoroso? — As palavras pareciam agulhas apunhalando Nga-Yee.

Ela imaginava sua irmã como uma menina, longe de estar pronta para começar a namorar, mas não tinha como saber se aquilo era verdade. Cada vez menos certa de que conhecia a irmã, pensou na foto enviada por kidkit727 e na postagem que acusava Siu-Man de ter roubado o namorado de alguém.

— Além deles, havia mais alguém? Algum outro colega? — perguntou N.

— Hmm, não que eu me lembre. Ela parecia se dar bem com as pessoas. Se você está perguntando se ela sofria *bullying*, tenho certeza que não.

— Não, não, nada tão sério assim. Não foi o que eu quis dizer.

— Depois do que aconteceu com ela no metrô no ano passado, alguns rumores circularam pela turma. Os meninos, em especial, acrescentaram uma série de detalhes aos boatos. Então a escola mandou todos eles para a orientação pedagógica, e os alunos entenderam que tais comportamentos estavam prejudicando a vítima pela segunda vez e pararam com aquilo. Quando a postagem apareceu, eu não notei nenhuma reação estranha entre eles, talvez por já terem sido orientados antes.

— Será que a gente poderia conhecer alguns dos colegas dela, srta. Yuen? Só pra bater um papo. A Lily e o Kwok-Tai foram ao velório da Siu-Man, e nós gostaríamos de agradecê-los.

— Bom... — A srta. Yuen hesitou por um momento. — Está bem. As provas já acabaram, então eles passam a manhã fazendo exercícios e verificando as respostas uns dos outros. À tarde estudam sozinhos e se dedicam a atividades extracurriculares. Já está quase na hora do almoço... Eu vou levar vocês até a sala deles.

— Obrigado — disse N, empurrando a sacola plástica de livros para Nga-Yee.

Aparentemente, carregá-los seria tarefa dela, enquanto ele pegava os textos e o caderno de condolências.

A srta. Yuen os conduziu para fora da sala de reuniões, mas, assim que chegaram ao corredor, N a puxou e sussurrou algo em seu ouvido. No momento em que Nga-Yee percebeu isso, a srta. Yuen assentiu e disse que tinha que resolver alguma coisa na sala dos professores.

— O que era tão urgente? — perguntou Nga-Yee, curiosa. Os dois estavam sozinhos no corredor.

— Eu não queria que ela ficasse no nosso caminho, então me livrei dela.

— O que você disse?

— Eu disse que você estava doente.

— O quê?

— Eu falei pra ela que você vem sofrendo de insônia crônica depois do que aconteceu com a sua irmã, e a médica disse que conversar com os amigos dela poderia te ajudar a superar alguns bloqueios emocionais — disse N, voltando ao seu tom monótono de sempre. — Disse que, se ela estivesse lá, as crianças poderiam ficar inibidas, e isso não ajudaria na sua reabilitação. Então ela me falou onde fica a sala de aula. Podemos entrar assim que o sinal tocar.

Nga-Yee reprimiu seu incômodo diante da falsa doença; mais uma vez, precisava confiar que havia um motivo para ele estar fazendo aquilo.

— A srta. Yuen parece legal — afirmou ela em vez de reclamar.

— Legal, porra nenhuma.

Ele virou para trás dando uma olhada para a sala dos professores.

— Quê?

— Isso não interessa por enquanto.

Ele empurrou Nga-Yee em direção à escada no final do corredor.

Os dois desceram as escadas e cruzaram o pátio vazio. N folheou o caderno de mensagens de condolências, comentando enquanto lia:

— Que desgraçada essa professora. Nojenta.

— Do que você está falando?

Nga-Yee estava perplexa. A srta. Yuen havia respondido claramente às perguntas deles com cuidado e atenção, então foi além e lhes deu os deveres de casa de Siu-Man e autorizou que eles falassem com os colegas de turma dela.

— Eu estou falando daquela criatura que não merece ser chamada de professora. Talvez de "fantoche da diretoria". — N parecia venenoso.

— Por que você está com tanta raiva dela?

Por ter tido uma boa impressão da srta. Yuen, Nga-Yee não pôde deixar de se sentir um pouco na defensiva com a invectiva de N.

— É tão fácil te enrolar. Alguém diz umas coisas bacanas, e você presume que a pessoa é legal — zombou N. — A srta. Yuen parece amigável, mas ela só pensa nela mesma. Sempre que uma questão delicada surgia, ela se desassociava o mais rápido que podia e insistia que a escola estava seguindo algum protocolo de merda. Isso é só uma sopa de letrinhas, direto de alguma diretiva da Secretaria de Educação. Ela deve ter decorado esses documentos e recitado a mesma história para outros pais. A mesma coisa esse caderno. Talvez duas ou três pessoas realmente tenham escrito algo sincero. O resto só deixou alguma mensagenzinha sentimental qualquer. Se os alunos não estão envolvidos de coração, por que forçá-los a fingir? Mas a srta. Yuen não se importou com isso, ela apenas seguiu seus "protocolos padrão" feito um robô. Você não ouviu o que ela disse quando eu perguntei se a gente poderia falar com os colegas da Siu-Man sozinhos. A primeira coisa que ela falou foi "É contra as regras". Não estava nem aí para o motivo do meu pedido ou se isso faria algum mal às crianças. Não é com os alunos nem com os sentimentos deles que ela se importa, é com a possibilidade de haver reclamação por parte dos pais.

— Mas... mas a srta. Yuen foi ao velório! Por que ela faria isso se não se preocupasse com os seus alunos?

— O que ela te disse no velório?

— Eu não me lembro, na verdade. Provavelmente só me deu os pêsames...

— Ela se desculpou? — perguntou N, olhando diretamente nos olhos dela.

— Acho que... acho que não. Mas ela não fez nada de errado.

— Seus alunos são indivíduos, mas, como professora, ela não deveria ter notado algum comportamento estranho? Ela não deveria se sentir culpada por sua negligência? Mesmo que ela não pudesse ter evitado o suicídio da sua irmã, ainda assim ela deveria pedir desculpas. Não estou falando de se jogar aos seus pés ou confessar sua falha em detalhes, mas qualquer pessoa com um mínimo de empatia deveria sentir um pouco de culpa por isso acontecer sob sua responsabilidade. Pra ela, tudo que dava errado era culpa de outra pessoa. Em momento algum ela falou de coração. Ela se vê como uma engrenagem na máquina, e seu trabalho é se livrar dos problemas antes que eles cheguem aos seus superiores. Existem milhares de pessoas assim ao nosso redor, que nunca querem abalar o status quo. Elas são o motivo pelo qual este país está apodrecendo por dentro.

N parecia um anarquista, mas Nga-Yee achou difícil discordar.

— De qualquer maneira, a gente sabe que ela não é o kidkit727 — disse N, mudando de repente o tom.

— Por quê?

— Ela nunca arriscaria se envolver nem envolver a escola em tanta confusão. Se realmente tivesse alguma coisa contra sua irmã, ela não recorreria à difamação na internet. Pra ela, esses alunos são como matéria-prima em uma fábrica, para serem despejados em moldes e emergirem como manequins idênticos, com qualquer indício de individualidade eliminado. A partir daí, eles serão entregues à máquina que chamamos de sociedade e se tornarão engrenagens medíocres iguais a ela.

Nga-Yee não sabia o que pensar. As opiniões de N pareciam radicais, mas ela nunca havia olhado para a situação daquele ângulo. Desde criança, tinha assimilado a ideia de que você tem que estudar e trabalhar duro para ser um membro útil da sociedade. Esse tinha sido seu objetivo, mas, depois da morte repentina da mãe e da irmã, estava começando a se perguntar qual o sentido em ser útil.

— Por que você pediu o dever de casa da Siu-Man? — indagou ela, tentando mudar o clima.

N a ignorou, folheando o caderno de condolências.

— Sabe, mesmo que isso aqui seja completamente inventado e nenhuma palavra seja verdadeira, os autores revelaram algum traço de suas personalidades. Claro que você precisa saber o que está procurando; caso contrário, poderia pesquisar por cem anos e não perceber os detalhes certos.

Nga-Yee não fazia ideia se ele estava zombando da sua cara. Então ficou em silêncio, sem jogar o jogo dele.

— Está na hora. A gente deveria esperar na sala de aula. Você pode dizer oi, mas eu vou fazer as perguntas. — N fechou o caderno, marcando uma página com as redações de Siu-Man.

Saiu andando na frente, em direção à ala leste da escola, subindo as escadas e passando pelos corredores sem um único momento de hesitação. Nga-Yee ficou surpresa ao ver como ele parecia familiarizado com o lugar. Ela quase perguntou se ele tinha estado lá, então se deu conta de que ele provavelmente havia procurado as plantas da escola na internet.

Kwok-Tai e Lily estavam na sala da turma de Siu-Man, a 3B, no quarto andar. Os alunos saíram assim que o sinal do almoço tocou, muitos deles olhando curiosamente para Nga-Yee e N. Quando a dupla que eles estavam esperando saiu, os dois notaram Nga-Yee imediatamente e, antes que ela pudesse chamar seus nomes, logo se curvaram em um cumprimento, parecendo um pouco chocados.

— Chiu Kwok-Tai e Lily Shu, certo? Eu sou...

— Você é a irmã mais velha da Siu-Man — interrompeu Kwok-Tai.

— Sim, e esse aqui é o sr. Ong, um amigo meu.

— A gente veio buscar os livros da Siu-Man — informou N —, e pensei que poderíamos conversar com alguns amigos dela enquanto estivéssemos aqui. Quando perguntamos à srta. Yuen de quem Siu-Man era mais próxima, ela mencionou vocês dois imediatamente. E vocês foram ao velório, não é? Obrigado por terem ido.

Kwok-Tai e Lily assentiram inexpressivamente diante da fala dele, mas Nga-Yee sentiu ter visto algo mudar em seus olhos quando N mencionou o nome de Siu-Man.

— Não precisa agradecer — disse Lily. E, embora ela tivesse uma expressão impetuosa, sua voz era quase um sussurro.

— Vocês vão almoçar? Por que não comem com a gente? — N estava com sua expressão amigável novamente. — Siu-Man nos deixou tão de repente que adoraríamos ouvir um pouco mais sobre a vida dela na escola.

Lily olhou hesitante para Kwok-Tai, que assentiu.

— Tudo bem, mas é só o refeitório da escola.

— Perfeito. Tenho certeza de que a Nga-Yee vai gostar de ver onde a Siu-Man almoçava.

Nga-Yee não sabia se ele estava sendo sincero, mas mesmo assim sentiu uma onda de emoção. Sentar onde a irmã se sentou em algum momento, comer a mesma comida; talvez aquilo preenchesse um pouco o vazio em seu coração. O refeitório ficava no térreo da ala oeste, perto da entrada principal. Normalmente lotava, mas perto do final do semestre muitos alunos escolhiam fazer uma refeição tranquila fora do campus.

Não havia muitas opções — apesar do nome, parecia mais uma lanchonete do que um refeitório. Até os pratos e talheres eram descartáveis. Nga-Yee não estava com fome, então pediu um sanduíche, enquanto N pediu uma refeição completa de costeleta de porco. Os estudantes optaram por sopa de macarrão. Escolheram um lugar em um canto próximo à janela, de onde podiam ver, além da quadra de basquete e das árvores, os vinte e tantos andares do hotel Cityview que ficava na Waterloo Road. Enquanto Kwok-Tai e Lily comiam seu macarrão, Nga-Yee não pôde deixar de olhar para a mesa, onde ambos deixaram seus celulares. Os aparelhos precisavam ficar desligados durante a aula, então, naturalmente, todos aproveitavam o intervalo do almoço para se inteirar do que haviam perdido. O sanduíche de Nga-Yee poderia muito bem ser feito de cera; ver o iPhone de Lily lhe tirou completamente o apetite. Tudo em que ela conseguia pensar agora era se aquela garota de aparência comum na sua frente era a culpada.

— Vocês dois se davam bem com a Siu-Man? — perguntou N em um tom despreocupado, cortando sua costeleta de porco.

— Hum, acho que sim... — respondeu Kwok-Tai.

Do jeito que estava distraída, até mesmo Nga-Yee foi capaz de sentir a estranheza de sua resposta.

— Vocês a levaram pra casa uma vez quando ela não estava se sentindo bem, não foi? — interrompeu Nga-Yee.

Ela só queria preencher um pouco o silêncio entre eles, para ajudar N em seu interrogatório. Em vez disso, no segundo em que as palavras saíram de sua boca, os rostos de Lily e Kwok-Tai mudaram, como animais selvagens capazes de sentir um predador se aproximando. No mesmo instante, N a chutou violentamente na canela sob o tampo da mesa, embora, ao se voltar para ele, sua expressão não tivesse se alterado nem um pouco.

— A Siu-Man gostava do One Direction, não é? — disse N, ainda descontraído, como se não tivesse percebido o desconforto que os adolescentes estavam começando a sentir.

Nga-Yee não fazia ideia do que era One Direction, mas as palavras tiveram um efeito mágico em Lily, que imediatamente ficou mais relaxada.

— Sim, nós todos, quer dizer... Eu descobri eles primeiro, depois apresentei pra Siu-Man, e ela virou fã também.

— Aquela música deles, "What Makes You Beautiful", ficou muito conhecida. Até um velho como eu já ouviu falar.

Aquilo deu uma dica para Nga-Yee: "One Direction deve ser uma banda ou coisa assim".

— Sim, e "One Thing"! — Os olhos de Lily estavam brilhando. Ela claramente não conhecia muitos adultos que compartilhassem do mesmo gosto.

— Algumas pessoas falam que a gravadora deles pagou pra eles se saírem bem nas paradas musicais, mas acho que isso é um pouco demais. Pô, a banda ficou em terceiro lugar no X-Factor, eles devem ter algum talento. — N estava começando a soar como um crítico de música. — Honestamente, é um pouco ingênuo pensar que só o dinheiro poderia comprar a atenção do mundo inteiro.

Lily continuou balançando a cabeça. Aparentemente ela concordava com tudo o que ele estava dizendo.

— Qual deles é o seu favorito? — perguntou N.

— O Liam — respondeu Lily timidamente.

— Muita gente gosta do Liam. — N deu mais uma mordida em sua costeleta de porco. — Eu tenho um amigo britânico, e a filha dele é louca pelo Zayn. Quando ele saiu da banda, ela chorou por dois dias seguidos.

Lily de repente pareceu abatida.

— Ah, sinto muito. Eu não deveria ter mencionado a saída do Zayn da banda. Foi bem triste.

— Não, não. — Lily balançou a cabeça enquanto seus olhos ficavam vermelhos. — É porque a Siu-Man... Uma vez a gente prometeu uma pra outra que, se o One Direction viesse pra Hong Kong, a gente iria juntas. Mas, quando teve o show, a gente não estava se falando... e a Siu-Man, ela...

Kwok-Tai lhe entregou um lenço de papel, e ela enxugou as lágrimas.

— Eu tenho certeza de que Siu-Man não te culpava por isso — afirmou N.

— Mas eu fui a culpada! Tudo o que aconteceu foi minha culpa.

Lily começou a soluçar copiosamente. Eles estavam prestes a ouvir uma confissão? Um grupo de garotas na mesa ao lado olhava de soslaio para eles, fingindo não perceber o que estava acontecendo.

— Fui eu que matei...

— Não fala besteira — interrompeu Kwok-Tai. — Srta. Au, o que a Lily quer dizer é que a Siu-Man não tinha ninguém a quem recorrer porque elas tinham se afastado. Ela lamenta isso todos os dias.

Nga-Yee não sabia como responder. Kwok-Tai estava dizendo a verdade? Aquela era a única razão para as lágrimas de Lily? Ou a rivalidade entre elas tinha ido mais longe do que ela demonstrava, e seu arrependimento na verdade era por causar a morte de Siu-Man?

— Você tem banda, Kwok-Tai? — perguntou N de súbito.

Nga-Yee olhou para ele, confusa com a mudança de assunto. Por que ele não estava tentando descobrir mais sobre a amizade de Lily e Siu-Man?

— Ah, é, tenho — gaguejou Kwok-Tai, aparentemente também pego de surpresa.

— Eu notei os calos na sua mão esquerda — disse N, apontando.

— Guitarra?

— Guitarra e baixo. Mas eu toco há poucos anos, só. Ainda não sou muito bom.

— Eu toquei guitarra. Mas não por muito tempo. Já esqueci tudo — contou N.

Nga-Yee se lembrou da guitarra no apartamento dele e se perguntou se aquilo era verdade.

— O que você tocava? Folk? Rock 'n' roll? — perguntou Kwok-Tai.

— Não. Rock japonês. Quando eu tinha a sua idade, a cena musical era dominada pelas bandas de Tóquio: X Japan, Seikima-II, Boøwy.

— A minha banda adora J-rock também! A gente faz covers do flumpool e do ONE OK ROCK.

— Eu já vi esses nomes pela internet, mas só, também. Acho que estou velho.

Durante os dez minutos seguintes, N e Kwok-Tai conversaram sobre música e bandas de rock. Lily comentou uma coisa ou outra, enquanto Nga-Yee teve que ouvir em silêncio. Ela não fazia a menor ideia do que eles estavam falando, mas provavelmente N tinha seus motivos para conduzir a conversa por aquele caminho.

— A geração de vocês tem muito mais sorte do que a nossa — disse N, engolindo o que restava do porco e limpando a boca. — Antigamente, um único pedal de guitarra custava algumas centenas de dólares ou até alguns milhares se você escolhesse um bom. Agora tudo que você precisa é de um computador ou até mesmo de um smartphone, e de um adaptador. Com o software certo, você pode fazer com que o instrumento soe como você quiser.

— Um adaptador tipo o iRig? O cara que me dá aula de guitarra me falou disso um tempo atrás, mas na minha banda só tem novato. Ninguém entende nada de software nem coisas assim. — Kwok-Tai balançou a cabeça. — Bom, mas de qualquer maneira não precisa de um MacBook pra ele funcionar? Esses computadores são muito caros. Se eu tivesse esse dinheiro, ia preferir gastar numa Squier ou numa Telecaster.

— Uma Squier? As réplicas podem ser mais baratas, mas acabam precisando de conserto de tempos em tempos. As Telecasters ainda são produzidas na fábrica original da Fender. Elas têm uma qualidade muito maior.

— A Fender é muito cara! Mesmo se eu tivesse o dinheiro, se meus pais descobrissem que eu gastei tanto assim, eles iam ficar muito irritados. — Kwok-Tai sorriu, amargurado.

N deu um sorriso compreensivo. Ele parecia prestes a dizer algo, mas então se conteve, parecendo um pouco desanimado.

— Nossa — disse ele lentamente, parecendo pensativo. — Se a Siu-Man ainda estivesse com a gente, eu não teria vindo até aqui e conversado com você sobre guitarras. Talvez nosso encontro de hoje tenha sido arranjado pela Siu-Man, onde quer que ela esteja agora.

Kwok-Tai e Lily começaram a parecer tristes também.

— O que a Siu-Man almoçava normalmente? — perguntou N.

— Sanduíche de ovo com tomate, exatamente o que a srta. Au está comendo agora — respondeu Kwok-Tai.

Nga-Yee não conseguiu esconder o choque. Não podia acreditar que tinha escolhido o mesmo almoço que a irmã. Tinha escolhido aquilo porque não estava com fome e porque era o item mais barato do menu. Será que N estava certo? Siu-Man havia organizado tudo aquilo do além-túmulo?

— Não é um sanduíche muito grande. Era o suficiente pra ela? — questionou N.

— Acho que sim. Às vezes a gente ia tomar chá depois da aula — disse Kwok-Tai.

— A Siu-Man tinha um bom apetite em casa também. Vocês estão crescendo, crianças, não tem nada de errado em comer um pouco mais. Claro, certifiquem-se de ter uma dieta balanceada, não sejam chatos pra comer como eu.

O tom de N era leve enquanto ele empurrava as ervilhas para o canto do prato, tentando escondê-las sob o osso da costeleta de porco. Os adolescentes começaram a rir, e foi então que Nga-Yee percebeu o quão inteligente N tinha sido. Ao começar com tópicos inócuos como música, ele induziu os garotos a pensar que compartilhavam uma linguagem comum. Só então ele mencionou Siu-Man. Melhor ainda, ele falava dela como alguém falando com um novo conhecido sobre um amigo em comum que se mudou para o exterior; não havia nada de trágico em sua voz. Era muito mais fácil para Kwok-Tai e Lily serem atraídos para uma conversa, independentemente de Lily ser a responsável pela morte de Siu-Man.

Nga-Yee manteve o rosto sem expressão. N era como um lutador de boxe, pulando em círculos ao redor de Kwok-Tai enquanto falava despretensiosamente sobre as diversas coisas pelas quais os jovens se interessavam. De vez em quando, ele se aproximava e desferia alguns golpes incisivos ao mencionar casualmente o nome de Siu-Man. Nga-Yee percebeu que os adolescentes ainda estavam relutantes em falar sobre sua irmã, mas haviam baixado um pouco a guarda. Agora N estava tagarelando sobre a recente política de nomes verdadeiros do Facebook, e as notícias sobre um cantor famoso na internet sendo preso por roubo. E aí, quando Nga-Yee menos esperava, ele soltou um direto no queixo.

— A internet realmente tem um alcance considerável. Sempre que alguma coisa acontece, todo mundo fica sabendo em poucas horas. — N franziu a testa. — Igual à postagem acusando a Siu-Man no Popcorn. Aquilo viralizou em dois segundos.

Kwok-Tai e Lily se entreolharam, depois se voltaram para N e assentiram levemente.

— Os professores não deixaram a gente falar sobre isso, então as coisas têm estado bem calmas na escola. Pelo menos aparentemente — disse Kwok-Tai.

— Mas vocês devem ter falado sobre isso entre vocês — replicou N.

— Bom... Tudo naquela postagem era mentira. A Siu-Man nunca...

— A gente sabe disso — completou N, assentindo com a cabeça. — Mas eram acusações graves. Vocês sabem se a Siu-Man ofendeu alguém na escola a ponto de essa pessoa querer manchar o nome dela assim?

— Deve ter sido a Condessa — disse Lily de pronto.

— Condessa? — repetiu N.

— Tem uma garota do nosso ano chamada Miranda Lai, que é megapopular. Ela tem sempre um bando de puxa-sacos ao seu redor o tempo todo — explicou Kwok-Tai. — Elas são basicamente nossa elite, então definem o tom, principalmente entre as outras meninas. Se a Condessa e as seguidoras dela decidem que não gostam de alguém, ninguém mais se atreve a defender essa pessoa, caso contrário, você acaba se tornando o próximo alvo.

— Então tem *bullying* na turma de vocês — indagou N.

— Na verdade não... — Kwok-Tai balançou a cabeça. — Eu nunca vi elas machucando ninguém fisicamente, e elas não jogam seus livros no lixo ou coisa do tipo. Geralmente, elas só isolam as vítimas e dizem coisas desagradáveis de vez em quando. Isso não é *bullying*, é? Tenho certeza de que tem pessoas bem piores na turma.

— Mas no ano passado, a Condessa sugeriu que o passeio da turma fosse pra Disney — apontou Lily. — Todas as garotas, exceto a Siu-Man, votaram com ela, e no final a Disney perdeu por apenas um voto, então fomos para o Ma On Shan Country Park. — Lily parecia triste. — A Condessa adora criar confusão. Aposto que ela ainda estava chateada com a Siu-Man. Então, na primeira oportunidade, ela veio com alguma baboseira...

— Você não pode dizer isso sem provas — interrompeu Kwok-Tai. — Essas garotas não costumavam incomodar a Siu-Man. Além disso, a Condessa se despediu da Siu-Man, não acho que ela seja tão má assim.

— Espera. Se despediu da Siu-Man? — Nga-Yee ficou assustada. — Quer dizer que ela foi no velório?

Kwok-Tai e Lily pareciam confusos.

— Não foi? — questionou Kwok-Tai. — Quando a gente saiu de lá naquele dia, vimos ela do lado de fora, sozinha.

— Vocês falaram com ela? — perguntou N.

Kwok-Tai balançou a cabeça.

— Nós não somos próximos. Além disso, a Lily nunca gostou dela. Normalmente, elas só fingem que não se viram.

— Ela estava com o uniforme da escola? — quis saber Nga-Yee.

— Sim. Por isso que a gente notou.

— As únicas pessoas da escola que estiveram lá foram vocês dois e a Violet To — disse Nga-Yee, vasculhando sua memória para o caso de ter esquecido alguém.

— A Violet To? Não era a Condessa? — indagou Lily. — Ela tinha cabelo curto ou comprido?

— Comprido. Tinha mais ou menos essa altura aqui — disse Nga-Yee, indicando com a mão. — E ela usava óculos de armação quadrada.

— Essa é a Violet — murmurou Lily.

— O que foi, Kwok-Tai? — perguntou N.

Nga-Yee olhou para o garoto, que franzia a testa.

— Nada. Eu não sabia que a Siu-Man e a Violet eram amigas, só isso. — Parecia ter algo mais na história, mas ele não entrou em detalhes.

— Entendi. Bom, eu tenho certeza de que a Siu-Man ficaria muito grata pela presença de qualquer um de seus colegas que fosse se despedir. Mas fiquei muito curioso sobre esse passeio da turma. — N habilmente trouxe o assunto de volta para algo sem importância. — Quer dizer que as crianças hoje em dia têm a opção de visitar a Disney? Eu achava que essas viagens escolares eram só pra uns acampamentos no interior. Mente sã, corpo são, esse tipo de coisa. É… não que a Disney não seja saudável para o corpo e para a mente, é claro.

Qualquer pessoa ao redor deles teria pensado que aquela era uma conversa amigável, nada fora do comum, exceto pela presença de dois adultos, embora, é claro, eles pudessem ser professores de Kwok-Tai e Lily. A menção de Lily à Disney despertou uma memória incrustada em Nga-Yee: um dia, seu pai viu no noticiário da TV que a construção da Disney de Hong Kong havia começado e disse que levaria a família. Infelizmente, ele morreu antes que o parque fosse concluído. Nga-Yee se lembrou de sua mãe dizendo que os ingressos certamente seriam caros e de seu pai respondendo alegremente: "Vamos ter que economizar pra poder ir". Nga-Yee não gostava muito de parques de diversão, mas era gratificante ver o pai tão entusiasmado.

Será que Siu-Man havia se lembrado daquele momento? Ela tinha apenas três anos.

— Vocês têm que ir pra aula. A hora do almoço está quase acabando — comentou N, olhando para o relógio.

A maioria dos alunos já havia partido.

— As provas acabaram na semana passada, então nossas tardes são praticamente livres agora — disse Kwok-Tai. — A gente pode ficar mais um pouco...

— Não, não pode, não — rebateu Lily, balançando a cabeça. — Você tem ensaio com a banda, e eu tenho vôlei.

— Então você é uma atleta — disse N enquanto Lily sorria timidamente. — Não vamos mais tomar o tempo de vocês, então. Obrigado por conversarem com a gente, estamos muito gratos. — Ele baixou a cabeça em uma pequena reverência.

— O prazer foi nosso. Estamos felizes por conhecer a família da Siu-Man. Ajuda um pouco — afirmou Kwok-Tai.

N puxou uma caneta esferográfica e rabiscou uma série de números em um guardanapo.

— Esse é o meu telefone. — Ele entregou para Kwok-Tai. — Gostei do nosso papo. Se vocês tiverem algum problema e quiserem conversar, sintam-se à vontade pra me ligar. Quem sabe assim a gente não acaba descobrindo um pouco mais sobre a Siu-Man. Ela pode ter morrido, mas ela vive em nossos corações.

— Claro. — Kwok-Tai pegou o guardanapo. — Vocês já estão indo embora?

N olhou em volta.

— Acho que vamos ficar mais um pouco e dar uma volta.

Kwok-Tai e Lily se despediram educadamente e foram embora. O refeitório estava vazio, exceto por N, Nga-Yee e um funcionário da escola almoçando em outra mesa.

— O que a gente faz agora, N? — perguntou Nga-Yee.

Ela se virou para ele, surpresa ao encontrá-lo olhando para ela com desaprovação, como um velho rabugento.

— Srta. Au — falou friamente, com a testa franzida. — Eu disse pra você me deixar falar. Se você continuar interferindo e interrompendo a investigação, eu caio fora imediatamente.

— O que foi que eu fiz? Você está se referindo a quando eu falei? — A canela de Nga-Yee ainda estava latejando do chute. — Eu só me lembrei de que eles tinham levado a Siu-Man pra casa, e queria que você...

— Eu te disse, amadores não devem interferir. — Mesmo sem levantar a voz, N soava ameaçador. — Adolescentes de 14 ou 15 anos são sensíveis. Eles se assustam com a mesma facilidade que bichinhos. Uma tonta feito você, sem absolutamente nenhuma noção de psicologia, tem que ficar de boca calada. Você detonou uma bomba logo ao sentar. Me exigiu um grande esforço pra salvar a situação. Se eu não conseguisse, eles teriam me tratado como inimigo. Eu dei um jeito de descobrir algumas pistas, mas nunca chegamos ao cerne da questão.

— Que vem a ser?

— O assunto que você puxou quando abriu sua boca grande.

— Eles terem levado a Siu-Man pra casa? Por que esse seria o cerne da questão?

— É por isso que eu odeio gente tonta e tapada que acha que sabe tudo. — N enfiou a mão no bolso em busca do pequeno celular vermelho de Siu-Man e apertou algumas teclas, depois o balançou diante de Nga-Yee. — Eu imagino que você gostaria de saber de onde veio essa foto, certo?

Nga-Yee engasgou. Era a foto que o kidkit727 tinha enviado, de Siu-Man sendo apalpada pelo adolescente.

— Quando a fotografia digital se tornou popular, a indústria eletrônica japonesa criou um formato conhecido como *exchangeable image file format*, ou EXIF. Isso permitiu que toda uma gama de metadados fosse armazenada junto com a imagem em si. — Ele começou a digitar de novo no telefone. — Os celulares de hoje em dia usam o formato EXIF pra armazenar fotos, de modo que capturam informações como a marca e o número do modelo da câmera, a velocidade do obturador, a sensibilidade à luz, a abertura do diafragma... — Ele colocou o celular na frente de Nga-Yee novamente. — Bem como a data e a hora em que foi tirada.

Em um campo na tela havia algumas linhas de texto, incluindo "2013/12/24, 22:13:55".

Nga-Yee levou alguns segundos para perceber por que aquela data era importante: o dia em que Kwok-Tai e Lily levaram Siu-Man para casa tinha sido, sem dúvida, a noite de Natal, dois anos antes.

— Então... isso significa que, no mesmo... no mesmo dia...

— E você mencionou isso assim que a gente sentou, então eu não tive como voltar a esse ponto. — N a encarou. — As pessoas são irracionais. Eles avaliam a importância de uma coisa não pelos fatos, mas pelos instintos. Assim que os dois chegaram à conclusão de que estávamos todos na mesma sintonia, eles se dispuseram a falar sobre qualquer coisa de forma totalmente despreocupada. Mas, mesmo depois de passar uma hora fazendo com que eles se sentissem confortáveis com a gente, se eu tivesse mencionado a noite de Natal, eles teriam se fechado imediatamente, por causa da primeira impressão que você deixou quando nós ainda éramos dois estranhos. Agora você entende por que estragou tudo?

— Como... como eu ia saber? Você não me falou nada disso — retrucou Nga-Yee.

Ela se lembrou de que, quando reconheceu Lily e Kwok-Tai na foto do Facebook, N perguntou de novo sobre a noite de Natal. Ele já sabia, é claro.

— Não era pra você saber. Você ia acabar entregando o jogo! Se eu tivesse te contado que a foto do kidkit727 tinha sido tirada no mesmo dia em que a Lily e o Kwok-Tai foram na sua casa, você teria sentado calmamente, com um sorriso no rosto, bancando a irmã enlutada por uma hora?

Nga-Yee não tinha o que dizer. N estava indiscutivelmente certo, e as instruções dele para deixá-lo conduzir a conversa haviam sido bem claras.

— Me... me desculpa — conseguiu dizer, depois de uma pausa. Ela odiava a postura de N, mas tinha consciência suficiente para perceber que havia errado.

— Deixa pra lá. — Pelo menos N estava disposto a seguir em frente, mesmo que não tivesse aceitado claramente o pedido de desculpas de Nga-Yee. — Confia em mim, srta. Au. Você me contratou pra investigar esse caso, então vai ter que seguir o meu método. Esse é o único jeito de você conseguir as respostas que está buscando.

— Eu entendo — assentiu Nga-Yee. — Então parece que o Kwok-Tai e a Lily estavam naquela festa também. Se a Siu-Man fosse mesmo uma acompanhante ou usasse drogas, eles saberiam.

— Acompanhante? Você acha que ela parece uma prostituta na foto?

— Não parece? Você está dizendo que aquele cara asqueroso era namorado dela? Quando o kidkit727 disse que ela tinha roubado o namorado de alguém, será que estava falando daquele cara?

N franziu as sobrancelhas e a olhou bem nos olhos.

— Você está pronta pra ouvir uma má notícia, srta. Au?

Ela assentiu, contrariada. Afinal de contas, tinha prometido a si mesma aceitar a verdade, qualquer que fosse.

N abriu de volta a foto e deu zoom em uma parte.

— Está vendo isso aqui?

Nga-Yee se debruçou sobre a tela. N havia ampliado um pedaço da mesa, que estava cheia de objetos aleatórios: garrafas de cerveja, copos, café solúvel, amendoim, um copo de dados, cigarros e um isqueiro.

— Você está querendo dizer que a Siu-Man fumava?

— Não, isso aqui. — Ele apontou para o sachê de café solúvel. — Ainda que você quisesse tomar uma xícara de café numa boate, não faria mais sentido pedir? Você não acha estranho que alguém levasse o próprio café?

— Ah! Então isso era droga? Ecstasy?

— Quase. Se fosse ecstasy ou ácido, eles poderiam ter guardado os comprimidos em uma caixinha de bala. Só tem uma droga que precisa ser disfarçada de café solúvel: Rohypnol, que geralmente usam no "Boa noite, Cinderela".

Aquilo foi um choque. Nga-Yee ficou boquiaberta.

— É um truque bastante comum — disse N, impassível. — Esses canalhas saem com as mulheres e as embebedam, mas a maioria sabe quando parar antes de perder a consciência. Esses animais então dizem que o café vai deixá-las sóbrias e surgem com um sachê de café solúvel. O café não parece ter sido adulterado, então as garotas não têm como saber que na verdade ele foi aberto e selado de novo depois que a droga foi misturada. Se você olhar bem de perto, vai ver que é menor do que um sachê de café normal, mas com a luz fraca do bar a maioria das pessoas não repara.

— Logo, quando eles tiraram aquela foto da Siu-Man...
— Ela estava dopada.
— Então ela... — Nga-Yee não teve forças para concluir a frase.
— Talvez tenha sofrido abuso, também.

Nga-Yee perdeu o ar. Ela pensou que a coisa mais dolorosa que podia ouvir era que a irmã estava vendendo o corpo ou era viciada em drogas, mas a verdade era ainda mais dolorosa. Ela não conseguia fazer nem dizer nada; era como se estivesse caindo em um abismo, um poço sem fundo de escuridão e tristeza.

— Eu disse "talvez", srta. Au.

As palavras de N foram como o fio de teia de aranha que Buda lançou inferno abaixo, trazendo Nga-Yee de volta da desolação absoluta.

— Talvez?
— Você disse que Kwok-Tai e Lily levaram sua irmã pra casa às onze da noite naquele dia. Quando um canalha se mete com uma garota que está inconsciente, as coisas não costumam acabar tão cedo.

Nga-Yee deu um suspiro de alívio e entendeu por que N havia ficado com tanta raiva antes. Se ela não tivesse se intrometido, N poderia ter obtido a verdade de Kwok-Tai e Lily sobre o que tinha acontecido com Siu-Man antes de eles a levarem para casa. N poderia ter feito a abordagem a partir desse ângulo e, sabendo que onde há fumaça há fogo, descoberto a identidade do kidkit727.

— Existe alguma forma de termos outra chance de perguntar ao Kwok-Tai e à Lily sobre o que aconteceu? — perguntou ela, frenética.

— Uma vez que a chance passa, não tem como voltar atrás. A gente vai ter que esperar pela próxima. — N colocou o celular de Siu-Man de volta na mesa. — Você já sabe alguns detalhes, então posso te contar o resto — disse ele. — O karaokê da foto fica no King Wah Centre, na Shantung Street, em Mong Kok. Pedi pra alguém que conhece a vizinhança que desenterrasse a identidade do Ruivo.

— Você identificou o lugar pela decoração?

— Não. Os smartphones não anexam dados EXIF só quando tiram fotos, eles também têm coordenadas de GPS. Só existe um karaokê no King Wah Centre, então só podia ser um lugar. Isso foi há mais de um ano, no entanto, e o karaokê já fechou. Ainda que a gente conseguisse rastrear os ex-funcionários, é pouco provável que eles se lembrem de qualquer coisa sobre o incidente. Em outras palavras, o Kwok-Tai e a Lily eram nossos melhores canais pra descobrir a verdade sobre aquela noite.

Uma onda de pessimismo varreu Nga-Yee.

— Então a Siu-Man gostava daquela banda, One Direction? — perguntou ela.

— One Direction não é bem uma banda, é uma *boy band*. Ela não tinha nenhum pôster deles em casa?

— Não.

— Hmm. — N voltou a mexer no celular de Siu-Man e abriu a capa de um álbum mostrando cinco caras bonitões. — As únicas músicas que a sua irmã tinha no celular eram do One Direction. Ela e a Lily compartilhavam notícias sobre eles no Facebook. Eu sabia que aquele assunto ia fazer os dois baixarem a guarda. A mesma coisa valia para o Kwok-Tai. Antes mesmo de ver os calos nos dedos dele, eu já sabia pelo Twitter que ele tocava guitarra. Você me pediu pra eu te passar todas aquelas informações sobre os colegas de turma da sua irmã. Não tinha notado nada disso?

Nga-Yee ficou chocada. Passou pelo menos dois dias debruçada sobre as páginas das redes sociais daqueles adolescentes, mas não prestou atenção nos interesses nem na rotina deles. Tinha ficado procurando só posts e fotos que envolvessem a irmã.

— Ah, sim… tinha alguma mensagem de texto no celular? — perguntou Nga-Yee. — A Siu-Man conversou com algum colega? — De repente, ela percebeu que, mesmo que a irmã não aparecesse em nenhum lugar nas redes sociais, ela poderia ter tido conversas privadas.

— Nada. — N apontou para a tela. — Nem mesmo anúncios do provedor dela. Parece que a sua irmã tinha o hábito de apagar a caixa de entrada. Ela instalou o Line, mas não tinha um único contato. Mais uma vez, pode ser que ela tenha usado e depois apagado tudo. É possível que, depois do que aconteceu, ela estivesse com tanto medo de arrumar mais confusão que tenha apagado todos os contatos e as mensagens.

— Line?

— É uma espécie de aplicativo de mensagens instantâneas, tipo SMS — disse N, olhando para ela como se dissesse: "Ah, claro, esqueci que você é do século passado".

— Ah! — Ver a câmera na parte de trás do telefone de Siu-Man a fez pensar em outra coisa. — Ela devia ter fotos no celular. Tinha alguma pista nelas?

— Pouca coisa. Eu vi os metadados, e é a mesma história das mensagens de texto e do Line: sua irmã deletou a maioria. Do que sobrou, só uma tem um colega de escola.

N abriu o álbum de fotos de Siu-Man e mostrou a ela: Siu-Man e Lily, ambas de uniforme, paradas num corredor da escola. Pelo ângulo, parecia que Lily estava segurando o telefone. Seus rostos estavam próximos à lente e ambas sorriam. O cabelo de Lily estava mais longo na foto do que agora.

— Essa foi tirada em junho do ano retrasado, quando ainda estavam no primeiro ano — disse N.

As lágrimas escorreram dos olhos de Nga-Yee. Quanto tempo tinha se passado desde que vira a irmã sorrir pela última vez?

— Então isso significa que Lily provavelmente não é o kidkit727? — Nga-Yee ergueu os olhos. — Ela era muito próxima da Siu-Man, e chorou muito no velório. Ela parecia prestes a chorar agora também. Acho que não tem como ela ser a culpada. Tem?

N deu de ombros.

— Talvez ela seja uma atriz muito talentosa.

Nga-Yee achou aquilo difícil de engolir.

— Uma atriz? Ela só tem 14 ou 15 anos, é uma criança.

— Não subestime os jovens de hoje em dia, principalmente numa sociedade doente como a nossa. Desde cedo as crianças precisam aprender a sobreviver em uma selva de adultos enganadores. Pra conseguir uma vaga nas escolas de elite, os pais obrigam os filhos de cinco anos a passar por entrevistas fingindo serem crianças perfeitamente educadas. Depois eles voltam pra casa e podem ser os monstrinhos de sempre, pequenos imperadores dando ordens aos empregados.

— Isso é um pouco exagerado...

— É a verdade — rebateu N. — Como o Kwok-Tai disse agora há pouco, a escola proibiu os alunos de falar sobre a sua irmã. Isso é hipocrisia pura. Se você os impede de falar sobre o assunto, significa então que não aconteceu? Você acha que dá para simplesmente eliminar a fonte da perturbação, tapar os ouvidos e os olhos de todo mundo e voltar a brincar de família feliz? Que tipo de base eles estão construindo? Com uma equipe que se comporta assim, não tem como as crianças não aprenderem a fazer o mesmo.

Nga-Yee não sabia o que dizer.

— Em suma, até que a gente encontre evidências conclusivas, não confie ninguém. — N enfiou o celular de Siu-Man de volta no bolso.

— Onde vamos achar essas evidências?

— Não faço ideia, mas eu sei com quem a gente precisa falar agora.

— Com quem?

— Com a Condessa.

— Porque a Lily e o Kwok-Tai encontraram com ela no dia do velório?

— Não, por causa disso aqui.

Ele enfiou a mão no outro bolso e tirou um smartphone branco. Quantos daqueles ele carregava? Esse era menor, do tamanho de um cartão de visita, com pouco mais de um centímetro de espessura. N tocou na tela e a virou para Nga-Yee. Era uma foto do Facebook: uma garota bonita em um vestido branco, o cabelo escovado e as feições tão delicadas que parecia uma boneca, segurando o celular para tirar uma selfie no espelho do que aparentemente era o seu quarto: tudo lá dentro era rosa. No momento em que Nga-Yee estava prestes a perguntar a N se aquela era a Condessa, ela percebeu que a imagem lhe parecia familiar.

— Eu já vi isso antes… Ah!

Ela tinha visto, na véspera. Nas mãos de Miranda Lai estava um iPhone.

— Ela é uma das 18 pessoas que tem um iPhone — disse N.

Nga-Yee ficou maravilhada com a memória de N: ele claramente descobriu aquele fato no instante em que Kwok-Tai mencionou o nome de Miranda.

— Então ela é nossa principal suspeita. A Lily disse que ela tinha rancor da Siu-Man. E ela deve ter ido bisbilhotar no dia do velório, mas não se atreveu a se expor...

— Lá vai você de novo. Lembra do que eu falei?

Nga-Yee gelou. A fala de N ao olhar para os 18 nomes ecoou em sua cabeça: *A pior coisa que se pode fazer é chegar com ideias preconcebidas. É bom ter uma hipótese, mas é preciso lembrar que talvez ela não seja verdade. O certo é trabalhar com afinco para refutá-la, em vez de procurar evidências que a confirmem.*

— Entendi. A Condessa pode ser a culpada ou não. Mas onde ela está agora? A srta. Yuen disse que todo mundo estava ocupado com as atividades extracurriculares.

— Na sala de ensaios do quarto andar, bem em cima da gente. — N apontou para o teto. — A Condessa faz parte da Sociedade de Teatro. Eles estão se preparando para as apresentações coletivas das escolas, daqui a um mês.

— Como você sabe disso?

— Ao contrário de uma certa pessoa que tem a cabeça recheada de vento, eu não tenho dificuldades para me lembrar de informações básicas sobre 18 alunos. — N não perdia nenhuma oportunidade de dar uma alfinetada em Nga-Yee. — Eu sabia que íamos entrar na cova dos leões hoje, então me certifiquei de ter tudo o que precisava saber na palma da mão. Vou precisar de todos os truques possíveis pra fazer esses diabinhos falarem a verdade. Não sou o tipo de pessoa que perde tempo se preocupando com o que as pessoas vão achar dela por causa da roupa do colega.

Nga-Yee teve vontade de retrucar; afinal de contas, ela não era uma profissional, portanto estava claro que não seria tão boa em descobrir informações quanto N. Mas engoliu as palavras. Não era hora de discutir.

N tomou a frente rumo à sala de ensaio. Enquanto atravessavam um corredor em forma de L em direção às escadas, cruzaram com vários alunos que olhavam para aqueles dois estranhos, depois perdiam o interesse neles quando notavam os crachás de visitante pendendo dos seus pescoços. Nga-Yee imaginou que muitos pais, repórteres ou funcionários do governo deviam aparecer ali.

— Quanto sua irmã recebia de mesada? — perguntou N enquanto eles subiam as escadas.

— Por que você precisa saber disso?

— Não importa, só responde a pergunta.

— Trezentos por semana.

— Incluindo comida e passagem?

— Sim. E ela tomava café da manhã em casa.

Nga-Yee queria que a irmã aprendesse a economizar, então, quando ela entrou no ensino médio, ela e a mãe discutiram sobre a mesada de Siu-Man. Pelos cálculos delas, a passagem custaria 15 dólares por dia com um cartão de estudante, e os duzentos e poucos restantes seriam o suficiente para o almoço e os lanches. Se ela quisesse ter dinheiro para gastar no fim de semana, teria que poupar durante a semana. Nga-Yee não sabia se Siu-Man alguma vez havia pedido mais dinheiro à mãe, mas, desde que ela tinha falecido, não tinha dado nem um único centavo a mais à irmã.

Eles chegaram ao quarto andar. A porta da sala de ensaio estava aberta, revelando uma dúzia ou mais de alunos em um espaço três vezes maior que uma sala de aula regular. Havia cerca de trinta fileiras de cadeiras, embora as da frente tivessem sido afastadas para abrir espaço. Os alunos estavam agrupados ali: três meninos no centro, os demais em pé ou sentados de um dos lados, observando o trio.

— "Três mil ducados, por três meses. Ora, vejamos quanto isso vai render."

— "Então, Shylock, assumimos convosco este contrato?"

O nome confundiu Nga-Yee por um momento, e ela achou que eles estavam falando sobre Sherlock Holmes. Algumas falas adiante, ela reconheceu: *O mercador de Veneza*. Tinha lido a peça algumas vezes, mas algo parecia diferente; talvez estivesse um pouco resumida.

— Corta! Você está agitado demais — gritou uma garota, aparentemente a diretora. — Não é só pra repetir as falas, tem que ser mais natural! Cinco minutos de descanso, pessoal, depois vamos repetir.

N aproveitou a oportunidade para bater na porta, e um menino gordo se aproximou.

— Posso ajudar?

— Desculpa interromper. Estamos procurando Miranda Lai. — A expressão amistosa de N estava de volta.

O menino se virou e gritou:

— Condessa!

Enquanto ele se afastava, uma garota veio na direção deles. Mesmo com o uniforme da escola e sem maquiagem, ela era sem dúvida a pessoa da selfie.

— Olá — disse N educadamente, dando um passo à frente. — Você é a Miranda, da 3B, não é?

— Sou, e daí?

A Condessa podia parecer doce, mas nada em suas palavras ou gestos sugeria qualquer respeito por N e Nga-Yee; ela provavelmente se dirigia a suas lacaias daquele mesmo jeito. "Síndrome de Princesa", pensou Nga-Yee.

— Podemos trocar uma palavrinha? Essa aqui é a irmã da Au Siu--Man — murmurou N, baixo o suficiente para que não desse para ninguém mais ouvir.

A Condessa pareceu se assustar e deu meio passo para trás. Na opinião de Nga-Yee, aquele leve movimento era um sinal claro de culpa.

— Sobre o quê? — Ela parecia desconfiada de N, e seu tom permaneceu hostil.

— É... — N apontou com a cabeça para a sala, onde vários alunos estavam visivelmente espionando. Parecia que a chegada de estranhos para ver a Condessa era um acontecimento e tanto.

A garota os levou para o canto mais afastado da sala, onde havia uma mesa cheia de adereços, fantasias e scripts. Nga-Yee notou alguns exemplares do *Mercador* com SOCIEDADE DE TEATRO DA ESCOLA SECUNDÁRIA ENOCH estampado na capa. A Condessa olhou para N impaciente, esperando que ele desse início à conversa.

— Desculpe incomodá-la. — N pousou o caderno de condolências na mesa para liberar as mãos e sacou a carteira, de onde tirou algumas notas. — A Siu-Man pegou duzentos dólares emprestado com você, não foi? Só depois que ela faleceu descobrimos que ela vinha pedindo dinheiro emprestado aos colegas. Faz sentido, ela não ganhava muito dinheiro. E, apesar de ela ter morrido, mesmo assim gostaríamos de honrar as dívidas dela.

— O quê? Ela nunca me pediu dinheiro.

— Não? A gente achou um caderno entre as coisas dela com registro das pessoas a quem ela devia. Caiu um pouco d'água em cima dele e algumas palavras ficaram borradas, mas eu consegui decifrar o seu nome.

— Eu nunca emprestei dinheiro pra ela.

— O seu nome é Miranda Lai?

— É, mas eu nunca emprestei um centavo pra Au Siu-Man.

N agarrou firme a carteira, parecendo perplexo.

— O nome de algum dos seus colegas começa com M?

— É... sim, tem a Mindy Chang.

— Ah, então talvez seja ela. Ela era próxima da Siu-Man?

— Não sei — respondeu a Condessa, parecendo ansiosa para encerrar aquela conversa.

— Vamos tentar a Mindy, então. A Siu-Man falava de você o tempo todo, por isso a gente não teve nenhuma dúvida.

— Ela falava de mim? — A Condessa parecia genuinamente confusa. Seus olhos iam e voltavam de N para Nga-Yee.

— Sim, ela disse que tinha uma garota da turma dela que fazia parte da Sociedade de Teatro que com certeza seria uma grande estrela algum dia. A Siu-Man podia ser um pouco desentrosada socialmente e nem todo mundo a entendia... Ah, e ela comentou que tinha feito você passar por um constrangimento, então eu falei pra ela se desculpar com você.

— Se desculpar?

— Não foi? Ela votou contra a Disney como opção para o passeio da escola, apesar de todo mundo querer ir, e acho que ela disse que foi você quem tinha sugerido a Disney inicialmente. Ela no fundo tinha gostado da ideia, mas essa irmã mais velha aqui é muito mesquinha... Quer dizer, ela é muito econômica, então jamais teria pagado pelo passeio. Foi só por isso que a Siu-Man disse não.

Nga-Yee precisou se controlar para não abrir a boca para se defender, e com muito esforço conseguiu mexer a cabeça, em anuência.

— Mas por que ela não falou? Eu podia ter emprestado pra ela o dinheiro da entrada e do que mais ela precisasse. — A voz da Condessa subiu um pouco de tom, e ela franziu a testa.

— Ela já tinha pegado dinheiro emprestado de muitos colegas nessa época. Ela provavelmente já devia muito, então não teve coragem de falar.

O rosto da Condessa tinha uma expressão complexa, metade ressentimento, metade remorso. Nga-Yee não sabia dizer se ela estava lamentando não ter ido para a Disney ou arrependida de ter provocado a morte de Siu-Man por causa de uma coisa tão banal.

— Bem, se ela não pediu, eu peço — falou N. — Desculpa. — A expressão dele era absolutamente sincera. — E aquele incidente em que ela se envolveu deve ter causado muitos problemas pra todos vocês. Peço desculpas por isso também.

— Ah, aquilo… Aquilo foi o de menos, na verdade — disse a Condessa, aparentemente sem saber como lidar com um adulto se curvando diante dela.

— A Siu-Man deve ter ofendido de verdade alguém da escola pra que quisessem manchar a imagem dela daquele jeito — sugeriu N. — Você era da turma dela, Miranda. Consegue imaginar alguém que fosse capaz de fazer isso?

O rosto da Condessa se fechou, e ela cruzou os braços.

— Não faço ideia.

— Você nunca falou sobre isso com os seus colegas?

— Os professores disseram pra gente não falar. Se alguém estava tagarelando com repórteres ou com outros estranhos, eu não sabia.

A Condessa estava claramente falando o mínimo possível, o que deixou Nga-Yee ainda mais desconfiada. Ela esperava que N a provocasse para revelar ainda mais, mas as palavras que saíram da boca dele a seguir pegaram Nga-Yee completamente de surpresa.

— Deixa pra lá, então. Não quero roubar mais tempo do seu ensaio. Peço desculpas por ter atrapalhado.

Ele deu tchau com a cabeça. Nga-Yee não fazia ideia do que estava acontecendo, mas tinha concordado em não se meter, então ficou ali parada e sorriu para a Condessa, que fez uma pequena e educada reverência para eles, que Nga-Yee achou totalmente forçada.

— Ah, só mais uma coisa. — N se virou abruptamente após alguns passos. — Você foi no velório da Siu-Man, não foi?

Um pequeno tremor percorreu a Condessa, e ela olhou para N por alguns segundos antes de murmurar:

— Não. Você deve estar me confundindo.

— Ah, peço desculpas. Tchau.

Eles saíram da sala de ensaio e caminharam pelo corredor ao ar livre até o outro extremo do quarto andar. N parou junto à balaustrada de pedra e puxou o smartphone branco, como se estivesse checando mensagens. Quatro andares abaixo deles havia uma quadra de vôlei, na qual um grupo de garotas com uniformes esportivos disputavam uma partida.

— Foi ela? — perguntou Nga-Yee, depois de conferir se não havia ninguém por perto.

— Não faço ideia.

Ele deu de ombros e colocou o telefone de volta no bolso.

— Não faz ideia? Então por que você encerrou a conversa tão rápido? Você devia ter feito mais perguntas! — exclamou ela.

— Não ia adiantar. — Ele cruzou os braços, imitando a pose da Condessa. — Aquela garota é muito fechada, não ia ter dado pra romper as defesas de jeito nenhum. E tinha tantas testemunhas ao redor que insistir provavelmente só ia ter piorado as coisas.

— E aí?

— Vamos bater um papo com ela outra hora, só isso.

— Se ela está sendo tão cautelosa, provavelmente não vai estar disposta a falar com a gente de novo.

— Eu garanto que vai.

N acenou com um objeto que parecia o caderno de condolências, mas Nga-Yee percebeu que era um script de *O Mercador de Veneza*. Em um canto estava escrito "Miranda Lai".

— Você roubou o script dela?

— Claro que não. Eu coloquei as minhas coisas em cima da mesa, então eu, ahn, acidentalmente peguei isso junto com o caderno de condolências da sua irmã. Vou voltar aqui outro dia, muito prestativo, e insistir em devolvê-lo pessoalmente.

Provavelmente, enquanto Miranda os conduzia para o canto, N havia avistado o script dela sobre a mesa e planejado aquele pequeno truque. Deve ter feito a troca quando estava mexendo na carteira. Era um livreto fino, de apenas vinte ou trinta páginas, fácil de pegar.

— Ah, ela está interpretando a Pórcia — disse N, folheando as páginas. — Parece bem sério. Olha só, ela fez muitas anotações junto de cada uma de suas falas. Acho que isso significa que ela vai ficar ansiosa pra pegar isso de volta.

Aquilo soou um pouco como extorsão na opinião de Nga-Yee, mas, dadas as circunstâncias, provavelmente era a melhor coisa a fazer, porque ela agora tinha certeza de que a Condessa era o kidkit727.

— Ela tremeu de verdade quando você falou o nome da Siu-Man, não foi? Quando você lançou a última pergunta antes que ela fosse embora, até eu percebi que ela estava escondendo alguma coisa.

— Você tem razão, mas isso não pode ser considerado uma prova definitiva.

— Isso não é suficiente?

— Tudo bem, me explica por que seria, e eu faço a defesa dela. Aí a gente vê o quão conclusivas suas provas são de verdade. — N fechou o script, colocou sobre os outros livros e a olhou nos olhos.

— Ela evitou responder às nossas perguntas e foi hostil.

— Qualquer adolescente de 14 anos ficaria um pouco mal-humorada quando dois adultos que ela nunca viu antes viessem bisbilhotar perguntando isso e aquilo.

— Quando você mencionou a Siu-Man ao se desculpar, ela ficou bastante agitada. Isso é culpa, não é?

— Ela pode ser culpada de outras coisas.

— Quando você perguntou quem teria manchado a imagem da Siu-Man, ela se esquivou da pergunta. Isso significa que ela é a culpada.

— A escola disse pra eles não falarem com ninguém sobre isso. Claro que ela queria ficar de boca fechada. Ela não conhece a gente. E se a gente contasse para a professora o que ela dissesse? Ela ia se encrencar. A Enoch parece impor suas regras de um jeito bem duro.

— Tá, tudo bem, isso parece plausível. Mas a maior prova é que ela mentiu sobre ter ido ao velório! — Nga-Yee lançou essa afirmação como quem tira um ás da manga.

— Como você sabe que não são o Kwok-Tai e a Lily que estão mentindo?

Nga-Yee o encarou. Depois que ele deu a explicação sobre a foto do karaokê, ela tinha riscado Lily de sua lista de suspeitos. Ninguém que tivesse ajudado Siu-Man a sair de uma situação ruim poderia ser má pessoa.

— Você ainda acha que ela é uma atriz talentosa?

— Não tem como saber — disse N. — Mas ela pode estar enganando a gente de propósito, então não dá pra confiar no que ela diz. Pensa nisso. Se você tivesse provocado a morte de uma ex-amiga e a família dessa amiga aparecesse pra fazer perguntas, você não colocaria a culpa em outra pessoa o máximo que pudesse? Não seria melhor ainda se essa pessoa já tivesse entrado em conflito com a Siu-Man antes? Não faz sentido?

— Bem... — Nga-Yee não teve como refutar aquilo.

— É só uma hipótese, claro. Não tenho como negar nem afirmar que a Lily ou a Condessa são o kidkit727. O que eu quero dizer é só que é muito cedo pra tirar qualquer conclusão.

Nga-Yee ficou refletindo sobre aquilo e anuiu. Ela tinha se precipitado. Desde que chegara ao campus, estava sentindo uma pressão estranha crescendo dentro dela.

Será que estar no mesmo espaço que o culpado era demais para ela suportar?

— Vamos — disse N. — Precisamos ter uma última conversa hoje.

— Com quem?

— Com a Violet To, a outra garota que foi ao velório. Quando você mencionou o nome dela, o Kwok-Tai pareceu ter ficado um pouco nervoso. Talvez tenha acontecido alguma coisa entre ela e a sua irmã, e ela pode saber mais do que está dizendo.

— Suponho que você tenha espionado ela também, não? Onde ela está? De qual clube ela faz parte?

— Do mesmo que você.

— Quê?

— Ela é bibliotecária.

A biblioteca da Enoch ficava no quinto andar da ala oeste, logo acima da sala de ensaio, e ocupava metade do pavimento. Enquanto eles passavam pelos laboratórios de química que formavam a outra metade, Nga-Yee olhou para as longas bancadas, com suas pias e seus bicos de Bunsen, lembrando dos seus dias de escola. A biblioteca de seu colégio também ficava perto dos laboratórios.

Quando eles entraram na biblioteca, Nga-Yee sentiu um pouco da tensão se desvanecer. Ali estavam prateleiras de madeira com as marcas do tempo, livros bem alinhados nas estantes e outros mais no carrinho, esperando para serem devolvidos às prateleiras, tudo familiarmente reconfortante.

Talvez pelo fato de a maioria dos alunos estar ocupada com seus vários clubes, a biblioteca parecia deserta, sem ninguém sentado nas mesas nem nos computadores. As únicas pessoas por ali eram um garoto magricela folheando a *Newton Science Magazine* e uma garota de cabelos compridos atrás do balcão, lendo um livro. Nga-Yee a reconheceu: Violet To.

— Olá — disse N acenando para Violet.

Ela tirou os olhos do livro e pareceu surpresa ao ver dois adultos entrarem, mas, quando viu seus crachás de visitante, ficou tão indiferente quanto os demais.

— Em que posso ajudar? — perguntou educadamente.

Sua voz fina, seus óculos grossos e sua leve corcunda fizeram Nga-Yee suspeitar de que ela escolhera a biblioteca por não ser particularmente atlética. Reforçando aquela impressão estava o suéter azul que ela usava, embora o ar-condicionado não estivesse muito frio. Claro, lembrou Nga-Yee, algumas das garotas mais desenvolvidas às vezes se cobriam para evitar a atenção masculina. Durante sua própria adolescência, Nga-Yee tinha estado ocupada demais ajudando a mãe a cuidar da casa e da irmã mais nova para se preocupar com o que os garotos achavam dela.

— Violet To? Da 3B? Somos da família da Au Siu-Man. Essa aqui é a irmã mais velha dela.

A menina pareceu ficar abalada e levou alguns segundos para gaguejar de volta:

— O-O-Oi.

— Viemos buscar algumas coisas da Siu-Man hoje e pensamos em aproveitar a oportunidade pra agradecer você por ter ido ao velório.

— Não foi nada. — Violet parecia desconfiada. — Como vocês sabem o meu nome?

— Não foram muitos os colegas da Siu-Man que apareceram lá. Descrevemos você pra algumas pessoas, e elas nos disseram quem você era na mesma hora. — N fez aquilo soar perfeitamente plausível. — Você era próxima da Siu-Man? Ela não falava muito com a gente sobre a escola.

Nga-Yee se perguntou por que ele estava usando uma abordagem tão diferente da usada com a Condessa. Ele tinha feito a Miranda acreditar que a Siu-Man falava dela o tempo todo, e agora estava fazendo o oposto com a Violet. Ela repassou aquilo em sua cabeça: eles sabiam da briga da Siu-Man com a Condessa, então fazia sentido usar isso como um movimento de abertura. Por outro lado, eles não faziam ideia de qual era a relação da Violet com a Siu-Man.

— Não muito — respondeu Violet, balançando a cabeça. — Ela vinha à biblioteca depois da aula pra fazer o dever de casa, então a gente se via bastante, mas quase não nos falávamos. Mesmo assim, quando ela morreu, eu achei que deveria pelo menos me despedir.

— Foi muito gentil da sua parte — disse N, dando um sorriso caloroso. — Como ela era, normalmente? Ela se dava bem com os colegas de turma?

— Hmm, acho que sim. Ela não parecia ter ficado muito abalada com o... incidente, mas talvez a gente a tenha evitado um pouco por não saber como tocar no assunto. Então... é... depois aconteceu aquilo, e os professores ficaram ainda mais rígidos quanto a nos proibir falar a respeito. Depois disso, as pessoas se afastaram ainda mais da Siu-Man.

— Ela continuou a vir à biblioteca com frequência?

— Não sei com certeza, não estou aqui todo dia... Mas sempre que eu estava aqui, eu a via. — Violet apontou para uma das mesas compridas. — Ela geralmente sentava ali.

Por um momento, Nga-Yee imaginou Siu-Man debruçada sobre a mesa, rabiscando em seu livro de exercícios com uma caneta esferográfica. Sua postura sempre tinha sido ruim, e ela com frequência se sentava com o nariz praticamente grudado na página. Nga-Yee tinha tentado ao máximo corrigir aquele péssimo hábito, mas, assim que Siu-Man se distraía, voltava a repeti-lo.

Nga-Yee foi invadida por todo tipo de lembrança e pôde sentir seu coração disparar. Ela despertara em relação a quantos momentos tinha começado a esquecer.

— Com licença, posso pegar meu celular?

N e Nga-Yee se viraram e viram o garoto da revista *Newton* parado atrás deles.

— Claro. — Violet pegou a carteira de estudante dele, passou o código de barras no leitor, pegou o aparelho debaixo do balcão e o entregou ao garoto. Ele agradeceu e foi embora, já mexendo na tela quando atravessou a porta.

— Os alunos têm que deixar os telefones no balcão? — perguntou N.

— Não. Nós oferecemos serviço de recarga. — Ela apontou para uma prateleira de madeira atrás do balcão, com encaixes do tamanho de um celular e um emaranhado de cabos ao lado. A maioria estava conectada a um *power bank* cinza com uma dúzia de entradas USB, com um carregador preto independente. — Eles instalaram um desses em cada sala de aula para os nossos tablets e telefones. Depois colocaram na biblioteca e nas salas dos clubes também.

— Ah, é uma ótima ideia. — N estudou a prateleira de madeira, aparentemente admirando-a. — E fica vinculado às carteiras de estudante, pra todo mundo receber o aparelho certo de volta?

— Sim. Aqui é tudo cem por cento informatizado.

— Você deve conhecer bem esse programa, sendo a bibliotecária — disse N.

— Agora é tudo muito mais simples do que antes. Ninguém precisa se preocupar com cartões carimbados e coisas do tipo. Me disseram que, uma vez, um bibliotecário ajustou errado o carimbo, e aí todos os livros que a gente emprestou naquele dia ficaram com a data de entrega errada. Agora, todo mundo recebe um e-mail assim que o livro é emprestado e, quando está na hora de devolver, recebe uma mensagem de texto pra lembrar.

— Isso é conveniente e *ao mesmo tempo* sustentável. Mas ainda deve existir gente idiota que não entende nada de tecnologia e acha que cartões carimbados são mais simples. — N olhou para Nga-Yee com ar de deboche.

Ela mordeu a língua, embora quisesse protestar dizendo que entendia muito bem aqueles sistemas; não era muito diferente do que ela fazia na sua biblioteca. Era só a internet, que parecia mudar a cada dia, que a deixava confusa.

— Violet, você sabe se tinha alguma coisa que Siu-Man queria ou queria ter feito? — N levou a conversa de volta para os trilhos. — Não sabemos se havia algo a incomodando na escola e, enquanto estivermos aqui, podemos ajudar a cumprir os últimos desejos dela.

Violet passou alguns segundos pensando, mas por fim balançou a cabeça em negativa.

— Não sei. Sinto muito. A gente não era muito próxima.

— Tudo bem, não se preocupa — falou N. — A Siu-Man nos deixou de repente e tinha sido atormentada por boatos antes disso, então quem sabe haveria algo que pudéssemos fazer por ela agora.

Violet não disse nada, apenas assentiu.

— Aparentemente, os professores disseram que vocês não tinham permissão pra falar sobre esses boatos, mas tenho certeza de que todo mundo fez isso em segredo... Tinha alguém na escola que não gostava da Siu-Man?

Violet olhou para ele sem expressão, sem jeito.

— Eu fico achando que ela deve ter feito algum inimigo, pra alguém querer manchar a sua reputação daquele jeito. Todas aquelas mentiras... — N deu um suspiro. — Se ela ofendeu mesmo alguém, a gente precisa encontrar essa pessoa e tirar isso do seu coração. Só assim a Siu-Man vai poder descansar em paz.

— Bem...

— Então? Você lembrou de alguém?

— Não tenho certeza absoluta, mas acho que a Lily Shu teve algum desentendimento com ela. — Sua voz se reduziu a um sussurro; parecia que ela não gostava de falar mal dos colegas. — Elas eram melhores amigas, do tipo que andavam juntas o tempo todo, mas de repente pararam de se falar.

— Então você acha que foi a Lily que espalhou aqueles boatos?

— Não tenho certeza, mas já vi muitos amigos virarem inimigos e fazerem as coisas mais terríveis. Hoje em dia, com a internet, é fácil demais distorcer a verdade.

Foi um choque ouvir o nome de Lily, embora, claro, N já tivesse alertado Nga-Yee de que ela e o Kwok-Tai é que podiam ser os mentirosos. Imediatamente, os sentimentos calorosos e a confiança que ela tinha em Lily evaporaram.

— Você tem razão — afirmou N, parecendo triste. — Ela passava muito tempo na biblioteca. Você a viu conversando com outros colegas alguma vez? Talvez eu possa falar com eles também.

— Ela estava sempre sozinha — disse Violet. — Alguns alunos ficam aqui pra fazer o dever de casa, mas não muitos, e fica todo mundo em silêncio. A biblioteca é tranquila ao final do dia; as pessoas vêm aqui principalmente pra ler revista ou recarregar o celular depois que as salas de aula já estão fechadas.

Nga-Yee entendia aquele sentimento. Ela também era apaixonada por leitura, mas a maioria dos jovens preferia ler bobagem na internet em vez de abrir um livro. Algum instituto norte-americano tinha feito um estudo mostrando que uma pessoa lê em média cinquenta mil palavras na internet todos os dias; praticamente um romance inteiro.

— Podemos dar uma olhada na biblioteca? Eu queria ver como era o dia a dia da Siu-Man.

— Claro.

N agradeceu e conduziu Nga-Yee para longe do balcão, enquanto a garota retomava a leitura. Nga-Yee foi direto para a cadeira habitual de Siu-Man e tocou a mesa diante dela, como se estivesse ao lado da irmã. Uma memória enterrada veio à tona: Nga-Yee na mesa dobrável de casa, ajudando a irmã, aos oito anos, com o dever de casa.

Um toque de celular rompeu o silêncio, levando Nga-Yee de volta à realidade. Ela levantou a cabeça e viu N do outro lado da sala, procurando por seu telefone.

— Perdão! — gritou ele para Violet antes de sair correndo porta afora.

Nga-Yee ficou sem entender se deveria ir atrás, mas ele fez um gesto para que ela ficasse. Ela não esperava mesmo que N prestasse atenção às regras da biblioteca, mas então seus olhos pousaram em Violet, e ela se deu conta de que ele ainda estava desempenhando o papel de "cara legal relacionado à Siu-Man", para fins de engenharia social.

Agora que havia sido despertada, Nga-Yee não se permitiu mergulhar de volta em suas memórias. Não estava ali para celebrar Siu-Man, mas para descobrir a verdade. Sentou-se na cadeira habitual da irmã e olhou ao redor. Esperava, sem muita convicção, encontrar algum tipo de pista, mas aquela parecia uma biblioteca escolar perfeitamente normal. A estante mais próxima tinha livros de história e geografia, seguidos de línguas e literatura, tudo organizado de acordo com o sistema chinês de classificação de bibliotecas. Na parede acima dos computadores, à sua esquerda, havia um pôster de uma competição de melhores leitores do ensino médio, uma lista de assinaturas de revistas e notícias sobre livros adquiridos recentemente. O único aviso não relacionado à biblioteca era da diretoria, recomendando aos alunos cuidado com a internet, com as senhas e assim por diante. No fim das contas, porém, parecia improvável que um número muito grande de alunos prestasse atenção naqueles pedaços de papel, fossem eles sobre novos livros ou segurança virtual.

Nga-Yee sentiu uma pontada repentina de solidão. Pensou no burburinho durante o treino da equipe de vôlei e na comoção na sala de ensaio. A estagnação da biblioteca fazia com que ela parecesse apartada do resto do mundo. Sua solidão foi congelando aos poucos, arrancando toda a vitalidade do seu corpo. Era a biblioteca ou a luz que entrava pelas janelas que a estava fazendo se sentir daquele jeito? Ou seria o fato de não conseguir deixar de pensar em Siu-Man?

Alguma vez a irmã havia se sentado bem ali, tentando fugir dos olhares de todo mundo, a cabeça enfiada nos livros.

— Satisfeita? Está na hora de ir embora.

Ela olhou para trás e viu N. Não percebeu que ele tinha voltado. Levantou-se e disse um adeus silencioso ao local.

— Obrigado pela ajuda, Violet. Estamos indo! — gritou N.

A garota largou o livro e deu um aceno de cabeça. Nga-Yee reparou no título, *Confissões*, da Kanae Minato, e ficou se perguntando se ele era adequado para uma menina de 14 anos.

— Você acha que a Violet tinha razão, que a Lily e a Siu-Man eram inimigas? Tem como a Lily ser a culpada? — perguntou Nga-Yee assim que eles chegaram à escada, onde ninguém podia escutar.

— Você é mesmo influenciável, srta. Au — disse N. — A Violet contou pra gente que a sua irmã brigou com a melhor amiga. Isso não transforma essa amiga numa assassina.

— Você encontrou alguma pista lá?

— Sim, mas não o suficiente pra tirar conclusões, então não adianta te contar. E você, o que achou?

— Sobre a Violet To? Gostei dela, pra ser sincera. Ela é introvertida e gosta de ler. E eu sou bibliotecária também, então temos algo em comum...

— Eu não estou falando da Violet. — N interrompeu o passo e se virou para olhá-la de frente. — Você conheceu os colegas de turma da sua irmã hoje e ouviu o que eles pensavam dela. Você andou pelos mesmos espaços que a Siu-Man andava, sentou onde ela se sentava e viu o que ela via. Qual você acha que é a diferença entre a verdadeira Siu-Man e a que existe na sua cabeça?

Nga-Yee não entendeu a pergunta.

— A Siu-Man é a Siu-Man, só isso.

— Deixa pra lá. Esquece o que eu disse. — N mordeu o lábio, deixando claro que achava que não valia a pena explicar nada a ela.

Ele se virou de volta e foi embora. Nga-Yee não entendeu o que foi que ela tinha dito para merecer aquele gelo. Ficou xingando em silêncio aquele desgraçado arrogante.

— Tem mais alguém com quem a gente precisa falar? E quanto aos outros donos de iPhone da lista?

— Não precisa. Vamos embora logo.

— A investigação acabou?

— Não acabou, mas vamos conversar sobre isso quando a gente sair daqui.

— A gente devia pelo menos se despedir da srta. Yuen...

— Pra quê? Pra avisar a ela que a gente está indo? Isso não vai deixá-la mais feliz, e ela não vai ligar para os seus bons modos. Na pior das hipóteses, ela pode começar a se perguntar por que a gente ainda está aqui, e o que a gente ficou fazendo.

— A srta. Yuen não…

— OK. Vai lá falar com ela. Eu estou indo pra casa. Se você quiser, vem comigo.

Nga-Yee teve que ceder e foi embora com ele. A investigação era muito mais importante do que a ideia que a srta. Yuen poderia fazer dela por sair sem se despedir.

Eles devolveram os crachás na portaria e desceram a Waterloo em direção à Nathan Road. N ia na frente. Enquanto trotava atrás dele, Nga-Yee teve vontade de perguntar qual seria o próximo passo, mas ficou de boca fechada.

— Vamos tomar um café ali.

Estavam na Nathan Road, quase na estação de metrô da Pitt Street, quando N apontou para um letreiro à frente deles: PISCES CAFÉ. Ficava no segundo andar de um arranha-céu. O aluguel era caro em Yau Ma Tei e Mong Kok, e a única forma de um café independente sobreviver era abrir mão de ter uma entrada no nível da rua. Uma tabuleta no térreo informava o horário de funcionamento, com uma seta indicando para onde ir. O logotipo da cafeteria eram dois peixes dentro de um círculo verde, um tanto quanto parecido com a sereia da Starbucks, embora fosse improvável que alguém pudesse confundir aquele lugar com a franquia internacional.

Eles subiram as escadas. Lá dentro, os móveis e o esquema de cores também pareciam copiados da Starbucks, inclusive o balcão self-service.

— Um *iced latte* médio — pediu N ao barista.

Ele não perguntou a Nga-Yee o que ela queria, mas àquela altura ela já não tinha nenhuma expectativa. Ela olhou o cardápio e quase desmaiou com os preços: os cafés começavam em trinta dólares, e mesmo o item mais barato, uma xícara de chá, custava vinte. Ela ainda estava vivendo com o empréstimo de oitocentos dólares de Wendy, mas queria saber mais de N, então não tinha escolha a não ser gastar vinte dólares por uma xícara de chá que não tinha por que custar mais do que dois para ser preparada.

Ainda não eram nem três da tarde, então a cafeteria estava praticamente vazia. N carregou seu *iced latte* para uma mesa de canto, e Nga-Yee foi atrás dele com o chá.

— Tá, agora você pode me dizer se a gente já acabou por hoje? — perguntou ela impaciente.

N mastigou o canudo e deu um gole no *latte*, depois tirou o aparelho branco do bolso. Enquanto clicava nele, falou:

— Eu não te contei antes, mas tinha um outro motivo pra gente ir à escola.

— Que seria?

— Ter certeza de que o kidkit727 era mesmo um colega da sua irmã.

— Você já não tinha deduzido isso?

— Era só uma dedução. Agora estou falando de evidências. — Ele olhou para ela. — Evidência conclusiva. Lembra do que eu disse antes, sobre os e-mails do kidkit727 terem sido enviados das estações de metrô?

— Sim, aquelas coisas... Qual o nome mesmo? Endereços IP.

— E eu disse que um endereço IP é como uma senha de atendimento do banco, ou do hospital. Você tem que pegar um cada vez que entra. Lembra?

Nga-Yee fez que sim com a cabeça.

— Então, quando você fica on-line usando o Wi-Fi, uma outra sequência de números é registrada pelo provedor. Continuando com a analogia do banco é como ter que apresentar sua identidade pra provar que você é quem diz que é, e só então eles te dão uma senha. No caso, o endereço IP.

— Identidade?

— Sim, um número exclusivo seu. — N apontou para o aparelho que tinha na mão, depois para o telefone público perto do balcão. — Todo dispositivo que pode ser conectado a uma rede Wi-Fi tem uma coisa chamada *media access control address*, ou MAC, que é atribuído pelo fabricante. Resumindo, existem dez milhões de smartphones em uso em Hong Kong, o que significa que existem dez milhões de endereços MAC. Assim como as impressões digitais humanas, não existe nenhum igual ao outro.

— E o que isso significa?

— Quando eu estava procurando os endereços IP que o kidkit727 usava ao entrar na internet, também descobri o endereço MAC do iPhone: 3E06B2A252F3. — N recitou aqueles números e letras sem pestanejar.

— 3E...

— 3E06B2A252F3. Em tese, tudo o que a gente precisa fazer é encontrar um iPhone com esse endereço MAC, e teremos encontrado o kidkit727.

Nga-Yee quase deu um pulo.

— Então vamos voltar pra escola agora mesmo e procurar os endereços MAC de todos os 18 usuários do iPhone!

— Eu já fiz isso.

— E...?

— Primeiro, deixa eu te ensinar uma coisa sobre tecnologia. Você sabe o que é Wi-Fi?

— É uma coisa que permite um tablet ou um celular entrar na internet sem precisar de cabo — respondeu Nga-Yee.

Depois que N disse a ela que Siu-Man tinha recebido aqueles e-mails pelo Wi-Fi, ela tinha achado um livro na biblioteca com uma explicação simples sobre essa tecnologia. Ao contrário da maioria das pessoas, ela ainda preferia obter suas informações nos livros.

— Quando você clica no botão que oferece ao seu celular ou seu tablet pra se conectar ao Wi-Fi, o que acontece?

Nga-Yee olhou para ele sem saber o que dizer. O livro falava apenas sobre como usá-lo.

— Eu sabia que você não fazia ideia. Mas, para ser honesto, a maioria dos usuários de smartphone também não sabe. Tudo o que eles têm que fazer é escolher a rede certa em uma lista e clicar. — N gesticulou para uma placa atrás do balcão. — Você consegue ler o que está escrito ali?

Nga-Yee virou a cabeça. WI-FI GRÁTIS, dizia a placa, e, logo abaixo, ID: PiscesFreeWiFi.

N colocou o celular de Siu-Man sobre a mesa e abriu uma lista: CSL, Y5Zone, Alan_Xiaomi e assim por diante. Ao lado de "PiscesFree-WiFi" estava escrito "Já conectado".

— Essas outras são redes próximas. Imagina que elas são como cabos aéreos que se conectam a linhas de fibra óptica subterrâneas. Seu telefone se conecta à rede, que se conecta à linha de fibra óptica no subsolo. Está acompanhando?

Nga-Yee assentiu.

— Essa é a parte que a maioria das pessoas não percebe. Por que você acha que todos esses nomes aparecem? CSL, Y5Zone e assim por diante?

— O telefone pega eles de algum lugar? Assim como um rádio capta certas estações?

— Quase isso. As redes enviam seus próprios nomes e outros dados, e, quando seu telefone estiver ao alcance delas, eles se conectarão. A parte que você errou é que o seu telefone também envia sinais o tempo todo e que, mesmo que você não esteja conectado, ainda assim está trocando dados com as redes próximas.

— Como? Isso não acontece só quando você diz pra ele se conectar?

— Não. As máquinas já trocaram bastante informação antes de você chegar a esse ponto. E, mesmo se já estiver conectado a uma rede, ainda assim ele envia um sinal de vez em quando, pra ver o que mais existe. Isso se chama *probe request*. É como dizer: "Oi, sou um celular, posso falar com alguma rede?". Quando as redes escutam isso, enviam o que a gente chama de *probe response*: "Oi, sou a PiscesFreeWiFi, estou disponível". E é por isso que o nome dela aparece no seu telefone.

— Tá, entendi. Mas por que eu tenho que saber disso tudo?

N colocou o pequeno telefone branco na mesa ao lado do vermelho de Siu-Man.

— Enquanto a gente estava na escola, eu configurei o meu telefone pra oferecer sinal de Wi-Fi o tempo todo, então ele fez um registro de todas as *probe requests* perto dele. Ah, esqueci de dizer: uma das informações coletadas por uma *probe request* é o endereço MAC do aparelho.

Nga-Yee olhou para as linhas de texto na tela do telefone branco. Uma delas estava em destaque: "3E: 06: B2: A2: 52: F3".

— Cruzamos com celular do kidkit727 hoje mais cedo — disse N na lata.

— Foi a Lil... Lily? — gaguejou Nga-Yee. Ela pensou no iPhone na mesa do refeitório.

— A contar pelo registro da hora, o endereço MAC foi obtido no momento em que a gente encontrou a Lily na sala de aula. Mas isso não significa que foi ela. Pode ter sido outra pessoa por perto ou mesmo alguém no andar de cima ou de baixo. O sinal de Wi-Fi atravessa as paredes e o teto.

Nga-Yee entendeu o que N estava querendo dizer. Todos os três suspeitos que tinham iPhone estiveram dentro da área de alcance o tempo todo: a Condessa na sala de ensaio do quarto andar, Violet To na biblioteca do quinto. Talvez elas tivessem estado no refeitório também, ainda que Nga-Yee não tivesse notado. E, com o treino de vôlei ocorrendo no térreo, o telefone de Lily deveria estar nas proximidades.

— Então nossos suspeitos são a Lily, a Violet e a Condessa.

— Não obrigatoriamente, mas eu captei o sinal pela primeira vez na sala de aula, por isso precisamos nos concentrar nos colegas de turma da sua irmã.

— Por que "não obrigatoriamente"?

— Duas razões. — N deu um gole no *latte*. — Primeiro, não podemos eliminar a possibilidade de que o kidkit727 simplesmente estivesse em algum outro lugar na ala oeste. Não faz sentido nos restringirmos só aos suspeitos com quem falamos.

Nga-Yee concordou com a cabeça, embora ainda achasse que era provavelmente um dos três.

— Segundo, não vamos depositar esperança demais nessa hipótese — disse N com um sorrisinho desanimador. — No fundo, os endereços MAC não são bem como impressões digitais. Eles podem ser alterados.

— É?

— Contanto que você tenha o software certo, você pode alterar o seu endereço MAC. Dada a forma como o iPhone 5S está configurado pra ser compatível com iOS 8, você pode fazer seu telefone enviar um endereço MAC falso aleatório pra fazer as *probe requests* e usar o verdadeiro somente quando estiver se conectando de fato ao Wi-Fi. A Apple diz que eles permitem isso para proteger a privacidade de seus clientes, mas muitos concorrentes acham que é só uma outra forma de eles garantirem o monopólio sobre os dados.

— Então o dia de hoje foi uma perda de tempo — disse Nga-Yee.

— Não, não, não — discordou N, abrindo um sorriso para ela. — O simples fato de ter encontrado o 3E06B2A252F3 na escola é um grande passo adiante. Mesmo se um outro iPhone estivesse enviando um endereço MAC falso, as chances de, aleatoriamente, gerar justamente esse são de uma em 280 trilhões. Em outras palavras, impossível.

— Mas você acabou de dizer que ele também pode ser alterado deliberadamente.

— Sim. Lembre-se, nosso principal inimigo é o Rat, que está se escondendo atrás do Little Seven enquanto oferece a ele sua expertise em tecnologia. Ele pode estar tentando levar a investigação na direção errada, mostrando a Little Seven como usar um endereço MAC falso na hora de enviar aquelas mensagens pra sua irmã, da mesma forma que ela usou o Wi-Fi da estação de metrô. Esses programas são fáceis de usar. Com a orientação certa, até você ia conseguir aprender em cinco minutos.

— Então eu tinha razão? — perguntou Nga-Yee, intrigada.

— Você ainda não entendeu. A gente está diante de duas possibilidades: se o Rat não ajudou o Little Seven a disfarçar seu endereço MAC, é possível identificar o Little Seven pelo telefone dele.

— E se ele tiver ajudado?

— Então o Little Seven está tentando incriminar quem tem o telefone 3E06B2A252F3. Caso contrário, por que não usar um número aleatório?

— Então, não importa o que aconteça, a gente tem que rastrear o dono daquele telefone 3E-sei-lá-o-quê. Ou ele é o nosso culpado, ou é alguém que o nosso culpado quer incriminar.

— Você não está errada, mas tem um outro método que eu gostaria de experimentar.

— Qual?

— Quantas vezes eu já te disse, srta. Au, pra não perguntar sobre os meus métodos? Garanto que você vai ficar satisfeita com os resultados, e isso é tudo o que precisa saber.

Nga-Yee fez uma cara contrariada, dando um gole no seu chá já frio.

N coçou o queixo por alguns segundos.

— Vamos ampliar um pouco seus horizontes. Olha isso aqui.

Nga-Yee olhou para onde ele estava apontando. A algumas mesas de distância, uma mulher de cerca de vinte anos estava navegando na internet. Ela estava de costas para eles, e Nga-Yee podia ver a tela de seu tablet por cima do ombro.

— O quê?

N empurrou delicadamente o telefone branco, e um pequeno teclado apareceu numa das laterais. Então é por isso que era tão grosso. Os polegares de N voaram pelas teclas.

— Cachorro, gato ou coelho? — indagou ele, ainda digitando.

— Quê?

— Escolhe um. Cachorro, gato ou coelho.

— Coelho, eu acho.

— Olha pra tela dela.

A mulher clicou em um link em seu site de notícias, e Nga-Yee quase cuspiu o chá.

A imagem de um coelho branco ocupou toda a tela, com a manchete Descoberto na Inglaterra: Coelho Assassino Guardando o Cálice Sagrado.

A mulher pareceu surpresa. Ela percorreu o dedo pela tela e voltou à página anterior. Quando clicou de novo no link, o coelho não apareceu mais.

Nga-Yee virou de volta para N, que estava dando um sorrisinho arrogante. Ele mostrou a ela o que estava na tela do telefone branco: o mesmo coelho.

— Você hackeou o tablet dela?

— Claro.

— Fácil assim?

— Fácil assim.

— Essas coisas existem mesmo?

Nga-Yee ficou pensando no que havia visto em filmes: hackers com todo tipo de equipamento invadindo fisicamente salas de servidores e conectando e desconectando cabos.

— O Wi-Fi público gratuito está cheio de pontos vulneráveis. E, o principal, as pessoas não têm nenhum senso de autopreservação hoje em dia. Na verdade, você está mais protegida porque sabe que é ignorante.

A maioria das pessoas acha que sabe usar a tecnologia, mas seus dispositivos são muito mais poderosos do que elas imaginam.

— Qual o problema com o Wi-Fi? — perguntou Nga-Yee.

O que N tinha acabado de fazer ainda parecia um truque de mágica para ela.

— Adivinha como eu fiz isso.

— Você está controlando o tablet dela!

— Não. — N apontou para a placa PiscesFreeWiFi no balcão. — Estou controlando a rede Wi-Fi à qual ela está conectada.

— Há?

— Isso é conhecido como ataque *man-in-the-middle*, ou MITM. As técnicas de *hacking* são realmente simples. São só uma espécie de truque de mágica de terceira categoria. Mas, como existe uma camada de ciência por cima, as pessoas acham que é complexo. — N olhou para a mulher com o tablet. — Eu configurei o meu telefone pra fingir ser a rede PiscesFreeWiFi. O meu sinal era mais forte do que o do roteador da loja, então o tablet dela pulou pra minha rede. Ao mesmo tempo, eu me conectei ao verdadeiro PiscesFreeWiFi, me transformando em um intermediário invisível. Você sabe o que seu computador faz quando você navega em uma página da internet?

Nga-Yee fez que não com a cabeça.

— Resumindo o máximo possível, quando você digita um endereço, seu computador envia uma solicitação para o servidor remoto, que devolve as palavras e imagens certas para o seu computador. E é a rede Wi-Fi que faz a conexão entre eles. É como quando você está na biblioteca e alguém quer um livro do Harry Potter emprestado. Eles pedem no balcão, e você pega na prateleira pra eles. Nesse cenário, você é o Wi-Fi.

Aquela analogia fazia sentido para Nga-Yee; afinal de contas, era o que ela fazia o dia todo.

— O que eu acabei de fazer foi pendurar um crachá de bibliotecário no pescoço e montar um balcão falso na entrada. Os clientes acham que sou legítimo, então me pedem o livro do Harry Potter. Eu tiro meu crachá, vou até o balcão verdadeiro e peço o livro. Você me dá, e eu passo ele adiante. Nem você nem a pessoa que pediu emprestado teriam como notar que havia algo errado.

— Mas você ficou sabendo que essa pessoa queria um livro do Harry Potter.

— Sim. É uma violação completa da privacidade do cliente. E, se eu quisesse criar problemas, poderia pegar um livro do Harry Potter e colocar a sobrecapa de um exemplar de *120 dias de Sodoma*...

Nga-Yee sabia onde aquilo ia chegar. Quando a mulher com o tablet clicou no link a primeira vez, N interceptou o pedido e enviou a ela algo sobre um coelho assassino. Nesse exemplo, se a pessoa que pediu o livro nunca tivesse lido nada da série, ela poderia acabar acreditando que as histórias de Harry Potter se passavam não em Hogwarts, mas em meio às perversões do Château de Silling. Além do mais, percebeu ela, se a notícia falsa tivesse sido algo menos obviamente ridículo do que um coelho assassino, a mulher jamais teria reparado, e sim entendido como sendo verdade.

— Ah! — exclamou Nga-Yee. Baixando a voz, continuou: — Se ela estivesse fazendo uma transação bancária, você poderia ter obtido o login e a senha dela, ou feito ela transferir dinheiro pra você sem saber.

— Eu ia precisar de mais algumas etapas se fosse um banco, como uma página inicial falsa pra ignorar a verificação, mas de modo geral você está certa. Em dez minutos eu seria capaz de descobrir o nome dela, endereço, emprego, status de relacionamento, as preocupações recentes, o tamanho do sutiã e assim por diante. Em uma hora eu encontraria uma forma de moldar a cabeça dela ou mudar seu comportamento. É por isso que eu disse que não saber nada sobre computadores pode ser uma vantagem. Pelo menos você não precisa se preocupar se as pessoas vão descobrir os seus fetiches ao verem quais brinquedos sexuais você compra pela internet.

Nga-Yee sentiu um frio percorrer sua espinha. Ela sabia que a internet tinha problemas de privacidade, mas mesmo assim presumia que o que tinha acontecido com Siu-Man era fora do comum. Agora N estava mostrando a ela como as pessoas podiam achar que não estavam sendo observadas, sem entender que as paredes ao redor eram feitas de vidro e que um sem-número de olhos podia observar seus momentos mais íntimos. Ver N tomar seu *iced latte* sem qualquer sinal de preocupação deu arrepios em Nga-Yee. Quantos segredos dela própria ele havia descoberto? Ela não entrava em muitos sites, e mesmo assim ele sabia o valor exato de dinheiro que ela tinha na conta bancária, bem como seu horário no trabalho e Deus sabe lá o que mais. Da perspectiva dele, ela era um livro aberto.

A única migalha de consolo era que aquele homem aterrorizante estava do seu lado.

N estendeu a mão abruptamente para pegar o celular de Siu-Man junto com o branco, usado para hackear, e ambos desapareceram de volta em seu bolso. Nga-Yee não sabia o que ele estava fazendo, mas naquele momento a expressão dele estava mudando também, de volta ao sorriso caloroso que ele usava na escola.

— Lembre-se, não se intrometa.

Dito isso, N meio que se levantou e acenou para alguém que tinha acabado de entrar no café. Nga-Yee se virou e ficou surpresa ao ver Kwok-Tai indo na direção deles.

— Olá, sr. Ong, srta. Au — disse ele educadamente, colocando a bolsa no chão. — Vou pegar um café.

N acenou com a cabeça. Enquanto Kwok-Tai estava no balcão, Nga-Yee se inclinou rapidamente na direção de N e murmurou:

— O que ele está fazendo aqui? Por que ele está agindo como se tivéssemos marcado um encontro?

— Lembra quando eu disse que teríamos que esperar pela próxima oportunidade? — perguntou N com um sorrisinho. — Deixei a porta aberta pra consertar seu erro, embora não esperasse que fosse dar resultado tão rápido.

Nga-Yee se lembrou de que ele tinha dado seu número de celular a Kwok-Tai e Lily no refeitório.

— Ah! Então, quando seu telefone tocou na biblioteca, era ele?

— Ele disse que queria encontrar a gente aqui. Aparentemente, tem mais coisa pra contar sobre a sua irmã.

Nga-Yee achou irritante o fato de N não ter se importado de lhe comunicar isso. Se ela tivesse perdido a paciência mais cedo e ido embora, ele teria se encontrado com Kwok-Tai sozinho e ela nunca saberia.

— Não se intrometa — ordenou N, fazendo ela calar a boca enquanto Kwok-Tai se sentava, com um café gelado na mão.

— Não vai comer nada? — perguntou N. — Quando eu tinha a sua idade, saía sempre com tanta fome depois da escola que era capaz de comer um cavalo.

— Não, eu não... não estou com fome — disse Kwok-Tai com um sorriso forçado.

Ele tomou um gole do café e baixou os olhos, claramente querendo falar, mas sem saber como começar. Depois de um longo tempo, virou-se para Nga-Yee e perguntou:

— A Siu-Man... Ela alguma vez falou de mim?

Antes que Nga-Yee tivesse a chance de descobrir como responder àquilo, N entrou na conversa.

— Não.

— Acho que ela ainda não me perdoou.

A tristeza estava estampada no rosto de Kwok-Tai.

— Aconteceu alguma coisa entre vocês dois?

— Nós, hmm, namoramos por um tempinho — disse Kwok-Tai. — Durou só algumas semanas.

Nga-Yee não conseguia acreditar no que estava ouvindo. A irmã dela, namorando? Então a srta. Yuen estava certa. A Siu-Man tinha mesmo problemas de relacionamento. No entanto, Nga-Yee nunca havia notado nenhum sinal de que ela estava saindo com alguém. Pior, será que isso significava que a acusação do kidkit727 era verdadeira? Ela tinha roubado o namorado de outra pessoa? E isso significava então que as outras coisas, a prostituição, as drogas, também eram verdade?

— Como isso começou? — quis saber N.

— Eu e a Lily éramos colegas de turma no ensino fundamental, e morávamos perto um do outro, então sempre fomos amigos. — A voz de Kwok-Tai era estável, mas seu semblante estava marcado pela dor. — A Siu-Man foi colega de turma da Lily no primeiro ano. Na verdade, elas sentavam perto uma da outra e, depois de um tempo elas se tornaram melhores amigas. Então eu passei a ver a Siu-Man com muita frequência também. Nós três vínhamos neste café toda sexta depois da aula, só pra passar um tempo juntos e tomar chá. Às vezes, a gente ia passear por Mong Kok depois. Foi uma época divertida. Também nos vimos bastante durante as férias de verão. Então eu... eu comecei a me apaixonar pela Siu-Man.

Nga-Yee fez um esforço para se lembrar, mas não tinha ideia do que Siu-Man havia feito naquele verão. Ela trabalhava na Biblioteca Central, então o verão era sua época mais ocupada. Além de os estudantes terem mais tempo livre, os adultos também pegavam mais livros emprestados e os idosos iam para lá aproveitar o ar-condicionado. Ela e seus colegas de trabalho tinham que tirar intervalos de descanso menores. Não sabia mesmo dizer se Siu-Man havia saído muito naquela época; estava cansada demais para conversar qualquer coisa com a irmã e com a mãe quando chegava de volta em casa. Inclusive, ficou surpresa ao perceber que sua memória daquele período era quase um vazio. Todos os dias cumpria o ritual de levantar da cama, ir para o trabalho, voltar para casa a tempo de jantar com a família, ler algumas páginas de um romance e depois dormir. Uma vida monótona e repetitiva, sem fazer nada além de transformar seu tempo em dinheiro. Seu único objetivo era aumentar o saldo bancário para sustentar sua família; nada mais importava.

— No segundo ano, a Lily entrou no time de vôlei e tinha treino depois da escola, então passou a ser só eu e a Siu-Man. Acho que era novembro quando eu lhe disse que sentia algo por ela. Ela ficou surpresa, mas no dia seguinte concordou em sair comigo — continuou Kwok-Tai. — Eu era o cara mais feliz do mundo, até que ela sumiu uma semana depois. Fiquei achando que tinha dito ou feito alguma coisa errada, mas ela não quis me dizer nada. Depois de duas semanas, ela finalmente reapareceu pra dizer que a gente devia terminar porque éramos muito diferentes. Eu não consegui entender. Quando tentei contra-argumentar, ela ficou muito agressiva.

— Agressiva como?

— Parecia que me odiava com todas as forças. Eu nunca tinha visto a expressão dela daquele jeito. Acabei ficando muito irritado, então gritei com ela por ter brincado com os meus sentimentos. E foi isso.

— E ela nunca te perdoou?

— Não, não. — Kwok-Tai balançou a cabeça em sofrimento. — Isso foi o de menos. Só eu sendo estúpido. Depois, a Siu-Man também parou de falar com a Lily. Eu estava muito perdido, mas a Lily não parou de tentar me animar, então a gente começou a namorar.

Nga-Yee inicialmente estava pensando que um cara como Kwok-Tai teria sido um namorado bastante confiável, mas, depois de ouvir isso, precisou rever sua opinião. Como ele foi capaz de ficar com outra garota tão rápido depois de terminar com a irmã dela? Porém, mais uma vez, talvez fosse ela que estivesse ultrapassada. Até onde sabia, os adolescentes de hoje em dia gostavam desses romances *fast-food*, e Kwok-Tai era um cara legal por sair com uma só de cada vez.

— Você e a Lily ainda estão juntos? — perguntou N.

— Sim, embora tenha havido uma fase difícil. Foi quando descobri o que realmente estava acontecendo. — Kwok-Tai deu um suspiro. — Em maio do ano passado, parecia que tinha alguma coisa de errado com a Siu-Man. Perguntei pra nossa professora, e descobri que a mãe dela tinha acabado de morrer. Me pareceu o momento certo pra deixar o passado de lado. Prometi a Lily que não me apaixonaria por ela de novo, mas disse que em um momento como aquele ela precisava do apoio dos amigos. Eu disse a Lily que a gente deveria fazer as pazes, mas ela se negou. Achei que ela ainda estivesse chateada porque a Siu-Man tinha me magoado. Mas eu não sabia nem da metade da história.

— Aconteceu alguma coisa entre a Siu-Man e a Lily? — chutou N.

— Acertou. Eu era um verdadeiro idiota. — Kwok-Tai fez uma careta. — Continuei a insistir com a Lily, até que por fim ela teve que me falar: a Siu-Man tinha contado pra Lily que estava saindo comigo. Eu não fazia ideia, mas a Lily gostava de mim desde que a gente era criança. Ela pirou. Atacou a Siu-Man e a acusou de roubar seu verdadeiro amor. Ela disse que não seria amiga de uma pessoa assim. A Siu-Man terminou comigo não muito tempo depois. Foi por isso que elas pararam de se falar de fato. Quando eu descobri, não sabia o que fazer. No final, decidi ficar com a Lily e deixar que as duas continuassem se ignorando.

Aquilo podia soar como três crianças brincando de casinha, mas Nga-Yee entendeu como devia ter sido difícil. Adolescentes de 14 anos se desentendem por qualquer coisa, e não precisava de muito para que suas frágeis amizades fossem destruídas. Lily deve ter tido vontade de esclarecer a situação durante o almoço, mas Kwok-Tai deve ter impedido, provavelmente por medo de que ela fosse atacada. Em vez disso, ele combinou de encontrar N sozinho.

— Quando a Siu-Man morreu, tão de repente, você deve ter sentido muito arrependimento — disse N. Não havia nenhuma condenação em sua voz.

Kwok-Tai assentiu. Seus olhos ficaram vermelhos.

— Quando nenhum de vocês tocou no assunto hoje, eu imaginei que a Siu-Man não tivesse nem mesmo contado que a gente estava namorando. Isso só me deixou mais triste. Podem gritar comigo se quiserem, mas, por favor, não culpem a Lily. Foi culpa minha. Eu deveria ter visto o que estava acontecendo entre elas. E não a procuramos quando ela mais precisava da gente. Isso... isso também foi culpa minha.

Uma lágrima escorreu por sua bochecha, e ele começou a soluçar. Nga-Yee não sabia o que fazer, até que N a cutucou e apontou para a bolsa dela, e ela enfiou a mão ali e entregou a ele um lenço de papel. Ele parecia tão triste que Nga-Yee sentiu vontade de dizer que de fato não era culpa dele, que a pessoa responsável pela morte de Siu-Man era alguém chamado kidkit727.

Kwok-Tai enxugou as lágrimas, e os três ficaram em silêncio por algum tempo. Nga-Yee só conseguiu ficar calada porque N havia ordenado. Já o silêncio dele, provavelmente, era mais estratégico: permitir que Kwok-Tai se recuperasse, para que o interrogatório pudesse prosseguir.

— Kwok-Tai — falou N segundos antes de o silêncio entre eles começar a provocar constrangimento —, você disse que tinha prometido para a Lily que não ia se apaixonar pela Siu-Man de novo. Mas você chegou a ajudá-la em algum outro momento depois que começou a namorar a Lily?

O menino congelou por um segundo, depois concordou com a cabeça.

— Sim. Era uma situação perigosa, então eu não liguei muito para o que a Lily ia pensar.

— Você está falando sobre o que aconteceu naquele karaokê na noite de Natal?

— Você sabe disso? — Kwok-Tai olhou surpreso para ele. — A Siu-Man te contou? Achei que ela não fosse contar nada pra ninguém, em especial porque provavelmente nem ela sabia o que estava acontecendo.

— Ela não contou. Eu acabei descobrindo alguns detalhes e adivinhei o resto. Mas a gente não sabe ao certo o que aconteceu de fato com ela.

Kwok-Tai olhou para N e então para Nga-Yee. Depois de hesitar por um longo tempo, ele mordeu o lábio e disse:

— Você já sabe que nós namoramos, então acho que não faz mal contar o resto.

Nga-Yee engoliu em seco.

— Foi no dia 24 de dezembro do ano retrasado. Eu estava achando que ia passar o final de ano com a Siu-Man, mas acabei ficando com a Lily. — Kwok-Tai falava bem devagar, como se relutasse em voltar para aquele triângulo esquisito. — Eu sentia ódio de mim mesmo. Mesmo quando eu estava com a Lily, eu não parava de pensar na Siu-Man. Eu me sentia um lixo. Naquela noite, eu e a Lily estávamos fazendo compras. Tínhamos planejado jantar em um restaurante japonês, mas, no caminho, encontramos um colega de escola mais velho, da minha banda. Ele falou da Siu-Man.

— Ele conhecia ela também?

— Na verdade, não, mas a Lily e a Siu-Man às vezes iam assistir ao ensaio da banda, então ele sabia que nós éramos amigos... Mas, claro, ele não fazia ideia de toda a confusão. Contou que estava andando por Langham Place quando cruzou com um grande grupo de pessoas, incluindo a Siu-Man. Alguns dos caras que estavam com ela eram conhecidos por tocar em banda só pra pegar as garotas; eram péssimos músicos. O boato era que eles iriam convencer as garotas a fazer papel de acompanhantes deles...

Aquela palavra fez Nga-Yee se lembrar da acusação de que a irmã se vendia.

— A Siu-Man conhecia eles? — perguntou N.

— Não sei. — Kwok-Tai franziu a testa, visivelmente em sofrimento. — Eu jamais teria imaginado que a Siu-Man seria capaz de sair com eles, menos ainda que... Passei o jantar todo inquieto, então liguei pra

Siu-Man quando Lily foi ao banheiro. Ela só atendeu na segunda vez, e eu não consegui entender nada do que ela dizia. Ela estava falando tudo enrolado. Pelo barulho no fundo, eu sabia que ela estava em um karaokê.

— A Lily estava com você quando o seu colega de banda contou sobre o que tinha visto?

— Sim, ela ouviu tudo.

— E ela não ficou preocupada?

— Foi pouco depois de elas terem brigado, então nunca falávamos sobre a Siu-Man. Quando o meu colega mencionou o nome dela, foi um pouco constrangedor, então a gente continuou a nossa noite como se nada tivesse acontecido. Mas eu percebi que ela também estava preocupada. Ela nem tocou no sushi favorito dela, de ouriço.

— Então, depois que você falou com a Siu-Man no telefone, você disse para a Lily que tinham que ir lá resgatá-la.

Kwok-Tai assentiu.

— Ela estava muito esquisita. Eu achei que a Lily fosse dizer não, mas ela concordou. A única coisa que ela disse foi: "Mas esta é a última vez que você vai ver ela". A gente pagou a conta na hora e saiu correndo para o karaokê do King Wah Centre.

N arqueou uma sobrancelha.

— Como você sabia que era lá que ela estava?

— Quando a Siu-Man ligou, a música de fundo era o novo hit do Andy Hui. Eu sabia que só uma rede de karaokê tinha os direitos dessa música, e que a única filial em Mong Kok era no King Wah Centre.

N deu um leve sorriso de aprovação.

— Vocês acharam ela lá?

— Não, muito pior. — Kwok-Tai deu um suspiro. — A gente chegou lá por volta das dez e meia e viu a Siu-Man do lado de fora, na rua. Ela estava sendo carregada por dois homens, em direção à Sai Yeung Choi Street. Eu corri pra impedir, e aqueles dois babacas ainda tiveram a cara de pau de falar pra eu não me intrometer. Eu gritei que ela era menor de idade, e quando as pessoas na rua começaram a olhar, eles largaram a Siu-Man e saíram correndo.

— Em que estado ela estava?

— Grogue, como se tivesse sido dopada.

A impressão era de que Kwok-Tai ainda sentia raiva.

— Ainda bem que vocês estavam lá. Se tivessem chegado um minuto depois, só Deus sabe pra onde teriam levado ela — disse N com gratidão. — Aí você e a Lily levaram a Siu-Man pra casa?

— Foi. A gente parou no McDonald's por um tempo, pra ela ficar sóbria, depois pegamos um táxi para o edifício Wun Wah. Ela estava um pouco mais lúcida no carro e murmurou algo que eu demorei a entender: "Não conta pra minha mãe". É por isso que eu inventei aquela história sobre a Siu-Man ter se sentido mal em uma festa.

Saber finalmente a verdade encheu Nga-Yee de sentimentos conflitantes: gratidão por Kwok-Tai ter estado lá para resgatá-la, preocupação com a ideia dos horrores que ela poderia ter sofrido no karaokê. E, ela abruptamente se deu conta, sua mãe talvez tivesse percebido tudo. Ela havia cuidado de Siu-Man a noite inteira, e uma mulher que tinha vivido tanto quanto Chau Yee-Chin não era facilmente enganada.

— Alguém mais sabe sobre isso além de você e da Lily? — Agora N havia chegado ao cerne da questão.

Nga-Yee apurou os ouvidos e esperou ansiosamente pela resposta. Se Kwok-Tai dissesse que não, Lily se tornaria muito mais suspeita.

— É... aconteceu uma coisa bem desagradável. — Kwok-Tai olhou nervoso para N. — Ninguém deveria saber, mas comecei a ouvir rumores de que uma garota da nossa escola havia sofrido abuso na noite de Natal. Os alunos mais velhos ficavam falando muito sobre isso. Ninguém mencionou o nome da garota, então nossos professores não fizeram nada a respeito. Só o diretor disse alguma coisa sobre tomar cuidado com as nossas palavras e o nosso comportamento, o de sempre. Perguntei ao meu colega de banda e, aparentemente, um daqueles bandidos tinha um primo que estudava na nossa escola. Todas as fofocas estavam vindo dele.

O coração de Nga-Yee afundou, mas N assentiu de leve, como se já esperasse por aquela resposta.

— Sr. Ong, srta. Au, quando vocês agradeceram a Lily e a mim hoje por termos ido ao velório, eu me senti muito culpado. Nós a decepcionamos muito e devemos muito a ela. — Kwok-Tai fez uma expressão compungida. — Não a confortamos quando ela perdeu a mãe. Não estávamos com ela quando foi apalpada no metrô. Não a defendemos quando ela foi atacada na internet. Ficamos só pensando em nós mesmos. Era muito estranho, muita coisa tinha acontecido entre a gente. E, agora, perdemos a chance de fazer as pazes. Não merecíamos a amizade dela. Vocês não deveriam nos agradecer.

— Kwok-Tai, isso ficou no passado. Não se puna por isso — Nga-Yee deixou escapar, quebrando seu voto de silêncio. Ela não conseguiu evitar; o menino parecia que estava prestes a explodir em lágrimas. — Obrigada pela sua coragem, nos contando tudo isso hoje. Tenho certeza de que a Siu-Man não culparia você se pudesse te ouvir. Por favor, se cuida e cuida da Lily. Isso também deixaria a Siu-Man feliz.

— Mas...

Kwok-Tai estava tão tenso que não tinha captado um único dos clichês de Nga-Yee.

— Se você acha mesmo que decepcionou a Siu-Man, então vai ter que conviver com essa culpa pra sempre.

As palavras de N assustaram Nga-Yee, e deixaram Kwok-Tai boquiaberto, sem entender por que o gentil sr. Ong de repente havia se tornado tão severo.

— Seres humanos são criaturas tão egoístas que esquecem fácil. — A voz de N estava calma, e sua expressão não havia mudado, mas Nga-Yee percebeu que ele havia deixado a máscara cair. — Pedir perdão é só mais uma atitude egoísta. Você recebe a absolvição e pode seguir em frente. Mas, no final das contas, é apenas hipocrisia. Se você acha que a Siu-Man não o perdoaria, então vai ter que carregar essa culpa pelo resto da vida. A cada momento, você vai ter que viver sabendo que tratou uma grande amiga de maneira terrível e que não há como reparar isso, nunca mais. Mas lembre-se de que você tem o dever de usar bem a sua vida. Somente ouvindo o seu eu mais íntimo e fazendo a escolha certa você pode reduzir a sua dor e se redimir. Essa culpa vai se tornar a sua própria essência, e também será a prova de que você é uma boa pessoa.

A carranca de Kwok-Tai desapareceu, e ele assentiu vigorosamente.

— Eu entendo, sr. Ong. Obrigado.

— Isso é o mais importante.

N sorriu, descontraído novamente. Tomou um gole de sua bebida. Nga-Yee sempre achou que ele só falava bobagem, mas aquilo que ele tinha acabado de dizer... bem, ela não sabia ao certo se fazia sentido ou não, mas era inegavelmente mais poderoso do que o que ela tinha conseguido improvisar.

— Ah, sim. — N pousou seu copo. — Mais uma coisa. Você conhece a Violet To?

— Claro, ela é da minha turma. — A expressão de Kwok-Tai ficou sombria, como se N o tivesse esfaqueado.

— Quando mencionamos o nome dela no refeitório, fiquei com a impressão de que você queria dizer alguma coisa — disse N, despreocupado. — Achei curioso, só isso.

— Sr. Ong, quando você perguntou quem teria odiado a Siu-Man o suficiente para manchar a reputação dela, a Lily falou da Condessa, mas acho que é na Violet que você deveria ficar de olho. A Condessa e suas lacaias são bastante linguarudas, mas, se você está procurando o tipo de pessoa intrometida que ataca alguém pelas costas, a Violet está no topo da lista.

— O que aconteceu entre ela e a Siu-Man? — indagou N.

— Nada. Mas ela tem um histórico.

— O que ela fez?

— Tudo começou no primeiro ano. — Kwok-Tai parecia um pouco amolecido. — Eu estava na 1B, enquanto a Siu-Man e a Lily estavam na 1A. A Violet era monitora. Tinha uma garota da 1A chamada Laura que era muito popular; ela era muito simpática e tirava boas notas. Vários caras da minha turma tinham uma queda por ela, mas ela recusava todos eles. Corria o boato de que ela estava namorando um veterano, provavelmente alguém do time de basquete ou o capitão da equipe de debate.

Namorando no primeiro ano! Nga-Yee ficava maravilhada com a velocidade com que os jovens estavam crescendo.

— Então... Foi em algum momento do segundo semestre, talvez por volta de maio. Uma professora pegou a Laura em uma situação, digamos, íntima no telhado, com um aluno mais velho. Aquilo virou uma grande questão, e a Laura foi forçada a "se retirar voluntariamente da escola". O outro aluno estava só esperando as provas finais pra se formar, então não tinha nada que eles pudessem fazer.

— Eles não chamaram a polícia? — disse N. — Por mais que ela consentisse, uma jovem de 13 anos ainda é considerada uma criança. Configura abuso.

— Não, porque a escola não queria provocar nenhum escândalo. De qualquer forma, não foi um abuso. Pelo que eu soube, foi só um beijo.

— O que tem de tão escandaloso em um beijo? — questionou N, confuso.

— É que na verdade não era um aluno, era uma aluna — respondeu Kwok-Tai. — A escola é missionária e, de certa forma, ainda muito conservadora.

— O que a Violet tem a ver com isso? — disse N.

— Foi ela que contou para o professor — contou Kwok-Tai, com raiva. — Eu tive que entregar alguns deveres de casa na sala dele, e, quando entrei, vi a Violet conversando com o coordenador em um canto. A expressão deles era muito séria, e eu o ouvi perguntar: "Você viu com os seus próprios olhos?", "Sim", "No telhado?", "Isso mesmo". Eu não sabia do que eles estavam falando na hora, mas, quando tudo vazou no dia seguinte, ficou óbvio o que tinha acontecido. Aparentemente, o coordenador interrogou a Laura como se ela fosse uma criminosa e a chamou de coisas horríveis. Todo mundo achou aquilo repugnante. Eles não sabem que estamos no século XXI? Alguns países até têm casamento entre pessoas do mesmo sexo hoje em dia! Essa atitude dele não é uma afronta aos direitos humanos? Mas não foi só do professor que a gente ficou com raiva. Ficamos com ainda mais ódio da Violet To.

— Então é por isso que você acha que a Violet tem mais probabilidade de destruir a reputação de alguém do que a Condessa? Porque ela já fez isso uma vez? — perguntou N.

— Exatamente.

— Mas ela não teve nenhum desentendimento com a Siu-Man, teve? Pelo menos a Condessa tinha um motivo pra estar chateada com ela, depois do incidente da Disney.

— A Laura não fez nada contra a Violet — disse Kwok-Tai. — Eu vi na TV que existe um tipo de pessoa que acha que está defendendo a justiça e a honra, mas na verdade são apenas extremistas da moralidade que querem se livrar de tudo que consideram pecaminoso. Ela provavelmente achava que a Laura merecia uma sentença de morte por ter beijado outra garota. Ela deve ter descoberto, de alguma forma, que a garota do escândalo da noite de Natal era a Siu-Man, e ouviu uma versão unilateral da história que a fez achar que a Siu-Man estava saindo com mafiosos, ou coisa assim. Foi por isso que ela espalhou os boatos.

— O que aconteceu com a Laura? Você teve alguma notícia dela?

— Acho que ela acabou indo para uma escola na Austrália. Seus pais eram muito ricos, então a mandaram pra fora do país pra afastá-la da menina mais velha.

Nga-Yee não esperava ouvir uma história tão dramática, mas também não tinha imaginado que Violet To, tão estudiosa, se transformaria em uma moralista radical. Quando Kwok-Tai falou em "pessoas bem piores" do que a Condessa, devia estar pensando na Violet.

— Foi por isso que eu fiquei tão surpreso quando você disse que a Violet tinha ido ao velório da Siu-Man — continuou Kwok-Tai. — Ela não costuma ligar pra ninguém, então por que ela teria ido? Lágrimas de crocodilo?

— Lily diz que foi a Condessa, você diz que foi a Violet. Mas são apenas palpites, certo? — questionou N.

— Bem, sim…

— Obrigado por nos contar tudo isso. — N sorriu. — Não importa por que a Violet e a Condessa foram ao velório. Pouca gente foi se despedir da Siu-Man. Deve ser uma espécie de sina. A Siu-Man pode ter nos deixado, mas vai viver para sempre em nossos corações.

Nga-Yee concordou com a cabeça, embora soubesse que N estava tentando chegar a uma outra coisa. Siu-Man provavelmente vivia no coração do kidkit727 também, mas como objeto de ódio.

Kwok-Tai se despediu por volta das 16h15. O treino de vôlei tinha terminado meia hora antes, e ele precisava voltar para a escola para encontrar Lily.

— Receio que os pensamentos dela estejam correndo à solta — disse ele enquanto saía. Ficou claro que estava se referindo ao encontro deles mais cedo naquele dia.

Enquanto Nga-Yee observava Kwok-Tai ir embora da cafeteria, sua cabeça estava um turbilhão. Na escola, em vários momentos ela teve certeza de que uma pessoa ou outra era o kidkit727, mas agora ela não fazia ideia: todo mundo parecia suspeito. A Condessa Miranda Lai agiu como culpada e foi hostil com N e Nga-Yee; Lily podia ser a culpada, porque o ódio é a outra face do amor, e perder sua melhor amiga, principalmente por causa de um garoto, pode levar alguém a fazer coisas terríveis; e por fim, havia a Violet To. Será que aquela bibliotecária bem-educada tinha um lado secreto e assustador? E é claro que poderia ser uma outra pessoa; as evidências que haviam feito a lista de suspeito se reduzir a três pessoas eram apenas superficiais.

— Você quer ficar mais tempo aqui? Terminamos por hoje. Estou indo pra casa — disse N com ar despreocupado, ficando de pé.

— É isso? A gente não deveria continuar investigando?

— Minha querida srta. Au, fico feliz por você não administrar uma empresa. Seus funcionários sem dúvida trabalhariam até a morte. — N se alongou um pouco. — Você só me pagou oitenta mil. Isso não lhe dá direito a todo o meu tempo.

— Mas você não apresentou nenhuma resposta...

— Você quer respostas? Tenho noventa por cento de certeza de que uma das pessoas com quem falamos hoje é a que estamos procurando. Não me pergunte por quê. Até eu colocar as mãos em evidências conclusivas, não vou mostrar minhas cartas.

Nga-Yee não fazia ideia se ele estava falando sério ou se aquilo era só alguma coisa para fazê-la calar a boca.

— Mas...

— Tenho que ir agora, senão a Barbara pode morrer.

— Quem é Barbara?

— Meu lírio-sagrado, que eu esqueci de regar hoje de manhã. Volto a entrar em contato se houver algum progresso.

N saiu da cafeteria sem olhar para trás. Será que ele estava procurando uma desculpa para fugir? Ela se lembrou da planta perene na janela dele, que, definitivamente, não parecia tão frágil assim para morrer por ficar um único dia sem água. Mais importante ainda, N não parecia o tipo de pessoa que batizaria uma planta de Barbara.

Foi só quando chegou em casa que Nga-Yee percebeu que N tinha carregado tudo o que eles tinham pegado na escola, incluindo os livros didáticos e as redações de Siu-Man, além do caderno de condolências e do script que ele roubou da Condessa. Ela não se importava, porque tudo aquilo havia sido apenas uma desculpa para entrar no local. Ela se sentou diante do computador e abriu uma janela do navegador para pesquisar sobre Lily, Condessa e Violet mais uma vez. Com sorte e um olhar mais atento aos perfis delas nas redes sociais, ela poderia encontrar mais pistas.

A página de Lily no Facebook era composta principalmente de posts sobre o One Direction, que Nga-Yee havia ignorado em sua investigação anterior, e fotos de comida, a maior parte de culinária japonesa, provavelmente dos encontros com Kwok-Tai. Nga-Yee nunca tinha entendido o propósito de tirar foto do próprio jantar, mas todo mundo parecia estar fazendo isso. A Condessa havia enchido o Facebook de selfies, como se fosse uma celebridade, e cada uma de suas fotos tinha centenas de curtidas a mais do que as de Lily; as legendas abaixo de cada foto eram salpicadas de emojis fofinhos, embora Nga-Yee tivesse dificuldade em imaginar a garota mal-humorada que ela tinha conhecido falando daquele jeito na vida real. Violet só tinha um blog sobre livros. Nga-Yee tinha pulado isso da primeira vez porque não parecia conter nenhuma informação pessoal; agora ela foi conferir, mas tudo o que descobriu foi que Violet gostava de Haruki Murakami, Eileen Chang, Carlos Ruiz Zafón e Gillian Flynn. Aquelas breves resenhas não pareciam conter nenhuma informação relacionada a Siu-Man.

Embora N tivesse dito que entraria em contato se houvesse algum progresso, Nga-Yee começou a ficar impaciente depois de alguns dias. Não conseguia se concentrar no trabalho, a cabeça cheia de pensamentos sobre Lily e os demais. Ela remoeu as palavras de N, sem saber se ele estava tentando enganá-la quando disse que o culpado era alguém com quem haviam conversado naquele dia: aquilo não incluía só as três garotas, mas também a srta. Yuen e o Kwok-Tai, sem falar no funcionário almoçando no refeitório, os alunos no ensaio, o garoto lendo a revista na biblioteca ou talvez até a mulher cujo tablet N tinha hackeado no café. Será que algum deles era o kidkit727? Nga-Yee foi ficando cada vez mais confusa e estava ansiosa para que N a tirasse daquele sofrimento, mas ele não deu nem um pio. Ela trabalhou no turno da manhã na quarta-feira e, quando saiu do trabalho, pegou o bonde em direção ao apartamento de N sem nem mesmo perceber.

Quando chegou à estação Central, tinha mudado de ideia. A perda de Siu-Man podia tê-la deixado desequilibrada, mas, apesar de seu constante desconforto, Nga-Yee era racional até a alma. Ela sabia que algumas coisas não tinham como ser apressadas e não conseguia esquecer como quase havia arruinado a investigação por não seguir as ordens de N no refeitório. Talvez ela devesse confiar em N e deixá-lo cuidar de tudo.

Enquanto se debatia com aqueles pensamentos, o bonde chegou a Sai Ying Pun. A razão venceu no final, e ela saltou na Whitty Street em vez de descer próximo à Second.

"Se eu já vim até aqui, poderia muito bem jantar", pensou ela, lembrando-se do delicioso *wonton noodles* do Loi's, uma das poucas refeições saborosas que ela tinha feito nos últimos tempos, agora que estava com um orçamento tão apertado. Olhou na carteira para se certificar de que tinha o suficiente para passar a semana seguinte, depois atravessou a rua em direção ao restaurante.

Nga-Yee escolheu um lugar no balcão. Não havia outros clientes, e o dono assistia ao noticiário em uma pequena tela de TV.

— Oi. Uma tigela pequena de *wonton noodles*, por favor.

— Claro, um *wonton noodles* pequeno saindo. — Ele foi até o fogão para começar a cozinhar, depois se virou para acrescentar: — Você não vai levar para o N?

Nga-Yee grunhiu por dentro, depois pensou que poderia aproveitar a oportunidade para corrigir o mal-entendido anterior.

— Não. Hoje sou só eu. Não sou exatamente amiga do N, a gente estava só fazendo um trabalho juntos.

— Um trabalho juntos, é? — Ele agitou o macarrão na água fervente por menos de vinte segundos antes de mergulhá-lo na água fria, e, em seguida, voltar ao fogo. — Entendi. Sorte sua que ele está disposto a aceitar o seu caso.

Nga-Yee olhou espantada para ele.

— O N falou sobre mim? — perguntou ela. Não era obrigação dos detetives manter segredo sobre os seus clientes?

— Não, mas acho que nove entre dez pessoas "fazendo um trabalho" com o N são na verdade clientes dele. — O dono sorriu para ela. Ele escorreu o macarrão e começou a cozinhar os *wontons*.

Nga-Yee se arrependeu de ter sido tão estúpida. Fazer aquela pergunta só tinha servido para confirmar o palpite dele. De qualquer maneira, agora que eles estavam falando abertamente, ela poderia muito bem ver o que conseguia descobrir.

— Você sabe o que N faz pra viver?

— Mais ou menos. Ele ajuda as pessoas a resolver os problemas dela.

— Você disse que eu tive sorte. É porque ele não aceita muitos casos?

O dono parou por um momento para encará-la, então riu enquanto voltava a preparar seu caldo.

— Senhorita, você parece não entender o quanto o N é bom. Ele é um verdadeiro rebelde.

— Rebelde?

— Nem os policiais, nem os criminosos se metem com ele.

— O N... faz parte da Tríade? — perguntou Nga-Yee nervosa.

Ela sabia que os hackers tinham que fazer algumas coisas obscuras, mas estar envolvido de verdade com o submundo do crime era uma coisa totalmente diferente.

— Não, não — disse o homem, sorrindo. — Ele é ainda mais poderoso do que isso. Não faz parte de tríade nenhuma, mas todos os chefes de gangue o respeitam. Se ele se meter no caminho de algum deles, é prenúncio de má sorte. Ouvi dizer que ele tinha negócios com um policial no Distrito Ocidental, e que o policial teve que se curvar a ele.

Nga-Yee se lembrou de quando aqueles gângsteres tinham tentado sequestrá-los. Quando eles foram embora, o dono disse: "Esses idiotas não sabem no que estão se metendo". Então era a isso que ele estava se referindo.

— Está vendo isso aqui? — O homem empurrou o cabelo para trás, revelando uma cicatriz de pouco mais de um centímetro. — Alguns anos atrás, uns gângsteres vieram aqui criar confusão. Eles insistiram que o chefe deles estava com dor de barriga por causa dos meus *wontons*. Achei que eles estivessem atrás de dinheiro para "proteção", o de sempre, mas, antes que eu pudesse perguntar quanto eles queriam, eles começaram a trabalhar. Reviraram as cadeiras e mesas, e destruíram meu balcão. Eu estou no mercado há mais de vinte anos e, é claro, já vi esse tipo de provocação antes. Eu poderia ter aguentado se tivesse acontecido só uma vez, mas os desgraçados apareceram de novo na semana seguinte. Quando eles fizeram isso pela terceira vez, eu não aguentei mais e reagi. Fui parar no hospital e levei seis pontos.

— Você prestou queixa na delegacia? — Nga-Yee não sabia por que ele tinha trazido aquele assunto à tona, mas ela embarcou.

— Sim, mas não adiantou. Eu fiz esse corte aqui quando caí, no meio da confusão. Aqueles gângsteres eram espertos, eles destruíam as minhas coisas, mas nunca me atacavam. A polícia só podia tratar aquilo como um caso de dano ao patrimônio, o que significava que não era prioridade pra eles. — Ele se virou para colocar alguns *wontons* na panela. — O estranho é que eles pararam de vir depois disso, como se o chefe de repente tivesse parado de ficar bravo ou eles tivessem sentido remorso. Foi só seis meses depois que eu descobri o verdadeiro motivo.

— E esse motivo era o N?

— Sim — respondeu o homem, acenando com a cabeça. — Ele nunca disse uma palavra, mas uns amigos meus que estão por dentro de tudo me disseram que o líder da Tríade estava fora de cena; que alguém que não era da gangue havia se livrado dele. Ficou claro que a dor de barriga era só uma desculpa. Um empresário tinha contratado eles pra me ameaçar, pra eu desistir do restaurante. Se o espaço ficasse vazio, eles iam poder comprar o prédio inteiro, botar abaixo e construir um condomínio de luxo. Isso ia render bilhões.

— Como você soube que essa pessoa de fora era o N?

— O N tinha me perguntado coisas sobre os gângsteres, se eles tinham alguma marca de identificação, o que falavam enquanto destruíam o restaurante. Achei que ele estivesse só curioso. Quando perguntei pra ele sobre o assunto depois, ele não negou. Tudo o que ele disse foi: "Se o Loi's fechasse, seria uma perda muito grande pra vizinhança".

Nga-Yee se perguntou se ele não estava glorificando N um pouco demais, mas então se lembrou da habilidade fantástica de N de encontrar pistas em detalhes aparentemente irrelevantes e da forma como ele tinha aterrorizado aqueles gângsteres bem diante dela.

— Muitas pessoas dentro e fora do submundo querem a ajuda de N, mas ele é exigente com os casos que aceita. Se ele não quiser fazer uma determinada coisa, dinheiro nenhum no mundo vai conseguir convencê-lo. Mas às vezes um caso simplesmente o atrai, aquele enxerido. Você leu *Semideuses e semidemônios*, do Jin Yong? O N é feito aquele monge Shaolin varrendo o chão, que nunca interfere no mundo do kung fu, mas que, quando intervém, nem mesmo o Murong Fu ou o Xiao Feng são capazes de pará-lo.

Ainda que Nga-Yee *tivesse* mesmo lido *Semideuses e semidemônios*, ela achou difícil vincular N a qualquer um dos personagens do romance de artes marciais. O dono parecia ser um grande fã e continuou discursando sobre as diferenças entre as várias adaptações de TV por um bom tempo. Nga-Yee sorriu e acenou com a cabeça até ele colocar uma tigela de cheiro delicioso na frente dela: *wontons* rechonchudos e macarrão com uma textura perfeita, tudo em um aromático caldo de peixe. Depois que ela devorou o prato, ele lhe serviu uma xícara de chá quente, tornando aquela uma das melhores refeições de todos os tempos.

Ela pagou assim que terminou o chá. Embora o local ainda estivesse relativamente vazio, era pequeno o suficiente para que ela não quisesse ocupar o lugar por mais tempo que o necessário.

Enquanto o dono dava o troco a Nga-Yee, outro cliente entrou.

— Um *wonton noodles* grande, com pouco macarrão, cebolinha extra, caldo à parte, couve refogada, sem molho de ostra.

A cabeça de Nga-Yee girou. Não era N, e sim alguém ainda mais surpreendente.

— Ah! Srta. Au?

Parado na porta estava um homem de cerca de cinquenta anos com cabelos grisalhos: o tio de Wendy.

— Sr. Mok?

— Que coincidência. — Ele se aproximou e sentou-se ao lado dela. — Ou você está aqui pra visitar o N? Não é uma coincidência, então.

— Não, não é por isso que estou aqui. — Era verdade, ela disse a si mesma: desde o momento em que tinha decidido ir ao Loi's para comer macarrão, ela não estava mais em Sai Ying Pun para ver N.

— Mas foi o N que te apresentou este lugar? Ele me trouxe aqui uns anos atrás, e fiquei viciado desde então. Paro pra comer aqui sempre que estou por perto. — Ele sorriu. — Muitos restaurantes de noodles hoje em dia são mão de vaca, precisa ter sorte pra conseguir seis *wontons* numa tigela. Mas este lugar oferece quatro na porção pequena e oito na grande. Tem mesmo o gostinho da boa e velha Hong Kong.

— Você veio fazer algum trabalho no Distrito Ocidental hoje? — perguntou Nga-Yee, evitando palavras como "investigar" por não ter certeza do que os detetives podiam falar em público.

— Sim. Para o seu caso.

— Para o meu?

— O N me pediu pra checar alguns detalhes, e vim falar com ele sobre o que descobri. — O detetive Mok desembrulhou um par de *hashis* descartáveis. — Ele disse que eu despachei você pra cima dele, então tinha que fornecer algum "serviço extra". Sujeito esquisito. Se diz especialista em informática, mas me obriga a entregar tudo em mãos. Aparentemente, enviar documentos por e-mail não é seguro.

— O que ele pediu pra você investigar? — perguntou Nga-Yee, ansiosa.

— O garoto ruivo, o que está com a sua irmã na foto...

Nga-Yee levantou num pulo, despediu-se rapidamente do sr. Mok e do dono do restaurante e saiu apressada pela Second Street em direção ao número 151.

Trim-trim-trim-trim-trim-trim-trim-trim-trim. Depois de subir correndo seis lances de escada, ela não tirou o dedo da campainha, embora aquele barulho monótono não fosse suficiente para expressar sua inquietação. Um tempo depois, a porta de madeira branca se abriu para revelar o rosto mal-humorado de N.

— Srta. Au, eu não te disse que ia ligar quando...

— Acabei de encontrar o detetive Mok.

N franziu o cenho. Com um suspiro, abriu a porta para deixá-la entrar.

— O que ele te contou? — perguntou ele enquanto caminhava até a mesa.

— Você disse que ia se encontrar com alguém familiarizado com Mong Kok pra checar o ruivo. — Sem esperar pelo convite, ela se sentou em frente a ele. — E esse alguém era o detetive Mok.

— Sim.

— O que ele descobriu?

— Ele não te contou?

— Assim que ele me disse o que tinha feito, corri direto pra cá — balbuciou Nga-Yee. — Mesmo que ele me dissesse o nome do cara, eu não ia saber se ele tinha alguma coisa a ver com a Siu-Man ou com o kidkit727. Você é o único que pode juntar as peças.

N pousou um dos pés no joelho e cruzou as mãos atrás da cabeça.

— Seu raciocínio está correto, mas isso é um beco sem saída. Esse cara não tem nada a ver com o kidkit727.

— Como você sabe?

— Ele foi mandado para o centro de detenção na Ilha de Lantau em março do ano passado e não saiu até hoje.

Nga-Yee piscou. Havia quatro instalações daquelas em Hong Kong, para infratores com idade entre 14 e 21 anos.

— Esse merdinha se chama Kayden Cheung. Ele foi preso por roubo e lesão corporal, cerca de um mês depois do incidente no karaokê. Lembra que o Kwok-Tai mencionou aqueles dois babacas que entravam em bandas só pra pegar as garotas? Ele é um deles. O primo dele estuda na escola da sua irmã, e só tem dado trabalho desde que o Kayden foi mandado pra lá.

— Qual é o nome dele? Ele era da turma da Siu-Man?

— O primo se chama Jason, e era um ano acima da sua irmã, até mudar de escola no ano passado. — N deu de ombros. — Parece que a Enoch tem o hábito de forçar sujeitos desagradáveis a partir "voluntariamente".

— Então esse Jason...

— Eu estou no meio da investigação, srta. Au, por favor, para de perguntar. — N caiu para a frente, apoiando o rosto nas mãos. — Sinceramente, você é a cliente mais irritante que eu já tive.

Nga-Yee tinha mais perguntas, mas vendo o quão chateado ele parecia, desistiu.

— Vai pra casa. Eu te ligo se eu descobrir alguma coisa.

Nga-Yee se levantou, desanimada, e encaminhou-se para a porta. Ela não pôde deixar de notar que, em apenas alguns dias, o apartamento de N havia voltado à imundície de antes, com lixo e sacos plásticos espalhados por todo canto da sala de estar. Olhou para a cozinha; o bule e a xícara que ela tinha usado no outro dia estavam na bancada, exatamente onde os havia deixado. Podia apostar que as folhas de chá ainda estavam lá, boiando.

— N, por que você não...

Ela estava prestes a lhe dar um sermão sobre aquele desleixo (ele não havia sequer oferecido ao detetive Mok uma xícara de chá!), quando a ficha caiu e ela se deteve.

— O detetive Mok veio aqui falar sobre o Kayden Cheung e o Jason? — perguntou ela, parada na porta.

— Foi o que eu disse.

— Você está mentindo.

Aquela intervenção colocou um olhar desconfiado no rosto dele.

— Eu? Mentindo?

— Sim. O detetive Mok me disse que você pediu a ele pra checar "alguns" detalhes. Se ele só estivesse investigando o Kayden, teria dito "uma pessoa" ou algo parecido.

— Eu não sou responsável pela escolha de palavras do detetive Mok.

— Isso não é o principal. — Ela caminhou de volta para a mesa e se apoiou nela com as duas mãos. — Ele também disse que você o fez vir aqui porque não era seguro enviar documentos por e-mail. Se ele estivesse só investigando o ruivo, não haveria necessidade de vir até Sai Ying Pun, já que tudo o que ele descobriu foi o nome do garoto e o fato de ele estar preso. Um telefonema seria o suficiente. Ele trouxe um documento, isso significa um objeto físico. O que ele estava procurando? Qual documento?

N a encarou, e ela manteve o olhar fixo nele. Depois de alguns segundos, ele deu um suspiro e enfiou a mão na gaveta para pegar um pen drive.

— Você realmente é a cliente mais chata do mundo.

Ele encaixou o pen drive no computador.

— O que é isso?
— Escuta.

N clicou com o mouse algumas vezes, e vozes vieram da caixa de som:

"*Muito obrigado por me avisar, sr. Mok. Assim que você me contou, eu demiti o Victor. Investiguei com cuidado as informações que ele vazou e tenho certeza de que isso não vai trazer nenhuma questão jurídica.*"

"*Tudo bem, sr. Tong. Eu não planejava puxar a carta da responsabilidade jurídica, só queria um pouco mais de informação. Se o meu cliente quisesse levar as coisas adiante, eu não teria vindo aqui falar com o senhor hoje.*"

"*Isso facilita bastante as coisas, então. O Victor acabou de se formar no ensino médio. Ele ainda é muito imaturo, não entende muito bem as coisas, por isso cometeu um erro tão grave. Os jovens hoje em dia são preguiçosos demais. Eles só ficam sentados no trabalho brincando com os celulares. É um pesadelo.*"

"*Como o Victor conheceu a garota?*"

"*A nossa equipe vai a centros comunitários de vários distritos dar palestras jurídicas gratuitas. As pessoas frequentemente nos procuram depois pedindo consultoria, e eu peço que os estagiários ou os assistentes lidem com o assunto. Foi assim que o Victor começou a falar com ela. Ele nunca teve sorte com as mulheres, então, quando ela apareceu e eles começaram a conversar, ele deixou o profissionalismo totalmente de lado. Pensando melhor agora, ela deve ter escolhido ele de propósito, pra tentar tirar informações dele.*"

"*Até onde o Victor contou pra ela?*"

"*A maior parte já era de conhecimento público, como por exemplo o que o Shiu Tak-Ping disse na primeira vez que foi interrogado. O resto eram coisas que nós estávamos guardando pra usar na defesa, como o relacionamento dele com a esposa, pontos suspeitos que funcionavam a favor dele, e assim por diante. Tenho certeza de que nada disso violou a privacidade de ninguém, incluindo a do meu cliente.*"

"*Não precisa ficar me lembrando disso, sr. Tong. Além disso, você já demitiu o Victor, então o assunto está resolvido.*"

"*Claro, claro.*"

"*Quantas vezes Victor esteve com a garota?*"

"*Umas três, talvez quatro. Ela falou pra ele que queria estudar direito, que os alunos mais velhos disseram que ela deveria ter experiência prática com um caso de verdade, pra ter mais coisas pra dizer durante a entrevista.*"

"*E ele acreditou nela?*"

"*Ele é um pouco idiota. Nem parou para se perguntar se ela estava passando aquelas informações para um jornalista ou algo assim. Demiti-lo foi uma forma de me poupar problemas no futuro. Ah, sim, sr. Mok, quem é o seu cliente? Espero que não seja um jornal procurando acertar as contas por alguma coisa do passado.*"

"*Como você, sr. Tong, tenho o dever de manter a confidencialidade do meu cliente. Mas não se preocupe, eu posso garantir que tudo o que você me contar vai permanecer em segredo.*"

"*Tudo bem, então.*"

"*O Victor mencionou o nome da garota?*"

"*Hmm, como era mesmo... Ah, sim, era um sobrenome bastante incomum: Shu. O nome dela era Lily Shu.*"

Segunda-feira, 22 de junho de 2015

> Temos um problema. A irmã da Au Siu-Man e o namorado dela acabaram de chegar na escola. Eles fizeram um monte de perguntas. 16:25 ✓

> Será que eles sabem o que eu fiz? 16:31 ✓

desculpa, tava numa reunião 17:14

o que eles perguntaram? 17:15

> Basicamente sobre quando a Siu-Man ainda tava viva, na escola... 17:17 ✓

> Eles com certeza sabem o que a gente fez! 17:17 ✓

> E se eles já tiverem chamado a polícia? 17:18 ✓

> Tô com muito medo. 17:18 ✓

ou talvez eles só quisessem dar um oi para os professores 17:41

não tem como eles saberem quem você é 17:42

para de pensar nisso, você vai enlouquecer 17:43

> Tá bem... 17:50 ✓

> Você tá livre hoje à noite? Queria te ver. 17:55 ✓

hoje à noite e amanhã vai ser difícil, coisas do trabalho 18:02

cliente importante 18:03

te mando mensagem mais tarde 18:03

CAPÍTULO SEIS

1.

Sze Chung-Nam estava na esquina da Shanghai Street com a Langham Place, em Mong Kok, atordoado e eufórico, e também um pouco ansioso. Vez ou outra ele olhava ao redor, espiando a multidão.

Eram 18h45 de quinta-feira, 25 de junho, cinco dias depois de Chung-Nam ter "topado" com Szeto Wai no Centro Cultural. Desde a troca de telefones com o presidente da SIQ, Chung-Nam ficava de olho no celular, com medo de perder uma ligação. No entanto, não havia sequer uma mensagem de texto. Nos dois primeiros dias ele conteve a ansiedade; Szeto provavelmente estava ocupado. No quarto ele já estava desesperado. Até Ma-Chai percebeu que havia algo errado. Pensou em ligar ele mesmo; afinal de contas, Szeto havia dito que gostaria de se encontrar novamente para ouvir mais fofocas internas sobre a GT. Mas Szeto era praticamente um super-homem, e Chung-Nam não se sentia no direito de incomodá-lo.

Bem no momento em que estava hesitando quanto ao que fazer, Szeto Wai ligou quando ele estava no trabalho. Quando Chung-Nam viu o número aparecer na tela, fingiu que precisava ir ao banheiro e saiu do escritório correndo, para longe de olhares vigilantes, antes de atender.

— Chung-Nam? Aqui é Szeto Wai. — Como das vezes anteriores, ele falava cantonês com um ligeiro sotaque.

— Sr. Szeto! Olá!

— Nós falamos em jantar algum dia. Você está livre hoje à noite?

Chung-Nam olhou para o relógio. Eram quatro e meia da tarde.

— Sim, claro! Estou livre!

Na verdade ele tinha um compromisso, mas aquilo era mais importante do que qualquer outra coisa.

— Ótimo, vejo você às sete! Pode ser em Tsim Sha Tsui, culinária de Hangzhou?

— Adoro comida de Hangzhou, mas pode ser que eu me atrase. Não saio do trabalho antes das seis e meia. É difícil conseguir um táxi na hora do rush, e o metrô fica tão lotado que é preciso esperar dois ou três trens passarem antes de conseguir entrar, e mesmo assim espremido.

— Você não dirige?

— Não tenho carro. É muito caro ter carro em Hong Kong. — Sessenta por cento do salário de Chung-Nam ia somente para o aluguel. Se ele comprasse um carro, o custo da vaga provavelmente consumiria os outros quarenta por cento.

— Então por que eu não te pego perto do escritório? Quinze para as sete na entrada lateral do Langham Place Hotel, na Shanghai Street. OK?

— Ah, não, por favor, não precisa se preocupar...

— Estou indo para uma reunião no InnoCentre, em Kowloon Tong, então é caminho. Não vai ser problema algum. Vejo você às 18h45.

Os ocidentais eram sempre muito decididos. Szeto Wai desligou sem dar a Chung-Nam a chance de recusar.

Chung-Nam achava ótimo que Szeto Wai fosse tão pé no chão, mas não tinha recusado a carona por educação. Tinha sido por interesse próprio. Era fácil esconder sua identidade na internet, mas na vida real não havia como usar um nome diferente ou uma máscara. Se algum de seus colegas de trabalho o visse se encontrando em segredo com um investidor em potencial, ele poderia acabar engrossando as filas de desempregados.

Para minimizar o risco de ser avistado, Chung-Nam ficou no trabalho até 18h40, e então precisou correr de onde estava, na esquina da Shantung com a Canton, até a Langham Place. Ma-Chai, Hao e Thomas estavam fazendo hora extra, então ele só precisava ficar longe do sr. Lee e de Joanne, que haviam deixado o escritório por volta das seis. Eles haviam saído separados, mas Chung-Nam desconfiava de que era apenas para despistar e que eles iriam se encontrar a seguir. Isso provavelmente significava que eles tinham ido para longe dali, em vez de ficar pelos arredores de Mong Kok, onde alguém poderia vê-los.

Mesmo assim, Chung-Nam não conseguia relaxar. Virava-se o tempo todo para ficar de olho em todas as direções.

Sua empolgação, naturalmente, superava em muito a sua ansiedade.

Quando Chang-Num ainda era criança seus pais o levaram a uma vidente, que disse que o menino estava predestinado a não ser só mais um na multidão. Ele iria conquistar grandes feitos. E assim, apesar da ter tido que encarar uma boa dose de descrença alheia, ele acreditava firmemente em sua superioridade. Havia sido o melhor aluno da turma e, mais importante ainda, tinha orgulho de que seu cérebro extraordinário era bom em detectar camadas ocultas de significado. A atitude de Szeto Wai em relação a ele era diferente da em relação ao sr. Lee. Ele não sabia dizer de que modo, ao certo, mas sua intuição dizia que Szeto Wai estava tentando conquistá-lo.

Isso não fazia sentido. O que aquele talento global, com uma fortuna pessoal na casa dos bilhões, tinha visto em um humilde diretor de tecnologia? No momento em que estava pensando nisso, um carro preto lustroso parou diante dele.

A janela se abriu, e Szeto Wai colocou a cabeça para fora.

— Espero não ter feito você esperar muito.

Chung-Nam rapidamente voltou a si, mas não conteve o arquejo ao ver o carro. Embora tivesse tirado a carteira de motorista há anos, ele não tinha carro; aquilo era apenas um sonho, como para muitos homens em Hong Kong. Os sinais típicos de sucesso para alguém como ele seriam uma casa chique, um carrão, bons vinhos e uma bela mulher. Ele acompanhava todos os sites de automóveis e nunca perdia um episódio de *Top Gear*. Quando Szeto lhe ofereceu uma carona, ele imaginou que alguém do naipe dele teria alugado um Porsche ou um Audi. No entanto, suas expectativas foram superadas; não era um elegante Rolls-Royce nem uma chamativa Ferrari, mas algo que combinava ainda melhor com o papel de Szeto Wai de gênio da tecnologia: um Tesla Model S.

— Você parece surpreso — disse Szeto Wai, rindo ao abrir a porta.

Chung-Nam o cumprimentou apressado com um aceno de cabeça e entrou. A primeira coisa que notou não foi o famoso painel do Model S, que era basicamente um tablet, mas que a motorista era Doris, a mulher eurasiática do encontro anterior.

— Está tudo bem? — perguntou Szeto enquanto trocavam um aperto de mão.

— Sim, sim. É só que é a primeira vez que eu entro num Tesla.

Chung-Nam estava se esforçando para não agir como uma criança em uma loja de doces, olhando esfomeado para tudo ao redor.

— Este modelo é bem estiloso. Tem a mesma potência de um carro esporte, e ainda tem tração nas quatro rodas. É uma pena que o trânsito de Hong Kong seja tão ruim e não dê pra pisar fundo — disse Szeto com um sorriso. — Você é um *gearhead*?

— Sou. Não tenho dinheiro para ter um carro, mas adoro ficar vendo as revistas de automóveis e essas coisas.

— Entendo.

Durante os 15 minutos seguintes ou mais, Szeto Wai falou sobre carros: ele tinha opinião sobre tudo, desde a história da produção de automóveis até quais modelos eram mais econômicos. Os Estados Unidos eram mesmo um país de gente apaixonada por carro.

— É uma pena que Hong Kong seja tão cheia. Não tem espaço suficiente pra todo mundo ter carro, como nos Estados Unidos — comparou Chung-Nam.

— A vida sem carro é um tédio — disse Szeto, com ar presunçoso por ser norte-americano. — Os carros falam muito sobre seus donos, assim como dá pra julgar o gosto de uma pessoa pela roupa que ela veste.

— Os habitantes de Hong Kong se exibem por meio dos celulares — afirmou Chung-Nam, rindo. — Não temos como comprar carros, então trocamos de celular como loucos. Pra gente eles são tão sazonais quanto as roupas.

— Você tem razão. Uma vez ouvi que existem sete milhões de pessoas em Hong Kong e mais de 17 milhões de celulares. São mais de dois por pessoa! Vocês provavelmente trocam de aparelho com a mesma frequência com que os *gearheads* trocam de carro. — Ele fez uma pausa para refletir, depois prosseguiu: — Não, vocês provavelmente são muito mais loucos, na verdade.

— Claro! É muito mais barato comprar um telefone novo.

— Verdade. — Szeto se virou para olhar a paisagem do lado de fora. — Bem, enquanto houver consumismo, a economia mundial vai continuar funcionando e investidores como eu vão poder continuar gerando riqueza.

Chung-Nam seguiu o olhar dele por Tsim Sha Tsui, pelas lojas de marcas de luxo ao longo da Canton Road e seus clientes abastados. Aquele bairro era o retrato perfeito de Hong Kong: um lugar que valorizava o dinheiro mais que a humanidade. Não importa se você acumulou sua riqueza por meio de trabalho árduo e honesto ou pisando na cabeça dos outros, é a riqueza que impõe respeito. Por mais que você não concorde com essa estrutura de poder, para sobreviver nesta sociedade é preciso obedecê-la. Ele se lembrou de Hao dizendo: *Aqui vale a sobrevivência do mais apto; é matar ou morrer.*

O carro entrou na Peking Road e parou em frente ao shopping iSQUARE para que Chung-Nam e Szeto Wai pudessem descer. Depois Doris virou na Hankow Road.

— Ela não vai jantar com a gente? — perguntou Chung-Nam, um pouco confuso.

— Não é um assunto oficial, portanto Doris não precisa estar presente — disse Szeto e sorriu. — Ou você está querendo dizer que preferia sair pra jantar com ela?

— Não, não, claro que não.

— Não teria nada de errado se preferisse — brincou Szeto e deu uma gargalhada. — Doris é uma mulher atraente. Quem não se interessaria por ela?

— Sr. Szeto, você não está... com ela... — gaguejou Chung-Nam, sem saber direito como perguntar aquilo.

— Não, ela é só minha assistente — respondeu Szeto sem se abalar. — Não existe aquele ditado, "onde se ganha o pão não se come a carne"? Ela é boa no que faz, e eu definitivamente não quero afetar essa relação de trabalho nem prejudicar a eficiência dela. Além disso, conheço muitas mulheres ainda mais atraentes e que *não* trabalham pra mim.

Chung-Nam não pôde deixar de lembrar do sr. Lee e de Joanne. Sem dúvida o sr. Lee jamais alcançaria o status de um Szeto Wai.

Eles entraram no iSQUARE e se encaminharam para o elevador. Quando o sr. Szeto apertou o 31, Chung-Nam ficou de queixo caído. O shopping tinha todo tipo de loja, além de um cinema IMAX, mas tudo acima do vigésimo andar era alta gastronomia; quanto mais alto, mais caro era o restaurante. Naqueles lugares, um jantar podia custar mil ou dois mil dólares de Hong Kong, algo que um assalariado como Chung-Nam não tinha condição de pagar.

— É por minha conta hoje à noite... Não adianta discutir — disse o sr. Szeto tranquilamente, como se tivesse lido os pensamentos de Chung-Nam.

— Oh, ah, obrigado... muito obrigado. — Chung-Nam pensou em oferecer alguma resistência simbólica, mas sua carteira não estava à altura, e ele não podia correr o risco de que o sr. Szeto concordasse subitamente em deixá-lo pagar. Era melhor aceitar, simplesmente. Não dava para saber quais iguarias estavam esperando por eles.

As portas do elevador se abriram, e eles foram recebidos por uma parede amarelo-clara toda de pedra, uma entrada bastante chique para um restaurante chinês, combinando os estilos asiático e ocidental. O nome Tin Ding Hin estava entalhado na pedra. Atrás de um balcão havia uma recepcionista na casa dos vinte anos. Seu uniforme roxo apertado realçava seu corpo de modelo, e suas feições eram ainda mais marcantes; não era difícil entender por que ela tinha sido escolhida para ser o primeiro rosto que os clientes veriam ao entrar.

— Boa noite, sr. Szeto. Por aqui, por favor.

Com grande deferência, a recepcionista os conduziu restaurante adentro. Chung-Nam nunca tinha estado em nenhum lugar tão elegante, mas imaginou que o sr. Szeto devia ser cliente habitual.

Quando viu a mesa deles, Chung-Nam percebeu que tinha razão.

A mesa ficava em uma sala privada, com janelas do chão ao teto que davam vista para o lado leste do Victoria Harbour. Tinha espaço suficiente para uma dúzia de pessoas, mas naquele momento havia apenas uma pequena mesa quadrada posta para duas pessoas. A garçonete também usava um vestido roxo, e era igualmente impressionante.

Chung-Nam silenciosamente se regozijou por ter ido de terno e gravata; só a camisa de botão de sempre teria sido casual demais. O sr. Lee tinha continuado a insistir para que todos se vestissem adequadamente, com aparência mais profissional, provavelmente preocupado com uma visita surpresa do sr. Szeto.

O sr. Szeto fez um gesto para que Chung-Nam se sentasse e se acomodou na cadeira mais afastada da porta.

— A iluminação aqui é perfeita — disse o sr. Szeto. — É claro, mas sem impedir de aproveitar a vista noturna. Foi muito bem projetado.

Os últimos raios do pôr do sol revestiam com um brilho avermelhado os arranha-céus nos dos dois lados do Victoria Harbour. Luzes neon de toda sorte de cores começavam a surgir, preparando o cenário da noite. Chung-Nam tinha lido que, durante o Período Edo, no Japão, os xoguns ficavam vigiando as cidades das torres enquanto milhares de famílias, lentamente, acendiam as luzes de casa. Talvez aquele cenário fosse uma versão contemporânea desse ritual, para que os ricos tivessem a sensação de comandar tudo aquilo que pudessem ver de cima.

A recepcionista saiu, e a garçonete ofereceu um cardápio ao sr. Szeto, mas ele recusou, virando-se para Chung-Nam.

— Tem alguma coisa que você não come? Frutos do mar, por exemplo?

— Não — respondeu ele, balançando a cabeça

— Ótimo. — Ele se virou de novo para a garçonete. — Dois menus imperiais, por favor.

Ela assentiu e se retirou educadamente. Assim que saiu, uma outra garçonete de cabelos compridos entrou, esta vestindo terno preto e gravata.

— O que gostaria de beber esta noite, sr. Szeto? — perguntou ela, entregando-lhe a carta de vinhos.

— Hmm… — Ele colocou os óculos e analisou a carta. — O Buccella Cabernet Sauvignon 2012, por favor.

— Muito bem — disse ela com um sorriso, e saiu.

O sr. Szeto parecia ter acabado de pensar em algo.

— Você bebe vinho tinto, Chung-Nam?

— Sim, claro. Embora eu não entenda muito de vinho e nunca tenha experimentado com comida chinesa.

— Eu achava que os banquetes de casamento aqui costumavam servir vinho com a refeição. De qualquer forma, eu recomendo esse; é tão bom quanto qualquer um que venha da Europa.

— Da Europa? Então não é francês? — Chung-Nam achava que um bilionário sem dúvida pediria um Bordeaux francês.

— Não, é norte-americano, do Vale de Napa. Fica na Califórnia, igual ao Vale do Silício. Quando o Satoshi e eu montamos a Isotope, fazíamos alguns retiros em Napa com a equipe. Ficava a apenas algumas horas de carro. Você já foi pra Califórnia?

— Não. Nem pra qualquer outro lugar da América do Norte. Para ser honesto, o mais longe que eu já fui foi o Japão.

— Você devia ir se tiver oportunidade.

Szeto estava descrevendo várias atrações turísticas da Califórnia quando a *sommelière* voltou com uma garrafa de cor escura, na qual o ano de 2012 aparecia em uma fonte artística em um rótulo oval branco, com um lacre vermelho na parte superior. A coisa toda tinha um aspecto de austeridade.

— Buccella Cabernet Sauvignon 2012.

A *sommelière* ergueu a garrafa para o sr. Szeto inspecionar e, quando ele assentiu, ela a colocou em uma mesinha lateral, sacou um abridor e retirou a rolha com cuidado. Uma pequena quantidade foi para a taça do sr. Szeto. Ele segurou o líquido cor de rubi contra a luz, cheirou, bebeu um pouco e assentiu novamente.

A *sommelière* encheu a taça de Chung-Nam até a metade, depois encheu a do sr. Szeto.

Chung-Nam nunca tinha visto vinho tinto ser manuseado adequadamente; em geral ele comprava uma garrafa no supermercado, levava para casa e entornava. Por sorte aquela era uma refeição chinesa, pensou ele. Provavelmente não haveria tantos rituais envolvidos. Se estivessem em um restaurante francês, ele estaria se envergonhando a torto e a direito.

— Vamos lá, experimenta. Sempre achei que ele casava bem com a culinária de Hangzhou. O vinho californiano é mais ácido que o europeu, e seu sabor único, que lembra geleia, não clama por atenção, portanto não atrapalha a comida.

Chung-Nam deu um gole. Ele não fazia ideia de qual era o sabor do vinho francês, portanto não tinha como fazer uma comparação, mas pôde perceber o quão rico e delicioso era.

Enquanto o sr. Szeto discorria sobre vinhos tintos, a garçonete vestida de roxo voltou com uma bandeja de prata e começou a servir o jantar.

— Camarões Dragon Well de Hangzhou.

A única experiência de Chung-Nam com comida chinesa havia sido no estilo familiar, de grandes travessas. Aquele parecia mais um jantar francês: pequenos pratos contendo camarões habilmente descascados e apetitosamente guarnecidos por vegetais.

A ele se seguiram diversos pratos refinados: pernil glaceado com mel, rolinhos de tofu recheados e fritos, peixe com molho de vinagre à moda de West Lake, barriga de porco Dongpo e outras delícias de Hangzhou, junto com frutos do mar de altíssima qualidade que não tinham muito a ver com Hangzhou: abalone, pepino-do-mar, bexigas de peixe, complementados por ingredientes ocidentais como trufas negras ou aspargos, em um exemplo perfeito de *fusion cuisine*. As porções eram pequenas, e a variedade, infinita. Aquilo lembrava Chung-Nam do *kaiseki* japonês, embora a ordem dos pratos e a apresentação fossem mais parecidas com a de uma refeição europeia.

Szeto Wai manteve um fluxo animado de conversa durante a refeição, mas apenas em torno de três tópicos: comida, carros e viagens. Chung-Nam desejava muito saber o que ele quisera dizer, alguns dias antes, quando falou *Você me parece uma pessoa inteligente*, mas se conteve para não mencionar o GT Net nem a SIQ Ventures. Trazer à tona qualquer coisa relacionada ao trabalho soaria como desespero. Ele teria de esperar que o sr. Szeto tocasse no assunto e, em seguida, ajustar as velas de acordo com o vento.

Por fim, o sr. Szeto mencionou o encontro no Centro Cultural, mas de um ângulo completamente inesperado.

— Chung-Nam — disse ele, mordiscando a sobremesa feita de ninho de pássaro e tomando um gole de vinho tinto —, você não tem amigo nenhum que gosta de música clássica, não é?

— Perdão? — Chung-Nam achou que devia ter escutado mal.

— Você foi sozinho ao Centro Cultural no sábado passado, e não estava lá para ver a apresentação. — O sr. Szeto gesticulou com sua taça de vinho para dar ênfase, juntamente com o tom de voz.

O coração de Chung-Nam batia tão forte que ele achou que o sr. Szeto seria capaz de ouvir do outro lado da mesa. Tentando se acalmar, ele estava prestes a argumentar que o encontro deles tinha *sim* sido pura coincidência, mas, antes de abrir a boca, teve a vaga sensação de que aquela não era a resposta certa.

— Bom, sim, eu fui lá pra encontrar com você.

— Muito bem. — Szeto Wai sorriu. — Sábia decisão; você sabe quando mentir e quando dizer a verdade. A indústria está cheia de blefes e trapaças. Isso nunca me incomodou, mas quando alguém sabe que já foi desmascarado e insiste em manter a encenação? Pra mim, é ofensivo.

Chung-Nam sentiu um enorme peso sair de suas costas.

— Outra pergunta. — Szeto Wai pousou a taça. — Aquela ideia de dar aos G-dollars e à troca de informações uma cara de produto financeiro, isso foi só uma loucura que você inventou no calor do momento, não foi? A empresa não tem plano nenhum de fazer isso?

Chung-Nam concordou com a cabeça.

— Você gosta de futebol, Chung-Nam? Futebol mesmo, não futebol americano.

Por que aquela mudança repentina de assunto?

— Não exatamente, mas acompanho a Liga da Europa.

— E eu aqui achando que nove em cada dez habitantes de Hong Kong eram loucos por futebol — disse o sr. Szeto e sorriu. — Então você não sabe a diferença entre um craque e um jogador comum?

Chung-Nam fez que não com a cabeça, sem entender para onde aquilo estava indo.

— A diferença está na capacidade de aproveitar as oportunidades quando elas surgem. Por exemplo, digamos que o Time A tem um atacante que faz um gol a cada dez tentativas, enquanto o atacante do Time B tem uma taxa de um a cada cinco. Agora digamos que haja uma partida em que cada equipe crie sete oportunidades. O Time A pode conseguir um empate sem gols, enquanto o Time B tem uma chance de vitória por um a zero. Isso é um pouco simplificado, mas meu ponto é que um craque de primeira linha consegue reparar rapidamente na configuração do campo, identificar os pontos fracos e aproveitar ao máximo as oportunidades. Qualquer atacante pode ter sorte durante uma partida específica e marcar cinco ou seis gols, mas um verdadeiro craque mantém a consistência durante o campeonato inteiro, é capaz de aproveitar todas as oportunidades. É quem um técnico inteligente escolheria para sua equipe.

Szeto Wai fez uma breve pausa, depois apontou levemente o dedo para Chung-Nam.

— Em toda a sua empresa, você é o único com essa capacidade.

— Você é... Você é muito gentil.

— Quando descobri as lacunas no plano de negócios e disse que talvez ele jamais fosse lucrativo, seu chefe Kenneth não conseguiu formular uma única frase para se defender. Ele claramente não consegue pensar por conta própria e não tem flexibilidade nenhuma. Seus colegas de trabalho eram todos muito respeitosos, ao modo chinês de ser; não ousaram dar um passo à frente sem que o chefe os autorizasse. A mentalidade usual: não faça nada e não fale bobagem. Você foi o único que entrou em ação. Você entendeu que eu era um peixe grande e que não podia me deixar escapar, mesmo que tivesse que inventar um projeto do nada. Você até falou sobre algumas "informações confidenciais" pra despertar ainda mais meu interesse.

Szeto Wai jamais tinha estado interessado no GT Net, percebeu Chung-Nam. Ele só os estava testando, para entender se tinham ou não potencial.

— Você parecia tão confiante que quase me apaixonei — continuou o sr. Szeto. — Se cada pensamento do Kenneth não ficasse estampado na cara dele, eu teria acreditado que aquelas tais "ações inteligentes" existiam mesmo. Ridículo. Sejamos honestos; o plano inteiro da GT é profundamente estúpido. A fofoca nunca vai ser uma mercadoria de verdade. Você pode fabricar quantidades infinitas dela, mas boa sorte ao tentar negociá-la no pregão!

Chung-Nam quase confessou que o sr. Lee estava fazendo ele e Hao trabalharem dia e noite para tornar aquele plano ridículo uma realidade que seria apresentada a ele dali a duas semanas. Ele sabia perfeitamente bem que a ideia de compra e venda de fofocas era pura fantasia, e suas chances de produzir um relatório coerente não eram muito grandes. Nos últimos dias, ele e Hao estavam pirando ao tentar achar uma forma de salvar um projeto que se mostrava cada vez mais fracassado à medida que o tempo passava.

— Apesar de ter sido uma invenção maluca, mesmo assim eu classificaria seu desempenho naquele dia com uma nota 9 — disse Szeto Wai. — Então fiz um segundo teste, e você não me decepcionou. Você passou.

— Um segundo teste?

— Por que você acha que eu comecei a falar de música clássica na sua frente e disse que iria à apresentação no sábado?

Então aquilo fazia parte de um plano o tempo todo; e pensar que Chung-Nam tinha ficado todo orgulhoso por ter fisgado Szeto Wai.

— Este jantar é a minha forma de lhe dar os parabéns. — Szeto Wai ergueu a taça. — Quando encontro um talento que reúne capacidade de decisão, de ação e confiança, sempre o recompenso com um bom jantar e um bom vinho. Muitos desses indivíduos se tornaram parceiros importantes da SIQ.

Gritando e comemorando por dentro, Chung-Nam se sentiu como se houvesse ganhado na loteria. Por mais que Szeto Wai não tivesse prometido nada de concreto, ele precisava admitir que tinha conseguido chamar a atenção de um titã da tecnologia.

— Mas não fique animado demais — continuou Szeto Wai sem esperar a resposta. — Eu ajusto o valor deste presente ao desempenho. Este Buccella custou só duzentos dólares norte-americanos, cerca de 1.500 dólares de Hong Kong. Certa vez abri uma garrafa de mil dólares para um outro jovem. Se você tivesse tido uma ideia viável em vez daquela bobagem sobre futuros e opções, estaríamos sentados no centésimo andar do ICC.

O ICC, ou International Commerce Centre, seu nome completo, era o prédio mais alto de Hong Kong. Os últimos 18 de seus 118 andares abrigavam um hotel seis estrelas e vários restaurantes exclusivos, todos caríssimos.

Chung-Nam sentiu uma pontada de arrependimento por não ter tido uma ideia melhor, mas passou rápido. O principal era aproveitar a oportunidade que se apresentava a ele agora. O jantar no ICC era o de menos, ele tinha sonhos maiores. Quem sabe um dia ele não compraria o Burj Khalifa!

— Sr. Szeto, como você soube que eu não tinha ido ao Centro Cultural pra ver a apresentação?

— Você não disse uma única palavra sobre música essa noite. Se você quisesse sustentar a mentira, deveria pelo menos ter falado alguma coisa durante o jantar. — Szeto Wai deu uma risadinha. — Mais alguma coisa? Pode perguntar à vontade!

— Por que a nossa empresa entrou no radar da SIQ? Se você acha mesmo que o GT Net nunca vai ser lucrativo, então a SIQ não tem motivo nenhum pra investir na gente. Não importa o quão bom seja o meu desempenho, isso não vai mudar.

— Você já ouviu falar na Lei de Metcalfe?

— Tem alguma coisa a ver com internet, não é?

— Isso mesmo. A Lei de Metcalfe estabelece que o efeito de uma rede de telecomunicações é proporcional ao quadrado do número de usuários. Isso significa que uma rede com cinquenta usuários vale 25 vezes mais do que uma com dez usuários, não só cinco vezes mais. Isso explica por que as grandes empresas de tecnologia estão sempre comprando empresas menores com um modelo semelhante. Se uma empresa com cinquenta clientes compra uma com dez, ela aumentou sua base de clientes só em vinte por cento, mas seu valor aumentou cinquenta por cento.

— O que isso tem a ver com o GT Net?

— Não entendeu? — Szeto Wai deu um sorriso malicioso.

Em um flash de inspiração, Chung-Nam viu a resposta.

— A SIQ está investindo em uma empresa semelhante nos Estados Unidos?

— Isso. — Szeto Wai olhou diretamente nos olhos de Chung-Nam. — Não vou dar muitos detalhes, mas o modelo que a sua empresa tem, de compra e venda de informações, é muito parecido com o de um de nossos grandes investimentos. Achamos que vai evoluir e se tornar o próximo Tumblr ou Snapchat, então estamos nos adiantando e comprando empresas semelhantes no mundo todo.

— Ou seja, da mesma forma que o Groupon comprou o uBuyiBuy?

— Sim, isso mesmo.

Em 2010, dois jovens de Hong Kong descobriram o vasto potencial da mania de compras pela web na China e criaram um site de varejo chamado uBuyiBuy. Seis meses depois, eles foram comprados pelo

Groupon, que estava se expandindo pela Ásia na época, e fizeram o mesmo em Taiwan e Singapura.

— Mais alguma pergunta?

— Hmm... a SIQ está planejando abrir uma filial em Hong Kong?

Szeto Wai hesitou.

— Por que você acha isso?

— Porque a gente veio pra cá num Tesla — respondeu Chung-Nam. — Você disse que estava de férias em Hong Kong, sr. Szeto, então eu esperava que tivesse alugado um carro. Carros elétricos não são populares aqui, e nenhuma locadora de veículos de Hong Kong ofereceria um Tesla. Se você tivesse pegado emprestado de um amigo, isso teria sido mencionado na conversa, mas você falou sobre o carro como se fosse seu. Você mora nos Estados Unidos, mas tem seu próprio carro em Hong Kong. A única explicação que faz sentido é que a SIQ vai abrir uma filial aqui muito em breve, e aquele Model S é na verdade um carro da empresa. Pelo que sei, você estava no InnoCentre hoje fazendo conexões com empresas locais em nome da SIQ.

— Parece que cometi um erro — disse Szeto Wai, dando um tapinha na garrafa de vinho. — Eu deveria ter pedido um de quinhentos dólares.

Chung-Nam comemorou em silêncio aquele elogio indireto.

— A SIQ está se preparando para se mudar para a China. Vamos montar primeiro um escritório em Hong Kong, para ser nosso QG na Ásia — disse Szeto Wai, não mais evasivo. — Existem várias empresas novas no Continente, criadas por pessoas muito jovens, que têm tanto talento quanto qualquer pessoa no Ocidente. O crescimento econômico da China desacelerou nos últimos anos, o que é uma boa oportunidade para a SIQ investir e adquirir todas essas novas empresas de tecnologia repletas de potencial. Mas não é por isso que eu vim a Hong Kong. Quem está com a mão no volante agora é o Kyle. Eu apenas falo com clientes ou caço talentos de vez em quando.

Antes daquele jantar, Chung-Nam tinha pesquisado tudo o que podia sobre o SIQ, então sabia que Szeto Wai estava falando a verdade. Havia algumas entrevistas e coletivas de imprensa no YouTube, mas a pessoa que falava era sempre o bigodudo cinquentão Kyle Quincy.

— Se a SIQ está se mudando para a China, significa que você vai assumir o centro do palco e liderar a empresa na Ásia? — perguntou Chung-Nam. — Acho que o sr. Quincy teria mais influência no Ocidente, mas, sendo asiático, você provavelmente vai achar mais fácil se conectar com as pessoas daqui.

— Você está certo, embora eu não planeje me colocar no centro das atenções. — Szeto Wai deu de ombros. — Estou muito feliz com minha vida como ela é. Vou de país em país, desfrutando de boa comida e bom vinho, e nunca preciso me preocupar com meus investimentos. No máximo eu penso um pouco e tenho novas ideias para a empresa. Não quero estar na linha de frente. Kyle já começou a procurar alguém pra comandar a filial asiática.

— E quanto ao sr. Satoshi?

Dois dos três líderes da SIQ eram asiáticos, afinal, e Chung-Nam achava que seria bobagem da parte deles não aproveitar essa vantagem.

— Rá! — Szeto Wai soltou uma gargalhada. — Sabe lá Deus onde o Satoshi está ou o que ele está fazendo.

— Ué? O sr. Satoshi não é um dos diretores da SIQ?

— Ele tem um título, só isso. Ele não comparece a nenhuma reunião do conselho há anos e não parece interessado no que acontece com a empresa. O cara é um gênio, mas não tem cabeça para os negócios. Ele é assim; prefere se esconder e agir à distância. Não o vejo há anos; não sei nem como contatá-lo. Quando o conselho precisa falar com ele, no entanto, ele sempre nos envia um e-mail primeiro. É como se ele estivesse sempre de olho em tudo. Às vezes me pergunto se ele não invadiu nosso sistema pra ficar vigiando a gente.

— Ele é tão bom assim?

— Se ele não fosse bom, como a Isotope teria registrado tantas patentes?

— Patentes são uma coisa, mas invadir seu sistema está em outra categoria.

— Você já ouviu falar de um homem chamado Kevin Mitnick?

Chung-Nam fez que não com a cabeça.

— O Kevin Mitnick dirige uma empresa de segurança de computadores nos Estados Unidos. Ele ajuda empresas a testar seus sistemas, buscando pontos vulneráveis por onde um hacker conseguiria entrar. É muito conhecido no mundo da tecnologia. — Szeto Wai fez um gesto com o indicador no ar, como se estivesse voltando no tempo. — No entanto, antes de 2000, o Mitnick era um dos hackers mais temidos do mundo. O cibercriminoso mais procurado dos Estados Unidos. Ele entrou em muitas redes empresariais e governamentais do mundo todo e roubou uma quantidade significativa de dados confidenciais.

— Ah, ele se parece com o sr. Satoshi… Epa.

— É você que está dizendo, não eu — afirmou Szeto Wai com um olhar debochado.

Chung-Nam não insistiu no assunto. Ele sabia que havia algumas coisas que não deveriam ser ditas abertamente. De acordo com o que tinha lido na internet, Satoshi Inoue tinha estado envolvido na criação de vários acordos de segurança cibernética. Não seria surpreendente se ele tivesse conhecimento e experiência de como entrar em uma rede.

— Chega de falar sobre esse cara — disse Szeto Wai. — Alguma outra pergunta?

Chung-Nam estava prestes a se gabar por também ter um lado hacker, mas se deteve: seria aquilo um terceiro teste? Ele levou um segundo para encontrar a pergunta certa.

— De acordo com o que você disse, é quase certo que vamos conseguir um aporte seu. Certo?

— Certo.

— Então, me diga: o que posso fazer por você?

Szeto Wai deu um sorriso de satisfação; Chung-Nam havia deduzido corretamente que o investimento já estava garantido, afinal de contas, dez ou vinte milhões de dólares de Hong Kong não eram nada para a SIQ. Nesse caso, portanto, o pedido do projeto era apenas um disfarce.

— Depois que a SIQ investir na sua empresa, é claro que o Kenneth continuará sendo o gerente — falou Szeto Wai.

Chung-Nam teve que fazer todo o possível para não rir em alto e bom som ao pensar em seu chefe sendo descrito como um "gerente".

— Mas nem imaginamos se ele vai conseguir tocar os negócios da forma que a matriz espera. Eu preciso de alguém que saiba observar e se adaptar, que nos mantenha atualizados, que nos diga se as coisas estão indo bem — prosseguiu ele.

Chung-Nam deu um sorriso.

— Então você quer que eu seja um espião?

Szeto Wai sorriu de volta.

— Isso não parece bom. Vamos chamar de informante.

— Estou sob seu comando.

Chung-Nam se levantou e estendeu a mão direita; Szeto Wai também se levantou, e eles apertaram as mãos.

Depois disso, os dois continuaram bebendo vinho e conversando sobre comida e carros. A cabeça de Chung-Nam estava em um lugar completamente diferente de onde estivera uma hora antes. A oportunidade pela qual ele estava esperando finalmente havia chegado, e seus planos logo se concretizariam.

— Eu preciso ir — disse Szeto Wai, olhando para o relógio. Era cerca de nove e meia. — Pensei em levá-lo a um bar depois daqui, mas tenho uma reunião amanhã cedo, então acho que devemos dar a noite por encerrada.

Chung-Nam ficou um pouco decepcionado, mas disse a si mesmo que não havia pressa; ele agora tinha passaporte para a SIQ.

— Você teria tempo para outro jantar antes de voltar para os Estados Unidos? — perguntou ele.

— Eu entro em contato; tenho seu número — respondeu Szeto Wai, acenando com o BlackBerry.

Houve uma batida na porta, que tinha ficado fechada desde que o último prato fora servido. Chung-Nam achava que aquilo provavelmente era algo que eles faziam em restaurantes de alta classe, quando seus convidados mais ilustres tinham assuntos particulares para discutir.

— Ah, oi, Doris.

Na verdade, não era a garçonete nem a *sommelière*, mas a assistente de Szeto Wai. Ela não disse nada, apenas ficou parada na porta esperando instruções.

— Onde você mora, Chung-Nam?

— Em Diamond Hill.

— Ah, eu ia te oferecer uma carona se você morasse em algum ponto da Ilha de Hong Kong. — Szeto Wai coçou o queixo. — O apartamento que eu aluguei fica em Wan Chai.

— Não tem problema, eu posso pegar o metrô. A estação Tsim Sha Tsui fica bem embaixo do edifício.

— Tudo bem, então.

Quando o trio saiu, as garçonetes vestidas de roxo e a *sommelière* de terno fizeram fila para se despedir formalmente. Chung-Nam se perguntou por que eles não tinham tido que pagar a conta; depois, percebeu que Doris devia ter cuidado daquilo.

Após se despedir, Chung-Nam atravessou a catraca voando em direção ao trem. Embora a hora do rush já tivesse passado havia muito tempo e houvesse muitos lugares para sentar, escolheu ficar em pé em seu lugar habitual, perto da porta. Pegou o celular em sua pasta, ligou-o e respondeu rapidamente às mensagens que tinha recebido durante o jantar. Como ele poderia aproveitar o tempo restante de Szeto Wai em Hong Kong para consolidar aquele vínculo?

A noite tinha sido quase perfeita. Nada seria capaz de estragar seu bom humor.

Ele estava errado.

Enquanto seus olhos vagavam preguiçosamente pelo corredor, uma pessoa chamou sua atenção: um homem sentado mais para o meio do vagão. Alguma coisa não estava certa. Quando deu uma segunda olhada, sua perplexidade se transformou em inquietação.

Ele já tinha visto aquele homem.

Três horas antes, enquanto esperava pelo sr. Szeto na Shanghai Street, ficara olhando em volta, inquieto, preocupado com a possibilidade de ser visto pelos colegas de trabalho ou pelo chefe. Aquele homem estava parado do outro lado da rua, junto a uma barraca de waffles, lendo um jornal e, pelo que parecia, esperando algum amigo. Tinha estado a dez metros de Chung-Nam o tempo todo, a mesma distância de agora.

Será que era apenas uma coincidência?

Em Mong Kok, Chung-Nam teve que mudar para a linha Kwun Tong. Ele desceu do trem, nervoso, olhando para trás durante todo o trajeto. Com certeza o homem estaria na mesma plataforma.

Será que estava sendo seguido?

Chung-Nam não queria fazer nenhum movimento brusco, para não dar bandeira. Mas quem iria querer segui-lo? Será que o sr. Lee havia descoberto suas negociações secretas com a SIQ? Ou seria espionagem industrial? Talvez qualquer um que se encontrasse com Szeto Wai fosse vigiado daquela forma.

Chung-Nam de repente pensou em outra possibilidade: a polícia?

Ele enfiou a mão no bolso e tocou no telefone que havia acabado de guardar.

Mas não, a polícia teria ido direto para a casa dele. Mesmo que suas más ações viessem à tona, a polícia dificilmente colocaria um policial à paisana em seu encalço, como se ele fosse o mentor de uma gangue criminosa ou algo parecido.

Muitas pessoas entraram no trem, e Chung-Nam perdeu o homem de vista. Examinou a plataforma quando desceu em Diamond Hill, mas o homem não estava lá. Olhou em volta, inquieto, por todo o trajeto até em casa; nenhum sinal.

Será que estava se preocupando sem motivo?

Voltou para o pequeno apartamento onde morava sozinho e mergulhou em seus pensamentos.

Mas então sacudiu a cabeça e tentou afastar aquilo da mente. Aquela noite seria um marco em sua carreira, e ele deveria saboreá-la.

Plim! Uma nova mensagem.

Ele afrouxou a gravata, se acomodou em sua confortável cadeira de escritório e tirou o computador do modo descanso. Fechou a janela pop-up com um lembrete de atualização do sistema e abriu o bate-papo do Popcorn, que consultava todos os dias após o trabalho. Ao mesmo tempo, olhou para o telefone.

"A gente pode se ver amanhã às sete?"

Ao ver a mensagem dela, Chung-Nam não conseguiu evitar em pensar de novo no homem no metrô. Era como se ele fosse um espírito à espreita no apartamento de Chung-Nam, observando cada movimento seu.

2.

"O trem sentido North Point está chegando. Por favor, espere os passageiros saírem primeiro."

O anúncio da plataforma trouxe Nga-Yee de volta ao presente. Ela estava na estação Yau Tong, esperando para trocar de trem. Desde que tinha ouvido as palavras do detetive Mok na casa de N, sua mente não parava de voltar àquela revelação.

Lily Shu era kidkit727.

Logo no início, N havia dito que o post que dera início a tudo parecia um advogado defendendo um cliente no tribunal e que se aprofundaria nisso. Nga-Yee não esperava que ele delegasse essa tarefa para o detetive Mok. Ela ficou surpresa ao saber que Lily havia pedido informações ao assistente do advogado. E o culpado não apenas atacou Siu-Man, mas deliberadamente esperou até que o caso de Shiu Tak-Ping fosse resolvido, reunindo material para difamá-la na internet.

O mais surpreendente, no entanto, foi a resposta de N.

Tudo o que ele disse foi: "Tudo bem, você ouviu a gravação. Agora você pode ir embora?". Como se as palavras de Martin Tong não tivessem relevância nenhuma para ele.

— Ir embora? Essa gravação não nos diz quem é o culpado? Por que você não me disse que a investigação tinha acabado? Você estava esperando eu receber meu salário pra poder arrancar mais dinheiro de mim?

— Isso ainda não é uma evidência conclusiva.

Nga-Yee quase explodiu diante da forma como N parecia determinado a estender aquilo. Lily Shu tinha um iPhone, assim como o culpado; ela brigou com Siu-Man por um menino, o que significava que ela tinha rancor; ela era uma das poucas pessoas que sabiam o que tinha acontecido no karaokê na noite de Natal; e o advogado do sr. Tong confirmou que ela tinha informações sobre o caso Shiu Tak-Ping que o público geral não tinha. De qualquer que fosse o ângulo, estava óbvio que Lily era kidkit727. Eles tinham testemunhas, evidências concretas e um motivo. Como assim aquilo não era conclusivo? A única explicação em que ela conseguia pensar era que N estava tentando limpar a própria barra: ficava circundando os suspeitos com seus métodos de alta tecnologia, para no fim fazer o detetive Mok resolver tudo antes dele com o bom e velho trabalho de sempre.

Ela discutiu com N por mais alguns minutos, mas ele não cedeu. O máximo que ela conseguiu extrair dele foi uma promessa de levá-la junto na próxima vez em que ele fosse falar com Lily. Passou o trajeto inteiro de volta para casa espumando de raiva e não conseguiu dormir aquela noite.

Havia dias ela vinha pensando em Lily, Kwok-Tai e Siu-Man. Quão profundo era o ódio de Lily? Mesmo que Siu-Man tivesse parado de falar com os dois, se afastando daquele triângulo amoroso, Lily ainda assim sentiu a necessidade de atacá-la da pior maneira possível. Quando Nga-Yee se lembrou do dia na escola, sentiu um calafrio. Se as lágrimas de Lily significavam que ela se arrependia de ter ido longe demais e provocado o suicídio de Siu-Man, talvez ainda houvesse algum fiapo de humanidade nela. Mas e se ela tivesse percebido que Kwok-Tai iria revelar o desentendimento entre eles e tivesse encenado toda aquela culpa para afastar as suspeitas? Se aquelas lágrimas tivessem sido de crocodilo, a garota era verdadeiramente assustadora.

Na manhã de domingo, Nga-Yee tinha acabado de chegar à biblioteca para começar seu turno quando seu celular, que estava em silêncio havia dias, começou a tocar.

— Amanhã, meio-dia e meia, na entrada da Enoch.

Não havia nenhum número na tela, mas Nga-Yee reconheceu a voz de N. Quando ele latiu aquelas ordens peremptoriamente, ela não conseguiu evitar responder:

— Que inferno! Então eu tenho que estar à sua disposição? Você não vai nem me perguntar se estou livre?

— Amanhã é o seu dia de folga, claro que você está livre. Se não quiser ir, tudo bem, também. Vou trabalhar melhor sem ninguém grudado na minha cola.

O rosto de Nga-Yee ficou ao mesmo tempo vermelho e branco de raiva.

— Tudo bem, estarei lá — disse ela friamente, mas não resistiu em acrescentar: — Que desculpa você usou dessa vez? Ou vai ser uma emboscada?

— Estamos indo para devolver um livro.

— Quer dizer que vamos devolver o script da Condessa?

— Não. — A voz de N parecia distante do fone, como se ele tivesse se virado para olhar alguma coisa. — A pilha de livros que a Srta. Yuen nos deu incluía um livro da biblioteca escolar. Acho que a sua irmã estava com ele no escaninho, e a srta. Yuen não percebeu. Telefonei para a srta. Yuen para marcar um encontro; depois entrei em contato com o Kwok-Tai e inventei uma desculpa pra almoçar de novo com eles.

— A Siu-Man pegou um livro emprestado da biblioteca? Qual livro?

— *Ana Karenina*, volume um.

Aquilo foi uma surpresa. Siu-Man sempre dizia que mesmo uma leitura leve exigia muito esforço e nunca pegava um romance emprestado a menos que tivesse que lê-lo para a aula. Nga-Yee não conseguia imaginar sua irmã tendo qualquer interesse por Tolstói *nem* por literatura russa. No dia seguinte, ao meio-dia e meia, Nga-Yee foi mais uma vez até a escola da irmã. Ao contrário da semana anterior, o tempo estava bom, mas seu ânimo, mais sombrio do que nunca. Ela não sabia como reagiria quando visse Lily.

Ela deveria mostrar suas cartas, perguntar a Lily por que ela queria machucar Siu-Man? Ou seria melhor manter a cara de pau e apenas observar, cutucando para ver se ela estava mesmo arrependida? O coração de Nga-Yee estava repleto de dúvidas e de confusão. Odiava o ser desprezível que havia levado sua irmã ao suicídio, mas quando se lembrou dos sorrisos radiantes das duas garotas naquela fotografia, não conseguiu suportar a ideia de fazer qualquer coisa com a ex-melhor amiga de sua irmã.

Esperou dez minutos, mas não houve nenhum sinal de N. A hora do almoço tinha chegado; meninos e meninas de uniforme saíram pelo portão em pequenos grupos. Quando estava prestes a ligar para N, seu telefone tocou, e ela viu que tinha uma nova mensagem de texto: "Ocupado. Chego mais tarde. Vai indo na frente. Combinei de encontrar o Kwok-Tai na biblioteca".

Nga-Yee franziu a testa, mas tudo o que podia fazer era seguir, a contragosto, as instruções de N. Entrou e se deparou com o segurança que tinham visto na semana anterior, comendo o almoço em uma marmita térmica. Ela deu oi.

— Ah, oi. É a srta. Au, não é? A srta. Yuen disse que você pode deixar comigo o livro da biblioteca. — Ele tinha cerca de sessenta anos e era um pouco gordo. Radiante, acrescentou: — A srta. Yuen não vai poder recebê-la... Surgiu um imprevisto que ela precisa resolver.

— Que imprevisto? — perguntou Nga-Yee, um pouco surpresa.

— Os resultados das provas finais estão marcados pra sair amanhã e depois começam as férias de verão. Deu alguma coisa errada com os computadores, e todas as notas sumiram. Os professores vão ter que anotar e conferir os resultados à mão até amanhã. Desde cedo que a sala dos professores virou um pânico total. Ouvi dizer que os consultores de TI que eles contrataram não conseguiram recuperar os dados.

— Ah, céus.

"Se o N estivesse aqui", pensou Nga-Yee, "talvez ele soubesse como resolver".

— O livro, srta. Au?

Nga-Yee hesitou. Se ela dissesse que N estava com o livro e que ele ainda não havia chegado, será que o segurança a impediria de entrar na escola? Mas N tinha combinado de se encontrar com Kwok-Tai e Lily na biblioteca. E se eles se cansassem de esperar e fossem embora?

De repente, ela se lembrou: *engenharia social.*

— Prefiro levar pessoalmente à biblioteca, se não houver problema — disse Nga-Yee, dando um tapinha na bolsa como se o livro estivesse ali. — Não quero incomodá-lo. Com os computadores desligados e todos os professores ocupados, tenho certeza de que você vai ter muito trabalho extra hoje.

— Sim, sim. — O segurança sorriu, pesaroso. — Normalmente alterno os intervalos de almoço com meus colegas de trabalho, mas todos foram convocados pelo diretor e pelos chefes de departamento para ajudar. Não posso sair daqui. Você sabe onde fica a biblioteca?

— Quinto andar, certo?

— Sim. Vou deixá-la à vontade, então.

— A última vez que estive aqui, vim com o sr. Ong; você se lembra dele? Ele precisou parar num banheiro público aqui perto... dor de barriga. Quando ele chegar, você poderia dizer a ele onde me encontrar?

— Sem problemas. Tem havido muitas dores de barriga recentemente. Está quente demais, e os restaurantes costumam ser descuidados com a forma como lidam com a comida...

Nga-Yee começou a se dirigir para as escadas sem esperar ele terminar. Tinha uma boa aplicação de engenharia social, disse a si mesma. Mas, claro, deixar N literalmente na merda talvez não fosse o modo mais elegante de concluir o assunto.

— Espere! Srta. Au!

Seu coração disparou. Será que ela tinha se entregado? Ela se virou, e viu o segurança com um pedaço de plástico na mão.

— Você esqueceu do seu crachá de visitante — gritou ele, ainda sorrindo.

Ela agradeceu e enfiou o cordão em volta do pescoço enquanto subia apressada as escadas, tentando ao máximo sair da linha de visão dele. Ela não tinha nascido para mentir.

No quinto andar, encontrou a biblioteca mais cheia do que em sua visita anterior, embora fossem só quatro ou cinco pessoas. Aqueles alunos mais velhos não estavam ali pelos livros, mas agrupados em torno das mesas dos computadores, imprimindo lotes e lotes do que pareciam ser avisos. Violet To estava atrás do balcão, como antes, embora dessa vez não estivesse lendo um romance, mas observando o grupo ao redor da impressora. Quando percebeu Nga-Yee parada na porta, sua primeira reação foi de surpresa, mas ela se recuperou e fez um aceno com a cabeça, em saudação.

— Olá — cumprimentou Nga-Yee. Kwok-Tai e Lily não pareciam estar ali ainda, então ela achou que deveria falar com Violet. — Não é sua hora de almoço?

— Fazemos nossa pausa para o almoço em turnos — disse Violet um tanto sem jeito. — Tenho que ficar de plantão por meia hora, e alguém vai assumir depois.

Violet estava na biblioteca depois do almoço na semana anterior. "Provavelmente a escala mudava bastante", pensou Nga-Yee.

— O que a traz à escola hoje? — perguntou Violet.

— A Siu-Man estava com um livro da biblioteca que ela esqueceu de devolver.

Teria que bastar metade da verdade por enquanto. Nga-Yee dificilmente conseguiria dizer: "Estou aqui para expor a verdadeira face de Lily Shu".

— Não me lembro de ela ter pegado nada emprestado; imagino que eu não estava de serviço na época — disse Violet.

Ela olhou para Nga-Yee por alguns segundos constrangedores, até Nga-Yee perceber que ela estava esperando pelo livro.

— Ah, eu não estou com ele aqui — falou ela e sorriu, envergonhada. — O sr. Ong está vindo com ele. Você sabe, o rapaz que você conheceu na semana passada...

— Ah. — Violet assentiu e voltou sua atenção para os alunos na mesa do computador. Será que ela tinha medo de que eles estragassem a impressora?

— Ei, eu recebi sua mensagem. Que diabo está havendo?

Nga-Yee se virou e se assustou ao se deparar com Miranda Lai. Suas duas lacaias estavam atrás dela e, embora não parecessem muito diferentes das outras meninas, seus penteados elaborados e seus celulares com excesso de acessórios deixavam claro que elas não eram nada introvertidas.

— Perdão? — disse Violet.

— Recebi uma mensagem dizendo que devo dinheiro pra vocês. — A Condessa continuou a falar com Violet, aparentemente tendo decidido ignorar Nga-Yee.

Violet digitou em seu teclado e estudou a tela.

— Sim, você fez algumas impressões que não pagou. Dá 135 dólares. Está quase no fim do ano letivo, então você de fato precisa pagar até hoje...

— Eu não devo nada! — A Condessa assumiu uma postura agressiva. — Eu nunca estourei a minha cota! A gente tem direito a cinquenta dólares por dia de graça, não tem?

— Isso é só pra preto e branco. Os registros mostram que você imprimiu em cores. São três dólares por folha, e você imprimiu 45 páginas. — Violet falava devagar, completamente calma. — Talvez você tenha apertado o botão errado e imprimiu em cores por acidente?

— Eu não sou estúpida assim! — bradou a Condessa. — Essa impressora não é nova, eu uso ela desde sempre. Deve ser erro seu.

— Sim, *Vionerd* — zombou uma das lacaias. — Nem todo mundo é tão estúpida quanto você.

— Se você não quer pagar, vou ter que fazer uma denúncia para o professor responsável — resmungou Violet.

— Ah, claro, sua dedo-duro, você adora falar dos outros, não é? Vai lá, então! — disse a outra lacaia.

— São só cento e poucos dólares. É claro que eu posso pagar — zombou a Condessa. — Mas eu não vou pagar, porque eu não tenho que pagar!

— Você que sabe, mas regras são regras — disse Violet placidamente. — Se você não pagar, eu tenho que contar para o professor, e ele vai contar para seus pais.

— Ah, agora você está me ameaçando, é?

Nga-Yee se afastou. Sendo a única adulta na sala, ficou se perguntando se deveria intervir, mas o crachá de visitante minava sua autoridade. Se tentasse, a Condessa e suas lacaias provavelmente voltariam aquele sarcasmo contra ela.

Ela recuou até a mesa comprida, onde estavam os alunos junto à impressora, que já tinham percebido a confusão, quando Kwok-Tai e Lily entraram.

— Oi, srta. Au. Como você está? — disse Kwok-Tai educadamente. Lily acenou com a cabeça em saudação.

Nga-Yee congelou. Ela adoraria dar um tapa bem forte na cara de Lily, agarrá-la pelo pescoço e perguntar como ela tinha coragem de ser tão cruel, mas não conseguiu dizer nem fazer nada. Talvez Lily já estivesse atormentada pela culpa, e forçar o culpado a carregar aquele fardo pelo resto da vida, em vez de espancá-la até ela virar purê, seria um castigo maior...

— Onde está o sr. Ong? — perguntou Kwok-Tai, interrompendo os pensamentos dela.

— Ele está... Ele está a caminho. — Nga-Yee teve que se esforçar para manter um tom de voz normal.

— OK. — Kwok-Tai havia notado a briga entre Violet e a Condessa. — O que está acontecendo ali? — perguntou.

— Algum mal-entendido sobre as taxas da impressora a laser — disse Nga-Yee. Tentando se distrair da presença de Lily, ela continuou: — Você não paga em dinheiro quando usa a impressora?

— Normalmente. Mas, se não tiver ninguém de plantão na biblioteca nem na sala de informática, a gente põe na conta e paga depois.

— Como dá pra saber quem deve, e quanto?

— Temos uma conta on-line, a mesma que a gente usa para o chat da escola...

Um enorme estrondo fez todo mundo paralisar: a conversa de Kwok-Tai e Nga-Yee, a briga de Violet e Miranda, os alunos que estavam assistindo. Parado na porta, vestido com seu moletom de costume e ofegante, estava N. O estrondo tinha sido a porta da biblioteca se abrindo com violência.

— N? O que houve? — perguntou Nga-Yee.

Ela nunca o tinha visto tão perturbado.

— Alguém... Alguém liga pra a srta. Yuen e diz pra ela vir aqui agora mesmo — disse N para Violet, engasgando, sem nem mesmo olhar para Nga-Yee.

Violet claramente não tinha ideia do que estava acontecendo, mas fez o que ele mandou.

N correu até onde Nga-Yee estava, puxou uma cadeira e afundou-se nela. Nga-Yee abriu a boca, mas ele a dispensou antes que ela pudesse falar, ainda respirando com dificuldade.

Menos de um minuto depois, a srta. Yuen entrou apressada.

— Sr. Ong! Srta. Au! O que está havendo?

A respiração de N se acalmou um pouco enquanto ele caminhava até o balcão, onde pousou um livro: *Ana Karenina*, volume um. Nga-Yee reconheceu a capa verde; era uma edição taiwanesa dos anos 1980, esgotada.

— Foi tão estúpido da minha parte... Não acredito que não percebi isso antes — balbuciou N. — No caminho pra cá, olha só o que eu achei dentro...

Ele abriu o livro. Na altura da página cem havia duas folhas de caderno amarelo-claras. Ele as desdobrou e as pousou no balcão:

> Querido estranho,
>
> Quando você ler estas linhas, pode ser que eu não esteja mais aqui.
> Recentemente, tenho pensado na morte todos os dias.

Aquele pedacinho de papel, do tamanho da palma da mão, emoldurado com desenhos de bichinhos, encheu os olhos de Nga-Yee de lágrimas, e ela não conseguiu continuar a ler.

— É a letra da Siu-Man — afirmou ela com a voz embargada.

A srta. Yuen parecia atordoada, e os alunos agora estavam olhando sem tentar disfarçar.

— A Siu-Man deixou um bilhete de suicídio, só não sabíamos onde procurar — disse N.

Ele arrumou as duas folhas de papel lado a lado. As folhas eram pautadas, pouco mais de uma dezena de linhas curtas em cada. Nga-Yee continuou a ler.

> Estou cansada. Muito cansada.
> Tenho o mesmo pesadelo todas as noites: estou no meio da selva, e coisas assustadoras começam a me perseguir.
> Corro e grito por socorro, mas ninguém aparece para me ajudar.
> Tenho certeza de que ninguém vai vir me ajudar.
> As coisas assustadoras me rasgam em pedaços. Enquanto eles arrancam meus membros, ficam rindo sem parar.
> Uma risada terrível.
> O mais terrível é que eu também estou rindo. Meu coração também está podre.
> Todos os dias, consigo sentir milhares de olhos cheios de ódio me encarando.

Todos eles querem que eu morra. Eu não tenho para onde correr.

No trajeto de ida e volta da escola, acho que, se as plataformas do metrô não tivessem barreiras, eu me jogaria na frente de um trem.

E poria um fim nisso tudo.

Talvez seja melhor se eu morrer. Sou um peso para todo mundo.

Todos os dias, na aula, eu olho para ela.

Ela não demonstra, mas eu sei que ela me odeia. E eu sei o que ela faz pelas minhas costas.

Ela me chama de ladra de namorado, de viciada, de puta. Mas

— E depois?

Nga-Yee virou o papel, mas os outros lados estavam em branco. Como uma louca, ela começou a folhear freneticamente o exemplar de *Ana Karenina*.

— É isso aí. São só essas duas páginas — disse N, com um aspecto macabro. — Quando eu percebi que isso era só uma parte da carta, pensei numa coisa. Quem sabe a gente está com sorte.

Nga-Yee e os outros ficaram olhando, sem entender, enquanto ele corria até as estantes. Elas batiam na altura do seu ombro, e Nga-Yee podia ver que ele estava repassando rapidamente os títulos. Por fim, ele pegou um e voltou para o balcão.

Ana Karenina, volume dois.

N pousou o livro e começou a folheá-lo. Nga-Yee entendeu o que ele quis dizer sobre "sorte" quando chegou à página 126: uma folha de papel amarelo-clara dobrada, idêntica, aninhada ali. Tentando evitar que sua mão tremesse, Nga-Yee estendeu o braço para pegá-la.

— Por sorte ninguém jogou fora — murmurou N.

O conteúdo da carta não ajudou a desfazer a confusão.

já.

Não escrevi o nome dela para fazer uma acusação.

Afinal de contas, você não me conhece e eu não te conheço.

Eu só queria que um estranho soubesse de tudo o que eu sofri, como prova de que um dia eu estive neste mundo.

No momento em que você ler estas linhas, talvez eu não esteja mais.

— Isso não bate, certo? — indagou Kwok-Tai.

— Parece que falta uma página — disse a srta. Yuen.

N folheou as páginas com o polegar três vezes, mas nada caiu.

— Existe um volume três? — perguntou ele a Violet.

— Não... — ela começou a responder, mas Nga-Yee chegou primeiro.

— Essa edição só tem duas partes.

— Então... — N baixou a cabeça, pensativo, depois se virou abruptamente para Violet. — Rápido, confere o histórico dos empréstimos da Siu-Man.

— O histórico dela? — repetiu a srta. Yuen.

— Ela pegou o volume um emprestado para esconder as folhas nele. Não acho que ela teria devolvido esse livro e espalhado o resto da carta por outros títulos da biblioteca aleatoriamente. É muito mais provável que ela tenha escolhido uma pilha de livros, dividido a carta entre eles e trazido de volta; e acidentalmente deixou um deles no escaninho. O resto do bilhete, provavelmente, está em outro livro, ou livros.

Kwok-Tai franziu a testa.

— Por que ela faria isso?

— Não faço ideia. — N balançou a cabeça. — Talvez ela quisesse ter certeza de que ninguém visse a carta antes que ela se matasse, então ela deixou assim, dessa forma indireta. Dividi-la entre vários livros aumentava as chances de que ela fosse encontrada. Afinal de contas, não são muitos os alunos que leem livros hoje em dia. Se ela tivesse colocado em um único volume, poderia ter ficado lá por anos sem ser descoberto, até muito depois de ela ter sido esquecida.

Nga-Yee sentiu uma pontada de dor. Como Siu-Man poderia ter dito todas aquelas coisas para um estranho imaginário, mas não para a própria irmã?

— Ela devia estar muito confusa ao escrever essas palavras — continuou N. — Por um lado, ela não queria que pessoas soubessem como ela estava se sentindo, mas, por outro, precisava desesperadamente desabafar. Então escolheu compartilhar seus pensamentos com alguém que ela não conhecia, que poderia ou não existir...

— Achei — interrompeu Violet. Ela leu na tela: — *Ana Karenina*, volumes um e dois. Só isso.

— Só isso? — questionaram N e Nga-Yee em uníssono.

— Não. — Violet deu mais alguns cliques. — Ela pegou eles emprestados depois da aula, no dia 30 de abril, e devolveu o volume dois na manhã de 4 de maio. Acho que no intervalo, depois do terceiro tempo.

Siu-Man tinha se matado no dia 5 de maio. A tristeza cresceu dentro de Nga-Yee. Quer dizer então que Siu-Man já era uma suicida, mesmo antes daquele ataque final do kidkit727.

— Ela nunca pegou emprestado nenhum outro livro? — perguntou N.

Violet fez que não com a cabeça.

— O histórico de empréstimo mostra só esses dois.

— Eu nem me lembro dela ter mencionado livros da biblioteca alguma vez — disse Kwok-Tai.

— Ah! — exclamou Nga-Yee. — Talvez esteja entre os outros livros dela? Quem sabe naqueles livros didáticos...

— Boa ideia. Devíamos conferir. Srta. Yuen, você poderia ficar de olho, caso o resto do bilhete tenha ficado no escaninho dela ou em algum outro lugar da escola?

— Claro. Vou fazer uma busca completa.

Segurando as três folhas de papel com força, Nga-Yee fez uma reverência em agradecimento. Ela sentiu uma centena de emoções conflitantes, sem ter nenhuma ideia do que fazer a seguir.

— Vamos nos encontrar um outro dia — disse N para Kwok-Tai enquanto abria a porta da biblioteca.

O menino anuiu.

Nga-Yee e N devolveram seus crachás de visitante e depois saíram correndo pela Waterloo Road em direção à estação Yau Ma Tei. Nga-Yee estava tão atordoada que se esqueceu de confrontar Lily. Nada era mais importante agora do que encontrar o restante das últimas palavras de sua irmã.

E, mesmo naquela carta incompleta, ficava claro que Siu-Man sabia quem a estava difamando e que essa pessoa a odiava.

"Ela sabia o que a Lily estava fazendo com ela." Era uma ideia angustiante.

— Ei! Por aqui!

Nga-Yee se virou e viu N parado na entrada lateral do hotel Cityview, apontando para as portas automáticas do saguão.

— A gente não vai pra sua casa procurar as folhas que estão faltando? — pontuou Nga-Yee.

— Para de ficar fazendo pergunta e vem comigo.

N entrou no hotel, e Nga-Yee não pôde evitar ir correndo atrás dele.

Eles atravessaram apressados o foyer e entraram no elevador. N apertou o botão do sexto andar. Quando as portas se abriram, ele conduziu Nga-Yee pelo corredor até o quarto 603. Ignorando o aviso de NÃO PERTURBE pendurado na maçaneta, ele sacou um cartão de acesso, passou-o na porta, fazendo a luz vermelha ficar verde e emitir um leve clique.

Nga-Yee teve a sensação de estar deixando a realidade para trás. Era um típico quarto de hotel quatro estrelas. Na cama havia dois laptops com cabos multicoloridos saindo deles, e na mesa, ao lado da cesta de frutas de cortesia, havia várias caixas pretas do tamanho de caixas de papelão, duas telas e um teclado com touchpad. Mais cabos de várias espessuras corriam ao acaso pelo chão, vários deles conectados à TV de 42 polegadas pendurada na parede. Havia três tripés próximo à janela, os das laterais equipados com câmeras de vídeo (uma lente comprida e uma mais curta) e, no meio, um receptor circular, como uma antena parabólica. Um homem de pele escura e aparência sisuda estava sentado à mesa. Usava fones de ouvido e olhava fixamente para as telas, interrompendo sua concentração apenas momentaneamente para acenar um oi quando N e Nga-Yee entraram.

Nga-Yee teve a impressão de que havia mergulhado em um romance do Tom Clancy.

— Algum movimento? — quis saber N, caminhando até a janela.

— Nada ainda.

— Eu cuido a partir daqui; pode ir.

O homem tirou os fones de ouvido, pegou uma mochila preta perto de seus pés e andou em direção à porta. Acenou com a cabeça para Nga-Yee ao passar por ela, mas não disse nada, como se a presença dela não fosse uma surpresa.

— Quem era ele? — perguntou Nga-Yee assim que ele saiu.

— O nome dele é Pato. Acho que dá pra dizer que ele faz parte da minha equipe de apoio. — N estava na cadeira, olhando para as telas da mesma forma que Pato estivera um momento antes.

— Pato?

— Ele costumava ter um estande de equipamentos eletrônicos em Sham Shui Po, na Apliu Street. *Apliu* significa "toca dos patos", daí o apelido dele. — N não tirava o olho das telas. — Ele agora é dono de várias lojas de peças de computador.

— E o que você está fazendo aqui?

— Precisa perguntar? Vigilância, é claro.

— Mas o que você... ah! — Nga-Yee de repente reparou no que havia na tela: a biblioteca da Enoch.

Ela correu para a janela e notou que, sem dúvida, as câmeras apontavam para a escola. Estavam a várias centenas de metros da ala oeste, longe demais para Nga-Yee perceber detalhes, mas eram potentes o suficiente para produzir uma imagem nítida do que acontecia lá dentro.

— Não toque nesses tripés! — gritou N.

Nga-Yee mal havia tocado em uma das câmeras, mas mesmo isso foi o suficiente para fazer a imagem oscilar na tela.

— O que está acontecendo? Quem você está vigiando?

Todo aquele equipamento de espionagem a estava deixando inquieta.

— Você me contratou para encontrar o kidkit727, então é óbvio que estou vigiando ele — respondeu N com indiferença.

— Mas o kidkit727 não é a Lily Shu? Já temos todas as evidências que precisamos, então pra que tudo isso?

— Eu já não disse que o que a gente tem não é conclusivo? — N olhou para Nga-Yee, depois fez um gesto para que ela se aproximasse. — Deixa eu te mostrar o que é uma evidência conclusiva de verdade.

— Cadê?

— Você consegue ver o que está acontecendo aqui?

Nga-Yee olhou para a tela. Através da janela da biblioteca, ela podia ver fileiras de prateleiras e, atrás delas, a porta de entrada. A srta. Yuen, Kwok-Tai, Lily, a Condessa e suas lacaias ainda estavam lá, assim como aqueles intrometidos em torno da impressora a laser, e Violet atrás do balcão. A srta. Yuen estava conversando com Lily e Kwok-Tai, enquanto a Condessa e as lacaias continuavam a discutir com Violet. Haviam se passado só quatro ou cinco minutos desde que Nga-Yee e N tinham saído da biblioteca, e nada parecia ter mudado.

— Você sabe como é a edição do *Crime e castigo* da editora Zhiwen? — perguntou N.

— Claro. É aquela com uma estátua de bronze do Dostoiévski na capa.

— Existem dois exemplares do *Crime e castigo* na biblioteca da Enoch: uma tradução nova, lançada no ano passado pela Summer Publishing, e a edição de 1985 da Zhiwen. — N parou por um momento. — Daqui a pouco alguém vai caminhar até a estante, ignorar a versão nova e pegar a antiga. Essa pessoa é o kidkit727.

Nga-Yee ainda não tinha entendido direito, mas N já havia colocado os fones de ouvido, sinalizando que a conversa havia acabado. Tudo o que Nga-Yee podia fazer era esperar e ver qual era o grande mistério. Na tela, a srta. Yuen estava saindo da biblioteca. A Condessa pareceu ter perdido a discussão com Violet; tirou algumas notas da bolsa e as jogou no balcão, depois saiu batendo o pé com suas lacaias. Os alunos mais velhos também foram embora, um deles carregando uma pilha de papéis impressos. Kwok-Tai e Lily se sentaram à mesa; Lily enxugando as lágrimas, Kwok-Tai a consolando. Eles saíram um minuto depois, ela encostada nele. Agora, Violet To estava sozinha na biblioteca.

O que Nga-Yee viu a seguir a deixou sem chão.

Violet saiu do balcão e foi até uma estante perto da janela, onde pegou um livro da quarta prateleira. Por mais que a resolução da tela não fosse muito alta, Nga-Yee reconheceu o homem de barba comprida na capa: o gigante literário russo Fiódor Dostoiévski.

E não foi só isso.

Violet folheou rapidamente as páginas do *Crime e castigo* e tirou uma folha amarelo-clara que estava dobrada dentro dele. Guardou a folha no bolso, recolocou o livro no lugar e voltou correndo para trás do balcão.

— Ela é a pessoa que você está procurando, srta. Au — disse N, tirando os fones de ouvido e olhando para Nga-Yee, que estava muda.

— Então... aquela é a folha que falta na carta de despedida da Siu--Man? — indagou Nga-Yee, recuando em direção à porta, como se estivesse prestes a atravessar a rua correndo para arrancar o papel das mãos de Violet.

— Você precisa se acalmar. — N se levantou, pegou outra cadeira e empurrou os ombros de Nga-Yee para forçá-la a se sentar. — A carta é falsa.

— Falsa? Mas aquela é a letra da Siu-Man...

— Eu imitei.

Nga-Yee olhou para ele, incrédula.

— Por que você fez algo tão cruel? — bradou ela, com o rosto muito vermelho. — A Siu-Man partiu sem dizer uma única palavra, e você me fez acreditar que ela tinha deixado alguma coisa...

— Essa era a única forma de encontrar o kidkit727 — disse N, com o rosto inexpressivo. — Nunca perdi de vista para que você me contratou, srta. Au: encontrar a pessoa que escreveu aquele post no blog. Foi você quem se esqueceu do nosso objetivo assim que pôs os olhos naquela carta. Você tem que entender que essa era a única maneira de encontrar evidências conclusivas.

— A única?

— Tudo o que você falou antes, sobre testemunhas oculares e provas, era circunstancial — explicou N, sem pressa. — Nada daquilo nos disse a verdadeira identidade do kidkit727. Essa pessoa postou no Popcorn sem deixar rastros, depois mandou aquelas mensagens para a sua irmã do metrô, também sem rastros. Mesmo se eu conseguisse pegar o telefone de kidkit727 e hackear sua caixa de e-mail, ainda poderia não encontrar nem a postagem, nem aquelas mensagens. E mesmo que eu pudesse provar que as mensagens partiram de um determinado smartphone, não teria como provar que a pessoa que o estava usando era o kidkit727 em pessoa. Pensa comigo: se eu invadisse o celular de alguém, usasse esse celular para enviar ameaças e conseguisse sair sem deixar nenhuma evidência, você acusaria erroneamente o dono do celular. Eu sempre soube que os dados, por si só, não nos ajudariam a encontrar nosso culpado.

— Então por que reunimos todas essas evidências?

— Para enxugar a lista de suspeitos. Quando sobraram só uns poucos, foi a hora de dar o segundo passo: montar uma armadilha para o culpado cair. Ela mesma provou que é o kidkit727. A razão de termos ido à escola na semana passada foi estudar o terreno e procurar o melhor lugar para montar uma armadilha. Eu não te expliquei como funciona o reconhecimento?

Nga-Yee se lembrava de ele ter usado aquela palavra depois de ter sido sequestrado pelos gângsteres da Tríade.

— Então você pensou na carta de suicídio falsa na semana passada?

— Eu pensei nisso no dia em que aceitei seu caso, mas só decidi implementá-la na semana passada. Sua irmã não deixou nenhuma carta, então essa era uma ótima forma de mexer psicologicamente com o culpado.

— Mas como você conseguiu copiar a letra da…

Antes que ela conseguisse terminar a frase, N enfiou a mão na bolsa e tirou um maço de papéis: o dever de casa de Siu-Man.

— Com todas essas amostras, eu só tive que passar alguns dias praticando para produzir algo mais ou menos parecido. A caligrafia só tinha que ser semelhante o suficiente para convencer você. Eu precisava que você dissesse que aquilo era verdade na frente de todos os nossos suspeitos. Se a própria irmã da Siu-Man confirmasse, nenhum deles ia questionar.

Nga-Yee entendeu: ela tinha sido usada por N. Embora entendesse os seus motivos, era difícil não ficar chateada por ter sido novamente enganada.

— *Ana Karenina* e *Crime e castigo*?

— Fui eu também, claro.

— Você invadiu a escola antes para plantar o bilhete?

— Não. Tudo isso aconteceu bem na sua frente — falou N, indiferente. — Semana passada, eu não só roubei o script da Condessa; eu também levei um outro livro junto.

— Como assim?

— Eu estava pensando em qual livro escolher quando o Kwok-Tai ligou. Tive que tomar uma decisão precipitada, então enfiei o primeiro volume de *Ana Karenina* debaixo do casaco enquanto saía correndo. Essa é uma tática comum de furto em lojas.

— A Siu-Man nunca pegou ele emprestado?

— Não.

— Eu tinha achado mesmo estranho. Ela nunca lia nenhum romance, que dirá Tolstói.

— Depois de falsificar a carta de suicídio, eu liguei pra você e disse que a gente ia voltar pra escola — continuou N. — Eu disse que o livro estava em meio à pilha que a srta. Yuen tinha dado pra gente; e disse a ela que tínhamos encontrado ele na sua casa. Dessa forma, vocês duas foram enganadas. O volume um foi a linha, o dois foi a isca, e o *Crime e castigo* foi o anzol…

— Ah! Então você plantou a segunda e a terceira folhas de papel agora mesmo!

— Exato. Não dava pra ver o que eu estava fazendo, porque a estante atrapalhava; bastaram alguns segundos. Quando deduzi que o assassino devia ser alguém que a sua irmã conhecia, decidi que a carta de suicídio falsa seria a melhor maneira de fazer a culpada se revelar. Se a pessoa achasse que o bilhete revelaria o verdadeiro nome do kidkit727, ela faria qualquer coisa pra se livrar daquela evidência. Claro, o kidkit727 não tinha como saber se a carta tinha o nome dele ou de outra pessoa, mas não ia se arriscar, não depois de ter feito tanto esforço para manter sua identidade em segredo.

Os olhos de N ainda estavam fixos na tela, observando Violet.

— Então quem foi até a estante de literatura estrangeira só pode ser o culpado? — perguntou Nga-Yee. — Mas e se a Violet estivesse apenas curiosa ou ajudando a gente na busca?

— Como você acha que eu sabia que o kidkit727 ia procurar o livro certo? — N se virou rapidamente para Nga-Yee. — A Violet se entregou antes mesmo de a gente sair da biblioteca.

— Como?

— Você não se perguntou como é que podia existir um registro do empréstimo de *Ana Karenina* no histórico se eu que tinha roubado?

Nga-Yee ficou de queixo caído.

— Você... você invadiu o sistema da escola!

— Isso. — N sorriu. — O histórico de empréstimo da Enoch é todo on-line; eles acabaram com o sistema de cartões, o que tornou a minha vida muito mais fácil. Tudo o que eu tive que fazer foi apertar alguns botões pra mudar o status de cada um dos livros. Olha, essa aqui é a página da sua irmã agora.

Ele digitou no teclado e empurrou um laptop para perto de Nga-Yee. A tabela que apareceu na tela era intitulada "Nome: Au Siu-Man / Turma: 3B / Carteira de estudante: A120527". Em seguida, havia três linhas:

889.0143/ *Ana Karenina*, Volume Um/ Summer Press/ 30.4.15/ EM ATRASO

889.0144/ *Ana Karenina*, Volume Dois/ Summer Press/ 30.4.15~4.5.15/ Devolvido

889.0257/ *Crime e castigo*/ Zhiwen/ 30.4.15~4.5.15/ Devolvido

— Foi o que apareceu na tela pra Violet To, mas o que ela nos disse foi que a Siu-Man só tinha pegado emprestado o *Ana Karenina*. Naquele momento, ela provou que era o kidkit727 — explicou N, apontando para a tela.

Nga-Yee não conseguia respirar. Violet parecia tão serena e prestativa, mas estava mentindo descaradamente o tempo todo, tratando eles dois como idiotas. Nga-Yee não entendia como um ser humano podia ser tão perverso, muito menos como uma garota de 15 anos era capaz de enganar dois desconhecidos sem nem piscar.

Plim. Uma nova notificação apareceu na tela mostrando o histórico de empréstimos de Siu-Man.

— Hmm, interessante! — exclamou N.

A janela do navegador ficou vermelha, e em um canto apareceram as palavras "Modo Editor". Enquanto Nga-Yee estava olhando, uma linha de texto ficou em destaque, depois desapareceu da tela.

"889.0257/ *Crime e cast...*" foi excluído.

Nga-Yee rapidamente voltou o olhar para a tela de vigilância, onde Violet ainda estava no balcão, trabalhando em seu computador.

— Essa tela espelha o computador da biblioteca. Tudo o que você vê nela está acontecendo em tempo real.

— Ela está destruindo os registros.

Nga-Yee esperava que tudo aquilo fosse algum tipo de mal-entendido; enquanto colega de profissão, ela se sentia próxima de Violet. Mas tudo o que ela tinha acabado de ver deixava claro que aquela garota aparentemente tranquila e estudiosa era a assassina de sua irmã.

— Ah, isso foi esperto da parte dela. Agora ninguém tem como saber — disse N, seco.

— Mas… mas o culpado deveria ser a Lily. — Nga-Yee estava tendo problemas para aceitar a verdade, tendo passado os últimos dias convencida de que Lily tinha atormentado sua irmã por ciúmes.

— Você ainda não acredita em mim? Seu cérebro realmente é mais teimoso do que um burro empacado — resmungou N. — Tive que arquitetar para todos os suspeitos estarem presentes. Isso não é suficiente pra você? Se a Lily fosse o kidkit727, sua reação seria primeiro de choque, e depois fingir estar calma enquanto pensava no próximo passo, não sentar em um canto e se debulhar em lágrimas.

— Você arquitetou pra que todos os suspeitos o quê?

— Por que você acha que eu pedi pra encontrar a Lily e o Kwok-Tai na biblioteca quando a Violet estava de plantão? E como você acha que a Condessa apareceu naquele exato momento?

— Pera. Eu entendi que você inventou alguma desculpa pra atrair a Lily e o Kwok-Tai pra lá, mas foi só coincidência a Condessa ter…

— Não confio o meu trabalho à sorte nem à coincidência — rebateu N. — A Condessa não devia um centavo à biblioteca. Eu hackeei o sistema e enviei aquele alerta.

— Pera… Então isso significa que você se atrasou de propósito? — Era claro, ela percebeu; chegar com o livro quando todos estivessem presentes provocaria o máximo de impacto possível.

— Correto. Eu cheguei aqui bem cedo hoje de manhã e montei a vigilância com o Pato, para garantir que cada passo saísse de acordo com o planejado. Se um aluno tivesse pegado emprestado o segundo volume do *Ana Karenina* ou o *Crime e castigo*, eu teria alterado o histórico da sua irmã outra vez. Embora, com as férias de verão começando daqui a alguns dias e todos os livros tendo que ser devolvidos até amanhã, fosse pouco provável que alguém quisesse dar uma olhada em um calhamaço russo justo agora. — N sorriu. — Ah, e pra ter certeza de que a gente ia conseguir entrar na biblioteca, fiz uma coisa ruim; os professores ainda estão sofrendo com ela.

Nga-Yee olhou espantada para ele.

— Você invadiu o servidor da escola e excluiu os resultados das provas?

— Óbvio. Se eu não tivesse feito isso, a srta. Yuen estaria esperando a gente na porta pra pegar o livro. Que desculpa a gente ia conseguir usar para ir até a biblioteca? Eu tinha que fazer alguma coisa pra me certificar de que ela estaria ocupada. E você não me decepcionou. Sua atuação foi um pouco dura, mas você conseguiu inventar uma história para o segurança. Não precisei usar meu plano B.

— Pera, você sabia que eu… Ah!

N apertou outra tecla. O histórico de empréstimos de Siu-Man sumiu da tela e foi substituído por outra imagem: a entrada da escola.

— Tem uma câmera no carro estacionado do outro lado da rua, e um dispositivo de escuta em uma das jardineiras perto do portão. Eu ouvi tudo que vocês dois falaram. — N bateu em seus fones de ouvido. — Quando você conseguiu entrar na escola, eu desci e fiquei esperando. O Pato continuou vigiando pela tela e, quando todo mundo estava reunido, me deu o sinal, e eu subi os cinco lances de escada pra encenar o ato seguinte.

Nga-Yee ainda tinha suas dúvidas.

— Se Violet é o kidkit727, como ela conseguiu a foto da noite de Natal? Como ela soube o que tinha acontecido com a Siu-Man naquele dia?

— O kidkit727 não sabe de verdade o que aconteceu no karaokê. O post menciona apenas vagamente bebida e "um pessoal baixo nível", e o e-mail para sua irmã tinha só a foto, sem nenhum texto. Acho que a foto era tudo o que ela tinha, e ela inventou uma história que se encaixasse. Desde que soasse como se ela soubesse o que tinha acontecido, e que as outras pessoas acreditassem nela, já seria o suficiente.

— Mas a foto...

— Acho que o Jason mandou pra ela.

Jason era primo do cara ruivo, aquele que o detetive Mok disse que estudava na Enoch também.

— A Violet conhece o Jason?

— Não está claro, mas isso não importa. — N bateu na tela. — Se ela quisesse, poderia facilmente roubar dados de qualquer número dos seus colegas de escola. Lembra da estação de carregamento de telefone na biblioteca?

— Quer dizer que ela esperou que o Jason conectasse o telefone e baixou a foto em silêncio?

— Algo assim. — N sacou o telefone de Siu-Man e o girou para mostrar a Nga-Yee a porta de carregamento. — Isso também pode ser usado para baixar dados. Depois de conectado a uma entrada USB, você só precisa de algum conhecimento técnico básico pra recuperar o que for preciso. Isso se chama *juice jacking*.

— A Violet sabe fazer isso?

— Não faço ideia, mas o Rat com certeza sabe — disse N, lembrando a Nga-Yee da teoria de que o kidkit727 era na verdade duas pessoas. — Inclusive, acho que ela não estava procurando por aquela foto em particular. Aposto que ela coletou alguns segredos dos colegas de escola através da estação de carregamento, fosse por diversão ou por algum outro motivo, e só mais tarde percebeu que era a sua irmã na foto. O Kwok-Tai falou pra gente que alguns dos alunos mais velhos fofocaram sobre o que aconteceu, e tenho certeza de que o Jason compartilhou a foto com os amigos dele. Bastou um deles carregar o celular, e Violet passou a ter a foto também. Você deveria ser grata por não haver nada mais obsceno na imagem ou ela poderia ter viralizado. Já teve alguns casos assim nos Estados Unidos, de fotos de abuso sexual se espalhando pela escola.

— Mas isso é só suposição, certo?

— Certo. Não tenho como provar que foi assim que a Violet conseguiu a foto, mas tenho cem por cento de certeza de que alguém usou a estação de carregamento da biblioteca pra roubar dados.

— Por quê?

— Porque eu sou um hacker. — N puxou um aparelho preto do bolso e o colocou sobre a mesa. — A biblioteca não tinha apenas um *power bank* cinza, tinha também esse carregador que pode extrair dados. A maioria das pessoas não sabe distinguir entre os dois, mas só existem alguns modelos em Hong Kong que fazem isso, então não é difícil identificar.

Nga-Yee se lembrou vagamente de que, na primeira vez que tinha ido à biblioteca, ela notou um único carregador separado do resto do *power bank* e achou aquilo estranho na hora.

— Mas como você explica a gravação do detetive Mok? A assistente do Martin Tong identificou a Lily como a pessoa que tinha tentado descobrir mais coisas sobre o caso.

— Foi alguém que disse que se chamava Lily Shu; isso não significa que era realmente ela — falou N, parecendo impaciente. — O kidkit727 mostrou que não mede esforços pra encobrir seus rastros. Você acha que ela usaria o nome verdadeiro? Não importa se foi a Violet ou outra pessoa se passando pela Lily. Como eu disse, a única coisa que importava era fazer o kidkit727 se revelar. Todo o resto é, no máximo, mais evidência pra confirmar nossa hipótese.

Nga-Yee ainda não estava convencida.

— E a Condessa? O Kwok-Tai e a Lily disseram que ela estava bisbilhotando no dia do funeral. Isso significa que ela se sentiu culpada. Ou você acha que o Kwok-Tai estava mentindo também?

— Algumas pessoas têm línguas afiadas, mas seus corações são moles como tofu. A Condessa pode parecer cruel, mas na verdade é uma pessoa sensível. — N puxou o caderno de condolências e o abriu. — Veja só isso aqui.

Nga-Yee olhou para a página. Era uma que já tinha visto antes: "Siu-Man, me desculpe. Por favor, perdoe minha covardia. Desde que você se foi, não consigo parar de me perguntar se a culpa é nossa. Me desculpe. Que você descanse em paz. Espero que sua família possa se recuperar da dor".

Não estava assinado, mas Nga-Yee adivinhou o que N estava querendo dizer.

— Isso foi escrito pela Condessa? — disse ela, desconfiada.

— Veja por si mesma. — Ele lhe estendeu o script roubado de *O Mercador de Veneza*. Nga-Yee ficou confusa por um momento, até que percebeu que as notas de atuação e os ajustes no texto estavam na mesma caligrafia da página de condolências.

— Bem...

Ainda era difícil acreditar que a arrogante Miranda Lai pudesse ter redigido aquelas palavras tão humildes, mas mesmo um amador percebia, de pronto, que a caligrafia batia.

— Vai dizer que ela estava fingindo? — perguntou N. — Não tenho como provar, claro, mas na verdade acho que é o oposto: o que ela escreveu no livro está muito mais próximo do verdadeiro eu dela do que o comportamento do dia a dia. A mensagem não está assinada, então não havia necessidade de fingimento. Isso torna a aparição dela do lado de fora do velório mais fácil de explicar: ela realmente queria se despedir de sua irmã. Mas talvez estivesse com medo de estragar a própria imagem ou talvez tenha visto o Kwok-Tai e a Lily e, por fim, não entrou.

— Por que ela é normalmente tão rude, então?

— Você nunca frequentou a escola, srta. Au? Não lembra como era importante que os colegas vissem você de uma determinada forma? Pouquíssimos jovens hoje em dia são capazes de ignorar a maneira como os outros olham pra eles. Se todo mundo concordar que dois mais dois são cinco, você iria se opor à multidão? Fazer muito estardalhaço ao discordar pode significar ser condenado ao ostracismo. Se os amigos da Condessa farejassem qualquer fraqueza nela, ela voltaria a ser uma plebeia em pouco tempo. Cada um deles está usando uma máscara de um tipo ou de outro, forçando-se a assumir a forma de uma pessoa ideal. Os adultos deveriam dizer a eles pra terem mais confiança e serem eles mesmos, mas na nossa sociedade doente educação é sinônimo de criar um lote após o outro de robôs que vão se submeter à autoridade e se conformar com o que os poderosos dizem.

Nga-Yee não sabia o que responder. Aquilo era mais uma coisa que ela tinha ignorado, porque sua juventude tinha sido uma confusão. Refletindo sobre ela agora, a teoria de N em relação à Condessa fazia sentido. Kwok-Tai mencionou tê-la visto sozinha, sem suas lacaias. São nesses momentos que somos mais nós mesmos, quando não há ninguém por perto e baixamos a guarda.

— Mas... mas a Condessa devia saber que alguém podia acabar reconhecendo a caligrafia dela...

— Dá pra ver que cada um escreveu em uma folha de papel separada e depois entregou à professora, pra que nenhum dos colegas de turma visse, e só depois foi encadernado. Além disso, a maioria das pessoas não fica por aí analisando se as palavras de um caderno de condolências são sinceras ou não.

Nga-Yee estava perplexa.

— Eu... Eu não tinha pensado em usar esse script para pôr à prova os sentimentos da Condessa... — gaguejou ela.

— Eu também não. — N deu de ombros. — Era para ser só um adereço para o que a gente ia fazer na sequência, mas então a Violet To revelou sua culpa, e os planos de contingência se tornaram desnecessários.

Nga-Yee sentiu uma pontada de inquietação; algo ainda não fazia sentido para ela.

— Só a Violet To poderia ter caído na armadilha que você montou hoje. Ela era a única que tinha como alterar o histórico de empréstimos, por exemplo. Quando você começou a suspeitar dela?

— Quando a conheci na biblioteca, na semana passada, achei que tinha oitenta ou noventa por cento de chances de ela ser a pessoa que você estava procurando.

— Como assim? Isso foi antes de a gente ouvir o Kwok-Tai falar da rixa entre a Siu-Man e a Lily ou do incidente no karaokê!

— Sim. Eu queria obter mais informações do Kwok-Tai para que a gente pudesse eliminar definitivamente a Lily da lista de suspeitos.

— Mas por que a Violet? Isso foi antes do Kwok-Tai contar pra gente daquela garota que ela forçou a abandonar a escola... Qual era o nome dela? Laura?

— Você estava comigo o tempo todo, mas não percebeu que a Violet foi a única pessoa a dizer algo estranho.

— O quê?

— Eu fiz mais ou menos a mesma pergunta pra todos os colegas e pra srta. Yuen naquele dia. Você lembra?

— Você quer dizer a pergunta sobre quem a Siu-Man tinha ofendido pra fazer com que quisessem difamá-la daquele jeito?

— Correto. E você se lembra de como eles responderam?

— A srta. Yuen disse que não havia *bullying* na turma, a Lily disse que tinha sido a Condessa, a Condessa disse que não fazia ideia, a Violet disse que tinha sido a Lily, e o Kwok-Tai nos contou sobre o incidente com a Violet. Você suspeitou da Violet porque ela acusou a Lily? Mas a gente ainda não sabia da gravação do detetive Mok.

— Você está perdendo o foco. Não importa quem eles mencionaram, importa como eles interpretaram a minha pergunta.

Nga-Yee ficou olhando para ele sem entender.

— A Lily disse que a Condessa era uma tagarela e que provavelmente tinha feito fofoca sobre aquilo; a Condessa disse que a escola tinha dito pra eles não falarem sobre o assunto, então ela não sabia quem tinha comentado com alguém de fora sobre aquilo; o Kwok-Tai disse que a Violet tinha preconceitos quanto à Siu-Man e que podia ter espalhado os boatos sobre ela; e a srta. Yuen simplesmente começou a falar sobre *bullying*. — N fez uma breve pausa. — A Violet foi a única que falou sobre amigos atacando uns aos outros, e sobre como hoje em dia qualquer um pode simplesmente entrar na internet e postar o que quiser.

— E qual o problema nisso?

— Quando a gente estava andando pela escola perguntando quem tinha difamado a Siu-Man, quem a gente estava procurando?

— O kidkit727, claro!

— Mas, no que diz respeito aos colegas de escola da sua irmã, a pessoa que tinha difamado a Siu-Man era outra.

— Outra pessoa?

— De acordo com o sobrinho do Shiu Tak-Ping, todas as informações sobre sua irmã roubar namorados e ter amigos indesejáveis tinham vindo de um dos colegas dela.

— Mas o Shiu Tak-Ping não tem nenhum sobrinho… Ah!

Agora ela tinha entendido. Da perspectiva dos adolescentes, a pessoa que Nga-Yee estava procurando era o colega *mencionado* no post: "De acordo com um colega de turma dela…". Nenhum deles deveria saber que o verdadeiro *autor* do post estava entre eles.

— Todos eles mencionaram o fato de alguém ter falado com estranhos, repórteres e assim por diante. Só a Violet falou em postar na internet, como se soubesse que não existe nenhum sobrinho. Isso colocou ela no topo da minha lista de suspeitos. — N bateu na imagem de Violet na tela. — E sua confissão involuntária acabou de provar que eu estava certo.

A explicação de N era como descascar uma cebola, revelando camadas extras de motivação nas duas visitas que eles tinham feito à escola. Por fim, Nga-Yee estava pronta para aceitar que Violet To era o kidkit727. Seu coração se encheu de ódio por Violet e de tristeza por Siu-Man, mas se encheu mais ainda de uma sensação de impotência. Eles tinham encontrado o culpado, mas e daí? Isso mudava alguma coisa?

— Eu encontrei a pessoa que você me contratou pra encontrar, srta. Au. Se você não tiver mais nenhuma pergunta, o caso está encerrado — disse N.

— Mas… O que eu faço agora? Posso ir lá questionar ela? Eu deveria expô-la pra todo mundo ou gritar com ela em público?

— Isso aí só cabe a você decidir.

Nga-Yee ficou encarando desanimada a tela, que mostrava Violet sentada feito estátua atrás do balcão, como se olhar para a cara dela por tempo suficiente fosse fazer alguma coisa acontecer.

E, inesperadamente, fez.

Uma garota de cabelo curto entrou na biblioteca e cumprimentou Violet com um aceno de cabeça. Ela falou alguma coisa enquanto andava até o balcão e assumia a cadeira que Violet tinha acabado de desocupar. Violet saiu de detrás do balcão e foi embora sem pressa.

— Acho que a garota está assumindo o turno, depois do horário de almoço... Ah! — N engasgou.

— O que foi?

— A Violet virou para a direita. — N andou até a janela. — Tanto o refeitório quanto a saída da escola ficam pra esquerda.

Nga-Yee manteve os olhos fixos na tela, mas Violet logo saiu de quadro. N pegou a câmera de vídeo com a lente comprida e abriu o visor. Ajustou a câmera, usando o braço para mantê-la nivelada. A imagem na tela andou para a direita também. As mãos de N eram muito firmes, notou Nga-Yee. Logo Violet apareceu novamente. Ela olhou para cima e para baixo no corredor, e a seguir abriu uma porta perto da biblioteca: o laboratório de ciências. Enfiou a cabeça primeiro, para conferir se a sala estava vazia, depois entrou. Embora o ângulo fosse estranho, mesmo assim a câmera de N conseguia captar Violet claramente, parada na primeira bancada, perto do quadro-negro.

"O que ela foi fazer lá?", se perguntou Nga-Yee. Não havia ninguém por perto; provavelmente o monitor do laboratório também estava em horário de almoço.

O que Violet fez na sequência encheu Nga-Yee de raiva.

Ela pegou uma caixa na bancada e tirou do bolso um pedaço de papel amarelo-claro dobrado, a carta de despedida falsa. Hesitou por um segundo, então pareceu se controlar e abrir a caixa: fósforos. Violet acendeu um, depois segurou o papel pela ponta sobre o fósforo até que ele fosse engolido pelas chamas. Quando a maior parte virou cinza, ela jogou o restante sobre a bancada, que estava fora de quadro, mas onde provavelmente havia um recipiente à prova de fogo.

— Muito bem. É assim que se descarta uma evidência. — N parecia estar metade zombeteiro, metade admirado.

Nga-Yee não prestou atenção no que ele disse. Suas entranhas pareciam estar sendo remoídas por um espremedor, seu coração cortado em fatias finas. Ela ficou observando a expressão no rosto de Violet.

A garota tinha um leve sorriso nos lábios.

Aquele sorriso foi o suficiente para partir a racionalidade de Nga-Yee ao meio.

Ela se levantou num pulo, agarrou a faca em cima da cesta de frutas e se dirigiu para a porta.

Ao se virar e vê-la, N saltou por cima da cama e a agarrou pelo braço.

— Me solta! Eu vou lá matar aquela desgraçada! — Nga-Yee se debateu. — Ela está rindo! Sem um pingo de arrependimento! Ela nem mesmo parou pra ler a carta, só botou fogo! Se a Siu-Man tivesse mesmo escrito aquilo, teria sumido. Ninguém jamais saberia quais foram as últimas palavras dela. Aquela cobra não merece estar neste mundo! Como se não bastasse ter matado a Siu-Man, agora ela quer destruir até seu último vestígio, como se ela nunca tivesse existido.

As palavras desesperadas de Nga-Yee se transformaram em soluços, e ela continuou tentando se soltar das mãos de N.

— Larga essa faca! Vai lá e mata ela se você quiser, mas não com uma arma deste quarto — rugiu N. — A polícia vai rastrear você até aqui. Pode matar quem você quiser, mas não me põe no meio.

Nga-Yee estacou por um segundo. Jogou a faca em cima da cama e tentou sair correndo do quarto, mas N não a soltou.

— Eu já larguei a faca! Por que você ainda está me segurando? Eu vou me vingar pela Siu-Man.

A expressão de N havia voltado à placidez habitual.

— Você quer mesmo vingança?

— Me solta!

— Eu te fiz uma pergunta. Você quer mesmo vingança?

— Sim! Eu quero arrancar cada pedaço daquele monstro.

— Se acalma, e vamos conversar sobre isso.

— Sobre o quê? Você vai me dizer que eu deveria ir à polícia? Deixar que a justiça cuide disso ou qualquer coisa assim…

— Não. A justiça não vai conseguir lidar com a Violet — disse N friamente. — Embora provocar o suicídio de alguém seja crime em Hong Kong, isso não se aplica a esse caso. Seria preciso provar, por exemplo, que ela forneceu, ou sugeriu, o meio de ela se matar para conseguir a condenação. A Violet atormentou a sua irmã com aquelas mensagens, mas nunca a ameaçou de verdade nem sugeriu o suicídio.

— É por isso que matá-la é a única forma de fazer justiça!

— Você nunca me perguntou por que eu me chamo N.

Aquela mudança inesperada de assunto deixou Nga-Yee atordoada, e ela de fato se acalmou um pouco.

— Que importância tem seu nome? Você poderia se chamar N, M ou Q...

— É a abreviação do meu nickname, *Nêmesis*. O trabalho de detetive é só um passatempo. Minha verdadeira vocação é ajudar as pessoas a se vingarem. — Ele soltou o braço dela. — Não é barato, mas a satisfação é garantida.

— Você está falando sério?

— Lembra da primeira vez que você foi me ver e que a gente foi sequestrado?

— Tem como não lembrar?

— Quer saber o que fiz para provocar aqueles caras?

Nga-Yee olhou para ele desconfiada, tentando desvendar o que ele estava fazendo, depois concordou com a cabeça.

— Um dos meus clientes foi logrado em dez milhões de dólares e me contratou pra se vingar. A meta era extorquir mais de vinte milhões de dólares do vigarista; o valor original, mais os juros. Meu cliente me procurou porque não tinha nenhuma forma legal de obter o dinheiro de volta. O resultado você já sabe.

— Vinte milhões? — Nga-Yee ficou de queixo caído com aquela cifra.

— Vinte milhões não é nada. Já lidei com valores muito maiores. — N sorriu. — Pode ser difícil para o cidadão comum, que respeita as leis, entender, mas esses casos de vingança são mais comuns do que você imagina. Olho por olho. Mais ainda numa sociedade como a nossa, onde até existe uma fina camada de civilização na superfície, mas onde a lei da selva corre nas veias. Sobrevivência do mais apto. Eu normalmente lido com empresários que trabalham em... digamos... áreas cinzentas, mas posso aceitar um caso menor como o seu.

— Eu não quero dinheiro.

— Eu sei. Também faço esse tipo de trabalho sujo.

A expressão de N despertou alguma coisa na memória de Nga-Yee. Ela já tinha visto aquela cara antes, no momento em que ele virou o jogo contra os gângsteres da van. Ela achou que ele estava blefando, mas, até onde sabia, ele de fato estava pronto para machucar o filho do motorista ou para colocar parasitas comedores de cérebro na água daquele outro cara. Tendo visto até que ponto ele tinha investigado Violet To, não parecia alguém que fazia ameaças vazias.

— Qual o seu preço? — perguntou ela.

— Pra você, quinhentos mil dólares.

— Eu não tenho esse dinheiro, como você bem sabe — respondeu ela friamente.

— Os casos de vingança funcionam de maneira diferente das investigações. Não vou aceitar um centavo antecipado. Quando acabar, eu te apresento um plano de pagamento adequado.

— Você tem como me prometer que a Violet vai ter o que ela merece?

— A Violet To e o cúmplice vão receber o troco que merecem.

Nga-Yee perdeu o fôlego. Estava tão focada em se vingar do kidkit727 que havia se esquecido completamente do Rat. Ela ficou se perguntando em que consistiria o plano de pagamento personalizado de N; provavelmente teria algo a ver com vender seus órgãos. No entanto, o demônio da vingança tinha cravado suas garras tão a fundo nela que Nga-Yee teria sacrificado qualquer coisa de bom grado.

— Tudo bem, fechado.

N deu um sorriso. Algo em seu rosto despertou uma outra memória em Nga-Yee, dessa vez de um livro. Ela não conseguia se lembrar das palavras exatas, mas era algo sobre chamas dançando nos olhos de alguém, que depois sentia sua própria alma sendo sugada por eles. Era uma descrição de Rasputin, quando ele provocou sérios estragos à família do tsar, que o amava e o odiava ao mesmo tempo.

"Talvez eu tenha vendido minha alma a um demônio como o Rasputin", pensou. Mesmo assim, ela não estava arrependida de sua decisão.

Segunda-feira, 29 de junho de 2015

> A família da Siu-Man foi de novo à escola. Hoje eles encontraram a carta de despedida dela. 15:32 ✓

> Eu fiquei morrendo de medo. 15:32 ✓

carta de despedida? 15:54

> Sim, mas eu me livrei da página mais importante. 15:55 ✓

o que ela dizia? 15:56

> Não sei, eu queimei. 15:57 ✓

> Nem tive coragem ler. 15:57 ✓

muito bem, fez bem 15:58

> A gente pode se ver hoje à noite? 16:12 ✓

> Papai vai pra Pequim pelos próximos dez dias, então não preciso sair às escondidas. 16:14 ✓

> Mas se você estiver fazendo hora extra de novo, deixa pra lá. 16:16 ✓

vai ficar tudo bem 16:25

às sete no lugar de sempre 16:26

CAPÍTULO SETE

1.

— Nam, o que é esse "bônus de repetição"? — perguntou Hao, apontando para uma linha na tela do laptop.

Sze Chung-Nam e Hao estavam na pequena sala de conferências da GT Technology, preparando o relatório para Szeto Wai. O sr. Lee havia entrado em contato com a assistente do sr. Szeto para marcar uma nova visita na semana seguinte, e agora eles tinham que quebrar a cabeça para que tudo estivesse pronto a tempo.

— Quando os clientes assinam o pacote mensal de compra G-dollars, o sistema dá a eles um pouco mais a cada mês, mas os dólares adicionais só ficam disponíveis três meses depois — respondeu Chung-Nam sem olhar para cima. Ele estava curvado sobre uma calculadora, conferindo os números do seu modelo.

— Qual o objetivo disso? Achei que só as seguradoras faziam coisas assim.

— Deixa pra lá. A gente precisa acrescentar mais alguns tópicos pra melhorar a aparência do relatório.

— Isso é um pouco forçado — disse Hao, descrente. — O Szeto Wai não é um ignorante. Ele vai sacar isso na mesma hora. Se ele pedir mais detalhes, nem tenta empurrar pra mim.

— Tá bom, tá bom.

Chung-Nam e Hao estavam havia mais de uma semana preparando os materiais para aquela segunda visita e faziam reuniões de estratégia regularmente. Hao não era familiarizado com o mundo das finanças, e Chung-Nam também não entendia muito daquilo, então não tiveram escolha a não ser improvisar, tentando fazer com que "*commodities* de fofoca" e "futuros de G-dollar" soassem convincentes. Chung-Nam teve a ideia de dividir os itens das notícias em camadas, e permitir que os usuários se inscrevessem para ter acesso a uma prévia de artigos relacionados por uma pequena quantia de G-dollars. Eles poderiam então vender esse direito a outros usuários, por um preço que negociariam livremente. À primeira vista, parecia com o mercado de ações, mas Chung-Nam tinha dúvidas se aquilo funcionaria na prática. Hao defendeu a ideia mais simples de permitir aos usuários escolher entre diferentes tipos de assinatura, a serem pagas com G-dollars. Por uma pequena quantia, eles poderiam comprar informações de uma fonte específica. Chung-Nam achava que aquilo soava como seguir um canal do YouTube, mas por uma taxa. O sr. Lee quase não participou da discussão. Nas reuniões de equipe, a cada dois dias, ele aprovava tudo o que Chung-Nam sugeria e sempre terminava com as mesmas palavras: "Faça o que for preciso para que a SIQ invista na gente".

Chung-Nam também cogitou restringir a quantidade de G-dollars para aumentar o valor dos futuros e das opções, mas os G-dollars eram uma *commodity* artificial destinada a fazer com que os usuários dessem dinheiro de verdade em troca de fofocas, e limitar sua circulação só faria os usuários perderem o interesse, então não valia a pena. Todos os esquemas que eles criavam eram incompatíveis com o modelo central de negócios da GT e tiveram que ser abandonados.

Desde o jantar particular com Szeto Wai, as ideias de Chung-Nam tinham dado uma guinada de 180 graus.

Ainda que a SIQ acabasse mesmo investindo na GT, aquele relatório serviria apenas para tapar buraco. Tudo o que Chung-Nam tinha que fazer era enrolar aquilo o suficiente; ele sabia que não tinha com o que se preocupar. Nesse aspecto, o verdadeiro objetivo do relatório era enganar o sr. Lee, que parecia acreditar que frases sem sentido como "bônus de repetição" eram suficientes para persuadir Szeto Wai. Chung-Nam sabia o quão superficial era o conhecimento do sr. Lee e quanta confiança ele tinha apesar disso. Se ele e Hao pudessem fazer aquela proposta ridícula parecer convincente o bastante, o sr. Lee não diria nada, ainda que tivesse dúvidas, por medo de expor sua ignorância.

Tudo estava ao alcance de Chung-Nam. Nos últimos dias ele tinha se tornado desleixado ao trabalhar no relatório com Hao, tentando apenas entupi-lo com o máximo possível de coisas. Uma outra voz lhe dizia que ele precisava se valer daquela vantagem e aproveitar a oportunidade para concretizar suas ambições.

Ele aproveitou o feriado do dia anterior, que celebrava a transformação de Hong Kong em uma Região Administrativa Especial da China, para ligar para Szeto Wai e propor outro encontro.

— Alô — disse uma voz após alguns toques.

Chung-Nam a reconheceu: Doris.

— Aqui é... Aqui é o Sze Chung-Nam, da GT Technology. O sr. Szeto está? — Ele manteve a voz calma.

— O sr. Szeto não está disponível no momento. Quer deixar um recado?

— Claro. — Chung-Nam engoliu em seco. — Tenho alguns assuntos relacionados à GT Technology que eu gostaria de tratar com o sr. Szeto. Seria ótimo se pudéssemos nos encontrar pessoalmente.

— Está bem, vou passar o recado a ele.

— É... OK, obrigado. — Ele não sabia o que mais dizer diante de uma resposta tão curta.

Não estava preparado para falar com ninguém além do sr. Szeto; tinha todo o roteiro preparado e as etapas planejadas. Mas, em vez disso, ficou preso a ter que esperar passivamente que ele retornasse sua ligação.

Vinte e quatro horas haviam se passado, e o sr. Szeto ainda não havia ligado. Chung-Nam xingou Doris em silêncio; tinha certeza de que ela havia se esquecido de passar o recado. Decidiu que iria telefonar de novo, depois do expediente, mas, logo após o almoço, quando ele e Hao estavam na sala de reuniões trabalhando no texto e nos slides para a proposta, ele ouviu o toque pelo qual esperava.

— Preciso atender — disse a Hao, e saiu correndo da sala de reuniões, rumo ao corredor do lado de fora do escritório.

— Alô. Chung-Nam falando.

— Alô. Desculpe não ter ligado ontem. Doris tem uma caligrafia tão terrível que achei que fosse outro Charles que tinha ligado. —

Szeto Wai deu uma risadinha. — Ela me disse que você quer se encontrar comigo. Qual o assunto?

— Hmm, não tenho como falar agora. — Chung-Nam manteve a voz baixa, voltando-se para olhar a porta do escritório, com medo de que Hao ou algum de seus colegas de trabalho estivesse escutando.

— Claro. Você está livre hoje à noite? Quer sair pra beber alguma coisa?

— Está ótimo. Na hora em que for melhor pra você.

— Pode ser às nove? Já tenho um jantar marcado — disse Szeto Wai. — Pego você em Mong Kok?

— Não, não, não precisa se incomodar. É só me dizer onde, que eu dou meu jeito. — Mais uma vez, Chung-Nam estava com medo de ser visto por alguém do trabalho.

— Vou te levar a um bar exclusivo para membros, você não vai poder entrar sozinho... — O sr. Szeto hesitou, depois disse com uma seriedade exagerada: — É melhor a gente se encontrar em Mong Kok primeiro.

Chung-Nam achou aquilo estranho, mas, para não ficar mais uma vez parado em uma esquina achando que o chefe ou colegas de trabalho iam passar, ele disse apressado:

— Na verdade, me lembrei agora que tenho de resolver um assunto depois do trabalho. Vou estar em Quarry Bay, no lado leste da Ilha de Hong Kong. Por que não nos encontramos lá?

— OK. Pode ser às nove horas no Taikoo Place? — Era um conhecido distrito comercial de Quarry Bay. O escritório da IBM em Hong Kong ficava lá.

— Ótimo, obrigado!

Chung-Nam escolheu aquele local puramente para reduzir a probabilidade de esbarrar com seus colegas de trabalho. Ninguém do escritório morava na Ilha de Hong Kong, e, mesmo que tivessem planos de jantar lá, era muito mais provável que estivessem em Causeway Bay ou em Central. Tentando não parecer muito presunçoso, Chung-Nam voltou para a sala de reuniões, onde Hao ainda estava atacando o computador, digitando palavras e números que ele não entendia.

— Namorada? — perguntou ele de repente.

Chung-Nam levou alguns segundos para perceber que ele estava se referindo ao telefonema.

— Rá, você sabe que sou solteiro. — Ele sorriu para disfarçar a ansiedade, assumindo um ar de indiferença.

— Ah... não era sua namorada no telefone? Bom, mesmo que ela não fosse sua namorada... Mas acho que não, ela realmente não parece o tipo — respondeu Hao, sem tirar os olhos do teclado.

— Era só um colega do tempo da escola me convidando pra jantar semana que vem — disse Chung-Nam, lançando a primeira desculpa em que conseguiu pensar.

— Não estou falando da ligação. — Hao olhou bem nos olhos dele, com um sorriso maldoso. — Essa garota parecia muito jovem. Não deve ter sido barata.

— Do que você está falando?

— Alguns dias atrás eu fui ao cinema no Festival Walk. Depois, na praça de alimentação, vi você num encontro com uma adolescente. — Hao ergueu uma sobrancelha. — Namorada de aluguel?

Chung-Nam congelou. Não imaginava que tinha sido visto.

— Não fala bobagem — disse ele, franzindo a testa. — Era a minha irmã mais nova.

— Você tem uma irmã mais nova? Por que é que você nunca falou dela?

— Ah, por favor. — Chung-Nam baixou o tom de voz. — Se você e o Ma-Chai soubessem que eu tinha uma irmã mais nova tão bonitinha, iam me encher a paciência pedindo pra eu apresentar ela pra vocês.

— De jeito nenhum. Eu não sou pedófilo. Eu não gosto de garotinha. E, na real, sua irmã nem é tão bonita assim.

— Chega de baboseira. — Chung-Nam sentou ao lado de Hao. — Você transformou a projeção do número de usuários em uma linha de tendência?

— Aqui está. Mas não acho que esses números sejam muito bons. — Hao continuou explicando os problemas, mas Chung-Nam não entendeu uma única palavra. Ele não conseguia acreditar que Hao o tinha visto aquela noite. Não ligava para o que Hao tinha ou não visto, mas o incomodava não ter percebido que estava sendo observado. Pensou de novo no homem suspeito que tinha visto no metrô depois do jantar com Szeto Wai.

Às sete da noite, Chung-Nam se levantou.

— Estou indo... Tenho um assunto urgente pra resolver — disse ele, largando Hao soterrado na papelada.

— Ei, nesse ritmo a gente não vai terminar isso pra semana que vem.

— Eu faço alguma coisa no fim de semana.

— Tudo bem, mas não espere nenhuma hora extra de mim no fim de semana. Já tenho planos. — Hao sorriu. — Até mesmo alguém com a corda no pescoço precisa respirar um pouco.

Chung-Nam fez "OK" com a mão e saiu trotando do escritório com sua maleta na mão.

Nas ruas movimentadas de Mong Kok, pegou o metrô em direção a Quarry Bay. A baía, em si, havia desaparecido; os estaleiros tinham sido substituídos por um condomínio de luxo, o Taikoo Shing, ao passo que o Taikoo Place ficava onde antes eram as fábricas de açúcar. Apenas um nome de rua ou outro, como Shipyard Lane, permanecia como uma lembrança do passado. Havia muitos restaurantes no Taikoo Place, que atendiam à maioria dos funcionários dos escritórios, enquanto as barracas de comida mais baratas, nos becos, serviam aos moradores de longa data. Chung-Nam tinha planejado jantar em um lugar de estilo norte-americano na Tong Chong Street, chamado The Press, mas uma rápida olhada no menu ao lado da porta mostrou que só as entradas custavam mais de cem dólares. Ele não tinha orçamento suficiente para aquilo; em vez disso, embrenhou-se na rua seguinte, onde um restaurante de *noodles* de aparência bem decadente foi capaz de saciar sua fome.

Alguns *dumplings* e *noodles* mais tarde — que, inesperadamente, estavam deliciosos —, Chung-Nam ficou no restaurante, aguardando até a hora marcada. Continuou repassando vários cenários, esperando que aquele encontro fosse tão tranquilo quanto o anterior. Não havia muitos clientes, e os garçons ficaram sentados, olhando para a TV, ignorando o funcionário de escritório anônimo e distraído que espreitava em um canto.

Às 20h50, Chung-Nam foi arrancado de seu devaneio pelo toque do celular.

— Estou em Quarry Bay, na King's Road — veio a voz de Szeto Wai. — Onde você está?

— Na Hoi Kwong Street.

Szeto Wai repetiu o nome da rua e foi respondido por um bipe, provavelmente o seu GPS encontrando a localização.

— Encontro você na esquina da Hoi Kwong com a Tong Chong.

Chung-Nam pagou a conta apressado e saiu correndo do restaurante, esperando encontrar o Tesla Model S preto. No entanto, quando se aproximou da esquina, lá estava Szeto Wai, parado ao lado de um carro esporte vermelho deslumbrante.

Chung-Nam apertou sua mão, incapaz de tirar os olhos do veículo.

— Sr. Szeto, isso é um...

— Eu disse que tinha uma coisa para te mostrar — cantarolou Szeto Wai. — Reconhece a marca?

— Claro! É um Corvette C7.

Chung-Nam estava tão emocionado que se esqueceu de soltar a mão do sr. Szeto. Aquele era o modelo mais recente, sua potência e seu traçado elegante tão impressionantes quanto um Porsche ou uma Ferrari. Não havia quase nenhum daqueles em Hong Kong.

— Peguei emprestado de um amigo. Vamos dar uma volta! — O sr. Szeto parecia tão empolgado quanto uma criança com um brinquedo novo.

Chung-Nam se sentou no banco do carona, ainda mais animado do que quando entrou no Tesla. Só os assentos, com sua estrutura de liga de magnésio e o logotipo do Corvette, com as duas bandeiras, já faziam aquele carro ser acima da média. Em comparação com os modelos europeus, os Chevrolets tinham uma espécie de energia selvagem que combinava com o clima de domínio que Chung-Nam procurava.

— É dia de folga da Doris, então achei que valia a pena pegar o modelo de dois lugares — disse Szeto Wai, entrando pelo lado do motorista. — Além disso, tenho certeza de que você entende... Se eu deixasse a Doris dirigir, ia ficar envergonhado de me sentar ao lado dela.

— Hmm, é verdade, ia ser estranho ver uma mulher dirigindo um Corvette. — Na opinião de Chung-Nam, aquele era um carro extremamente masculino.

— Esse não é o problema. Eu só me preocupo em ficar parecendo um macho beta. — Szeto Wai parecia estar se abrindo com ele; um bom sinal. Isso significava que ele estava começando a ver Chung-Nam como amigo.

Szeto estava vestido de maneira casual novamente: camisa branco-acinzentada sem gravata, um paletó azul-escuro leve, calça cáqui e sapatos marrom-escuros. Todo o conjunto o fazia parecer bem mais novo do que sua idade real. Aquelas roupas podiam parecer informais, mas uma análise atenta revelaria um apuro excepcional que, somado ao relógio Jaeger-LeCoultre em seu pulso esquerdo, indicava que ele era absurdamente rico.

Enquanto Szeto Wai afivelava o cinto de segurança, Chung-Nam se deu conta de uma coisa.

— Ei, esse Corvette tem o volante à direita!

— Claro, os veículos com volante à esquerda não podem ser registrados em Hong Kong. — Szeto contraiu o lábio. — A menos que você seja um diplomata ou algum, hm, poderoso da China.

— Mas eu lembro de ter lido que a Chevrolet não fabrica C7s com volante à direita.

— Isso não importa, desde que você tenha dinheiro. — Szeto Wai sorriu. — Na verdade, eu agi como intermediário nos Estados Unidos para conseguir esse carro para o meu amigo. Coloquei ele em contato com os norte-americanos, comprei peças de reposição em uma concessionária, mudei o volante da esquerda pra direita. Depois disso, tudo o que ele precisou fazer foi providenciar o frete pra Hong Kong, pagar as taxas de importação, registrar e emplacar, e ele pôde dirigi-lo aqui legalmente.

— Isso deve ter sido caro. Aposto que os custos da alteração, do frete e do emplacamento ultrapassaram o valor do carro.

— Ah, sim, sem dúvida — disse Szeto Wai secamente, ajeitando os óculos no nariz. — Mas mesmo assim não foi muito; cerca de seiscentos mil para o carro, mais outro milhão para todo o resto. Um apartamento de quatrocentos metros quadrados em Hong Kong custa cinco ou seis milhões atualmente, então quanto é um milhão?

Chung-Nam rapidamente repassou os números; ele estava certo.

— Meu amigo é empresário. Para ele, esse C7 é só um brinquedo. Somente algo como um Pagani Zonda é um carro de verdade.

Szeto Wai pisou fundo no acelerador. O motor rugiu, jogando para longe as últimas preocupações de Chung-Nam.

Eles desceram a King's Road, atravessaram Taikoo Shing e entraram no Island Eastern Corridor, depois pegaram o túnel do Eastern Harbour Crossing. As luzes do Victoria Harbour os saudaram quando eles voltaram à superfície. O Kai Tak Cruise Terminal e o Kwun Tong brilhavam como pedras preciosas. O mar estava escuro, mas, olhando de perto, era possível ver navios e barcos de todos os tamanhos movendo-se lentamente pela água. Não havia muito tráfego, e Szeto Wai pôde pisar fundo. Enquanto o cenário ficava para trás rapidamente, Chung-Nam sentiu a aceleração pressionar suas costas contra o banco.

— De zero a cem em menos de quatro segundos — gabou-se Szeto Wai. — Uma pena que o limite seja sessenta. Se você quiser aproveitar de verdade a velocidade do C7, tem que pegar a North Lantau Highway, onde você pode ir até cento e dez. É claro que nem mesmo as estradas americanas permitem que o Corvette atinja seu potencial máximo. O limite lá é cento e quarenta.

— Qual é a velocidade máxima do Corvette?

— Duzentos e noventa. — Szeto Wai sorriu. — Você precisa de uma pista de corrida particular pra atingir isso. Ou então ir pra Austrália, lá as estradas não têm limite de velocidade. Uma vez, cheguei a duzentos por hora lá.

— Eu gostaria de experimentar isso pelo menos uma vez na vida.

— Você vai ter sua chance. Pena que este carro não é meu, se não eu deixava você pegar o volante.

Era noite de quinta-feira, então o trânsito estava tranquilo. Em apenas alguns minutos, eles chegaram a Admiralty e saíram da rodovia.

— Está sem trânsito... vamos pegar a rota panorâmica.

Antes que Chung-Nam conseguisse processar o que ele queria dizer com aquilo, Szeto Wai virou o carro na Queen's Road Central. Menos de um minuto depois, Chung-Nam entendeu o que eles estavam fazendo ali. Um carro esporte vermelho flamejante deslizando ao longo de fachadas de lojas que transbordavam de produtos de luxo europeus, atraindo os olhares invejosos de jovens vestidos de maneira ostensiva a caminho dos palácios de prazer de Lan Kwai Fong. Isso fez ele sentir por um segundo como se estivesse em Paris ou Manhattan.

"Então é isso que os ricos fazem pra se divertir", pensou ele.

O carro entrou na Hollywood Road em Sheung Wan, e então fez o retorno de volta em direção à Central. Chung-Nam tinha presumido que o destino deles fosse Lan Kwai Fong, mas Szeto Wai estacionou ao lado do The Centrium, na Wyndham Street, a alguma distância dos bares que Chung-Nam tinha em mente.

— Chegamos — disse Szeto Wai, tirando a chave da ignição. — Pode deixar sua pasta no carro.

— Não precisa, vou levá-la comigo.

Eles entraram no prédio, onde um estrangeiro com aparência de urso vestindo um terno preto estava parado próximo ao elevador. Quando Szeto Wai o saudou, suas feições severas se relaxaram e viraram um sorriso. Ele pegou a chave do carro com Szeto, educadamente chamou o elevador e conduziu os dois para dentro.

— Era o Egor — disse Szeto depois que as portas se fecharam. — Ele não é só o manobrista, mas também o segurança desta boate particular. Conseguir entrar ou não depende inteiramente do bom humor dele.

— Esse não é um clube só para membros?

— Qualquer um que consegue passar pelo Egor é membro. Claro, os critérios são diferentes para homens e mulheres.

Chung-Nam adivinhou aonde ele estava querendo chegar: Egor provavelmente julgava os clientes do sexo masculino pelo status, e um pé-rapado como Chung-Nam jamais teria entrado por conta própria. As mulheres, por outro lado, precisavam apenas ser suficientemente atraentes para estimular os homens a comprar mais bebida.

O elevador era claramente para os clientes do bar: havia apenas um botão além do andar térreo. As portas se abriram e revelaram uma sala com painéis de madeira, preenchida por um jazz suave e uma iluminação baixa. Atrás do longo balcão à entrada, dois barmen preparavam drinques. Mais adiante, havia cerca de uma dúzia de mesas: as mais baixas rodeadas por poltronas, as mais altas com bancos sem encosto. Na outra ponta havia uma janela que ia do chão ao teto, com uma varanda além dela, através da qual se viam as luzes de neon e os fluxos intermináveis de pedestres abaixo. Havia menos de vinte pessoas, a maioria agrupada ao redor das mesas em pequenos grupos, embora alguns estivessem sentados no bar.

Uma garçonete trajando um colete os conduziu até uma mesa de canto e anotou os pedidos.

— Estou dirigindo, então vou querer só um Jack & Coke — disse Szeto de pronto.

— Eu também. — Chung-Nam nunca havia provado um Jack & Coke, mas aquela parecia a escolha mais segura. Ele não fazia ideia se pedir um martíni seria muito chamativo ou se pedir cerveja pareceria vulgar. — Lugar bacana — disse ele, olhando em volta.

Só tinha estado em bares lotados e barulhentos, que tocavam rock ou tinham DJs mixando batidas eletrônicas. Aquele era elegante e pouco frequentado, o que criava uma atmosfera relaxante, perfeita para tratar de negócios ou conversar com amigos. Até mesmo puxar conversa com outros clientes do bar não parecia estranho naquele ambiente.

— Se tivéssemos esticado mais a noite na semana passada, eu teria trazido você aqui — disse Szeto Wai.

— Você vem aqui com frequência?

— Na verdade, não. Só quando preciso.

— Quando precisa?

— Quero dizer...

Szeto foi interrompido pela garçonete, que chegou trazendo dois copos altos e estreitos. Ela colocou um porta-copos na frente de cada um e serviu as bebidas.

— Pagamos na saída? — perguntou Chung-Nam, puxando sua carteira e determinado a pagar pelo menos uma rodada, mas ela não havia trazido nenhuma notinha.

— Eles vão colocar na minha conta — disse Szeto, sorrindo e gesticulando para que ele guardasse a carteira. — Um brinde ao nosso trabalho juntos.

Chung-Nam ergueu o copo e deu um gole.

— Então. Você disse que tinha algo que queria me dizer — falou Szeto, indo direto ao ponto.

Chung-Nam pousou o copo na mesa.

— Meu colega de trabalho, Hao, o nosso "designer de experiência do usuário", está elaborando uma nova proposta, que vamos apresentar a você semana que vem.

— Ótimo. Surgiu algum problema? Afinal, mesmo que o relatório não seja lá essas coisas, eu vou investir na empresa de qualquer jeito.

— O problema é que Kenneth não está se envolvendo em nada. — Chung-Nam quase gaguejou, ainda não estava acostumado a chamar o sr. Lee pelo nome ocidental.

— É mesmo?

— Ele não nos deu nenhuma orientação, só disse pra apresentar algumas ideias, como da última vez, para fazer você se interessar em injetar dinheiro na empresa. — Chung-Nam franziu a testa. — Acho que é um problema sério. O Kenneth montou a GT visando acabar com os fóruns e fez com que aqueles idiotas trabalhando lá no Popcorn suassem pra conseguir ganhar dinheiro. Se ele teve sucesso ou não, pelo menos isso demonstrava algum propósito. Mas agora não tem mais nada nos olhos dele, exceto dois cifrões.

— Mesmo?

— Acho que a empresa perdeu o senso de direção. — Chung-Nam deu um suspiro. — A GT pode ter uma equipe pequena, mas o trabalho costumava ser distribuído de forma justa. O Kenneth é o chefe, então ele se concentrou na arrecadação de investimentos. O Ma-Chai e eu éramos os responsáveis pelo lado técnico, enquanto o Hao estava mais voltado para o cliente. Mas, desde que o Kenneth participou daquele projeto de capital de risco, ele tem investido dinheiro sem nenhum critério no desenvolvimento da GT, por mais que seja nas coisas erradas.

— Seu ponto de vista é válido.

— No momento, a empresa está prestes a conseguir um aporte da SIQ, o Kenneth deveria estar supervisionando de perto essa nova estratégia, em vez de jogá-la no colo dos subordinados.

— Por que você acha que o Kenneth está se comportando assim? É só porque ele não entendeu o plano que você propôs ou tem outra coisa?

— Bem… — Chung-Nam hesitou por alguns segundos. — Ele está saindo com a Joanne.

— A secretária dele?

Chung-Nam fez que sim com a cabeça.

— Não tem nada de errado num romance de escritório, desde que não atrapalhe o trabalho. O Kenneth deveria ser nosso líder, mas ele está apaixonado demais para fazer a parte dele.

— Nesse caso… — Szeto Wai pegou o copo e ficou sentado, parecendo perdido em pensamentos.

Chung-Nam analisou discretamente a expressão no rosto dele, tentando adivinhar se suas palavras haviam tido o efeito desejado. Ele disse apenas uma meia verdade: o sr. Lee de fato não tinha desempenhado nenhum papel na elaboração da proposta, mas isso era porque ele não fazia ideia do que eram "opções", então delegou aquilo de bom grado para os seus subordinados, enquanto Chung-Nam e Ma-Chai se concentravam em fazer o streaming de vídeo e os aplicativos para celular. O sr. Lee e Joanne tomavam muito cuidadoso para serem discretos no escritório, e era a incompetência do sr. Lee que afetava o trabalho dele, não aquele romance.

— Que decepção — lamentou Szeto Wai.

Chung-Nam comemorou consigo mesmo. Tinha funcionado. No entanto, as palavras seguintes de Szeto o lançaram do paraíso para o inferno.

— Chung-Nam, você me decepcionou.

Chung-Nam ficou imóvel, olhando para Szeto, sem saber o que responder.

— Pedi para você ser meus olhos e ouvidos, para me contar o que estava acontecendo nos bastidores, não para você fofocar sobre os seus colegas de trabalho — disse Szeto Wai calmamente. — Você não acha que é precipitado da sua parte me falar isso antes que a SIQ faça o investimento? O que você faria se você fosse eu? Você ia dar um esporro no Kenneth por não mostrar uma liderança forte ou ia simplesmente jogar tudo para o alto?

O tom de voz de Szeto era contido, mas Chung-Nam sabia que ele estava furioso. Talvez tivesse mesmo passado dos limites, mas, depois daquela jogada, não teve escolha a não ser colocar mais fichas na mesa e subir a aposta.

— Por favor, dá uma olhada nisso antes de dizer qualquer coisa. — Chung-Nam enfiou a mão na pasta e tirou seis ou sete folhas de papel, que colocou diante de Szeto Wai.

— O que é isso? Você roubou documentos confidenciais da sua própria empresa? — perguntou Szeto friamente. — Isso está ficando cada vez pior.

— Não. Eu escrevi isso no meu tempo livre. — Chung-Nam controlou sua inquietação e prosseguiu: — Desde que nos encontramos, na semana passada, passei algum tempo revisando os registros de investimento da SIQ e qualquer coisa relacionada que consegui encontrar na internet... desde os balanços fiscais oficiais até fofocas de blogueiros.

Szeto Wai pareceu ficar um pouco confuso, mas permitiu que Chung-Nam continuasse.

— No último ano, a SIQ investiu em apenas oito serviços de internet. Esse aqui é o mais parecido com a GT. — Ele apontou para uma linha de um dos documentos, que estavam em inglês. — Um site chamado Chewover. É quase igual ao nosso em termos de design e recursos de chat, mas pode hospedar imagens, vídeos e áudios de forma independente. As pontuações são dadas com base em cliques e classificações, e os usuários com classificação mais alta obtêm privilégios ou até recompensas em dinheiro. Assim como os youtubers obtêm receita a partir de anúncios. Meu chute é que a SIQ quer comprar a GT pra fundir a gente com esse site norte-americano primeiro.

— Primeiro?

— Claro. — Ele apontou para outra parte do documento. — Ao mesmo tempo que a SIQ estava investindo no Chewover, você também assumiu uma empresa sem nada especial chamada ZelebWatch, que opera um site de notícias de mesmo nome, que reúne essencialmente fofocas sobre celebridades e figuras públicas norte-americanas. No início, era só uma fábrica de conteúdo para revistas sobre o showbiz, mas depois reuniu uma equipe editorial que também atuava como paparazzi e leiloava fotos e vídeos que invadiam a privacidade das celebridades. Passou a ser mais parecido com um tabloide.

Chung-Nam desviou a atenção dos papéis e olhou bem nos olhos de Szeto Wai.

— A SIQ vai fundir o Chewover com o ZelebWatch.

— Como você chegou a essa conclusão?

— Porque você está dando sinal verde para o investimento da SIQ na GT. Se esses dois sites se fundirem, eles passariam a fazer quase que exatamente o que a GT faz.

— E esse seu documento explica isso?

— Não. O documento contém a previsão e a análise de desenvolvimento da GT. Uma projeção de cinco anos considerando a situação hipotética que eu acabei de mencionar. — A expressão de Szeto Wai se suavizou por um breve instante. — Acredito que o GT Net vai se tornar uma nova forma de mídia de entretenimento e acabar com o modelo atual que a gente conhece — continuou Chung-Nam. — A promessa é de que os preços das postagens oscilem de acordo com a sua popularidade. Se conseguirmos trocar G-dollars por dinheiro real, isso efetivamente transforma todos os nossos usuários em repórteres do showbiz. O YouTube é um bom exemplo do que acontece quando você quebra um monopólio. Qualquer pessoa com um computador ou mesmo um smartphone pode virar um youtuber.

Szeto Wai folheava o documento enquanto ouvia.

— Se enxergarmos cada computador como uma central de entretenimento, fica fácil imaginar o futuro do GT Net — continuou Chung-Nam rapidamente, ciente de que aquela poderia ser sua única chance. — O YouTube conseguiu transformar todo mundo em diretor. Precisamos transformá-los agora em paparazzi, editores, revisores, impressores, entregadores e vendedores de jornais. Com a tecnologia, todos esses trabalhos podem ser realizados por pessoas comuns. Os celulares que a gente carrega são tão bons quanto as câmeras profissionais das antigas. Os posts de internet não precisam ser diagramados nem impressos. E, com as ferramentas de pagamento digital, os leitores podem pagar diretamente aos provedores de conteúdo. O GT Net vai permitir que amadores se tornem repórteres, fotógrafos e editores. As revistas de fofoca vão definhar até sumir. Essa é a primeira etapa.

— Existe uma segunda etapa?

— Sim. — Chung-Nam assentiu. — A segunda etapa envolve novos métodos de colaboração. Alguns canais do YouTube trabalham em parceria, fazendo participações especiais nos vídeos uns dos outros ou até mesmo filmando coproduções. O GT Net pode fazer a mesma coisa. Os usuários mais populares, que a gente pode chamar de editores-chefes, vão atrair pessoas que querem trabalhar com eles. Assim como o ZelebWatch faz, vamos fornecer aos usuários regulares notícias, fotos e vídeos. Tudo o que a gente precisa fazer é tornar mais fácil pra eles a tarefa de espalhar conteúdo, e sem dúvida vamos dominar o mercado, o que deve tornar o nosso site muito lucrativo.

— É um ponto de vista interessante — disse Szeto, ainda com os olhos fixos no documento. — Mas o que isso tudo tem a ver com o Kenneth?

Chung-Nam engoliu em seco, reuniu coragem e proferiu as palavras que tinha guardado por duas semanas.

— Acho que eu sou mais adequado para o cargo de CEO do GT Net do que o Kenneth Lee.

Szeto Wai voltou o olhar para ele, o choque estampado em seu rosto. Ele estudou Chung-Nam cuidadosamente, como se estivessem se vendo pela primeira vez. Chung-Nam se esforçou para não deixar nenhum medo transparecer em seu semblante. Ele sonhava em ter um negócio de sucesso desde os tempos de faculdade. Para pegar um atalho, conseguiu um emprego em uma pequena empresa, esperando o dia em que encontraria um investidor com visão suficiente para apostar nele. No entanto, quando conheceu Szeto Wai, Wai disse uma coisa que o inspirou a mudar de planos.

Szeto Wai mencionou, por acaso, que o maestro da Filarmônica de Hong Kong era holandês, o maestro convidado era de Xangai, e o *spalla* era sino-canadense.

"Por que procurar um investidor pra me ajudar a abrir meu próprio negócio se, em vez disso, eu posso simplesmente roubar um?", foi o pensamento que passou pela sua cabeça.

Era muito mais fácil arrebatar uma empresa existente do que começar uma do zero. Não importa quem montou a orquestra, o Van Zweden é quem estava no comando agora. Ele que decidia como ela funcionaria e qual seriam seus rumos. A Filarmônica de Hong Kong era a manifestação do espírito daquele homem.

Se Chung-Nam pudesse se livrar de Kenneth Lee, o GT Net estaria nas suas mãos.

Com essa ideia em mente, Chung-Nam depositou todas as suas forças nessa missão. Sabendo que Szeto Wai ficaria em Hong Kong por apenas um mês, fez questão de esbarrar com ele no Centro Cultural e propôs uma conversa, tudo para garantir sua futura posição.

— Assim que a SIQ investir na GT e se tornar acionista majoritária, você vai ter todo o poder. — O coração de Chung-Nam estava disparado, mas ele falava com confiança. — Inclusive o poder de mudar a liderança.

Szeto Wai ficou calado, os braços cruzados no peito e a testa franzida. Chung-Nam era capaz de dizer que ele não estava chateado, mas sim lutando para escolher entre duas alternativas.

— Você é muito mais ousado do que eu imaginava, Chung-Nam — disse ele depois de um longo tempo. — E isso não é uma crítica. Eu sempre acreditei que só quem é implacável consegue fazer grandes conquistas. Quem fica na zona de conforto deixa as oportunidades passarem. Mas você sabe, Brutus teve uma morte terrível no final, e foi Otávio quem assumiu o poder.

— Kenneth Lee não é nenhum César. Ele no máximo é um governador de província em algum lugar do Império Romano.

Szeto Wai deu uma risadinha, quebrando um pouco a tensão.

— Houve mudanças de liderança em investimentos anteriores da SIQ, mas foram raras, e só muitos anos depois do nosso aporte inicial — disse Szeto Wai. — E, na verdade, a maioria dos capitalistas de risco não lança mão desse poder. Preferimos reduzir as perdas e sair do negócio a nos envolver em questões de RH. Um abuso de poder prejudicaria não só a empresa em si, mas também a reputação dos investidores. Afinal, não há garantia de que a nova pessoa escolhida vai fazer o desempenho melhorar. É verdade que, depois da entrada da SIQ, Kenneth vai levar uma soma considerável de dinheiro com a venda de suas ações. Ainda assim, ele se sentiria traído se fosse sacado imediatamente, e isso afetaria os seus colegas também. Se ele abrir uma outra empresa e roubar alguns de seus ex-funcionários, isso nos prejudicaria ainda mais. Uma gestora de capital de risco não investe no negócio em si, mas no talento e na criatividade contidos nele.

— E se eu conseguir manter todos os funcionários?

— Mesmo? Até a secretária?

— A Joanne é só a assistente do Kenneth. Ela não agrega nenhum valor à administração da empresa. Qualquer estudante recém-formada poderia substituí-la — disse Chung-Nam com seriedade. — As pessoas que realmente mantêm a GT funcionando são eu, o Ma-Chai, o Hao e o Thomas. Se eu estivesse no comando do navio, a maioria dos problemas que você mencionou anteriormente seriam facilmente resolvidos. Não é como se eu tivesse caído de paraquedas; ao promover alguém de dentro da equipe, você vai estar mostrando que o talento é recompensado, o que tende a aumentar o senso de pertencimento de todo mundo. Que tal, sr. Szeto? Se eu tiver como garantir que os outros três vão continuar na empresa, você vai pensar na minha proposta?

Szeto Wai não respondeu, apenas pegou o documento e começou a ler com atenção, coçando o queixo de vez em quando, como se estivesse pensando a sério naquilo. Chung-Nam esperava ansioso pela decisão quanto ao futuro presidente do conselho. Os dois ficaram sentados em completo silêncio por 15 minutos. Chung-Nam estava tão agitado que um quarto de hora pareceu durar mais de um dia. Sem perceber, ele terminou seu drinque, mas achou que não deveria pedir outro.

Finalmente, Szeto Wai ajeitou os óculos no nariz e largou o documento.

— Você disse que você e os seus colegas estão preparando o relatório pra semana que vem?

Chung-Nam fez que sim com a cabeça.

— Do que ele trata?

Chung-Nam repassou os planos e ideias que tinha colocado no relatório, incluindo o acesso transferível e as opções de pagar para ler, bem como o "bônus de repetição" que até ele achava ridículo. Szeto Wai ouviu com um sorriso no rosto, como se Chung-Nam estivesse contando uma grande piada.

— Tudo bem — disse Szeto Wai, interrompendo-o. — Já é o bastante. É inacreditável que o Kenneth não tenha feito objeções a nada disso. Não consigo nem imaginar como ele teve a ideia de fundar o GT Net. Está bem, eu aceito a sua proposta...

Foi como pegar o resultado do vestibular e ver que tinha ficado em primeiro. O coração de Chung-Nam explodiu de alegria, e ele se esforçou ao máximo para não se levantar e sair comemorando. Percebeu que Szeto Wai tinha mais coisas a dizer, então ficou quieto e o deixou terminar.

— ... desde que você aceite passar por um teste.

— Um teste?

— Sua análise da situação não é ruim, mas este é só um primeiro esboço. — Ele apontou para o documento. — Preciso que você me escreva um relatório completo, não só sobre a tecnologia e as perspectivas do GT Net, mas também um demonstrativo financeiro, o detalhamento das participações, inteligência de mercado, planos de negócios e assim por diante. Vou encaminhar para o departamento financeiro da SIQ para eles examinarem. Também quero uma declaração formal explicando o conteúdo do relatório.

Chung-Nam não tinha acesso às informações financeiras, mas sabia que se dissesse ao sr. Lee que precisava delas para o relatório "O G-Dollar enquanto instrumento financeiro", elas lhe seriam entregues sem questionamentos.

— Sem problemas. Posso perguntar quando minha proposta será colocada em prática?

— Semana que vem, quando eu for ao escritório da GT.

Chung-Nam ficou de queixo caído.

— Você, você quer que eu confronte o sr. Lee com isso?

— Não. — Szeto Wai deu um gole em seu drinque. — Quero que você aproveite o momento para exibir suas habilidades. Como você disse, o Kenneth não faz a menor ideia do que sejam essas opções de G-dollar que você inventou do nada, então é quase certo que ele vai deixar que você conduza a apresentação. Aproveite o momento e me apresente o novo relatório. Embora, eu deva avisá-lo, não vou pegar leve com você. Se eu não estiver satisfeito com o que você disser, você vai saber imediatamente. Por outro lado, se eu aprovar, vou deixar claro que foi o seu relatório revisado que assegurou o meu investimento. Depois disso, você pode usar a situação como uma desculpa para derrubar o Kenneth, e isso deve fazer com que a transição seja mais suave.

Chung-Nam não tinha ido tão longe em seu plano, mas agora, pensando sobre isso, aquela era provavelmente a tática mais eficaz para minar a autoridade do sr. Lee e ganhar o apoio dos seus colegas de trabalho. Afinal, se o sr. Lee continuasse dizendo "Faça o que for preciso para que a SIQ invista na gente" e Chung-Nam fizesse justamente isso com um relatório preparado secretamente em seu tempo livre, aquilo realçaria a incompetência do seu chefe.

Apesar disso, Chung-Nam não tinha como saber se o seu relatório convenceria Szeto. Se desse errado, ele poderia se ver em uma posição complicada: perder o apoio dos colegas sem obter o reconhecimento do sr. Szeto. O sr. Lee talvez até mesmo percebesse o que ele estava tramando, caso em que ele poderia acabar sendo demitido.

— Não vou obrigar você a nada — disse Szeto Wai, sorrindo. — E você não precisa me dar uma resposta. Vou apenas aparecer no seu escritório na semana que vem e descobrir qual versão do relatório eu vou ouvir.

— OK...

O estômago de Chung-Nam dava voltas. O sucesso estava ao seu alcance, mas para conseguir o que queria ele teria que correr um risco enorme. Se ele abandonasse seu plano e obedientemente apresentasse o absurdo sobre "futuros de G-dollar", a empresa receberia uma grande injeção de capital, e o seu próprio salário e a descrição do seu cargo sem dúvida mudariam para melhor. Não havia desvantagem nenhuma naquilo. Mesmo assim, ele percebeu que, se quisesse eliminar o sr. Lee, aquele seria o método mais direto e eficaz. Se ele acreditava em seu próprio plano, teria que aproveitar a oportunidade e fazer tudo o que estivesse ao seu alcance para virar as probabilidades a seu favor.

— Você não disse o que achou do meu primeiro rascunho, sr. Szeto, nem se eu estava certo sobre o Chewover e o ZelebWatch. Você poderia pelo menos me dizer se estou no caminho certo? Seria justo.

— Então agora você está barganhando comigo? — repreendeu Szeto Wai, embora sua expressão permanecesse amigável. — Obviamente, não posso dizer nada sobre o Chewover nem sobre o ZelebWatch, por causa dos termos de confidencialidade, mas as duas primeiras etapas que você descreveu de fato se encaixam nos meus planos futuros para o GT Net. Na verdade, existe também uma terceira etapa.

— Terceira etapa?

— Lembra do atentado da Maratona de Boston alguns anos atrás? Você sabe qual organização de mídia teve a resposta mais rápida, com mais informações?

— A CNN?

— Não. Foi o BuzzFeed.

Aquilo foi uma surpresa.

— O BuzzFeed não é uma fonte de notícias convencional, né?

— Não naquela época, sem dúvida. — Szeto Wai deu de ombros. — Mas o fato é que eles ganharam aquela rodada. Embora veículos tradicionais como o *New York Post* continuassem a noticiar equivocadamente que 12 pessoas haviam morrido, o BuzzFeed tinha o número correto em seu site, além de fotos do local e depoimentos do Departamento de Polícia de Boston. Os jornais tradicionais enviam repórteres para coletar informações, mas o BuzzFeed usa a internet: suas fontes são o Twitter, o Facebook, o YouTube e assim por diante. Eles checaram cada imagem e informação à medida que elas chegavam em seu escritório em Nova York, até que descobriram a verdade. Um repórter do *New York Times* tuitou que, no fim das contas, tinha obtido suas informações no BuzzFeed.

Chung-Nam não sabia de nada daquilo, mas ele não era americano e não prestava muita atenção nas notícias estrangeiras.

— Depois disso, o BuzzFeed deixou de ser visto como um site insignificante e passou a ser encarado como uma nova mídia que não deveria ser subestimada. Até o chefe de gabinete do presidente entendeu isso. Desde março, o BuzzFeed passou a ter vaga nos pronunciamentos de imprensa da Casa Branca, no mesmo nível que a Reuters, a AFP, a CBS e assim por diante. — Szeto Wai fez uma pausa. — E tem um outro site por trás do sucesso do BuzzFeed.

— Qual?

— O Reddit.

Chung-Nam ficou espantado. Como diretor de tecnologia do GT, ele já tinha ouvido falar do Reddit, claro, mas nunca tinha feito nada além de navegar por alguns posts.

— Menos de 15 minutos depois da explosão, o sub-reddit de "Notícias" já tinha um tópico — disse Szeto Wai. — Testemunhas postaram relatos e fotos, e até mesmo gente que não estava lá postou notícias de outras fontes. Alguém listou os tempos de chegada dos maratonistas, para que as pessoas pudessem checar se seus amigos e parentes estavam bem. Algumas das fotos eram perturbadoras, como sobreviventes com membros decepados sendo carregados, e assim por diante, mas essa era a realidade, muito mais do que as imagens higienizadas que vemos na TV. Não tem como provar isso, mas muitos suspeitam que os editores do BuzzFeed usaram esse tópico pra obter relatos em primeira mão.

— Então, a terceira etapa é... — Chung-Nam estava começando a entender aonde ele queria chegar.

— Sim. Acredito que essa vai ser a próxima onda da revolução das notícias. — Szeto Wai deu um sorriu malicioso. — O GT Net não vai ser só um agregador de fofocas ou de notícias de entretenimento, mas de todo tipo de notícia. Muito tempo atrás, para atender à demanda do público por informações, os jornais lançavam uma edição noturna ou uma edição especial se algo grande estourasse. Com a chegada da TV, as pessoas passaram a ter uma fonte mais direta de notícias, e os jornais passaram a ser mais um veículo para análises e comentários mais detalhados. As edições noturnas e especiais desapareceram. A internet perturbou esse modelo mais uma vez. Como você disse, pessoas comuns substituíram os profissionais, e estamos entrando em uma era em que todo mundo é repórter. O público agora pode obter dados não filtrados e não classificados e ver por si mesmo o que realmente está acontecendo, diminuindo a autoridade da imprensa e da mídia. Você sabe quem eram os terroristas da Maratona de Boston?

— Não eram dois irmãos que tinham migrado para os Estados Unidos?

— Correto. Mas você sabe quem encontrou eles?

Chung-Nam fez que não com a cabeça.

— A primeira pessoa a identificar os suspeitos, a partir das fotos do local, foi um usuário do Reddit.

Chung-Nam levou um momento para processar aquilo.

— Alguém na internet descobriu os responsáveis?

— O FBI jamais vai admitir isso, é claro. — Szeto Wai sorriu. — Mas antes mesmo de começarem a circular quaisquer fotos, algumas pessoas no Reddit já haviam apontado que os dois homens com mochilas, um de boné branco e outro de boné preto, eram os principais suspeitos. Eles chegaram praticamente às mesmas conclusões que a polícia, e provavelmente de modo mais fácil. Todo mundo na internet adora falar e trocar informações, confrontando hipóteses até chegar a uma conclusão lógica. O FBI, por outro lado, possui recursos limitados para realizar suas investigações.

Chung-Nam achava que aquelas coisas não aconteciam fora dos filmes ou dos livros.

— Hoje em dia, as pessoas se esqueceram de qual é a função da notícia — continuou Szeto Wai. — As notícias são um mecanismo pelo qual as pessoas podem entender o que está acontecendo em sua sociedade e algo que satisfaz nossa curiosidade humana sobre o mundo. Mais importante, é uma arma que nos permite viver sem medo. Jornalistas relatam escândalos políticos não pra fornecer material para fofocar na pausa para o cafezinho, mas para nos informar que os nossos direitos estão sendo violados, que a nossa riqueza compartilhada está sendo roubada por alguns canalhas egoístas. Os suspeitos de assassinato são identificados pra nos lembrar de ficar alerta e mostrar que a justiça está sendo feita. A internet despertou uma geração insensível, lembrando-a de estar atenta aos seus direitos, aos seus deveres e ao seu entorno. Essa geração não vai mais permitir que as informações sejam enfiadas goela abaixo, como um pato sendo cevado. Em vez disso, ela usa seus próprios olhos e ouvidos para decidir o que é verdadeiro e o que é falso.

Szeto Wai sacudiu o copo para que o gelo derretido tilintasse.

— Imagino que você agora entenda por que eu acho que vale a pena investir no GT Net. Quando toda a população tiver se transformado em repórteres e seus relatos em primeira mão puderem ser encontrados no seu site, as pessoas naturalmente estarão dispostas a pagar pelo acesso. Para qualquer gestora de capital de risco, esse é o tipo de investimento mais ideal e eficaz, com os maiores retornos.

Chung-Nam percebeu que estava observando aquilo de forma muito restrita. Ele achava que o GT Net não era comercialmente viável, mas só porque não tinha conseguido identificar seu enorme potencial. Ele sempre se considerou o cara mais inteligente do bando e olhou com desdém para todo mundo ao seu redor. Tinha sido impopular durante todo o ensino médio e a universidade, mas atribuía isso ao fato de as pessoas terem inveja do seu talento. Formou-se com excelentes notas, que jogou na cara dessas pessoas. Diante de Szeto Wai, porém, percebeu que tudo aquilo era mentira. Um bom diploma era apenas papel de rascunho, e ele só parecia brilhante porque seus colegas de trabalho eram patéticos. Como muitos engravatados, ele sempre sonhava em alçar altos voos e realizar grandes feitos. A maioria das pessoas superestima a própria capacidade. Seus sonhos escapam por entre os dedos e, depois de vinte ou trinta anos, ficam lamentando não terem conquistado nada, que o mundo não se dobrou à sua vontade.

Naquele momento, Chung-Nam se sentiu um tanto fora de lugar. Aquele homem diante dele era extraordinário, e não por causa das suas roupas extravagantes, do relógio chique ou do carro caro, mas porque era sem dúvida o cara, alguém com um olhar preciso e um cérebro ágil. Chung-Nam se aproximou de Szeto Wai porque queria ter acesso ao poder; agora, estava começando a perceber que havia muito que ele poderia aprender.

Ele também poderia aproveitar aquela oportunidade para descobrir o máximo possível sobre as tendências da tecnologia no futuro.

— Que impacto você acha que a nuvem vai ter na internet, sr. Szeto?

Szeto Wai não escondeu o jogo e respondeu a todas às perguntas. Eles falaram de big data, de tecnologia vestível e da Grande Muralha Digital da China. A maior parte da conversa não tinha nada a ver com GT Net; Chung-Nam queria expandir seus horizontes ao máximo.

— Com licença, eu preciso ir ao banheiro — disse Chung-Nam. Depois de mais de uma hora, ele não conseguia mais se segurar.

— Fica pra lá — disse Szeto Wai, apontando para um canto do bar.

O banheiro estava vazio. Chung-Nam fez xixi rapidamente e lavou o rosto na pia. A pessoa no espelho parecia renascida. Ele ainda não tinha o que queria, mas sabia que aquela partida de xadrez estava quase no fim. Szeto Wai tinha surgido com algumas, ou melhor, com dezenas de ideias de como transformar o GT Net no maior site de sua era. Chung-Nam não tinha a visão de Szeto, tampouco um parceiro com uma mente tão afiada quanto a de Satoshi Inoue. Não havia como ele construir algo tão talentoso como a Isotope ou a SIQ, mas ele acreditava que poderia ser mais do que um simples soldado e que triunfaria sob a liderança de Szeto Wai.

Abriu um largo sorriso. Seu reflexo sorriu também, e ele ficou de bom humor.

No caminho de volta do banheiro, Chung-Nam reparou que havia muito mais clientes do que quando eles tinham chegado; estivera muito absorto na conversa para notar. Agora havia apenas duas ou três cadeiras vazias no local, e todas as mesas estavam ocupadas. Na varanda, vários convidados de aparência estrangeira conversavam alegremente enquanto fumavam charutos. Ao passar por uma das mesas altas, uma jovem o olhou bem nos olhos. Ela desviou o olhar depois de menos de um segundo, mas deixou uma impressão profunda nele; o fazia lembrar de uma atriz japonesa em particular, com sobrancelhas de folha de salgueiro, olhos amendoados e rosto ovalado, para não mencionar a leve curva de seus lábios escarlates. A semelhança era fantástica, exceto pelo cabelo, que era liso, ao passo que o da atriz era ondulado. Seu vestido preto sem mangas descia até os joelhos, mas, mesmo sem mostrar muita pele, ela emanava uma sensualidade feroz que entrava em conflito com seu rosto de boneca. Ao lado dela estava uma mulher de cabelos curtos na casa dos vinte e poucos, com características igualmente marcantes, embora nem o decote profundo de seu minivestido rosa nem sua maquiagem coreana da moda fossem capazes de compensar o abismo que havia entre ela e sua amiga.

Chung-Nam voltou ao seu assento bem a tempo de ver a garçonete servindo mais dois copos novos de Jack & Coke.

— Vi que seu copo estava vazio, então pedi outro pra você — disse Szeto Wai.

— Obrigado — disse Chung-Nam, sorrindo, ainda pensando na mulher. Sem perceber, ele se virou e olhou para trás.

— Algum conhecido? — perguntou Szeto Wai.

— Ah, não, não. Eu só achei que ela parece uma atriz japonesa. — Chung-Nam tentou se recompor e parar de fazer papel de bobo na frente do sr. Szeto.

— Qual delas... a de preto ou a de rosa?

— A de preto.

— Ah. — Szeto Wai sorriu, adivinhando o que se passava na mente de Chung-Nam. — Então é esse o seu tipo.

— Hmm... acho que sim. — Chung-Nam deu um gole em sua bebida para disfarçar o constrangimento. Não sabia direito se aquela mudança de rumo na conversa levaria a uma zona de perigo.

— Vai lá dar "oi" pra ela.

Chung-Nam quase engasgou; ele não estava esperando por isso. Será que era outro teste?

— Relaxa, Chung-Nam. — O sr. Szeto deu uma risadinha. — Não vamos ficar aqui falando de trabalho a noite toda. Estamos num bar, pode ficar à vontade. Respira fundo, se diverte um pouco.

— Eu só vou lá e falo com ela? Vou ser massacrado — disse Chung-Nam. Levar um toco não era grande coisa, mas deixar isso acontecer na frente de Szeto Wai seria um desastre.

— De cada dez mulheres que vão a um bar, nove querem bater papo. — Szeto Wai olhou de soslaio. — Especialmente as que estão no balcão ou nas mesas altas. É um sinal de que elas estão dispostas a ser abordadas, porque um homem pode simplesmente andar até elas, ficar ao seu lado e puxar assunto. Acho que aquelas duas estão à nossa disposição.

— Eu não sou você, sr. Szeto. As mulheres não se interessam por mim desse jeito. — Chung-Nam já tinha tentado pegar garotas em bares, mas tudo sempre acabava tão mal que ele tinha desistido de uma vez por todas.

— Bobagem — disse Szeto Wai bruscamente. — Isso não tem nada a ver com aparência, riqueza ou status. Se você não tiver confiança em si mesmo, é claro que vai dar errado.

— Está certo, acho que vou pagar uma bebida para elas...

— Ah, meu Deus, você não tem jeito. — Szeto Wai agarrou a mão antes que ele pudesse chamar a garçonete. — Sabe o que você está dizendo quando paga uma bebida para uma mulher? Você está dizendo: "Eu não tenho sorte com as mulheres, então estou comprando cinco minutos do seu tempo com essa bebida".

— Eu achava que essa era a maneira mais normal de puxar conversa num bar.

— Deixa pra lá. Vem comigo. — Animado, Szeto Wai agarrou seu copo e se levantou. Chung-Nam ficou surpreso, mas então fez o mesmo sem pensar duas vezes.

— Com licença. — Szeto Wai havia chegado à mesa das duas mulheres e estava ignorando seus olhares céticos. — Eu sou de Nova York e não conheço Hong Kong muito bem. Meu colega aqui está insistindo que viu vocês duas em uma revista, mas eu não acho que seja tão fácil assim esbarrar com uma celebridade em uma cidade de sete milhões de habitantes. Ajuda a gente a resolver uma aposta. Vocês por acaso são modelos? Ou atrizes de cinema?

— Claro que não! — As mulheres explodiram numa gargalhada.

— Seu colega é muito gentil.

— Está vendo, Charles? Você me deve um jantar — gritou Szeto Wai. — Senhoritas, vocês poderiam me recomendar um restaurante? Quanto mais caro, melhor; aquele cara ali que vai pagar. Se eu não escolher um lugar, ele provavelmente vai me levar a qualquer espelunca e me dizer que é um "lugarzinho da moda".

E assim, a conversa fluiu. As mulheres recitaram restaurantes franceses e japoneses em Central. Chung-Nam observou Szeto Wai colocar casualmente o copo na mesa e, enquanto conversavam, ele naturalmente deslizou para a cadeira vazia ao lado da mulher de cabelo curto. Aquilo deixou Chung-Nam estarrecido. Ele sempre achou que para pegar garotas em boates era preciso ser gentil e enchê-las de bebida, mas o método subestimado de Szeto Wai era claramente muito mais bem-sucedido.

— A propósito, meu nome é Wade, e aquele ali é o meu amigo Charles — disse Szeto Wai cerca de cinco minutos depois. Ele provavelmente não usava muito aquele nome em inglês, pensou Chung-Nam.

— Eu sou Talya, com ípsilon — disse a mulher de cabelo curto. Ela apontou para a beleza de preto ao lado dela. — Essa aqui é a Zoe.

— Que coincidência. Uma das minhas colegas de trabalho nos Estados Unidos se chama Talya. O pai dela é britânico, mas a mãe é de uma família judia famosa, então sempre achei que fosse um nome judeu. — Szeto Wai fez uma pausa, avaliando Talya. — Você não é de nenhuma família famosa, por acaso, é?

— Claro que não! — Talya deu uma risadinha. Até Zoe estava sorrindo agora.

— O que você faz nos Estados Unidos, Wade?

— Eu trabalho com internet — disse ele de modo vago. — O Charles também, embora ele seja aqui de Hong Kong. Ele é um grande diretor de tecnologia.

As mulheres reagiram àquilo impressionadas. Segundos antes, elas só tinham olhos para o jovial e espirituoso Szeto Wai. Chung-Nam não tinha conseguido se inserir na conversa, e poderia muito bem ser invisível. Agora, no entanto, eles estavam olhando para ele com interesse.

— Numa pequena empresa — disse Chung-Nam, forçando um sorriso.

Ele não tinha certeza se Szeto Wai estava apenas sendo fanfarrão ao hiperdimensionar o cargo ou se aquela era uma tática que ele usava, oferecendo outra pessoa como distração para manter seu próprio status oculto. Afinal, se ele dissesse "Sou um empresário multibilionário", isso provavelmente assustaria algumas mulheres e atrairia golpistas. Durante a hora seguinte, Chung-Nam sentiu uma espécie de satisfação que jamais tivera com uma mulher. A conversa era banal, sobre quais boates e restaurantes eles gostavam, fofocas sobre uma ou outra celebridade, piadas americanas aleatórias que Szeto Wai contava, mas foram as reações das mulheres que o agradaram. Ele estava ciente de que não tinha nada de interessante a dizer, mas elas o encaravam fascinadas, sorrindo junto com ele, os olhos brilhando de admiração. Se estivesse sozinho, Chung-Nam pensou, provavelmente teria ficado um silêncio constrangedor depois de dez minutos, mas Szeto Wai era um mestre em manter a conversa fluindo. A atmosfera esquentou tanto que em pouco tempo o grupo parecia uma reunião de amigos de longa data.

— Eu sei de um teste psicológico que é bastante preciso, querem tentar?

Cada vez que as coisas esfriavam, Szeto Wai pensava em alguma coisa para atrair de volta a atenção das mulheres. Ele focou sua atenção em Talya, deixando o campo aberto para Chung-Nam flertar com Zoe.

— Azul? Isso significa que você provavelmente não é muito popular — sugeriu Szeto Wai a Zoe. O teste consistia na escolha de cores.

— Existem diferentes tons de azul — disse Chung-Nam, defendendo-a. — Aposto que você estava pensando em azul-claro, tão pálido que é quase branco. — Talya havia escolhido branco antes, e Szeto Wai disse que aquilo significava que ela era boa em ocasiões sociais.

Zoe riu, mas Chung-Nam sentiu que estava tendo problemas para se conectar com ela. Enquanto conversavam, ele gostava cada vez mais dela. Além de sua aparência ser exatamente do seu gosto, ela era descontraída e bem-educada. Ele começou a sentir uma rara sensação de emoção verdadeira. Será que devia se esforçar mais para conquistá-la?

— Quero outro — disse Talya, esvaziando o copo.

Ela ergueu um braço, mas já passava das onze e havia mais clientes mantendo as garçonetes ocupadas.

— Eu vou até o bar — disse Zoe, levantando-se de um salto. Chung-Nam percebeu que seu copo também estava vazio.

Havia uma multidão no bar. Tendo problemas para conseguir chamar a atenção de alguém, Zoe se espremeu até se aproximar do balcão. No momento em que Chung-Nam estava hesitando se deveria ajudar,

Szeto Wai já havia se aproximado e estava conversando com o barman. Pouco depois, eles voltaram com duas taças de margaritas verde-claras.

Chung-Nam ficou se recriminando pela hesitação. Szeto Wai e Zoe trocaram de lugar quando voltaram; Szeto Wai estava entre Chung-Nam e Talya antes, mas agora tinha uma mulher de cada lado e estava dando mais atenção a Zoe. Ela claramente o impressionou no bar. Talya, agora que estava ao lado de Chung-Nam, ficou tentando puxar conversa sussurrando em seu ouvido.

— Então, você é um diretor de tecnologia. Já conheceu o Steve Jobs ou o Bill Gates?

O ritmo da noite havia mudado. Superficialmente, a conversa parecia tão animada quanto antes, mas Zoe agora estava lançando olhares significativos para Szeto Wai e lançando sua risada tilintante na direção dele. Enquanto isso, Talya estava se inclinando cada vez mais para cima de Chung-Nam, para se certificar de que ele tivesse uma boa visão de seu decote. Ele manteve o tom amigável, mas aquilo o estava fazendo perder o interesse.

— Eu preciso ir para casa — disse Zoe por volta de dez para a uma.

— Ainda está cedo — insistiu Chung-Nam, na esperança de ganhar mais tempo para que pudesse reconquistá-la.

— A Zoe mora muito longe. Já vai ter passado das duas quando ela chegar em casa — interrompeu Talya.

— Onde fica? — perguntou Szeto Wai.

— Em Yuen Long.

— Eu levo você pra casa.

— Obrigada. — Zoe concordou sem nem pestanejar. Seu rosto estava vermelho. Ao ver aquilo, Chung-Nam entendeu que havia perdido a chance. E a culpa tinha sido só dele.

Szeto Wai se levantou e gesticulou para a garçonete, que assentiu e falou algumas palavras em seu comunicador. "Provavelmente isso não tem a ver com a conta", pensou Chung-Nam, já que a conta de Szeto Wai ia direto para o cartão de crédito. Deve ter a ver com Egor trazer o carro.

Talya e Zoe se dirigiram para o elevador. Chung-Nam foi atrás delas, mas Szeto o chamou de volta.

— Você esqueceu sua pasta.

A verdade era que ela ainda estava na mesa em que eles haviam se sentado ao chegar.

Ele correu de volta para pegá-la.

— Obrigado.

— Irritado? — perguntou Szeto Wai inesperadamente.

— O quê?

— Eu peguei a que você queria.

— Tudo bem, sr. Szeto. Se você gostou mais da Zoe, é claro que eu...

— Eu não tenho nenhum interesse em particular nela — disse Szeto Wai, dando de ombros. — Eu só queria fazer você entender que ambição, por si só, não basta. Você tem que usar os métodos certos para atingir seus objetivos.

Chung-Nam ficou paralisado. Ele não conseguiu pensar em nada para dizer.

— Por que você acha que eu ignorei a Zoe, a princípio, e inventei algumas bobagens sobre ela ser impopular? Eu usei técnica chamada *negging* pra derrubar as defesas dela. Você pode usar as mesmas táticas no mundo dos negócios. Se você quiser substituir Kenneth como CEO, vai ter que entender todas essas teorias. Chutar pra fora essa noite não foi nada; o máximo que você perdeu foi uma trepada. Mas se deixar isso acontecer nos negócios, pode estar dizendo adeus à carreira que levou todos esses anos para construir.

— En... entendi.

Então aquele tinha sido mais um dos testes de Szeto Wai, e Chung-Nam não tinha passado. Ele sabia como a manipulação funcionava, só não ousava puxar o gatilho no momento certo e não tinha segurança de que seus métodos teriam sido eficazes com Zoe.

— Não precisa esquentar com isso — disse Szeto Wai em tom leve. — A Talya é bastante gostosa também. Basta se contentar com ela por essa noite.

— Se contentar?

— Pega ela e leva pra casa. Ela gostou de você. Não percebeu?

— Elas não são desse tipo, são?

— Eu não disse que elas estavam à nossa disposição? — Szeto Wai deu um sorriso malicioso. — Não estou nem aí para o que você vai fazer, mas te garanto que a Zoe não vai voltar pra casa dela essa noite.

Durante todo o percurso no elevador, o coração de Chung-Nam estava batendo forte. Ele tinha conhecido Zoe havia apenas três horas, mas ainda não acreditava que ela era o tipo de garota que pularia na cama de um homem que acabara de conhecer. Falar sobre ela como se fosse uma mulher qualquer que ele havia conhecido seria um insulto.

Quando chegaram à rua, ele percebeu que estava equivocado.

— Esse é o seu carro? — perguntou Zoe. Zoe e Talya ficaram de queixo caído ao ver o Corvette.

Elas rodearam o carro como crianças em volta de um pote de balas. A expressão de Zoe dizia a Chung-Nam que sua deusa não era mais do que uma criatura vulgar, que se prostrava alegremente diante do dinheiro e do poder, entregando seu corpo por um pequeno pedaço dele.

"Bem, é isso mesmo, afinal de contas", pensou Chung-Nam amargamente, dando um sorriso desanimado diante da sua ingenuidade anterior.

Szeto Wai pegou as chaves com Egor e disse a Chung-Nam:

— Ei, lembra quando você perguntou se eu vinha aqui com frequência?

Chung-Nam se lembrou da conversa interrompida. Szeto Wai tinha dito que ia ali só quando precisava.

— Era isso o que eu queria dizer com precisar. — Szeto Wai olhou para Zoe, que espiava pelo para-brisa, tentando ver o interior do carro.

Chung-Nam só pôde assistir, impotente, enquanto ele abria a porta e conduzia Zoe para o banco do carona.

— Desculpa, não tenho como oferecer carona, é só de dois lugares — disse Szeto pela janela. — Te vejo semana que vem, Charles.

O carro vermelho-escarlate disparou, deixando Chung-Nam se contorcendo de raiva. Ele jurou para si mesmo que iria acertar em cheio e deixar um rastro de mulheres atrás de si, em vez de continuar a ser aquele tipo de perdedor que era sempre rejeitado daquele jeito.

— Vamos pra algum outro lugar? — perguntou Talya.

Ela estava corada, e seus passos, instáveis. Embora falasse sem enrolar a língua, era claro que não estava sóbria. Depois da margarita, ela tinha tomado um Long Island Iced Tea e um negroni.

Bem, ela estava se oferecendo de bandeja. Talya podia não ser seu tipo, mas ele precisava recuperar algum terreno. Ele aceitaria a sugestão do sr. Szeto de "se contentar" com ela.

— Tem bebida lá em casa. Por que a gente não continua por lá? — sugeriu ele.

— Está bem. Cadê o seu carro?

— Eu... não dirijo.

— Ah. — Talya franziu a testa por um segundo, depois sorriu de novo. — Tudo bem, vamos pegar um táxi. Táxi!

Ela acenou freneticamente, embora não houvesse um único táxi na rua. Chung-Nam começou a se perguntar se ela não estava ainda mais bêbada do que ele pensava.

— Ei, Charles, que tipo de carro você dirige?

— Eu te disse, eu não dirijo.

— Eu sei que você não está dirigindo hoje. Estou falando dos outros dias.

— Eu não tenho carro.

— Nenhum carro? — Seu rosto era o retrato da decepção. — Seu amigo americano Wade tem um carro esporte chique. Você deve ter um Porsche ou dois, não?

— Colega americano? A gente não trabalha na mesma empresa. A gente é mais como... parceiros de negócios. — Chung-Nam havia pensado em mentir, mas estava de mau humor e permitiu que o álcool falasse a verdade.

— Você não é o diretor de tecnologia de uma empresa multinacional?

Agora ele tinha entendido. Quando Szeto Wai o chamou de "colega", Talya devia ter presumido que isso significava que ele trabalhava na filial de Hong Kong de uma empresa norte-americana.

— Não, é uma empresa de Hong Kong.

— Ai, meu Deus, achei que você estava só sendo modesto quando chamou de "pequena empresa". — Ela parecia incrédula. Seu tom de voz subiu. — Quantas pessoas trabalham lá? Quantos trabalham pra você?

— Seis.

— Você só tem seis subordinados! — gritou ela. — Você é só um gerente de departamento?

— Não. São seis pessoas em toda a empresa. Só uma delas trabalha pra mim.

Talya estava olhando para ele como se ele fosse um vigarista.

— Desgraçado! Que bom que eu não nasci ontem, ou você teria me enganado e me levado pra cama — gritou Talya apontando para ele, ignorando os olhares dos transeuntes.

— Puta merda, eu não estou interessado em uma mocreia seca como você. — Se ela queria gritar com ele em público, ele não ia ficar para trás.

— Seu mendigo. Mija no chão e dá uma boa olhada no seu reflexo. Ninguém iria se interessar por você a menos que você tivesse dinheiro.

— Eu não tocaria em você nem se você me pagasse.

A discussão mal durou trinta segundos. Um táxi passou, e Talya o chamou, lançando mais alguns palavrões na direção de Chung-Nam ao entrar no carro.

— Merda — praguejou Chung-Nam.

Ele caminhou por Lam Kwai Fong em direção à Queen's Road Central. Ao seu redor havia bêbados, playboys e mulheres sensuais, seus sorrisos contendo todos os tipos de significados. Ele era o único carrancudo.

"Quando eu for grande, aquela fêmea vai estar esfregando em mim como uma cadela no cio", pensou ele. Quando chegou à estação de metrô em Theatre Lane, descobriu que miséria pouca era bobagem: o último trem já havia partido, e os funcionários estavam baixando as portas de metal.

Ele se sentou pesadamente nos degraus da entrada, desejando ter alguma forma de pôr para fora toda a raiva que havia dentro dele.

Foi se acalmando aos poucos, abriu a pasta e pegou o documento que havia mostrado a Szeto Wai mais cedo. Aquilo era o mais importante. Ser rejeitado por uma mulher e ouvir ofensas de outra no meio da rua era bobagem perto daquilo.

Ao guardar o documento de volta, reparou no celular e o puxou.

Nem uma única mensagem. Rapidamente digitou algumas palavras e as enviou. Já passava de uma da manhã, mas julgou que o destinatário ainda estaria acordado.

Enfiando o celular no bolso, foi até a Pedder Street para esperar um táxi. Passou um vazio em pouco tempo, e ele fez sinal.

— Lung Poon Street, em Diamond Hill — disse ao entrar.

O motorista assentiu, soturno, e ligou o taxímetro.

Enquanto eles se afastavam, Chung-Nam pegou o celular e olhou para a tela. A mensagem que acabara de enviar tinha sido lida, mas não houve resposta. O aparelho permaneceu em silêncio durante todo o caminho até o túnel subaquático. Aquilo era um pouco esquisito. Ele dera instruções estritas de que suas mensagens deveriam ser respondidas imediatamente.

Enquanto esperava, de repente se lembrou das palavras de Hao naquela tarde, sugerindo que ele era "um pedófilo".

Sem razão aparente, começou a sentir uma pontada de desconforto.

2.

Violet To abriu os olhos e mirou o teto branco silencioso. Virou-se para olhar o despertador. O ponteiro menor estava entre o oito e o nove. Uma brisa leve agitou a cortina azul-clara, permitindo que suaves dardos de luz do amanhecer entrassem e se espalhassem sobre suas panturrilhas.

"Está tudo tão quieto", pensou ela.

Agora que as férias de verão tinham começado, ela decidiu não colocar nenhum alarme, permitindo-se acordar naturalmente. Mesmo assim, geralmente levantava antes de ele tocar, perturbada pelos pombos que se reuniam no buraco do ar-condicionado do lado de fora. Mas naquela manhã eles pareciam ter lido seus pensamentos e pararam de arrulhar para que ela pudesse dormir em paz.

Dormir em paz. Já fazia muito tempo que isso não acontecia. Nos últimos dois meses ela havia estado sempre tensa.

Nunca imaginou que Au Siu-Man fosse se matar.

Em 5 de maio, ela enviou a mensagem anônima final. Quando não houve resposta depois de um longo tempo, presumiu que havia vencido. "A Siu-Man deve ter apagado todas as mensagens", pensou, tentando afastar o mau pressentimento. Mas não havia como evitar a verdade. Ela queria fazer Siu-Man perceber que toda ação tem uma consequência, e que os poderes supremos usam os mortais como intermediários para ensinar uma lição aos responsáveis.

Como ela poderia saber que, àquela altura, Siu-Man não estava mais neste mundo?

Quando leu a notícia do suicídio de Siu-Man na internet, sua mente ficou em branco. Achou que devia ter sido alguém com o mesmo nome ou algum engano. Depois releu o breve relato com mais cuidado, seguidas vezes, e percebeu o que tinha feito. Siu-Man tinha se matado por causa das mensagens de Violet. Mesmo que ela não a tivesse empurrado janela abaixo com as próprias mãos, ainda assim teria que carregar essa culpa.

Eu sou uma assassina.

Duas vozes conflitantes começaram a disputar o controle dentro dela.

"Não é culpa sua. Você não apontou uma arma pra cabeça dela e obrigou ela a pular.

"Para de mentir pra si mesma. Você mandou uma mensagem dizendo pra ela morrer, e ela morreu."

Violet continuou tentando se inocentar pela morte de Au Siu--Man, mas a voz conhecida como "razão" foi superando a outra aos poucos. Por repetidas vezes, essa voz fez a mesma acusação em seu ouvido: "Você é uma assassina".

Quando voltou a si, estava debruçada no vaso sanitário, vomitando.

Ela nunca imaginara que a vida pudesse pesar tanto sobre uma pessoa. Naquele dia, assim como nesse, seu pai tinha viajado para o norte a trabalho, deixando-a sozinha em sua enorme casa. Eles moravam na Broadcast Drive, em Kowloon City, um dos poucos bairros residenciais chiques de Kowloon. Começando na interseção da Junction Road com a Chuk Yuen Road, a Broadcast Drive tinha oitocentos metros de comprimento e começava e terminava no mesmo ponto, como um ouroboros, criando uma zona em formato de coração em Beacon Hill. Todas as sedes das estações de rádio e TV de Hong Kong costumavam ficar ali — as duas ruas que cortavam a região se chamavam Marconi e Fessenden, em homenagem aos pioneiros do rádio —, mas elas foram saindo, uma após a outra. Agora, tudo o que restava era a Radio Television Hong Kong (RTHK) e a Commercial Radio Hong Kong, bem como muitos condomínios com preços exorbitantes. A família To morava em um prédio de dez andares, com dois apartamentos por andar, de cerca de cem metros quadrados cada um. A sala de estar dava para uma varanda virada para o leste, e um dos quartos era suíte. Aquela era uma vida com a qual a maioria dos funcionários de escritório em Hong Kong não podia senão sonhar em ter.

Quando Siu-Man morreu, porém, Violet se sentiu sufocada por aquele lugar. Ela acendeu todas as luzes, ligou a TV e o rádio, mas isso não mudou o fato de que estava sozinha em casa, consumida pela ansiedade, sem ninguém com quem conversar. Eles costumavam ter uma governanta filipina chamada Rosalie, que estava com eles havia tantos anos que Violet tratava como parte da família. Então, no último mês de maio, o pai demitiu Rosalie e passou a contratar empresas de faxina, deixando Violet ainda mais solitária.

Naquela noite, Violet respirou fundo e, com dedos trêmulos, enviou uma mensagem para a única pessoa em quem confiava: seu irmão.

A fêmea está morta!!!

Clique. As reminiscências de Violet foram interrompidas pelo abrir e fechar da porta. Todas as manhãs, às nove, a governanta, srta. Wong, chegava para fazer a limpeza. Voltava às seis da tarde para preparar o jantar para Violet e o pai. Quando Violet não estava na escola, ela também fazia um almoço simples. Eles tomavam o café da manhã separados: Violet comia pão, enquanto o pai saía mais cedo e parava num café.

Houve um tempo em que as manhãs da família To eram muito diferentes.

A hora do café da manhã costumava ser o momento pelo qual Violet mais ansiava. Rosalie estava ocupada na cozinha, o pai tomava café e assistia ao noticiário da TV, enquanto a mãe reclamava dos ovos fritos de Rosalie. Não era um momento de grande união familiar nem nada parecido, apenas uma oportunidade para Violet e os pais sentarem-se juntos em torno da mesa. Na maior parte do tempo, o pai de Violet estava viajando ou fazendo hora extra, e a mãe estava quase sempre fora. Então, seis anos antes, a mãe deixou um bilhete dizendo simplesmente que ela estava abandonando o marido silencioso e nunca mais voltou para casa.

O pai de Violet era engenheiro e trabalhava para a mesma grande empreiteira desde a faculdade. Ele havia crescido até chegar à gerência e agora ganhava um salário respeitável. Tinha comprado o apartamento da Broadcast Drive quando o mercado imobiliário estava em seu ponto mais baixo, colhendo os lucros quando ele subiu novamente. Estava com quase cinquenta anos quando se casou. Violet suspeitava que a mãe estivesse atrás só do seu dinheiro e que o largou quando percebeu que a riqueza não era capaz de compensar a monotonia de estar casada com um workaholic que não abria a boca nunca. Em vez disso, ela buscava uma felicidade irreal nos braços de outros homens.

O mais estranho de tudo foi que o pai de Violet não reagiu à partida da esposa.

Ele não pareceu ficar chateado, apenas continuou trabalhando com a mesma regularidade. Nada mudou na sua vida. Talvez a esposa e filhos fossem completamente sem importância para ele. A tia de Violet, que havia morrido alguns anos antes, uma vez disse à garota que o pai dela não tinha vontade nenhuma de se casar e que tinha simplesmente cedido ao desejo da mãe.

Como resultado, os sentimentos de Violet por aquele homem eram bastante complicados. Por um lado, ela não tinha nenhum tipo de calor familiar; o pai parecia mais um colega de quarto do que qualquer outra coisa. Mesmo assim, ela lhe era grata por ele prover todas as suas necessidades. Tinha muito mais do que a maioria em termos materiais, mas muito menos emocionalmente.

Sempre que ela via uma criança acompanhada do pai ou uma família feliz, não conseguia deixar de fantasiar o quão diferente ela própria seria se fizesse parte de uma família normal.

Depois de se limpar, foi até a cozinha pegar um copo d'água.

— Bom dia — disse a srta. Wong, que estava limpando o exaustor.

— Bom dia.

— Quer alguns pãezinhos que acabaram de sair? — perguntou ela, apontando para uma sacola plástica sobre a mesa.

— Não precisa... ainda tem alguns de ontem. — Violet pegou um pãozinho de nozes na geladeira e o aqueceu no micro-ondas.

A governanta sorriu com aprovação àquele sinal de frugalidade. No entanto, Violet não estava sendo particularmente virtuosa; ela só não queria gastar um centavo a mais do dinheiro do pai além do necessário. Estava tentando ser o mais diferente possível de sua mãe.

À medida que crescia, Violet temia a forma como sua aparência estava mudando. Quando se olhava no espelho, via-se ficando mais parecida com a mãe a cada dia. A mãe de Violet era muito bonita e, mesmo na casa dos trinta, sempre era abordada por homens que a confundiam com uma universitária. Quando sorria, covinhas encantadoras apareciam em suas bochechas. Violet herdou as covinhas, juntamente com um par de olhos orvalhados. Ela não admitia, mas também estava se tornando muito bonita. Pensando em como a mãe infiel só havia provocado infelicidade no marido e nos filhos, Violet começou a odiar a própria aparência. Usava óculos de armação quadrada, que não combinavam com ela, e continha suas emoções de modo que quase nunca sorria.

"Uma garota da sua idade devia se arrumar um pouco melhor. Não é pecado nenhum ser bonita", seu irmão uma vez disse a ela.

Ele era o único suporte espiritual em sua vida.

Ela voltou para o quarto com um copo d'água e o pão de nozes. Costumava se esconder ali; a sala de estar, enorme, a fazia se sentir ainda mais solitária. Seu quarto era mais espaçoso do que muitos apartamentos inteiros de famílias de baixa renda. Além da cama, do guarda-roupa e da escrivaninha, havia uma *chaise longue* e uma mesinha baixa, onde ela poderia relaxar enquanto apreciava seus adorados romances. Pousou o copo em sua mesa e devolveu um livro à estante — um romance policial japonês que havia pegado na véspera. Embora já o tivesse lido várias vezes, queria olhar o final de novo, graças a um novo comentário em seu blog sobre literatura.

> Cara Blogmistress, acabei de ler este livro e fiquei chocado. Fui procurar resenhas na internet e achei o seu blog. Vc escreve mto bem! Vc disse tudo q eu senti. Fiquei tão triste com os 2 personagens principais que chorei no fim. Mas não entendi pq o cara teve que se matar. Se ele fosse o amante secreto da garota ou algo assim eu entenderia, mas acho q não eram, né? Pq ele sacrificaria a vida dele assim? Redenção? Mas ele não fez nada de errado! Pfvr, me ilumine, Blogmistress! Obrigada!!
> **~postado por Franny, 30/6/2015 20:13**

Aquela tinha sido uma resposta ao seu post sobre um romance de Keigo Higashino. Violet não gostava muito do trabalho dele, mas aquele livro em especial era um de seus favoritos. Demorou mais do que o normal com aquela resenha, que tinha sido postada na primavera do ano anterior, e aquele era o primeiro comentário depois de mais de um ano. O blog de Violet não tinha muitos acessos; afinal, a maioria dos habitantes de Hong Kong não tinha o hábito de ler. De acordo com as análises, alguns dos frequentadores do blog eram de Taiwan, na verdade. De acordo com o endereço IP, aquela Franny também era taiwanesa.

Desde que tinha visto aquele comentário na véspera, Violet ficou pensando em como deveria responder. Ela queria dizer a Franny que o que havia entre os dois personagens principais não era amor romântico, que eles haviam ascendido a um plano diferente. Era difícil de explicar. Violet era meticulosa em certas coisas e nunca se permitia dar uma resposta descuidada. Diante de uma pessoa que tinha, de fato, escrito a ela, ela gostava de estabelecer uma troca apropriada.

Enquanto mastigava o pãozinho e deixava os olhos correrem pela estante de livros, ficou um pouco surpresa com a paz que sentia — quase como se tivesse passado os últimos dias trocando de pele e deixando toda a dor e os problemas para trás. Sua alma estava renovada. Talvez o tempo tivesse curado todas as feridas, talvez as férias de verão significassem que ela não precisaria mais ficar vendo a carteira de Au Siu-Man vazia na sua sala de aula ou talvez o comentário do blog simplesmente a tivesse distraído. O principal motivo de sua serenidade, porém, era o fato de que ela havia queimado a página da carta de despedida de Siu-Man com as próprias mãos.

O surgimento daquela carta provocou um caos em sua mente. Ela conseguiu manter a calma diante de todo mundo, enquanto pensava freneticamente em como lidar com aquela nova ameaça. Estava feliz por ter sido capaz de pensar por conta própria, o que era graças ao incentivo constante do irmão. Ela virou a situação a seu favor e evitou ser exposta pela página principal da carta de Siu-Man. É verdade que ela não tinha lido o que estava escrito, mas havia uma boa chance de que seu nome fosse mencionado.

Violet tinha lido em algum lugar que, ao longo do desenvolvimento das civilizações, as pessoas costumavam usar práticas externas, como rituais, para provocar mudanças no pensamento, ajustando-se a hierarquias sociais em mutação ou recebendo proteção espiritual. Talvez a ação de queimar a carta tivesse sido o ritual de que ela precisava para se sentir absolvida.

Quando encontrou o irmão alguns dias antes, ele a tinha elogiado por ela finalmente ter se libertado. Ela sabia muito bem que Au Siu-Man também tinha sido um espinho para ele, mas que ele simplesmente não demonstrava, porque precisava se manter forte e ser um porto seguro para ela.

"É como eu sempre digo, você tem que aprender a ser mais egoísta. A criar uma armadura", dissera ele. "A gente vive numa sociedade cruel, e quem demonstra fraqueza é atacado sem piedade. Aquela garota, Au, não morreu por sua causa. Se todo mundo se jogasse do alto de um prédio quando alguém escrevesse alguma coisa sobre a gente, haveria milhares de suicídios todos os dias. Ela morreu porque não era forte o suficiente. Foi a única maneira que ela encontrou de escapar da pressão dessa sociedade ridícula."

Por mais que aquela lógica soasse distorcida, suas palavras fizeram Violet se sentir melhor.

Ao pegar o copo d'água, quase molhou o boletim, recebido na véspera. Seus resultados naquele semestre não tinham sido muito bons: ela havia passado do décimo terceiro para o décimo sétimo lugar da turma, o que era compreensível, visto que não estava conseguindo se concentrar nos estudos recentemente. Violet deixou de ser obcecada pelas notas escolares. Tinha sido a melhor da turma no ano anterior e, mesmo que seus pais nunca a pressionassem, sempre se obrigou a trabalhar duro, na crença equivocada de que, se conseguisse se sair bem nos estudos, seus pais talvez começassem a prestar atenção nela. Violet estava no primário quando sua mãe saiu de casa e disse a si mesma que, se fosse a primeira da turma ao menos uma vez, sua mãe voltaria. Mesmo depois de crescer o suficiente para perceber que aquilo era uma fantasia, não conseguiu abandonar aquela mentalidade obstinada. A pressão que colocava sobre si própria a estava consumindo por dentro. Ela mal conseguia respirar.

No fim das contas, foi seu irmão quem mudou sua mentalidade e permitiu que ela relaxasse.

Depois disso, Violet se sentiu grata por, ao contrário da maioria de seus colegas, não precisar prestar satisfação aos pais. Seu pai era completamente indiferente: não a recompensava por se sair bem nem a repreendia por se sair mal. Fazia dois dias que ele havia viajado a negócios e ainda não havia ligado para casa. *Plim*. No momento em que Violet estava pensando nele, uma notificação apareceu em seu celular:

Lembrete da Biblioteca da Escola Secundária Enoch. Seus itens &#65297, &#65299, &#65294, &#65302, &#65303 vencem em três dias. Para mais informações ou renovações, visite http://www.enochss.edu.hk/lib/q?s=71926

Aquilo era bastante esquisito. A biblioteca estava fechada durante o verão, e o sistema não deveria enviar mensagens. Além disso, ela sabia que não tinha qualquer livro consigo. Mais confuso ainda, a mensagem parecia exatamente igual a qualquer outra notificação, mas tinha sequências absurdas de letras e números, em vez de nomes de livros. Devia haver algo errado. Ela clicou no link, que abriu uma janela do navegador do celular, mas por um longo tempo nada apareceu. Depois de cerca de vinte segundos, ela se viu na página inicial da Enoch.

"Será que a empresa de TI está fazendo manutenção?", perguntou-se. Ela sabia que os resultados das provas quase tinham atrasado devido a problemas nos computadores, mas os professores conseguiram reinserir todos os dados.

Clicou na página da biblioteca e fez login em sua conta. Como era esperado, seu histórico de empréstimos estava vazio. Em seguida, entrou no chat da escola para ver se mais alguém havia sido afetado. Havia um tópico sobre a biblioteca, embora as pessoas não escrevessem muito por lá.

    Tópico: [empréstimos] Alguém mais recebeu uma notificação estranha?

Aquele foi o primeiro tópico que ela viu. Era da noite anterior, e já havia quatro postagens, todas de pessoas relatando que haviam recebido mensagens estranhas como a que ela recebeu. Violet parou de se preocupar. Decidiu começar o dia indo para o shopping Lok Fu Place, nas proximidades, para comprar alguns livros novos. Antes de pôr o celular de lado, clicou por hábito em "voltar ao menu", e foi assim que viu as alarmantes palavras "o que aconteceu ontem".

Por mais que aquilo não dissesse muita coisa, ela sentiu um aperto no peito enquanto clicava ansiosamente para abrir o conteúdo da conversa.

Grupo: Biblioteca
Postado por: WongKwongTak2 (Ham Tak)
Assunto: [chat] O que aconteceu ontem
Horário: 30 de junho de 2015 21:14:13

    Ouvi dizer que houve um pequeno incidente na biblioteca, por volta do meio-dia de ontem.
    Algo a ver com Aquilo da classe 3B. Alguém tem informações?

Era só. Violet imaginou que devia ser uma aluna fofoqueira, que ficou sabendo por alto do incidente e jogou um verde para descobrir mais detalhes. Postagens como aquela geralmente eram apagadas rapidamente pelos moderadores, mas talvez a manutenção estivesse atrasando o processo ou então ninguém tivesse visto ainda, mas tinha ficado ativa por tempo suficiente para gerar algum debate.

Achei que a gente não pudesse falar sobre Aquilo.
Sempre você, Ham Tak! XD
A gente tem o direito de saber! Os professores não podem nos deixar no escuro.
Não tem medo de arrumar problema? Eles podem te suspender mesmo nas férias~
Viva a liberdade de expressão! (por favor, não me suspendam)
Estranho que os moderadores não tenham apagado isso ainda.

Os grupos de discussão eram moderados por monitores, mas aquele especificamente era moderado pelos professores da biblioteca, e adultos tendiam a ser mais lentos para fazer as coisas na internet. Violet leu rapidamente aqueles comentários e, assim que começou a achar que talvez estivesse exagerando, chegou a uma postagem mais longa, no final da página.

Postado por: LamKamHon (Chefe Hon)
Tópico: Re. [chat] O que aconteceu ontem
Horário: 1 de julho de 2015 01:00:48

Eu estava lá. A Sociedade de Xadrez estava imprimindo folhetos pras nossas atividades de verão — a gente viu tudo. Não sei exatamente o que aconteceu, mas a família daquela garota encontrou a carta de despedida dela na biblioteca. Eu vi de relance. Pareceu sério. Provavelmente reclamando de algum aluno. Não quero ficar fazendo suposições, mas talvez ela se matou como uma acusação.

Não quero desobedecer às ordens, mas como essa é a pura verdade (que eu vi com meus próprios olhos), não tem nada de errado em dizer aqui, em vez de deixar que os boatos se espalhem. Se a srta. Yuen fizesse uma declaração com mais informações, melhor ainda.

De qualquer forma, aposto que esse post vai ser deletado já já.

Violet respirou fundo. Tinha achado que destruir a página que faltava poria fim ao assunto, mas agora havia uma complicação. Ela conhecia o líder da Sociedade do Xadrez de vista, e ele de fato havia estado lá na biblioteca. Ele era muito bem-visto na escola, tendo vencido alguns torneios de xadrez, sem falar nos excelentes resultados das provas também. Sua popularidade significava que os outros alunos tendiam a confiar na sua versão dos eventos.

Se muitas outras pessoas acreditassem nele, ela poderia ter problemas. Depois de tudo o que tinha passado para se livrar da parte incriminadora da carta de Siu-Man, mesmo assim a história de que o culpado poderia ser alguém da turma dela estava se espalhando. A preocupação a deixou inquieta, e achou que fosse vomitar o pão que tinha acabado de comer. Ela abriu na mesma hora o Line, clicou no nome do irmão e digitou:

Má notícia, alguém postou no chat da escola sobre

Mas não completou a frase. Seu polegar pairou sobre a tela enquanto ela se perguntava se aquilo era algo que deveria dizer ao irmão. Ele tinha comentado que sua empresa estava lidando com um cliente importante e que ele receberia uma promoção e um aumento se tudo corresse bem. Ela não tinha prestado muita atenção; tudo o que realmente percebeu foi que ele ia ficar atolado de trabalho por um tempo. Talvez não fosse certo ele ter que se preocupar com ela também.

"Não é tão preocupante assim", pensou ela. Sabia que ele tinha como entrar no chat da escola e se conceder permissão de administrador, então queria pedir a ele para deletar aquelas postagens. Porém, depois de se acalmar, percebeu que a situação era diferente. Não havia motivo para exagerar. A acusação de Siu-Man tinha sido apenas palavras em uma folha de papel. Ainda que o nome de Violet tivesse vindo à tona, não havia nenhuma evidência ligando ela à morte. Graças ao que o irmão tinha lhe ensinado, ela sabia que não havia como conectar esses e-mails a ela. Lily Shu era, sem dúvida, muito mais suspeita; havia pelo menos cinco ou seis pessoas na turma que sabiam por que Lily e Siu-Man tinham se afastado. Qualquer pessoa normal presumiria que o suicídio de Siu-Man tinha sido causado pelo triângulo amoroso. Quem ia suspeitar de que tinha sido a Violet, no fim das contas, quem tinha armado tudo?

Foi como abrir uma válvula de segurança: mais uma vez, ela se acalmou. Abriu o laptop novamente e entrou no blog, pronta para responder à pergunta da Franny. Enquanto digitava, refletiu se deveria visitar a livraria antes ou depois do almoço. Ler a ajudaria a relaxar um pouco.

E, assim, o primeiro dia das férias de verão passou pacificamente para Violet.

Ela não fazia ideia de que, no dia seguinte, aquela "complicação" iria explodir.

Postado por: ChuKaiLing (Ling Ling Chu)
Tópico: Re. [chat] O que aconteceu ontem
Hora: 2 de julho de 2015 03:14:57
Alguém postou no Popcorn sobre o Incidente!
http://forum.hkpopcrn.com/view?article=9818234&type=OA

Na manhã seguinte, Violet ligou o computador e entrou no chat da escola mais uma vez para conferir se os moderadores já haviam apagado o tópico. Não só ele ainda estava lá, como havia uma resposta que a deixou chocada. Tremendo um pouco, clicou no link e uma nova guia foi aberta. No canto superior esquerdo estava o logotipo familiar do Popcorn.

POSTADO POR superconan EM 01-07-2015, 23:44
A mente por trás do suicídio de uma garota (de 14 anos)?

Eu, SuperConan, Príncipe do Popcorn e Guerreiro do Teclado, tenho notícias explosivas pra todos vocês. A bomba de hoje é sobre aquele post clássico de três meses atrás, "Uma piranha de 14 anos mandou o meu tio pra cadeia!!", que tenho certeza de que deixou todos nós, Popcorners, torcendo e mastigando pipoca... mas o que foi que aconteceu nos bastidores? Os esquecidos podem refrescar a memória aqui: http://forum.hkpopcrn.com/view?article=7399120m

Parece que, depois que esse "j'accuse" apareceu, uma multidão de Popcorners que prezavam pelo bem comum se mobilizou, naturalmente, pra fazer justiça e caiu como uma tonelada de tijolos sobre essa vadia de 14 anos que mandou um inocente dono de papelaria pra cadeia. Eles se uniram para descobrir o nome verdadeiro dela e o endereço, além de fotos da escola, tudo para defender a moral e punir os malfeitos. Por fim, a monstrinha saltou de uma janela e deu fim na sua vida miserável. Mais uma vez, os Popcorners salvaram o dia. Muito bem! Parabéns pra todos nós!

Ah, aposto que muitos de vocês têm suas dúvidas, mas não ousam expressá-las, certo? Permitam então que eu, SuperConan, uma das oito maravilhas do Popcorn, fale a verdade que vocês não ousam falar.

Vocês. São. Todos. Assassinos.

Eu, SuperConan, participei de incontáveis guerras de fogo, e deus sabe que tem muita gente que me odeia, mas nunca, nunca chutei ninguém que já estava no chão. Quem grita por justiça é sempre um bando de miseráveis, nunca os heróis. Não vou citar nomes, mas a comunidade Popcorn precisa saber quem, entre vocês, ajudou a empurrar essa garota pela janela. Não importa se o dono da loja era culpado ou não. Mesmo que ele tenha sido injustiçado, será que isso merecia uma sentença de morte?

Enfim, não importa. Eu não vim aqui pra culpar vocês, vim para lançar bombas de verdade.

Primeiro, clica em: http://forum.hkpopcrn.com/user?id=66192614

Essa é a página inicial do Popcorner que escreveu "Uma piranha de 14 anos", o sr. kidkit727 (ou sra. kidkit727, acho eu). Como vocês podem ver, o sr. ou a sra. K publicou um único post, nunca comentou nada, e fez login pela primeira vez em

10 de abril. Último login? Também no dia 10 de abril. Nada de errado com isso, talvez ele ou ela tenha criado uma conta descartável pra defender esse tio. Mas cair fora da discussão, nunca mais se conectar, não ajudar a derrubar a piranha? Isso parece estranho. Mesmo usando meus poderes de SuperConan, não consegui encontrar nada em toda a internet relacionado ao kidkit727.

Sem e-mail, sem Facebook, sem Weibo. Ninguém que queira aumentar o exército do Popcorn seria tão reservado. Faria muito mais sentido botar lenha na fogueira. O que me faz pensar: será que não foi tudo uma farsa?

Então, o que estou dizendo é que talvez vocês não sejam assassinos. Talvez vocês sejam apenas idiotas que fizeram o trabalho de um assassino no lugar dele.

Sei que vocês vão dizer que estou falando bobagem.

É claro que o SuperConan aqui pode confirmar essas palavras. Ontem, recebi uma mensagem privada com informações privilegiadas. Lembram que esse garoto, ou garota, K chamou o homem na prisão de "tio"? Bem, adivinha só. O tal "tio" não tem irmãos nem irmãs. Então, de onde veio esse tal sobrinho ou sobrinha? Minhas informações são confiáveis, mas tenho certeza de que vocês, Popcorners, têm seus próprios meios de confirmá-las.

Se essa pessoa K não é parente do homem que foi preso, como explicar essa postagem de mais de 1000 palavras? Defender um completo estranho? Ou será que existe algum outro motivo por trás?

Rá! Meus queridos e espertos Popcorners, como vocês se sentem agora? COMO VOCÊS SE SENTEM AGORA?

Ao ler aquela postagem bizarra, Violet sentiu calafrios subindo pela espinha. Parecia claro que SuperConan era um veterano do Popcorn: a internet estava cheia de idiotas como ele, que passavam os dias dando palpite em todos os tipos de fóruns, como se não tivessem nada para fazer da vida além de discutir com estranhos. Embora aquela postagem pudesse parecer uma provocação gratuita, Violet sabia muito bem a quem ela se destinava, principalmente por aquele pequeno detalhe sobre Shiu Tak-Ping não ter sobrinho nenhum.

Quando ela e o irmão tiveram a ideia de provocar uma turba digital contra Siu-Man, uma das coisas que eles discutiram foi que identidade usar como disfarce. Violet sabia, por ter falado com o estagiário de Martin Tong, que Shiu Tak-Ping não tinha sobrinhos nem sobrinhas, mas seu irmão defendeu que aquela hipótese seria melhor do que se passar por alguém que realmente existiu.

"Pensa nisso, Vi. Se a gente postar como se fosse a esposa ou algum amigo dele, a pessoa de verdade poderia abrir a boca, e tudo iria por água abaixo", dissera ele. "Além disso, as pessoas precisam se identificar com o autor do post. Um membro da família é mais convincente do que um antigo colega de turma ou amigo. Claro, estamos correndo um risco ao inventar um sobrinho, mas aposto que a família Shiu não vai revelar a verdade, especialmente com Tak-Ping preso. Nem a esposa nem a mãe dele seriam estúpidas a ponto de dar mais assunto para os jornalistas."

"Por que não?"

"Não vai ajudar em nada o Shiu Tak-Ping. Ele nem tentou se defender, simplesmente se declarou culpado. Reabrir o caso agora não faria nenhum bem à família."

"E se alguém que conhece a família lançar dúvidas quanto à identidade e os motivos do autor do post?"

"A gente vai postar isso e sumir. Mesmo que os jornalistas quisessem nos encontrar, eles não iam conseguir. E se o Shiu Tak-Ping realmente abrir a boca pra dizer que não sabe quem é, isso só criaria uma situação do tipo Rashômon. Mas não tem prejuízo nenhum pra gente. Na pior das hipóteses, a gente vai ter acendido o pavio. Você se lembra do nosso objetivo?"

"Sim. Eliminar a Au Siu-Man."

As palavras dele pareceram fazer sentido na época. Agora, Violet percebeu que eles tinham deixado passar um aspecto importante: tudo mudaria após a morte de Siu-Man.

Ela voltou para a postagem de SuperConan. Ele tinha mencionado que uma pessoa estava lhe mandando mensagens privadas; será que também era alguém da biblioteca? Ela não imaginou que Shiu Tak--Ping pudesse conhecer alguém da sua escola, mas aquilo estava vindo à tona apenas alguns dias depois que a carta de despedida apareceu, o que parecia muita coincidência. Lutando para manter a calma, tentou pensar em cenários possíveis. Será que aquela pessoa sabia o tempo todo que Shiu não tinha sobrinho nenhum, mas não fez nada de imediato, só decidindo vir a público quando a carta aparecesse, e então entrou em contato com SuperConan?

Não, aquilo não parecia muito provável, embora Violet não soubesse dizer por quê.

Ela hesitou, então digitou:

Dá uma olhada no Popcorn! Alguém está remexendo na história!! O que a gente faz? http://forum.hkpopcrn.com/view?article=9818234&type=OA

Embora ela odiasse perturbar o irmão no trabalho, ele era o único a quem podia recorrer.

Depois de enviar a mensagem, ficou sentada com os olhos grudados no telefone, esperando uma resposta. Sabia que ele poderia estar ocupado e rezou para que achasse um tempo para ler em breve. Depois de um minuto, ainda não estava marcada como "Lida". Tudo o que ela podia fazer era voltar para a tela do computador, que ainda estava no site do Popcorn, embora olhasse para o telefone a cada dez segundos.

Cinco minutos depois, o sinal de "Lida" finalmente apareceu. Ela pegou o telefone e esperou freneticamente pela resposta dele. Sua mão esquerda estava fechada com força, e ela nem tinha notado que suas unhas estavam cravadas na palma da mão a ponto de sangrar. Levou mais cinco agonizantes minutos para a mensagem aparecer:

não precisa se preocupar, é só algum idiota

Violet respondeu na mesma hora:

Mas ele sabe que não tem sobrinho nenhum!

Ela apertou enviar e se preparou para outra espera ansiosa, mas dessa vez levou apenas meio minuto:

sério, não se preocupa
ninguém acredita nesse idiota
vê as respostas

A postagem de SuperConan tinha apenas duas respostas. Uma mandava ele calar a boca com uma série de palavrões criativos — talvez fosse um dos *haters* que ele havia mencionado —, enquanto a outra era apenas um emoji com um sorriso constrangido, como se dissesse que só um idiota acreditaria naquele absurdo. Como usuário de longa data do Popcorn, seu irmão provavelmente sabia quem era. A maioria das pessoas parecia estar ignorando o SuperConan, sem dúvida, mas Violet não achava que eles podiam baixar a guarda.

A gente pode se ver essa noite?

Eles geralmente se encontravam só uma vez por semana, mas aquilo era sério. Melhor ser precavido e se planejar para o pior cenário possível.

não posso, desculpa, tenho que trabalhar essa noite
ocupado ultimamente, tenho que trabalhar no fds tbm

Aquela resposta fez Violet se sentir péssima. O medo havia sugado suas forças. Não muito tempo atrás, o irmão a elogiara por ser calma, e ali estava ela de novo, tensa como uma corda de violino. Ela estava à deriva numa tempestade, seus braços em volta dele como se ele fosse um pedaço de madeira flutuando. Ela rapidamente digitou algumas palavras em concordância e encerrou a conversa para que o irmão pudesse voltar ao trabalho. Ele estava trabalhando duro para fazer algo por si mesmo, não só pelo dinheiro.

"Antes de você terminar o ensino médio, Vi, eu vou tirá-la dessa casa", tinha sido a promessa dele. "Eu não tenho como te dar um apartamento de luxo como aquele cara, e não vai ter uma empregada limpando as suas coisas, mas garanto que você terá uma vida feliz."

Violet não conseguia se lembrar de como respondeu, só de como tinha ficado comovida.

Ela não estava mais sozinha no mundo.

Mesmo que ainda estivesse cheia de dúvidas, Violet fez o possível para se convencer de que aquela nova complicação em breve desapareceria. Havia centenas de novas postagens do Popcorn todos os dias, e tópicos impopulares rapidamente saíam da página inicial graças à dinâmica padrão dos chatboards: os ricos ficavam mais ricos e os pobres ficavam mais pobres. SuperConan podia ser um veterano, mas os outros usuários não gostavam muito dele. Se todos continuassem ignorando aquela postagem, em breve ela seria enterrada.

No entanto, Violet não tinha como ter certeza. Deu o seu melhor para esquecer o assunto e se afundar em um novo romance de Jeffery Deaver, pelo qual ela estava ansiosa para ler. Mesmo assim, foi difícil se concentrar.

Naquela noite, às sete, Violet sentou-se à mesa para jantar. "Algo de errado com a comida?", perguntou a srta. Wong, que se preparava para sair. Ao contrário da maioria das casas de Hong Kong, aquele apartamento era grande o suficiente para caber uma máquina de lavar louça, então ela não precisava ficar esperando até o fim da refeição.

— Quê? Ah, não, está ótima.

Violet não tinha percebido que estava encarando o prato, imóvel. À sua frente havia peixe frito, um pouco de brócolis com carne e uma tigela refrescante com abóbora d'água, milho-doce e sopa de costela de porco. Parecia uma refeição típica de restaurante para uma pessoa.

— Você não tocou no peixe, então fiquei achando que alguma coisa estava errada. — A srta. Wong riu. — Normalmente você começa pelo peixe.

— Está tudo ótimo. Só estou com muita coisa na cabeça — disse Violet, forçando um sorriso.

Ela estava uma pilha de ansiedade a noite toda. De vez em quando, baixava o livro e voltava ao computador para ver se havia novas respostas na postagem de SuperConan. Dava um suspiro de alívio a cada vez que via que o post estava fora da página inicial, mas ocasionalmente alguém postava "SuperConan voltou", ou algo semelhante, alimentando a sua popularidade. Seu coração disparou quando isso aconteceu. Ela não achava que sua ansiedade estava tão aparente, mas até a srta. Wong tinha notado.

Uooooo... uooooo... Na manhã seguinte, Violet foi acordada pelo som do aspirador de pó vindo da sala de estar. Ela olhou para o relógio: já eram dez. Ela não conseguia se lembrar a que horas tinha pegado no sono, só que tinha se revirado muito depois de deitar. Seu sentimento de culpa voltou correndo. E se outro Popcorner cravasse os dentes naquele caso e se recusasse a deixá-lo desaparecer? Ela sabia como aquelas coisas funcionavam: *bullying* na internet e mecanismos de busca em carne e osso.

Pegou o telefone, esperando que seu irmão tivesse enviado uma mensagem a caminho do trabalho, mas não havia nada, nem mesmo um spam. Depois de hesitar um pouco, ela reuniu coragem para abrir o navegador e clicar no fórum da escola, em seguida ir para a guia da biblioteca. Acalmou-se um pouco depois de ver o índice; a postagem de Ham Tak havia desaparecido. Os moderadores deviam finalmente tê-la retirado. Com o mesmo espírito de esperança, abriu os favoritos do Popcorn. Quão longe o post de SuperConan teria caído? Dez páginas? O que ela viu, em vez disso, foi muito pior do que poderia esperar.

POSTADO POR zerocool EM 03-07-2015, 01:56
Re: A mente por trás do suicídio de uma garota (de 14 anos)?

> Fiquei pensando muito tempo sobre isso antes de postar. Peço desculpas pelo textão.
> Sou um Popcorner de longa data, mas essa é uma conta descartável. Por favor, não tente descobrir quem eu sou. Eu tenho os meus motivos.
> Meu trabalho é um pouco inusitado. Meu cargo é "Consultor de Segurança de Dados". Parece sofisticado, mas significa apenas que sou um hacker. Não me entendam mal, eu não faço nada contra a lei. As pessoas me contratam pra tentar invadir seus sistemas, pra que eu possa apontar todos os pontos fracos

dele. Sou o que as pessoas chamam de "chapéu branco". É como os bancos, que contratam arrombadores profissionais pra ver se eles conseguem abrir seus cofres.

Normalmente, não teria problema dizer tudo isso, mas estou mantendo o anonimato por causa do trabalho; às vezes tenho que entrar em partes, digamos, questionáveis da rede. Costumo usar o compartilhamento P2P pra baixar arquivos, embora, ao contrário da maioria das pessoas, não esteja pirateando filmes ou música. Tudo que me interessa é que tipo de dados privados esses sites transferem. Por exemplo, as empresas de telecomunicações podem vazar nomes de clientes, departamentos governamentais podem perder documentos inteiros, e assim por diante. Nunca usei nenhum dos dados que obtive dessa forma, mas mesmo admitir a posse deles seria o bastante pra que me processassem.

Mês passado, quando estava usando o PD, um tipo de software P2P, extraí um arquivo danificado de um HD. Não vou dizer que tipo de arquivo (pra que vocês não inventem de procurar), mas consegui desbloqueá-lo e encontrei um monte de informações pessoais, como se alguém tivesse instalado acidentalmente uma versão do PD com, bem, ingredientes extras, e tivesse tido todas as suas coisas roubadas. Existem muitos desses programas adulterados por aí; eles basicamente criam uma *back door* no seu computador, para que seus arquivos possam ser roubados sem que você perceba.

Percebi que eram todos de computadores pessoais, então ignorei; afinal de contas, não estou interessado nos segredos das pessoas. (E mesmo assim eu recebo arquivos como esse com regularidade.) Mas algo sobre o post original me fez lembrar de uma coisa, então voltei aos tais arquivos e, sem dúvida, encontrei algo chocante.

Um deles era um arquivo de texto, contendo exatamente as mesmas palavras da postagem de abril, a "Uma piranha de 14 anos". Achei que alguém devia ter copiado e colado do Popcorn, mas depois vi mais de perto.

O post apareceu no dia 10 de abril, mas o arquivo que eu tinha havia sido criado em 9 de abril. Talvez, então, o texto do Popcorn fosse um repost? Mas eu procurei na internet, e 10 de abril no Popcorn foi a primeira aparição. Em outras palavras, esse arquivo pode ter vindo do HD da pessoa K.

O post original dizia que K talvez quisesse machucar a garota suicida. Eu não sabia se deveria vir a público com isso, depois lembrei que uma pessoa tinha morrido, então era minha responsabilidade dizer o que eu sabia. Daí a conta descartável. Nem tentem rastrear meu IP; sou um Consultor de Segurança de Dados profissional. Vocês não vão me achar nunca.

Violet estava prestes a desmaiar; a sorte era que estava lendo aquilo na cama, senão certamente teria desmaiado. Ela clicou na mesma hora no ícone verde do Line para perguntar ao irmão:

Vc já usou um dispositivo de compartilhmento de arquivos chamado PD?

Ela enviou sem nem mesmo parar para corrigir os erros de digitação; um segundo que fosse de atraso seria demais. Depois de dois ou três minutos, porém, a mensagem ainda não havia sido lida.

Isso é importante!

Ele uma vez disse a ela para não ligar para ele no horário de trabalho, e sim enviar mensagens pelo Line. Portanto, não importava o quão urgente fosse, ela não queria ligar.

Mais cinco minutos. Ainda sem resposta.

Estamos em apuros! Isso pode

Assim que ela estava digitando a terceira mensagem, o sinal de "Lida" apareceu. Ela respirou aliviada, mas a resposta dele a deixou ainda mais ansiosa:

que foi? claro que eu já usei o PD

Isso confirmava que o Consultor de Segurança de Dados não estava inventando as coisas. Ela excluiu a mensagem pelo meio e escreveu uma nova:

Dá uma olhada no chat do Popcorn de ontem!

Dois minutos depois, ele respondeu:

não se preocupa, não é nada

Ela ficou de queixo caído. Como assim não era "nada"?

Nada?? Eles têm o SEU arquivo!!

Demorou muito para "Lida" aparecer. O estômago de Violet doía ou de ansiedade, ou porque ela ainda estava na cama muito depois da hora do café da manhã.

não obrigatoriamente o meu
eu confio no meu firewall
talvez o relógio do computador da pessoa estivesse um dia atrasado, então a data foi registrada incorretamente quando foi copiado

Violet não tinha pensado naquela hipótese. Mesmo assim, ela se sentia inquieta. E se...

Os arquivos que eu te enviei estavam armazenados no mesmo HD? Se eles vazaram, a gente vai ter problema!

Ela esperou.

que arquivos?

Aquela resposta indiferente a deixou furiosa:

> Os que você me fez roubar da escola! As fotos, os contatos, as mensagens de texto e tudo mais dos telefones dos outros alunos! Se alguém revelar a sua identidade no Popcorn, você pode simplesmente dizer que o relógio estava atrasado um dia ou algo assim. Mas se eles descobrirem que a gente se conhece, a gente não vai ter como escapar!

Violet nunca tinha falado com ele daquele jeito, mas ela estava ainda mais preocupada com ele do que consigo mesma. Depois da morte de Siu-Man, Violet imaginou o pior cenário: se aquelas mensagens com ameaças fossem descobertas e rastreadas até ela, ela assumiria toda a responsabilidade e não deixaria que ele fosse arrastado para o meio da história.

Para lidar com Siu-Man, ele ajudou Violet a reunir materiais sobre alguns de seus colegas de escola. Deu a ela uma caixinha preta que parecia um carregador, e, assim que um celular era conectado, todo o conteúdo podia ser desviado, incluindo fotos, vídeos, contatos, mensagens de texto e agendas. Quando ninguém estava prestando atenção, Violet mexia nos carregadores nas salas de aula ou na biblioteca, roubando cada vez mais dados particulares. Tudo isso para confirmar um boato que havia a respeito de Siu-Man, uma das maneiras pelas quais planejavam puni-la.

O boato havia sido esquecido havia muito tempo: numa noite de Natal, uma garota da escola havia sido molestada por um gângster.

Violet nunca falava muito na escola, mas mantinha os ouvidos atentos na sala de aula e nos corredores, recolhendo fragmentos de informação das conversas das pessoas. Tinha mais ou menos certeza de que a garota em questão era Siu-Man, mas não havia provas, então seu irmão desenvolveu aquela etapa da estratégia. Dessa forma, ela descobriu alguns segredos: quem tinha uma queda por quem, quem estava traindo quem, quem era particularmente próximo de qual professor e assim por diante. Ela viu algumas fotos e vídeos íntimos, alguns deles explícitos o suficiente para serem usados como material de chantagem. No entanto, não havia nenhum sinal de evidência para o boato envolvendo Siu-Man, apenas uma foto dela sendo apalpada em um karaokê, o que não era nada se comparado com algumas das outras coisas que Violet tinha encontrado.

Com tanto material para vasculhar, ela enviou tudo para o irmão, para que ele pudesse ajudá-la. Agora estava preocupada com a possibilidade de que aqueles arquivos expusessem sua conexão com ele. Mesmo que insistisse que era a única culpada, outras pessoas poderiam não acreditar nela, e ele poderia acabar em apuros também. Ela ainda era menor de idade, e, mesmo que fosse condenada, sua pena seria leve. No entanto, o irmão era dez anos mais velho, e o tratamento que ele receberia seria muito mais severo.

> ah aqueles arquivos
> não se preocupa
> acho que coloquei eles no outro HD
> não se apavora
> tenho uma reunião agora, falamos mais tarde

Aquela resposta era tão despreocupada quanto a anterior, deixando Violet frustrada e com raiva. Se havia uma coisa que ela não gostava no irmão era que ele podia ser cheio de si. Claro, em diferentes circunstâncias ela admirava isso também; independentemente do quão grave fosse a situação, ele mantinha a confiança na capacidade que tinha de lidar com aquilo. Todas as suas mensagens subsequentes não foram lidas, e ela teve que aceitar que ele estava mesmo ocupado.

Havia mais comentários a seguir do post do Consultor de Segurança de Dados, mas eram todos inúteis, como "Espero que você encontre a verdade" ou GIFs de alguém comendo pipoca. Um deles, provavelmente, tinha sido de um inimigo do SuperConan: "Comparado com aquele falastrão do SuperBostan, o ZeroCool mostra como é que um mestre trabalha".

— Não... não precisa voltar para preparar o jantar hoje à noite — disse Violet por volta de meio-dia, quando a srta. Wong estava calçando os sapatos para ir para a próxima casa.

— Você vai sair? — perguntou ela.

— Sim — mentiu Violet, balançando a cabeça. — Estou no clube do livro da escola. Vou passar o dia inteiro fora e não volto antes do jantar.

— Ah, tudo bem. Eu já tinha comprado costeleta de cordeiro pra você.

— Pode levar. Faz para o seu filho.

— Eu não posso fazer isso. Se o sr. To descobrir, ele vai achar que eu roubei.

— Vai estragar se você deixar na geladeira. Seria um desperdício.

— Tem razão... — Embora ela soasse relutante, sua expressão contava uma história diferente. — Quantos dias esse clube do livro vai durar?

— Que tal assim... se eu for jantar em casa, eu aviso sem falta na véspera.

Miss Wong anuiu. Ela pegou a costeleta de cordeiro na geladeira e partiu feliz. Violet não tinha nenhuma atividade extracurricular, só não queria ficar em casa sozinha, pirando com seus pensamentos. Melhor estar no shopping, rodeada de pessoas, onde podia se distrair. Uma vez, o irmão lhe disse que, se ela começasse a se sentir ansiosa, a melhor coisa era sair de casa.

À tarde, ela pegou um ônibus para o Festival Walk, em Kowloon Tong. Depois do jantar, ficou fazendo hora em um café até as onze, antes de voltar para casa. O Lok Fu Place ficava um pouco mais perto de sua casa, mas os cafés e restaurantes fechavam muito mais cedo. No entanto, quando ela ia se encontrar com o irmão, geralmente era na Starbucks do Lok Fu, porque o do Festival Walk era muito mais cheio, principalmente nos feriados; às vezes era preciso esperar meia hora pra conseguir uma mesa. Eles evitavam ir lá a menos que precisassem de algo específico, como peças de reposição para o celular ou fazer uma visita à loja da Apple.

Violet era na verdade muito mais racional do que a maioria das pessoas da sua idade. Na biblioteca, por exemplo, soube imediatamente o que precisava fazer para preservar seu segredo. E agora ela entendia que atualizar o Popcorn constantemente e esperar que mais notícias ruins aparecessem era um atalho para a loucura. Sabia perfeitamente bem as consequências de deixar que o estresse passasse dos limites. Esforçou-se para relaxar e tentar dormir.

No entanto, aquela racionalidade não foi capaz de poupá-la de um ataque aos seus sentidos.

Ding-ding-dong-dong-ding-ding-dong-dong-ding-ding-dong-dong.

Violet foi arrancada de seus sonhos pelo toque do celular. A princípio ela achou que fosse o despertador, mas, quando abriu os olhos, o céu ainda estava escuro, e uma olhada no relógio dizia que eram apenas três e meia da madrugada. Não havia nenhum número no identificador. Ela ficou encarando a tela, com o "deslize para atender", e de súbito despertou totalmente. Será que tinha acontecido algo com seu irmão? A maioria das pessoas teria pensado primeiro nos pais, mas ela se importava muito mais com o irmão do que com o pai distante, que poderia muito bem ser um estranho.

Ela atendeu a ligação.

— Alô? — Nenhum som. — Alô?

De repente, a pessoa que ligou desligou.

Engano, provavelmente. Com grande alívio, ela estava prestes a voltar a dormir quando o celular tocou de novo. Mais uma vez, nenhum número apareceu na tela.

— Alô? — disse ela, agora um pouco irritada.

Mais uma vez nenhuma resposta, mas ela podia ouvir uma respiração fraca.

— Quem é? — gritou ela.

— Assassina.

E, com isso, a pessoa desligou. Violet ficou paralisada na cama. Era uma voz de mulher ou talvez de um menino, que havia dito claramente a palavra "assassina".

Num piscar de olhos, toda a razão desapareceu de seu cérebro. De alguma forma eles conseguiram seu número de telefone. Alguém sabia o que ela tinha feito. Ela rapidamente abriu sua agenda; não importava o quão tarde fosse, ela precisava pedir ajuda ao irmão. Antes de conseguir clicar no nome dele, seu toque "Wave" ecoou novamente, como se estivesse determinado a acabar com o silêncio pacífico da sala.

— Quem é você? O que você quer? Se você ligar de novo, eu vou chamar a polícia! — gritou ela.

— Vai se foder! Rá rá.

Um palavrão, algumas gargalhadas, depois o gancho. Mesmo em pânico, Violet percebeu que era uma voz diferente: tinha sido um homem dessa vez.

Violet olhou para o telefone, suando frio na nuca. Não conseguia parar de tremer. O celular não demonstrou misericórdia e começou a tocar novamente. Ela não atendeu e, em vez disso, apertou o botão para acabar com aquele som demoníaco.

Ding-ding-dong-dong-ding.

Assim que ela rejeitou uma chamada, apareceu outra.

Sem pensar duas vezes, desligou o telefone.

Quando a tela se apagou, Violet ficou observando a escuridão de seu quarto. Com exceção da fraca luz da rua que entrava pela janela, tudo estava escuro. Ela tinha a sensação de estar flutuando em um espaço cheio de maldade. Não estava frio, mas enrolou-se completamente no cobertor, tentando manter a calma. O vento do lado de fora e o tique-taque do despertador pareciam, agora, soluços miseráveis. Ela não teria paz. Não pregou mais o olho até amanhecer.

Clique. A porta de entrada, um som tranquilizador. Ela tinha conseguido fechar os olhos e cochilar um pouco depois que o sol nasceu, até que a faxineira a acordou ao chegar.

Ela olhou para baixo e viu seu telefone no chão, onde o havia jogado na noite anterior, e sentiu um arrepio no coração. Estendeu a mão para pegá-lo. Será que deveria ligá-lo? No fim das contas, a racionalidade venceu o medo e ela apertou o botão. Afinal, teria que usá-lo para pedir ajuda ao irmão.

Inesperadamente, o telefone ficou em silêncio, embora já houvesse mais de quarenta mensagens de voz. Ela não se atreveu a ouvi-las, nem precisava, já que nem seu irmão nem seu pai teriam deixado uma mensagem de voz entre quatro e nove da manhã.

A situação era grave o bastante para que ela decidisse ligar para o irmão, mesmo que isso pudesse incomodá-lo no trabalho. Precisava ouvir a voz dele. Se pudesse ouvi-lo dizer pelo menos uma frase, seria capaz de se acalmar.

Trim... trim...

A ligação tocou por mais de vinte segundos, mas ele não atendeu. Ela olhou para o despertador. Não parecia provável que ele estivesse em reunião na primeira hora de expediente, mas, ao pensar melhor, ela teve que admitir que era, sim, possível. Não teria ajuda nenhuma, portanto, e o melhor que podia fazer era se preparar para abrir o Popcorn e procurar a causa do distúrbio da noite anterior. Sua intuição lhe dizia que aquele tal de ZeroCool deveria estar por trás daquilo.

Quando abriu o tópico, o primeiro post que viu fez tudo ficar preto diante de seus olhos.

POSTADO PELO admin EM 04-07-2015, 07:59
Re: A mente por trás do suicídio de uma garota (de 14 anos)?

Anúncio: o usuário AcidBurn postou informações que violam a privacidade de um indivíduo, violando o Regulamento 16. A conta dele foi bloqueada. Se você deseja registrar uma reclamação, envie mensagem para o webmaster.

*O Popcorn Chatboard é uma plataforma de discussão e não se responsabiliza por textos, imagens, vídeos, áudios ou quaisquer outros arquivos postados. Os usuários assumem a responsabilidade legal por suas postagens.

As palavras "privacidade de um indivíduo" fizeram seu couro cabeludo formigar. Voltando ao tópico, ela viu que uma postagem feita às 3h15 havia sido excluída, deixando apenas o nome de usuário Acid-Burn. Abaixo dela havia todo tipo de comentário:

uau, belo trabalho, sr. Z, isso é uma prova concreta de que esse cara é que era o bandido aqui

ZeroCool e AcidBurn são personagens daquele filme *Hackers*, né? Tem até um número de telefone! Alguém já ligou pra conferir?

Liguei, uma mulher atendeu. Vai fundo, garotada!

parece nome de homem.

Talvez ela tenha uma amiga. Vou me dar bem também!

Claro que eu vou ligar, estou sem sono mesmo

Lembrem-se de colocar 133 na frente pra esconder o número de vocês

Começavam às 3h20 e iam até pouco depois das cinco; eram cerca de vinte ao todo. Violet foi tomada pelo ódio, por mais que o conteúdo daqueles comentários parecesse mais brincadeira de criança do que qualquer outra coisa. Ela conseguia ver o rancor e a crueldade escondidos por trás de cada palavra. Estava acabada. Aquela tortura era justamente o que ela merecia.

Não sabia bem a princípio a que "prova concreta" eles estavam se referindo, até que viu uma resposta à postagem excluída do AcidBurn que a surpreendeu:

POSTADO POR kidkit727 EM 04-07-2015, 03:09
Re: A mente por trás do suicídio de uma garota (de 14 anos)?

É o ZeroCool aqui. A senha dessa conta estava no arquivo que eu achei. Tenho 100% de certeza que esse desgraçado está envolvido nessa história.

Ela jamais tinha imaginado que a conta kidkit727 pudesse ser hackeada. Aquilo não deveria ser grande coisa, visto que ela e o irmão a haviam criado apenas para difamar Siu-Man e não pretendiam fazer login de novo. Mas as coisas tinham mudado. ZeroCool ter descoberto a senha era a prova de que o arquivo pertencia ao kidkit727.

— Alguma coisa errada? Você não está se sentindo bem? — perguntou a srta. Wong quando Violet entrou na cozinha. Ela sabia o que tinha motivado a pergunta. Quando se olhou no espelho, um minuto antes, seu rosto estava totalmente pálido.

— Não dormi bem. — Ela forçou um sorriso ao ir até a geladeira para fazer seu café da manhã habitual.

De volta ao quarto, notou o celular piscar com uma nova mensagem. Largando rapidamente o prato e a xícara que tinha nas mãos, ela desbloqueou a tela.

que foi?

Naquela altura, aquelas palavras do irmão eram tudo o que ela tinha para sustentar sua alma castigada.

Você anotou a senha do kidkit727 em algum lugar? Alguém do Popcorn invadiu a conta! Vai lá ver!

Violet perguntou desesperada. Teve que esperar cerca de dez minutos pela resposta:

eu vi
sem pânico, eu nunca escrevi a senha
vou ficar de olho nas coisas
se alguém perguntar qualquer coisa, nega
evidências assim não valem nada

Inabalável, como sempre. Ele estava realmente tão confiante assim, ou fazendo cena para inflar sua coragem?

Posso te ligar?

Ela digitou, laconicamente.

desculpa, com meu chefe agr
mto ocupado hj, reunião com cliente importante
ligo mais tarde

Aquelas respostas chegaram após cerca de cinco minutos. Ela estava frustrada diante da resposta fria dele, mas seu medo se transformou em raiva. Tudo o que ela queria agora era que ele entendesse o quão sério era aquilo. Mandou mais uma mensagem para ele, mas nunca apareceu como "Lida". Violet achou que estava prestes a desmaiar. Ela se deu um tapa forte no rosto para acalmar os nervos. Precisava ser mais forte, caso contrário ia atrapalhar o irmão. Ele sempre encontrava tempo para responder, mesmo quando muito ocupado, ela disse a si mesma. A concisão das suas respostas hoje deveriam ser sinal de que ele estava lidando com algo muito importante.

Ele vai ligar mais tarde, sem dúvida, dizia ela a si mesma. Ele disse que vai. Ficou sentada na frente do computador a manhã toda, monitorando a evolução do Popcorn. Não houve mais nenhuma ligação a assediando e ninguém tinha postado mais nada. Ela cogitou fazer login com um ID diferente para dar um sermão nos internautas sobre o comportamento deles, mas e se isso provocasse uma reação ainda maior? Além disso, ela não era tão experiente em tecnologia quanto o irmão e provavelmente deixaria rastros. Uma vez, ele disse a ela que as pessoas só são pegas na internet quando são muito impacientes e extrapolam. Para escapar da lei era preciso manter a cabeça no lugar e manter a discrição.

A referência a um "nome de homem" nas respostas disse a Violet que, provavelmente, não tinha sido o nome dela que havia sido exposto. Talvez tivesse sido o de seu irmão ou de outra pessoa. Ela não entendia por que o ZeroCool tinha o número dela. A única coisa que ela sabia ao certo era que o arquivo de backup que ZeroCool era definitivamente o do irmão. Não havia nenhuma forma de sua postagem inflamatória original, seu número de telefone e a senha do kidkit727 estarem lá por coincidência. Seu irmão provavelmente tinha colocado seu número de telefone em primeiro lugar no registro do arquivo, fazendo o ZeroCool presumir que fosse o dele.

— Você está bem?

Violet deu um pulo ao ouvir a voz atrás dela. A srta. Wong estava parada na porta do quarto.

— Eu bati algumas vezes. Fiquei com medo de que você tivesse desmaiado — explicou ela.

— Não, estou bem — falou Violet, fechando o laptop antes que a governanta pudesse ver o que estava na tela. Ela forçou um sorriso. — Eu estava muito concentrada.

— Estou indo pra casa, já acabei as tarefas — disse a srta. Wong, seus olhos fixos no laptop como se achasse o comportamento de Violet estranho. — Quer que eu faça o jantar pra você?

— Não precisa. Vou sair mais tarde.

— Certo. Estou de folga amanhã, então vejo você depois de amanhã. Está tudo bem mesmo?

— Está tudo bem, sim.

Violet não havia planejado sair nem tinha vontade. Tudo o que importava era a atividade no chat e esperar que o irmão ligasse. Ela não queria que a srta. Wong percebesse quanto tempo ela estava passando no Popcorn. Aquela mulher não estava do seu lado.

Seu pai tinha pedido secretamente à srta. Wong para espionar Violet, principalmente se ela fizesse algo relacionado ao irmão.

Violet também sabia que a empregada anterior, Rosalie, tinha sido demitida porque sentia pena dela.

Já era noite, e o irmão ainda não havia ligado. Nem mesmo uma mensagem no Line. Cada vez que ela pegava o celular, se sentia em conflito: expectativa de ver uma mensagem dele, mas também o medo do número "42" piscando na tela. Mais de quarenta mensagens de voz maldosas reprimidas em seu telefone, esperando que ela as liberasse.

Ela estava sem fome, mas decidiu sair para jantar. O irmão uma vez havia lhe dito que é ainda mais importante comer bem quando você está de mau humor, pois a fome pode afetar seu julgamento. O pai não gostava que ela comesse macarrão instantâneo nem biscoitos, de modo que não havia nada em casa além de arroz, ovos e vegetais crus. Ela não estava com nenhuma vontade de cozinhar.

— Vai sair, srta. To? — perguntou o segurança com um sorriso ao vê-la deixando o elevador.

Ela fez que sim com a cabeça e partiu sem dizer nada. O segurança era outro espião do pai.

O Broadcast Drive era um bairro residencial, e não havia nenhum lugar para comer ali além da cantina dos funcionários da RTHK. Caso contrário, era uma caminhada de dez minutos até o Lok Fu Place, ou ao longo da Junction Road até a área ao redor do Baptist University and Hospital. Um dia antes, Violet queria estar rodeada de pessoas para se distrair de seus pensamentos. Agora, estava com medo de que alguém olhasse para ela. Entrou na Junction Road.

Havia um pequeno parque entre Broadcast Drive e a Junction Road. Quando era criança, ela costumava se sentar ali à sombra de uma árvore, com um livro da biblioteca, enquanto Rosalie conversava nas proximidades com as outras empregadas. Passando pelo parque agora, Violet olhou para o bosque cada vez mais frondoso, lembrando do passado.

— Assassina!

Do nada, uma voz feminina gritou em seu ouvido. Ela quase parou de respirar. Olhando freneticamente ao redor, não viu ninguém, exceto um homem de macacão a cerca de dez metros de distância, descendo lentamente a encosta de Broadcast Drive. Ela ficou em choque, examinando os arredores, mas não havia ninguém por perto.

Será que estava ouvindo coisas? Ela balançou a cabeça, o peito arfando. Calma, disse a si mesma. Devia ter vindo do alto de algum prédio próximo, provavelmente de alguma TV.

Ela agora sentia ainda menos vontade de comer. Andou até um restaurante ocidental do Franki Centre, perto do Baptist Hospital, pediu um prato de espaguete e esperou, distraída, que o garçom o trouxesse.

— Assassina!

A mesma voz de mulher. Violet quase deu um pulo. Tinha certeza do que tinha ouvido dessa vez: o mesmo tom e o mesmo timbre do telefonema hostil que havia recebido na noite anterior. Olhou imediatamente ao redor. Na mesa ao lado estava um cara que parecia um estudante universitário, dando colheradas em seu *borscht* em silêncio. Cerca de três metros à frente dela havia uma mesa redonda, na qual um casal estava sentado, sussurrando fofuras um para o outro, aparentemente sem prestar atenção em mais ninguém no restaurante. Por fim havia a recepcionista no balcão da frente, mas ela estava ocupada descrevendo o cardápio para ajudar um senhor que estava tentando pedir comida para viagem, e ela nem mesmo olhou na direção de Violet.

O espaguete chegou, mas seu apetite havia desaparecido. Ela ficou de olho no estudante, depois na mulher do casal, para ver se algum deles estava olhando para ela. Talvez seu nome e endereço tivessem sido revelados de alguma forma e ela estivesse sendo atormentada em pessoa, como se os telefonemas já não tivessem bastado.

— Assassina!

Na terceira vez, Violet finalmente percebeu algo que a afundou ainda mais no caos. Ninguém esboçou nenhuma reação: nem o estudante universitário, nem o jovem casal, nem o garçom que mexia no celular, nem a recepcionista ou o senhor pegando a embalagem com o seu pedido.

Violet era a única pessoa no restaurante que estava ouvindo aquela voz.

Ficou tentando pensar em explicações: será que todas aquelas pessoas eram cúmplices de um trote muito elaborado? Mas não, ela tinha acabado de decidir por aquele restaurante. Não acreditava em fantasmas, o que fazia com que sobrasse apenas uma possibilidade, embora não quisesse aceitá-la: uma alucinação. Ela estava ouvindo um som que não existia.

Em outras palavras, estava enlouquecendo.

Levantou-se num pulo, jogou uma nota de cem dólares sobre o balcão, ignorou os gritos assustados da recepcionista e correu rua abaixo, enquanto todo mundo no restaurante observava. Não parou de correr até chegar em casa, onde acendeu todas as luzes e ligou a televisão, colocando o volume no máximo. Sem nem parar para trocar de roupa, ela pulou na cama e puxou as cobertas sobre a cabeça, como se aquele fosse o único lugar onde ela estivesse segura.

Debaixo dos cobertores, ela ficou pensando na série de ligações desagradáveis do dia anterior, nas postagens de SuperConan e Zero-Cool, na alucinação de pouco antes. Sua cabeça não parava de rodar. Ela queria muito que o irmão ligasse, mas temia que, quando o celular tocasse novamente, ouvisse mais acusações.

Ding-dong!

Violet começou a tremer desesperadamente. Como um animal selvagem alerta aos predadores, ela tirou a cabeça de debaixo das cobertas. Era a campainha, não o celular. Hesitou por bastante tempo, pensando se deveria ou não atender a porta. Será que aquilo também era uma alucinação? Mas ela não parou de tocar, *ding-dong*, *ding-dong*, como se em resposta aos sons da TV. Por fim, reuniu forças, jogou o cobertor para o lado e andou até o vestíbulo.

Espiou pelo olho mágico e viu um rosto familiar: o segurança da noite.

— O que houve? — perguntou ela, abrindo a porta sem tirar a corrente.

— Boa noite, srta. To — disse ele, sorrindo. — Um morador reclamou que a sua TV está muito alta.

Ela olhou para o relógio na parede e percebeu que já eram quase onze. Pegou o controle remoto sobre o sofá e abaixou completamente o volume.

— Está bom assim?

— Peço desculpas por incomodá-la — desculpou-se o guarda, gentil como sempre. — A senhorita precisa de alguma coisa? O sr. To nos pediu para cuidar bem de você enquanto ele estiver fora.

— Isso é muito gentil da sua parte. Está tudo bem. Estou indo dormir.

— Tudo certo. Boa noite, então.

Violet fechou a porta e passou a chave, e em seguida observou a sala de estar: estava brilhando de tantas luzes, mas ela não sentia nenhum calor. As palavras do segurança a deixaram revoltada. Ela sabia que o pai não fazia aquilo por preocupação com ela, uma adolescente sozinha em casa, mas para impedi-la de aproveitar a oportunidade de que o irmão fosse visitá-la. Ter nojo dele era uma das poucas emoções que o pai se permitia sentir. No ano anterior, Rosalie havia deixado seu irmão entrar enquanto o pai estava fora e acabou sendo demitida pouco depois. O pai não falou nada, mas Violet entendeu o que havia acontecido. Ela entendia, no fim das contas: no que dizia respeito ao pai, seu irmão era apenas um estranho qualquer. De certa forma, ela também era.

Violet não tinha ideia de quantas horas dormiu naquela noite. Parecia oscilar entre sonho e realidade, pensando ter ouvido o celular tocar inúmeras vezes: ora com a voz do irmão, ora com aquela mulher cruel gritando "Assassina!". No entanto, quando olhou para o celular, sonolenta, a lista de chamadas estava vazia. Ou será que aquilo também fazia parte do sonho?

Já era meio-dia quando ela despertou por completo. Com exceção das ocasionais explosões de ruído do trânsito do lado de fora, o quarto estava silencioso, como se ela fosse a única pessoa que havia sobrado no mundo. Nada de frustração nem de problemas, aquilo não tinha nada a ver com ela. No entanto, quando avistou o celular na mesinha de cabeceira, toda a confusão que havia dentro dela transbordou, como se ela tivesse apertado um botão em algum lugar.

"Por que meu irmão não me liga de volta?", perguntou-se. Ela tinha passado por coisas esquisitas demais no dia anterior para o cérebro processar sozinho. Mesmo depois de uma noite de sono, as coisas não pareciam bem. Ligou o celular, mas não havia nada. Ele não tinha nem mesmo lido a última mensagem dela no Line.

Tomada pelo mal-estar, ela ligou o computador e fez login no Popcorn.

Estava prestes a se deparar com o maior choque de todos os tempos.

POSTADO POR crashoverride EM 05-07-2015, 02:28
Re: A mente por trás do suicídio de uma garota (de 14 anos)?

Outra conta descartável, mas deve ser minha última aparição aqui. Nada mais depois disso — de volta ao meu login de sempre com as postagens de merda.

Eu descriptografei o arquivo de backup e fiz uma descoberta chocante. Em uma pasta havia um monte de fotos, todas de alunos do ensino médio, e registros de chats, aquela chatice adolescente de sempre. Dei uma olhada atentamente nos uniformes, e é a mesma escola daquela garota que se matou!

Não sei como esse cara conseguiu todos os dados desses alunos nem o que ele planeja fazer com eles. Tudo o que me preocupa é a invasão da privacidade deles. O que o nosso amigo SuperConan apontou na postagem original não pode ser ignorado: tudo pode ser ainda pior do que a gente imaginava. Pior tipo criminoso, mesmo.

Enviei esses arquivos para a polícia junto com uma carta anônima explicando de onde eles vieram. Tenho certeza de que eles vão querer investigar. Também forneci o nome e o endereço do lugar onde esse cara trabalha. Se eles quiserem encontrar com ele pra, quem sabe, ter uma conversinha, não vai ser nada difícil.

Minha última postagem foi excluída por revelar detalhes privados, mas vou fazer isso de novo agora. Encontrei uma foto do cara em outro arquivo. Eu sei que alguns Popcorners não acreditam que eu estou dizendo a verdade, então deem uma olhada nessa foto. Vocês vão ver a cara dele nos jornais em breve, quando ele for preso.

Anexo: 0000001.jpg

Abaixo da postagem havia uma pequena foto: um homem de camisa azul, sorrindo para a câmera em algum café. Violet reconheceu a Starbucks do Lok Fu Place; ela mesma havia tirado aquela foto.

Ao ver aquilo, teve a sensação de que um enxame de formigas estava subindo pelas suas costas, passando pela nuca, pela cabeça, depois entrando por baixo do couro cabeludo. Ela ligou de novo para o irmão, mas não importava quantas vezes ligasse nem por quanto tempo deixasse chamar, ele não atendia.

Perdida, ela voltou à postagem. Havia vários comentários abaixo da foto:

Sinto o cheiro de conspiração.

será que esse cara tinha alguma relação estranha com a garota morta? do tipo toma lá dá cá?

Pode ser. Talvez eles não tenham conseguido chegar a um acordo sobre o preço, então ele a provocou até ela se jogar.

Não, isso não faz sentido. Quem é que mata uma prostituta só porque não conseguiu ficar com ela?

Acho que é possível. A garota morta era sem dúvida uma prostituta, então talvez esse cara fosse um stalker que tinha se apaixonado por ela depois de uma única noite. Aí ele descobriu que ela só tava atrás do dinheiro dele, então ele detonou uma bomba: fingiu defender o cara da papelaria, mas na verdade expondo o trabalho sujo de meio período que a garota fazia pra lançar uma multidão de gente contra ela na internet. Essa manobra é clássica. Não consegue pegar a mulher que você ama? Faça ela sofrer.

bem, olhando por esse ângulo...

Não, não, não era nada disso. O máximo que Violet podia fazer era defender seu irmão em silêncio enquanto eles transformavam ele em algum tipo de animal com aquelas hipóteses absurdas. Ela pensou mais uma vez em criar uma nova conta para negar aquelas acusações; mas e se isso só piorasse as coisas? A privação de sono e a enorme pressão haviam acabado com a sua capacidade de julgamento. Ela não tinha ideia do que fazer.

Será que deveria procurar o irmão na sua casa? Ou no escritório onde ele trabalhava?

Ela tinha a sensação de estar presa em uma sala, vendo as chamas se espalharem em um canto do tapete. Não conseguia apagar o fogo e não tinha como fugir. Aquele tópico era agora o tópico mais quente do site: a cada poucos minutos aparecia um novo comentário, jogando-o de volta para a página inicial.

Depois de inúmeras ligações e mensagens de texto, ela finalmente desistiu. Seu irmão não ia atender. Alguma coisa estava muito errada. Às quatro horas, uma nova postagem do Popcorn finalmente lhe deu uma resposta:

POSTADO POR star_curve EM 05-07-2015, 16:11
Re: A mente por trás do suicídio de uma garota (de 14 anos)?

Olha isso aqui!
http://news.appdaily.com.hk/20150705/realtime/ j441nm8.htm

[última hora] *Polícia prende homem. Suspeito roubou dados de alunos.*

Um homem de 25 anos foi preso sob suspeita de obter grandes quantidades de dados de alunos do ensino médio por meios criminais, incluindo registros de aparelhos celulares. Ele foi levado de sua casa esta manhã pela polícia.

A polícia afirmou ter recebido uma denúncia anônima ontem de que o homem, funcionário de uma empresa de tecnologia, infringiu a privacidade de dezenas de estudantes menores de idade. Os departamentos de segurança virtual e de crimes de informática classificaram esse caso como grave e agilizaram a prisão do suspeito. Eles também apreenderam dois de seus computadores. Lembramos aos leitores que obter dados privados de terceiros é um crime grave, com penas de até cinco anos de prisão.

Relatos não confirmados dizem que o suspeito estaria relacionado ao caso de uma estudante que cometeu suicídio no distrito de Kwun Tong, dois meses atrás. A investigação ainda está em andamento, e a polícia se recusou a confirmar essa informação.

Seu irmão tinha sido preso. A mente de Violet ficou em branco com aquela ideia. Um estranho ritual estava acontecendo agora no chat, com postagens como "Então existe mesmo justiça", "Bem feito pra ele" e "Cinco anos é pouco".

Um único pensamento passava pela cabeça de Violet: ela precisava se entregar.

Se ela se entregasse, poderia assumir parte da culpa do irmão. Afinal, a ideia tinha sido dela. Tudo o que ele tinha feito tinha sido por ela.

Mas será que era essa a melhor coisa a fazer? Ela tinha a sensação de que sua cabeça estava vazia, e o pavor corroía sua alma. O simples esforço para evitar que suas mãos tremessem era exaustivo. Enquanto hesitava, uma nova postagem lhe proporcionou um alívio momentâneo.

POSTADO POR mrpet2009 EM 05-07-2015, 16:18
Re: A mente por trás do suicídio de uma garota (de 14 anos)?

Não tenham tanta certeza assim. A meu ver, esse cara vai se safar facilmente. Ele não postou as coisas que tinha; foi o Zero-Cool que encontrou. Em outras palavras, mesmo que a polícia encontre tudo aquilo no computador dele, ele pode dizer que baixou da internet, assim como o ZeroCool. É muito difícil provar coisas assim. Teve um caso um tempo atrás, de um cara acusado de postar revenge porn, mas ele tinha um computador compartilhado, e eles não conseguiram provar se tinha sido ele ou a esposa dele, então no final ninguém foi condenado.

Ela quase tinha estragado tudo. O que o seu irmão sempre dizia? Mantenha a calma e negue tudo. E daí se ele tivesse sido preso? Talvez ele nem seja indiciado. Eles não estão atrás dele por provocação de suicídio nem calúnia, só por crimes de informática. Enquanto eles não descobrissem de que forma ele estava conectado à Escola Secundária Enoch, havia muita margem de manobra.

Contanto que eles não encontrassem a conexão...

Num sobressalto, Violet percebeu que ela era a chave para tudo. Voltou a tremer e sentiu uma pontada de dor na garganta, o refluxo do estômago subindo pela traqueia, porque não tinha comido nada o dia inteiro. Mas não se importava com o que estava acontecendo com seu corpo.

— Contanto que eles não me encontrem, contanto que eles não me encontrem — murmurou ela, como um mantra. Não tinha o hábito de falar sozinha, mas agora não conseguia deixar de expressar seus pensamentos. Jogou-se em uma cadeira e passou os braços em volta de si mesma, balançando para a frente e para trás enquanto olhava para a tela.

— A gente nem tem o mesmo sobrenome. Eles não vão me encontrar nunca.

O tempo foi passando, um segundo de cada vez. Tudo o que ela podia fazer era se sentar diante do computador, esperando por novos desdobramentos. Ficou esperando a notícia de que ele havia sido libertado. Será que ele iria atrás dela? Ele devia saber que ela era o elemento crucial. Logo ele ficaria longe dela, para garantir que a conexão entre eles permanecesse em segredo.

Quando o sol se pôs, Violet já estava olhando para o computador havia quase sete horas. O ritual de abuso no chat continuava a acontecer, enquanto todo mundo debatia entusiasticamente se o seu irmão era culpado, quais poderiam ser os seus motivos, como ele tinha conseguido pôr as mãos em tantos dados privados. Que tipo de relacionamento ilícito ele tinha tido com Au Siu-Man? A maior parte daquilo era puro absurdo, mas algumas frases chamaram sua atenção.

> Vocês acham que esse cara estava agindo sozinho?
> se ele tinha um cúmplice, deve estar escondido
> Você acha que a polícia é tão inútil assim? Hong Kong é muito pequena — onde alguém poderia se esconder?
> No inferno. Uma pessoa assim pode morrer que não faz falta.

Morrer?

Ei, Vi, nunca desista da vida, não importa o quão difícil ela seja. Em vez disso, direciona sua raiva para os outros! A gente vive numa sociedade ridícula. Todo tipo de injustiça, grande ou pequena, acontece ao nosso redor todos os dias. Se o universo trata a gente assim, não tem razão nenhuma pra gente jogar limpo. Eu não me importo se o mundo inteiro me odeia. Só os fortes sobrevivem.

Ela se lembrou do irmão dizendo isso. Mas não era aplicável naquele momento. Será que a própria existência dela era uma ameaça para ele?

Ele tinha sofrido desde que era criança. Agora estava finalmente tendo sucesso, indo bem na carreira. Se ele se tornasse um criminoso, seu futuro estaria acabado.

Ela pensou no que responder para Franny.

> ... Esses dois personagens podem não ser amantes, mas são ainda mais próximos do que isso. Eles são uma entidade única. Não podemos julgá-los por critérios mundanos. Acredito que o autor queria enfatizar que eles estão ligados para sempre. É por isso que o homem não considera um sacrifício quando morre pela mulher. Para ele, a sua vida e a dela são a mesma coisa...

Às 21h26, apareceu um novo comentário; já havia quase uma centena deles no tópico.

POSTADO POR spacezzz EM 05-07-2015, 21:26
Re: A mente por trás do suicídio de uma garota (de 14 anos)?

Eu conheço o cara que foi preso. Ele é meu colega de trabalho. Eu nunca percebi que ele era esse tipo de gente. É impossível saber o que as pessoas têm no coração! Tenho informações privilegiadas: uma vez ele me disse que tem uma irmã mais nova no ensino médio. Eu vi os dois juntos. Lembro do uniforme dela. Ela estuda na mesma escola que a menina que se matou! Deve haver alguma conexão.

Violet parou de tremer.
Ela não estava mais confusa.

Domingo, 5 de julho de 2015

Estamos em apuros! 12:48 ✓

Onde você está? Alguém denunciou você pra polícia!! 13:10 ✓

! 13:15 ✓

Está fora de controle! Vai lá ver!
No Popcorn! 13:31 ✓

Você tá aí? 14:01 ✓

Eu tô apavorada!! 14:42 ✓

Me liga assim que vir essa mensagem 15:13 ✓

Por favor 15:14 ✓

Irmão 15:14 ✓

CAPÍTULO OITO

1.

— Tudo certo por aqui. Fica de olho no Sze Chung-Nam — disse N para Pato pelo telefone, parado debaixo do poste de luz.

Ele desligou e voltou para o veículo, onde Nga-Yee estava sentada sozinha, os olhos fixos na tela à sua frente.

Depois de confirmar as identidades de Little Seven e de Rat, N e Nga-Yee estavam vigiando de perto os movimentos de Violet To. A van de N estava estacionada perto do apartamento de To havia vários dias. Era um Ford Transit branco, modelo tão comum nas ruas de Hong Kong que ninguém prestava muita atenção. Mas para eliminar até mesmo esse pequeno risco, N trocava a van de lugar em Broadcast Drive todos os dias, para evitar que um transeunte mais atento ou um segurança zeloso os notasse. Agora ele estava no cruzamento da Broadcast com a Fessenden Road.

Parecia um Ford Transit perfeitamente comum. Seu exterior estava um pouco sujo, o para-choque dianteiro tinha um pequeno amassado, e as janelas eram pintadas, como qualquer veículo de entrega. O interior, entretanto, deixou Nga-Yee surpresa quando ela o viu pela primeira vez alguns dias antes.

Era repleto de telas.

Na parte traseira da van, havia em cada lateral seis telas de computador de tamanhos diferentes. Mais perto da frente havia uma estante de metal cheia de eletrônicos: uma confusão de botões, mostradores e painéis. Cada superfície era recoberta por uma substância esponjosa, e uma mesa de quase dois metros de comprimento ao longo de um dos lados continha vários laptops, teclados e mouses, bem como alguns itens que se pareciam um pouco com controles remotos. Havia copos vazios da Starbucks e embalagens de biscoito espalhadas pela mesa. Cabos serpenteavam pelo chão. Havia três cadeiras junto à mesa, embaixo das quais havia várias caixas de papelão e, em um canto, um saco de lixo cheio de copos de papel e embalagens de comida. Era quase o mesmo nível de bagunça do apartamento de N na Second Street, e um leve cheiro desagradável permeava o ambiente.

A princípio Nga-Yee se sentiu desconfortável naquele espaço tão apertado, mas vários dias depois ela já havia se acostumado, principalmente quando viu os resultados. Ela não se importava de estar soterrada de lixo daquele jeito se conseguisse o que queria.

— O que você acha? Vai ser esta noite? — perguntou Nga-Yee assim que N voltou para a van.

Os olhos dela estavam fixos em Violet, que ela jamais imaginou que pudesse ser reduzida a tal estado em apenas alguns dias: cabelo despenteado, rosto murcho, lábios secos, olhos fundos e ausentes de vida.

— Sim. Tudo vai acabar hoje à noite. — N deu um bocejo e se sentou ao lado de Nga-Yee. A voz dele estava incrivelmente calma, como se aquele plano de vingança não significasse nada para ele.

No entanto, eles estavam planejando a morte de uma jovem.

— O que você vai fazer com a Violet To? — Foi isso que Nga-Yee perguntara a N naquele dia do hotel, quando eles ficaram assistindo a Violet queimar a carta de suicídio falsa no laboratório.

— Suponho que você queira olho por olho? — respondeu ele.

A resposta de N a deixou assustada. Ela achou que ele a estava apenas enrolando para que ela não matasse Violet com as próprias mãos, mas agora ele parecia estar se oferecendo para executar o crime por ela.

— Você é um... assassino? — gaguejou ela.

— Ninguém precisa matar ninguém pra que uma pessoa morra — disse N, balançando a cabeça. — Por exemplo, se a Violet To cometesse suicídio, isso fecharia o círculo.

— Você está dizendo que devemos fazer o assassinato dela parecer suicídio? — A voz de Nga-Yee vacilou. Seu coração tinha sede de vingança, mas sua mente não conseguia lidar com a ideia de colocar aquele desejo em ação.

— Não. Eu disse suicídio. Suicídio de verdade. — N olhou fundo nos olhos dela. — Você não prefere que seja assim? A Violet tirando a própria vida, assim como a sua irmã fez?

Nga-Yee engoliu em seco.

— Como você vai fazer isso?

— Não sei. — N deu de ombros. — Mas eu vou dar um jeito.

— Ah, claro, parece fácil, forçar ela a se matar.

— Você está errada, srta. Au. Eu não pretendo forçar ninguém. Coagir ou obrigar alguém a cometer suicídio não é diferente de assassinato. Os seres humanos são uma espécie superior às demais porque temos livre arbítrio e sabemos que temos livre-arbítrio. Somos criaturas racionais: entendemos que todo efeito tem uma causa e que devemos assumir a responsabilidade por nossas próprias decisões. Não vou forçar a Violet a se matar, mas vou criar a possibilidade do suicídio, colocar essa possibilidade diante dela e deixar que escolha. Essa é a vingança mais perfeita que você vai conseguir.

Nga-Yee não fazia ideia do que ele estava falando, mas não ligava. Se N tinha como ajudá-la a se vingar, ele podia usar o livre-arbítrio ou o que quer que fosse.

Desde o momento em que ela contratou N para se vingar por ela, Nga-Yee tinha se livrado de sua condição de vítima. Ela não se sentia mais tão frágil nem vulnerável; o que ela queria agora era que a Violet pagasse com sangue pelo que tinha feito. Os três ainda formavam um triângulo, mas seus papéis haviam mudado: de cliente-detetive-culpado para vingadora-assassino-caça.

Na segunda-feira, depois de terem visto Violet queimar a carta, começaram a segui-la. Naquela noite, ela se encontrou com um homem na casa dos vinte, talvez trinta e poucos anos, de estatura mediana, que parecia um funcionário de escritório. Não havia como saber quem ele era, mas N teve certeza de imediato de que devia ser o Rat, o suporte tecnológico de Violet.

"Ela acabou de destruir a carta", disse ele. "A menos que ela seja um gênio do crime, seu primeiro instinto seria encontrar seu cúmplice.

Ela estaria com medo de ter cometido algum deslize e ia querer saber se havia algo mais que precisava ser feito pra deixar tudo em ordem."

Violet parecia muito mais à vontade ali do que na escola, e seus olhos brilhavam de admiração. O Rat deveria ser namorado dela, pensou Nga-Yee. Ela sentiu uma fúria latente; Violet não tinha direito de parecer tão feliz.

Na tarde seguinte, ela recebeu uma ligação inesperada de N. Depois de se despedir de Nga-Yee, ele tinha seguido o homem e descoberto por que ele conhecia Violet: ele era irmão dela.

— Espera. O sobrenome que você acabou de dizer não é To — contestou Nga-Yee. — Eles são mesmo parentes?

— É um pouco complicado... Te explico melhor pessoalmente.

N parecia mais feliz do que o normal. Talvez gostasse mais de vingança do que de investigação.

Dois dias depois, Nga-Yee estava indo para o trabalho de ônibus quando recebeu outra ligação de N.

— Vem pra Broadcast Drive esta tarde. Me encontra perto do prédio da Commercial Radio.

— O quê?

N havia dito a ela que Violet morava nas proximidades, mas ela não entendia o motivo de ir até lá.

— Eu fiz o reconhecimento. Se você quiser fazer parte disso também, vem pra cá hoje à tarde.

— Hmm, está bem. Vou tirar a tarde de folga. — Ela esteve prestes a dizer que iria depois do trabalho, mas não sabia se recusar o pedido dele o faria mudar de ideia. — Tem certeza de que é tudo bem eu ir?

— Isso é coisa séria. Você é uma palerma, não posso deixar você solta por aí, você pode acabar com o plano — zombou N. — Agora não é como na investigação. Se alguma dessas coisas vazar, não vai ser fácil consertar.

Nga-Yee sentiu um peso no coração. Olhou para os outros passageiros do ônibus, mas ninguém parecia estar prestando atenção nela. Não tinha dito nada incriminador, de qualquer forma. Na verdade, embora N tivesse falado que aquilo não era assassinato, o que eles estavam fazendo ia contra todos os códigos éticos e legais, e eles precisavam agir com muito cuidado. Até o celular em que ela estava falando era um aparelho descartável que N havia lhe dado três dias antes, a única maneira segura de manterem contato.

Às quatro da tarde, Nga-Yee chegou ao prédio da Commercial Radio. Nunca havia muitas pessoas por perto na Broadcast Drive e, quando ela desceu do ônibus, não viu N em lugar nenhum. Antes de conseguir ligar para ele, seu celular começou a tocar.

— Van branca do outro lado da pista — latiu secamente a voz de N.

Ela olhou para o outro lado e, de fato, lá estava ela, estacionada em frente a uma casa, sob um pé de tento-carolina. Ela atravessou a pista e bateu na porta lateral. N colocou a cabeça para fora e a puxou para dentro antes que ela pudesse dizer qualquer coisa.

— Ei!

Seus olhos levaram alguns segundos para se ajustar à escuridão, e, quando isso aconteceu, ela ficou confusa com o que estava ao seu redor. O mais estranho era que várias das telas exibiam Violet, recostada em uma poltrona, lendo um livro.

— Isso é em tempo real — disse N, gesticulando para que Nga-Yee se sentasse em uma das cadeiras. — Ela no quarto agora. Você pode ver tudo o que ela faz nas Telas 2 e 3. Essas outras três câmeras estão direcionadas pra partes diferentes do quarto dela.

— Como você está fazendo isso? Você não disse que ela morava no décimo andar?

Havia apenas prédios residenciais na região, então N não teria como ter instalado um ponto de vigilância, como no hotel.

— Drones — respondeu N, agitando um dispositivo cinza do tamanho da palma da mão com quatro rotores acoplados. — Programei alguns para se empoleirarem nos peitoris das janelas e nos aparelhos de ar-condicionado do apartamento em frente ao dela. Depois de ajustar o ângulo, consegui ver tudo. Se fosse preciso, eu poderia colocar um no quarto dela e tirar uma foto ainda mais de perto. Eles fazem um pouco de barulho, mas não importa se ela estiver dormindo.

Nga-Yee se lembrou dos gângsteres que ele havia ameaçado no carro. Então tinha sido assim que ele conseguira a foto do homem de cabelo dourado. Ele nunca tinha de fato entrado na casa dele.

— Você mandou um desses para o quarto dela? — perguntou Nga-Yee, apontando para a Tela 2, que claramente mostrava detalhes de perto; dava até mesmo pra ler os títulos dos livros nas prateleiras.

— Não. Essa é a câmera do laptop dela — replicou N. — E posso ativar as do celular dela também, frontal e traseira. No entanto, ela tem muitas janelas e não fecha as cortinas nunca, então os drones devem bastar por enquanto.

— Tá, você está observando cada movimento dela. Qual é o próximo passo?

— Como eu disse, vamos criar a oportunidade e colocar a escolha diante dela.

Ele não precisava pronunciar a palavra "suicídio" para que Nga-Yee soubesse o que ele queria dizer.

— Como você vai fazer isso?

— A maneira mais satisfatória seria virar as táticas dela contra ela mesma. Fazê-la ser atormentada na internet, por exemplo... — N fez uma pausa. — Mas não foi pra falar sobre isso que eu pedi pra você vir aqui. Lembra que eu disse que ia explicar melhor sobre a família da Violet?

Nga-Yee assentiu. Ela ainda sentia uma pontada de dor toda vez que pensava no rosto de Violet ao encontrar o irmão. Ela jamais seria capaz de perdoar aqueles dois desgraçados por terem tirado a vida de sua irmã. N puxou um dos laptops para si e começou a digitar. Várias fotos apareceram na tela: algumas de um homem mais velho, outras do cara que eles viram se encontrando com Violet.

— Este é o pai da Violet — disse N, apontando. Ele estava na casa dos cinquenta anos, vestia um terno preto, tinha um olhar sério. — Ele trabalha na diretoria de uma construtora; essa foto é do site da empresa. Ele está em uma viagem de negócios no continente, o que nos proporciona a oportunidade perfeita para vingança. Ele e a Violet são as únicas pessoas que moram aqui, o que significa que ela vai ficar sozinha em casa até o retorno dele na semana que vem.

— E a mãe da Violet?

— Ela abandonou a família há alguns anos.

Nga-Yee ficou um pouco surpresa; os ricos abandonavam suas famílias assim? Depois pensou melhor e percebeu que talvez só uma pessoa rica seria tão egoísta a ponto de fazer isso.

— E este é o nosso sr. Rat — disse N, apontando para uma outra foto. — Ele é formado em computação por um instituto técnico e trabalha como programador em uma pequena empresa. Ele mora sozinho...

Enquanto recapitulava as informações pessoais do irmão de Violet, N ficava clicando com o mouse. Mais fotos apareceram na tela: o homem saindo de seu apartamento, andando até o metrô, parado na entrada do prédio onde trabalhava.

— Espera — interrompeu Nga-Yee. — Aquela foto no restaurante... Tinha um pôster do Festival do Barco do Dragão na entrada dele. Mas o festival foi há duas semanas! Como você pôde ter tirado ela nos últimos dias?

— Eu não tirei ela — respondeu N, sem se afetar.

— Onde você conseguiu então?

— Eu tenho meu jeito. Peguei "emprestada" com uma agência de detetives.

— Agência de detetives?

— Como eu disse, estamos com sorte. — N sorriu. — Depois que você voltou pra casa naquele dia, eu segui esse cara e vi uma coisa interessante: alguém estava se escondendo em um carro preto, tirando fotos dele com uma lente comprida e conferindo a que horas ele chegava em casa. Eu percebi imediatamente que era alguém na mesma linha de trabalho.

— Foi? — Nga-Yee ficou espantada.

— A maioria das agências de detetive em Hong Kong me pediu para trabalhar com elas em um momento ou outro. Eu vi a placa daquele carro mais de uma vez e poderia até mesmo dizer pra qual agência ele trabalha. Instalei uma *back door* no sistema de computador de todo mundo com quem eu já fiz algum tipo de trabalho, para poder entrar e espiar os relatórios. Foi assim que eu consegui todas essas informações, além da foto que você acabou de ver.

Nga-Yee lembrou-se do detetive Mok dizendo que todas as agências de detetives recorriam a N quando se deparavam com um problema que não conseguiam resolver.

— Quem está pagando um detetive para segui-lo? — perguntou Nga-Yee.

— O pai da Violet. — N bateu na tela do laptop.

— Por que ele mandaria investigar o próprio filho?

— Quem falou em filho?

— Não é? — Nga-Yee estava confusa. — Então a Violet não é parente dele? Mas você disse no telefone... Ah! Você está dizendo que ele e a Violet têm pais diferentes?

— Não, mesmo pai, mesma mãe. A questão é que o pai atual da Violet não é seu pai biológico. E To não é o sobrenome verdadeiro dela.

O rosto de Nga-Yee era a imagem da perplexidade. Ela queria perguntar coisas, mas não sabia por onde começar.

— A mãe da Violet era esteticista. Naquela época, ela morava com um homem de caráter duvidoso e tinha um filho e uma filha com ele. Eles estavam juntos desde que ela tinha 17 anos. Então, aos trinta, ela juntou suas coisas e foi embora, provavelmente depois de perceber que não deveria desperdiçar a juventude com um sujeito daqueles. Foi quando ela conheceu o sr. To. — N apontou para a foto novamente. — Isso foi há dez anos. Ela levou a filha de cinco anos com ela e mudou o sobrenome da criança para o do padrasto. Era a Violet.

— Ela amava mais a filha do que o filho, imagino eu, e foi por isso que ela levou só a menina quando se casou novamente. — Nga-Yee não tinha certeza se "casou novamente" era a expressão correta; ela não parecia ter sido realmente casada com o primeiro cara.

— Se ela amasse a filha, não a teria abandonado na segunda vez. A meu ver, ela tinha um motivo muito egoísta para manter Violet com ela: seria mais fácil ganhar a simpatia de um homem com uma adorável criança de cinco anos a reboque — zombou N. — O casamento não tinha nem cinco anos quando ela recomeçou a colocar seus velhos truques em prática e fugiu com outro homem. Aparentemente, esse outro cara era um especulador do mercado de ações, ou seja, um viciado em apostas moderno. Talvez ele não tivesse mais dinheiro nem fosse capaz de dar a ela uma vida mais estável, mas de uma coisa ela podia ter certeza: ele não seria chato.

— E a Violet...

— Ficou com o pai. Eles não são parentes de sangue, mas ele tem a guarda legal dela.

Aquele era um cenário mais complicado do que Nga-Yee esperava.

— E aí o pai contratou um detetive para encontrar a esposa desaparecida?

— Anos antes de abandonar a filha e o segundo marido, ela já havia deixado o filho para trás. Você acha que ele ia conseguir descobrir o paradeiro dela com a ajuda desse cara? — N riu. — O sr. To nem mesmo sabia da existência do menino até o desaparecimento da esposa. Sua enteada estava encontrando o irmão pelas costas dele. Os dois irmãos se aproximaram, e não acho que ele esteja feliz com isso.

— Você sabe disso tudo por causa da agência de detetives?

— Não. Eu falei com a antiga empregada doméstica deles. — N abriu uma outra foto, de uma mulher cinquentona do sudeste asiático. — O nome dela é Rosalie, e ela trabalhou para a família To por mais de dez anos. Foi demitida no ano passado, e agora trabalha para uma família em Ho Man Tin. Foi fácil achá-la por meio da agência de empregos. Fingi ser assistente social de uma escola, disse que a Violet estava passando por alguns problemas emocionais e que eu precisava da ajuda dela pra responder a algumas perguntas.

— A Violet tem encontrado o irmão em segredo?

— A Violet acredita que o irmão é a única pessoa com quem ela pode se abrir, enquanto o sr. To é só um estranho. Mas o irmão parece ter sido uma má influência para Violet. Foi ele que elaborou o plano de ataque contra a sua irmã. Uma estudante normal como a Violet jamais teria pensado em roubar dados pessoais pra colocar as pessoas contra a Siu-Man na internet.

Nga-Yee espumou de raiva; ela nunca tinha pensado naquilo. O Little Seven era colega de classe de Siu-Man, e, mesmo que ela decidisse por um senso de justiça ou preconceito equivocado que Siu-Man era uma pessoa ruim que precisava ser eliminada, jamais teria ido tão longe sem a ajuda do Rat. O Rat era um adulto. Em vez de colocar a irmã nos eixos, ele se tornou cúmplice dela, usando seu know-how de tecnologia para ajudá-la. Aquilo era imperdoável.

A história familiar de Violet também era uma surpresa. Nga-Yee se lembrou do primeiro post do Popcorn e de como ela zombava do fato de Siu-Man ter sido criada por uma mãe solteira, mas Violet estava no mesmo barco. Nga-Yee entendia bem por que o padrasto tinha contratado um detetive para seguir o irmão. No seu lugar, ela teria feito o mesmo. Ele sabia que o jovem era uma má influência. Melhor descobrir mais sobre ele. Talvez ele tivesse um ponto fraco ou um segredo que quisesse esconder, uma moeda de troca para impedi-lo de se encontrar com Violet.

— Pelo jeito como a Rosalie falou — disse N, recostando-se —, ela se importava muito com a Violet. Afinal, ela viu a menina crescer e foi uma espécie de mãe pra ela. Talvez, se ela não tivesse partido e a Violet tivesse uma outra pessoa com quem conversar, ela não teria se metido nessa situação absurda.

— Você já falou demais. Está tentando me dizer que a Violet não teve culpa? — perguntou Nga-Yee, quase gritando.

— Não é meu trabalho decidir quem está certo ou errado. Eu estou aqui apenas pra ajudar você a se vingar — disse N, sem se abalar. — Achei que você ia gostar de saber mais sobre a história da Violet. É ela a inimiga, não é, nessa rixa de sangue?

Nga-Yee não sabia o que dizer. Não sabia dizer quando começara, mas tinha parado de pensar em Violet como um ser humano, vendo-a apenas como um alvo, uma personificação da culpa. Queria que Violet fosse torturada e já nem se lembrava mais do motivo por trás daquela sede de vingança.

Então Violet não tinha tido uma mãe que a amasse, mas aquilo não era desculpa para se tornar tão má, pensou Nga-Yee. Ela reprimiu a compaixão que começou a crescer dentro dela e endureceu seu coração até não ser nada além de pura vingança. Violet teria que pagar com sangue pelo que havia feito.

Durante a hora seguinte, Nga-Yee e N ficaram olhando Violet em silêncio. Quando Nga-Yee finalmente perguntou qual seria o próximo passo, tudo que N disse foi:

— Se você está entediada, pode ir pra casa. Vingança não é miojo, não fica pronta em três minutos.

Nga-Yee não respondeu. O que ela não sabia era que, por trás daquela suposta indiferença, N estava avaliando todo tipo de estratégia para transformar seu conhecimento presente em ação futura. Tinha passado os últimos dias tentando bolar tramas que Violet To e seu irmão não seriam capazes de desvendar. Era muito mais fácil descobrir a verdade do que prever o que os seres humanos fariam, embora N preferisse a última. Montar uma armadilha era muito mais emocionante e desafiador do que resolver quebra-cabeças.

Bip!

No momento em que Nga-Yee estava se perguntando qual era o objetivo daquela vigilância toda, o laptop na frente de N emitiu um ruído agudo.

— Ah, ele está aqui — gritou N, abrindo a porta da van.

Nga-Yee se endireitou. Aquele devia ser o próximo passo. Mas quem é que estava ali? Ela olhou para fora e viu Pato, o cara que estava no hotel, com um copo da Starbucks na mão. A expressão dele não mudou quando seus olhos encontraram os dela.

— Conto com você essa noite — disse N para Pato, e saiu da van.

— O que está acontecendo? — perguntou Nga-Yee enquanto N ficou parado do lado de fora da van, junto à porta.

— Mudança de turno — disse N.

Pato sentou-se à mesa e começou a digitar sequências de texto incompreensíveis no laptop.

— Eu não posso ficar vigiando ela 24 horas por dia sozinho, posso? — prosseguiu N.

— Eu tenho que... — Nga-Yee não sabia direito se tinha que ir embora ou ficar, já que nem mesmo sabia por que estava vigiando Violet.

— Não estou nem aí se você quiser ficar a noite toda, mas não sei o que você vai fazer quando precisar ir ao banheiro. Estamos urinando numa garrafa.

— Me espera... — gritou ela, mas N já havia fechado a porta.

Ela tentou ir atrás dele, mas demorou um pouco até entender o mecanismo da porta; no momento em que conseguiu abrir, já não havia nenhum sinal dele.

— Por favor, feche a porta, srta. Au — soou a voz grave de Pato atrás dela. — Não queremos chamar a atenção.

Nga-Yee não teve escolha. Encolheu-se no interior da van.

Embora Nga-Yee não gostasse de N, eles haviam passado pelo menos tempo suficiente juntos para que soubesse como lidar com ele. Pato era praticamente um estranho, e era muito constrangedor estar presa em um espaço tão pequeno com ele.

— Srta. Au — disse ele abruptamente.

— Sim?

— Tem um banheiro público na esquina da Broadcast Drive com a Junction Road.

— Ah. Obrigada.

Seus olhos não deixaram as telas o tempo todo em que ele falou com ela, mas aquela breve troca foi o suficiente para fazê-la ter uma impressão melhor dele, embora seu rosto permanecesse tão inexpressivo quanto o de um robô.

Olhando para o relógio, Nga-Yee ficou surpresa ao perceber que ainda eram seis e meia. Enfiada na parte de trás da van, era fácil perder a noção do tempo. Ela se sentou novamente e voltou a olhar para Violet na tela. Pensou em puxar conversa, mas Pato irradiava uma aura de quem não queria ser incomodado.

— Quem é essa? — Uma mulher tinha acabado de entrar no apartamento da família To.

— Faxineira. Cozinha pra Violet. — Pato visivelmente gostava de poupar palavras.

A mulher cuidou de seus afazeres na cozinha. Depois de um tempo, voltou e colocou dois pratos na mesa de jantar e foi chamar Violet. Quando ela pegou apenas uma tigela de arroz, Nga-Yee percebeu que toda aquela comida era apenas para Violet. Na época em que sua mãe e sua irmã ainda estavam por perto, aquela quantidade de comida teria alimentado três pessoas: peixe frito, vegetais variados, sopa. Sua raiva rugiu novamente. Violet vivia sem preocupações, tinha todas as suas necessidades atendidas. Por que ela tinha sentido necessidade de perseguir Siu-Man? Nga-Yee nunca tinha ligado para a desigualdade, mas agora odiava todos os ricos.

Violet foi para o quarto depois do jantar. Ficou no computador por um tempo, depois voltou para sua poltrona e seu livro. Nga-Yee continuou observando cada movimento dela, mas ainda não fazia ideia do que aquela vigilância pretendia alcançar.

— Nada vai acontecer esta noite — disse Pato abruptamente, como se tivesse lido a mente dela.

— Não?

— Você não vai perder nada se for para casa agora. Volta amanhã.

Pato mal conseguia falar, mas mesmo assim se parecia mais com uma pessoa normal do que N. Era mais acessível, pelo menos. Nga-Yee não achou que ele seria capaz de mentir para ela, então anuiu e se preparou para sair. Estava ficando com fome e, tendo acabado de receber seu salário, finalmente poderia comer até se fartar. Pensando em como vinha sobrevivendo à base de macarrão instantâneo nas últimas semanas, enquanto a culpada Violet To apreciava suas refeições suntuosas, Nga-Yee se sentiu injustiçada.

— Então tchau. — Nga-Yee se levantou para ir embora.

Ao passar por trás de Pato, ela não pôde deixar de notar que a tela do laptop dele estava exibindo o chat do Popcorn e o cabeçalho do tópico era bastante incomum:

A mente por trás do suicídio de uma garota (de 14 anos)?

— Ei?! — exclamou ela, sem conseguir se conter.

Pato se virou para olhar interrogativamente para ela.

— Isso não é... Quer saber, deixa pra lá. Estou indo.

Ela deu um sorriso forçado e saiu, então praticamente correu até a estação Lok Fu. Depois de todo aquele tempo, tinha uma boa noção de quais eram os métodos de N e sabia que ele não revelaria seus planos até que se concretizassem. Parecia que o próximo passo daquele plano de vingança, fosse o que fosse, envolvia o Popcorn. Pato era parceiro de N, então não fazia sentido pedir mais informações para ele. Se ela quisesse saber o que estava acontecendo, teria que descobrir sozinha. Ela se esqueceu de seu plano de fazer uma bela refeição e foi direto para casa, onde engoliu seu macarrão instantâneo enquanto procurava ansiosamente no Popcorn pela postagem que tinha visto.

Depois de uma hora inteira de busca, não havia nenhum sinal dela.

Fuçou por todos os fóruns e voltou mais de dez páginas do *feed*. Tinha estado na página inicial havia pouco tempo, mas olhou as postagens de mais de uma semana, e nada. Será que ela tinha se enganado? Talvez fosse um outro site que se parecesse com o Popcorn. Mas ela era novata em termos de internet e não fazia ideia de como procurar por aquilo.

Por fim, desistiu. Perguntaria a N depois do trabalho no dia seguinte, e, se ele se recusasse a responder, ela o perturbaria até ele dizer.

O chefe dela gentilmente havia lhe permitido sair mais cedo do trabalho no dia anterior, com a condição de que compensasse as horas, o que significava que no dia seguinte ela teria que ficar na biblioteca desde o primeiro turno até o fechamento, às nove da noite. Ao sair, ela ligou para N para avisá-lo que estava a caminho da Broadcast Drive, mas descobriu que havia acontecido uma mudança de ponto.

— Estou no estacionamento do Festival Walk, P2, Zona M.

— No Festival Walk?

— P2, Zona M.

Ele desligou. Nga-Yee ficou parada no mesmo lugar, indecisa, depois concluiu que aquilo deveria ser um convite para ela se juntar a ele. Se ele não a quisesse lá, não teria mencionado sua localização.

Eram cerca de dez horas quando ela chegou ao shopping. Havia oitocentas vagas de estacionamento espalhadas por três andares, quase todas ocupadas, mas ela seguiu as instruções de N e conseguiu encontrar a Ford Transit branca. A porta lateral se abriu quando ela se aproximou e, olhando para ela de dentro do da cabine sombria, estava N.

— Por que você mudou a van de lugar? — perguntou ela ao entrar.

Ele não respondeu, apenas apontou com a cabeça para a Tela 2. As outras estavam focadas no apartamento da família To, como no dia anterior, mas aquela agora mostrava uma cafeteria. E lá, lendo um livro em uma poltrona, estava Violet To.

— Ela veio ao shopping à tarde, foi à livraria, comeu um *bibimbap* na praça de alimentação, depois foi aí pra ler.

— Como você está filmando isso? Você não tem como usar um drone em um shopping lotado.

— O Pato está seguindo ela.

Nga-Yee olhou de perto. A câmera devia estar em uma mesa: havia uma xícara de café fora de foco num dos cantos do quadro.

— Vocês não estão se revezando pra vigiar?

— Circunstâncias especiais. — N se sentou, parecendo um pouco irritado. — Quando saiu hoje de tarde, ela não fez a caminhada habitual até o Lok Fu Place, em vez disso pegou um ônibus. Não dava pra saber se ela estava planejando pegar o metrô para algum outro lugar, então eu tive que largar a van, segui-la no ônibus e ligar para o Pato pra ele ir pegar a van. Ele me encontrou aqui, e trocamos de lugar.

— Você entrou no mesmo ônibus que a Violet? Ela não te reconheceu?

— Eu estava disfarçado. Mas preciso admitir que... a subestimei. Eu achava que uma garota de 15 anos iria querer se trancar em casa depois de passar por tanta pressão, mas, em vez disso, ela está saindo e tentando relaxar, e ela está fora de casa há bastante tempo. Não que eu não consiga lidar com isso, mas é inesperado.

— Pressão? Que tipo de... — Nga-Yee hesitou, lembrando da tela do laptop no dia anterior. — Você está falando sobre o novo post do Popcorn?

N ergueu uma sobrancelha e olhou para ela com um leve sorriso.

— O Pato sabe manter a boca fechada, então você deve ter visto isso por acaso?

— Sim. — Não fazia sentido ela negar. — Alguma coisa sobre "a mente por trás do suicídio". E você falou sobre atormentá-la na internet. Eu somei dois e dois.

N pegou outro laptop e o colocou na frente dela.

— Tudo bem, olhos de águia, não tem problema nenhum você saber o resto.

Na tela havia uma página do Popcorn, com a chamada de que ela se lembrava. Ela leu o que SuperConan tinha a dizer e viu a revelação de ZeroCool em meio às respostas. Violet deveria ter entrado em pânico depois de ler aquelas postagens.

— Agora o Popcorn sabe tudo? — engasgou Nga-Yee. — Você é o tal do Conan que deu início a tudo isso dizendo que o Shiu Tak-Ping não tem sobrinho nenhum? E eu acho que o cara com aquele HD deve ser mais algum comparsa seu. Seria muita coincidência que alguém decidisse reabrir o caso e outra pessoa simplesmente tivesse alguma evidência à mão.

— Errado, srta. Au — disse N. — Eu não revelei nada, e não existe comparsa nenhum. Cada uma das pessoas neste tópico sou eu.

— Todas elas?

— Sim. O SuperConan sou eu e o ZeroCool sou eu. Assim como todas as pessoas dando palpite na história, e os comentários do tipo "guarda o meu lugar, estou indo buscar pipoca". Tudo fui eu.

— Você hackeou o Popcorn? Mas se você criou tantas postagens falsas com o nome de outras pessoas, os usuários não vão achar estranho?

N apertou algumas teclas, e uma outra imagem apareceu na tela.

— Compara as duas.

A nova janela também mostrava a página inicial do Popcorn, mas, olhando com mais de atenção, havia uma pequena diferença: na segunda janela, "[vídeo] imagens reais de uma estudante da Universidade de HK caindo de bêbada" vinha imediatamente depois de "Eu ganho dez mil por mês. Como comprar um apartamento?". Na primeira, "A mente por trás do suicídio de uma garota (de 14 anos)?" se interpunha entre as duas chamadas.

— Desapareceu?

— Esse tópico nunca existiu. Ele é falso.

— Espera, então é tudo mentira? Ninguém sabe que o Shiu Tak-Ping não tem sobrinho nenhum, nem de todo aquele papo de consultor de segurança?

— Correto. — N assentiu. — Mas a Violet To acha que é verdade.

Nga-Yee olhou para ele perplexa.

— Você se lembra o que é um ataque MITM?

Nga-Yee se lembrou do coelho assassino no tablet da mulher na cafeteria.

— Então você hackeou o Wi-Fi da casa de Violet e colocou o site falso no computador dela.

— Sim.

"Então foi por isso que eu não consegui encontrá-lo em casa", pensou Nga-Yee.

— Mas como você fez isso? Se você estava fingindo ser o provedor, seu sinal tinha que ser mais forte do que o original.

— Eu invadi o roteador dela. — N apontou para um dos drones sobre a mesa. — Essas coisas não só tiram fotos, mas também podem interceptar um sinal de Wi-Fi. Enquanto estava escuro lá fora, plantei um desses no ar-condicionado do lado de fora da janela dela e executei o ataque remoto a partir dali. Os roteadores Wi-Fi têm todo tipo de vulnerabilidade. Mesmo com a autenticação WPA2, se você usar o WPS, pela conveniência, os hackers conseguem acesso fácil. Precisou de algumas horas, no máximo, pra eu burlar o acesso. Em seguida, foi só uma questão de invadir o protocolo do roteador à força e apontar o DNS pra minha cópia. Agora eu controlo tudo no computador pessoal dela.

Nga-Yee só conseguia olhar para ele sem expressão. N fez uma careta, desistindo de tentar explicar.

— De qualquer forma, agora sou o intermediário entre a Violet To e a internet real. Eu controlo tudo o que ela vê e ouve. E se ela decidir postar algo ou enviar um e-mail, eu posso mudar essas coisas também.

— Mas por quê? — quis saber Nga-Yee. — Se você está tentando incitar um ninho de vespas contra ela, não precisa perder tempo criando postagens falsas.

— Por vários motivos. O principal é evitar que outras vozes interfiram, pra que eu possa cumprir a sua missão no menor tempo possível. Você acha que é fácil assim reunir uma turba na internet? Não acredite no que os políticos falam. Todo tipo de coisa pode dar errado quando você tenta manipular a opinião pública; é preciso uma estratégia de longo prazo. Mas as emoções de uma pessoa? Isso é fácil. Você só precisa controlar as informações que ela recebe e estará no comando dos seus sentimentos.

Nga-Yee lembrou que ele havia dito algo semelhante sobre a mulher na cafeteria.

— Mas você cortou ela completamente? Ela não vai ligar para o irmão pra pedir ajuda quando vir essas postagens?

— Não.

— Por que não?

— Os ataques MITM não funcionam apenas só no Wi-Fi. — N se virou e estendeu a mão para bater num dispositivo do tamanho de uma lancheira na prateleira de metal. — Isso é um IMSI-catcher, mais comumente conhecido como Stingray. Ele imita uma torre de telefonia celular e intercepta todos os sinais dentro de uma determinada área.

— Quer dizer que você está controlando o celular dela, assim como o Wi-Fi? Incluindo quais ligações ela pode fazer ou receber?

— Nada mal... Dessa vez você entendeu de imediato.

— Dá pra comprar uma coisa assim? Isso não é perigoso? Não significa que todas as pessoas no mundo com um celular podem ser espionadas?

— Dá pra comprar sim, mas as pessoas comuns não conseguiriam tão facilmente. É usado principalmente por governos, exércitos, polícias. — N fez uma breve pausa. — Ah, claro, e hackers e criminosos. Mas esse não é um modelo comercial. Eu que fiz.

— Quer dizer que o Pato que fez? — Nga-Yee lembrou que ele tinha dito que Pato era dono de uma loja de informática.

— Você está certa, ele forneceu as peças. Mas o *firmware* veio do meu professor.

— Seu professor? — Nga-Yee não sabia o que era *firmware*, mas o professor a havia deixado mais intrigada.

— O homem que me ensinou a ser um hacker. A especialidade dele são as lacunas na segurança do sinal.

— Essa coisa consegue mesmo captar sinal de celular? — Nga-Yee olhou para a caixa com desconfiança. A tecnologia moderna não deveria ser tão simples, ela supôs.

— De que outra forma eu teria o seu número?

— Como?

— Era por isso que eu sabia sempre que você estava perto do meu apartamento. — Nga-Yee se lembrou de quando tentou fazer com que N aceitasse o seu caso pela primeira vez. Ele parecia saber todos os seus movimentos e, mesmo nos últimos dias, tinha aberto a porta da van para ela antes mesmo que ela batesse.

— Você hackeou meu telefone?

— Eu hackeei *todos* os telefones do meu bairro — disse N, indiferente. — Instalei uma antena no meu telhado e outras três em edifícios próximos, todas conectadas a um outro Stingray. Sei os números de telefone de cada morador da região, e, se um número desconhecido permanece mais de um minuto na zona, meu computador o registra automaticamente. Recebi os dados do seu telefone da primeira vez que você foi me ver e, depois disso, recebia um alerta sempre que você chegava a cem metros do meu apartamento. Pela força do sinal, eu sabia até em que ponto exato da rua você estava.

— Ponto exato? Como isso é possível?

— Triangulação, como nos satélites. Se você quiser saber mais, faz uma pesquisa quando estiver no trabalho.

Nga-Yee tinha acreditado nele só em parte, mas sem dúvida aquilo explicava por que ele parecia saber sempre o paradeiro dela, e por que ele estava tão preparado quando os gângsteres o emboscaram.

— Tudo bem, então você pode evitar que a Violet ligue para o irmão, e vice-versa. Mas eles não vão achar estranho se não conseguirem entrar em contato um com o outro? Ou você consegue imitar as vozes deles também?

— Eu por acaso tenho tecnologia de modificação de voz, mas mesmo que fosse capaz de replicar completamente a voz de alguém, seria difícil acertar o tom e o vocabulário. Qualquer um próximo o suficiente da pessoa que está sendo imitada saberia imediatamente que algo está errado. — N olhou para a tela e verificou que Violet ainda estava quieta, lendo na cafeteria. — Hoje em dia as pessoas estão acostumadas a se comunicar por mensagens de texto, e isso nos dá uma oportunidade.

N pegou um tablet e abriu um aplicativo que se parecia com o Line. A princípio Nga-Yee não entendeu bem o que era aquilo, mas, depois de ler alguns posts, ficou claro.

— Isso é a Violet falando com o irmão?

— Correto. Exceto que o irmão sou eu. — N deu um sorrisinho maldoso.

— Você tem como fazer isso? — perguntou Nga-Yee exasperada.

— Como?

— Acho que vou ter que começar do começo, caso contrário, você vai continuar perguntando "por quê" ou "como" como se fosse um disco arranhado — disse N com uma voz cheia de desdém. — No dia seguinte à nossa segunda visita à escola, eu fui pra Broadcast Drive pra fazer o reconhecimento do terreno. Encontrei o apartamento da família To e, naquela noite, enviei drones para dar início à vigilância e se infiltrar no Wi-Fi, bem como usei o Stingray pra coletar todos os números de celular na região até isolar o de Violet. Então estava tudo pronto.

N pegou o tablet de volta, digitou uma série de comandos e o colocou diante dela novamente.

— Dois dias atrás, eu usei o Stingray para transmitir essa mensagem para o celular da Violet.

— O que é isso?

— Uma notificação da Biblioteca da Enoch. Falsa, é claro. O objetivo era fazer ela clicar no link.

— Pra quê?

— Eu alterei a página da Enoch. Assim que a Violet clicou no link, o navegador dela se conectou a um servidor que baixou um software falso no celular dela.

— Software falso?

— O nome disso é *masque attack*. Substituir um programa de verdade por um malware que imita a sua aparência. — N apontou para o Line aberto no tablet. — Parece exatamente com o Line Instant Messenger e funciona da mesma forma quando você usa. A maioria das pessoas não seria capaz de notar a diferença. Quando a Violet fez login nesse Line falso, consegui obter todas as mensagens que ela tinha enviado antes, interceptar as novas e fingir ser a pessoa com quem ela estava falando.

— Igualzinho ao *man-in-the-middle*.

— Exato. — Os olhos de N brilharam. Ele parecia achar hilário que Nga-Yee estivesse usando jargão de tecnologia. — Todo mundo está tão acostumado a se comunicar por mensagens de texto que ninguém se pergunta mais se a pessoa por trás daquelas palavras é quem eles pensam que é. É por isso que existem tantos golpes virtuais.

— A Violet não suspeitou dos avisos da biblioteca?

— Antes de criar o tópico falso do Popcorn, usei o mesmo método pra criar mensagens falsas no fórum da escola, pra fazer parecer que outros alunos receberam a mesma notificação errada. Também entrei em uma discussão sobre a confusão na biblioteca naquele dia. Assim que a Violet viu as pessoas falando sobre a sua irmã, ela naturalmente esqueceu tudo sobre a notificação.

A fim de tornar mais verossímil o tópico falso que só seria visto por Violet, N havia vasculhado o sistema da Enoch para descobrir quais os alunos que estavam usando a impressora da biblioteca naquele dia. Na verdade, ele ficou um pouco surpreso por Violet não ter entrado em contato com o irmão imediatamente após ver aquele tópico, mas isso também o ajudou a entender um pouco mais sobre a natureza da dependência dela e ajustar sua estratégia a partir disso.

— Eu sabia que a Violet não iria ignorar aquele bate-papo chamativo no fórum da Biblioteca. Ela ia querer repassar toda a conversa pra ver se alguém, como a Condessa, por exemplo, tinha dito mais alguma coisa sobre a carta de despedida. Essa foi a isca. No dia seguinte, postei com o nome de um aluno diferente, com um link para a conversa falsa do Popcorn que eu acabei de te mostrar.

— Ah, aí sim ela mordeu a isca — falou Nga-Yee. — Ela achou que as maldades pudessem ter sido expostas. — Nga-Yee estava começando a entender. — Quando ela leu a postagem do SuperConan, depois viu uma pessoa falando sobre como encontrar mais arquivos no HD, e você a impediu de pedir ajuda ao irmão, aí...

Nga-Yee olhou novamente para a tela. Violet podia parecer estar lendo com calma, mas sua testa estava ligeiramente franzida e ela estava claramente tentando esconder seu desconforto.

— Mas peraí... —Nga-Yee hesitou. — A Violet não está em casa agora. Ela não consegue entrar na internet de verdade? Se ela abrir o Popcorn e descobrir que a tal conversa não está mais lá, todo o plano não vai por água abaixo? Ou se o irmão dela ligar agora? O Stingray chega até a cafeteria?

— É por isso que o Pato está seguindo ela. — N apontou para a tela. — Ele tem um Stingray de baixa intensidade na mochila dele, com alcance de nove metros. O laptop dele está imitando um servidor Wi-Fi para dar continuidade ao ataque MITM. Isso deve manter a Violet isolada. Claro, se ela fizer algo imprevisto e decidir usar um dos computadores do café ou ligar para o irmão de um telefone público, estamos em apuros. Se isso acontecer, Pato vai ter que encontrar uma forma de impedi-la. Mas aposto que ela não vai fazer isso, porque ela não suspeita que haja nada de errado com o celular dela.

N parecia preparado para todas as contingências. Não admira que o passeio inesperado de Violet ao Festival Walk não o tivesse perturbado.

— A Violet está parecendo calma agora porque o irmão está no Line dizendo pra ela não se preocupar. Mas, claro, ela ainda está bastante inquieta por dentro — disse N. — O irmão mesmo está completamente no escuro. Ele está ocupado com o trabalho, provavelmente não está perdendo muito tempo pensando no que está acontecendo com a irmã. Portanto, todas as peças já estão no lugar, e estamos prontos para o próximo passo.

— Que vem a ser?

— Se você quiser fazer parte dele, não vá para casa esta noite — instruiu N com um sorrisinho de esperteza.

Nga-Yee não fazia ideia do que ele estava planejando, mas parecia que ela não ia dormir em sua própria cama.

Não muito depois disso, Violet começou a guardar suas coisas. A câmera vacilante a seguiu quando ela deixou o café e se dirigiu para a o ponto de ônibus da Suffolk Road. Visto daquele ângulo, Pato estava parado à frente dela na fila, como se fosse um passageiro. Havia algumas outras pessoas ali, provavelmente também voltando para Broadcast Drive. A maioria das pessoas acha que seguir alguém significa seguir por trás, reparou Nga-Yee, mas era um sinal das habilidades superiores de N e Pato que eles estivessem na frente de Violet naquele momento. Nga-Yee conseguia pensar em duas vantagens: primeiro, reduzia o risco de ficar para trás se o ônibus estivesse lotado e Violet fosse a última pessoa a entrar; e, mais astuto ainda, ninguém ia achar que estava sendo seguido por alguém à sua frente. Ao antecipar as ações de Violet, Pato conseguiu ficar literalmente um passo à frente dela.

— A gente precisa ir. — N se levantou e dirigiu-se para a frente da van. Só naquele momento Nga-Yee percebeu que havia uma estreita porta de correr que levava direto para o banco do motorista. — Fica aí atrás e continua monitorando — gritou ele antes de fechar a porta.

A van estremeceu e começou a andar, mas Nga-Yee não percebeu. Seus olhos estavam fixos em Violet To. Ela e o Pato estavam em lados opostos do ônibus. Quinze minutos depois, a van chegou a Broadcast Drive. N achou uma vaga e voltou para os fundos. Poucos minutos depois, o ônibus chegou e Violet desceu; Pato, não.

— Ela está de volta ao alcance do nosso Stingray — disse N a título de explicação.

Nga-Yee entendeu: aquele ônibus não era um ônibus normal; o motorista podia parar exatamente onde as pessoas pediam. Violet sem dúvida ia notar se ela pedisse para descer e alguém viesse atrás. Em cinco minutos, ela já estava de volta ao seu apartamento (e às telas), e o Pato havia se juntado a eles na traseira da van.

— Obrigado por isso — disse N, pegando a mochila de Pato.

— Sem problemas — respondeu Pato, inexpressivo como sempre.

Seguir Violet era um uso melhor de suas habilidades, no fim das contas; Chung-Nam tinha passado os últimos dias no escritório ou examinando documentos em casa.

Nga-Yee não conseguia entender a relação de N e Pato. Pato parecia ter muito respeito por N, mas poderia ser só a confiança de um parceiro no outro. Ela pensou novamente no rosto de Loi quando ele falou sobre N, e na reverência do Detetive Mok por ele. No que dizia respeito a Nga-Yee, ele era um arrogante desgraçado que por acaso era muito bom no que fazia, e ela não fazia ideia de como aquelas outras pessoas tinham aprendido a confiar nele.

Depois que Pato foi embora, N disse a Nga-Yee:

— Esses assentos reclinam. Pode tirar uma soneca se quiser.

— Soneca? Achei que estávamos indo para o próximo passo.

— É cedo ainda. — N puxou uma barra de cereais de um saco plástico que havia embaixo da mesa e se debruçou sobre o laptop de novo.

Nga-Yee decidiu seguir o seu conselho. Estava escuro na van, e ela se sentia exausta. Seus olhos permaneceram fixos em Violet, mas suas pálpebras começaram a se fechar. Ela estava vagamente ciente de que alguém a sacudia pelo ombro esquerdo. Seus olhos piscaram e se abriram, e lá estava N, exatamente como antes de ela cochilar, na cadeira à sua esquerda. Por que ele a acordou tão cedo? Ela olhou para o relógio, surpresa ao ver o ponteiro pequeno no três. Ela tinha dormido quase quatro horas.

— Acordada? — perguntou N.

Nga-Yee esfregou os olhos e olhou em volta. As telas ainda mostravam o apartamento da família To, mas agora tudo estava num tom verde fosco. A Tela 3 mostrava o quarto de Violet.

— Já... já começou? — Nga-Yee perguntou.

— Sim.

— O que estamos fazendo? Vamos invadir?

— Não, estamos fazendo ligações.

— O quê?

— Trotes na madrugada.

De uma hora para outra, Nga-Yee acordou por completo.

— Trotes?! — exclamou ela. — Você me fez passar a noite toda aqui pra fazer uma brincadeira infantil?

— Pode ser uma brincadeira, mas não tem nada de infantil nela.

— Como...

— Não pergunta. — N colocou um microfone na frente dela, depois digitou algumas teclas no laptop. Na Tela 3, Violet se remexeu na cama e estendeu a mão para pegar o celular.

— As câmeras de visão noturna não têm como ficar mais nítidas do que isso — disse N.

Agora Nga-Yee entendia aquela tonalidade verde opaca.

— Alô? — soou a voz de Violet pelo alto-falante. Nga-Yee se virou e olhou freneticamente para N, gesticulando para perguntar o que ela deveria dizer.

— Ela só vai te ouvir se você apertar o botão do microfone — falou N, tentando não rir. — De qualquer forma a primeira chamada vai ser silenciosa.

— Alô? — Mais uma vez, a voz de Violet no alto-falante. N apertou outra tecla e desligou.

— Você faz a próxima — disse N, apertando a tecla novamente assim que Violet pôs o telefone de lado.

— E se ela reconhecer a minha voz? — perguntou Nga-Yee.

— Ela não vai. Eu configurei o microfone pra distorcer.

— Alô? — A voz de Violet soou novamente, agora um pouco mais irritada.

— O que eu falo? — O dedo de Nga-Yee pairava sobre o botão do microfone.

— O que você quiser, só não usa a palavra "irmã" ou qualquer coisa que possa revelar quem você é. Mantenha a simplicidade.

Nga-Yee apertou o botão ainda indecisa. O que ela queria dizer a Violet? Ela mordeu o lábio e cuspiu:

— Assassina!

N apertou a tecla para desligar, sorrindo para ela em sinal de elogio. Na tela, Violet parecia paralisada. Inesperadamente, Nga-Yee ficou orgulhosa de si mesma. Todo aquele tempo ela queria apontar o dedo para a pessoa que havia causado a morte de sua irmã, e não só ela tinha feito isso agora, como deixara o culpado completamente atordoado. Dois coelhos com uma cajadada só.

— Muito bom, embora não exatamente sutil. Um pouco grosseiro, até. — N puxou o microfone para mais perto e apertou a tecla de chamada pela terceira vez.

— Quem é você? O que você quer? Se você ligar de novo, eu vou chamar a polícia! — O pavor dela era tão evidente que ecoou pela van.

— Vai se foder! Rá rá rá. — Nga-Yee nunca tinha ouvido N soando tão ameaçador. Ele desligou antes que Violet pudesse dizer qualquer coisa.

N tentou mais algumas vezes, mas Violet rejeitou as ligações e desligou o telefone.

— Rá! Fim de jogo — comemorou N.

Nga-Yee não pôde deixar de se sentir um pouco irritada com a forma leviana com que ele estava tratando aquilo.

— Qual o objetivo disso? — perguntou ela.

— Olha só o estado em que ela ficou.

Nga-Yee se virou para a tela. Violet estava encolhida em um canto da cama, toda enrolada no cobertor, que segurava com força. Nga-Yee não esperava que ela fosse ficar tão apavorada.

— Quando uma pessoa normal recebe um trote, no máximo fica de mau humor. Mas vê só o que uma consciência culpada faz. Uma batidinha, e na mesma hora aparecem as rachaduras na fachada dela — disse N. — Essas ligações são só o estopim que vai levar à próxima explosão.

— Estopim?

N digitou alguma coisa no teclado e depois o virou para Nga-Yee. A tela ainda mostrava o tópico falso do Popcorn, mas havia alguns novos comentários:

Tem até um número de telefone! Alguém já ligou pra conferir?
Liguei, uma mulher atendeu. Vai fundo, garotada!

— Quando Violet vir isso, ela vai achar que sabe de onde vieram os trotes. — N moveu a página com o *touchpad* do laptop. — Parece que as pessoas na internet descobriram que o tal kidkit727 que forçou sua irmã a se matar deve ter algum motivo secreto indescritível e que a identidade dele está prestes a ser exposta.

Uma das respostas se destacava das demais, com um nome que provocou uma desagradável sensação de *déjà vu* em Nga-Yee.

POSTADO POR kidkit727 EM 04-07-2015, 03:09
Re: A mente por trás do suicídio de uma garota (de 14 anos)?

É o ZeroCool aqui. A senha dessa conta estava no arquivo que eu achei. Tenho 100% de certeza que esse desgraçado está envolvido com essa história.

— Imagino que... esse aqui também é falso? — disse ela.

— Naturalmente.

— Mas e se a Violet verificar o histórico de login do kidkit727 ou tentar fazer login ela mesma? Ela ia perceber...

— Se eu posso falsificar uma conversa assim, então eu posso falsificar qualquer página desse site, incluindo o login. — N estava carrancudo. Ele não aguentava as perguntas estúpidas de Nga-Yee. — Mas mesmo se eu não tivesse feito nada disso, a Violet nunca faria login. Ela não quer outra coisa nesse momento que não seja se afastar do kidkit727 pra sempre. Por que ela ia criar mais problemas para si mesma fazendo login no site sem necessidade?

Nga-Yee olhou de volta para a tela. Violet ainda estava enrolada em seu ninho de cobertores, tendo tremores de vez em quando. N tinha razão, percebeu Nga-Yee. Aquela série de telefonemas podia muito bem ser mais eficaz do que ela imaginava.

— E agora? — perguntou ela.

— A Violet provavelmente vai ficar assim até amanhecer. Vou usar esse tempo pra inventar mais comentários falsos pra atormentar ainda mais a vida dela — disse N, puxando um laptop para perto de si.

— E eu faço o quê?

— Desfruta do sofrimento da Violet. Não era isso que você queria? Foi isso que a sua irmã passou todas as noites quando estava sendo difamada na internet.

Nga-Yee sentiu um calafrio. Desde que ela e Siu-Man pararam de dormir em beliches, ela não viu mais a irmã dormindo. Até onde ela sabia, Siu-Man também ficava encolhida debaixo do cobertor todas as noites, sentindo uma mão invisível a empurrar para a morte.

Nga-Yee passou a maior parte das três horas seguintes olhando para Violet na tela, cochilando de vez em quando. Ela não tinha ideia de como N era capaz de viver sem dormir, mas ele simplesmente continuava ali. Talvez estivesse acostumado a viver assim, completamente livre de horários.

Às 6h20, Nga-Yee deixou a Broadcast Drive para pegar o primeiro metrô de volta para casa, onde tomou um banho rápido antes de ir para a biblioteca. N havia dito que o "clímax" só chegaria dali a dois ou três dias, então decidiu não desperdiçar mais nenhuma folga. Ela se juntaria a N novamente depois do trabalho.

Antes de ir, N tinha uma pergunta para ela:

— Para tornar tudo mais convincente, vou enviar uns SMS para o celular da Violet importunando ela — disse ele. — Quantos você quer que eu mande?

Nga-Yee não tinha interesse nenhum em uma pergunta tão ridícula.

— Quarenta e dois. — Ela escolheu ao acaso.

— Rá... a resposta para a Vida, o Universo e Tudo Mais. Que pena que eram camundongos na história, em vez de ratos, se não seria ainda mais perfeito — disse N, e deu uma risadinha.

Depois do trabalho, Nga-Yee voltou para Broadcast Drive. Seu turno tinha sido o mais cedo, então ela chegou por volta das cinco. N estava usando as mesmas roupas do dia anterior, mas na tela Violet parecia diferente. Nga-Yee não era psiquiatra, mas até ela podia dizer que a garota estava no limite. Suas feições estavam abatidas, e ela parecia distraída. Estava sentada em frente ao computador, olhando ansiosa para a tela, conferindo o celular o tempo todo, como se esperasse uma mensagem. Porém, pareceu se decepcionar todas as vezes.

— O que aconteceu? — perguntou Nga-Yee.

N passou para ela o tablet com a conversa do Line de Violet.

— Ela tentou ligar para o irmão, mas eu desviei pra um número não utilizado, então ela acha que ele não está atendendo. Essas mensagens aí foram depois disso.

Nga-Yee olhou para ele. Muitas mensagens sobre ele estar cheio de trabalho e o chefe estar por perto, mas que ele ligaria para ela mais tarde.

— De certa forma, não estou mentindo. O irmão dela realmente tem estado atolado de trabalho e está fazendo hora extra quase todo dia. Acho que é assim que as coisas funcionam nas empresas de tecnologia de Hong Kong: longas jornadas, baixos salários, futuro incerto. Talvez eu esteja até fazendo um favor para ele, permitindo-lhe que se concentre no trabalho em vez de perder tempo respondendo às mensagens da irmã — afirmou N em tom de deboche.

— Quero ver as postagens falsas do Popcorn — disse Nga-Yee, como se fosse uma ordem.

N achou aquilo um pouco estranho, mas entregou o laptop a ela.

— Você já leu a maioria dos novos comentários esta manhã.

Nga-Yee o ignorou e leu cuidadosamente todo o tópico. Quando estava no trabalho, ela pensara em uma coisa que a deixou desconfiada e, depois de ler todos aqueles comentários, teve ainda mais certeza de que estava com razão.

— Você está mentindo pra mim de novo? — questionou ela.

— Sobre o que eu estaria mentindo?

— Você disse que queria que a Violet sofresse *bullying* na internet, mas tudo isso aqui é direcionado ao irmão dela.

Nga-Yee sempre teve a impressão de que havia algo errado, e agora sabia o que era.

N riu e balançou a cabeça em negativa.

— Então é isso que está te deixando preocupada. O que eu disse foi que a melhor vingança seria virar as táticas dela contra ela mesma, pra que ela pudesse ser atacada na internet, por exemplo. Mas o ponto principal não é o *bullying*, é a consequência dele.

— Que consequência?

— Você quer que a Violet sofra. Se o *bullying* que ela está passando é verdadeiro ou falso deveria ser um detalhe.

Nga-Yee não sabia o que responder.

— Isso vai ser muito mais eficaz do que só fazer *bullying* com ela. Cada um tem um ponto fraco diferente. Você tem que encontrar esses pontos e mirar neles com força se quiser ver resultado. Não se esqueça do seu objetivo final.

Nga-Yee sabia a que ele estava se referindo: ao suicídio da Violet.

— Vê como ela está agora? — N apontou para a tela. — Ontem ela ainda conseguia fingir estar calma. Hoje abandonou os livros e só presta atenção no computador e no celular. Ela está começando a entrar em pânico. Se a gente der mais um passo essa noite, vai faltar muito pouco.

— A gente vai passar mais trotes hoje à noite?

— Não. Como eu disse, aquilo foi só um prelúdio. Espere só que você vai entender o que eu estou dizendo. — N deu uma risada misteriosa.

Um pouco antes das sete, Violet saiu de casa.

— Ela vai sair de novo? — perguntou Nga-Yee ansiosa. — Vai de novo para o Festival Walk? Será que a gente liga para o Pato?

— Não. Ela provavelmente só está indo comer alguma coisa aqui perto. A gente pode segui-la com a van.

— Como você sabe?

— Ela não pegou a bolsa, e está vestida muito casualmente pra ir ao shopping.

De fato, ela não parou no ponto de ônibus, e em vez disso continuou andando em direção à Junction Road.

— Certo, ela passou direto, ela não está indo para o Lok Fu Place, então deve seguir na direção do Baptist Hospital. — N pulou da cadeira e abriu a porta de correr. — Provavelmente indo para o Franki Centre. Não tem muitos restaurantes por ali, então não deve ser muito difícil adivinhar pra onde ela vai.

N dirigiu até a Junction Road, encontrou um lugar para estacionar e voltou para os fundos.

— É hora de dar o primeiro tiro.

— Tiro? Você não vai fazer nada perigoso, né? — Mais uma vez, as palavras dele deixaram Nga-Yee perplexa.

— Você realmente não tem imaginação. Foi só uma metáfora. — N pegou uma caixa amarela do tamanho de um smartphone. Um dos lados estava coberto por fileiras de formas ovais pretas no formato de colmeia. Pareciam botões, mas Nga-Yee não tinha certeza.

N foi até a outra ponta da mesa, bem nos fundos da van, e abriu alguma coisa na parede. Nga-Yee não tinha notado que havia uma janela ali até aquele momento. Ela se aproximou, e os dois ficaram espiando. Do outro lado da pista, Violet estava descendo a Broadcast Drive e quase chegando à entrada de um parque.

— Não me atrapalha, você pode ficar vendo na tela — disse N, empurrando Nga-Yee.

— Mas a tela... ah! — Ela estava prestes a reclamar, dizendo que as câmeras ainda estavam apontando para o apartamento dos To, mas agora a Tela 2 mostrava a vista da janela da van.

Alguns dias antes, após a segunda visita à escola, ela se lembrou de N dizendo que estava filmando o portão da escola de dentro de uma van. Provavelmente havia uma câmera escondida do lado de fora do veículo.

— Você vai ver mais resultados em breve — prometeu N, conectando um minifone àquela caixa amarela estranha.

Ele mexeu alguma coisa na tela do celular, e Nga-Yee viu Violet ficar com o corpo rígido. A garota se virou e ficou olhando ansiosamente ao redor.

— O que houve? Como você atacou ela dessa vez?

N fechou a janela e se virou para Nga-Yee. Ele mexeu na tela do celular de novo.

"Assassina!"

Nga-Yee cambaleou. Parecia que aquela coisa estava dentro do ouvido dela. Era a mesma coisa que ela havia falado na noite anterior, mas não parecia exatamente sua voz.

— Isso é um alto-falante? — perguntou ela, apontando para a caixinha.

N não respondeu, apenas pegou a caixa e balançou na frente dela.

"Assas..."

Aquele pequeno gesto a deixou apavorada. Ela só conseguia ouvir a voz quando o objeto estava apontado diretamente para ela.

— O que é isso?

— Essa coisinha se chama alto-falante direcional — explicou N. — Em termos simples, assim como uma lanterna pode focalizar a luz num único feixe, ele restringe o som a uma única área. Só quem está na mira do dispositivo consegue ouvir. As ondas de ultrassom não se dispersam no ar, então elas condensam o som numa direção só. Não vou entrar em detalhes. Tudo que você precisa saber é que a Violet acha que ouviu alguém sussurrar "Assassina" no seu ouvido.

Nga-Yee não fazia ideia da existência daquela tecnologia.

— Um tiro não basta. — N largou a caixa e voltou para o banco do motorista.

Eles seguiram Violet até o Franki Centre, onde ela entrou em um restaurante chamado Lion Rock. N estacionou perto da Kam Shing Road, depois voltou para os fundos e, de uma caixa embaixo da mesa, puxou um paletó cinza amarrotado. Vestiu-o, seguido por uma calça marrom que não combinava.

— O que você está fazendo? — perguntou Nga-Yee.

Ele a ignorou, apenas continuou trocando de roupa. Em seguida, calçou um par de sapatos pretos esfarrapados e colocou um chapéu que tinha uma mecha de cabelo grisalho colada nele. Puxou um espelho vertical da caixa, estudou-se criticamente e enfiou algumas bolas de algodão na boca para estufar as bochechas. Uma maquiagem clara embranqueceu suas sobrancelhas e barba por fazer, e um par de óculos brega de armação dourada completava o visual.

Em segundos, N tinha envelhecido vinte anos e parecia um velho esquisito na casa dos sessenta. Ele semicerrou os olhos e franziu o cenho, fazendo linhas de expressão muito mais fundas do que o normal irradiarem de seus olhos. Seu lábio superior estava ligeiramente levantado, revelando os dentes da frente. O queixo caído tornava impossível dizer sua verdadeira idade.

— Volto num minuto — disse ele, a voz mais grave do que o normal, e abriu a porta da van.

Quando ele saiu, Nga-Yee se lembrou de ele ter falado que seguiu Violet usando um disfarce.

Ela voltou a prestar atenção na Tela 2, que agora mostrava N entrando no restaurante, embora a câmera não fosse capaz de captar o que estava acontecendo lá dentro. Quando ela começou a se perguntar o que fazer, uma imagem piscando no laptop chamou sua atenção. Olhando mais de perto, percebeu que aquele salão antiquado, recoberto de painéis de madeira, era o interior do Lion Rock. N deveria estar usando uma GoPro.

— Mesa para um, senhor? — Foi possível ouvir do alto-falante do laptop quando um garçom apareceu na tela.

— Não, obrigado, só vim pegar comida pra viagem.

Enquanto N falava, a câmera mudou para a esquerda, onde Violet estava sentada em um canto.

— Claro. O que o senhor gostaria de pedir?

— Ah, não sei, você tem algum sanduíche?

— Claro. Temos vários tipos.

— Sinto muito, minha vista é ruim, não consigo ler o cardápio...

Enquanto N e o garçom conversavam, Violet levantou a cabeça e olhou ao redor, apreensiva. Nga-Yee olhou para a mesa e percebeu que o minifone e o alto-falante direcional haviam sumido.

— Acho que vou querer o de carne assada.

— Muito bem, carne assada. São 28 dólares, por favor.

Nga-Yee mal entendeu o que N estava dizendo, de tão absorta que estava ao vigiar Violet. Ainda que a câmera acoplada a N não fosse muito nítida, era óbvio que a expressão da garota tinha mudado da ansiedade para o puro terror. Ela olhou para um casal próximo, depois para um homem na mesa ao lado, como se eles fossem uma horda de demônios prontos para roubar sua alma. Nga-Yee percebeu agora o quão diabólico era aquele movimento: assim que Violet entendesse que estava ouvindo vozes que ninguém mais ouvia, ela ia começar a achar que estava enlouquecendo. Os trotes tinham sido só uma leve dose de absurdo. Como disse N, um prelúdio à verdadeira peça.

— Seu sanduíche, senhor. — O som veio do alto-falante dez minutos depois.

— Obrigado. Posso pegar alguns guardanapos?

Ao fundo, um garçom colocava um prato de espaguete na frente de Violet. Ela não tocou no prato, em vez disso continuou encarando as pessoas ao redor. Então, tudo aconteceu muito rápido: Violet levantou num pulo, tremendo, de rosto pálido e a expressão contraída. Correu até o balcão, olhando ao redor, jogou uma nota em cima dele e saiu correndo.

— Senhorita? Senhorita!

Nga-Yee passou para a outra tela, que mostrava Violet correndo pela rua. Em pouco tempo ela estava fora de vista. Na mesma hora, N abriu a porta e pulou para dentro da van, largou o saco plástico com a comida na mesa, deslizou para o banco do motorista e pisou fundo.

Eles estacionaram perto do prédio dela e esperaram. "A Violet deve estar prestes a ter um colapso", pensou Nga-Yee. Ela acendeu todas as luzes do apartamento, ligou a televisão e se meteu na cama com a cabeça debaixo das cobertas.

— Viu? Eu não estava mentindo. Essa é sem dúvida a forma mais eficaz — disse N, retirando o disfarce.

— Hmm, OK. — Nga-Yee não sabia o que responder. Mais uma vez, ele tinha mostrado algo que ela jamais poderia ter imaginado, mas nem morta ia admitir isso.

— Esse foi só um aperitivo. — N enxugou o rosto com um pano úmido. — Amanhã, o prato principal.

— Amanhã?

— A reação dela foi mais grave do que eu esperava. Então, em vez de deixar as coisas se arrastarem, podemos dar logo o passo final. Se quiser, fica aqui e continua a desfrutar o sofrimento dela, mas, se eu fosse você, iria pra casa dormir um pouco para ficar bem descansada para o *gran finale*. — N abriu a embalagem do restaurante e deu uma mordida no sanduíche. — Vem com batata frita... muito bom. Pena que não tem ketchup.

Depois de apenas algumas horas de sono na van na noite anterior, seguidas por um dia duro de trabalho na biblioteca, Nga-Yee estava exausta. Só mesmo a impressão de que aquele seria um momento crucial em sua vingança permitiu que ela, por força de vontade pura e simples, continuasse assistindo ao castigo de Violet. Agora, as palavras de N a convenceram a ir para casa e se preparar para a rodada final.

Ela não dormiu bem naquela noite. Talvez por excesso de adrenalina, talvez por desconforto, ela acordou várias vezes. O rosto apavorado de Violet aparecia e reaparecia em sua mente, até se transformar no rosto de Siu-Man. A tristeza, a raiva e o medo tomaram conta dela, até que ela despertou por completo às oito da manhã, quando já era quase a hora de ir para o trabalho.

— Está tudo bem, Nga-Yee? — perguntou Wendy durante o almoço. — Você parece cansada. Está se sentindo mal?

— Está tudo bem, obrigada por perguntar. Estou tendo que lidar com algumas questões pessoais. — Nga-Yee deu um sorriso forçado. — Acho que amanhã tudo vai estar melhor.

— Sei como é. — Wendy coçou a cabeça. — O importante é você ficar bem. Sua aparência tem piorado a cada dia, eu estava preocupada. Você falou alguma coisa parecida mês passado, e fiquei achando que podia estar com problemas graves. Desculpe ser intrometida, mas, se houver alguma coisa que eu possa fazer pra ajudar, me avisa. Mesmo que seja mais dinheiro emprestado...

— Ah, obrigada.

Depois daquela conversa, Nga-Yee se perguntou se tudo estaria mesmo acabado ao final daquele dia. Se ela tivesse sucesso em sua vingança, será que o espinho em seu coração seria arrancado? Será que ela poderia voltar a viver tão em paz como antes?

Não se atreveu a continuar pensando. Àquela altura, era tarde demais para voltar atrás.

2.

Às sete horas daquela noite, Nga-Yee deixou de lado seu desconforto e voltou para Broadcast Drive. N estava estacionado a trinta metros da entrada principal do prédio de Violet, debaixo de algumas árvores frondosas que escondiam parcialmente a van. Ela caminhou até o veículo, e mais uma vez, a porta se abriu assim que ela se aproximou. N colocou a cabeça para fora; ele estava falando ao celular e gesticulou para que ela se sentasse em seu lugar de sempre enquanto ele saía e fechava a porta. Nga-Yee se perguntou com quem ele estaria falando, se tinha acontecido alguma coisa de última hora, mas o pensamento desapareceu assim que ela reparou na tela na parede.

Ela jamais tinha imaginado que Violet seria reduzida a tal estado.

Sozinha na van, Nga-Yee observou aquela garota fraca e abatida. Ela levantava toda hora para ficar andando em círculos na sala, depois se sentava de novo para ficar olhando fixamente para a tela do computador. De vez em quando, pegava o celular, mexia na tela por um tempo e depois o jogava de lado. Ao se acomodar na cadeira, seu corpo balançava de um lado para outro, e ela parecia ausente. Seu olhar estava vazio. Os ombros tremiam, embora fosse impossível dizer se era por causa da raiva ou do medo. Talvez ambos. A única coisa da qual Nga-Yee podia ter certeza era que Violet havia mergulhado em um estado de ansiedade extrema, e aquele rosto espectral deixava claro que ela tinha dormido muito pouco ou que talvez nem tivesse dormido.

O truque da noite anterior havia sido extremamente eficaz. Violet parecia ter desmoronado completamente. Nga-Yee tinha achado que ia ficar feliz em ver a menina naquele estado lamentável, mas percebeu ser incapaz de sentir qualquer prazer naquilo. A tristeza e o pesar de Nga-Yee estavam tão fortes como antes, e tudo que ela conseguia ouvir era uma pergunta vinda do fundo de sua alma: "Você achava mesmo que o fruto da vingança seria doce?".

"Não, eu não achava que a vingança me faria feliz, eu só queria justiça pra Siu-Man."

Seus pensamentos foram interrompidos por N abrindo a porta da van.

— Você não disse... que tudo chegaria ao fim hoje à noite? — perguntou Nga-Yee enquanto ele se sentava.

— Sim, isso mesmo — disse ele, bocejando.

Era claro que eles estavam falando sobre o suicídio de Violet. Ao vê-la naquele momento, a personificação do desespero, Nga-Yee não ficaria surpresa se ela puxasse uma faca e acabasse com as coisas ali mesmo.

— O que você fez com ela? — Algo dizia a Nga-Yee que aquilo não poderia ter sido causado apenas pelas "vozes" da noite anterior.

— Nada de mais, só atingi com força os pontos fracos dela.

N virou o laptop de frente para ela. Na tela estava o mesmo tópico do Popcorn, mas muito mais extenso do que na véspera. O que mais chamava a atenção é que havia uma foto do irmão de Violet em meio aos comentários. Espantada, Nga-Yee leu o texto que acompanhava a foto.

— Essa notícia é falsa também, certo? — perguntou.

Ele encarou a manchete: POLÍCIA PRENDE HOMEM. SUSPEITO ROUBOU DADOS DE ALUNOS.

— Claro. — N pôs o dedo no *touch pad*. — Eu sei falsificar sites de notícias também. Se a Violet tivesse clicado no link, ela acharia tudo convincente.

— Você acabou de inventar um crime? Ela vai acreditar nisso?

— Ei, eu inventei a prisão, mas o crime é real. — N franziu a testa. — Eu não te mostrei?

— Você quer dizer que foi aquele carregador que a Violet usava na biblioteca que a ajudou a roubar a foto da Siu-Man?

— Não, não, o que eu quero dizer é isso aqui.

N abriu uma conversa que ela já tinha visto antes no tablet:

Os arquivos que eu te enviei estavam armazenados no mesmo HD?

Se eles vazaram, a gente vai ter problema!

que arquivos?

Os que você me fez roubar da escola! As fotos, os contatos, as mensagens de texto e tudo mais dos telefones dos outros alunos! Se alguém revelar a sua identidade no Popcorn, você pode simplesmente dizer que o relógio estava atrasado um dia ou algo assim. Mas se eles descobrirem que a gente se conhece, a gente não vai ter como escapar!

— Violet dificilmente deixa escapar informações valiosas como essa. E, claro, eu não deixei escapar. — N deu um sorrisinho astuto.

— Você tem os arquivos?

— Não. — Ele abriu as mãos. — Mas, mesmo que tivesse, seria inútil. Saber que ela mandou os arquivos roubados para o irmão foi o suficiente pra eu inventar uma história. Postando como ZeroCool, eu inventei algumas bobagens sobre privacidade dos alunos e fotos que não podem ser tornadas públicas. A Violet caiu nessa. Mesmo que alguns detalhes da minha descrição não correspondam exatamente aos arquivos que ela roubou, o discernimento dela está prejudicado no momento. Ela provavelmente vai achar que deu algum vacilo, por mais que eu não esteja exagerando pra parecer assustador.

— Como você conseguiu aquela foto do irmão dela? Isso não parece coisa dos arquivos de uma agência de detetives.

Nga-Yee olhou para o laptop novamente.

— Como eu te disse, pelo app falso do Line no celular da Violet. Eu tenho acesso às conversas anteriores dela. Ela tirou essa foto e mandou para o irmão pelo Line. Foi assim que eu consegui. A essa altura, a Violet dificilmente vai achar que tudo o que ela está vendo na internet é mentira.

— Espera, é esse o ponto fraco dela? — Nga-Yee não tinha entendido direito. — Mesmo que ela ficasse transtornada ao saber que o irmão tinha sido preso, isso seria realmente o suficiente para fazer ela querer se matar?

— As pessoas acabam com a própria vida em duas circunstâncias. — De uma hora para outra, N assumiu um tom grave. — A primeira, e mais comum, quando estão sofrendo mais do que são capazes de suportar. Pode ser uma dor física, como um câncer, ou psicológica, como a depressão. O desejo é ou o de escapar desse sofrimento, ou de fazer uma acusação, pra que a morte dela deixe uma outra pessoa se sentindo culpada. Estritamente falando, esse é um curso de ação irracional.

— Mas existe suicídio racional?

— Sim, quando é um sacrifício para atingir um objetivo específico. Claro, pode não parecer racional se você olhar friamente, mas do ponto de vista da pessoa faz todo o sentido. É essa a segunda possibilidade. — N olhou para Nga-Yee. — Se você e sua irmã ficassem presas em um incêndio, rodeadas de fumaça, e só tivesse um respirador à mão, você usaria ou daria pra ela?

Nga-Yee sentiu o coração pesar. Se ela soubesse o que estava reservado para Siu-Man, teria feito qualquer coisa para tomar o lugar dela, mesmo que isso significasse pular do vigésimo segundo andar.

— Eu já disse que eu não vou forçar a Violet a se suicidar — continuou N. — Tudo o que vou fazer é dar a ela uma escolha racional, e ela pode decidir. Eu não quero que ela se mate apenas para fugir da dor. Ela tem que encarar o terror da morte com clareza, entender completamente o desespero que faz com que alguém acabe com sua vida, e compreender plenamente que aquela é a decisão dela, feita por sua própria vontade, e não uma ideia tosca e desleixada de colocar um ponto final em tudo. — N fez uma pausa. — Eu não sou uma pessoa gentil, no entanto. Isso é vingança, então, naturalmente, as circunstâncias vão estar distorcidas.

Ele rolou a tela do laptop para mostrar um comentário mais extenso:

> Não tenham tanta certeza assim. A meu ver, esse cara vai se safar facilmente. Ele não postou as coisas que tinha; foi o ZeroCool que encontrou. Em outras palavras, mesmo que a polícia encontre tudo aquilo no computador dele, ele pode dizer que baixou da internet, assim como o ZeroCool. É muito difícil provar coisas assim.

— Quero que a Violet acredite que ela é o fator principal que coloca o irmão em risco, e que ela comece a achar que, desde que a polícia não a encontre, o irmão pode escapar impune. Isso não é verdade em nenhuma medida, mas, se ela acreditar nisso, vai agir de acordo com essa crença. E, daqui a pouco, ela vai ver essa mensagem aqui...

N tocou no teclado e abriu um texto em uma nova janela:

> Eu conheço o cara que foi preso. Ele é meu colega de trabalho. Eu nunca percebi que ele era esse tipo de gente. É impossível saber o que as pessoas têm no coração! Tenho informações privilegiadas: uma vez ele me disse que tem uma irmã mais nova

no ensino médio. Eu vi os dois juntos. Lembro do uniforme dela. Ela estuda na mesma escola que a menina que se matou! Deve haver alguma conexão.

— ... e aí então a Violet vai ter que enfrentar uma escolha difícil, entre sua própria existência e a segurança de seu irmão. Quanto maior o amor e a preocupação que ela tiver por ele, mais facilmente ela será influenciada.

— Mesmo que ela ache que o irmão pode ser preso, infringir a privacidade de alguém não é um crime grave, é? Sem dúvida não vale a pena sacrificar sua vida pra...

— Se ele for a julgamento, os holofotes da mídia vão recair sobre ele e ele será julgado pela opinião pública. O que a Violet teme é que ele seja massacrado na internet por causa dela e que seja visto como um pervertido que destruiu a vida de outra pessoa. A verdade não mudaria em nada isso tudo, portanto ela sabe que se entregar não seria uma solução.

Nga-Yee estava começando a entender aquele raciocínio. Ela sabia como podia ser estressante se tornar o centro das atenções, e claramente Violet também sabia, depois de ter usado a opinião pública contra Siu-Man.

— Nos últimos dias, temos aplicado cada vez mais pressão psicológica sobre ela. Agora ela está prestes a desabar, na crença de que a morte pode resolver todos os seus problemas — disse N secamente. — No estado em que ela está, privada de sono, ouvir alguém gritar "Assassina!" dentro do seu ouvido faria você perder o contato com a realidade.

Havia uma coisa que Nga-Yee não sabia: tinha sido N quem deixou aquele comentário sobre suicídio no blog de literatura de Violet.

Depois de conhecer Rosalie e saber mais sobre a história da família de Violet, o plano começou a se formar na mente de N. Naquela noite, ele comentou no blog como "Franny", a fim de fazer Violet reler o romance e pensar sobre os estados de espírito de seus protagonistas, para que a ideia do suicídio como uma escolha racional fosse implantada em seu subconsciente. Ele não tinha como saber se aquilo ia dar certo, mas a experiência lhe mostrava que não custava nada dar alguns passos a mais. Não tinha a ver com hipnose nem com controle da mente, parecia mais com uma propaganda, tipo slogans ou imagens capazes de influenciar subliminarmente a escolha do consumidor.

— Presta bastante atenção ao último dia da vida de Violet — disse N, reclinando sua cadeira e abrindo uma barrinha de cereais. — Essa vingança é sua, você tem a responsabilidade de assistir até o fim.

Pelas horas que se seguiram, Nga-Yee olhou em silêncio para a tela, observando a chama da vida tremeluzindo em Violet. Sendo cortês pela primeira vez, N lhe ofereceu uma barrinha, mas ela não tinha apetite. Seu estômago não parava de se revirar. Por mais que desejasse que o inimigo fosse punido, ela também tinha uma consciência e estava inquieta com a perspectiva de tirar uma vida humana. A humanidade era capaz de ter pensamentos malignos e proferir palavras venenosas, mas a maioria das pessoas não seria capaz de olhar diretamente para os resultados dessa crueldade. Várias vezes Nga-Yee quis dizer a N que estava indo para casa, que ele ligasse para ela quando estivesse tudo acabado, mas as palavras dele, que ela tinha a responsabilidade de assistir, a mantiveram grudada em sua cadeira. Não conseguia tirar os olhos de Violet, incapaz de pedir qualquer coisa ao assassino sentado ao lado dela.

Pouco depois das nove da noite, N postou o comentário do suposto colega de trabalho do irmão de Violet. Toda a linguagem corporal dela mudou depois de lê-lo. Ela ainda parecia aflita, mas seus olhos pararam de vagar e seus lábios, de tremer. Nga-Yee achou que ela poderia abrir abruptamente a janela e saltar em direção à morte dez andares abaixo, mas ela permaneceu onde estava, olhos fixos na tela do laptop, imóvel por mais de uma hora.

— Quanto tempo ela vai ficar assim? — perguntou Nga-Yee.

— Isso é cruel de sua parte, srta. Au. Até mesmo um condenado no corredor da morte tem tempo para fazer uma última oração, mas você não quer que ela tenha esse momento final — disse N com um sorriso malicioso.

Nga-Yee não estava pensando nada daquilo. Só estava achando difícil suportar aquela espera interminável e se viu cada vez mais ansiosa.

— Eu só estava...

N empurrou o microfone para ela, interrompendo-a.

— Se você não pode esperar, fique à vontade pra despejar a gota d'água.

— O quê?

— Lembra do alto-falante direcional? Eu instalei um em um drone, e ele está virado pra Violet, pela janela que está aberta. Se ela tiver mais uma "alucinação" e ouvir uma voz dizendo pra ela se sacrificar pelo irmão, é provável que ela faça isso no mesmo instante.

O microfone preto diante de Nga-Yee parecia emanar um sopro frio e mortal, e seu botão vermelho acenava para ela como um demônio.

Ela teve um impulso de apertar o botão e deixar escapar "Assassina!" ou algo igualmente venenoso. Seu braço chegou a se contrair, mas foi incapaz de mexer o dedo. Quem estava fraquejando, seu corpo ou sua coragem? Ou seria o fardo da responsabilidade falando?

— Apressa as coisas, se é o que você quer. Eu tenho muito trabalho a fazer pra garantir que você obtenha sua legítima vingança.

— Legítima vingança?

— Por que você acha que eu estou lidando com a Violet de uma forma tão elaborada? — N sorriu secamente. — Reflita um pouco. A Violet obviamente não vai deixar uma carta de despedida. Nesta noite, depois que ela morrer, eu vou trazer todos os meus drones de volta, eliminar todos os vestígios de que estivemos aqui e restaurar o celular dela à condição original. O irmão nunca vai saber por que sua querida irmã decidiu se matar. Ela estava viva e bem poucos dias antes, e, de uma hora pra outra, ela se foi. Ele não fazia ideia de que ela estava tão infeliz. Ele vai ser atormentado por isso pelo resto da vida, arrependido de ter estado tão absorto no trabalho que acabou por negligenciá-la. Não importa o quão bem ele se saia em sua carreira, ele nunca mais vai ter a vida da irmã de volta. Não é a vingança mais legítima que você poderia obter pela morte da Siu-Man?

Nga-Yee levou um momento para entender por completo o que ele estava dizendo. Então a tal garantia de satisfação não tinha sido uma promessa vazia. N entendia o tormento que ela tinha passado e tudo por trás dele. Ele não iria apenas punir Violet; ele faria o irmão dela passar por tudo o que a própria Nga-Yee estava passando. N tinha um lado sombrio que ela nunca havia percebido, e ela começou a se perguntar se ele era mesmo uma pessoa ou um demônio. Em que tipo de barganha faustiana ela tinha se metido?

Mas não, ele não era Mefistófeles, ele era Nêmesis. Como o nome dizia, N era a encarnação da vingança.

Nga-Yee olhou novamente para o microfone. Deveria fazer como a vingança em carne e osso estava falando para ela fazer? Dar aquele empurrão final em Violet?

— O que eu falo? — A mesma pergunta que ela havia feito dois dias antes, com o dedo no botão.

— O que você quiser. Talvez seu maior sucesso, "Assassina!", ou "Você é corajosa o suficiente pra morrer?", "Um lixo como você não tem o direito de continuar vivendo", "Chegou a hora de concluir o que você começou no ano passado".

Ouvir N repetir trechos das últimas mensagens que Violet mandou para Siu-Man fez ressurgir o ódio dentro de Nga-Yee. Mas então, em um momento de lucidez, ela detectou algo estranho.

— O que você quer dizer com "começou no ano passado"? O que foi que ela começou no ano passado?

— Nada de mais. — N apertou os lábios. — Ela já tentou uma vez, só isso. Não é difícil levar alguém ao suicídio quando a pessoa já tentou antes. Geralmente, basta só um pouco de incentivo.

Nga-Yee ficou em choque.

— Ela já tentou antes?

— Sim.

— Como você sabe?

— Pelas cicatrizes nos pulsos.

Nga-Yee se virou na mesma hora, mas a resolução da tela era muito baixa para que ela pudesse ver.

— Não se preocupa — disse N sem emoção. — Não dá pra ver. Mangas compridas.

— Então como você sabe?

— Mangas compridas.

— Você acha que essa é a única razão pela qual as pessoas usam mangas compridas? Para cobrir cicatrizes?

— Não agora. Eu quis dizer na escola.

Nga-Yee se lembrou do suéter folgado que Violet estava usando na biblioteca.

— Não era só para esconder o corpo? Muitas meninas...

— Um colete de lã bastaria. Mas um pulôver de mangas compridas no verão?

— Isso é só um palpite seu!

— Você acha que eu inventei um plano tão elaborado sem fazer meu dever de casa? — questionou N, exasperado. — Na primeira vez que eu vi a Violet To, tive só noventa por cento de certeza de que ela estava encobrindo ou uma automutilação ou uma tentativa de suicídio. Mas isso já era o suficiente para me fazer ir atrás de mais, e a Rosalie me confirmou. As pessoas se abrem mais quando você diz que é assistente social.

— O que ela te disse?

— Em algum momento em maio do ano passado, alguém tocou a campainha da casa deles freneticamente, por volta da meia-noite, e depois começou a bater com força na porta. O sr. To estava fora, só a Rosalie e a Violet estavam em casa. A Rosalie achou que o patrão devia ter esquecido a chave, mas, quando ela abriu a porta, viu que era o irmão de Violet, que nunca tinha aparecido lá antes. Ele entrou sem dizer uma palavra. Quando ela foi atrás dele na direção do banheiro, percebeu por que ele estava agindo de forma tão estranha: a Violet estava cortando os pulsos. Já havia alguns cortes ao longo dos braços, e tinha sangue espirrado por todo lado.

— Ele foi lá para impedir?

— Ela mandou uma mensagem pra ele se despedindo, provavelmente achando que não ia levar muito tempo para morrer. Mas ela subestimou o quão difícil era, e ele conseguiu chegar lá a tempo. — N deu de ombros. — Mas, para complicar a história, o pai da Violet chegou em casa naquele exato momento. Ele deveria saber se comportar como um adulto, mas não conseguiu lidar com a cena diante de si: a tentativa de suicídio da sua enteada. Além disso, soube pela primeira vez que a ex-mulher tinha outro filho, e que a Violet o encontrava em segredo o tempo todo. Pior de tudo, até mesmo a faxineira sabia disso, enquanto ele tinha ficado no escuro. Rá!

— E eles levaram a Violet para o hospital?

— Não.

Nga-Yee engasgou.

— Por que não?

— Os cortes não eram muito profundos, e eles conseguiram estancar o sangramento. O sr. To não deixou ninguém chamar a polícia e expulsou o irmão da Violet de lá. Ele falou para os porteiros não deixarem ele entrar. A Rosalie foi demitida um mês depois. O que não foi surpresa nenhuma, eu acho.

— Mas por que não mandar a filha para o hospital? Ela tinha tentado se matar!

— Muito simples: porque eles não são pai e filha de verdade.

— E daí? Só porque eles não são parentes de sangue ele não se importa com ela?

— Não, você entendeu errado. Eles não são realmente pai e filha, então, se ele chamasse a polícia, ela poderia ser tirada dele.

Mais uma vez, Nga-Yee perdeu o equilíbrio.

— De acordo com a lei de Hong Kong, os pais e tutores têm o dever de cuidar de crianças menores de 16 anos, caso contrário podem ser acusados de negligência. Por mais que não sejam condenados, mesmo assim as autoridades podem intervir para tirar as crianças da custódia deles. E, visto que o sr. To não é biologicamente relacionado com a Violet e a mãe não vive mais lá, se você fosse o juiz, não ficaria reticente quanto a um possível abuso? Não se esqueça, o irmão dela é adulto. A Violet poderia ter ido morar com ele.

Agora Nga-Yee entendia por que o pai de Violet tinha contratado detetives; não para ficar espionando a filha, mas para ficar de olho naquele homem que não era parente de sangue dele e para descobrir se ele tinha capacidade, vontade, ou o dinheiro para separar sua família.

— Por que a Violet queria se matar?

Nga-Yee ainda estava tendo problemas para aceitar aquilo. Ela tinha imaginado kidkit727 como sendo um demônio, e era difícil enxergá-lo como uma criatura frágil que já havia procurado a morte.

— Problemas familiares, pressão na escola, depressão… e principalmente o mesmo clichê de sempre.

— Que vem a ser?

— Ser isolada na escola e se sentir sozinha.

— Ela sofria *bullying* na escola?

— Se você está pensando agressões físicas ou em ter suas coisas destruídas, então não, não sofria. Mas danos psicológicos e abusos verbais, sim. — N fez uma expressão de tédio. — Francamente, bater nas pessoas está fora de moda hoje em dia. Nenhuma criança seria estúpida o suficiente pra fazer qualquer coisa que deixe marcas. Muito mais fácil zombar, fofocar, depreciar. Mesmo que um professor te pegue, você pode dar um jeito de se safar. Muitos adultos vão pensar que a vítima não era forte o suficiente e que ela deveria assumir alguma responsabilidade. Que elas é que são frágeis demais.

— Mas por que Violet ficou isolada?

— Você sabe por quê. O Kwok-Tai contou.

Nga-Yee teve que parar e pensar. Kwok-Tai tinha contado que Violet entregou aquela garota, Laura, para um professor, e que ela foi expulsa por ter namorado dentro da escola.

— O Kwok-Tai comentou também que a Laura era muito popular. Quando alguém assim é forçado a sair por "motivos de adulto", você não acha que os outros adolescentes iriam se voltar contra o dedo-duro?

— Como você sabe que isso aconteceu com a Violet? Você está presumindo a partir do que o Kwok-Tai contou pra gente?

— Quando eu estava procurando as amigas da sua irmã, tive uma boa noção das panelinhas dentro da classe dela, então não foi difícil saber quem estava sozinho. Além disso — N abriu uma nova janela no laptop —, como eu disse antes, o *back-end* do fórum da Enoch tem todo tipo de coisa velha, inclusive tópicos excluídos.

Ele colocou o laptop na frente de Nga-Yee:

Grupo: Classe 2B
Postado por: Monitor_2B

Tópico: A verdade sobre a expulsão de Laura Lam
Data: 13 de setembro de 2013, 16:45:31

A Violet To acabou de ser nomeada monitora de novo, e eu não vou ficar mais em silêncio! Vocês se lembram da Laura Lam, da 1A? Ela teve que mudar de escola esse ano. Ela não queria, ela foi forçada, porque foi vista beijando uma garota mais velha. E como que descobriram? Ninguém menos que a monitora da 1A, Violet To. Ela contou para o professor, e a Laura foi expulsa.

Não vamos discutir se você gosta ou não de lésbicas, só se pergunte se você deseja ser supervisionado por uma pessoa assim. Monitora? Está mais pra delatora. Uma fanática como essa deve ter tanto poder? Com a Violet To no comando, vamos ter que prestar atenção a cada passo. Nada impede que a próxima pessoa forçada a sair da escola seja você.

Não se deixe enganar pela aparência mansa dessa vaca. Todo mundo sabe que cão que não ladra, morde!

— Dois anos atrás, essa postagem explosiva ficou no ar por três horas antes de os moderadores intervirem pra apagar. Foi tempo mais do que suficiente para as pessoas fazerem capturas de tela e compartilhar. Em consequência, a Violet deixou o cargo de monitora, mas isso não foi o suficiente para acalmar a massa. Ela passou a ser detestada por toda a escola. Depois de um semestre disso, ela cortou os pulsos. — N não modulava o tom de voz, como se tudo aquilo fosse trivial.

Nga-Yee se lembrou que uma das lacaias da Condessa havia chamado Violet de "dedo-duro". Agora ela entendia por quê.

— Bem, ela... ela não tem como colocar a culpa em ninguém, né? — Por algum motivo, Nga-Yee começou a se sentir inquieta e a gaguejar um pouco. — Ela que era preconceituosa e resolveu se meter onde não devia.

— Não foi ela quem dedurou — disse N calmamente.

— Quê? Do que é que você está falando?

— A Violet To não disse nada para a professora.

— Mas o Kwok-Tai disse...

— Digamos que a Enoch seja um ambiente fértil pra hackers — sugeriu N, mudando de tom. — Anotações dos professores, atividades extracurriculares, resultados de provas, avaliações disciplinares... tudo é digitalizado e armazenado no servidor da escola.

N apertou uma tecla e abriu um documento de texto cheio de texto.

— Este é o relatório do inspetor sobre a Laura Lam, para aprovação do diretor, do supervisor e do conselho. — N rolou a página para baixo. — Depois que o professor soube da história, pediu para Violet que confirmasse o ocorrido, pois a aluna que dedurou a havia apontado como testemunha. O que o Kwok-Tai ouviu não foi a Violet entregando ninguém, mas o professor pedindo a ela mais detalhes.

Nga-Yee se lembrou do que Kwok-Tai havia relatado: *Você viu com os seus próprios olhos? Sim. No telhado? Isso mesmo.* Sim, aquilo também se encaixava com essa nova versão dos fatos.

— Mesmo que não tenha sido ela a começar, ainda assim ela ajudou a causar problemas pra Laura, então...

— Ela era monitora. Se um professor começa a fazer perguntas, ela não tem o dever de dizer a verdade? Ela não tinha como saber o que ia acontecer com a Laura. Não seria errado mentir?

— Mas quando os colegas começaram a evitá-la, ela esclareceu o que tinha acontecido?

— Como você disse, as palavras dela acabaram por provocar mal a Laura, então como ela poderia se defender? Além disso, ela ia ter que dizer quem era o verdadeiro dedo-duro, o que a tornaria um dedo-duro de qualquer forma.

— Mas quem foi?

— A Lily Shu. — N apontou para o nome dela na tela. — É uma grande coincidência ela estar no nosso radar também. Se o Kwok-Tai soubesse que a sua namorada era a responsável, provavelmente ia dar problema.

— Tá, então a Violet também sofreu *bullying*. Isso torna ainda mais imperdoável que ela tenha colocado um monte de gente contra a Siu-Man! Por quê? Porque ela não suportava ver outra pessoa ser feliz? Ela pegou os boatos de que a Siu-Man era prostituta, de que tinha mentido sobre o Shiu Tak-Ping, então resolveu se transformar em justiceira e provocar aquela merda toda? — Nga-Yee disparou tudo isso como se fosse uma metralhadora.

N deu de ombros.

— Acho que foi.

Nga-Yee esperava que ele surgisse com alguma lógica mais perversa que aquela, mas ele placidamente concordou com ela. Tinha alguma coisa errada.

— O que você está me escondendo? — indagou ela.

— Hmm. Nada.

— Não, com certeza tem alguma coisa.

N coçou o queixo em silêncio por alguns segundos.

— Minha diretriz é nunca dizer nada que eu não tenha como provar. Você quer mesmo ouvir meus palpites?

— Fala logo!

— Pode ser que a Violet tenha atacado a sua irmã por um motivo diferente dos que você mencionou, esse senso de justiça equivocado. Pode ter sido mais racional do que isso.

— Colocar um monte de gente na internet contra uma garota indefesa? Como que isso pode ser racional? — gritou Nga-Yee.

— A motivação dela pode ter sido a mesma que a nossa: vingança.

Nga-Yee acompanhou o olhar de N para o laptop ao lado dela. Ela sentiu uma espécie de choque elétrico percorrer seu cérebro. Sabia o que N estava dizendo, mas não conseguia aceitar.

— Você quer dizer a pessoa que escreveu no fórum dois anos atrás, chamando a Violet de delatora... foi a Siu-Man?

N não respondeu de imediato, apenas moveu o mouse para destacar o nome do autor da postagem.

— Aquilo foi escrito por "Monitor_2B". O que significa o monitor de turma da época, a Violet To. Obviamente ela não estava denunciando a si própria, então alguém deve ter invadido a conta dela. Os alunos da Enoch precisam fazer login em suas contas o tempo todo, até pra usar a impressora, por exemplo, de modo que não é muito difícil ver a senha de alguém.

Nga-Yee se lembrou do pôster na biblioteca da escola que dizia aos alunos para tomarem cuidado com suas senhas.

— Lembra que eu disse que o responsável pelo sistema era um idiota? Ele sabia como deletar a postagem, mas não como entrar no *back-end* do fórum para encontrar seu verdadeiro autor a partir do endereço IP.

— E o endereço IP era...

— O do Pisces Café.

— Mas não era só a Siu-Man que usava o Wi-Fi de lá, todos os alunos usavam.

— O endereço IP não é o único dado, lembra? Tem também o agente do usuário.

N apertou outra tecla e gerou uma sequência de letras:

Mozilla/5.0 (Linux; U; Android 4.0.4; zh-tw; SonyST2li Build/ 11.0.A.0.16) AppleWebKit/534.30 (KHTML, like Gecko) Version/ 4.0 Mobile Safari/534.30

— Eu já te mostrei isso antes: um Sony Android ST2li. — N puxou o smartphone vermelho de Siu-Man do bolso e o sacudiu diante de Nga-Yee.

— Mas... mas talvez uma das amigas dela tenha o mesmo aparelho, não?

— O agente do usuário não faz anotação só do modelo, ele também registra os números de série das atualizações e a versão do navegador. Até mesmo um celular idêntico teria algumas diferenças aqui e ali, e eu não vi nenhum colega de turma da sua irmã com esses mesmos números. — N se encostou na mesa, virando-se um pouco na direção de Nga-Yee. — Postado em 13 de setembro de 2013, um pouco antes das cinco da tarde. Isso foi uma sexta-feira, o dia em que a sua irmã costumava ir ao Pisces. Não seria muita coincidência que outra pessoa estivesse lá, com o mesmo celular, o mesmo navegador etc., e por acaso estivesse postando sobre a Violet naquele exato momento?

— Mas como a Violet descobriu que... — Nga-Yee parou, porque repentinamente percebeu que Violet podia não ter conhecimento de tecnologia para encontrar coisas como agente de usuário e endereço IP, mas era *próxima* de uma pessoa familiarizada com muitas técnicas de *hacking*.

— Olhando objetivamente, o kidkit727 parece alguém que postou aquele ataque contra a sua irmã no Popcorn por vingança, até nas escolhas de palavras. Violet foi chamada de "vaca" no chat da escola, então ela disse algo semelhante sobre a sua irmã ao atacá-la. Por causa do histórico delas duas, a Violet tinha certeza de que a sua irmã estava distorcendo a verdade mais uma vez e que o Shiu Tak-Ping só podia ser inocente. É por isso que ela não teve escrúpulos em pedir ajuda ao irmão para criar alguns problemas. Não tenho provas de que o Rat invadiu o sistema da escola, então não tenho como afirmar que foi ele que descobriu que a sua irmã expôs a Violet. — N deu de ombros. — Existem muitas evidências circunstanciais, mas não posso dizer com certeza absoluta que a Violet fez isso por vingança.

— Eu não acredito em você! A Siu-Man nunca escreveria um post como aquele.

— Eu não disse que ela escreveu.

— Quê? Você acabou de dizer...

— Eu disse que foi postado do celular dela. Você esqueceu quem frequentava o café com ela?

Nga-Yee se lembrou do dia em que se encontraram com Kwok-Tai no Pisces. Ele disse que, no segundo ano, as atividades extracurriculares de Lily a mantiveram ocupada, então ele e a Siu-Man iam ao café sozinhos. E ele também não gostava da Violet. Nga-Yee entendeu para onde aquilo estava indo.

— Então foi o Kwok-Tai.

— Sim. O texto tem as características da escrita de Kwok-Tai.

— Que características? Palavras como "fanática"? — Nga-Yee se lembrava de ele ter chamado Violet de fanática.

— Isso também, mas eu estava falando da caligrafia dele.

— Que caligrafia? Tudo isso foi na internet.

— Você acha que a linguagem perde seu caráter individual na internet, srta. Au? Deixa eu te dar alguns exemplos: a Violet é do tipo literária, então mesmo os e-mails que ela enviou pra sua irmã fazendo ameaças estavam devidamente assinados e endereçados. Até mesmo as mensagens dela no Line são frases completas, corretamente pontuadas. Quando ela usa reticências, é sempre o número certo de pontos, nem mais nem menos. O professor de chinês dela deve adorar isso. O irmão é o oposto; eficiência é tudo. Ele geralmente não se preocupa com os pontos, mas coloca vírgulas, o que muita gente não faz. Algumas pessoas pulam uma linha entre os parágrafos, outras usam recuos. Dá até pra descobrir que tipo de teclado a pessoa usa analisando seus erros de digitação. Mas as pessoas presumem que não existe uma caligrafia digital, então não se preocupam em disfarçar esses elementos, e é assim que elas se entregam.

N abriu a postagem de ataque à Violet.

— Olha só, cada parágrafo aqui começa com exatamente três espaços em branco. Isso é diferente do que a sua irmã fazia nas mensagens dela, mas bate com os posts do Kwok-Tai no Facebook. Sua irmã tendia a usar frases curtas e parágrafos. Se ela tivesse escrito isso, teria sido dividido em mais dez parágrafos.

— Então o Kwok-Tai usou o celular da Siu-Man para incriminá-la...

— Não seja boba. Por mais que a sua irmã não tenha escrito esse post, ela deveria saber o que estava acontecendo. Ela provavelmente fez isso pra ajudar um amigo. Ele deve ter feito isso parecer uma brincadeirinha para que ela o ajudasse a atacar a Violet — disse N, com a voz impassível, zombando de Nga-Yee por ainda encontrar desculpas para inocentar a irmã. — Se a Violet fez isso por vingança, ela não errou o alvo, só tomou o cúmplice pelo mentor.

A mente de Nga-Yee ficou em branco. Será que ela deveria continuar tentando achar furos na teoria de N ou era melhor esquecer tudo o que ele havia dito? Desde a morte de Siu-Man, seu ódio por kidkit727 tinha sido a única coisa que a sustentava. Encontrar a pessoa responsável pela sua dor tinha se tornado sua missão de vida. Todas as noites ela se remexia e se revirava na cama, e durante o dia mal conseguia comer, tudo porque Violet havia levado embora a única família que ela tinha. Ter descoberto o responsável só fez aumentar sua fúria e transformá-la em um desejo de vingança.

E, agora, uma voz no fundo de seu coração dizia que ela não tinha motivo nenhum para odiar aquela garota.

Tudo que Violet e o irmão fizeram, Siu-Man e Kwok-Tai tinham feito antes deles. Dava até para dizer que as ações de Violet eram a consequência natural das ações de Siu-Man. Se Nga-Yee achava que o que estava fazendo com Violet era justificado, como poderia condenar o tratamento que Violet tinha dispensado à Siu-Man? Ela se sentiu presa em um círculo macabro que ia passando aquele ódio adiante interminavelmente.

Ao mesmo tempo, não suportava a ideia de desistir.

Ela olhou para a tela. Violet ainda estava sentada como uma marionete na frente do computador, o rosto sem expressão. Nga-Yee podia ter perdido os motivos para odiar Violet, mas ainda assim não conseguia perdoá-la.

— Há quanto tempo você sabe disso? — perguntou a N, lutando para sair daquele torpor.

— Eu já tinha uma boa dose de certeza quando a gente começou o plano de vingança.

A resposta de N encheu seu coração de amargura, fazendo mais uma vez com que ela achasse que o homem na sua frente não era propriamente humano.

— Se você sabia que a Violet tinha os motivos dela pra fazer o que fez, por que quis me ajudar com a minha vingança? Foi pelo dinheiro? Eu achava que as pessoas que mataram a Siu-Man eram a encarnação da maldade, mas agora eu me tornei justamente aquilo que eu odiava. Eu não sou diferente deles.

— A diferença é que a Violet foi salva ano passado, mas a sua irmã morreu.

A frieza daquela resposta foi o golpe de misericórdia no coração de Nga-Yee.

N colocou as mãos nos joelhos e se inclinou para a frente.

— Você está confusa agora. Mas, se eu tivesse te contado tudo na semana passada e você tivesse desistido dos seus planos de vingança, você teria começado a se arrepender quando percebesse que estava sozinha no mundo, enquanto a Violet e o irmão ainda estavam vivos e bem. Você teria gritado que o destino não tinha sido justo com você e começado a se sentir estúpida por abandonar seu plano. Talvez até mesmo descontasse a sua raiva em mim.

— Eu nunca ia fazer isso!

— Talvez fizesse, sim. Mas não é só você, qualquer pessoa no mundo teria os mesmos sentimentos. — N estava olhando nos olhos dela, de um jeito mais sério do que ela jamais tinha visto. — Os seres humanos nunca estão dispostos a admitir que são criaturas egoístas. Falamos sem parar sobre moral e retidão, mas, assim que corremos o risco de perder o que temos, voltamos ao modo de sobrevivência do mais apto. Assim é a natureza humana. Pior ainda, adoramos inventar desculpas. Não temos nem mesmo coragem de admitir que nossas atitudes são egoístas. Resumindo, somos hipócritas. Deixa eu te perguntar uma coisa. Por que você queria se vingar?

— Para fazer justiça pela Siu-Man, é claro.

— O que você quer dizer com "pela Siu-Man"? A vingança era sua. Você ficou triste por ter sua família tirada de você, então procurou alguém em quem descontar sua raiva. Dessa forma, você poderia encontrar a sua libertação. Que diferença faz pra Siu-Man a justiça agora? É uma ótima estratégia, colocar palavras na boca de alguém que não pode mais falar por si própria.

— Para de falar como se você conhecesse a Siu-Man! — gritou Nga-Yee furiosa. — Eu que sou irmã dela. Eu que sei o quanto ela sofreu e como deve ter sido difícil pra ela desistir da própria vida! Que direito você tem de dizer isso? Você nunca conheceu a Siu-Man!

— Verdade, eu nunca conheci a sua irmã, mas isso não significa que eu não a entenda. — N pegou o celular de Siu-Man, apertou algumas teclas e o entregou a Nga-Yee.

— Nem tenta me dizer que você pode conhecer uma pessoa pelo celular dela, isto é...

Sua voz vacilou quando ela viu o que estava na tela.

Querido estranho,

Quando você ler estas linhas, pode ser que eu não esteja mais aqui.

— Você... você colocou a carta de despedida falsa no celular dela?

— A carta que você viu era forjada, mas eu nunca disse que o conteúdo era falso — respondeu N, devagar. — Eu tive que remodelar um pouco para conseguir o efeito que eu queria, mas tudo que você leu veio da sua irmã.

N pegou o celular da mão trêmula de Nga-Yee, rolou para baixo e o devolveu.

— Começa a ler daqui.

14 de junho de 2014   23:11
Já faz um mês que a mamãe se foi.
Cada vez que eu penso nela, sinto um buraco no coração.
Um buraco que nunca vai ser preenchido de volta.
Quando volto da escola, a casa parece muito fria.
Sei que esse frio vem do buraco no meu coração.

Era um dos últimos posts do Facebook da "Yee Man". A foto de perfil era um lírio branco.

— Isto é... o Facebook... da Siu-Man? — gaguejou Nga-Yee. — Mas o nome...

— Claro que não é o verdadeiro nome dela. Continua a ler que você vai ver.

Nga-Yee continuou rolando a tela freneticamente.

19 de junho de 2014   23:44
Eu não sou tão forte quanto a minha irmã.
Ela é uma pessoa tão boa. Acho que nada seria capaz de fazer um buraco no coração dela.
A mamãe sempre me disse que eu deveria ser mais como a minha irmã.
Mas eu não sou ela. Estou só fingindo ser tão forte quanto ela.
Nunca vou ser tão boa quanto ela, nunca na minha vida toda.

Essa postagem era de cinco dias depois da anterior. Na página azul e branca, Nga-Yee leu os pensamentos de sua irmã, pensamentos dos quais nunca tinha tomado conhecimento. Ficou surpresa que Siu-Man a chamasse de forte. Naqueles dias após a morte de sua mãe, tudo o que ela fez foi imitar a forma como a mãe se comportou nos primeiros dias de viuvez, quando ela teve que se forçar a continuar para sustentar a família. Ela gostaria de poder contar a Siu-Man que a morte da mãe também tinha aberto um buraco em seu coração, mas ela tinha que fingir que ele não existia.

2 de julho de 2014   23:51
A primeira coisa que eu faço quando chego em casa todos os dias é ligar a TV.
Eu não ligo pro que está passando, só quero fingir que tem mais gente em casa.
Odeio ficar sozinha em casa. É por isso que eu fico na biblioteca da escola.
E eu nem gosto de ler.
Às vezes minha irmã trabalha até tarde e não volta pra casa antes das nove, mas a biblioteca da minha escola fecha às cinco.
Enquanto espero ela chegar, sempre lembro do passado.
Quando minha mãe estava no trabalho, minha irmã ficava em casa. Quando ela começou a trabalhar, mamãe ficou em casa.
Agora, ninguém fica em casa.
Ninguém fala, ninguém responde.
Tenho que ligar a TV para ouvir outras vozes.

Nga-Yee não sabia de nada daquilo. Ela só se lembrava de que um dia chegou em casa e encontrou Siu-Man no quarto, com a TV da sala ligada. Sem saber o motivo, ela repreendeu Siu-Man por gastar energia à toa. Tinha sido por isso que ela tinha parado com aquele hábito? Por causa daquela quantidade de nada de eletricidade? Sem querer, Nga--Yee tinha destruído seu pequeno refúgio da solidão?

As postagens seguintes não diziam muita coisa, então ela foi pulando para descobrir por que a Siu-Man tinha entrado no Facebook, antes de mais nada.

3 de outubro de 2014   22:51
 Às vezes eu acho que sou idiota por estar escrevendo assim.
 Não adicionei nenhum amigo, então sou a única que lê essas postagens.
 Se ninguém vê isso, então estou basicamente falando comigo mesma. Só que isso não é totalmente verdade.
 Ouvi dizer que as redes sociais têm moderadores que veem tudo.
 Se eu escrevesse no meu diário, ninguém ia ver. Aqui, talvez os moderadores vejam.
 Eles não sabem quem eu sou, e eu não sei quem eles são. Somos estranhos um para o outro.
 Se você está lendo isso, saiba que isso me deixa feliz, mesmo que você não possa responder.
 Porque, nesse caso, eu sou um pouco mais forte do que se estivesse falando sozinha.

— Essa conta... Ela nunca falou pra ninguém sobre ela? — murmurou Nga-Yee.

— Parece que não. O nome falso provavelmente era pra impedir que alguém achasse — disse N. — Devia ser como gritar num buraco de uma árvore, um lugar pra colocar os sentimentos pra fora.

— Isso que ela falou é verdade? Os moderadores podiam ler as postagens dela?

— Os moderadores de qualquer rede social podem ler o que quiserem. Afinal, eles são responsáveis por manter o site funcionando. Se um usuário tiver um problema técnico, ele precisa ser capaz de entrar lá. No entanto, sites diferentes têm políticas diferentes sobre o que os funcionários podem fazer em relação à privacidade dos usuários. Mas o Facebook tem bilhões de usuários no mundo todo, sendo quatro milhões em Hong Kong. Isso significa centenas de milhões de postagens todos os dias. As chances de as palavras da sua irmã serem vistas por algum moderador intrometido são provavelmente menores do que a de alguém ser atingido por um meteoro.

N fez uma breve pausa, depois prosseguiu:

— Não que importasse pra sua irmã se esse estranho realmente existia. Ela não estava procurando uma resposta, apenas alguém com quem conversar. Às vezes, as pessoas falam mais coisas para um estranho do que para as próprias famílias.

Nga-Yee nunca poderia ter imaginado que Siu-Man iria procurar um estranho em vez de falar com a própria irmã. Ela continuou a ler aquelas palavras que ninguém, exceto N, havia lido antes. Quando chegou a uma curta publicação de novembro, sentiu um peso no coração.

13 de novembro de 2014   01:12
Eu me sinto tão suja.

Tinha sido a primeira coisa que Siu-Man escrevera depois de ser molestada no trem. Nga-Yee nunca a tinha ouvido dizer aquilo. Tinha tentado tanto consolar a irmã. Falou pra Siu-Man se apoiar nela, xingou aquele pervertido e disse que ele deveria apodrecer na cadeia, mas nunca perguntou a Siu-Man como ela estava se sentindo.

Nga-Yee nunca tinha tentado escutar a irmã.

5 de dezembro de 2014   23:33
Minha professora me perguntou sobre aquele incidente hoje de novo.
Eu não queria falar sobre isso, mas ela me forçou.
Não me atrevo a almoçar no refeitório. Alunos que eu não conheço ficam me olhando e apontando pra mim.
Já chega.
Sinto a sua falta, mãe.

Havia um nó cada vez maior na garganta de Nga-Yee. Ela sabia como Siu-Man devia ter se sentido ao escrever aquilo. Ela não queria falar com a professora por vergonha de ter que reviver tudo. A última frase provocou um arrepio nela. Siu-Man só teria conseguido se abrir para a mãe.

Por que Siu-Man não se sentia capaz de pedir ajuda à própria irmã? Quando foi que nasceu aquele abismo entre elas?

16 de fevereiro de 2015   **23:55**

Querido estranho,
Percebi que não tenho mais ninguém com quem conversar.
Hoje a minha irmã me disse que eu tenho que testemunhar no tribunal.
Eu sei que o advogado do homem vai me questionar e me humilhar.
Sinto vontade de vomitar.
Minha irmã diz que vai me dar apoio.
Ela estava sorrindo quando disse isso, mas sei que ela estava fingindo.
Eu sou completamente inútil.
Por toda a minha vida eu fui um peso pra minha família. Pra minha irmã, pra minha mãe. A minha mãe morreu por minha causa, eu sei.
A gente não tinha dinheiro, então ela arrumou dois empregos pra cuidar da gente. Ela trabalhou demais e acabou com a saúde dela. Foi por isso que ela morreu.
Se eu nunca tivesse nascido, minha mãe ainda estaria viva.
É tudo culpa minha.

— Isso não é verdade... não é verdade de jeito nenhum! Como que ela pôde pensar isso? — gritou Nga-Yee.

Ela nunca imaginara que a irmã tão alegre pudesse ter pensamentos sombrios como aqueles, se sentindo culpada pela morte da mãe.

— Você viu a sua irmã crescer, então você sempre pensou nela como uma criancinha inocente — disse N. — Mas, um dia, as crianças aprendem a pensar por elas mesmas. Às vezes, as respostas que elas dão são um pouco extremas, mas, olhando objetivamente para o assunto, ela tem razão.

— Mas... Mas eu e a mamãe nunca achamos isso! A gente nunca reclamou...

— Imagina uma coisa: se a sua irmã nunca tivesse nascido, quanto de despesa a menos vocês teriam tido? Você teria mais tempo pra estudar? Talvez você tivesse aproveitado de verdade a sua juventude? Quem sabe até a sua mãe tivesse tido só um emprego? E você poderia ter terminado a escola, talvez até ido pra universidade?

Nga-Yee não sabia o que responder. Quando N havia feito toda aquela pesquisa sobre a vida dela?

— Continua lendo.

26 de fevereiro de 2015   17:13
Acabou, até que enfim.

Aquela breve publicação, do final de fevereiro, marcou um breve período de calmaria. Tinha sido o segundo dia de Shiu Tak-Ping no tribunal, quando ele se declarou culpado, e então Siu-Man não precisou depor.

Mas outra tempestade estava por vir.

11 de abril de 2015   23:53
Por quê? Por quê? Por quê?
Por quê? Por quê? Por quê?
Por quê? Por quê? Por quê?
Por que eles não me deixam em paz?
Será que Deus está me punindo?

Mesmo sem olhar a data, Nga-Yee teria adivinhado que aquilo tinha sido depois que a postagem do kidkit727 apareceu no Popcorn. Ela ainda lamentava profundamente o quão alheia tinha estado naquele fim de semana e não ter notado o quanto Siu-Man estava sofrendo, deixando-a sozinha diante de um tsunami de críticas na internet.

15 de abril de 2015   01:57
Cada vez mais gente está falando de mim na escola.
O jeito como eles olham para mim é tão assustador.
Todo mundo acredita no sobrinho daquele cara.
Naquelas coisas terríveis que ele falou de mim.
Eu não uso drogas. Eu não sou prostituta.
Mas eu sei que os meus colegas não acreditam em mim.

Àquela altura, Siu-Man deixava cada vez mais postagens em seu diário do Facebook, sempre depois das onze da noite e às vezes nas primeiras horas da manhã. Só agora, dois meses depois da morte de

Siu-Man, Nga-Yee finalmente pôde ver o terror pelo qual a irmã tinha passado. Ela ficava acordada aquele tempo todo, sofrendo sozinha aquela pressão indescritível? Quando Nga-Yee saía da cama e ia ler um número cada vez maior de comentários maldosos no computador de casa, será que Siu-Man ficava espiando atrás da porta, impotente ao observar tudo aquilo? Ela parecia tão forte... Será que aquilo tinha sido só uma farsa para fazer sua irmã mais velha se sentir bem? Será que ela se culpava por ter causada ainda mais problemas?

Nga-Yee não tinha como saber. Tudo o que ela sabia era que, apesar de sua promessa, ela não tinha sido um pilar para Siu-Man se apoiar.

18 de abril de 2015   01:47
Eu ouvi pessoas falando sobre mim no banheiro.
Talvez elas estejam certas.
Eu sou amaldiçoada. Eu sou um peso pros outros.
Eu não tenho o direito de ser amiga de ninguém.
Eu não tenho o direito de ser feliz.
Eu não tenho o direito de existir.

Aquelas palavras, "o direito", foram como um bloco de chumbo caindo sobre a alma de Nga-Yee. Queria segurar a irmã pelos ombros e dizer que ela tinha todo o direito, que ninguém poderia impedi-la de ser feliz, e que, mesmo que ela não conseguisse fazer amigos, Nga-Yee sempre a amaria e a apoiaria de todo o coração.

25 de abril de 2015   02:37
Querido estranho,
Quando você ler estas linhas, pode ser que eu não esteja mais aqui.
Recentemente, tenho pensado na morte todos os dias. Estou cansada. Muito cansada.
Tenho o mesmo pesadelo todas as noites: estou no meio da selva, e coisas assustadoras começam a me perseguir.
Corro e grito por socorro, mas ninguém aparece para me ajudar.
Tenho certeza de que ninguém vai vir me ajudar.

> As coisas assustadoras me rasgam em pedaços. Enquanto eles arrancam meus membros, ficam rindo sem parar.
> Uma risada terrível.
> O mais terrível é que eu também estou rindo. Meu coração também está podre.

— Isso... isso era mesmo uma carta de despedida da Siu-Man — disse Nga-Yee soluçando, a mão direita apertando com força o celular da irmã.

A carta forjada tinha usado o conteúdo verdadeiro de Siu-Man, palavra por palavra, de apenas dez dias antes de seu salto para a morte em 5 de maio. Ela não cometeu suicídio por impulso. Aquilo já estava na cabeça dela desde abril.

Nga-Yee não tinha notado. Ela achava que a irmã estava bem.

27 de abril de 2015   **02:22**
> Estou prestes a desmoronar.
> Na escola, na rua, no transporte público, eu me sinto sufocada.
> Todos os dias, consigo sentir milhares de olhos cheios de ódio me encarando.
> Todos eles querem que eu morra.
> Eu não tenho para onde correr.
> No trajeto de ida e volta da escola, acho que, se as plataformas do metrô não tivessem barreiras, eu me jogaria na frente de um trem. E poria um fim nisso tudo. Talvez seja melhor se eu morrer. Sou um peso para todo mundo.

— Ah! — Com aquela última frase, Nga-Yee percebeu o quão errada ela estava.

Depois de encontrar as últimas mensagens de kidkit727 para Siu-Man, ela ficou achando que tinha sido aquilo que tinha levado sua irmã ao suicídio. Olhando para aquelas publicações, por fim entendeu o estado de espírito da irmã. Era verdade que as palavras de kidkit727 tinham sido um catalisador, mas não as que Nga-Yee achava. Não tinha sido *Você é corajosa o suficiente pra morrer?* nem *Você não tem o direito de continuar vivendo.* Tinha sido algo da segunda mensagem:

Você vai ser uma vergonha pros seus colegas.

Era aquilo o que Siu-Man mais temia: ser um peso para os outros. Ela achava que tinha sido um peso para a mãe e a irmã, e talvez para os seus amigos também, Kwok-Tai e Lily em particular. A confusão sobre seu caso no tribunal e a postagem subsequente no Popcorn haviam afetado a escola inteira. Siu-Man devia se achar uma peça sobrando no quebra-cabeça, como se a sua existência fosse uma mancha indesejada em um mundo perfeito.

Também era verdade que Nga-Yee nunca tinha expressado o quanto a irmã significava para ela.

29 de abril de 2015   02:41
Antes de deixar este mundo, tenho que me desculpar com a minha melhor amiga.
Ou devo dizer minha ex-melhor amiga.
Todos os dias, na aula, eu olho para ela.
Ela não demonstra, mas eu sei que ela me odeia.
Ela tem razão pra me odiar.
Meu descuido magoou ela profundamente.
Depois disso a gente parou de se falar.
Não tenho o direito de ser melhor amiga dela.
Talvez isso seja bom. Não vou mais ser um peso pra ela.

A publicação seguinte confirmou o que Nga-Yee estava pensando: a pessoa que Siu-Man achava que a odiava era na verdade Lily. As outras frases da carta forjada tinham sido manipuladas por N, mas essas eram de verdade.

1º de maio de 2015   03:11
Quando eu não estiver mais aqui, vai ser um alívio pros meus colegas. Eles não vão mais ter que colocar uma máscara e ficar representando um papel na minha frente.
Os professores proibiram eles de falar sobre mim, então eles ficam falando em segredo agora, mais do que nunca.
Eles acham que eu tirei a paz deles. Está todo mundo inquieto agora.
Principalmente aquela garota. O sonho dela deve ser que eu saia.

Eu a ouvi dizer pras seguidoras dela que eu deveria parar de ir à escola.

Eu tentei atrair a atenção dela, mas toda vez ela desvia o olhar rapidamente.

Ela deve me odiar.

E eu sei o que ela faz pelas minhas costas.

Ela me chama de ladra de namorado, de viciada, de puta. Eu sei que é ela, embora não tenha provas.

Ela contou tudo pra esse tal sobrinho. Ou ela ou as seguidoras dela. Um bando de linguarudas.

Mas quem se importa.

Em breve eu vou dar a elas o que elas querem e desaparecer.

— Ela estava se referindo à... Condessa? — murmurou Nga-Yee.

— A pessoa que ela acha que contou tudo aquilo para o sobrinho do Shiu Tak-Ping? Provavelmente — disse N. — Quando a Condessa disse que a sua irmã não deveria mais ir à escola, pode não ter sido com maldade. Ela podia estar querendo dizer que ela não deveria ter que enfrentar toda aquela fofoca desagradável. Claro, as lacaias dela espalharam esses boatos, mas se a própria Condessa não era tão cruel quanto gostaria de parecer, isso deve ter sido difícil pra ela também, o fato de ela ter empatia pela sua irmã, mas não ser capaz de demonstrar.

Nga-Yee rolou para baixo e encontrou a última publicação, escrita um dia antes de Siu-Man se matar.

4 de maio de 2015　　　　　　**03:49**

Querido estranho, essa pode ser a última vez que falamos.

Estou muito cansada. Não posso continuar fingindo que estou bem.

Principalmente na frente da minha irmã.

Eu sei que ela está fingindo também.

Por que nós duas temos que continuar fingindo? Vamos acabar logo com isso e arrancar essas máscaras.

Quando me for, ela vai poder ser feliz de novo.

Sr. Estranho, meu nome é Au Siu-Man. Eu sou a garota que causou todo aquela confusão na internet.

Se você não sabe quem eu sou, pode me achar no Google com facilidade.

Não escrevi o meu nome para fazer uma acusação. Afinal de contas, você não me conhece e eu não te conheço.

Eu só queria que um estranho soubesse de tudo o que eu sofri, como prova de que um dia eu estive neste mundo.

No momento em que você ler estas linhas, talvez eu não esteja mais.

— Como que seria possível eu ficar feliz sem você? — gritou Nga-Yee para o celular em sua mão, soluçando inconsolavelmente.

Nenhuma tecnologia no mundo era capaz de enviar aquele grito para Siu-Man no passado, quando ela escreveu aquelas palavras. Nga-Yee não se importava que N tivesse copiado algumas daquelas frases na falsa carta de despedida, fazendo uma colagem grotesca a fim de enganar Violet, nem que um moderador aleatório pudesse ter lido aquelas publicações. Tudo o que ela queria era dizer a Siu-Man que seu suicídio só traria ainda mais dor para sua irmã.

Ela não podia negar que tinha passado aquelas semanas fingindo que estava tudo bem, mesmo que estivesse preocupada o tempo todo com Siu-Man. Aqueles dias pareciam de pura felicidade em comparação com a sua perda. Pelo menos tinha alguém com quem se preocupar.

— Você sabia disso o tempo todo? — rosnou ela para N, tentando manter a calma.

Na época da primeira visita à escola, N já estava com o celular de Siu-Man havia dois dias; e isso tinha sido duas semanas antes. Mesmo que ele ainda não soubesse a quem ela estava se referindo, ele já deveria saber os motivos pelos quais ela queria se matar.

— Sim.

— Mas você escondeu de mim? — A voz dela estava cheia de raiva, pronta para explodir.

— Você não perguntou — disse N, insensível. — As pessoas estão sempre procurando cegamente por respostas, mas o problema é que elas não fazem as perguntas certas. Srta. Au, você me contratou pra encontrar a pessoa que fez a postagem no Popcorn atacando a sua irmã. Você nunca disse que eu também deveria investigar os motivos da Violet nem os da sua irmã para se matar.

— Mas... mas você sabia...?

— Eu sabia o quanto isso seria importante pra você, mas não disse nada? — interrompeu ele. — Sim, mas mesmo que eu "soubesse" que você faria qualquer coisa para poder ler as últimas palavras da sua irmã, isso seria só o meu ponto de vista. Você não me perguntou sobre isso, então por que eu ia me desviar do meu caminho para provar uma coisa que não era da minha conta? Se você queria toda a verdade, bem, não foi isso que você disse quando me procurou. Além disso, sua irmã decidiu escrever os pensamentos dela em uma página secreta do Facebook justamente para que a família e os amigos não vissem depois que ela estivesse morta. Eu estava simplesmente respeitando o desejo dela, e você está chateada comigo?

Mais uma vez, a lógica distorcida dele deixou Nga-Yee sem palavras.

— E, além disso — continuou N —, eu te dei muitas dicas sobre o estado de espírito da sua irmã. Eu não disse que você deveria conhecer melhor os amigos dela? Eu não falei que a imagem da sua irmã na sua cabeça era diferente da realidade? Se você tivesse me perguntado sobre isso na época, é claro que eu teria te contado a verdade. Mas você ignorou. E agora está me culpando por eu não ter falado antes?

Pensando bem, Nga-Yee tinha que admitir que N de fato havia dito aquilo tudo para ela. Ficou chocada e também cheia de arrependimento. Não concordava com tudo o que ele estava dizendo, mas sem dúvida ela havia negligenciado uma coisa muito importante: tanto antes quanto depois da morte de Siu-Man, ela não se importou de verdade com o que a irmã estava sentindo nem tentou sondar os pensamentos mais íntimos dela.

— Eu perguntei quanto ela recebia de mesada — disse N placidamente. — Foi quando eu percebi que você até podia ser próxima da sua irmã, mas não fazia a menor ideia do que se passava na cabeça dela.

— Como assim?

— Você dava trezentos dólares por semana para ela. Depois de descontar o valor da passagem e o dinheiro do almoço, o que sobrava dificilmente dava pra um estudante do ensino médio sobreviver hoje em dia. Você sabe bem quanto os preços subiram nos últimos anos. Vinte e poucos dólares costumavam comprar um almoço decente, mas hoje em dia trinta não dá nem pra uma tigela de macarrão. Você acha que a sua irmã gostava de comer sanduíche no almoço todos os dias? Ela estava só escolhendo a opção mais barata. Onde você acha que ela conseguia dinheiro extra para tomar café com o Kwok-Tai e a Lily?

— A Siu-Man nunca foi materialista desse jeito! Ela nunca ia passar fome só pra comprar um celular da moda nem um…

— Quem falou em coisa da moda? Eu estou falando sobre a vida social comum. Se os amigos dela quisessem sair, mesmo que o dinheiro fosse apertado ela ia ter que economizar o suficiente pra ir junto, em vez de jogar um balde de água fria nos planos deles. Não é isso que as pessoas fazem?

— Se ela me pedisse mais dinheiro, eu teria dado!

— A sua irmã não estava só preocupada em manter o contato com os amigos, ela também sabia que o dinheiro da família era contado, por isso não pedia. — Havia um toque de deboche na voz de N. — Você sabe o que sua família passou, e você devia aceitar que a sua irmã sabia também, apesar da idade dela. Ela viu o quanto você e sua mãe tinham sofrido, e foi por isso que ela repetiu tanto que não queria ser um peso pra ninguém. Mas você não enxergou o que ela estava passando. Você achou que estava tudo bem.

— Isso é palpite seu.

— Sim, é um palpite. Não se esqueça que foi você que pediu pra ouvir minha hipótese não confirmada. — A expressão de N era séria. — O One Direction, também, aposto que a sua irmã nem gostava deles. Ela só se obrigava a escutar para ter alguma coisa pra conversar com a Lily. Você mexeu nas coisas dela quando estava procurando o celular. Um fã de verdade não teria alguns CDs ou umas revistas de música? Eu sabia que ela não tinha nada disso, porque, quando eu comentei do One Direction com a Lily, você não fazia ideia do que a gente estava falando. Não foi tão difícil deduzir que a sua irmã fazia um esforço para se integrar.

Aquilo era verdade, percebeu Nga-Yee.

— Srta. Au — disse N com um leve suspiro. — Pode não ser o que você queria ouvir, mas eu e você somos idênticos: a gente gosta de ficar sozinho. A gente ama o nosso isolamento. Em vez de perder tempo com interações sociais inúteis, a gente prefere se concentrar nas coisas que a gente acha importantes. Você não tinha amigos na escola porque queria cuidar da sua família. Agora você prefere ler em vez de passar o tempo com os colegas de trabalho. Ficamos bem seguindo o nosso caminho e deixando o mundo pra lá. Mas você precisa entender que a sua irmã não era você. Ela sentia a pressão dos colegas. Ela queria se adequar às pessoas da idade dela, fazer o que elas faziam, até fingir que compartilhava dos mesmos interesses. Provavelmente foi por isso que ela concordou em namorar o Kwok-Tai, embora o rumo que a coisa tomou tenha deixado as coisas ainda piores.

— Do que você está falando? — Nga-Yee o encarou. — Você está dizendo que ela não gostava do Kwok-Tai, mas mesmo assim concordou em ficar com ele?

— Os jovens hoje em dia se declaram e começam a namorar, mas com que frequência os dois lados sentem a mesma coisa? Uma pessoa provavelmente apenas concorda se a outra não provoca repulsa. Todo mundo ao seu redor está namorando, então eles sentem a necessidade de namorar também. E, dada a situação da sua irmã, ela pode ter achado que aquela era a chance de mudar os rumos de sua vida…

— Como assim "a situação" dela?

N coçou o queixo e hesitou por alguns segundos.

— É só uma suposição, mas eu acho que a sua irmã na verdade tinha uma queda por outra pessoa.

— Quem?

— Ela apagou do celular as fotos de todos os colegas, exceto uma pessoa. Ela provavelmente não conseguiu se livrar daquela.

Nga-Yee olhou para ele em choque.

— Lil… Lily Shu? Você está dizendo que a Siu-Man gostava de garotas?

— Não estou necessariamente dizendo que ela era lésbica, mas ela sem dúvida sentia alguma coisa pela Lily. Talvez ela não soubesse exatamente o que era esse sentimento. Você não acha que faz sentido? Que ela fingiria gostar de uma determinada banda só pra se aproximar de alguém? Que ela juntava o dinheiro do almoço pra passar mais tempo com alguém de quem ela gostava? Ela sabia que não tinha como ficar com a

Lily de verdade, e foi por isso que, quando o Kwok-Tai chamou ela pra sair, ela achou que podia ser uma forma de "corrigir" suas tendências "não naturais". Apesar disso, ela acabou magoando a pessoa de quem ela realmente gostava, e, no fim das contas, ficou sem ninguém.

Nga-Yee sentiu o sangue correr todo para a cabeça e ficou tonta. Se a Siu-Man tivesse se assumido para ela, ela teria aceitado assim que superasse o choque. O que a incomodava é que ela não sabia que isso estava deixando Siu-Man preocupada. Como ela não tinha percebido que a Siu-Man precisava dela? Ela devia ter visto algo de si mesma em Laura Lam, e foi por isso que ela se juntou ao Kwok-Tai com tanto ânimo para atacar a Violet. Talvez a homofobia de Lily naquele episódio tenha sido o sinal de que ela não tinha nenhuma esperança. E talvez tenha sido aí que o Jason se aproveitou do desespero da Siu-Man para levá-la para o karaokê. Ela estava tão desesperada para ter alguém com quem conversar que aceitou, para no fim das contas arrumar ainda mais problema.

— Eu… eu achava que eu era uma boa irmã mais velha. Eu abri mão dos meus estudos pra que ela pudesse ter um futuro melhor.

— Lá vai você de novo. — N franziu a testa. — Você fez isso por ela, mas você perguntou o que ela queria? Você não acha que o seu gesto nobre pode ter pesado sobre ela, fazendo ela se sentir sufocada? Muita gente faz isso, dá tudo de si, sem limite, mas será que não é só uma necessidade de controle? Já parou pra pensar o que "família" significa, de verdade, pra você?

N pegou o celular de Siu-Man dela e tocou algumas vezes na tela.

— Sua irmã guardou só uma foto de um colega de escola. Mas ela tinha uma foto dela com duas outras pessoas.

Quando ele devolveu o celular, havia uma selfie na tela. O rosto de Siu-Man ocupava o lado esquerdo, e, à direita, recém-saída do banho e secando o cabelo com uma toalha, estava Nga-Yee. Ao fundo estava a mãe, preparando o jantar. Nga-Yee e a mãe estavam no meio de uma conversa e não viram que Siu-Man havia tirado a foto. Devia ter sido quando Siu-Man estava no primeiro ano, não muito depois de ganhar o celular. Siu-Man tinha um sorriso de satisfação, não porque tinha tirado a foto sem que as duas notassem, mas porque tinha capturado com precisão um momento da vida daquela família que ela amava, e aquele momento tão banal era agora uma imagem que podia ser guardada.

Siu-Man adorava sua família. Mesmo aquele dia como outro qualquer, com a refeição simples que estavam prestes a fazer, era o suficiente para enchê-la de alegria.

Os olhos de Nga-Yee se encheram de lágrimas, e ela achou que seu coração fosse explodir de tanta culpa. Aquela foto e aquelas postagens no Facebook a fizeram pensar que o suicídio de Siu-Man poderia ter vindo do mesmo impulso que tinha feito Nga-Yee desistir de sua vaga na universidade: o do sacrifício. Ela sempre pensou na irmã como despreocupada e alegre, mas agora parecia que era só uma pose para fazer Nga-Yee e a mãe se sentirem felizes. E agora Nga-Yee entendia por que estava tão decidida a descobrir quem era o kidkit727. Ela ainda odiava a pessoa desprezível que tinha orquestrado, no anonimato, aquele ataque contra a irmã, mas havia alguém que ela odiava ainda mais: a si própria.

A necessidade de garantir o sustento tinha feito Nga-Yee se esquecer de uma coisa mais importante. Ganhar dinheiro era uma forma de alcançar um objetivo: sustentar a casa e fazer sua família viver feliz. Mas a sociedade capitalista nos leva a acreditar que nossos salários são um fim em si mesmo, e nos transforma em escravos do dinheiro. Nos esquecemos de que, por mais importante que o dinheiro seja, existem coisas ainda mais importantes que não podemos correr o risco de perder.

A Siu-Man é uma criança muito sensível, ela se lembrava de ouvir a mãe dizer. E aquela sensibilidade fazia dela uma pessoa perceptiva, que entendia os outros mais do que eles entendiam a ela. O resultado disso foi que ela acumulou todos os tipos de medos. Uma ocasião bastante remota veio à mente de Nga-Yee: elas estavam andando de carro um dia à noite. Siu-Man, ainda muito criança, estava ao seu lado e fazendo carinho em sua bochecha.

"Não chora, mana."

Bzzz.

Um repentino barulho eletrônico arrancou Nga-Yee de sua memória.

N estava franzindo a testa enquanto olhava para um outro computador. Ele digitou algumas coisas.

— Justo agora?! — disparou ele, voltando-se para as telas de vigilância.

Violet tinha saído do alcance da câmera do laptop. Ela estava na janela, sua imagem captada pelo drone, mas, como a luz estava atrás dela, não dava para ver seu rosto.

— O que houve? — perguntou Nga-Yee.

— O irmão de Violet está por perto. Ele provavelmente percebeu que tem alguma coisa errada. Esperto, ele. — N apontou para a tela do laptop. — O número dele está aparecendo no Stingray.

Os dedos de N dançaram pelo teclado. Uma das telas mostrava o quarto de Violet, e todas as outras, a Broadcast Drive. Quantos drones ele tinha? Ou será que ele havia invadido câmeras de segurança? As imagens passavam pela tela como uma apresentação de slides, e os olhos de N voavam por elas, procurando alguma coisa. Já passava de uma da manhã, e as ruas estavam vazias, sem pessoas nem carros.

— Achei — disse N de repente, e a Tela 1 se fixou em uma única direção: um táxi se aproximando.

E ali, à direita dele, o prédio de Violet. O táxi parou e uma pessoa saiu correndo de dentro dele. Mesmo com aquela imagem borrada, Nga-Yee sabia que era o irmão de Violet.

— O tempo acabou — disse N. — Se você quiser se vingar, a gente tem que agir agora.

Nga-Yee o encarou, incrédula.

— Você não me contou tudo isso pra me fazer desistir da vingança?

— Por que eu iria querer fazer você desistir? — Os olhos de N estavam fixos na tela. — Os motivos da sua irmã pra fazer o que ela fez não têm nada a ver com a sua vingança. A Violet e o irmão dela colocaram toda a internet contra a sua irmã. Isso aconteceu de verdade. Sua irmã se matou por causa das mensagens de Violet. Isso também aconteceu de verdade. E a morte da sua irmã lhe causou uma dor indescritível. Eles te fizeram sofrer, e, se você quisesse fazê-los sofrer também, olho por olho, dente por dente, eu jamais ia tentar te impedir.

O irmão de Violet estava discutindo com o segurança, que não queria deixá-lo entrar.

— Quando eu disse que você queria vingança por você mesma, srta. Au, não foi uma crítica. É assim que funciona — continuou N. — Eu odeio hipocrisia. Não tenho absolutamente nada contra as pessoas fazerem as coisas por elas mesmas. No seu caso, se você odeia a Violet, eu sou totalmente a favor. Olha só como ela mentiu friamente na nossa cara e depois queimou a carta de despedida como se não fosse nada, como se ela não tivesse desempenhado nenhum papel na morte da Siu-Man. Faz o que você quiser com ela, eu não vou me opor. Eu sou apenas seu intermediário, afinal de contas. Sou uma ferramenta, como uma faca. Como você me vai me usar, e por qual motivo, é um problema exclusivamente seu.

N reacendeu a chama do ódio em Nga-Yee, mas mesmo assim ela não conseguia se decidir. Pensou novamente naquelas mensagens que Siu-Man tinha recebido antes de se matar, em todas aquelas palavras venenosas, na gota d'água que fez estourar a represa. Nga-Yee não tinha o direito de dar o troco? Toda ação ruim merece retribuição. Na tela, o irmão de Violet empurrava o segurança, que caía no chão. Ele entrou no elevador e fechou a porta antes que o outro homem, mais velho, conseguisse se levantar.

Nga-Yee agarrou o microfone, o dedo sobre o botão. Ela olhou para a Tela 2. Violet estava na janela, a brisa de verão soprando o cabelo no rosto dela. Nga-Yee podia sentir o quanto ela estava fragilizada. Ao menor empurrão ela tombaria como uma boneca de porcelana e se espatifaria no chão, dez andares abaixo. Como se estivesse brincando com os desejos de Nga-Yee, Violet se agarrou ao parapeito da janela, o corpo balançando para a frente e para trás, deixando o vento frio levar embora sua existência.

— O elevador está quase no décimo andar — falou N.

Nga-Yee olhou para a tela. Talvez ela não precisasse dizer nada e Violet pularia de qualquer jeito. Ela parecia completamente fraca e indefesa. De repente, ela percebeu que algo estava errado: Violet estava alta demais. Mais da metade de seu corpo, do meio da coxa para cima, estava visível acima do parapeito da janela.

Não, ela não tinha crescido. Ela estava em pé em cima de uma cadeira.

Quando aquela perspectiva passou pela sua cabeça, Nga-Yee apertou o botão e disse as últimas palavras que jamais diria para Violet To:

"Não faça isso!"

O corpo de Violet se sacudiu de repente, e ela ficou olhando ao redor, chocada. Alguns segundos depois, seus olhos se voltaram para a porta. Ela devia ter ouvido a campainha tocando e os gritos frenéticos do irmão. Arrastou-se para fora do quarto e saiu de quadro.

— Mudou de ideia? — disse N.

— Desisti. Melhor desistir. — As palmas das mãos de Nga-Yee estavam suando enquanto ela segurava firme o microfone. Ficou olhando o quarto vazio na tela.

— É o fim do plano?

— Sim. Vamos deixar ela em paz...

N deu de ombros e apertou um botão para restaurar tudo a como era antes: seus drones iriam voltar, ele ia parar de controlar o Wi-Fi de Violet, e todos os sistemas voltariam ao normal.

Alguns segundos antes, quando Nga-Yee olhou para Violet na janela, viu Siu-Man ali. E aquilo foi o suficiente para ela perceber que, não importava o quanto odiasse aquela pessoa, não queria vê-la seguir o mesmo caminho fatal da irmã. Lembrou-se de Siu-Man deitada em uma poça de sangue e de seus próprios soluços desesperados. Não gostaria que nem mesmo seu pior inimigo fosse colocado naquela posição.

Finalmente, Nga-Yee tinha podido escutar a voz clara e verdadeira que vinha do fundo do seu coração.

Não importava o quanto ela estivesse sofrendo, passar sua tristeza para outra pessoa não lhe traria felicidade.

Enquanto N recolhia os drones, Nga-Yee teve um último vislumbre de Violet e do irmão, e por algum motivo a famosa frase de abertura de *Ana Karenina* lhe veio à cabeça.

"Todas as famílias felizes se parecem, as famílias infelizes são infelizes cada qual ao seu modo."

Irmão e irmã estavam ajoelhados sob o umbral, abraçados, com a porta escancarada. Violet não parava de tremer. Provavelmente estava chorando. Se tivesse voltado para casa dez minutos antes naquele dia em maio, ficou pensando Nga-Yee, talvez ela tivesse abraçado Siu-Man daquele jeito, esparramada na entrada do apartamento, aos prantos.

Nga-Yee se afundou na cadeira, e as lágrimas começaram a escorrer de seus olhos. Em pouco tempo ela estava deixando escapar soluços contidos, depois chorando aos berros. Depois que Siu-Man morreu, ela sentia ódio toda vez que chorava: desejo de vingança contra o culpado, desprezo pela sociedade, raiva pela injustiça do destino. Agora não sentia nada além de tristeza. Estava chorando por ter perdido a irmã mais nova, nada além disso. N lhe estendeu um lenço de papel, mas ela estava chorando demais para aquilo e parecia que ia cair da cadeira. Um pouco relutante, N se ajoelhou diante dela e deixou que ela enterrasse o rosto em seu peito.

Mesmo que Nga-Yee tivesse jurado não mostrar nenhuma fraqueza na frente de N e mesmo que não o suportasse, ela de alguma forma se sentiu segura ao colocar as mãos em seu moletom manchado e amassado.

Talvez até mesmo as pessoas acostumadas com a solidão precisem ser consoladas por outras pessoas de vez em quando.

Domingo, 18 de maio de 2014

> vi, não sei quando você vai ver isso — 03:17
> mas eu quero que você saiba — 03:18
> eu vou estar do seu lado pra sempre, eu nunca vou te trair — 03:18
> mesmo que o mundo odiasse a gente — 03:19
> por favor, nunca corte os pulsos de novo — 03:19
> não morra — 03:20
> eu compartilho da sua dor, vou ser um ouvido atento — 03:20
> um dia eu vou te resgatar daquele homem sem coração — 03:20
> por favor, aguenta firma por enquanto — 03:21
> seu irmão mais velho vai sempre te amar — 03:22
> mesmo se o mundo inteiro estivesse contra você, ainda assim eu te amaria — 03:23

CAPÍTULO NOVE

Kenneth Lee retorcia as mãos e andava ansioso de um lado para outro do escritório apertado da GT Technology Ltd. Ele sabia que deveria demonstrar coragem diante de seus funcionários, mas Szeto Wai chegaria a qualquer minuto, esperando que eles apresentassem o relatório. Todo o futuro da empresa repousava naquele momento. No entanto, quando o sr. Lee olhou para Chung-Nam, ficou difícil sentir-se confiante. Ele não era bom em ler as pessoas, mas até ele era capaz de dizer, pelas olheiras de Chung-Nam, que ele não tinha dormido o suficiente.

— Você está bem, Chung-Nam? Você é o nosso apresentador principal, está tudo nas suas mãos — falou ele.

— Não se preocupe, está tudo em ordem — tranquilizou Chung-Nam com um sorriso.

Ele soava confiante, mas o sr. Lee não ficou tranquilo. Na véspera ele tinha ouvido Chung-Nam ensaiar, e não conseguiu entender nada do que ele estava dizendo: não fazia ideia do que eram "bônus de repetição" e "futuros de G-dollar", nem de como eles seriam capazes de contribuir para os negócios. Quando perguntou, Chung-Nam apareceu com um jargão ainda mais complexo para explicar como aquelas coisas iam convencer Szeto Wai a investir. No final, o sr. Lee desistiu. Hao também ia ficar de fora, exceto por um pequeno trecho no fim, quando ia demonstrar a experiência do usuário em uma transação envolvendo G-dollars.

— Ei, está tudo bem mesmo? — sussurrou Hao quando o sr. Lee se virou para perguntar a Joanne se ela tinha se lembrado de reservar uma mesa no restaurante mais sofisticado de Langham Place.

Hao tinha notado a distração de Chung-Nam nos últimos dias, junto com a sensação de descuido na parte final da apresentação.

— Claro que estou bem — afirmou Chung-Nam.

— Você parece preocupado. Que houve?

— Nada, só umas questões pessoais — disse Chung-Nam. — Não se preocupe. Amanhã vamos ser a primeira empresa de Hong Kong a receber um investimento da SIQ. Quando isso acontecer, vamos valer dez vezes mais, e a única coisa com a qual você vai ter que se preocupar é em como encontrar tempo pra dar tantas entrevistas para os jornais.

— Os jornais só vão querer falar com o sr. Lee. O que eu tenho a ver com isso?

— Você é nosso designer de experiência do cliente. É óbvio que eles vão querer que você diga uma ou duas palavras.

Chung-Nam estava sorrindo, mas Hao não entendeu se aquilo tinha sido uma piada. Ele sabia que Chung-Nam não estava em sua melhor forma, mas pelo menos seus olhos estavam cheios de energia. O sr. Lee, por outro lado, não demonstrava nenhuma liderança. Se outra pessoa da SIQ aparecesse em vez de Szeto Wai, eles poderiam presumir que Chung-Nam é que era o chefe.

Ding-dong.

A campainha tocou, o primeiro tiro daquela batalha final. Joanne correu para abrir a porta e o sr. Lee correu junto, deixando de lado toda sua dignidade. Chung-Nam e Hao ficaram na retaguarda.

— Sr. Szeto! Seja bem-vindo, seja bem-vindo.

— Kenneth, desculpe o atraso. O trânsito...

— Sem problemas, sem problemas.

O sr. Lee e o sr. Szeto jogaram mais um pouco de conversa fora; em seguida, os visitantes foram conduzidos à sala de reuniões. Chung-Nam fez sinal para Thomas e Ma-Chai se juntarem a eles.

— A gente precisa ir? — perguntou Ma-Chai ansioso. — O que eu tenho que fazer? Eu não preparei nada.

— Só fica sentado e escuta — pediu Chung-Nam. — Vai causar uma boa impressão no sr. Szeto se o nosso escritório parecer unido.

Ma-Chai e Thomas assentiram, sem saber que Chung-Nam tinha outro plano em andamento. Aquele relatório não era destinado apenas a Szeto Wai; toda a empresa precisava estar presente para testemunhar seu golpe.

Ele tinha preparado, em segredo, uma outra apresentação, que agora estava no computador da sala de reuniões. Hao e o sr. Lee ficariam surpresos com aquela reviravolta nos acontecimentos, mas não ousariam dizer nada na frente de Szeto Wai. Enquanto ele estivesse no comando, ninguém seria capaz de impedi-lo de colocar sua rebelião em prática.

Os oito mal cabiam na sala de reuniões. Chung-Nam fechou a porta e andou até a tela, suas entranhas se revirando de ansiedade e empolgação. Ele olhou ao redor, sentindo todos os olhares voltados para sua pessoa. Szeto Wai parecia sério, esperando uma resposta à pergunta: "Será que Chung-Nam ia jogar pelo seguro ou apostar alto?".

No entanto, havia alguma coisa errada. Chung-Nam olhou para a pessoa atrás de Szeto Wai.

— Ah, esqueci — disse Szeto ao perceber para onde ele estava olhando. — Doris teve que se ausentar, então essa é a minha outra assistente, Rachel.

Chung-Nam deu um aceno de cabeça para Rachel, que retribuiu o cumprimento. Ele ficou um pouco decepcionado. Rachel era bonita, mas Doris era muito mais atraente. Também estava claro que Rachel parecia não fazer ideia do que estava acontecendo, e era difícil imaginar como ela conseguia trabalhar tão próxima de Szeto Wai.

Chung-Nam não podia imaginar que aquela mulher estava tão confusa quanto ele naquele momento.

Para começar, ela ficou surpresa ao ser apresentada como "Rachel". Desde quando ela tinha um nome ocidental? E que história era aquela de "Szeto Wai"? Para ela, o nome dele era simplesmente N.

Alguns dias antes, depois de Nga-Yee abandonar sua vingança contra Violet To, ela deixou Broadcast Drive rumo ao edifício Wun Wah, quando já eram quase três da manhã. N não era tão insensível a ponto de deixá-la voltar para casa sozinha; depois de recolher seus drones e os demais equipamentos de vigilância e restaurar tudo ao seu estado original, ele deu uma carona para ela. Eles não trocaram nenhuma palavra durante o trajeto, e Nga-Yee não sabia dizer se ele estava feliz ou triste. Afinal de contas, dias e dias de preparação não deram em nada graças a três palavras que ela havia dito.

— Você acha que eu deveria ter ido até o fim? — perguntou ela ao sair da van.

— Como eu disse, srta. Au, eu sou apenas uma arma, e como me usar é uma escolha sua. Não tenho opinião própria. — Ele se inclinou para a frente no volante. — Além disso, vou cobrar os meus valores da mesma forma. Você me deve quinhentos mil.

Ela já esperava por aquilo, mas sentiu um peso no coração.

— E não vem pedir desconto porque você voltou atrás — disse N antes que ela pudesse abrir a boca. — Nem pense em fugir, também. Você poderia ir até os confins da Terra que eu te encontraria.

— Eu não ia...

— Vamos supor que eu acredite em você. — Ele a olhou nos olhos. — Se você decidir, depois disso, acabar com tudo, espera pelo menos até depois de pagar sua dívida. O Pato e eu fizemos muita coisa por você. Não faça com que tudo tenha sido em vão. Vou propor um plano de pagamento que funcione para você. Na terça, 7 de julho, daqui a dois dias, não vá ao trabalho. Apareça na minha casa às dez da manhã e a gente pode fazer a nossa contabilidade.

Ele deu um sorriso malicioso, e Nga-Yee sentiu um aperto no coração. Não tinha do que reclamar; afinal de contas, foi ela quem tinha concordado com aquilo quando estava cega de ódio. No momento em que deixou a vingança de lado, também sentiu uma espécie de iluminação além da vida e da morte. Ela não tinha mais família agora, estava sozinha, sem nenhum propósito de vida. Se o plano de pagamento de N envolvesse se prostituir ou qualquer outra coisa para recuperar aquele dinheiro, ela iria se resignar. Só esperava que ele não a fizesse vender um rim. Depois de tudo aquilo, ele poderia até pedir os dois.

— Está bem — respondeu ela, desamparada.

Enquanto Nga-Yee se afastava, N projetou o corpo para fora da janela e a chamou de volta.

— Não vou abrir mão de um único centavo, mas, como eu sei que a noite de hoje deve ter sido uma decepção, vou deixar você participar da segunda parte de graça. Porém, dessa vez, você não pode dar as cartas.

— Espera! Como assim? — exclamou Nga-Yee, mas N já tinha ido embora.

O brilho nos olhos dele era exatamente o mesmo de quando ele a convenceu a contratar a vingança, no quarto do hotel. Nga-Yee não queria ter mais nada a ver com Violet To nem com o irmão dela, mas aparentemente ele tinha outras coisas em mente.

Na manhã de terça, Nga-Yee chegou ao número 151 da Second Street. Ainda hesitante, subiu os seis lances de escada. A porta se abriu antes mesmo que ela tocasse a campainha, e lá estava N com sua indumentária de sempre: jaqueta vermelha, calças cargo e chinelos. Pelo visto, o Stingray tinha avisado que ela estava por perto.

— Você é pontual — disse ele, destrancando a grade de segurança.

Ela não respondeu; sua cabeça só pensava na tal "segunda parte" que ele havia mencionado.

— N, vamos deixar a Violet To pra trás, eu não quero mais... há?

Ela parou, assustada, quando ele pôs os pés no corredor e se dirigiu às escadas, fechando a porta e a grade depois de sair.

— Aonde a gente vai?

— Ei. — Ele deu um pequeno empurrão nela. — Sai do caminho. Essas escadas são estreitas.

Ela começou a descer as escadas, cabisbaixa, perguntando-se o que N estava aprontando daquela vez. Eles desceram um lance, e ela estava prestes a continuar quando ouviu a voz de N atrás dela.

— Aqui.

Ao se virar, ela o viu tirar uma chave e abrir a porta do apartamento do quinto andar. A configuração era igual à dele: ocupava o andar inteiro, com uma porta de madeira e uma grade de metal. A única diferença era que aquele parecia ainda mais precário. A porta aparentava ter enfeites de Ano-Novo ainda pendurados, pedaços de papel vermelho grudados na superfície branca.

— Ué? Esse apartamento também é seu? — perguntou Nga--Yee, confusa.

— O prédio inteiro é meu — disse ele num tom casual.

Nga-Yee ficou imóvel. Não era de admirar que ela nunca tivesse encontrado outros inquilinos. Os preços dos imóveis não paravam de subir, e até mesmo o menor pedaço de terra podia ser transformado em habitação. Os proprietários não deixavam os apartamentos vazios, e os que estavam detonados, como aquele, normalmente já teriam sido vendidos para as incorporadoras. Nga-Yee ficou ainda mais chocada quando N acendeu as luzes. Diante deles havia uma pequena sala de estar vazia, exceto por um tapete branco e uma mesa de centro que combinava perfeitamente com o papel de parede. Era minimalista, sem objetos espalhados a esmo, e impecável também: o completo oposto do apartamento de cima. Nga-Yee observou ao redor. Não havia janelas, e o teto estava equipado com lâmpadas fluorescentes e saídas de ventilação central, como se fosse um escritório. O vestíbulo tinha três portas. Para Nga-Yee, aquilo lembrava a sala de espera de um consultório médico.

Será que havia uma sala de cirurgia por trás de uma daquelas portas? Talvez fosse ali que ela teria um dos seus órgãos retirados. Em vez disso, N a conduziu pela porta da direita, até um cômodo com o dobro do tamanho da sala de estar, também sem janelas, mas com mais móveis: um sofá, uma penteadeira comprida, várias cadeiras e um grande armário embutido. No canto havia uma porta de vidro que levava a um banheiro. N abriu uma das portas do armário, que continha algumas dezenas de roupas femininas, com gavetas enfileiradas abaixo delas e pares de sapatos de salto alto no chão.

— Esse aqui... — disse N, olhando para Nga-Yee enquanto segurava uma blusa branca, uma jaqueta cinza e saia preta. — Não. Nem pensar, suas pernas são muito curtas. — Ele puxou então uma calça preta. — Quanto você calça?

— Hum, 38 — respondeu Nga-Yee, incerta.

— O 38 europeu é 5 ou 5½ britânico. — N se curvou e pegou dois pares de sapatos pretos. — Vê qual deles entra melhor no seu pé.

N enfiou as roupas e os sapatos nos braços de Nga-Yee, ignorando a perplexidade dela, e apontou para a penteadeira.

— Põe alguma maquiagem e ajeita esse cabelo. Volto em 15 minutos.

— Pera lá! — protestou Nga-Yee. — O que... o que a gente está fazendo? Eu vou... vou vender o meu corpo?

N a encarou por um tempo e depois caiu na gargalhada.

— Você está falando sério? Você não tem nem cara nem corpo para isso. Eu ia levar décadas pra ter meu dinheiro de volta. E mesmo assim, quem é que se prostitui às dez da manhã?

— Eu pensei... não sei... *AV porn*... — Ela tinha visto muitos livros na biblioteca que exploravam a indústria japonesa de filmes adultos.

— Estamos em Hong Kong, srta. Au, não no Japão. — N pôs a mão na boca, mas não conseguia parar de rir. — De qualquer forma, se a gente fosse fazer isso, eu teria pedido pra você trocar sua roupa íntima barata por alguma coisa mais elegante, não acha?

Isso quase fazia sentido. Mas, antes que ela pudesse protestar, ele saiu. Ela não tinha opção a não ser colocar a roupa que ele havia escolhido, que caiu bem, e se maquiar. Quanto tempo ele tinha gastado estudando a sua silhueta? Ao abrir a gaveta da penteadeira, ela encontrou uma profusão de cosméticos: pelo menos quarenta tons de batom e cinco ou seis pós compactos. Ela normalmente não usava maquiagem além de um toque de cor nos lábios, de modo que pintar o rosto foi um esforço. Não fazia ideia do que combinaria com a roupa.

Quinze minutos depois, a porta atrás dela se abriu. Ela estava pronta para repreender N por tê-la obrigado a se arrumar, mas foi um estranho que entrou ali: um homem bastante elegante de terno azul-marinho e gravata vermelha, usando óculos sem aro.

— Você é o...

— Meu Deus! O que você está tentando parecer, a bunda de um babuíno? — Foi só quando ouviu a voz dele que Nga-Yee percebeu quem era aquele homem bem-vestido. Bem barbeado, com o cabelo bem penteado e com roupas decentes, ele parecia outra pessoa.

— N? — perguntou ela, olhando para ele.

— Quem mais? — Ele franziu as sobrancelhas, debochado.

Era N, sem dúvida; falava as mesmas bobagens. As roupas realmente fazem o homem. Aquela era uma diferença muito maior do que ela jamais poderia imaginar. Ela também não o teria reconhecido em seu disfarce de velho.

— Mas você...

— Senta. Você vai entregar a gente se sair assim. — Ele empurrou de leve o ombro dela e ela se sentou, em seguida ele puxou uma cadeira para se sentar em frente a ela.

— Não se mexa.

Ele pegou alguns lenços umedecidos da gaveta e tirou o rouge vermelho do rosto dela. Vendo aquela versão bem cuidada de N bem diante de si, Nga-Yee se sentiu um pouco constrangida, um pouco envergonhada e, principalmente, confusa.

— Você sabe maquiar? — perguntou ela um pouco perdida, o rosto entre as mãos dele.

— Na verdade não, mas acho que sei mais sobre isso do que uma moleca como você.

Os insultos dele eram realmente reconfortantes: pelo menos, ela tinha a certeza de que ele era a mesma pessoa.

— Fecha os olhos. — N passou uma sombra bronze pálido nas pálpebras dela, depois um pouco de delineador. Ajeitou os cílios e aplicou rímel, depois passou um pouco de rouge. Por fim, pegou um batom e aplicou uma pequena camada.

— Não há nada que eu possa fazer sobre o seu cabelo. Por sorte não é muito comprido, então não vai ficar tão ruim se eu simplesmente deixar como está. — Ele bagunçou o cabelo dela, depois guardou os cosméticos de volta na gaveta.

Nga-Yee se olhou no espelho e deu um grito de espanto. Ela tinha sido transformada em uma executiva. Poderia ter saído de um escritório em Central. Agora estava linda e, o mais importante, cheia de autoconfiança.

— Para de ficar admirando o seu reflexo, Narciso. — N estava indo em direção à porta, fazendo um gesto para que ela o seguisse. — Deixe as duas roupas e a sua bolsa aqui.

O jeito rude de N continuava dando ânsia de vômito nela, mas toda aquela situação era tão bizarra que ela não conseguia nem pensar direito. Por que ela estava com aquelas roupas? Por que N estava disfarçado? Aonde eles estavam indo?

De volta à sala de estar, N a conduziu não para a porta de entrada, mas para outra, atrás do sofá. Espiando pelas costas, Nga-Yee viu que ela levava a uma outra escadaria estreita. Ela o seguiu; ele fechou a porta e apontou para baixo.

— Essa é...

— A porta dos fundos.

Eles desceram até o térreo, onde uma pesada porta de metal os conduziu a uma rua sem saída que terminava em uma parede de pedra de um lado e um portão de ferro azul do outro. Olhando para cima, Nga-Yee quase conseguiu ver um pouco de céu, mas a impressão era a de estar em uma pequena fenda entre enormes edifícios. N virou à direita e abriu outra porta; Nga-Yee o seguiu por uma passagem limpa e bem iluminada. Eles viraram numa esquina, e Nga-Yee percebeu onde estavam: no estacionamento de um grande edifício residencial da Water Street, adjacente à Second Street.

Não admirava que ela nunca conseguisse saber onde ele estava. Quando ela tentou fazer com que ele aceitasse o seu caso, ela tinha ficado de vigília em frente ao prédio dele, mas agora sabia como ele tinha entrado e saído sem que ela o visse. Existe um ditado chinês que diz que "astuto é o coelho que tem três tocas". Até onde Nga-Yee sabia, N poderia muito bem ter uma terceira passagem secreta em sua casa.

N se dirigiu a um carro preto chique, e Pato estava parado ao lado dele. Ele também estava vestido de forma inusitada: terno preto e luvas, exatamente como o chofer de um milionário.

— Desculpa pela demora — disse N. — Tudo culpa dela...

Pato não disse nada, apenas anuiu e se sentou no banco do motorista.

N pulou para o banco de trás. Nga-Yee ficou paralisada, sem saber para onde deveria ir.

— O que você está olhando? Acorda! — N fez um gesto para o banco de trás, e ela entrou, ressentida. Pato ligou o carro, e eles partiram rumo à travessia subaquática de Western Harbour.

— Pra onde a gente vai agora? O que a gente vai fazer? — perguntou Nga-Yee.

— Fica tranquila — disse N, com as pernas cruzadas de um jeito desleixado. Ele parecia um playboy rico. — Eu não falei ainda? Você está participando de um golpe.

— Uau! — exclamou Nga-Yee com os olhos arregalados. Agora ela sabia por que eles estavam todos bem-vestidos. Aquilo era um trabalho sujo.

— N, eu já falei, eu não quero... ei? — Antes que ela pudesse concluir a frase, ele colocou um tablet nas mãos dela. A foto de um homem que ela nunca tinha visto.

— Esse é o nosso alvo — disse N com indiferença. — O nome dele é Sze Chung-Nam.

— O que ele tem a ver com a Violet To?

— Absolutamente nada.

— Ué? — Ela ficou encarando N, sem entender.

N pegou o tablet de volta e começou a clicar na tela.

— Estou só sendo intrometido, dando uma lição nesse cara. Eu estava planejando agir sozinho, mas depois da forma como as coisas terminaram com a Violet, acho que você tem alguns sentimentos que precisa colocar pra fora. Além disso, foi você quem me levou até ele, e tudo isso está conectado a você, então nada mais justo que você tenha um assento na primeira fila.

Nga-Yee não entendeu uma palavra daquilo, mas, antes que conseguisse falar, ele colocou o tablet de volta nas mãos dela. Agora a tela estava dividida em quatro. Ela já tinha visto aquilo antes.

— Ah! São as imagens das câmeras de segurança do metrô. A gente as analisou quando você estava tentando rastrear quem tinha mandado as mensagens pelo Wi-Fi das estações. — Nga-Yee se lembrava claramente. Ela arrumou a casa de N naquele dia e fez chá para ele, e, quando ele ligou o computador, aquela plataforma lotada era uma das imagens que havia na tela.

— Dá uma olhada no canto superior esquerdo.

Aquele quadrante tinha os números 3 e 4 na parte inferior e mostrava a composição do metrô parada em uma estação, com os passageiros entrando e saindo. Havia algo estranho acontecendo em uma das portas: vários passageiros olhavam para dentro do vagão, e alguns estavam filmando o que acontecia lá dentro com seus celulares. Apenas um homem parecia completamente indiferente. Ele caminhou rapidamente em direção à escada rolante, sem olhar para trás. Nga-Yee olhou de perto e percebeu que era o homem da foto de N.

— É esse o tal de Sze-Não-Sei-Quê? — perguntou ela apontando para a tela.

— Correto.

— O que tem ele?

N pressionou a tela para avançar a imagem, depois tirou o dedo para que a reprodução voltasse à velocidade normal.

— Agora olha para o canto esquerdo inferior.

Nga-Yee fez o que ele disse, sem saber o que devia procurar. Talvez Violet aparecesse ali. Mas não. Foi Sze Chung-Nam que apareceu novamente na plataforma, de pé junto a uma pilastra.

— A gente está vigiando ele? Ele voltou?

— Muito bem. Pelo menos você é uma boa observadora — zombou N. — Ele desceu do vagão, mas não saiu da estação nem mudou de linha, só perambulou e voltou para esperar o próximo trem. Não interagiu com ninguém nesse meio-tempo, então não é como se ele tivesse combinado de entregar alguma coisa pra um amigo ou algo assim, nem usou o banheiro da estação. Eu conferi as filmagens da estação inteira durante esse intervalo, e tenho certeza de que ele só ficou andando por ali sozinho. Conferi o trem em que ele embarcou a seguir e vi que ele desceu em Diamond Hill. Depois de ver as imagens dele saindo da estação, rastreei a identidade dele pelo cartão Octopus. Como eu já disse antes, é fácil fazer isso se você sabe quando a pessoa que você está procurando saiu de uma determinada estação e tem as imagens. O problema era que tinha tanta gente que não dava pra saber em quem mirar para descobrir quem tinha enviado as mensagens.

— Mas e daí que ele voltou para a plataforma? Ele estava conectado no Wi-Fi quando a Violet mandou aquelas mensagens? Olhando pras imagens agora, eu não…

Nga-Yee parou a frase no meio, os olhos fixos em alguma coisa ao fundo. Havia algo errado ali. Toda estação do sistema de metrô de Hong Kong tem uma cor diferente por dentro, para ajudar os passageiros a diferenciar uma da outra e descer na estação certa. A pilastra na tela era azul-clara, mas N havia dito que a Violet estava em Yau Ma Tei, Mong Kok e Prince Edward quando enviou as mensagens; essas estações eram cinza-clara, vermelha e roxa. A estação azul-clara era Kowloon Tong.

Violet não tinha nada a ver com a estação Kowloon Tong, mas Siu-Man, sim.

Nga-Yee olhou para o canto inferior direito, que mostrava a hora e a data. Como ela poderia ter deixado passar uma pista tão óbvia? Eram 17h42 do dia 7 de novembro de 2014.

O dia em que Siu-Man fora molestada.

N viu no rosto de Nga-Yee que ela havia entendido tudo e tocou na tela para voltar o vídeo alguns minutos, justo quando Chung-Nam tinha saído do trem. Agora Siu-Man, em uniforme escolar, estava sendo ajudada por uma mulher de meia-idade, seguida por um homem alto que conduzia Shiu Tak-Ping à força.

— Lá vai uma pergunta fácil. — N sorriu. — Quando alguma coisa como essa acontece, quem você acha mais provável que tenha escapado, esperado as coisas se acalmarem e depois voltado para pegar outro trem?

— O... o verdadeiro abusador? — Nga-Yee olhou para a tela, depois para N.

— Você está melhorando... acertou de primeira.

— Então o Shiu Tak-Ping é inocente?

— Podemos dizer que sim.

— Mas ele se declarou culpado.

— O Martin Tong é um advogado medíocre — zombou N. — Ele tinha uma mão boa, mas não quis pagar pra ver. Para evitar problemas, aconselhou o cliente dele a aceitar um acordo. Pessoas assim não deveriam ser chamadas de advogado. São só uns apertadores de parafuso.

— O que você quer dizer com "uma mão boa"?

— O que está escrito no post do Popcorn! O comportamento de Shiu Tak-Ping foi um pouco esquisito, como quando ele tentou correr, por exemplo, mas também faz todo o sentido que ele fosse um covarde que fez a escolha errada.

— Uma testemunha disse que o Shiu alegou que havia encostado na Siu-Man por acaso. Isso não é admitir que foi ele?

Nga-Yee estava achando difícil de aceitar aquilo depois de tanto tempo pensando em Shiu Tak-Ping como o responsável pelo sofrimento da irmã.

— Como eu disse, aquele advogado era um inútil. Quando você me entregou o material para este caso, eu olhei para o depoimento da sua irmã e a resposta estava lá: ela disse que alguém encostou na bunda dela, que tinha parecido um acidente, mas aí a mão começou a acariciar sua bunda e se enfiar pela saia. Por que a polícia e aquele advogado nunca pararam pra se perguntar se o primeiro toque tinha sido feito pela mesma mão do segundo? Não tem como saber em um trem tão lotado. Se a defesa tivesse trazido isso à tona, seria definitivamente uma dúvida razoável o suficiente para ele se safar.

Nga-Yee encarou N.

— Então o Shiu Tak-Ping só esbarrou na Siu-Man; e aí, por coincidência, uma outra pessoa molestou ela, e ele levou a culpa?

— Não foi necessariamente uma coincidência. Talvez o Shiu Tak-Ping tenha esbarrado nela, e o Sze Chung-Nam, parado ali perto, notou a forma como ela reagiu e começou a ter pensamentos obscenos. — N deu de ombros. — Se você quiser falar de coincidência, a principal delas é que eles dois estavam usando camisas de cores parecidas, então a mulher mais velha confundiu um com o outro. Você também pode culpar o Shiu Tak-Ping por ser burro o suficiente pra achar que eles estavam falando sobre o meio segundo em que a mão encostou na sua irmã e ter provocado uma confusão tão grande que ofereceu a cobertura perfeita para o Sze Chung-Nam escapar.

— Mas... isso é só uma hipótese sua, né?

— Sim. — N pegou de volta o tablet. — Então eu fui atrás de provas.

Ele deu *play* em um outro vídeo e colocou o tablet de novo diante de Nga-Yee. Era um zoom através de uma janela do metrô, embora de um ângulo mais baixo do que a linha de visão da maioria das pessoas, captando muitas mãos segurando as alças e as barras de metal. As pessoas sentadas ao fundo estavam ou cochilando ou distraídas mexendo no celular. Perto da câmera estava um jovem segurando a barra com uma das mãos; sua outra mão estava fora de quadro, mas ele provavelmente também estava no celular. Assim que Nga-Yee estava prestes a perguntar a N o que aquele cara tinha a ver com qualquer coisa, ela percebeu que estava olhando para a pessoa errada. À direita da tela, perto da porta, estava aquele tal de Sze, olhando para o display eletrônico do outro lado do vagão. Entre Sze e a porta estava uma garota de uniforme escolar, de uns 13 ou 14 anos. Sua expressão era de nojo, e ela estava olhando para a janela. A mão direita de Sze Chung-Nam estava pressionada contra as nádegas dela, e se mexendo.

— Ele... a mão dele... — gaguejou Nga-Yee.

— O Pato está seguindo ele há duas semanas — disse N, apontando para o banco do motorista. — O que acontece é que esse cara transformou isso em hábito. Uma nova vítima a cada poucos dias, sempre uma garota dessa mesma idade. Ele até passou a chegar e sair do trabalho mais cedo, para se ajustar melhor ao horário escolar, e escolhe os trens mais lotados pra caçar. Longe de mim elogiar esse cara, mas ele definitivamente sabe o que está fazendo. As garotas que ele escolhe são do tipo que entram em pânico e ficam paralisadas. Ele também fica de olho nas pessoas ao redor e para assim que alguém começa a prestar atenção. O momento mais tenso dele foi provavelmente com a sua irmã, no ano passado, e mesmo assim ele escapou impune. O Pato teve que usar uma câmera feita especialmente pra coletar esse tipo de prova.

N pegou o que parecia ser uns óculos de armação grossa. Nga-Yee notou pequenas aberturas nas hastes: câmeras *pinhole*. Ao contrário da maioria das câmeras secretas, aquelas eram perpendiculares ao usuário, e filmavam o que estava à esquerda e à direita dele.

Nga-Yee voltou a prestar atenção no tablet. Havia uma segunda gravação, depois uma terceira. Todas eram praticamente iguais; só a vítima que mudava.

— Por que você não denunciou ele na mesma hora? — gritou ela para Pato, ao ver Sze Chung-Nam enfiar a mão na saia de outra colegial.

Aquelas meninas tinham a mesma aparência de Siu-Man, e Nga-Yee sentiu muita pena delas.

— Porque ele consegue enxergar as coisas de uma perspectiva mais ampla, ao contrário de você — respondeu N. — Meu objetivo não era só pegar esse cara sendo um pervertido no trem.

— O seu objetivo? O que você...

— Isso não importa agora, a gente já está quase lá — afirmou N, olhando pela janela.

O carro estava na Dundas Street, em Mong Kok, quase chegando ao Fortune Business Centre, onde ficava a GT Technology. O trajeto de Sai Ying Pun até ali tinha levado apenas dez minutos, graças ao túnel.

— Quase lá? Mas você nem me disse o que a gente vai fazer! — protestou Nga-Yee. — Você vai aprontar alguma coisa para o Sze Chung-Nam?

— Você faz muitas perguntas — disse N, franzindo a testa. — Vem comigo e não abre a boca. Deixa que eu falo. Você só tem que ficar atrás de mim, fingir ser minha assistente, e assistir.

Pato deixou os dois na Shantung Street. Eles entraram em um prédio comercial e subiram até o décimo quinto andar, com Nga-Yee constrangida em relação a sua aparência e à maneira como andava, torcendo para que aquilo não os entregasse.

— Lembre-se, nem uma palavra — instruiu N enquanto as portas do elevador se abriam. Havia a sugestão de um sorriso em seu rosto — ele parecia um ator prestes a subir ao palco.

— Sr. Szeto! Seja bem-vindo, seja bem-vindo.

— Kenneth, desculpe o atraso. O trânsito...

Nga-Yee conseguiu esconder sua surpresa com a mudança no sotaque de N. Ele parecia um estrangeiro falando cantonês, ainda que discretamente. Por um momento, ela até se perguntou se aquele não era o *verdadeiro* N...

Não um ator, mas um golpista, ao contrário da sua impressão inicial.

Ela seguiu N até uma pequena sala de reuniões. O tal do Sze estava por perto, conversando com alguns colegas de trabalho, aparentemente insistindo pra que eles se juntassem à reunião.

Quando viu Sze Chung-Nam em pessoa, por um segundo Nga-Yee teve a sensação de que o conhecia. Ela disse a si mesma que era por causa das fotos e dos vídeos, mas não conseguiu se livrar da sensação de que eles já tinham se visto em algum lugar antes. Aquilo a distraiu brevemente de sua raiva. No final das contas, tudo o que tinha acontecido com Siu-Man era culpa daquele desgraçado.

— Doris teve que se ausentar, então essa é a minha outra assistente, Rachel.

Então era aquele o seu nome falso. Nga-Yee fez uma anotação mental.

— Vamos começar — disse Sze Chung-Nam, encaminhando-se para a frente da sala com um sorriso confiante. Ele apertou um botão no controle remoto e as palavras "GT Technology Ltd." apareceram na tela de oitenta polegadas, com seu nome ocidental, "Charles Sze", e o seu cargo. A apresentação seguia a regra 10-20-30 de Guy Kawasaki: 10 slides, 20 minutos, fonte 30. — Bom dia a todos. Meu nome é Charles Sze, eu sou diretor de tecnologia da GT. Hoje eu vou falar sobre a nossa estratégia de negócios e os nossos planos de desenvolvimento, bem como os benefícios que podemos oferecer para a SIQ.

Ele apertou um botão e passou para o slide seguinte. Sr. Lee e Hao ficaram olhando... não era aquilo que eles tinham visto no dia anterior. Deveria estar escrito "Temos mais do que apenas fofoca para oferecer", e Chung-Nam deveria estar falando sobre os mecanismos através dos quais os G-dollars poderiam ser negociados para gerar valor. Em vez disso, a tela proclamava "A Revolução da Notícia".

— Quando você esteve aqui no mês passado, sr. Szeto — disse Sze Chung-Nam —, nós falamos sobre o modelo básico de negócios do GT Net. Agora, eu gostaria de falar um pouco sobre o futuro da empresa e sobre como vamos realizar essa revolução.

O sr. Lee sussurrou apressado alguma coisa no ouvido de Hao, que balançou a cabeça como se dizendo que não estava sabendo de nada daquilo. Chung-Nam podia imaginar que o chefe devia estar em pânico, mas tinha certeza de que ele não abriria a boca. A apresentação tinha que ser impecável, e interrompê-la naquele momento causaria uma péssima impressão no potencial investidor.

O slide seguinte falava do potencial do GT Net quando o assunto era a indústria de notícias, contendo essencialmente ideias que Chung--Nam havia extraído da conversa com o sr. Szeto uma semana antes. Ele adicionou uma pesquisa própria, que parecia convincente. Para mostrar que era mais do que um mero papagaio e reforçar seus argumentos, tinha passado bastante tempo estudando a literatura internacional sobre o assunto e analisando o estado da mídia digital no país. Como resultado, estava dormindo quatro horas por noite, negligenciando seu trabalho de verdade. Nga-Yee ficou ouvindo ele falar, ainda sem saber o que N estava aprontando.

Ela entendeu que aquela tal GT era um provedor de web de Hong Kong e que eles achavam que N era alguém importante de uma empresa de investimentos, por isso estavam enchendo a bola da empresa para ele, dizendo que ela ia substituir a mídia tradicional. Mas o que N estava esperando? Aquilo parecia apenas uma reunião de negócios normal.

Mas, quando Sze Chung-Nam clicou novamente no controle remoto, a reunião de repente se tornou tudo, menos normal.

— O GT Net já possui as características de um site de notícias. Por exemplo, nós... hein?

O slide seguinte deveria ser uma captura de tela do GT Net, mas, em vez disso, o PowerPoint fechou e foi substituído por um navegador exibindo o site da GT. Aquilo parecia parte da apresentação, até que todo mundo prestasse atenção ao conteúdo da página: uma notícia no valor de zero G-dollars, com o título "[imagens, vídeo] Predador de meninas menores de idade", e um vídeo que usava a plataforma de streaming de Ma-Chai, que ainda estava em versão beta.

— É... é você, Chung-Nam? — gaguejou Ma-Chai.

Na tela, Sze Chung-Nam aparecia no meio de um vagão do metrô, passando a mão na bunda de uma jovem: o primeiro dos vídeos que Nga-Yee tinha visto antes, sendo que agora o rosto da vítima estava pixelado.

Demorou vários segundos para Chung-Nam recuperar os sentidos e apertar freneticamente o controle remoto, mas a reprodução não parou. Depois de cerca de dez segundos, começou um outro vídeo: Chung-Nam e sua próxima vítima.

— Deve... deve haver algum tipo de engano... — balbuciou Chung-Nam. Ele se virou para mexer no teclado apoiado no rack ao lado da tela e ficou digitando freneticamente, mas o vídeo se recusou até mesmo a pausar. Ele tentou desligar o computador, mas o botão parecia não funcionar. Xingou os *touch pads*, que, ao contrário dos interruptores antigos, não cortavam simplesmente a corrente. Em seu frenesi, pensou em desligar toda a aparelhagem, mas as estantes haviam sido montadas por sobre as tomadas, e ele teria que arrancá-las da parede.

— Eu... eu posso explicar, não sou eu...

Nga-Yee olhou para N, que fingia estar tão surpreso quanto todo mundo, mas conseguiu detectar a alegria em seu rosto. Naturalmente, por mais que sua expressão não o denunciasse, ela sabia que aquilo era obra dele. Quando Nga-Yee assistiu àqueles vídeos no carro, cada um tinha quase um minuto de duração, mas ali haviam sido editados para os trinta segundos mais cruciais. Mesmo depois que já haviam parado Chung-Nam continuava a apertar o botão do controle remoto com uma força descomunal, de forma que o *clique-clique-clique* ecoava pela sala.

— Charles, isso é algum tipo de piada? — O sr. Lee preferia ter ficado em silêncio, mas, enquanto CEO, ele precisava explicar aquilo.

Antes que pudesse continuar, Chung-Nam apertou mais uma vez o botão, e então apareceu o segundo slide.

— Oh! — exclamou Nga-Yee em estado de choque.

Ela estava dizendo a si mesma para ficar quieta, mas o slide seguinte tinha sido mais do que ela podia suportar. Por sorte, ela não tinha revelado nada; todo mundo simplesmente presumiu que ela também tinha ficado apavorada com o conteúdo do slide.

O torso nu de uma mulher. Seu rosto havia sido cortado da imagem. A cabeça de um homem perto de seu seio esquerdo, a língua de fora. Nga-Yee tinha visto aquilo antes na seção adulta do Popcorn, mas daquela vez era o seio da mulher que estava pixelado, enquanto o rosto do homem era visível. E aquele homem nu era ninguém menos que Sze Chung-Nam. Agora Nga-Yee sabia onde ela tinha visto aquela figura atarracada antes. Ela tinha reconhecido aquela boca nojenta e o queixo redondo.

Havia uma legenda abaixo da foto:

> Eu sou o Marquês de Sade e essa é a minha terceira escrava. Quinze anos — já está ficando muito velha pra mim.

O rosto de Sze Chung-Nam estava pálido. Ele olhou aterrorizado ao redor da sala de reuniões, sua expressão em forte contraste com o olhar malicioso na tela. Nga-Yee não pôde deixar de achar aquela situação ridícula, até mesmo cômica. A sala estava absolutamente silenciosa, e a temperatura pareceu despencar. Hao e Thomas se encaravam inquietos, Joanne espiava Chung-Nam de canto de olho, com nojo, e Ma-Chai olhava suplicante para o chefe. Mas o sr. Lee estava atordoado demais para falar, então foi inevitável que o silêncio horrível continuasse.

— O que está acontecendo, Kenneth? — perguntou N na voz de Szeto Wai.

— Eu... eu não sei. Charles, o que é isso? — disse o sr. Lee, desamparado. — Isso... isso é...

— Sites adultos podem ser lucrativos, mas sem dúvida a SIQ não tem intenção de se envolver com eles — falou N, dando um suspiro teatral, voltando-se então para Sze Chung-Nam. — Não sei se seus vídeos fetichistas acabaram na apresentação porque você misturou alguns arquivos ou porque alguém o sabotou, mas, de qualquer forma, você é visivelmente inadequado para esse cargo. Como vou poder confiar de novo em você, Chung-Nam? Não vou dizer aos meus colegas que eles deveriam nomear um pervertido como o novo CEO.

— CEO? — O sr. Lee se virou para encarar N. — Do que você está falando, nomear um novo CEO?

— Não importa, Kenneth. Não vai acontecer, de qualquer jeito. Mas, se você quiser saber, deveria perguntar ao Chung-Nam. — N balançou a cabeça. — Parece que é o fim deste relatório. É uma pena que eu esteja de partida para os Estados Unidos amanhã, então não tenho como assistir à tentativa número três pessoalmente. Mas providenciarei alguém para fazer isso.

N se levantou, apertou a mão do estupefato sr. Lee, fez um gesto com a cabeça para Nga-Yee e saiu da sala de reuniões. Na porta, ele se virou para dizer:

— Cuide-se, Chung-Nam.

O sr. Lee estava prestes a pedir ao sr. Szeto e a Rachel para ficarem, na esperança de consertar aquela situação, mas naquele momento ele congelou e se virou para seu funcionário.

— Como é que o sr. Szeto conhece o seu nome chinês? — Essa foi a última coisa que Nga-Yee ouviu o sr. Lee perguntar a Chung-Nam enquanto ela e N iam embora.

De volta à rua, Pato esperava por eles com o carro. Eles entraram e partiram.

— A mente de Kenneth não funciona muito rápido — zombou N, tirando a gravata, com a expressão de quem mal podia esperar para voltar ao seu moletom surrado e suas calças cargo. — Eu tive que dizer "Chung-Nam" três vezes até ele entender que eu vinha me encontrando com o funcionário dele em segredo.

— Foi o Sze Chung-Nam que postou aquelas fotos no Popcorn? — perguntou Nga-Yee.

N semicerrou os olhos e a encarou por alguns segundos enquanto pensava onde ela queria chegar com isso.

— Então você realmente entrou em todos aqueles sites que eu te dei?

— Sim. Achei que você estava zombando de mim, me fazendo entrar em sites adultos...

— Lá vem você de novo, fazendo de você e de mim um idiota. — N riu. — Quanto tempo livre você acha que eu tenho? Acabei de compilar cada site que fazia parte do caso em um único documento. Não fiz isso pensando em você, mas foi assim que você enxergou.

— O que aconteceu de verdade? Isso tudo foi uma armadilha que você armou pra expor o Sze Chung-Nam como um pervertido na frente de todos os colegas dele?

— Basicamente.

— E foi por isso que o Pato não o impediu de molestar aquelas garotas no metrô?

Nga-Yee ainda estava irritada com aquilo. Até aquele momento, nada no plano parecia justificar ter deixado aquelas meninas sofrerem.

— Deixa eu te perguntar uma coisa, srta. Au — disse N placidamente. — O que você acha que teria acontecido se o Pato tivesse tentado impedir o Sze Chung-Nam no ato?

— A polícia teria prendido ele, claro!

— OK, agora imagina que você é o oficial de plantão. Do que você o acusaria?

— Atentado ao pudor. — Shiu Tak-Ping tinha sido considerado culpado disso, então Sze Chung-Nam claramente merecia o mesmo.

— Correto. Ele seria considerado culpado, expressaria remorso no tribunal, pegaria um terço da pena porque o crime não é grave e cumpriria um ou dois meses, no máximo. Com sorte, ele poderia até ter a pena suspensa — afirmou N, franzindo a testa. — Isso não é o que ele merece.

— E o que ele merece?

— O verdadeiro crime do Sze Chung-Nam é a coerção sexual. Levando em conta que suas vítimas são meninas menores de idade, estamos falando de quatro ou cinco anos de prisão.

— Coerção?

— Como eu disse a você, eu encontrei o Sze Chung-Nam ao comparar as imagens das câmeras de segurança da estação com o cartão Octopus dele. — N tirou os óculos. — Na época, eu estava pensando nele como o verdadeiro culpado que tinha incriminado o Shiu Tak-Ping. Quando vi como ele era calmo e preparado, comecei a me perguntar com que frequência ele fazia aquilo. Durante todo o tempo em que você ficou de vigília no meu apartamento e tentou me pressionar para aceitar seu caso, eu estava investigando esse cara. O histórico do navegador dele me disse que ele tinha postado fotos explícitas na seção adulta do Popcorn, e, embora o rosto do homem estivesse borrado nessas fotos, eu sabia que era ele por causa do corpo.

— Ele pagou acompanhantes para serem fotografadas com ele? — Nga-Yee se lembrou de vários tópicos do Popcorn que faziam menção a garotas de programa locais.

N tocou no tablet e abriu a página que eles tinham acabado de ver na sala de reuniões da GT. Havia mais cinco ou seis fotos daquelas. Uma garota diferente em cada uma, mas o homem era sempre Sze Chung--Nam. Todas as fotos continham extensas legendas; o que Nga-Yee tinha visto mais cedo era apenas uma parte:

> Eu sou o Marquês de Sade e essa é a minha terceira escrava. Quinze anos — já está ficando muito velha pra mim. Eu a usei por seis meses e, embora ainda seja um pouco rebelde, está quase que completamente sob controle. Compartilhando com todo mundo porque sei que vocês vão gostar.

— Não fui eu que escrevi isso — disse N, parecendo enojado. — Cada palavra é do Sze Chung-Nam. Na verdade, ele postou isso na *dark web*, mas eu copiei.

— Na *dark web*? — Nga-Yee demorou a conseguir se lembrar. — Ah, sim... aquela coisa que você só pode ver com um navegador Onion?

— Correto. O Sze Chung-Nam é um membro de um chat de pedofilia na *dark web*, onde ele se autodenomina "Marquês de Sade" e faz posts sobre como ele aprisiona e ameaça as acompanhantes até que se submetam para serem "corrigidas" como suas escravas. Para provar que está dizendo a verdade, ele também posta fotos, com seu rosto escurecido. Os outros pervertidos adoram, como você pode imaginar. O que ele fez no Popcorn foi só a ponta do iceberg. O texto e as imagens na *dark web* são cem vezes piores.

— Mas você disse que é impossível identificar alguém que usa o Onion. Como foi que você...

— Eu não rastreei ele pelos posts na *dark web*, eu fui direto para o computador dele, registrei cada tecla que ele apertou e baixei todas as imagens que ele via. Eu sabia qual software ele usava e quais sites visitava. — N sorriu, parecendo achar graça no fato de que Nga-Yee estivesse se interessando por tecnologia. — Foi assim que eu descobri que esse desgraçado estava fazendo mais do que apalpar meninas no trem. Ele também era perito em escolher garotas que trabalhavam como acompanhantes pra ganhar algum dinheiro extra e encontrava maneiras de manipulá-las para que elas se submetessem completamente a ele, para que ficassem a seu serviço. Eram essas o prato principal; as meninas do metrô eram a sobremesa.

— Então tudo o que ele escreveu...

— É tudo verdade. — N apontou para a primeira foto. — Ela de fato tem 15 anos, e aquela foto foi tirada sem o consentimento dela.

Nga-Yee respirou fundo. Quando viu aquela foto no Popcorn, seu primeiro pensamento tinha sido de nojo da garota, por como ela tinha se deixado ser usada daquela forma a troco de algum dinheiro. Ela nunca tinha imaginado o quanto de história ainda havia por trás.

— Sze Chung-Nam é um homem ambicioso e controlador, e, o pior de tudo, inteligente — continuou N. — Ele é bom observador e sabe como se conectar com as pessoas; os ingredientes de um indivíduo de sucesso. Se tivesse permanecido no caminho certo, ele teria se tornado uma figura notável, mas ele sucumbiu aos seus desejos sombrios. Suponho que, por ser baixinho, gordo e não particularmente atraente, tinha vergonha de sua aparência quando era mais jovem. Talvez tenha sofrido *bullying*, talvez tenha sido rejeitado de forma humilhante pelas mulheres. E, infelizmente, a forma que ele escolheu de superar isso foi mirar em alvos ainda mais fracos.

A primeira vez que N encontrou Sze Chung-Nam em seu escritório, ficou surpreso com o quão ansioso ele estava para responder a perguntas. Se N já não soubesse o que tinha feito, provavelmente teria ficado impressionado com aquele funcionário júnior entusiasmado e ambicioso.

— De acordo com o *Manual de Caça* que ele divulgou na *dark web*, ele usava apps de mensagens como o Line e o WeChat para escolher suas presas. Ele identificava meninas com personalidades vulneráveis, talvez por terem sido ameaçadas antes, e secretamente tirava *screenshots* enquanto conversava com elas, o que servia de base para material de chantagem mais tarde. Ele era implacável. A maioria das pessoas diria: "Faça o que eu estou dizendo, senão eu coloco suas fotos comprometedoras na internet". Ele, por sua vez, subia as fotos diretamente para a seção adulta e, em seguida, dizia às vítimas: "Faça o que eu estou dizendo, senão da próxima vez seu rosto estará visível". O que era mais nocivo é que ele sabia afagar tão bem quanto jogar pedra. Comprava presentes baratos para as vítimas e as levava às compras, para criar a ilusão de que se importava com elas. É uma forma de síndrome de Estocolmo, eu acho. As adolescentes não entendem muito do mundo, então são mais fáceis de serem manipuladas.

Enquanto Pato estava seguindo Sze Chung-Nam, por várias vezes o viu sair com as mesmas mulheres que havia ameaçado. Iam a restaurantes razoavelmente bons, e Chung-Nam sempre pagava a conta. Claro, aqueles encontros sempre terminavam em um quarto de hotel. Sze Chung-Nam não estava atrás de sentimentos falsos, mas de uma submissão real, para satisfazer sua necessidade de controle.

— Espera... eu ainda não entendi — disse Nga-Yee. — Você enganou o chefe do Sze Chung-Nam, fazendo ele acreditar que você era um investidor, pra poder inserir aquelas páginas falsas na apresentação dele e expor seus crimes... E foi isso a punição dele?

— Páginas falsas? Que páginas falsas?

— O mesmo que você fez com a Violet! Invadiu o Wi-Fi, inserindo sites falsos... — Ela apontou para o tablet.

— Essas coisas são verdadeiras. — N riu. — Tudo o que você está vendo agora, todas as fotos e vídeos, na verdade, estão na página inicial do GT Net. E tem mais... — N tocou em um canto da tela para abrir o Popcorn. — Eu postei tudo aqui também. Mil visualizações já, por enquanto.

Nga-Yee olhou para baixo e viu a seguinte postagem:

POSTADO POR edgarpoe777 EM 07-07-2015, 11:01
FWD: Tarado do GT Net se expõe (vídeos, fotos)

Pixelada, mas picante mesmo assim! http://www.gtnet.com.hk/gossip.cfm?q=44172&sort=1

— Tenho certeza de que tem um intrometido ainda maior do que eu que já reportou isso à polícia, e o Sze Chung-Nam provavelmente vai ser preso em breve. Pena que não estaremos lá para vê-lo sendo levado algemado e com um saco na cabeça — disse N alegremente. — A polícia vai rastrear o endereço IP de onde essas fotos e vídeos foram postados e vai descobrir que foi do escritório da GT. Isso é obra minha, mas eles não vão encontrar nenhum sinal disso. Provavelmente vão procurar explicações que se encaixem nas circunstâncias, como a de que Sze Chung-Nam é um pervertido — embora ele realmente seja, claro — e que começou a testar o sistema com imagens picantes de si mesmo. Vão dizer que ele foi descuidado e que expôs seus crimes por acidente. Não é ilegal postar fotos pixeladas, mas, para investigar tudo da maneira adequada eles vão ter que verificar se as imagens e os vídeos eram reais ou falsos, e isso é que vai acabar com ele.

— Então você montou todo esse esquema elaborado para o seu próprio entretenimento? Por que ele teve que ser exposto durante uma reunião? Você podia ter colocado essas coisas na internet e entrado em contato com a polícia por conta própria.

— Claro, eu gosto de um bom espetáculo. Quem não gosta? Mas esse não era o ponto principal. — N balançou o dedo para ela. — No papel de sr. Szeto, eu me encontrei em segredo com o Sze Chung-Nam. Ele propôs que, depois que eu injetasse dinheiro na empresa, usasse meu poder como investidor para promovê-lo a CEO.

— E daí?

— Depois que o Sze Chung-Nam for acusado e condenado, o juiz vai pedir um relatório do histórico do réu e permitir que a defesa apresente referências de caráter para serem levadas em conta na sentença. Agora que o chefe dele sabe que ele planejava secretamente se associar a um investidor para tomar o seu lugar, o Sze pode esquecer isso. Os colegas de trabalho vão ficar desconfiados. Melhor ainda, provavelmente ele vai achar que a pessoa que trocou os vídeos e acabou com a sua grande apresentação só pode ter sido alguém do escritório. Então, se algum deles se oferecer pra falar bem dele, ele vai presumir que é o culpado, fingindo ter pena. Eu não quero apenas que ele vá para a cadeia, quero que ele seja abandonado pelos amigos e nunca mais seja capaz de confiar em ninguém, e que fique preso por mais de uma década.

— Mas você não disse que a pena máxima era de quatro ou cinco anos?

— Por vítima. Ele manteve seis meninas menores de idade em escravidão sexual. Mesmo que apenas três delas estejam dispostas a testemunhar, já são pelo menos 12 anos.

Só agora Nga-Yee entendia completamente que cada garota naquelas fotos era uma das vítimas das chantagens de Sze. Ela devia ter percebido. Quando ele falou em "terceira escrava", isso implicava a existência de pelo menos mais duas.

— Olhando pra ele, ninguém diria — murmurou ela. — Agora mesmo, quando estava fazendo a apresentação, ele parecia uma pessoa comum.

— Você acha que os piores pervertidos não se parecem com pessoas comuns? — N riu friamente. — Não seja ingênua. Criminosos não têm nenhuma marca especial. É muito provável que tenham empregos normais e famílias normais. Só vemos um lado deles. Confundir esse lado com o todo é o que atrai as pessoas para as suas armadilhas.

— Essas meninas vão conseguir se livrar dele?

— Espero que elas recebam ajuda, depois do que sofreram. — N fez uma pausa. — Você deixou a Violet To escapar, mas aposto que não vai me pedir pra ter misericórdia dele, vai?

— Um lixo como ele deveria ficar preso pelo resto da vida — respondeu Nga-Yee.

Ela sabia que não podia culpar Sze Chung-Nam pela morte de Siu-Man, mas, se ele não a tivesse atacado, nenhuma das outras coisas teria acontecido. Violet e o irmão tinham muitos motivos complexos para fazer o que fizeram, mas Sze atacava meninas apenas para satisfazer seu próprio desejo animal.

Enquanto eles falavam, o carro atravessou o túnel subaquático e chegou de volta à Ilha de Hong Kong.

— Ah, sim, você usou um outro ataque *man-in-the-middle*, não foi? — perguntou Nga-Yee de repente.

— O quê?

— Quero dizer, na vida real, quando você fingiu representar uma firma de investimentos pra enganar o Sze Chung-Nam e o chefe dele — disse Nga-Yee. — Em vez de criar uma empresa de investimentos do zero, aposto que você pegou uma já existente e interceptou suas comunicações pra que pudesse fingir ser um dos diretores. O Sze Chung-Nam não é bobo, como você disse. Se você tivesse inventado uma empresa, ele sem dúvida ia descobrir, né?

— Humpf. Bem, você já me viu usar esse truque algumas vezes. Se *não* tivesse percebido que era o que eu estava fazendo, aí sim eu ia ter medo de que você tivesse algum problema.

Apesar da indiferença estudada de N, Nga-Yee se deu os parabéns por ter desvendado os pensamentos dele pelo menos uma vez. O carro parou no estacionamento perto do apartamento dele.

— Desça, espertinha — ordenou ele.

Ele parecia um pouco irritado, provavelmente porque ela tinha adivinhado o que ele estava fazendo e roubado um pouco do seu mistério.

O que ela não sabia era que ele não estava nada infeliz, mas sim fingindo, para que ela não suspeitasse do que ele estava sentindo.

Aos olhos de N, o caso de Nga-Yee era muito especial. Ele já tinha visto muitos clientes teimosos, determinados a conseguir o que querem, mas ninguém nunca tinha sido persistente. Ela conseguiu até mesmo surpreendê-lo algumas vezes, como quando descobriu por que o sr. Mok tinha ido visitá-lo ou com a forma como refutou os motivos que ele inventou para reclamar da arrumada que ela deu em seu apartamento. Quando ele disse que ela às vezes era inteligente e às vezes fazia perguntas idiotas, dado o altíssimo padrão dele, isso era na verdade um elogio raro. E ele estava sendo sincero quando disse que ela, assim como ele, era solitária por natureza. Por isso que ele tinha deixado ela desempenhar um papel tão importante nas operações; em parte porque estava intrigado com aquela mulher peculiar, em parte porque tinha encontrado alguém da mesma espécie que ele.

No entanto, embora N tivesse, voluntariamente, revelado muitos de seus segredos comerciais a Nga-Yee, como truques de investigação e métodos de enganar as pessoas, ele jamais abriria mão de seu maior segredo: Szeto Wai era sua verdadeira identidade.

Quando tinha acabado de chegar aos Estados Unidos e estava montando a Isotope Technologies, N já era um hacker. O trabalho tomava a maior parte de seu tempo, e foi essa a única razão pela qual jamais se envolveu em negócios mais sombrios. Ele era um negociador habilidoso, capaz de destrinchar o caráter de uma pessoa nos mínimos detalhes, o que o tornava muito persuasivo, e ele conseguiu muitos contratos para a Isotope assim que ela foi fundada. Ele odiava ter um emprego que consistia principalmente em barganhar, e aquele seu ponto forte começou a se transformar numa maldição. Então veio a SIQ, e sua fortuna aumentou ainda mais. Aos 33 anos, já ganhava mais dinheiro do que seria capaz de gastar em uma vida. Quanto mais bem-sucedida a SIQ se tornava, mais aquele sucesso parecia sem sentido.

Após um incidente, N decidiu enterrar seu nome verdadeiro e retornar a sua terra natal, onde ofereceria investigações por debaixo dos panos e planos de vingança. Sempre fora um lobo solitário, e seu sistema de valores não era o mesmo da maioria das pessoas. Sob sua ótica, iguarias que valiam milhares de dólares não eram necessariamente tão diferentes de uma tigela de *wonton noodles* do Loi, e um bom vinho no valor de dezenas de milhares de dólares não era tão bom quanto uma cerveja diante do computador, com Chet Baker ecoando das caixas de som. A satisfação que ele procurava não tinha a ver com sensualidade, mas com algo do espírito, muito menos concreto. N nada tinha contra as pessoas egoístas, mas se elas ameaçavam os mais fracos, se não se importavam com mais ninguém e achavam que podiam fazer o que quisessem, ele sentia um grande prazer em acabar com elas.

No entanto, N era uma pessoa de princípios; acreditava que toda ação tem uma reação.

A palavra que ele mais odiava no mundo era "justiça". Isso não significava que não sabia a diferença entre o bem e o mal, mas entendia que, em vez da moralidade simplista, a maioria dos conflitos no mundo surgia de diferenças de opinião, com ambos os lados levantando a bandeira da justiça e reivindicando estar do lado da razão. Isso permitia que essas pessoas se valessem dos meios mais dissimulados sob a justificativa do "mal necessário" para derrotar o outro lado: a lei da selva, essencialmente. N entendia muito bem disso. Tinha dinheiro, status, poder e talento, então podia fazer praticamente o que quisesse, e as outras pessoas o veriam como um avatar da "justiça", mas ele sabia que oprimir os outros em nome da justiça era só uma outra forma de *bullying*.

Tinha plena consciência da crueldade dos métodos que empregava. Por mais que as pessoas que ele tinha ameaçado fossem membros da Tríade, por mais que aqueles que ele tivesse enganado fossem empresários desonestos, ele nunca se permitia acreditar que estava do lado da justiça. Aquilo era apenas combater o mal com o mal, transformando todo mundo em animais ferozes.

Pelo fato de compreender isso, ele era capaz de se conter.

Quer estivesse trabalhando para um cliente ou apenas sendo intrometido, ele refletia profundamente sobre quais métodos empregar e sobre como aplicar punições proporcionais ao crime. Era fácil acabar com uma pessoa. Aos seus olhos, os seres humanos eram produtos inferiores, cheios de rachaduras e falhas que ele podia controlar ou manipular. Mas muitas pessoas gostavam de brincar de Deus, e ele não queria ser uma delas.

Quando uma pessoa chegava a ele com um caso de vingança, ele ponderava com cuidado o histórico do potencial cliente e todos os detalhes do que havia acontecido antes de decidir se aceitava ou não. N tinha se especializado em provocar reviravoltas, infligindo ao perpetrador o que ele havia causado à vítima. Ao pôr em prática aquele tipo de retribuição, ele se sentia quase que inteiramente isento; não era mais do que uma ferramenta, e a animosidade era assunto dos outros. Quando agia por conta própria, porém, precisava calibrar suas ações com mais cuidado, e às vezes era forçado a usar métodos complicados e indiretos, de acordo com seu código de ética.

Ao lidar com Sze Chung-Nam, porém, ele encontrou uma dificuldade.

Depois de confirmar o que Sze tinha feito, N queria libertar as vítimas, dando a elas uma oportunidade de obter vingança. Queria ver aquele homem na cadeia. Queria que ele sofresse os tormentos infligidos especialmente aos criminosos sexuais que são presos, para que passasse a viver com medo da mesma forma que aquelas garotas viviam todos os dias. O problema era que N não conseguia encontrar nenhuma informação sobre elas no computador de Sze, apenas algumas fotos com os rostos cortados.

De acordo com as descobertas de Pato, Sze Chung-Nam tinha dois telefones celulares: um para uso diário e outro para a caça. Ele entrava em contato com as vítimas pelo segundo celular e ligava somente quando precisava falar com elas. Caso contrário, ele o mantinha em sua pasta, desligado. Não havia aplicativos naquele aparelho, e ele não o usava para nada, exceto para tirar fotos de suas presas.

Pato tinha conseguido descobrir a identidade de duas das garotas molestadas por Sze Chung-Nam, mas o que N queria era uma lista completa dos nomes. A foto que ele tinha achado na internet deixava claro que havia mais de uma vítima, mas ele não tinha ideia de quantas havia no total. Sabia que todos os alvos de Chung-Nam teriam uma personalidade semelhante: não eram ousadas o suficiente para fazer barulho. Mesmo que a notícia de sua prisão fosse divulgada, não era garantido que elas fossem aparecer. Elas talvez nunca tenham sabido seu nome verdadeiro, nem vão perceber que a pessoa que as ameaçou era a mesma das notícias, principalmente se os jornais não publicassem uma foto dele.

Podia dar errado por diversos motivos. Se Sze acabasse sendo condenado pelo delito menor, atentado ao pudor, e pegasse só um ou dois meses de prisão, ele ficaria ainda mais brutal e perigoso, e as garotas podiam acabar numa situação ainda pior, sem falar em todas as novas vítimas que ele com certeza poderia encontrar. Apenas um ano antes, tinha havido um duplo homicídio terrível: um consultor de finanças estrangeiro que estava na onda dos fetiches torturou e matou duas prostitutas no sul da Ásia enquanto estava doidão, depois guardou os corpos decapitados em duas malas debaixo da cama, até que por fim se entregou à polícia. Aquela cidade extremamente estressante às vezes fazia com que criminosos daquele tipo apresentassem um comportamento ainda pior. N decidiu que atacaria apenas quando tivesse certeza do sucesso; não agiria contra Sze Chung-Nam até que tivesse certeza de mandá-lo para a cadeia por dez a vinte anos, porque só assim não haveria consequências para as vítimas.

"Será que a gente hackeia o celular dele remotamente?", perguntou Pato na época.

"Não, é arriscado demais. Você disse que ele liga o celular só quando quer entrar em contato com os alvos. Não vai ser fácil atraí-lo pra essa armadilha, e ele é um desgraçado inteligente. Se sentir que tem algo errado, vai se assustar e todo o nosso trabalho até agora terá sido jogado fora. Vou pensar num outro jeito."

Quando estava investigando o histórico de Sze Chung-Nam, N percebeu que a empresa dele fazia parte do programa de investimento do Conselho de Produtividade e estava atrás de uma gestora de capital de risco. Ele pesou os prós e os contras, e decidiu encontrar Sze usando sua verdadeira identidade. Nga-Yee estava certa; tinha sido um ataque de *man-in-the-middle* na vida real, exceto pelo fato de que N era mesmo presidente da SIQ, e o que ele estava escondendo era sua motivação. Todo mundo na SIQ sabia que Szeto Wai estava praticamente aposentado, mas poucos sabiam que ele estava no Extremo Oriente, e não na Costa Leste norte-americana. Nem mesmo Kyle Quincy sabia de sua vida dupla em Hong Kong. Sempre que se falavam pelo Skype, N vestia sua roupa de Szeto Wai.

N tinha alguns cúmplices: pilantras, hackers, lutadores, gente que era pau para toda obra, e ele podia convocar dez ou vinte deles a qualquer momento, embora apenas Pato e Doris soubessem que ele era Szeto Wai. Naquela operação, Doris tinha ficado encarregada de manter contato com Kenneth Lee, enquanto Pato vigiava Sze Chung-Nam e procurava as vítimas dele.

Este aqui é nosso diretor de tecnologia, Charles Sze.

Na primeira visita de N ao escritório do GT Net, ele causou uma forte impressão em Sze. Com um e setenta de altura e em formato de barril, Sze Chung-Nam não era um deleite para a vista, mas era articulado e cheio de autoconfiança, e parecia determinado a mostrar que havia mais nele do que pessoas superficiais poderiam deduzir a partir de sua aparência. Durante aquela breve conversa, N obteve um controle sobre sua personalidade e elaborou uma estratégia para lidar com ele. A princípio, tinha planejado "esbarrar" com Sze na rua logo após aquela reunião, mas depois elaborou um plano mais ousado.

Ele ia fazer com que Sze o procurasse.

Sze tinha parecido entusiasmado, então N lançou uma pergunta difícil e, como esperado, Sze correu para responder enquanto Kenneth Lee se atrapalhava. Aquilo revelou o quão interessado Sze estava em Szeto Wai. E então, enquanto os dois jogavam conversa fora, N fez questão de mencionar seu endereço falso, acrescentando que iria assistir a uma apresentação no Centro Cultural. Sze foi esperto o suficiente para não deixar passar uma oportunidade como aquela.

O que N não tinha previsto, no entanto, era o que Nga-Yee ia fazer.

Naquele dia, quando ele voltou para Sai Ying Pun depois de ter ido ao escritório de Sze, ficou surpreso ao encontrar Nga-Yee sentada na escada do seu prédio, olhando séria para um celular depois de sair mais cedo do trabalho. As novas informações do celular de Siu-Man o forçaram a voltar sua atenção para aquele lado do caso. Quando Nga-Yee insistiu em passar a noite lá para obter uma resposta o mais rápido possível, isso fez com que ele se sentisse ainda mais pressionado. Ele iria ao Centro Cultural na noite seguinte para pegar seu peixe, mas Nga-Yee estava tomando todo o tempo que ele pretendia usar nos preparativos. Depois do telefonema para a srta. Yuen na manhã de sábado, Nga-Yee finalmente foi embora, e N chamou uma cúmplice para ser seu par naquela noite, depois dormiu por várias horas seguidas. Ele poderia dar continuidade a uma investigação ou a uma operação de vigilância sem parar para descansar, mas agora que iria atuar pessoalmente precisava estar de todo alerta e preparado. Se dissesse alguma palavra errada e levantasse as suspeitas de Sze, não seria apenas aquela incursão que iria pelos ares, mas possivelmente o plano inteiro, deixando que Sze escapasse impune.

Sze Chung-Nam não foi capaz de localizar Szeto Wai durante a apresentação por um motivo simples: N jamais esteve lá. Pato ficou de vigia e avisou para ele o momento apropriado para deslizar para o foyer e planejar seu "encontro casual". Lá, N encontrou um banqueiro que havia conhecido muitos anos antes em uma conferência do Vale do Silício, e decidiu usá-lo para tornar seu próprio disfarce mais convincente. Sze não fazia a menor ideia de que, da mesma forma que tinha despejado um monte de bobagens sobre a orquestra e o solista se fundirem bem, os comentários de N também haviam sido inventados, reunidos a partir de críticas e de gravações anteriores.

Durante a semana seguinte, N tocou os dois projetos em paralelo, dando continuidade à investigação dos colegas de Siu-Man enquanto se aproximava de Sze Chung-Nam. Quando Nga-Yee esbarrou com o sr. Mok no Loi's e foi até o apartamento de N para confrontá-lo, ele estava se preparando para o jantar com Sze na noite seguinte. Nga-Yee não parou de interromper seu fluxo de trabalho, e acontecimentos inesperados continuaram a acontecer com Sze, mas N foi capaz de manter as coisas nos eixos.

O principal motivo pelo qual N queria levar Sze para jantar era para poder roubar o celular dele.

Não "roubar" no sentido convencional, é claro. O que N estava procurando eram os dados do celular: os contatos das vítimas, as fotos e os vídeos que ele havia feito, e assim por diante. Se possível, também esperava criar um *back-end* para o celular, que lhe daria acesso a ele 24 horas por dia e talvez lhe permitisse impedir Sze de fazer mal às garotas antes mesmo de concluir a operação. Sendo um especialista em tecnologia, Sze poderia detectar um ataque remoto, porém, enquanto N tivesse acesso ao aparelho, não havia dúvida de que seria capaz de se infiltrar sem ser notado.

Durante o jantar em Tin Ding Hin, N percebeu que Sze era ainda mais capaz do que ele imaginava, e muito bom observador também. Embora a SIQ não estivesse realmente abrindo uma filial em Hong Kong nem fazendo incursões na Ásia, aquelas conclusões eram válidas a partir das pistas falsas que N havia fornecido. Naquela noite, N teve várias oportunidades de pegar o celular de Sze, mas no final decidiu deixar o anzol na água por mais tempo antes de puxá-lo para fora, não só para dar ao seu alvo mais chances de morder a isca, como também para esperar até que ele estivesse exausto e não tivesse como revidar. Mais tarde, uma informação de Pato comprovou que sua decisão tinha sido apropriada.

"O desgraçado notou minha presença na plataforma do metrô", disse Pato ao telefone.

"Putz, sério? Ele ficou muito desconfiado?"

"Não muito. Parei de segui-lo em Mong Kok. Acho que ele não ficou muito assustado."

"Toma cuidado. Usa um disfarce se precisar. Esse cara é esperto."

Depois disso, Pato manteve uma boa distância de Sze, ficando fora de vista sempre que possível. A vigilância vinha ocorrendo havia cerca de vinte dias, e N já descobrira uma das vítimas. Durante esse tempo, Sze estava constantemente em busca de novas acompanhantes, ao mesmo tempo que forçava as que já tinha sob seu comando a prestar serviços sexuais. No fim de semana em que N estava se preparando para sua segunda visita à Enoch para expor a verdadeira cara de Violet, Pato viu Sze chamar uma garota para ir ao Festival Walk, e depois eles foram para um hotel. Quando saíram, Pato seguiu a garota e, assim que conseguiu seu endereço, descobriu que ela era a "terceira escrava". Ele também viu que um colega de trabalho de Sze, Hao, estava por perto, e por alguns instantes se perguntou se eles estavam enfrentando uma quadrilha em vez de um criminoso solitário, mas depois concluiu que Hao provavelmente estava lá por mera coincidência.

Mesmo com as informações de uma vítima em mãos, N não mudou de estratégia. Seu plano desde o início era conseguir uma lista completa de nomes, e ele queria obter as fotos não pixeladas como evidência. O ataque principal contra Sze ocorreu no dia 2 de julho, a noite do bar.

Depois de assumir o caso de vingança de Nga-Yee, N foi forçado a continuar nas duas frentes ao mesmo tempo. Enquanto vigiava a casa de Violet To, estava se preparando para pôr as mãos no celular de Sze. Mais cedo, no dia da primeira visita de Nga-Yee à unidade móvel em Broadcast Drive, N e Pato trocaram de funções: Pato ficou de olho em Violet enquanto N se tornou mais uma vez Szeto Wai e foi ao bar em Lan Kwai Fong com Sze.

Pode deixar sua pasta no carro.
Não precisa, vou levá-la comigo.

N esperava separar Sze de sua pasta, onde estava o celular, mas Sze se recusou porque precisava do relatório que pretendia apresentar a Szeto Wai. N não se abalou; ele tinha um plano B e estava trabalhando com mais comparsas naquela noite. Não apenas o dono do bar e os garçons, mas também duas lindas mulheres como isca: Zoe e Talya. Ao contrário de Doris, elas não tinham conhecimento do plano geral e não fizeram perguntas. Sabiam que era mais seguro se envolver o mínimo possível.

O trabalho de Zoe e Talya era distrair Sze Chung-Nam de sua pasta. Quando ele foi ao banheiro, um dos comparsas pegou o celular e o levou para uma outra sala para ser hackeado.

A segurança do celular foi mais uma dor de cabeça: ele estava protegido com a impressão digital. N havia planejado três métodos para conseguir o que precisava: obter as impressões digitais de Sze da maçaneta do carro; do copo em que Sze tinha bebido; ou procurar por elas no próprio telefone. Antigamente, isso ia requerer um molde, mas hoje em dia mesmo um estudante do ensino médio com os materiais certos pode se tornar um hacker de primeira linha. N estava preparado. Um de seus comparsas pegou a impressão, digitalizou-a no computador, inverteu a imagem e a imprimiu em papel fotográfico com uma tinta eletrolisada especial, que o dispositivo leu como uma impressão digital de verdade. Em apenas alguns minutos eles estavam dentro do celular de Sze.

Depois de obter todos os seus dados e instalar um Masque Attack de *backdoor*, não foi muito difícil devolver o celular para ele, porque toda a sua atenção estava voltada para Zoe e sua carinha de menina. Por mais que aquilo fosse uma armação, N não estava disposto a deixar Sze se divertir muito e fez questão de empatá-lo ostensivamente. Depois disso, Talya conseguiria encontrar algum motivo para humilhar ainda mais aquele "diretor de tecnologia".

O único erro naquela noite ocorreu depois que N se separou de Sze. O comparsa que estava monitorando as comunicações entre Sze e sua vítima acidentalmente bloqueou a troca de mensagens deles, de modo que a mensagem que Sze enviou para sua "terceira escrava" não chegou. Só depois que N deu a volta com o carro e se reagrupou com os comparsas é que eles perceberam o erro e reenviaram a mensagem; felizmente, Sze não prestou muita atenção naquele hiato de cinco minutos e se esqueceu completamente do assunto assim que a garota respondeu. Afinal de contas, ele estava preocupado mesmo era com os investimentos. N sabia que Pato jamais teria cometido um erro daquele, mas, infelizmente, ele era essencial para dar continuidade à vigilância em Broadcast Drive.

Depois que N obteve a lista de nomes, seu trabalho estava quase concluído. Ele queria descobrir a identidade de todas aquelas vítimas para entrar em contato pessoalmente e quebrar o controle psicológico de Sze Chung-Nam sobre elas. Além da síndrome de Estocolmo, elas não tinham informações suficientes para dar um passo atrás e enxergar tudo em perspectiva. Muitas presumiam que, por estarem fazendo trabalho de acompanhante, seriam presas se pedissem ajuda à polícia; outras temiam ser humilhadas pela família se suas atividades viessem à tona. N não tinha outra escolha senão refutar as mentiras de Sze. Ele disse a elas que não existia nenhuma lei em Hong Kong que proibisse as mulheres de oferecer serviços sexuais, ao passo que qualquer um que coagisse prostitutas podia ser, sim, condenado. Por serem menores de idade, aquelas meninas seriam vistas apenas como vítimas. Embora ele não pudesse fazer nada em relação àquelas que temiam ser descobertas por seus amigos, familiares ou namorados, N estava confiante de que poderia persuadir a maioria delas a se apresentar e ajudar a obter vingança contra Sze Chung-Nam. N era muito bom em plantar sentimentos de vingança nos outros.

Mais cedo naquele mesmo dia, enquanto as atrocidades de Sze Chung-Nam estavam sendo expostas na página inicial do GT Net, suas seis vítimas receberam simultaneamente e-mails anônimos dizendo que Sze seria em breve preso. N não falou para elas sobre a existência umas das outras, apenas que sabia que estavam sendo ameaçadas e que dar um passo à frente seria a única maneira de escapar daquele sofrimento, e também de dar um belo chute em Sze. Seres humanos são criaturas com interesses próprios. Se soubessem que ele seria condenado independentemente de abrirem a boca ou não, aquelas garotas poderiam muito bem ter escolhido ficar em silêncio. Levá-las a acreditar que não podiam contar com ninguém além delas mesmas seria capaz de fazer com que até a mais fraca entre elas se tornasse forte. N sabia que todas elas iriam responder, e o lance final daquela longa partida de xadrez seria encorajá-las a irem até a delegacia mais próxima.

Depois de sair do estacionamento, N deu um suspiro de alívio enquanto acompanhava Nga-Yee de volta ao seu prédio. No último mês ele tinha ficado completamente atolado com os casos de Violet To e Sze Chung-Nam, sem contar todos os problemas que Nga-Yee continuava causando. Ele se perguntou por que estava se colocando naquela situação, mas não fazia seu estilo parar no meio do caminho, então jamais cogitou abandonar qualquer um dos casos. Ele queria ser Satoshi, o verdadeiro gênio da dupla, que conhecia as formas mais avançadas de invadir o celular de Sze. Tinha testemunhado as proezas de seu amigo na faculdade. Satoshi era capaz de invadir qualquer plataforma no menor tempo possível. Era tão hábil quanto um neurocirurgião, um sujeito capaz de refazer todas as conexões de um cérebro. Por isso que Satoshi não era apenas parceiro de negócios de Szeto Wai, mas também seu mentor. Foi graças à sua orientação que N havia se tornado um hacker.

Sabe lá deus onde o Satoshi está, ou o que ele está fazendo.

Quando N proferiu essas palavras na persona de Szeto Wai, não estava mentindo. Ele chutava que Satoshi, assim como ele, tivesse se cansado do mundo da ostentação e estivesse escondido em um apartamentinho numa cidade grande qualquer, levando uma vida de liberdade.

— Pode deixar essas roupas aí — disse N a Nga-Yee quando chegaram ao quinto andar. — A faxineira cuida delas depois.

— Você quer dizer a Heung?

— Ah, vocês já se conheceram? Sim, ela vem duas vezes por semana e limpa todos os apartamentos, exceto o do sexto andar.

Agora Nga-Yee entendia. Ela tinha ficado intrigada com o fato de que a casa de N parecia um chiqueiro que não era limpo nunca, apesar de haver uma faxineira ali todas as quartas e sábados. Sem dúvida ela não estaria cuidando apenas do banheiro e da cozinha da casa dele.

N foi para o sexto andar, e Nga-Yee vestiu de volta as roupas que estava usando. Ela não sabia se devia ou não tirar a maquiagem, então se viu no espelho e chegou à conclusão de que ela não combinava com suas roupas deselegantes. Decidiu tirar tudo.

Quinze minutos depois N voltou, ainda mais malvestido do que Nga-Yee. Estava de volta à dupla de camiseta e jaqueta, e seu cabelo estava molhado. Provavelmente ele tinha lavado e não quis usar o secador de cabelo, então com certeza acabaria por voltar a ficar como o ninho de pássaro de sempre. Eles voltaram ao apartamento do sexto andar, onde N pegou uma lata de café gelado na geladeira e se sentou à escrivaninha.

— Muito bem, srta. Au. Vamos falar sobre aqueles quinhentos mil que você me deve — disse ele, se ajeitando na cadeira.

Nga-Yee engoliu em seco e se acomodou na cadeira em frente a ele, sentando-se com as costas muito retas.

— Deixa eu te perguntar uma coisa… — disse N distraidamente, arrumando as pilhas de lixo sobre a escrivaninha. — Você parou para pensar em como ia me pagar?

— Posso pagar em prestações? Tenho como pagar quatro mil por mês, então em dez anos e cinco meses eu quitaria os quinhentos mil.

Ela tinha feito as contas, e se reduzisse suas despesas até o osso, seria capaz de arcar com aquilo.

— Mas e os juros?

Ela congelou, mas entendeu que era uma demanda razoável.

— Hmm… que tal quatro mil e quinhentos por mês?

— Isso é uma ninharia. — N contraiu os lábios. — Eu não sou banco. Por que devo aceitar que você me pague em prestações?

— Então acho melhor você tirar um dos meus órgãos ou fazer um seguro de vida e forjar minha morte num acidente. — Nga-Yee estava preocupada com essas possibilidades havia alguns dias.

— São sugestões interessantes, mas não sou nenhum mafioso. Não faço essas coisas.

— Você me disse que eu não seria uma prostituta boa o suficiente...

— Na verdade, você não precisa se preocupar com isso. Basta me dar os quinhentos mil que você vai receber em breve.

Ela ficou olhando para ele, sem entender.

N pegou uma folha de papel que estava sobre a escrivaninha e estendeu para ela; era uma xerox de um artigo de jornal. Quando ela percebeu o que era, seu coração deu um pulo, e uma tristeza havia muito tempo enterrada veio à tona. TRABALHADOR DAS DOCAS MORRE AFOGADO EM ACIDENTE COM EMPILHADEIRA.

Aquele título parecia uma agulha perfurando seus olhos. Falava do pai dela, Au Fai, e estava datado de onze anos antes.

— Sua família perdeu a única fonte de renda que tinha por causa disso.

— Sim. — Nga-Yee começou a tremer ao se lembrar de como a vida delas tinha se tornado difícil, mas pelo menos a mãe e a irmã ainda estavam vivas. — Minha mãe uma vez disse que tinha havido um problema com a burocracia e a seguradora tinha se recusado a pagar. Mesmo assim o chefe do meu pai foi gentil e nos deu uma pequena indenização...

— Gentil uma ova — falou N, carrancudo. — Aquele desgraçado passou a sua mãe pra trás.

Nga-Yee levantou a cabeça e encarou N, surpresa.

— Seu pai trabalhava para a Yu Hoi Shipping. O chefe, Tang Chun-Hoi, era só um pequeno empresário, mas depois conseguiu um grande contrato com o governo e a empresa dele decolou. Ele ganhou algum prêmio de empreendedorismo no ano passado. — N estendeu um tablet para Nga-Yee mostrando a página inicial da Yu Hoi. — Sua ascensão se deveu inteiramente a táticas desonestas. Após o acidente de seu pai, ele conspirou com o avaliador da seguradora para transferir a responsabilidade para o seu pai. Isso preservou a reputação da empresa e também poupou a seguradora de arcar com um valor enorme. De outra forma, eles teriam que continuar pagando o salário do seu pai por mais sessenta meses.

— Conspirou? — Nga-Yee estava de queixo caído.

— Sua mãe provavelmente achou que o patrão iria correr atrás do maior pagamento possível para o empregado. Rá... essas pessoas são como vampiros. Senhores de escravos. Pra eles, os trabalhadores são como peças que você joga fora quando não têm mais utilidade. — N fez uma pausa, depois continuou com mais calma. — Sua família deveria ter recebido setecentos mil dólares de indenização. Mesmo depois de você me pagar o que deve, ainda vai sobrar um bocado.

— Eu ainda tenho como receber esse dinheiro?

— Claro que não. Já passou mais de uma década, e todas as evidências já devem ter desaparecido a essa altura. — N sorriu. — Mas eu quero que você me ajude a derrubar esse sr. Tang.

— O quê?

— Estou te dando uma oportunidade de vingança, é isso. Você pode se vingar com as próprias mãos do infortúnio da sua família. Isso não é bom? O Tang Chun-Hoi explorou inúmeros trabalhadores, deixando eles e suas famílias incapazes de viver com dignidade enquanto engordava com o dinheiro que deveria ser dos outros. Ouvi dizer que ele está planejando subornar funcionários do governo para crescer ainda mais. Não está na hora de ele sofrer um pouco?

Havia uma foto do sr. Tang no site da Yu Hoi. Apesar de seu terno caro, ele tinha uma aparência grosseira, e seu sorriso não parecia genuíno. A fotografia fedia a dinheiro.

— O que... o que você vai fazer?

— Não bolei nenhum plano ainda. Ele fez algumas famílias sofrerem, porém, pela lei do olho por olho, talvez a família dele também devesse passar por alguns maus bocados. — N sorriu. — Você se interessa pelo caso? No fim das contas, uma única ação do sr. Tang acabou tirando sua família inteira de você. Faz sentido que ele pague por isso, não acha?

As palavras de N estavam causando tanta raiva em Nga-Yee que ela quase concordou na mesma hora. Depois, conteve-se, porque aquele era um sentimento familiar.

Quando o homem do Departamento de Habitação a deixou furiosa, ela decidiu ir atrás do kidkit727 não importava o que acontecesse. Ela estava experimentando o mesmo sentimento naquela hora: o calor do sangue correndo em sua cabeça.

Da mesma forma que, quando N a convenceu a buscar vingança contra Violet, ela entendia o motivo de sua raiva e se sentia autorizada a buscar vingança. Porém, depois do que havia passado nos últimos dias, estava começando a perceber uma outra coisa. Não havia motivo para ela rejeitar a oferta de N: aquilo resolveria seus problemas financeiros e faria justiça, de algum modo, pela morte dos pais. No entanto, algo dentro dela dizia que aceitar a proposta de N significaria perder mais do que ganhar.

Nga-Yee pensou na mãe. Em como ela preferia uma vida de trabalho duro a depender de auxílios do governo.

— Não, eu não quero esse caso — murmurou ela.

— Tem certeza, srta. Au? — disse N, parecendo surpreso. — Se você está preocupada com o perigo, prometo que não vou colocar uma amadora como você no comando de nada importante.

— Não, não é por isso. — Agora que entendia o que estava em seu coração, Nga-Yee era capaz de olhar N firme nos olhos. — Não quero continuar esse ciclo de vingança. Eu não perdoo o sr. Tang, mas sei que, se aceitar isso, vou me afundar cada vez mais nesse caminho. Eu não quero me perder. Preciso ser fiel a quem eu sou. Pode fazer o que quiser com aquele desgraçado, mas não quero ser parte disso.

N olhou para ela por um longo tempo com os olhos quase fechados.

— Srta. Au, esse é o trabalho mais fácil que você poderia pedir. — A voz de N tinha uma frieza, fazendo Nga-Yee se lembrar do tom quando estava ameaçando aqueles gângsteres. — Uma flor delicada como você não conseguiria lidar com nada mais pesado.

Ao perceber o quanto ele parecia severo, Nga-Yee quase desabou, mas então sentiu a presença da mãe. Naquele dia, no hotel Cityview, tinha deixado o ódio tomar conta dela, e escolheu o caminho da vingança sem refletir sobre o preço que teria que pagar. Agora ela assumiria a responsabilidade por sua decisão.

— Você está errado. Me dá só uma chance que você vai ver o que eu sou capaz de aguentar.

Mais uma vez, N não esperava por aquela resposta. Ele já tinha lidado com todos os tipos de personagens desagradáveis, mas aquela cliente estava rapidamente se tornando a mais difícil de todas. É verdade que Nga-Yee não teria sido muito útil no caso Tang Chun-Hoi, mas ele também sabia ser tão teimoso quanto ela, e não iria encarar aquilo sem o consentimento da vítima. Se ele enfrentasse aquele tipo de criminoso sozinho, seria apenas um intrometido. N olhou para Nga-Yee, seus dedos tamborilando em compasso na mesa, se perguntando se deveria continuar tentando persuadi-la ou simplesmente desistir.

— Se você não vai trabalhar comigo — disse ele por fim —, então só sobrou a prostituição.

— Acho que sim — falou Nga-Yee desanimada, dando um suspiro.

— Você está tentando se punir? Você acha que negligenciou sua irmã, então...

— Não. Estou fazendo isso por mim mesma. Não quero me tornar o tipo de pessoa que eu desprezo. De qualquer forma, você me disse pra não usar a Siu-Man como desculpa para minhas ações.

N coçou a cabeça. Não era sempre que alguém era capaz de lançar suas próprias palavras contra ele.

— Bem. Estou vendo que você já se decidiu — disse ele, e se recostou.

Nga-Yee deu um suspiro, se preparando para o que estava por vir.

N enfiou a mão na gaveta e pegou um pequeno objeto, que jogou para Nga-Yee. Ela não estava preparada para isso e mal conseguiu pegá-lo. Quando olhou para sua mão, viu que era uma chave.

— A partir da próxima semana, você vai varrer este lugar todo dia de manhã. Além disso, vai limpar o banheiro duas vezes por semana e jogar o lixo fora. Você não tem folga nem aos domingos nem nos feriados.

— Quê? — Ela o encarou, confusa.

— Essas instruções foram bem simples. Você precisa mesmo que eu repita? A partir da próxima semana...

— Não, eu quis dizer, você está querendo que eu seja sua faxineira?

— Você acha que eu vou mandar você fazer programa? Você é reta como uma tábua de passar. — Ele olhou para ela. — A Heung está sempre confundindo o lixo de verdade com as coisas que eu preciso, por isso que eu não deixo ela limpar aqui. Vou te dar uma chance. Se eu não ficar feliz com seu trabalho, vou arrumar um emprego pra você numa boate. Pra você limpar os banheiros de lá.

Ela não ligava para as ofensas dele, mas aquilo estava tomando um rumo inesperado.

— E nem perca tempo falando de direitos trabalhistas nem salário mínimo. Eu não acredito nessas coisas — continuou N. — Você vai receber dois mil por mês, cerca de metade do que uma faxineira regular receberia, então vai levar cerca de vinte anos pra pagar os quinhentos mil. E se eu decidir que preciso que você me ajude num caso, você vai ter que me ajudar também.

— Vinte anos? — Nga-Yee ficou alarmada.

— Não gostou?

— Não, está tudo bem. — Nga-Yee era boa nos trabalhos domésticos, e não seria muito difícil limpar um único apartamento. — Você disse todo dia de manhã. Quer que eu venha aqui antes da biblioteca?

— Correto.

— Posso vir à noite de vez em quando? Se eu tiver que fazer o turno da manhã, pode ser que o metrô…

— Sem negociações — rebateu ele. — Eu sou notívago, trabalho até tarde. Não quero você me atrapalhando.

— Entendido. — Não adiantava tentar mais nada.

Ela olhou ao redor do apartamento mais uma vez, calculando quanto tempo teria que gastar para limpá-lo todo dia, e com quanto tempo de antecedência teria que sair de casa. Ao se lembrar do trabalho que tinha tido da última vez que arrumou tudo ali, não pôde evitar franzir a testa. Talvez ela tivesse que estar lá antes mesmo do metrô abrir. Como ela conseguiria dar conta de tudo antes de ir para a biblioteca?

— Bem. Faz como você achar melhor. — N enfiou a mão na gaveta e jogou outra chave para ela.

— O que é isso?

— O apartamento do quarto andar. O terceiro e o quarto estão vazios de qualquer maneira, então você pode muito bem morar num deles. Assim você não precisa se preocupar em chegar ao trabalho atrasada. — N contraiu os lábios, como se achasse ela insuportável. — Se você estiver vindo de Yuen Long ou Tin Shui Wai, vai levar uma hora e meia. Você pode estar tão cansada que vai acabar jogando alguma coisa importante fora, e vai ser mais problema pra eu resolver.

— Yuen Long? Mas eu... Ah!

Só então ela se lembrou. Aquele era o dia em que o Departamento de Habitação ia se manifestar sobre o apartamento onde ela seria alocada no condomínio Tin Yuet, em Tin Shui Wai.

— Mas o aluguel...

— Ah, por favor. Os apartamentos por aqui custam mais de dez mil por mês. Se eu fosse cobrar por isso, você não ia terminar de me pagar nem na sua próxima vida. Se você não tem como fazer nada a respeito, melhor nem tocar no assunto.

Nga-Yee não sabia direito se aquela rispidez era só fachada ou se ele realmente não se importava com nada além de que ela limpasse seu apartamento com mais eficiência. De qualquer forma, em breve ela deveria deixar seu apartamento no condomínio Wun Wah e teria que começar uma nova vida. Olhando para as chaves em sua mão, ela ponderou um pouco antes de concordar. Decidiu aceitar aquele plano de pagamento.

— Ótimo, está resolvido, então. Pode ir agora, eu tenho coisas pra fazer. — Com isso, N se virou e ligou o computador.

— Espera, eu tenho uma outra pergunta...

— O que foi agora?

— O Sze Chung-Nam vai confessar pra polícia que molestou a Siu-Man?

— Ele não é idiota, então obviamente não.

— Então o Shiu Tak-Ping vai continuar levando a culpa por ele.

— Correto.

— Somos os únicos que sabemos a verdade. Você não acha que a gente devia dizer algo a ele?

— Eu sei que você acha que está sendo gentil, srta. Au, mas na verdade isso é uma idiotice. — N olhou para ela com desdém. — Se o

Shiu Tak-Ping tivesse confiado no próprio taco, eu até cogitaria ajudá-lo. Mas ele fez a escolha que achou que funcionaria melhor pra ele e aceitou o acordo. Pessoas assim não merecem ajuda. — N tomou um gole de café. — Se o Shiu Tak-Ping não tivesse aceitado o acordo, ele poderia ter sido considerado inocente, e a Violet não teria sido capaz de usar aquela postagem falsa para provocar todos aqueles problemas. Você quer mesmo ajudar esse cara?

Nga-Yee não tinha pensado naquilo.

— Tá... Mas, se isso tivesse acontecido, nunca teríamos descoberto que a Siu-Man o acusou injustamente.

— Deixa isso pra lá — zombou N. — Mesmo que o Sze Chung-Nam confessasse agora e ficasse provado que a sua irmã não acusou o cara errado de propósito, as pessoas na internet iam continuar dizendo coisas desagradáveis sobre como ela tinha mandado um inocente pra cadeia.

— Não... espera. A Siu-Man nem mesmo testemunhou. Não foi ela que acusou o...

— Você acha que as pessoas na internet se preocupam com isso? Se alguma coisa ruim acontece, elas procuram alguém para culpar na mesma hora.

— As pessoas na internet são tão irracionais assim? — Nga-Yee franziu a testa. Ela não entendia.

— Não só as pessoas na internet. As pessoas, ponto final. — N balançou a cabeça. — A internet é uma ferramenta. Não pode fazer das pessoas nem das coisas boas ou más, assim como uma faca não pode cometer um assassinato. Quem mata é a pessoa que segura a faca ou talvez o pensamento maligno que dá vida à pessoa com a faca. Você fala das pessoas na internet como uma forma de evitar a realidade. As pessoas nunca estão dispostas a admitir o egoísmo e o desejo oculto em nossa natureza humana. Elas sempre encontram alguma coisa pra usar como bode expiatório.

Nga-Yee percebeu que ele tinha razão.

— Nesse ponto, a internet é a espinha dorsal da sociedade — continuou ele. — Não dá pra viver sem ela. No entanto, existem aqueles que assumem uma postura retrógrada. Quando você vê o lado bom dela, elogia e fala sobre os grandes avanços que a civilização humana conquistou; depois você vê o lado mais negativo, o culpa pelos males que causa e quer restringi-lo. As pessoas acham que estão sendo superprogressistas, mas o fato é que, lá no fundo, essas ideologias são exatamente as mesmas de cem ou duzentos anos atrás. O problema não é a internet, somos nós. Você ouviu um pedaço da apresentação hoje de manhã, então acho que entende mais ou menos o que a empresa do Sze Chung-Nam faz?

— Não é um site parecido com o Popcorn? E eles também queriam... como era mesmo... revolucionar a mídia tradicional...

— O site se chama GT Net. É um fórum, assim como qualquer site de troca de notícias. Em uma sociedade esclarecida e madura, um site como esse pode muito bem assumir o papel da mídia tradicional e ser uma força do bem. Do jeito que está, é uma ideia terrível. Ele só traz à tona o lado ruim das pessoas, permitindo que elas disseminem rumores infundados e fofocas desagradáveis. E o grande volume de informações na era digital é maior do que uma pessoa média consegue dar conta. Muitos anos atrás, o escritor americano David Shenk cunhou o termo *data smog*, "poluição de dados", pra descrever isso. No meio dessa fumaceira toda, os dados que deveriam ajudar a gente a encontrar a verdade se tornam uma espécie de droga que nos mantém em um estado de torpor. Lembra do atentado na Maratona de Boston?

Nga-Yee assentiu. Ela tinha visto no noticiário na época.

— Assim que aconteceu, a internet trabalhou em conjunto para encontrar evidências, na esperança de localizar o culpado a partir das imagens da cena e ajudar a polícia na investigação. — N fez uma breve pausa. — O problema é que erros em situações como essa têm consequências graves. Um usuário encontrou um estudante universitário, Sunil Tripathi, que se parecia com o homem dos vídeos e havia desaparecido um mês antes do atentado. Ele imediatamente se tornou o principal suspeito. Então, quando a polícia o cercou e houve um tiroteio, alguns internautas hackearam suas comunicações sem fio e alegaram ter certeza de que Tripathi era o terrorista. Até mesmo os principais meios de comunicação começaram a relatar aquilo como um fato. Essa desinformação só foi esclarecida no dia seguinte. O corpo do Tripathi foi descoberto uma semana depois; o relatório do legista descobriu que ele tinha morrido no momento do bombardeio. Até que a identidade do verdadeiro assassino fosse revelada, a família de Tripathi viveu um inferno. Eles já estavam sofrendo por não saber se ele estava vivo ou morto, e ainda foram atacados com base naqueles boatos. O problema aqui não era a internet, apesar de ter sido ela o meio pelo qual a notícia se espalhou, nem os sites utilizados, mas a estupidez da mente humana. Ao buscar a verdade, optamos por acreditar em fontes não confiáveis e espalhamos essas inverdades em nome do "compartilhamento", provocando uma tragédia difícil de ser desfeita.

Nga-Yee sabia que várias pessoas inocentes em todo o mundo já haviam sido difamadas na internet, mas depois de ouvir aquele exemplo concreto sentiu um aperto no coração. Depois do que tinha acontecido com Siu-Man, ela conseguia imaginar o quanto a família daquele estudante devia ter sofrido.

— A internet é um lugar incrível para compartilharmos conhecimento e ampliarmos a nossa comunicação. — N deu um suspiro. — Mas, por natureza, os seres humanos amam expressar suas opiniões mais do que querem entender os outros. Sempre falamos demais e ouvimos de menos, por isso o mundo é tão barulhento. Somente quando entendermos isso é que vamos ser capazes de ver algum progresso no mundo. Nesse dia, a humanidade estará pronta pra usar a internet como uma ferramenta.

Nga-Yee normalmente achava que tudo o que N dizia tinha uma lógica distorcida, mas na verdade ela concordava enormemente com aquilo.

— Alguma outra pergunta? Se não, vai logo pra casa e sai do meu caminho. — N tinha começado a ficar impaciente de novo.

— Mais uma. Última. — Nga-Yee estava intrigada com aquilo desde que N havia explicado sobre Sze Chung-Nam no carro, no caminho de volta. — Por que você foi ver as imagens das câmeras de segurança do dia em que a Siu-Man foi atacada? Você parecia saber desde o início que o verdadeiro culpado ainda estava à solta.

— Sim, eu sabia.

— Como?

— Você conhece as categorias de abusadores sexuais que visam vítimas menores de idade?

Nga-Yee fez que não com a cabeça.

— Existem basicamente dois tipos: os pedófilos, que se sentem atraídos apenas por crianças, e os indiscriminados, que atacam gente de qualquer idade. Ambos podem ser divididos em introvertidos e sádicos. Os introvertidos são passivos. Seus crimes são oportunistas, geralmente se exibem ou molestam. Os sádicos são mais ativos. O objetivo deles é fazer suas vítimas sentirem dor e medo. É assim que eles sentem prazer. Existem também aqueles que usam dinheiro ou outras coisas para atrair as crianças, mas isso não era relevante aqui, então vou pular.

— OK, essas são as categorias. E daí?

— Tanto os introvertidos quanto os sádicos podem passar a mão em alguém no metrô. Os primeiros fazem por satisfação própria, os segundos pra aterrorizar as vítimas. Em uma situação assim, nenhum dos dois escolheria alguém que parecia capaz de revidar. Os introvertidos não fariam de qualquer maneira, e os sádicos, embora gostem que suas presas resistam, não fariam isso num transporte público, porque atrairia muita atenção. O objetivo do sádico é isolar a vítima e se divertir devorando-a à vontade, da mesma forma que o Sze Chung-Nam levava aquelas meninas para os hotéis. Como você pode ver, parecia estranho que Shiu Tak-Ping cometesse um crime como este.

— Por quê? A Siu-Man não se atreveu a dizer nada quando estava sendo atacada. Ela não reagiu.

— Mas o Shiu Tak-Ping não acharia isso, porque tinha tido uma discussão com a sua irmã na loja de conveniências antes de embarcar no metrô. Quando foi preso, na mesma hora ele alegou que a acusação dela era falsa porque eles tinham discutido na estação Yau Ma Tei. O atendente da loja confirmou isso. Nenhum pervertido seria tão estúpido a ponto de escolher uma vítima com a qual ele tinha acabado de interagir, especialmente uma que tinha demonstrado não ter medo dele. Levando isso em consideração, parecia provável que o Shiu Tak-Ping fosse inocente, e foi provavelmente por isso que tantas pessoas chegaram à conclusão de que sua irmã o havia acusado falsamente. Elas podem não ter analisado com tantos detalhes, mas o instinto delas dizia que ninguém seria tão estúpido assim.

— Então você também achou desde o começo que a Siu-Man estava mentindo? — perguntou Nga-Yee, um pouco chocada.

— Não, porque, se você inverter as coisas, as chances da sua irmã ter acusado ele falsamente também eram quase zero — disse N, balançando um pouco a cabeça. — Se o Shiu Tak-Ping tivesse razão e ela quisesse mesmo incriminá-lo, teria sido ela a dar o alerta, não a outra mulher. Teria sido muito mais simples que ela agarrasse o braço dele e gritasse. Analisando todas as evidências, era muito provável que a sua irmã tivesse mesmo sido agredida e também que o Shiu Tak-Ping fosse inocente. O que fazia sobrar apenas uma possibilidade...

— Que o verdadeiro culpado tinha escapado — finalizou Nga-Yee.

— As pessoas que tinham chegado à conclusão de que a sua irmã estava mentindo não sabiam como estavam sendo manipuladas. O kidkit727 estava trabalhando duro nos bastidores, não para limpar o nome do Shiu Tak-Ping, mas por outros motivos. Quando o Shiu Tak-Ping aceitou o acordo judicial, isso abriu a porta para o kidkit727 causar ainda mais problemas. Enquanto isso, o Sze Chung-Nam, reincidente, saiu impune. — N sorriu. — Lembra do que eu disse no começo? A única razão pela qual eu aceitei seu caso foi porque ele acabou sendo muito mais interessante do que eu esperava.

CAPÍTULO DEZ

Christopher Song tinha acabado de passar o café quando percebeu que Violet estava parada atrás dele, sonolenta, ainda segurando o travesseiro.

— Desculpa, eu te acordei? — perguntou ele.

Violet fez que não com a cabeça e se sentou à mesa de refeições. Christopher tinha lhe dito na noite anterior que ela deveria dormir, mas nos últimos três dias ela tinha acordado antes de ele ir para o trabalho e se sentado em silêncio, enquanto ele tomava café e saía. Ele sabia por que ela estava fazendo aquilo: estava com medo de abrir os olhos e se ver de volta no luxuoso apartamento de Broadcast Drive, sozinha, em vez daquele lugarzinho miserável de vinte metros quadrados em Cheung Sha Wan.

Fazia menos de uma semana desde a noite em que Christopher tinha invadido a casa da família To, mas suas vidas haviam mudado muito mais rápido do que ele poderia imaginar. Ainda era muito cedo para dizer, mas ele achava que aquilo poderia acabar sendo uma coisa boa.

Naquela noite, quando o segurança chamou a polícia, Christopher deixou qualquer medo de lado e decidiu cumprir a promessa que fizera à irmã de tirá-la daquela casa horrível. Ele disse ao policial que a mãe de Violet estava desaparecida havia muitos anos, deixando Violet com um padrasto com quem ela não tinha laços de sangue. Ele não a maltratava, mas muitas vezes a deixava em casa sozinha por causa do trabalho, o que claramente significava que ele era culpado por negligenciar uma menor de idade.

Assim que o caso foi parar na justiça, rapidamente ficou claro que Christopher estava falando a verdade. O Departamento de Imigração confirmou que a mãe deles havia deixado Hong Kong muitos anos antes e nunca mais voltado, enquanto Rosalie testemunhou que Violet havia cortado os pulsos no ano anterior e que o sr. To tinha impedido a filha de procurar ajuda médica. Aquilo foi motivo suficiente para o sr. To perder a guarda de Violet. De acordo com seus próprios desejos, ela foi colocada aos cuidados do irmão. O juiz chegou a esta decisão de maneira rápida, não só por causa das declarações de Christopher e Rosalie, mas principalmente por causa das cicatrizes ainda visíveis nos antebraços de Violet e de seu estado à beira do colapso. Estava claro que a vida com o padrasto não era boa para ela.

Naquela noite, Christopher percebeu que a irmã tinha estado prestes a se matar, mas ele não fazia ideia do que a havia levado àquele ponto. Violet disse que sabia que ele estava em apuros e que a única maneira de deixá-lo de fora daquilo era indo embora deste mundo. Ele ficava triste ao ouvi-la falar assim. "Em que estado ela devia estar!" Ele estava feliz por ter chegado a tempo de evitar uma tragédia.

O sr. To encurtou sua viagem de negócios e voltou para Hong Kong, onde se preparava para recorrer da sentença. Em algum momento no futuro próximo, Christopher teria que enfrentar uma investida da equipe jurídica do sr. To, que tentaria provar que Christopher era menos apto ainda para ter a guarda de Violet. Não tinha problema. Ele sabia que seria capaz de lidar com qualquer coisa que tentassem usar contra ele.

Ele tinha prometido à irmã que a faria feliz.

No verão anterior, apenas dois meses depois de ela cortar os pulsos, ele percebeu que ela não tinha desistido da ideia de acabar com a própria vida. Uma noite ela saiu às escondidas, e eles se encontraram no pequeno parque entre a Broadcast Drive e a Junction Road. Ela estava em um estado de ansiedade que beirava o desespero, embora ainda estivesse de férias e não precisasse ir à escola.

"Violet, me promete que você não vai fazer nada estúpido", disse ele. "Você está mesmo disposta a sacrificar a sua vida só por causa daqueles desgraçados da sua escola?"

"Eu... eu não quero, mas... eu não aguento mais", respondeu ela em meio às lágrimas.

"Eu vou estar bem aqui, pra te apoiar." Ele pegou as mãos dela, que estavam geladas. "Nossa sociedade está acabada, e os fracos estão destinados a ser explorados e humilhados. Mas justamente por isso que a gente tem que continuar vivendo, até sermos capazes de fazer aqueles canalhas sofrerem de volta tudo o que a gente passou."

"Mas eu nem sei quem invadiu a conta do monitor e postou aquele ataque contra mim..."

"Vou descobrir um jeito de me vingar por você. O desgraçado que fez isso vai ter o que merece. Violet, só me promete que você não vai tentar de novo."

Isso tinha sido no último dia 27 de julho.

Desde aquele dia, Christopher soube que tinha que resgatar a irmã, por mais que aquilo significasse tornar-se o tipo de pessoa que ele abominava.

Mesmo assim, ele lamentou não ter encontrado uma forma melhor de convencê-la. Depois do suicídio de Au Siu-Man, o estado psicológico de Violet se tornou ainda mais frágil. Tudo o que ele podia fazer para acalmá-la era insistir repetidas vezes que a morte da garota não tinha sido culpa dela.

— As sobras da noite passada estão na geladeira. É só esquentar no micro-ondas para o seu almoço — disse ele enquanto calçava os sapatos no vestíbulo. — Sinto muito por não estar ganhando melhor, se não eu compraria uma refeição mais adequada pra você.

— Não, tudo bem — murmurou Violet, mordendo o lábio inferior.

Christopher se despediu e dirigiu-se ao metrô. No vagão lotado, encontrou um lugar perto da porta, parado com a pasta em uma das mãos e o celular na outra, percorrendo distraidamente as últimas notícias. Será que ele deveria providenciar uma transferência de escola para a irmã? Será que ela deveria passar a usar o sobrenome Song? Será que ele deveria conseguir um segundo emprego sem que o chefe soubesse, para poder alugar um apartamento um pouco maior? Por dias, essas perguntas ficaram girando dentro da sua cabeça.

— Quê?

Enquanto seu dedo passava pela tela, ele viu um rosto familiar. Era numa notícia sobre um caso escandaloso, no qual o acusado tinha chantageado meninas menores de idade para praticar atos sexuais, ameaçando divulgar fotos delas nuas. Christopher achava que já tinha visto o rosto daquele sujeito antes em algum fórum de TI. Mesmo assim, não leu o artigo até o final, só deu uma olhada rápida antes de passar para a notícia seguinte.

Passou pela sua cabeça, rapidamente, que, se os delírios da irmã fossem mesmo verdadeiros e que se alguém tivesse descoberto que ele tinha incitado a opinião pública na internet para fazer aquela garota se matar, então provavelmente a sua cara ia estampar uma notícia algum dia.

Se esse dia chegasse, ele não tentaria fugir. Ele sabia que a morte de Au Siu-Man estava na conta dele.

Desde que a irmã pudesse continuar a viver, seria o suficiente. Por sua causa, ele iria ao inferno sem dizer uma palavra.

Ele suportaria a culpa sozinho, pensou, até o dia de sua morte.

EPÍLOGO

— Onde você quer que coloque isso, Nga-Yee? — perguntou Wendy, tirando alguns copos de uma caixa de papelão.

— Armário perto da geladeira, por favor.

No domingo, 12 de julho, Wendy ajudou Nga-Yee a se mudar. Ela não tinha dinheiro para pagar pela mudança, graças ao fato de N ter acabado com toda a sua poupança, e quando ela estava se perguntando como iria lidar com aquilo, Wendy espontaneamente ofereceu: ela ouvira Nga-Yee informar o novo endereço ao supervisor. Nga-Yee pensou em recusar, mas ela não tinha mais ninguém a quem recorrer. Além disso, ela já havia aceitado muitos favores de Wendy. Que diferença faria mais um?

— Uau, srta. Au, nunca pensei que ele ia dar um dos apartamentos dele pra você.

Era o sr. Mok, tio de Wendy, que tinha ido dirigir o caminhão para ajudar.

— De quem você está falando, tio? — quis saber Wendy.

— Do novo senhorio da srta. Au. Ele é um cara estranho. — O sr. Mok riu.

Wendy aceitou aquela resposta sem fazer mais perguntas. Nga-Yee se admirou com a falta de perspicácia dela. Tudo naquela situação deveria estar levantando suspeitas, mas Wendy parecia bastante feliz em presumir, vagamente, que o sr. Mok havia de alguma forma encontrado um novo apartamento para Nga-Yee durante a investigação do seu caso.

O sr. Mok ajudou a carregar as dezenas de caixas até o quarto andar antes de sair para o trabalho, enquanto Wendy e Nga-Yee começavam a abri-las. Wendy estava entusiasmada com aquele lugar: um prédio residencial decadente por fora, um apartamento limpo e bem conservado por dentro. Nga-Yee tinha ficado igualmente surpresa alguns dias antes, quando entrou ali pela primeira vez. Era óbvio que ninguém morava ali — os móveis estavam cobertos por lençóis brancos —, mas o assoalho e o banheiro estavam perfeitamente limpos. Já havia todos os móveis e eletrodomésticos de que ela precisava, não precisaria levar nada disso de sua antiga casa. O que ela tinha não valia a pena revender, então ela simplesmente deu para os vizinhos.

Sentiria falta do edifício Wun Wah, mas sabia que aquela era uma ótima oportunidade de começar uma nova vida. Ela leu nos jornais que muitas mulheres tinham vindo a público depois que Sze Chung-Nam fora preso, e ele corria o risco de pegar uma longa sentença. No entanto, ela não acompanhou o caso para além disso. Melhor esquecer o passado e seguir em frente. Tinha que continuar a ter uma boa vida, em nome dos pais e da irmã.

— O último inquilino devia ser muito cuidadoso! — disse Wendy, inspecionando a cozinha. — Você teve sorte, Nga-Yee. Claro, não tem elevador, mas achar um apartamento assim tão perto do centro da cidade é incrível.

Nga-Yee sorriu, mas não disse nada. Ela não queria explicar que não havia inquilino anterior. Na manhã anterior, enquanto estava indo deixar algumas coisas no apartamento, ela encontrou Heung.

— Ah, bom dia, srta. Au — cumprimentou Heung.

Ela estava saindo do prédio, assim como no primeiro encontro.

— Bom dia. Já acabou a limpeza, Heung? São vários apartamentos pra dar conta. Deve ser dureza.

— É mesmo. — Heung sorriu. — Mas pelo menos não vou ter mais que limpar o do quarto andar.

Então N já havia dito a Heung que ela iria se mudar. Nga-Yee de repente se lembrou do segundo encontro delas, na manhã seguinte à noite em que ela passou na casa de N. E agora ela estava se mudando para o prédio dele. O que a faxineira deveria pensar?

— Hm, Heung, por favor, não entenda mal, eu e o N...

— Eu sei, não se preocupa. Você era cliente dele também, né? — disse Heung alegremente. — Aquele menino. Se arma com todo tipo de defesa, mas por baixo de tudo ele é uma boa pessoa.

— *Também?* — Nga-Yee estava prestes a discordar de sua avaliação do caráter de N, mas aquela palavra chamou sua atenção. — Heung, você está limpando o prédio de graça porque deve dinheiro a ele?

— De graça? — Ela parecia confusa. — Não. Foi ele que não...

Ela parou de falar de repente e olhou em volta, para conferir que ninguém mais estava por perto.

— Srta. Au, você é amiga do N, e ele vai deixar você morar aqui, então acho que não tem problema se eu te contar. N poderia ter ficado com os dez milhões de dólares, mas no final ele não aceitou nem um único centavo e deu tudo pra mim e pros outros clientes. Onde mais você encontraria uma alma tão generosa?

— Dez milhões! — Nga-Yee ficou de queixo caído. Ela jamais teria imaginado que Heung era rica.

— Shh! Nem tudo ficou pra mim — explicou Heung apressadamente. — Acho melhor eu contar a história toda. Eu moro num prédio residencial de cinquenta anos em Sheung Wan. Quase todos os meus vizinhos são pessoas mais velhas. O governo disse que tínhamos que reforçar a fachada do prédio, então as famílias que moram lá juntaram dinheiro e contrataram um empreiteiro pra gerenciar o projeto. Fomos enganados. O orçamento passou de alguns milhões, como havia sido acordado inicialmente, para dez milhões. Claro, você pode dizer que foi culpa nossa não ter lido o contrato com mais atenção, mas o empreiteiro estava obviamente agindo de má-fé. Ele pegou até o dinheiro que as pessoas estavam guardando para os seus funerais. Meu vizinho de cima, o tio Wong, ficou com tanta raiva que teve um ataque cardíaco e foi parar no hospital. Por acaso, eu mencionei isso um dia para o N. Eu não fazia ideia do que ele era capaz. Ele fez o trabalho dele, e o empreiteiro acabou nos pagando de volta vinte milhões; tudo o que tinha pegado, mais os juros. Eu já estava trabalhando para N havia quatro anos e não fazia ideia de que ele era mais do que um engenheiro de software que ganhava a vida fazendo aplicativos. Teríamos ficado felizes em receber a quantia inicial de volta, e N poderia ter ficado com os outros dez milhões como pagamento, mas ele se recusou a aceitar qualquer coisa. Disse que eram só alguns trocados, que deveríamos guardar para a nossa velhice. Hoje em dia, pra todo lugar que a gente olha só tem gente ruim, mas então tem o N: um cavaleiro moderno de armadura brilhante.

— Quando foi isso? — Nga-Yee tinha se lembrado de uma coisa quando ela mencionou o dinheiro.

— A obra foi ano passado, mas a gente recuperou o dinheiro faz só uns dois ou três meses.

Heung continuou falando enquanto as duas ficaram ali paradas na calçada em frente ao número 151 da Second Street, mas Nga-Yee não prestou mais muita atenção no resto da conversa. Devia ter sido sobre isso que N estava falando no Cityview. Em outras palavras, ele tinha sido alvo da Tríade porque interveio em nome de Heung. Na época, ela ficou impressionada com a rapidez com que ele despachou os gângsteres, mas, depois de passar mais tempo com ele, não pôde deixar de pensar: ele sem dúvida poderia ter escapado do radar deles se quisesse. Como podia ter sido tão descuidado a ponto de deixar que descobrissem onde ele morava?

Nga-Yee teve a oportunidade de fazer essa pergunta a N naquela tarde, quando ela foi ao apartamento dele no sexto andar para resolver as contas dos serviços.

— Eu não falei disso? — perguntou ele. — O Brother Tiger, de Wan Chai, tinha acabado de assumir. Eu sabia que o empreiteiro desonesto era amigo do Brother Tiger. Os novos líderes da Tríade precisavam mostrar quem manda, e eu estava buscando vingança pela Heung, então encontrei uma forma de fazer as duas coisas ao mesmo tempo, e eles morderam a isca. É melhor juntar os problemas e lidar com eles todos de uma vez só, não acha?

O tom dele era casual, mas mais uma vez Nga-Yee achou aquilo inconcebível. Ela poderia nunca chegar ao fundo de N. Ele tinha a crueldade de um criminoso calejado, mas era mais honesto do que a maioria das pessoas, sempre usando suas habilidades para ajudar os fracos. Ele era mais do que capaz de se manter em segurança diante de uma briga, mas estava disposto a se expor a fim de virar o jogo e garantir a vitória. A própria existência de N parecia ir contra o comportamento humano normal e toda a psicologia.

Isso levou Nga-Yee a ter alguns pensamentos estranhos. Ela não pôde deixar de se perguntar se N não havia previsto, desde o início, que ela não iria dar continuidade a sua vingança contra Violet To, e que nunca havia planejado que ela cometesse suicídio. Ainda era um mistério para ela como o irmão mais velho de Violet conseguiu aparecer no momento certo naquela noite, a menos que N tivesse permitido que um dos gritos de ajuda de Violet realmente chegasse a ele. Nesse caso, o que ele tinha criado havia sido uma oportunidade para Nga-Yee abandonar de vez seus planos de vingança.

Ela nunca perguntaria isso a N, é claro. Mesmo que ela estivesse certa, ele jamais admitiria.

— Ah, uau. Essa é sua irmã, Nga-Yee? — Wendy estava segurando o porta-retratos que ela tinha acabado de tirar de uma caixa: a selfie de Siu-Man com Nga-Yee e a mãe ao fundo. Depois que N devolveu o celular para ela, Nga-Yee o levou a uma loja para imprimir e emoldurar a foto.

— Sim. — Toda vez que Siu-Man era mencionada Nga-Yee ainda sentia um choque de tristeza, mas agora aceitava que a irmã havia partido.

Wendy colocou a foto em uma prateleira próxima e juntou as mãos, falando com a foto.

— Onde quer que você esteja, por favor, proteja sua irmã mais velha. Eu vou cuidar dela também.

Era típico da personalidade ousada de Wendy que ela mencionasse Siu-Man tão abertamente na frente de Nga-Yee, mas, naquele momento, Nga-Yee ficou grata por aquilo. E talvez Siu-Man realmente a estivesse vigiando em sua vida após a morte.

Depois que elas botaram tudo no lugar, Wendy colocou um pouco de música em seu celular enquanto elas faziam a limpeza. Nga-Yee não fazia ideia de que sua colega de trabalho tinha um gosto tão interessante. Além das canções pop chinesas, ela também tinha os últimos sucessos do K-pop e um pouco de rock ocidental. Nga-Yee se divertiu ainda mais quando ela cantou junto com algumas das músicas em seu coreano um tanto duvidoso.

Enquanto Nga-Yee achatava as caixas de papelão, o celular de Wendy tocou uma melodia familiar.

— Ah não, essa não — falou Nga-Yee.

Era "You Can't Always Get What You Want".

— Não sabia que você conhecia rock — disse Wendy do closet, onde estava guardando algumas roupas.

— Rock?

— Isso é Rolling Stones.

— Ah, eu ouvi isso por acaso. — Nga-Yee contraiu os lábios ao se lembrar do que N a havia feito passar. — Eu odeio a letra dessa música. Ela diz que você nunca vai conseguir o que quer.

Wendy olhou para ela.

— Do que você está falando? Você ouviu até o final?

Ela aumentou o volume. Nga-Yee não sabia bem aonde ela queria chegar, mas prestou atenção às palavras obedientemente. Ao ouvir o último verso, "Às vezes você consegue o que você precisa", ela percebeu que havia entendido tudo errado.

— Hmm, Wendy, eu preciso sair rapidinho. Preciso resolver uma coisa.

— Aonde você vai?

— Bater um papo com o meu senhorio.

Enquanto Nga-Yee subia as escadas, ficou pensando sobre o final de sua conversa com Heung.

"Foi o Loi quem me apresentou ao N", dissera Heung. "A economia estava indo mal na época, e eu tinha acabado de perder o emprego. O Loi disse que tinha um amigo que procurava uma faxineira para o prédio residencial dele, e foi assim que o N me ajudou a superar a crise financeira. Eu o achei estranho no começo. Ele não me dizia o seu nome verdadeiro, só respondia por uma única letra. Tentei chamá-lo de sr. N, mas ele me repreendia. Quando passei a conhecê-lo melhor, perguntei por que ele não gostava de ser chamado de senhor, e ele disse que palavras como 'senhor' e 'senhorita' são falsas. Elas fazem parecer que você respeita a pessoa com quem está falando, mesmo que você as despreze. Por que não parar de ser falso e chamar as pessoas pelo nome? Pelo menos isso é honesto. Ele disse que todo relacionamento deve ocorrer entre iguais."

No apartamento do sexto andar, Nga-Yee encontrou N em sua escrivaninha, os dedos voando pelo teclado.

— E agora, srta. Au? — Ele levantou a cabeça ao falar, mas não parou de digitar.

— Quero que você pare de me chamar de srta. Au. Só Nga-Yee basta.

Ela andou até a escrivaninha.

Ele parou de digitar e olhou bem nos seus olhos por um momento, depois deu uma gargalhada.

— Você e a sua amiga já almoçaram?

— Não, a gente...

— Vou querer um *wonton noodles* grande, com pouco macarrão, cebolinha extra, caldo à parte, couve refogada, sem molho de ostra — pediu ele, estendendo o dinheiro a ela. — Nga-Yee.

Ela pegou a nota com um suspiro e fez uma careta para ele, embora, no fundo, não estivesse infeliz.

Quando ela deixou seu antigo apartamento naquela manhã, já sabia que aquele seria o dia em que sua vida iria mudar para sempre.

DIREÇÃO EDITORIAL
Daniele Cajueiro

EDITOR RESPONSÁVEL
Andre Marinho

PRODUÇÃO EDITORIAL
Adriana Torres
Júlia Ribeiro
Suelen Lopes

REVISÃO DE TRADUÇÃO
Huendel Viana

REVISÃO
Luiz Felipe Fonseca

PROJETO GRÁFICO DE MIOLO E DIAGRAMAÇÃO
Larissa Fernandez Carvalho
Leticia Fernandez Carvalho

Este livro foi impresso em 2022
para a Trama.